宋瑞驻村日记

2012-2022

宋瑞 著

中华書局

我立志要做一个像焦裕禄、孔繁森一样的共产党员，做一个让人民满意，让党放心的驻村第一书记！

——宋瑞

目 录

2012年

2012年10月30日　星期二

昨天接到息县县委办通知，希望尽早到息县上岗上班。

今天到息县报到，开始了弯柳树村的对口扶贫工作。

今天是我人生的新起点、分界线、里程碑。上午还在我深爱的南阳故乡，下午已到了陌生的信阳息县，从今天起我将在这里工作、生活，短则一年，长则三年。

今天是慈爱的父亲离开我们的第33天，第五个七天的祭日——"五七"。我的故乡南阳民俗，父母去世下葬后，儿女后辈每七天到新坟前祭拜一次，担心亲人葬入新地对新环境不熟悉而孤单害怕，所以七天一看望陪伴，一直到"五七"。"五七"过后，父母的葬礼才算圆满。既是表达思念和追忆，表达后辈孝心，也是和生离死别、阴阳两隔的骨肉亲情在今生的最终告别。古代有丁忧制度，无论是平民百姓还是在朝为官，父母去世都要回到故乡守孝三年，以报父母的三年怀抱、十八年养育、终身顾念之恩。

今天上午前半时和兄弟姐妹们一起给父亲上完坟，心中感慨万千。父亲1935年出生，15岁入党，今年9月27日去世，享年78岁。老人家出生在新中国成立前，亲历过新旧社会，一生发自内心爱党爱国，清正廉洁，当一辈子会计，从不占公家一分便宜。我小时候写作业想用他的单据纸写字，就会被打手背，他说："那是公家的，一张不能用！"并为我们立下家训："量大福也大，天长人亦长。吃亏是福。"教育我们从小就学会吃苦、谦让，多为别人着想。1998年我升职为河南省农村社会经济调查队副处长时，父亲对我说："我这个老党员看得多、经得多，得给你们小党员提个醒，当领导干部了，手中有点权了，外面诱惑也多，一不慎独就会出事，记住'为人民服务'五个字是你的护身符。"正是牢记"父母教，须敬听"，时刻不忘父亲的提醒，在人生的每一个阶段，我都能够扎扎实实做事，坦坦荡荡做人。

想起父亲临终前还嘱咐我："你应该去息县，不要怕省级贫困县条件差、民风乱，只要把孝道教育恢复了，人心都能变好的。我们老了，啥也干不了了，传统文化再不讲恐怕就断了，弘扬传统文化的事就得你们去

3

干！"我在父母坟前三跪拜："十多年前送走了母亲，今年又送走了父亲。小孝尽完了，该到息县为百万人民尽大孝了。请父母放心，我不会让你们失望！"

上午后半时，弟弟把我送到南召丹霞酒店，与南召县人大主任朱晓栓，县委常委、县委宣传部部长李宁，副县长宋生、石哲，县产业集聚区主任杨伟，城郊乡党委书记李哲，和前来迎接我的息县县委常委、宣传部部长裴军及副部长冯莉，共同参加了关于"中华优秀传统文化化解基层社会矛盾，净化人心，促进和谐"的小型座谈交流会议。李哲书记介绍了城郊乡的初步探索和收效，朱主任、李部长都提出了很好的建议，对我到息县将要开展的驻村扶贫工作有很大的帮助。

下午我们先到鸭河口水库四圣广场，和在此等候送别的吴勇才、丁恒、建新、克如等见面告别，拜别"四圣"先祖，拜别家乡，跟随裴部长来到息县。

县四大班子领导已在等候，简单而郑重的迎接仪式后，我向县委书记和分管领导汇报了在南阳市挂职卧龙区政府副区长、第七届全国农民运动会市场开发部副部长、国家统计局南阳调查队副队长岗位上的工作经历，介绍了自2010年9月开始组织"弘扬中华优秀传统文化，做有道德的中国人"公益论坛和南阳市"迎农运 讲道德 树新风"全民学习的成效和做法。两年多来，倡办公益论坛十多场，辐射到西峡、唐河等八个县、市、区，中华优秀传统文化进社区、进学校、进家庭、进机关、进乡村、进企业的"六进"活动收到良好社会效果。不知不觉中，我成了全国在职的正处级领导干部推动"弘扬中华优秀传统文化，做有道德的中国人"公益活动中为数不多的骨干之一，受到专家学者的关注。

息县是一个农业大县、省级贫困县，是国家信访局和省市信访局重点关注的上访大县。因为贫穷落后，各种矛盾比较突出，群众信访量大，基层干部很大一部分精力不得不用在维护基层稳定、化解信访矛盾上，严重影响和制约了县域经济的发展。

今年8月份，息县县委宣传部举办了为期四天的"学习中华优秀传统文化"公益论坛，新一届县委、人大、政府、政协的领导班子带领全县科级干部全程学习，发现优秀传统文化中天人合一、孝亲尊师、崇德向善、谦让礼让、和谐和睦、爱国爱家的理念，直指人心，简单易行，对于现阶段社会转轨转型时期，引领人心、化解矛盾，具有不可替代的作用。连夜召开县委常委会，大家达成共识，决定在全县开展"弘扬中华优秀传统文化，打造文明道德息县"活动，迅速成立了"中华优秀传统文化宣传教育办公室"，设在县委宣传部。

中华民族有着最悠久的历史，中华优秀传统文化积淀着上下五千年的民族智慧，自带化育人心、促进和谐的文化基因，可是自清朝末年至今，历经世界列强瓜分中国、八国联军入侵、中华民族救亡图存、五四新文化运动、抗日战争、解放战争等历史阶段，中华传统文化几乎断代。因此在当下这是一件新工作，没有现成的经验、方法可借鉴，摆在县领导面前的问题是：具体工作怎么做？谁来做？

此时来息县讲课的北京专家向息县县委推荐了我，因为我在南阳卧龙区副区长的岗位上推动全民学习中华优秀传统文化已有两年时间，多多少少积累了一些方法和经验。正当县委领导向信阳市委组织部、河南省委组织部汇报请求派我到息县工作未果时，河南省委、省政府出台了关于进一步做好新阶段定点扶贫工作的部署，要求每个省直部门、驻豫中央直属部门，定点帮扶一个贫困村，派出扶贫工作队，9月底前必须入驻所帮扶的村。国家统计局河南调查总队定点帮扶息县路口乡弯柳树村，总队党组高度重视，成立以总队长贾志鹏为组长的河南调查总队定点帮扶工作领导小组，给帮扶工作提供保障，已派李凯同志于9月28日入村报到。

息县县委、县政府当即派县委常委、常务副县长刘敏等到省、市委组织部门和调查总队党组汇报，申请派我到息县弯柳树村驻村，一则负责该村定点扶贫，二则协助县委、县政府推动中华优秀传统文化在息县生根落地，打造文明道德息县。就这样，我被派往息县弯柳树村驻村扶贫，李凯同志撤回总队。

今天我就到息县报到上班了。

2012年10月31日　星期三

给县委领导汇报，自党的十七大以来弘扬中华优秀传统文化，共建中华民族共有精神家园，在全国各地由点到面、由少成多的企业界、民间自发的情况，越来越多的中华儿女达成共识，只有弘扬中华文化，回归中华文明，中华民族认祖归宗，连根养根，才能根深叶茂，实现复兴。学习圣贤教育改变命运的成功案例比比皆是，中华优秀传统文化的弘扬，全社会道德的回归，尊道贵德、利他奉献、视国犹家、视人犹己、守望相助等传统美德的回归，核心价值观的形成，是当前构建和谐社会的当务之急。

今天，在国家统计局息县调查队丁明海队长的陪同下，我来到路口乡弯柳树村。

弯柳树村有14个自然村，17个村民组，耕地3500亩，总人口2150人，总户数462户，贫困户146户，贫困人口625人。村里的农业种植以水稻、小麦、玉米为主，秋季农作物基本上以种植水稻为主，属南湾灌渠灌区水稻产区，靠冯庄电灌站从南湾灌渠提水灌溉，畜牧生产以猪、鸡、鸭养殖为主。该村没有支柱产业，和众多贫穷落后的村子一样，青壮年劳动力都外出打工了，留下老人、妇女和孩子在家务农和上学。弯柳树是一个贫穷落后的典型农业村，由于农民收入较低，被列入河南省扶贫开发重点帮扶村。根据省委办公厅、省政府办公厅《关于进一步做好新阶段定点扶贫工作的通知》要求，国家统计局河南调查总队定点帮扶息县路口乡弯柳树村。

该村位于息县县城北8公里、路口乡南6公里处，一条省道穿村而过，由于拉淮河沙石的大车常年大量通过，路面轧出大坑小坑无数，坑坑相连，坑坑洼洼太难走，所有通过的车辆只能以20公里的时速缓缓前行，8公里走了40分钟才到村。从县城到村的道路一路都是坑洼和泥土，路两旁、边沟里都是堆满的垃圾，两侧行道树的树叶被厚厚的尘土覆盖着，灰蒙蒙的看不到一点绿色，死气沉沉的，让人压抑。

进村后发现出乎意外地脏，村中全是土路、泥巴路，路两边、沟渠中、池塘里，堆满或漂满垃圾，农户家门口、房前屋后都是随意乱倒的垃圾，垃圾围村，触目惊心！

村干部只有村支书和村主任两人。村支书有一个几十头猪的小型养猪场，村主任在县城住，乡里给我租的住房，就是村主任家院子西头的一间空房。小院子不大，很安静，但也很脏。

我问村干部：村里为啥这么脏，垃圾这么多？他说咱这儿农村都这样子，村民要么忙着去县里干活挣点小钱，要么忙着在牌桌上打麻将，别的啥都顾不上。我问咱村有特色的和别的村不一样的都有啥，村干部说："不养老人的多，打架吵架的多，得癌症和大病的多。"

我到村里随便走走，先了解一下情况，一会儿就碰到两起吵架的、两起打麻将的，我上去和村民打招呼，他们爱搭不理的，抬眼看一下便继续打牌，很显然嫌弃我打扰他们打牌了。我尴尬地站了一会儿，知趣地走开了。

刚到村，我已经感受到了沉重的压力。看来扶贫不是一件简单的事。

2012年11月1日　星期四

我和县委办公室主任王操志一起迎接司法部原部长高昌礼、山东电视台《天下父母》栏目总导演吕明晰等领导、老师到息县，指导全县开展"弘扬中华优秀传统文化，打造文明道德息县"活动，息县县委、县政府初步计划把弯柳树村作为试点村，先行先试一步。

2012年11月2日　星期五

到息县职业学校考察，这是一所招商引资到息县的私立学校。吴姓江苏人投资，吴总说：河南职业教育起步晚，效果不佳。8月份接触传统文化后，变化很大！当下做法，如课间操选歌曲《中华民族》——感恩祖国，《跪羊图》——感恩父母，《生命之河》——礼赞生命，晨读《晨起自勉文》《弟子规》《孝经》，仅三个月，全校师生面貌焕然一新！

2012年11月7日　星期三

这几天了解村里贫困户情况，先到146户贫困户中的大病户家中看望。弯东组村民王永祥60多岁，患胃癌多年，家中6口人，儿子王伟有眼疾，干不了重活。

东陈庄村民蔡志梅30多岁，家中5口人，公爹患肺癌多年。

许庄村民邓学芳63岁，患糖尿病等多种疾病，家中6口人。

还有很多大病户、癌症户。看到这些愁云惨淡、无丝毫生气的家庭，我一时也一筹莫展，心中沉甸甸的，像压上一块石头。

2012年11月8日 星期四

今天，党的十八大开幕，全程收看了胡锦涛总书记所作的报告《坚定不移沿着中国特色社会主义道路前进 为全面建成小康社会而奋斗》，催人奋进，鼓舞人心，指出了未来五年的发展方向。

胡总书记强调："坚定理想信念，坚守共产党人精神追求。""坚持以人为本、执政为民，始终保持党同人民群众的血肉联系。""建设优秀传统文化传承体系，弘扬中华优秀传统文化。""开展群众性文化活动，引导群众在文化建设中自我表现、自我教育、自我服务。开展全民阅读活动。""我们一定要坚持社会主义先进文化前进方向，树立高度的文化自觉和文化自信。"

总书记关于弘扬中华优秀传统文化和坚定文化自信的论述，让我对弯柳树村现状、对驻村扶贫工作有了新的认识和把握，也看到了方向和方法。

2012年11月12日至14日 星期一至星期三

到宁波参加"振兴中华传统文化高峰研讨会暨中华孝道基金会筹备会"。十八大方向已很明确，弘扬传统文化前途光明，但道路曲折。对于领导干部来说，要用大气量、大心胸看待传统文化，敢于担当，敢于先行先试，做第一个吃螃蟹的人！

2012年11月15日 星期四

河南省委副秘书长、省信访局局长李新华一行，在信阳市委副书记张春香、市信访局局长谢天学等陪同下到息县，对传统文化化解基层矛盾、促进信访工作进行调研。县委书记汇报全县信访相关工作。我汇报了用传统文化化育人心的方法和效果，引导群众明是非、讲规矩，引导党员干部讲奉献、论付出，使人回复"人之初，性本善"，对信访人的心理疏导起到很好的作用。息县从8月初开始已在全县开展传统文化普及学习。

谢天学局长说："这三个月来，息县出奇地安静，没有一起越级上访的，十八大期间更是没有一起。这和往年形成了巨大反差，也显示了传统文化教育的巨大作用，真是和谐拯救危机。有100多个老信访户听了宋瑞处长的讲课，心态平和下来了，诉求趋于合理了，信访干部听了也不急躁紧张了，双方都能坐下来好好沟通商量了。我听了很受启发，就想请宋处长先给我们信访干部讲讲课。"

李新华局长说："息县是在省里挂号的信访大县，近期无一例到省上访，十八大期间也无一例。往年防不胜防，今年悄无声息。这不正常啊！息县怎么了？我不放心就来看看。今天听了汇报，我很感动，很受启发。当前处在社会转型、转轨时期，总有一些绕不过去的问题。在复杂多变的情况下，突然发现传统文化对教化人心有如此的穿透力，对解决社会矛盾很有效。中华民族的优秀传统文化应该好好去弘扬，好好去落实。我们党的宗旨，与传统文化的民本思想、民本意识一脉相承。既然社会需要传统文化，群众呼唤传统文化，我们为何不去大力推行传统文化，唤回人们内心的善良，重塑社会道德体系？全省信访系统培训，省信访局出资进行传统文化学习。"

2012年11月21日　星期三

连续几天到东陈庄、焦庄、冯庄、杜庄、汪庄村民小组走访，了解各组情况和贫困户现状。走得越多越感到触目惊心！首先被村子里里外外的"脏、乱、差、臭"震惊了，知道垃圾围村是目前很多村庄的现状，但没想到如此触目惊心。房前屋后、道路两旁、河渠坑塘中，处处是成堆的垃圾，夹杂着农药瓶、塑料袋、烂衣服、破皮鞋，散发着臭味，红的、黑的、白的、绿的各种颜色的塑料袋，挂在树枝上、电线杆上，农家门口的小菜园用各种破烂床单、废弃广告横幅七零八落地围着。绝大多数村民家中、院中杂乱不堪，外人进去无立足之地。村中打麻将成风，不赡养老人，争吵斗殴不断，麻木冷漠，懒惰散乱，互不来往。年轻人多数出去打工了，村中多为老人、病人、妇女、儿童，整个村子在一片麻将的喧嚣声中，显得死气沉沉，毫无生机。

段平、王永祥、汪学海、王新春等几十户因大病和癌症致贫的贫困户，一到他们家中看到的、听到的都是："可怜啊，可怜啊，这咋办呢？"我的胸口像压了块石头。

先从政策上寻找能帮助他们的项目和支持，再联系爱心企业家对口帮扶他们。

2012年11月29日　星期四

今天走访到许庄组路边一个小破屋，又发现一位独居的80多岁的老太太，是许庄贫困户骆同军的母亲。四个儿子都在许庄组居住，各自有自己的独门独院。骆同军是她最小的儿子，今年47岁，家有6口人，夫妻二人打麻将上瘾，女儿一气之下辍学到南方打工去了，80多岁的老母亲住在村头小破屋里，弟兄四个没有人愿意赡养老人。

弯西组74岁的李新芳老人独自住在四面透风的老土屋里，屋内外垃圾包围，没人管。

近一个月来我马不停蹄在村里走访，走访的户数越多，心里越沉重。今天走访到了第37个这样没人赡养的老人户，心中在流泪、在滴血！

晚上回到住处，想到自己的父母都已不在人世，"树欲静而风不止，子欲养而亲不待"。回想着这些天来走访的老人们孤零零的身影、无助的眼神，我忍不住失声痛哭。从什么时候开始，中国农村孝道缺失严重到如此触目惊心的地步？中华民族几千年来孝亲敬老的孝道美德何时丢了？父母辛苦一生养大一群孩子，晚年却独守孤单凄冷。

我的父母都已去世，想尽孝已没有机会。而这里老人健在，儿孙成群，却无人愿意赡养，无人尽孝。两个月前办理完父亲的葬礼，我曾跪在父亲坟前告别："爸，你的后事安置好了，这一世我们父女一场的缘分尽了。你们都离开了，此生我的小孝尽完了，该到息县为百万人民尽大孝了。"

那就由我来代替他们的儿女尽孝吧！得好好想想怎么办。如何唤醒这些儿女的孝心？如何把村民从麻将桌上拉回来？如何尽快把垃圾围村的脏乱差面貌改变？

2012年12月4日　星期二

　　贾志鹏总队长到弯柳树村实地调研，指导定点扶贫工作。信阳市委副书记张春香、息县县委书记等陪同。我和村干部带领大家在村里走走看看，到沿路的贫困户王新春等家里看望，贾总沉重地说："2003年我作为驻村工作队员，在驻马店西平县驻村一年，距今十年了。今天到弯柳树村一看，十年过去了，农村变化不大，有些方面甚至还不如十年前，心中很沉重！"

　　张春香副书记说："这个村整体衰败到这种程度，村部、学校都已破败不堪，成了危房。目前修整等于给80岁老太太化妆，不会有太大效果。建议村部重新规划，重新选址重建。村部、学校、新农村社区，一体规划建设。"

　　贾总笑着说："先洗洗脸，整整容，把垃圾清清，把通向村部的路清出来，院子里齐腰深的杂草、蜘蛛网清清，群众找村干部有个地方！"

　　最后，贾总提出三个要求：第一，首先帮助村里做好规划，让老百姓看到希望。让村民看到2020年全面实现小康时，弯柳树村将是一个什么面貌。农民收入翻一番，怎么做？第二，帮助群众理出一个发展思路。依靠土地增收有限，这个村有没有资源？怎么办？宋瑞要依靠市、县、乡三级党委、政府，帮助群众理出一个发展思路，使村支部带领群众真正找到一条致富之路。村两委就两个村干部也是不行的，需要加强。第三，把宣传普及传统文化与科学发展结合起来，帮扶工作中做一些能使老百姓增收的实事，发展得靠群众。

2012年12月5日　星期三

　　到东岳镇调研农业综合开发。

　　县委约上访户吴某父母、岳父母四位老人座谈，我与老人谈心、化解。

2012年12月6日　星期四

参加息县传统文化宣传教育办公室会议，裴部长安排由我和冯莉组织吴某等信访群众到泌阳县传统文化公益论坛学习四天。

2012年12月17日　星期一

这几天焦头烂额，气愤难平。找人清理垃圾，两个村干部总找不到，村主任在县城住，村支书有个几十头猪的小型养猪场，打电话也不回。找村民清理垃圾，失败！没人出来干，都在打麻将。

这村里这么多人都被恶习绑架在麻将桌上，没人干活，没人帮忙，怎么办？

2012年12月24日　星期一

回到总队汇报。把了解的村情和感受到的巨大压力如实向机关党委书记鲍关龙、分管副总队长宋明建汇报。

宋副总先安慰我："你不要有太大的压力，扶贫这个村是一项政治任务，单靠咱们的力量让它脱贫也是不可能的，能做的咱做到就行了。先摸透情况，分阶段进行，年前调研，明年3月份前拿出方案。一要吃透情况，低调，不吊起人家的胃口，水渠、道路等关键部位，咱争取资金帮助修；二要文化帮扶，文明单位创建，选典型的、有代表性的贫困户先帮扶、先改变；三要分阶段谋划，明年3月份前拿出扶贫方案，我们能帮的项目先帮，其他逐步来。"

从总队出来，心里终于舒了一口气。这一段时间快崩溃了，驻村前对中国当下的农村了解不深，低估了贫困农村的衰败程度和各种复杂局面。这两个月来经历的事情、心中的起伏都前所未有地大，从初生牛犊不怕虎，到碰壁碰到怀疑人生，差点儿找不到方向，我都怀疑驻村扶贫选择错了。垃圾围村的事都解决不了，关键是村干部和村民都不干，增加收入更难，完不成任务我怎么向总队党组交差啊！今天听了宋副总的指示，方向明确了，心里的压力也暂时缓解了。

出了省政府大门，深呼一口气，感到郑州的空气比弯柳树村好多了！

驻村前以为村里空气肯定比大城市好，没想到如今平原地区的农村，空气质量远远不是过去的样子，空气中充斥着农药、除草剂、垃圾腐败后的刺鼻味道。

既然我选择了驻村，那就让我来努力慢慢改变当前的农村现状吧。

2012年12月26日　星期三

县扶贫办主任徐继勇找我反映弯柳树村问题：一、被帮扶的乡村需要主动，项目选址、图纸设计、产业规划，2013年要做哪些事？二、扶贫办副主任打村支书电话，不接！请他一起去郑州汇报，不去！村支书不主动、不积极，等靠要成习惯了，怎么办？三、弯柳树村民急需提高素质、转变观念、行动起来，之后产业才能跟进。

2012年12月29日　星期六

与徐强老师一起给县委书记汇报电视台事项。定1月10日至11日息县论坛。高春艳老师作为特殊人才聘请。

2012年12月31日　星期一

总队扶贫送温暖，共定10户，每户300元。安排论坛课程。

2013年

2013年1月4日 星期五

县委召开吴某案件分析暨"吴某宗族转化教育方案"座谈会。吴某的父母近段时间受传统文化教育，思想变化很大，情绪平稳，不像前段过激。

吴某的子女从泌阳县传统文化公益论坛学习回来后变化很大，变得有礼貌了，与同学们相处也融洽了。我心甚慰：文化引领人心、净化人心的力量！

2013年1月5日 星期六

通过两个多月来的入户走访，发现弯柳树村问题很多，最突出的是五大问题：一是垃圾围村，环境脏乱差；二是孝道严重缺失，老人无人赡养；三是打麻将成风，由此引发的家庭问题、社会问题众多；四是贫困户"等靠要"现象严重，人心涣散，不愿干事；五是村里耕地土壤、地表水、地下水，被几十年使用化肥、农药、除草剂全面污染，村中癌症、大病患者多，60%的贫困户是因大病致贫。

我意识到比物质贫困更可怕的是精神的贫瘠和麻木，是人心的异化和价值观的混乱。村中不孝养老人、打麻将成风、麻木冷漠、惰性大的现状不改变，村民"等靠要懒"的思想观念不改变、心性不改变，不树立起自强、自助、自立的志向，国家再好的扶贫政策也扶不了根子上的贫。只靠上级和外界帮扶，只能解决一时之需，无法从根本上解决问题。

扶贫重在扶心扶志，需要改变过去扶贫单纯依靠输血、只能解决一时之难的惯性思维模式，首先改变人心，改变村民混乱的价值观。怎么改？只有靠文化引领。

2013年1月6日 星期日

爱心企业家蔡光胜先生，为息县捐赠孔子圣像一座。蔡先生于2012年全国第七届农民运动会在南阳市举办之际，为国家级贫困县——我的家乡南召县城郊乡董店村捐建"德源希望学校"一所。得知我到息县弯柳树村扶贫，并计划从弘扬中华优秀传统文化入手，改变人心，激发斗志，又为我们捐赠孔子塑像一尊，近三米高的孔子圣像高大威严，望之令人肃然起敬，但因弯柳树村没有广场，村小学教室多数已成危房，无处安放。向息县县委、县政府汇报后，决定安放在息县职业高中校内广场。该校是息县率先在全校开展传统文化学习的单位，也是帮扶弯柳树村的合作单位。今天举行捐赠仪式，县委书记、县长和在家的县主要领导和教育局、文化局领导参加。鼓励同学们见贤思齐，成为栋梁。

2013年1月7日　星期一

和县委宣传部领导一起到曹黄林乡宣讲十八大精神，我讲《中国梦与重建文化自信》。

2013年1月9日　星期三

参加市经济工作会议。

2013年1月12日　星期六

请海南省司法厅原副厅长张发到息县讲课，介绍海南省监狱管理局系统运用优秀传统文化改变人心、改造监狱犯人的成功案例，帮助息县化解上访问题。

2013年1月13日　星期日

早上4:00多醒来，发现偌大一个吊灯罩掉在床上，离桃桃很近，但没伤着我，也没伤着她。女儿桃桃昨天来看我，晚上与我睡一起。正纳闷为何新房新装的灯如此不结实，忽然明白了其中的道理。

县信访局局长张亚斌带息县上访户梅华平找我，希望我用传统文化的理念和梅华平好好谈谈，让她不要再上访。梅华平所在的区域因城市扩建而拆迁，每套房屋评估赔偿价40万元左右，38户中有20多户都已同意签字，梅华平却说她的位置好，非要赔偿200万元才同意，未达目的就上访，已经两年多了。息县是个上访大县，是国家和省市信访局重点监控的矛盾集中县，梅华平曾有在北京天安门广场自焚、跳金水河等极端行为，给息县带来很大的负面影响，给县委、县政府造成很大的压力。

她自己也已身心疲惫。她说："我不相信政府。政府本是服务人民的，但是由于不作为，无奈才上访。"

我们聊了很久，从我为什么来息县说起，埋葬了父亲，料理完后事，我辞别家乡与亲人，为了中华民族的希望，弘扬圣贤教育，改善党风、政风、民风，希望给父老乡亲带来和谐、安定、幸福的生活。她和我都哭了，我让她坚信十八大后，息县在全县弘扬优秀传统文化，学习圣贤教育，改善党风、政风、民风，肯定会给老百姓带来越来越好的生活。老百姓也得守国法、讲道理，不能随心所欲、为所欲为，不讲道理，危害别人，也会害了自己。

我说给她报一个传统文化学习班，学习一段后再回头考虑自己的事情，可能会找到新的突破口。她同意了，先去学习，开阔思路、眼界，再回来解决问题。

2013年1月14日　星期一

化解吴某家上访之事，与群工部张亚滨部长沟通，明天去看望四位老人，春节前看望其妻(开封监狱，正在服刑)，感化他们。

2013年1月17日　星期四

宋明建副总队长带队到村扶贫送温暖，村里选出20户深度贫困户、孤寡老人，每家一袋米、一袋面、一桶油。宋副总一行计划看望五户，其余的由我和村干部送去。刚到焦庄东头看望两户，车就被村民堵住了。一个妇女带着一个坐轮椅的老太太，还有几个人，七嘴八舌地说："我家也穷，为啥不给我家送东西？"

息县调查队丁明海队长说："别拦着车，走，我跟你去你家看看。"慰问结束送走宋副总一行后，丁队长说这户村民家有两层楼房，院里停放着农用卡车，根本不是贫困户。丁队长给她放下200元钱，才平息了胡搅蛮缠行为。哎，这民风，该咋办？

2013年1月20日　星期日

要想富，先修路。

村里最迫切需要解决的问题是修路，村民反映最强烈的也是修路。全村14个自然村，都是泥巴路，雨雪天出行困难，给村民生产生活带来极大困扰。村民怨气大，不干事，沉迷麻将赌博，可以说和环境分不开。

开始筹划争取扶贫项目资金，计划先修冯庄、许庄两条生产路。向息县扶贫办打争取资金报告，向信阳市调查队、河南总队领导汇报，争取从上边协调。

2013年1月28日　星期一

与孙涛书记商量吴某岳母及儿女近期转化事宜。

2013年1月29日　星期二

今天得到好消息：市调查队王传健队长打电话说，上周三与市扶贫办郑海春主任沟通协调好了，同意给弯柳树村拨付扶贫项目资金66万元，专款专用修生产路。我把这个消息告诉村干部和村民时，他们笑得合不拢嘴："盼了多少年的修路，这回要实现了！"

2013年1月30日　星期三

梅华平自郑州论坛义工服务回来后，变得平和理性，正考虑为息县建立义工团队，为县里过了年的论坛和学习做好准备。

2013年1月31日　星期四

梅华平转化过来后，开始为群工部分忧，暗中劝说王明柱、王柱来等上访十多年的"钉子户"不再上访，与政府和谈。县群工部学习会议，我讲《传统文化学习的意义与现实作用》。

2013年2月1日　星期五

参加全县春节期间信访稳定安全生产工作会议，县政法委孙涛书记介绍县信访工作情况，与十八大期间相比，上访量反弹，赴京、省上访量居前。土地拆迁、基层干部作风、涉法涉诉信访老户问题没有化解。用传统文化化解信访老户效果很好，必须学会用传统文化解决信访问题。花钱买稳定，不如花钱买教育！

2013年2月16日　星期六

春节后上班首日，县委安排我带队到江苏溧阳参加经典学习班。

2013年2月17日　星期日

参加市反腐倡廉会议视频会。

2013年2月18日　星期一

与宣传部部长裴军商量，于3月5日至7日，由县妇联主办一场女德教育论坛。

县委、县政府决定在全县开展传统文化教育，打造全国文明道德示范县。考虑挑选报名义工的年轻人送相关培训班参加学习，逐渐培养我们的师资力量和义工骨干。同时拟成立"息县孝道文化促进会"，组织民间力量，调动社会资源推动传统文化教育。

2013年2月20日　星期三

息县召开教育系统第五期道德讲堂，传承圣贤文化，讲授师道师德。深感学传统文化，要学实质，真学真干，不能只学样子，不学实质，误导大众。

2013年2月21日　星期四

吕明晰导演讲《孝道与幸福人生》。

2013年2月26日　星期二

为徐强老师准备息县推行传统文化前后变化情况材料。

县委书记电话安排，明日赴溧阳学习；本次干部调整，新县宣传部部长余金霞来息县任宣传部部长，共同推行传统文化。我等定不辱使命！

关于吴某案子，其孩子要求明日到监狱探望，其岳母要求报销上访费用，否则还去京上访。

2013年2月27日　星期三

到江苏溧阳学习传统文化，我和何燕、梅华平等六人同行。

2013年3月6日　星期三

昨日为期一周的学习结束，我和五位学员收获都很大。梅华平这次从深层次解决了思想问题，表示回来后要把自己的房子拿出来办传统文化学习班。南京"小菜一碟"董事长带我们去拜访一个百岁老人济贤，老人家告诫我们要为人民服务。"爹娘老子不好，家好不了。一县人民幸福与否全在父母官。"见到了长寿者，才明白长寿可以学到。

2013年3月7日至9日　星期四至星期六

参加息县两会。与政法委书记孙涛商量送工作人员到修德谷学习。政法委、群工部等七人。

2013年3月14日　星期四

今天总队机关党委组织青年志愿者来弯柳树村，关注被帮扶村青少年成长；组织关爱留守儿童活动，慰问村小学留守儿童，给150名小学生送来《新华字典》、文具、书包等学习用品和助学资金，送来了总队党组对留守儿童的关怀和温暖，鼓励孩子们刻苦学习，奋发向上，健康成长。

2013年3月15日至21日　星期五至星期四

县委派我与政协副主席何枫到长春学习、考察文化培训产业。

2013年3月26日　星期二

市扶贫办主任郑海春、信阳调查队队长王传建先后给我打电话，弯柳树村申请的66万元修路资金已拨付到息县。我到县扶贫办查，到了！

2013年3月29日至31日　星期五至星期日

瑞安市第二届传统文化公益论坛，我应宣传部邀请，讲《我能为人民做些什么？》。

2013年4月1日　星期一

县委宣传部经过筛选，确定三个乡镇九个村为第一批创建"中华孝心示范村"的备选村镇，近期将由县领导带队到山东学习。很幸运弯柳树村入围。

入围村镇分别是东岳镇：杨庄村、乌庙村、大刘庄村，曹黄林乡：凉亭村、马寨村、冯庄村，路口乡：弯柳树村、前赵楼村、濮河街道办事处。

2013年4月3日　星期三

到总队给宋总、鲍书记、窦三生处长汇报弯柳树村扶贫进度。

2013年4月7日至10日　星期日至星期三

息县县委常委、宣传部部长余金霞带队，组织息县拟申报创建"中华孝心示范村"的乡镇党委书记、主管文化教育的副职和备选村的村支部书记一行17人组成考察团，奔赴山东省滕州市张汪镇的大宗村、聊城市茌平县的韩屯镇、济南市章丘区官庄镇的吴家村，学习考察如何有效利用中华优秀传统文化，建设孝心示范村、孝心示范乡镇的先进经验。

第一站，山东省滕州市张汪镇大宗村。大宗村位于滕州市西南部，与微山县交界。在20世纪80年代初，这里是一个贫穷落后的小村庄，脏乱差现象非常严重，光棍就有90多人，全村没有一名高中毕业生，"有女不嫁大宗村"是当时境况的最好写照。

1987年，宗成乐担任该村党支部书记以后，首先从孝道抓起，从传统文化教育抓起，开展好妻子、好婆婆、好媳妇等道德模范评选活动，使村民从精神上焕发活力，营造了和谐的村庄环境。与此同时，大力发展工业和旅游产业，实现精神文明与物质文明双丰收。2011年，该村实现工农业总产值20亿元，2013年有望突破30亿元。工业经济创造的效益用于村庄建设、集体公共事业，建成了老年公寓、文化广场、图书馆、职工活动中心等，村里每年还拿出100万元用于文化建设。村民用水、用电、燃气、新农保、新农合、养老保险、孩子就学等全部免费。大宗村先后被授予"全国小康建设明星村""全国生态文化村""中华孝心第一村""全国百强村""全国新农村建设示范区""全省美在家庭示范村"等多项殊荣。

第二站，聊城市茌平县韩屯镇。韩屯镇依托传统文化教育，近年来大力实施孝德工程，以"孝心村""孝心镇"建设为抓手，用各种活动作为载体，全面系统地开展孝文化建设。如举办了鲁义姑庙会、孝文化节、公益夏令营冬令营、养正书法班等活动；成立了德义文化研究会，建立了乡村儒学基地、孝心阅览室；启动了韩西村创建"中华孝心示范村"的活动；开展了十大孝子、好婆婆、好媳妇评选活动和村孝心歌曲大赛；成立村级传统文化宣讲团，举办流动大讲堂，每晚下村巡讲；成立德义基金会、恩泽基金会，扶危救贫，等等，传扬仁义文化，倡树时代新风。韩屯镇党委、政府还将传统文化教育与乡镇各项中心工作有效结合，用传统文化教育来整合资源，形成合力，集聚能量，促进了经济、社会和谐发展，该镇各项收入连续三年增速超过50%。

第三站，济南市章丘区官庄镇吴家村。由市妇联牵头推广的优秀传统文化学习和孝道文化教育，已深入到城镇乡村。

市妇联王主席说："市妇联在家庭美德建设中，正好看到山东电视台《天下父母》栏目的孝道故事，找到了'从孝道入手，建家庭美德'的抓手。"村干部张支书说："开始孝心村建设后，民风、村容都改变很大，涌现出了很多好媳妇、好儿女、好公婆。传统文化讲座受欢迎，村民学习热情很高，家庭矛盾消减了。县上又投资530万元建老年公寓。"镇长赵延龙说："吴家村是2012年6月启动建设的第一个孝心村，现在全镇已经有3个孝心村了。孝心村建设实际是农村精神文明建设，符合老百姓的需要，符合农村实际，符合中国实际，效果很好！"

通过一路入村入户学习，我解放了思想，开阔了眼界，找到了方法。这些地方开展传统文化教育促进经济、社会发展的经验，使我们基层干部深受启发，道德教育和孝心示范村建设是农村经济发展和村镇和谐的总开关，对我们回来开展工作起到了多方位的指导作用。我深深感受到了文化转化为生产力的方法和力量！

2013年4月16日　星期二

和仅有的两个村干部商量好弯柳树村下决心创建"中华孝心示范村"，找县委书记和宣传部部长汇报申请县、乡政策与资金支持、传统文化志愿者招募等具体事宜，领导们都很支持我的想法。

2013年4月18日 星期四

县长交给我一项特殊任务,给息县县城很多没有名字的道路、街道命名。到县民政局了解情况。

2013年4月19日至24日 星期五至星期三

县委选派我赴香港参加《群书治要》学习。中央党校刘余莉教授等授课。

2013年4月25日至26日 星期四至星期五

紧接着到郑州的河南省老干部局金色大讲堂聆听中央党校刘余莉教授关于《群书治要》的专场讲座。

2013年5月3日 星期五

昨天回到郑州,今天上午到总队向领导汇报弯柳树村扶贫工作开展情况,以及赴山东学习考察和弯柳树村争创"中华孝心示范村"的计划。宋明建副总队长要求:

一是争取到的66万元扶贫项目资金专项用于修生产路,好事要办好,扎扎实实,不留后遗症。及时跟踪、监管,发现问题及时上报省、市、县。二是做好弯柳树村帮扶工作整体规划。三是与省农业开发办社会处多沟通,争取项目支持。

下午到省农开办向王瑛处长请教,王处长给出很好的指导:整村推进帮扶项目:每村每年50万至60万元;直接对贫困户帮扶项目:每户每年4000元;对贫困户进行就业培训;贴息小额贷款等。

回村后即准备项目申报书,力争今年多争取扶贫项目资金,让弯柳树村早日脱贫。

2013年5月6日 星期一

给县委书记和宣传部部长汇报,8月份息县拟举办《群书治要》学习及官德教育活动。

2013年5月8日 星期三

参加第36期县长碰头会学习。

2013年5月9日 星期四

今天在息县一高礼堂参加"大力弘扬中华优秀传统文化,打造文明道德息县"教育实践活动动员大会。

会上开展了"2012年度息县中华优秀传统文化教育活动先进单位和先进个人"表彰活动,对七个先进集体、十个先进个人、五个践行传统美德模范人物进行表彰。关店乡、县职教中心、八里岔工商所等获奖单位代表上台发言。大家普遍认识到:中华优秀传统文化传递的是民族精神,弘扬的是天地正气,凝聚的是党心民心。

县委宣传部余金霞部长作报告,指出当前存在的问题:一是缺乏践行;二是全县官方启动了,民间互动不够;三是急需加大宣传动员,转县委、县政府"要我学"为"我要学"。

县委书记最后总结说,传统文化学习就是恢复道德教育的学习,道德教育是一切教育的根和源头。用传统文化教育破解息县发展中的难题,既是解决干部职工思想道德问题、落实中央八项规定要求的有效途径,也是净化人心、解决息县上访量大难题的有效途径。但目前还存在很多问题:一是心中抵触、等待观望的还不少,二是党员干部力行得不够,三是对传统文化的误解还没有消除,四是乡村老百姓还接触不到。迫切需要在全县打造试点村。

会议一结束,我就去找领导报名,争取弯柳树村成为第一批试点村。

下午县扶贫办主任徐继勇、县调查队队长丁明海、路口乡党委书记裴仁胜到村,查看修路进度。这是我们争取到的第一个修路项目,资金66万元,用于冯庄、许庄生产路修筑。该路长2137米,宽3.5米,厚18厘米,材料已备好,等待开工。

补记:梅华平春节期间带领家人到敬老院为老人们洗头、洗脚,敬老院院长谈起此事,感动的热泪夺眶而出。

26

2013年5月10日　星期五

《人民日报》记者李长虹一行三人到息县考察。

2013年5月13日至14日　星期一至星期二

中华孝心示范村工程组委会派吕明御、董同老师到息县考察，重点对象是4月份去山东学习过的、拟创建孝心示范村的九个村，结果只有三个村符合要求，其中弯柳树村条件最完善。组委会强调：孝心村工程是个人心工程，是个长期润泽人心的工程，不会迅速见效；不要对志愿者抱太高期望，认为他们来了什么问题都能解决。

2013年5月16日　星期四

参加县委中心组学习。

2013年5月18日至19日　星期六至星期日

应邀到内蒙古赤峰市传统文化公益论坛讲课。18日上午在赤峰市国际会展中心，下午在蒙中礼堂，两场报告会我讲的题目都是《我能为人民做些什么？》，引起较大反响。19日上午到赤峰市八家村学习，八家村是全国第一个"中华孝心示范村"，他们由乱到治的过程和做法，正是弯柳树村现在迫切需要的。

八家村位于内蒙古赤峰市城乡接合部。城市扩大，农村拆迁，使这里的老百姓一夜暴富。可富裕起来的农民，却并没有因此走向幸福的道路，反而矛盾比以前更多了，亲情更淡漠了，治安更混乱了，村风越来越差了。

这到底是为什么？为什么有了钱的农民反而没有了安全感、幸福感？面对这道难题，八家村通过树孝风、立孝制、开讲堂、评孝子等一系列活动，发生了脱胎换骨的变化，为中国基层村镇建设探索出了一条幸福之路。通过孝道教育，弘扬孝文化，八家村彻底改变了村风村貌：吵闹的少了，家庭和睦了；打架的少了，邻里和乐了；犯罪的没了，村子和谐，村民也从内心感受到真正的幸福了。

正如山东电视台《天下父母》栏目导演、著名传统文化讲师吕明晰所说："一个村庄可以改变，那一个乡镇能不能改变？一个县能不能改变？我们数年实践的答案是：能！只要我们认真学习、力行实践，道德缺失的现象就一定能改变。"

司法部原部长、《请孔子做老师》的作者高昌礼说："孝不是说出来的，是做出来的。怎么做？村组领导干部要起带头作用。有了这样的领导班子，下一步要怎么做，怎么继续发展？我觉得应该让传统文化深深扎根在村民之中并且生活化。所谓生活化，就是在日常生活中体现中华民族的传统美德，提升村民的文明素质。"

八家村的改变说明了一个最朴素的道理：人是可以教得好的！用中华优秀传统文化净化、改变人心，重塑老百姓混乱的价值观，回归中华民族"孝、悌、忠、信、礼、义、廉、耻"的做人八德，构建"仁爱、和平"的和谐村镇、和谐社会。

八家村能改变，弯柳树村一定也能改变，只要找到教育引领村民人心改变的方向和方法。党的十八大报告中已经指出了明确的方向和方法：弘扬中华优秀传统文化，培育和践行社会主义核心价值观。

赤峰八家村之行，坚定了我带领弯柳树村创建"中华孝心示范村"的信心和决心！回去后尽快行动起来，照着干，定会有收获。

2013年5月20日　星期一

北京中华孝心示范村工程义工培训班，息县选送21人参加学习，因大部分人没有任何基础，出现了人员情绪不稳、不守班规班纪、不上课等情况。我与县委常委、宣传部部长余金霞到校了解情况，并召集息县学习人员座谈，与授课老师和主办方沟通学习计划及学习内容。

2013年5月21日　星期二

与县委书记、宣传部部长一起到中央文明办汇报息县道德教育开展情况，获王世明副主任积极肯定。

2013年6月3日　星期一

回总队汇报村帮扶工作进度和上半年总结，机关党委书记鲍关龙对下半年村里定点帮扶工作做了指示和安排。贾志鹏总队长特别提醒和嘱咐我："你长期在基层，不在总队上班，总队人员变化很大。将来总队人事任用时，你会受影响的。干得很好，个人发展上不占优势。以总队定点扶贫工作为主，干两年考虑回总队，利于你以后发展。"感谢贾总的关心和爱护！

2013年6月11日　星期二

针对村民反映强烈的村内8公里道路全部是泥土路，遇到雨雪天气道路积水、泥泞难行，影响村民生活，制约着弯柳树村生产和经济发展的问题，我向调查总队党组作了汇报。总队领导积极与涉农扶贫相关部门加强联系与沟通协调。在总队领导协调下，信阳市委农村工作办公室主任李雪洋协调市扶贫办批复了弯柳树村申报的急需修建生产路的项目资金66万元，上个月已开工修建息正路至冯庄、许庄两条生产路2.1公里。这是全村有史以来修建的第一条水泥硬化路，村民都很期待，可以逐步缓解村民出行难问题。

2013年6月15日　星期六

北京中华孝心示范村工程第八期讲师培训班结业典礼，息县选送学员21人，结业13人。本次培训班共有来自全国13个省36个县、市、区的66位学员受训，其中有37位报名参加志愿者。

2013年6月17日　星期一

今天心里特别难受。辛辛苦苦跑了多少趟，赔了多少笑脸，为村里争取到的一笔扶贫项目资金终于批下来了，可村民的反应却让我始料不及。批复的40万元科技扶贫资金，我们选出了100个贫困户，每户4000元，要求经营种植或养殖项目。一个多月过去了，没有人来签字领钱。县扶贫办主任徐继勇告诉我：县里安排的40万元扶贫项目款弯柳树村不要。我找到村支书问这是咋回事，他告诉我："村民嫌麻烦不愿干，说给钱就行了，让他们种，让他们养，他们不会！他们拿到钱就会去喝酒、打牌输掉。"

给钱都不干，这贫该咋扶？一晚上久久难以入眠。我深刻意识到：比物质贫困更可怕的是心灵的贫瘠和麻木，是价值观的扭曲；村民思想观念不改变，再好的扶贫政策也扶不了根子上的贫。

如何解决贫困村长期形成的"等靠要懒怨"难题，并找出一条有效解决现阶段农村基层组织薄弱涣散，村民自私冷漠、孝道缺失、赌博严重，垃圾围村和水土全面污染的难题，如何带领村民实现物质富裕的同时，净化人心、改善民风，在基层群众中培育和践行社会主义核心价值观，实现乡风文明和谐？

我决定探索一条扶贫新路子，用中华优秀传统文化培育村民核心价值观，从改变人心入手，扶贫先扶心和志。

2013年6月21日　星期五

安排成立传统文化基金会(或促进会)，接受社会捐赠，用于传统文化普及弘扬。上午向县长汇报龙湖观音堂项目思路，中午和县政协李卓主席沟通传统文化教育培训基地建设。

2013年6月24日　星期一

到范蠡商文化促进会沟通合作事宜，支持村扶贫工作。

2013年6月26日　星期三

县委宣传部余金霞部长召开会议，建设孝心村因涉及每村15万元费用问题，先由乡镇自支，后由县、乡分担，县财政以奖代补。曹黄林乡退出，关店乡待定，我和路口乡党委书记裴仁胜坚持下来，弯柳树村先行先试，由路口乡政府支付15万元费用，签订共建孝心村协议。

前日与息县收藏家李林博士沟通，共商息县传统文化传承与弘扬事宜，并约请他策划息县传统文化基金会方案。

息县第七小学教师张勇生给我写了书法作品"坚守"，感谢！以此自励！

2013年6月27日至30日　星期四至星期日

带队到北京参加中国经典经济学方面学习班。

2013年7月1日　星期一

今天是党的92周岁华诞，我想组织一个庆祝活动，十来天前就开始和村干部商量，可是他们说农村正忙着种植水稻和秋庄稼，组织不起来人。

有村民说："别提咱村党员，啥党员？有好处就抢，没好处就躲，还没有我们老百姓觉悟高。"

农村基层组织、党员队伍涣散到如此地步，让人触目惊心，难怪各种宗教在农村大肆发展，不明真相的群众跟随者众。弯柳树村就有一个占地近一亩的院子，是前几年信教的村民自发捐款10多万元建起来的，每到周末举办各种活动，热闹非凡。相比之下，村部有几间破房，漏雨漏风，院中荒草及胸，早已荒芜不用，有的村干部也是信徒。细思极恐！越发感到驻村扶贫干部肩上责任重大。

当务之急要做两件事：一是把党员找回来，唤醒党员意识，迫在眉睫。只有发挥党员干部带头作用，强化党员干部公仆意识、服务意识、带动作用，老百姓才能信服村两委，才能跟党走，才能隐恶扬善，典型带动，养起正气，树起新风。二是把村道德讲堂建起来，守住群众思想阵地。全村400多户村民中，信教村民和非信教村民不断发生矛盾，形成割裂的两派势力。村支部、村委会只有村支书、村主任两人，村基层组织、党员队伍涣散，几近瘫痪，矛盾无人化解，此问题不尽快解决，后果不堪设想。把信教村民拉回到党的怀抱，拉回到中华文化的怀抱，实为当务之急。

可怕的是，这种现象并非弯柳树村一村。冰冻三尺，非一日之寒。这两件事，都非易事，任重而道远。

这是今年"七一"我在盼望党员而未见的冷冷清清中，引发的深度思考。我要行动起来！

2013年7月6日　星期六

河南省范蠡商文化促进会举办传统文化公益课堂，共商河南了凡同学会成立事宜。

2013年7月7日 星期日

前几日到北京参加"中国经典经济学智慧"学习班，东北财经大学钟永圣博士主讲，学习内容就是钟永圣博士新出版的专著《中国经典经济学》。西方常常笑话我们中国没有自己的经济学，原来中国的经济学迥异于西方的经济学！"德本财末""德财相应""利者，义之和也"等思想，几千年来就在我们古圣先贤留下的经典里，如《易经》《道德经》《大学》《论语》《孟子》《管子》等。中国经济学是对宇宙、自然规律和人性人心透彻洞察和把握后给出的答案，如"君子有大道，必忠信以得之"等。钟博士的讲解风趣幽默，深入浅出，透彻易懂，连我这个不喜欢、或者干脆就是学不懂经济学的笨人，也一下子学懂且喜欢上了经济学。感谢老师！

原来道德是能量！这一理念在我心中石破天惊，我看到了改变弯柳树村的曙光！伟大的中华优秀传统文化，早就给我们揭示了"生财大道"。幸运的是我们有机会重新学习中华传统文化，回归中国人自己的价值观，我找到了弯柳树村生财、脱贫、致富的方法！在弯柳树村扶贫工作中，正好可派上用场。要想有钱，得先有德！要想脱贫，得先积德！

在弯柳树村做出试点，成功了就可以普及到更多的村，把人拉回到中华民族的文化和古圣先贤的智慧中。

2013年7月8日 星期一

村支书忙于自己的养猪场，村主任因孩子在县城上学经常不在村。69岁的老党员陈文明家在新农村住，他十多年前曾经当过几年村支书，我得去找找他。他的妻子李桂兰是个热心人，两人得知我的来意是想找党员，陈大哥扳着手指数一数，多年来年轻人都出去打工了，村里剩下的都是年老体弱或者生病出不去的。如杜庄的王新龙、弯西的梅占礼、王庄的陈登富、汪庄的汪继军、村医务室的汪洋。

谢过陈大哥夫妇，我就先去找较年轻的党员汪洋。到了村医务室，他父亲汪继得在，说汪洋爱喝酒、爱打牌，一般找不到他。70多岁的老人说起来也是气哼哼的，本指望他接班，他却每天喝得五迷六道的。

再到汪庄去找汪继军，家里门锁着。邻居说他可能去县城收破烂了。

2013年7月11日　星期四

息县开放招商工作推进会议。

县主要领导、乡镇科局委领导汇报进度，县长主持，县委书记总结讲话。我建议县主要领导各选一个课题，结合经典学习与贯彻十八大精神，每个月组织一次乡科级领导干部学习，分享并应用到实际工作中。

资本向有德处流动，以传统文化教育改变民风、改善环境，吸引开发商投资。

"我来这里干吗的？"每次开会坐在主席台上，看着下面的乡镇科局委干部们，心中都会涌出对自己的深层拷问。我若仍按部就班，不能超出俗轨，舍己为人，在我还能在这个岗位上时，把我学到的、悟到的、受益的分享给大家，给大家思考和心灵的方向一个引领，就是我不仁不义，对不起大家！更是不忠不孝，对不起习总书记和请我来的息县领导。我要到各乡镇组织活动，定期集中大家学习《大学》《论语》《中庸》《道德经》《了凡四训》等经典。

2013年7月12日　星期五

应邀到濮阳市范县弘扬中华优秀传统文化的公益论坛讲课，范县农业局农技推广站站长、论坛义工朱保存开车接送我。下午我讲《我能为人民做些什么？》，三个小时课程，台下掌声不断。息县运用传统文化化解信访问题、弯柳树村尝试运用传统文化改变人心的初步探索，让大家很受启发。

2013年7月13日　星期六

今天下午在山东省单县弘扬中华优秀传统文化公益论坛讲课，内容同昨天范县论坛。

2013年7月16日　星期二

息县县委常委、办公室主任王操志邀约我给县委办全体同志讲一课，重点讲讲传统文化在涵养德性、修养党性、服务人民中的当代价值和应用。今天下午在县委三楼会议室，我就结合弯柳树村半年多来开讲堂、学经典、扶心扶志后村民的变化，从中国儒家文化四书五经之首的经典《大学》讲起，"大学之道，在明明德，在亲民，在止于至善"，"君子先慎乎德，有德此有人，有人此有土，有土此有财"，"德者本也，财者末也"。学《大学》，养大心，做大人，利大众。

课后很多年轻人找我，说太受启发了，听完这堂课从内心深处增强了全心全意为人民服务的意识，震撼于中华优秀传统文化的核心精神和我们党的宗旨如此高度契合！

是啊，共产党人本来就是炎黄子孙的优秀代表，党的宗旨扎根于中华五千年优秀传统文化沃土。《论语》说"己欲立而立人，己欲达而达人"，《道德经》说"圣人无常心，以百姓心为心"，《礼记》中孔子提出了小康社会、大同世界："大道之行也，天下为公，选贤与能，讲信修睦。故人不独亲其亲，不独子其子，使老有所终，壮有所用，幼有所长，矜寡孤独废疾者皆有所养。男有分，女有归。货恶其弃于地也，不必藏于己；力恶其不出于身也，不必为己。是故谋闭而不兴，盗窃乱贼而不作，故外户而不闭。是谓大同。"

这不正是我们党为之奋斗的人类实现共产主义的目标吗？中华民族的古圣先贤在两千多年前就描绘出了中华儿女、炎黄子孙应该为之奋斗的理想社会图景。这就是中华文化的伟大，中华民族的伟大，中国共产党的伟大！

唯有加油！

2013年7月17日　星期三

息县街道、道路命名方案公示，征求意见。请民政局、地名办按程序征求民众意见，之后上报四大家领导，之后上常委会议定。

2013年7月18日至19日　星期四至星期五

昨天做上访户吴某家四位老人的安抚工作。因其女儿近期到北京上访被依法拘留，其岳母等四位老人情绪异常激动，在谯楼街道办事处谈了两个多小时，要求吴某案尽快出结果，尽快释放其女儿。

今早找公安局局长、政法委书记及县委书记沟通汇报河南范县和山东单县县委、县政府十分重视传统文化学习情况，形势非常好，我们息县需加油，积极筹办8月份的论坛。息县传统文化学习进入攻坚阶段，群众或期望或观望，干部亦然，冷嘲热讽的也有，非下决心不能见实效。

2013年7月20日 星期六

给荥阳基地的冯老师写信，申请把吴某女儿送往基地学习，他们担心给基地带来麻烦。怎么办呢？我决定把两个孩子认下来做干儿女，给他们缺乏的母爱，把他们急于解决父母出狱的问题担过来，帮他们呼吁和解决，让孩子们安心学习。

2013年7月22日至25日 星期一至星期四

到南阳办理农运会获奖文件、物品、奖章领取等事，沟通永辉薯业投资息县事宜。

2013年7月30日 星期二

向县委主要领导汇报。一是吴某家庭盼望知道其审判时间，一直没有答复。昨天谯楼陈宏刚信息："宋处长您好！吴某家近几天一直在找我问何时能宣判一事。"我回："您给孙涛书记汇报一下，他一直在协调此事。"陈复："今天没能和孙书记联系上。吴某子女及其他家人情绪激动，吴案迟迟不宣判，其家人认为我们在拖延时间，欲于最近几天组织赴京上访。现在正做其家人工作。"当晚，我把此信息转发给了孙书记，并问孙书记具体时间。孙："收到。案子正在准备重新开庭。""案件进展情况安排规处办对好谯楼。关键是其诚信与否，上访是他们的资本，解决其上访根本问题仍是回归正常社会生活的心态问题。"吴家人转告陈宏刚："给你们一周时间，再没有确切时间，我们就不等了。"陈宏刚："政法委通知，吴某之前罪名不成立，现在正准备以其他罪名起诉吴某。担心其家人会更不能接受！"吴家人情绪激动，吴的女儿被拘留后更顽固了。

二是梅华平近况。给吕导发信息、给我打电话内容一致："老师您好吗？从圈占我地到卖给开发商到今天亲戚给我打电话说正在该地上面施工建车库，都没有给我打过一个电话，至今一直践踏我们的权益。学习传统文化之后我一直致力于弘扬传统文化，不想再告他们，可是我得到了什么？我被他们骗了利用了！做好人没有好世道，我不能再这样等待下去了，我决定再次赴京上访，我知道这不是您愿意看到的。"

2013年8月1日　星期四

上午参加县委中心组学习会议，县委书记传达总书记讲话精神，县长安排解决县城脏乱差问题、道路破损问题。

下午参加"六城联创"书记、县长路段促进会，王操志主任主持，13个单位一把手参加。我建议：一、路段负责单位，除保洁员按时打扫，还要专门抽出人员检查维护；二、对商户、居民教育跟进，以此次省检查卫生县城为契机，开始打造美丽息县。

2013年8月2日至3日　星期五至星期六

息县团县委主办"传承先祖智慧、感谢党的深恩"大讲堂，井沁老师主讲，我致词，余金霞部长总结。

2013年8月5日　星期一

给县委书记汇报吴某儿女情况；徐强老师的义工到息县，住职教中心。到平桥区郝堂村考察学习，苏书记、周晓介绍情况。

2013年8月12日　星期一

郑州企业家梅伟计划到息县弯柳树村投资建厂。

2013年8月13日　星期二

今天到冯庄，依然是被垃圾包围着，有村民坐在门前的垃圾堆旁打麻将。我过去打招呼，他们不耐烦地应付一两声。

冯庄路北的稻田地头，有一间孤零零的小房子，前几次路过这里，我以为是一个机井房。今天路过这里，看到一个老人一手挂着拐杖，一手艰难地挪动一个大塑料桶。我上前一问，原来老人就住在这里，正在移动的是一个粪尿桶，正要往地边的水沟里倒。我从老人手中接过桶，提到沟边倒掉，帮她把桶刷干净送回屋里。老人不好意思地说："太脏了，怎么能让你倒，积了好几天的大小便。"

老人81岁，两个儿子、两个女儿家都在冯庄住，由于年轻时脾气不好，对儿女不好，现在老了没人管她。她在村外搭了一个大约六七平方米的棚子，一张土坯和玉米秆搭起的窄床、一张窄桌子、一个土灶台，屋里已经没有转身的空间了。我说去找她的儿女们说说，得赡养她。她死活不让我说，她说你找他们说了，儿媳妇会打我。看着老人可怜的样子，我给她留下200元钱让她买些自己需要的东西，告诉她过几天我再来看她。

回到住处，心情沉重。必须想办法尽快解决垃圾围村问题和孝道缺失问题！

2013年8月16日　星期五

社旗县委拟举办"官德"大讲堂，旨在切实提升全县干部思想觉悟，加强干部修养。请我授课并帮他们出方案。

2013年8月21日至22日　星期三至星期四

在北京拜访专家学者，计划组建讲传统文化与党的政策相结合的师资团队。

2013年8月23日　星期五

帮助社旗县组织一场"官德论坛"，策划息县文化旅游产业事宜。

2013年8月24日至27日　星期六至星期二

拜谒西柏坡圣地，重温党的光辉历史，重温入党誓词，参加弘扬正义专家研讨会。

曾叛逆不驯的干女儿姗姗宝贝来信：

亲爱的妈妈：

这是女儿给您写的第一封信。每次和您见面也都是匆忙的吃完饭就走了，其实每次还有很多的话要和您说。更多的话是感谢您，感恩您用大爱点亮了我受伤的心灵。第一次见到您，您问了我的名字，而且还是我的小名，从小到大，来到这个大城市，所有人叫的都是我的大名。是您亲切的叫声给了我信心，给了我很好的安慰、鼓励。妈妈谢谢您！

在南阳您第一次把《圣贤教育 改变命运》的光盘拿给我看，我很喜欢。第一个看的是《90后的坏女孩》，跟我的经历很相似，我看着心里挺虚的，挺难受的。第二个看的是一个教授讲的把妈妈的乳汁放进瓶子里，多年后再拿出来已经化成了血，看了这个我哭了，我彻底地哭了，吸了妈妈那么多的血还伤害她，多么的不孝，那一刻的感悟真的很深。谢谢您妈妈！

您送给我的那本《母慈子孝》，每次看了之后都有很深的感悟。妈妈谢谢！

您让我有机会去秦皇岛国学学校上学，让我在圣贤教诲这条路上扎根，妈妈，谢谢您！

在学校里我看到了自己身上的优点、缺点，包括在生活中力行孝道、师道，诸事的原因与结果等等，和以往相比都有很多的改变。"学习"学以致用，习劳知感恩，还有我喜欢的书法、太极、古琴、唱歌……很多方面，我了解自己了。我知道自己应该往哪方面出发，我很明白我处在什么点，我拥有的是什么，我要的是什么。直到现在我才明白学习的重要性，过去荒废了那么多时间，忏悔！谢谢您，我亲爱的妈妈！

您又让我去了北京华学夏令营，收获很大，真的。更多的我是一名义工，我为所有人服务。我记得肖先华老师最深的一句话就是"不快乐"原因：一、对过去的种种事情放不下；二、对现在的事不满意。的确就是这样，我活得很不快乐，更多的是我活假了。我总是把好的一面展现给别人，即使不开心的时候我也会装着很开心。我总以为自己能独立承受一切，后来才发现无形中给自己添加了好多的压力，甚至有些迷茫，对这些很是怀疑，充满了恐惧，不自信。

那里的几位老师对我都很严格，我很喜欢这样，因为说太多的好话真的是没有多大的意思。不好的，那些老师都会当面点出来，真好。别人夸得再多，自己是什么样自己很明白，真实才会快乐。妈妈，谢谢您！

这次我在北京，所有的大孩子、小孩子都是很亲切地叫我姐姐，和我玩，那种快乐、天真、无瑕的真、善、美，真的让人难以忘记，很回味。从前我从来不喜欢孩子，更不用说和小孩子玩，这次真的不一样！还有弟弟，我看到他身上许许多多的优点，有很多的地方比我做得都好。建阁也很优秀，与伙伴们相处得都很好，对父母、弟弟妹妹的认识改观也很大。每个人都可以很优秀，就是看如何去引导的。

这次我结识了好多的善缘，每个爸爸妈妈把所有的孩子都当自己的孩子，每个孩子把所有的人当成自己的家人。这印证了"人性本善"的理论！这次21天圣贤教育之旅鉴定了我的一切，我竟然可以面对自己那些不完美的过去，不是逃避，我那一刻就像一张白纸一样，任台下的老师书写，太棒了，太好了！妈妈谢谢您！

我现在看到所有的人都是好，看到别人不好，我生起的竟然是难受之心、惭愧之心，帮助别人我就特别的开心、快乐，真的，一切都太美好了！所有的不顺就是我不对！对于未来就让它顺其自然好了，梦想扎在那！我相信自己，现在爸妈都很好，都特别有智慧。有的时候我就说我爸妈怎么那么的优秀了，嘿嘿……

妈妈，我还有几天就要开学了，给您写这封信不知道您多久会收到，不过我相信这份爱的气息您一定感受得到。我爱您和姐姐！（笑脸）

新学期我会竞选班委，为所有人服务，扩充自己的心量，扩充心量的秘密就是付出，付出，再付出。坚持做正确的事，相信就能创造奇迹，化除自己的傲慢心。凡事不是别人的错，就是我的，都是我的错！我会好好练习书法、太极，践行祖宗教诲，我知道很难，但是我一定好好学，因为我的福报是多少世多少人换来的，我一定加油，真的。还有很多的人需要这种文化，还有很多的人需要我们去传递这种爱，大爱。

我会好好珍惜这份缘，学习的同时不与社会脱轨。妈妈谢谢您！（笑脸）

我要学习的太多了，您是我的榜样，加油，妈妈，您很棒！我也会一直保持这份心，保持这份进步！桃桃姐姐真的很优秀，我很喜欢姐姐！不知开学之前能否见到你们，爱您和姐姐！妈妈，亲亲，抱抱。因为手烂了，拿笔不是很方便，写的字很不好看，嘿嘿……

你们都是我学习的榜样，谢谢妈妈、姐姐！谢谢你们对我全家的支持，还有大海老师、薛老师等。同时也谢谢爸妈对我的支持！

小女儿姗姗
2013年8月25日下午

2013年9月2日　星期一

到息县职业高中调研。

2013年9月3日　星期二

弯柳树村孝心示范村创建结合全民健康教育展开。

2013年9月4日　星期三

学习人员汇报工作。听《论语》。

2013年9月5日　星期四

起草"文明河南道德大讲堂"和"文明息县百姓大讲堂"活动方案，两场活动准备压茬进行，根据主讲人时间拟于26日至29日给省委宣传部、省文明办写出具体方案。

2013年9月11日　星期三

梅华平事件处理会议。

2013年9月13日至14日　星期五至星期六

"社旗县官德教育专家报告会",中央党校任登第教授、山东电视台《天下父母》栏目吕明晰导演等授课。我讲《正己化人,唯谦受福》。

2013年9月17日　星期二

向省文明办汇报"文明河南道德大讲堂"筹办情况。

2013年9月22日　星期日

省委宣传部副部长王庆听取"文明河南道德大讲堂"汇报,说"这是很好一件事!"

2013年9月26日至28日　星期四至星期六

参加由原深圳市副市长吴小兰、中华民族团结进步协会经贸发展工作委员会会长叶凌孜发起,广东省文明办承办的"中华优秀传统文化学习成果汇报会",广东省文明办副主任林海华、云南省文明办公民处宁德锦处长等全国各地文明办、教育局领导参加。我的汇报题目为《弘扬优秀传统文化　建设文明道德息县》。

2013年9月30日　星期一

今天下午快下班时,上访户梅华平来找我,告诉我她的改变,含泪交给我一封信,看后非常感动!梅华平的改变,给我带来了极大信心。

梅华平是息县上访钉子户,是河南省信访局、信阳市信访局和国家信访局重点关注的上访人员,因房屋拆迁索要高额赔偿被驳回而不满,三年来不断越级上访,曾在北京天安门广场自焚、欲跳金水河、在美国大使馆门前滋事等。

我到息县后,县委就把转化梅华平、吴某、王明柱等上访钉子户的任务交给我。我带领他们学习传统文化,还把他们送到唐山、许昌、泌阳等中华优秀传统文化公益论坛和培训基地系统学习,到他们家里看望、谈心、感化,如今,他们都发生了很大变化。王明柱、梅华平不再上访了,心平气和地坐下来解决问题,放弃了原来不合理的诉求,欣然接受政府的补偿标准。梅华平还给领导们写出了这封感人至深的信。实践证明，人是可以教好的！

尊敬的市、县各位领导和大德老师们：

你们好！

在以往的日子里，我梅华平因一己私利上访告状，给市、县造成不和谐音符和不良影响，更给本人家庭及县里造成严重经济损失和精神伤害。本人因上访，心中生气，愤怨填胸，积劳成疾，身心俱疲，更连累父母牵挂操心，无法安享晚年，大为不孝，又无暇顾及儿女，不称人母，最终导致家无生计。正当艰难困苦之际，县里开展传统文化教育，县委领导智慧仁慈，善巧引导我进入圣学之门，从此一头扎进传统文化的学习而不可收。受益匪浅，得到了身心和谐、健康，学习一年来再未吃过一片药。儿女孝顺，自强自立，父母慈祥，安度晚年。

我通过真学乐学，真做真悟，从而体证了圣贤文化的真实不虚，思想、心灵都得到净化，境界得到提高，胸怀得到扩大，逐步达到淡化和放下自我、小我意识，从自私自利的患得患失，到大包容、大胸怀、大格局，脱凡成善、不辞辛苦、舍己利人，真正达到了"德日进，过日少"，以至感得各方善缘来助，使得我现在生活安定，还能从事着自己喜爱的传统文化工作，弘扬善学，教化子弟。人心换人心，真情换真情，企业老总坦诚的话语和感人的关怀终于化得干戈为玉帛，转对抗成互让。

感谢人：梅华平

2013年9月30日

2013年10月9日　星期三

向省委宣传部王庆副部长汇报"文明河南道德大讲堂"筹办进度，并把云南省第二届道德讲堂光盘及"文明河南"方案送去供参考。

2013年10月11日　星期五

为许昌市传统文化公益论坛协调师资。

2013年10月17日 星期四

息县召开处级领导会议,县委副书记传达习近平总书记广东讲话精神,强调优秀传统文化是我们的根,是我们的魂,绝不可抛弃。

2013年10月18日 星期五

给县人大伍存强主任汇报,由张琼带队到南阳参加肖先华老师组织的文化自信培训班。

2013年10月23日 星期三

参加河南省群众路线教育实践报告会视频会议,刘满仓副省长主持。

2013年10月24日至25日 星期四至星期五

中国旅游协会副秘书长、原国家旅游局司长赵大泉一行到息县,我陪同调研,请教弯柳树村帮扶定位、品牌塑造问题。

2013年10月27日 星期日

息县选送28人到南阳市西峡县"文化自信培训班"学习,我和县人大张琼主任带队。

2013年11月1日 星期五

应南召县城郊乡党委书记李哲之邀,为城郊乡500多位乡、村、组干部授课《学习孝道文化 促进乡村和谐》。

2013年11月4日 星期一

司法部原部长高昌礼到息县调研传统文化化解信访矛盾情况,我陪同。

2013年11月6日 星期三

上午参加县重点工作会议。下午宣传部召开赴南阳学习人员汇报会,余金霞部长主持。

2013年11月8日　星期五

上午参加息县三级干部会议，县委部署"清洁乡村"工作，治理脏乱差。下午应南阳市南召县城郊乡党委李哲书记之邀，回到故乡城郊乡董店村，帮助董店村深入开展孝道文化教育。在村小学詹校长的带领下参观新建成的南召德源希望学校，看望我在村小学上学时教过我的老师。

南召德源希望学校前身是我的母校——董店村小学，因年久失修成为危房，2011年我在南阳市农运会筹委会工作时，回校看望老师时发现墙壁裂缝，教室漏雨，就去拜访中华慈善总会德源希望基金发起人蔡光胜先生，希望该基金为我的母校捐建一所德源希望学校。蔡先生到南召县考察后同意了，现在这所学校已建成一年，我今天第一次回来看看。

感恩母校，回报父老，结草衔环，报答养育我的这方皇天后土、绿水青山！感恩蔡光胜先生的大爱，捐建这所南召德源希望学校，使我小学时期的母校变成了如今漂亮的三层楼——全村最高最美的建筑！孩子们去年冬天已从危房搬入现代化的教学楼上课。孝道教育、感恩教育、《弟子规》《大学》等经典学习，不仅改变了孩子们，而且改变了家长，改变了村风民风。如今家庭和睦的多了，邻里纷争少了，全村和谐了很多，引起县、乡领导的肯定和赞许。

2013年11月12日　星期二

组织息县首届企业家道德论坛筹备会议，余金霞部长主持，我负责联系师资。工商局主办，时间选在11月30日至12月1日。

2013年11月13日　星期三

在息县青少年活动中心参加读书分享交流会，15位领导干部分享学习心得。

2013年11月15日　星期五

中华孝心示范村工程组委会派到弯柳树村的义工四人，今晚到息县，明天入驻弯柳树村。

2013年11月18日　星期一

应邀到吉林省东丰县传统文化公益论坛授课。上午10:00到郑州机场，因东北大雪，起飞晚一小时。下午到沈阳机场近4:00，此时雪越下越大。等田秀英老师飞机到，一起接回东丰县，没想到一直等到6:00多，飞机在空中盘旋，无法降落，有的降到北京了，有的降到天津了。田老师那班飞机又飞回青岛落地了。

我们在下面是冰冻，上面是厚雪的公路上蜗行，夜里12:00多到达东丰县。雪一尺多厚。

2013年11月19日　星期二

上午，东丰二中礼堂1000多人，我先讲三个多小时。田秀英老师中午才能赶到，她下午讲。两天论坛，见识了东北的大雪和冷！

2013年11月22日至25日　星期五至星期一

到辽宁凤城市和河北承德市参加传统文化论坛授课，都是当地市委宣传部主办。我被民众对传统文化的热切渴望感动！

2013年11月26日　星期二

昨天在路上颠簸了一整天，夜里回到息县。今天上午在弯柳树村召开义工进村一周座谈会。

息县弯柳树村创建"中华孝心示范村"活动启动，来自山东、黑龙江等地的爱心志愿者汪老师等五人，入驻村子一周以来，打扫村内卫生，宣讲孝道文化，帮助村民，受到父老乡亲的衷心欢迎和喜爱。

昨晚接到高中同学赵宏丽电话，说她丈夫宋吉强病重。深感震惊！眼泪止不住流。月初通话状态还很好，有减轻，每次电话都听到他轻松自信地说在减轻，只等他战胜癌症痊愈的消息。没想到听到的竟是时日无多的消息！上午处理完村里事情，中午即赶回南阳，见上也许是此生最后一面。一路上泪涌如泉。回想几十年来几个高一一班的弟兄姊妹时而吵，时而闹，时而笑，时而千里迢迢聚在一起，只为吃一碗南召老家的面条，那点滴温暖如烛光般照亮生活。

宋吉强、李三、靳三恒、闫萍、我，我们是南召县一中1978年高中一年级一班的五个同班同学，几十年后发现原来这就是铁哥们儿。作为两个女生之一，平时常被他们忘记，关键时候总被他们照顾。那一年我和先生生气，感觉天都塌陷了，满肚子委屈要爆炸了，从郑州跑回老家，找萍儿和三个哥们儿给我出出气，只想大哭一场，诉说委屈痛苦。没想到萍儿不在家，仨哥们儿接待挺热情。先拉我到崔庄乡老李的办公室，一杯茶喝完，又拉我说去云阳镇到孟三的小面馆吃面条，一路上说着孟三做的面条有多好吃，我始终眼含泪水坐在车后排，没有说话的机会。吃完饭又拉我回县城，说黄鸭河边那家茶店有多好，去喝茶。仨哥们儿跟没事人似的陪了我一整天，却始终没给我诉说满腹委屈和泪水的机会。心中叫苦：这些死党有啥用！第二天气也消了大半，冷静想想自己也有很多错，怎能全怪丈夫。

　　我结婚时是这三个死党和萍儿布置新房，并作为娘家人把我送到夫家。有了女儿，他们理所当然做了舅舅。20多年后，我最小的弟弟结婚，萍儿手挽红绸去接新娘，老靳做证婚人，吉强个儿小、腿勤、跑得快，办事周到，左右协调。老李素有大将风度，三言两语一指挥完，就坐在院里打牌了。父亲病重，吉强找医生、寻偏方、买补品。给老父送终，萍儿和这仨哥们儿依然是坚强后盾。

　　如今我们这五个死党，竟有一个要走了，医生说就这几天了，真的让人无法接受！从1978年认识至今，整整35年！宋吉强结婚时我是婆家照客人，专门陪女方的闺蜜和女同事。老靳的娘子是我介绍的，至今还没谢我、没请我吃大鲤鱼，找他去！老李结婚前夜公告我们："哥们儿我以后不自由了！"

　　在一中读书时我有时会住萍儿家，两人挤在她小小的卧室小小的床上。她妈妈会把好吃的炒鸡蛋多多地盛在我的碗中。萍儿不在家时，会把漂亮的绢花放在室内窗台上，我在室外隔着玻璃看到就直接去学校。窗台上没有花就知道她在家，就先去找她，再一起去上学。我们两个同看一本书，反复看一场电影，越剧《红楼梦》看一遍哭一遍。萍儿结婚后第一次到郑州，在屈亚玲家吃饭，饭后我俩在厨房洗碗，洗着洗着便哭了起来。

过往的一切今天如电影般回放，35年的闺蜜和哥们儿，五位死党，就这样各自成家立业，似乎谁也没太在乎谁，实际又似乎谁也没有离开过谁。一年没有一个消息、没有一个电话，再一见面还是像昨天刚见过一样，该抬杠的抬杠，该吵的吵，该闹的闹，一点没改变。原来生活就是如此的平平淡淡，从从容容，真真切切。可如今，那个最活蹦乱跳的，却要走了！

到医院看到病床上的吉强已枯瘦如柴，而胳膊和双手又浮肿。握住他浮肿如面包的手，看着他挂着吊瓶的脚，问他："平时咱探讨的生死问题还记得吗？"他说："记得，我就照着做。"我说："好！平时说你们都不听，吸烟喝酒，熬夜打牌，终于把这个臭皮囊磨损得该报废了。咱不要了，放下它再换一个！不要怕，死不了，既然有物质不灭定律，肉体这100多斤物质，肯定是换一种存在方式而已。"他艰难地笑了。

我又跟他开玩笑："你跟老天商量尽快来接你，你先到那儿占个好位置！我们去的时候直接找你，你接待好。我们也不用排队。"我们哈哈大笑。吉强眼中浮出那曾经调皮的笑！出了病房门，眼泪还是止不住，止不住地心酸。

哥们儿再见了，也许这一生就这一面了！如果有来生，哥们儿，等齐了，五个，咱哥们儿不见不散！

2013年11月27日　星期三

弯柳树村被县里划为清洁乡村示范试点重点村。

2013年11月28日　星期四

参加息县政府第二十三次常务会议，学习中央八项规定条例。

2013年11月29日　星期五

应邀到驻马店市泌阳县道德讲堂授课，我仍讲《我能为人民做些什么？》。

2013年11月30日至12月1日　星期六至星期日

息县举办"成功企业家经营之道"报告会，成功企业家代表贾树军、王双利、张选授课，余金霞部长总结。

2013年12月2日 星期一

与路口乡政府夏勇乡长商量工作：一、义工进驻后，很受村民欢迎，正在各家各户走访摸底。二、拟建孝道文化广场，12月12日我带乡、村干部至内乡县参观云坡山村孝道文化广场。三、发展产业，村支书和村主任带头种土姜示范一下，带动村民种。四、河北邢台市威县孙家寨村付宏伟回乡养老模式，择时带乡、村干部去学习。五、县委很重视弯柳树村试点工作，要求集中县农口部门支持，形成合力。乡里要重视起来，打造一个拳头、一个亮点。六、已给张选张总沟通，在弯柳树村建希望学校。乡里把基本情况和材料整理后发给张选。

2013年12月3日 星期二

为解决息县职教中心教育教学瓶颈问题，与吴国荣董事长深谈后建议：

一、校领导班子统一思想：真正爱学生而不是管。一是如现在天冷，1000多孩子吃饭，常常吃凉饭菜，很多孩子不时出现胃不舒服。真正爱孩子，把他们当成自己的孩子一样，就不是只把饭做好而已，一定是想方设法让孩子们吃到热乎的饭菜。二是校园内小卖部，听说与食堂是同一个老板开的。孩子吃不好饭，就不断去买零食吃，增加了开支，给家长造成经济压力，孩子养成坏习惯。在班级、校园扔果皮带来环境问题。真正发自内心爱孩子，才能办好学校。

二、老师队伍和素质的提升。一是选骨干教师出去学习，如"弟子规师资班""了凡四训经典班"等。二是12月份组织校领导及各科室学习《生命智慧》书籍和光盘，大家分享，讲体会。三是校班子成员每人领一门道德及育人课。吴校长带头，给老师做榜样。四是我也备一课，代表县领导支持学校，也给孩子们讲一节成长课！

2013年12月5日 星期四

习近平总书记上月在山东曲阜考察时指出："国无德不兴，人无德不立。""引导人们向往和追求讲道德、尊道德、守道德的生活，形成向上的力量、向善的力量。只要中华民族一代接着一代追求美好崇高的道德境界，我们的民族就永远充满希望。"

我看后非常振奋，有德就有财，弯柳树村选择不一样的扶贫路，很少有人能看懂。今天总书记的话给我壮了胆！在村开办道德讲堂，找回丢失的"孝、悌、忠、信、礼、义、廉、耻"八德，人有德了就能立起来！村有德了就会兴起来！

坚定信心走"扶贫先扶心，有德就有财"的扶贫路。

2013年12月9日 星期一

计划在村开启"道德讲堂"，按照习近平总书记"国无德不兴，人无德不立"的要求，准备借用村小学弃用的简陋教室，组织村民开展"学习《弟子规》 共享幸福人生"系列活动。从"孝、悌、忠、信、礼、义、廉、耻"做人八德入手，结合弯柳树村脱贫计划和未来发展规划，让每一个村民明白，要想彻底脱贫、致富、奔小康，都需要成为一个"勤劳、孝顺、爱国、敬业、诚信、友善"的人。

紧锣密鼓为开课做准备，和驻村志愿者负责人汪晖皓老师沟通开课时间和学习内容。

2013年12月10日 星期二

参加由省委宣传部主办的"寻找中原十大孝子"颁奖典礼，息县康乐敬老院院长岳德珍入选。

2013年12月13日 星期五

广东省仁化县县长王晓梅将于15日带队到息县，学习以传统文化促进维稳工作及其他各项工作的做法和收效，筹备迎接。

2013年12月14日 星期六

今天是个重要的日子！弯柳树村道德讲堂开讲了！

一个月来，中华孝心示范村工程组委会派驻息县弯柳树村的汪晖皓等五位义工，带领和感染着村民，开始清理房前屋后垃圾，村里主要道路变得干净些了。

今天在弯柳树村开启了息县第一个村级道德讲堂，没有上课场地，就借用村小学的一间老教室，现在已被县教育局定为D级危房，不能使用了。我对校长说：我们只用两个小时，前后门都打开，发现危险便迅速撤离。由我给乡亲们讲第一课《学习〈弟子规〉共享幸福人生》，路口乡乡长夏勇、路口中心校校长邱兴志、村支书、中华孝心示范村工程组委会派到村里的义工，还有动员来的40多个村民参加。

从"弟子规，圣人训，首孝悌，次谨信"，"天地重孝孝当先，一个孝子全家安。堂上父母不知孝，不孝受穷莫怨天"讲起，讲怎样孝敬父母、友爱兄弟姐妹、邻里和睦相让相助，大家用心在听。尽管天很冷，乡亲们的热情让我很感动。

昨天做最后的筹备时担心来听课的村民少，我们准备了不少礼品。我和志愿者一家一户去通知，驻村志愿者还是担心村民不来听课。我对汪晖皓老师说："哪怕只有一个人，我们照样当满场人来讲。"没想到，我们借用的村小教室爆满，很多乡亲边听边掉眼泪。圣贤教育如春风化雨，直指人心。

一节课下来，乡亲明白了很多孝敬老人的道理和责任，听得热泪盈眶，还学会了见面鞠躬问好、打招呼等礼貌礼仪。在村小学的一间危房里启动的弯柳树村道德讲堂，是息县的第一个村级道德讲堂。条件虽然简陋，但学习内容很受欢迎。学习《弟子规》，做幸福弯柳树人；学习传统文化，做有道德的中国人。讲孝道，讲做人，讲奋斗，讲爱国爱党。乡亲们学得开心又快乐，下课了还依依不舍，不愿走。对我而言，就是教室太冷了，我这个不禁冻的，晚上就感冒了。下次得穿厚点。

这节孝道课乡亲们的反应，让我坚信：人是可以教得好的！也坚定了我为探索有效途径解决当前农村普遍存在的"孝道严重缺失，老人无人赡养"问题的信心；坚定了弯柳树建设中华孝心示范村、息县打造全国孝心示范县，引领中国人学习优秀传统文化，促进社会和谐幸福，人类和平发展的信心！

2013年12月15日 星期日

周末仍在县里。昨天上午弯柳树村首场"乡村道德讲堂"是我给乡亲们讲的第一课。

今天周末，心里还是有点想家，周末也不能回郑州给女儿做一顿饭。她最爱吃我做的饭，她说妈妈回家就吃胖！做饭的师傅问我吃啥，我说简单下一碗捞面条煮青菜，炒一个蒜苗鸡蛋。没想到做出来是这个样子：一碗有汤有水的面条、一盘干炒鸡蛋，分明是带汤的担担面，蒜苗炒鸡蛋只能干着吃。看来在息县说捞面条，他们根本不知道是长啥样子啊。豫南和豫北差距咋就这么大呢！它这个不好吃啊，我这个无奈啊……

2013年12月19日至20日 星期四至星期五

与县委宣传部部长余金霞到北京参加盛和塾稻盛和夫经营哲学"提高心性，拓展经营"的学习。动机至善，私心了无。人心善厚，德土肥沃，五福自至。与把稻盛和夫经营哲学引入中国的曹岫云先生等深入沟通，对接对贫困地区的帮扶和指导事宜，期望息县企业家能走上稻盛和夫经营哲学的大道，即中华文化经典《大学》《了凡四训》中"有德就有财"的经营之道。

今天和曹岫云先生交谈，深受启发。66岁的他是中国成功企业家，是《稻盛和夫的成功方程式》等书作者，是稻盛和夫先生著作《活法》《干法》《拯救人类的哲学》《敬天爱人》等的翻译者。感恩82岁的稻盛和夫先生，感恩66岁的曹岫云先生！他们如此年纪还在为社会和人类的进步、为企业的健康成长而勤奋工作，辛勤播种，为我们做出了榜样。

2013年12月22日 星期日

昨晚做一梦，女儿桃桃结婚，举行中国式婚礼。婚礼已开始，主持人在台上主持行礼，我突然发现太仓促了，没有照相的，没有摄影的。我马上用手机给桃桃拍了照留念。回头找桃桃，在右后倒数第三排，像上幼儿园时班级活动一样，站起来鞠躬时，像个孩子。作为新娘，穿的婚礼服是中式花棉袄花棉裤，头发扎马尾，让我好心酸、心疼！自责不已，办中国人的婚礼，也不是这么简单，准备不充分，结婚太快了。心一疼，对不起孩子，这一辈子就这一回！

醒来突然明白，是上天提醒我坚定桃桃婚礼想法，办场中国式结婚庆典：

向祖宗汇报，让祖宗明鉴明察。连根养根，回归中国文明。做出榜样，推广全国，让年轻人感兴趣，效仿学习。在全国院线开片前播放！请专业人士拍成微电影、DVD片。请肖先华老师主婚，钱龙老师做主持人及配音解说。回去后制定出婚嫁方案，文化传承细节。华服全穿！

昨天请在京工作的南阳孩子杨小东一起来听中华传统文化与稻盛和夫经营方面的课程，晚上小东一定要请我和余部长、常局长吃饭，去体验北京唯一一家朝鲜餐厅"海棠花"。

海棠花饭店环境优雅，让我感动和佩服的是，朝鲜服务员身上的美丽民族服装和她们脸上那纯朴、充满希望与活力的笑！服装是国家的名片，是民族文化的载体！

叹华服未兴，华礼衰微，一直以来盼通过年轻人的婚礼，弘扬华服、华礼，中国式厚重婚礼！后因无人接此苦心，想让女儿带头，女儿不是十分情愿，说那也得听男方的，所以我心里近段对此有点淡化，心想随缘吧！

昨日看到朝鲜饭馆姑娘们那华彩流溢的朝鲜民族服装，又感受到服装，尤其是礼服，是一个国家和民族的精神符号，传递着一种强烈的文化信息，代表着一种民族精神。看她们的装束和笑容，油然而生对这个国家的敬意。只是心中感叹，并没多想。

不料昨晚突有如此一梦，即明白了我必须站出来，让女儿的婚礼成为演练场！移风易俗，从我开始，从我家开始！但愿女儿也如我一样的心，一样的想！为中华文化的回归，为祖宗智慧的传承，为民族复兴，穿上华服，举行华礼，办一场接过家族接力棒、民族接力棒、百年好合、幸福美满的中国式婚礼！

2013年12月24日至26日　星期二至星期四

"2013弘扬中华传统文化经验交流会暨海峡两岸传统文化交流会"

正在北京召开。县委宣传部部长余金霞带领息县学习传统文化的各界代表参加，我是扶贫领域创建孝心村的代表。传统文化教人"知因果，明是非，存好心，懂谦让，爱国家，为人民，积善德，行大道"，直指人心，化育天下，是实现"人心和谐，家庭和谐，社会和谐"的根本抓手。会议结束时，孩子们朗诵的一首诗《我的祖先叫炎黄》，唤醒人心，催人奋进，我被深深感动。我要记在心底，每个中国人都应该记在心底！不知多少人已经忘了自己是中国人，我要把自觉弘扬中华优秀传统文化的使命扛在肩上，唤醒大家的中国心。先在弯柳树村做试点，无惧风雨，勇敢前行。

2013年12月27日　星期五

应邀到河北省石家庄市平山县公益论坛授课。

2013年12月28日　星期六

今天到弯东村民许兰珍家，四个人正在打麻将。看到我进屋，都不好意思地站起来，扭扭捏捏地笑着说："我们就是打着玩一会儿！"我也忍不住笑了。"慢慢戒！慢慢戒！"我见他们想尽快支走我，急着接着打的样子，又好气又好笑。我说不着急，我们坐下来聊聊。许兰珍今年63岁，一辈子沉迷打麻将，一天不打就难受，被村民戏称为"赌博队长"。我劝他们去村道德讲堂听课，许兰珍说："年轻时都没上过学，60多岁这把年纪了还听啥课！再说了牌瘾大，不打牌难受。"

我一听笑了，对他们说："这把年纪了未必懂得道理，一辈子活得稀里糊涂，你们天天坐在麻将桌上哗啦哗啦打麻将，还批评孙子孙女不好好学习，他们能听能学吗？你们没有给他们做出好榜样啊，小孩子们不服你们！若不趁早进讲堂，不趁活着把理整明白，这辈子岂不是活亏了？不戒了牌瘾，小孙子们都看不上你们，赶快戒了！戒了！"他们说："宋书记你说得对，我们得去听听课，明白明白道理。"

大家说笑一会儿，我就走了。但愿他们都能去听课。

2013年12月29日　星期日

今天去找县委宣传部余部长商量，得制定一个村规民约，鼓励倡导好风尚，批评孤立坏现象。

这一年多来，在弯柳树村看到了太多因沉迷于打麻将赌博而致妻离子散、家庭分崩离析、村民大打出手、上吊自杀的现象。

许兰珍的丈夫反对她赌博，多年苦劝她不听，丈夫一怒之下也去赌博推牌九，两轮下来输了14000多元。弯西组村民李红沉迷打麻将，她儿子在南方打工，沉迷网络赌博，追赌债的人都追到村里了。农村赌博严重，害人太深。我一看到打麻将，就深恶痛绝，可是还得慢慢说，才能哄着村民离开赌桌进讲堂。

只要一进讲堂，我相信他们都会改变。我相信传统文化的力量，我相信人人心中都有是非对错，只是混乱了，被恶习和错误的价值观污染了。把党的政策、扶贫的帮扶措施同中华优秀传统文化相结合，给老百姓讲明白，立志气，树榜样，鼓干劲，大张旗鼓地表扬、奖励勤劳奋斗的人，批评、孤立打麻将的、打架的、偷懒的、负能量的村民，慢慢改善风气。

2013年12月31日　星期二

伟大的中华先祖创造了中华民族五千年的文明，记之于经典，传之于后世。圣贤教育所到之处，无不春风化雨，感动人心，净化人心，风清气正，乾坤朗朗。我作为受过大学教育的读书人，前半生竟未读过四书五经的任何一部，作为一个炎黄子孙，愧对先祖，无地自容！

幸在有生之年，得闻《大学》《中庸》《论语》《孟子》《易经》《心经》《道德经》，醒而奋起直追，废寝忘食，孜孜捧读，知过改过，见贤思齐。读圣贤书，与我们的生命、我们的文化、我们的祖先，连根养根，根深才能叶茂。赶紧补课，才不愧有幸生于中国，有幸生为华夏儿女。天地正气浩然起，吾心悠悠报中华！新年寄语，勉励自己！

2014年

2014年1月1日　星期三

新年到，样样好！学经典，传道德。正人伦，归本位。德孝兴，民康宁。先祖心，子孙昌。明君出，党建强。上有行，下效仿。华夏盛，我担当。勇向前，不彷徨。圆梦想，不遥远！

元旦放假回到家，终于可以和孩子们共享幸福时光！郑州蓝天白云，阳光明媚。

新的一年到来了，祝愿祖国繁荣昌盛，人民幸福！祝愿弯柳树村乡亲们新年新气象，发奋图强，早日脱贫致富奔小康！

2014年1月4日　星期六

为期三天的弯柳树村"五伦关系与幸福人生"课程今天结束，邀请著名孝道讲师郭芙莲老师给村民讲课。听课的村民反响很好，明白了父母与孩子、丈夫与妻子、兄弟姐妹之间、朋友之间、上下级之间这五种关系，如果能依道而行处理好，就会收获和谐的关系、幸福的人生。

2014年1月8日　星期三

中华慈善总会德源希望基金发起人蔡光胜先生为我的家乡南召县捐建一所希望小学，我到息县弯柳树村驻村后，又为息县捐了一尊巨型孔子雕像。

为感谢蔡先生的大爱支持，今天专程赶到新乡市长垣县参加蔡光胜儿子的婚礼。我被这一家祖孙三代接力做慈善、做善事之举感动。92岁高龄的爷爷对新郎、新娘寄语："不要给社会添麻烦，多给国家做贡献。"蔡光胜寄语这对新人："老祖宗教我们吃亏是福，吃亏是福是真的！希望你们这一生能吃亏，会吃亏，常吃亏，多帮人，多为国家做贡献，能够长寿、富贵、康宁、好德、善终，'五福'俱全。一起做慈善，跟我干吧！"

新郎蔡奥林送给新娘宋娅的礼物——自己在部队两年用弹壳亲手打磨成的一枚特殊戒指。新娘送给新郎的礼物——两年两地相思中，写给心上人的厚厚日记。两位新人把婚礼现场收到的49万余元贺礼现金，捐赠给长垣县慈善总会，由王副会长现场代领并发给收据、颁发荣誉证书。

两位可敬的青年，一个代代相传积德行善的家族！

这就是中国河南长垣县的农家，这就是黄河岸边黄土地上走出的企业家，这就是中国人本来的样子！蔡光胜先生小学没有毕业，却被东北师范大学授予名誉博士学位并聘为教授，企业管理未必精通，财富却追着他滚滚而来。正像老百姓说的："栽什么树苗结什么果，撒什么种子开什么花。"也如《易经》说的："积善之家，必有余庆。"祝福新人百年好合、幸福美满，祝福积善之家代代兴旺，祝福人人孝悌传家、善德做人、建功立业、五福俱全。

2014年1月9日　星期四

河北沧州盐山论坛授课。

2014年1月10日　星期五

河北承德围场论坛授课。

2014年1月11日　星期六

广东韶关公益论坛授课。

2014年1月12日　星期日

今天带南召县城郊乡党委书记李哲、村支书和村组长30多人，到南阳内乡县雷沟村参观学习以孝兴家、以孝兴村经验做法。中午在村里吃大锅饭。感恩薛立峰老师在家乡兴建孝道文化广场，带领全村为父母尽孝，改变村风民俗，给弯柳树村提供了借鉴。

实现中国梦，农村怎么做？针对农村普遍存在的孝道严重缺失现象，从恢复孝道、赡养父母、善待老人做起，从我们每一个人当下行动做起。

2014年1月13日　星期一

今天从南阳把很有爱心的薛老师请到息县路口乡弯柳树村，给村民们讲讲他在雷沟村是怎样带动村民孝敬老人的。我向乡党委书记裴仁胜、乡长夏勇汇报后，领导们邀请他先到路口乡讲一场孝道落地课。今天下午"十八届三中全会精神宣讲团路口乡报告会"举办，全乡各村的村支部书记、村组干部齐聚中心学校，听孝道落地入户入心课。怎样给父母过生日？怎样把孩子的生日过成每家每户感恩父母、感恩祖先的感恩节？为弘扬中华孝道，薛老师建议在职人员父母过生日时放假一天，回家给父母打扫卫生、给父母做饭、陪父母旅游、陪父母做他们想做的事等，回到单位写孝亲心得，给大家分享，交上作业。学校老师给孩子布置生日作业，回家帮父母干活，给父母洗脚，写生日孝亲感恩作文。父母生日时提醒并监督父母给爷爷奶奶、外公外婆洗脚、干活等。相互影响，相互监督，形成孝亲家风，自然家和业兴，子孙成才，家道昌盛。孝是财富之根、幸福之源。

谢谢薛老师对息县建设孝道示范县的爱心付出与支持。中午在弯柳树村干干净净的农家小院中晒着太阳吃午饭，真是太幸福了！我牵头负责，爱心人士、志愿者参与，息县、南召县、内乡县——河南省三个农业县、贫困县，结成弘扬孝道文化和道德教育的姊妹县，携手同心，在中原大地为弘扬中华优秀传统文化，恢复中华传统美德共同努力。

在一个村一个村的穿梭中，在和父老乡亲的沟通与帮扶中，我们建立起鱼水深情，其间我常常被乡亲们感动。作为一个党员，和父老乡亲同吃同住同干同学习，带领大家走在恢复孝道、复兴中华道德教育、实现民族文化复兴的大道上，从此家家变得和谐幸福，人人安居乐业，我心中的那份幸福与自豪，就像一滴水溶入了大海，一棵树找到了根！那份博大、深沉、平静、喜悦、淡定，那份守岗位、尽职责、圆梦想、感党恩、报人民的充实与幸福，世无能比。

2014年1月14日 星期二

参加县委经济工作会议，县领导在讲话中强调：选准的路子符合科学发展观，就要坚定不移地走下去。坚持用中华传统美德教育人、鼓舞人、塑造人，全面提升了息县的对外形象。

看到息县及弯柳树村一年多来的变化，深感抓文化自信的路走对了！功成不必在我。我只是一粒铺路的石子，在通向文化复兴的大道上做一颗铺在最下面的砂石。我的幸福在于我先走到这个方向，先铺在这个路基下，为后来人铺平道路，提振信心，像指路箭头一样，指着文化方向。

2014年1月17日　星期五

因为在驻村扶贫，就要研究怎样发展经济，怎样让贫困的村民提高家庭收入，怎样让一穷二白、欠账累累的村集体经济扭转现状。我开始研究经济学，这是我最头疼的一门学科，大学期间也只考到及格分数线。现在工作需要，不学不行！硬着头皮看亚当·斯密《国富论》、保罗·萨缪尔森《经济学》、罗伯特·清崎《穷爸爸富爸爸》等，看了几个月，累得半死，也没有找到弯柳树村发展经济、脱贫致富的方法。且越看越糊涂，干脆连他们说的啥也搞不明白了。从此对经济"学"不抱任何希望，在那里找不到发展经济的途径，只有公式、模型，像迷宫一样让我彻底发蒙。比上学时还懂！

直到有一天看到中国人写的经济学著作——《中国经典经济学》，一口气读完，感到像是在经济学这片海里溺水将亡，一下子被一只大手救上岸。书写得太好了，读来真是过瘾！东北财经大学教授钟永圣博士所著的《中国经典经济学》，告诉我们"有德就有财"的中国式生财之道、幸福之道。从《易经》《大学》《论语》《中庸》《孟子》《道德经》《管子》中，总结、提炼、阐释的是古圣先贤的经济学。

每读到会心处，止不住开怀大笑，一部书读完，不止一笑十笑百笑了。忍不住要谢谢作者！我一个好朋友的孩子在美国读经济学硕士，我给他讲了我对《中国经典经济学》的读后感，不懂经济学的我，给他讲在钟永圣博士这儿学到的、理解到的经济学，竟条理清晰、头头是道。

2014年1月18日　星期六

今晚又读《中国经典经济学》，谢谢作者钟永圣博士，把枯燥乏味的经济学写得如此活泼可爱，让我这个当年在校没有学明白的人，开始喜欢上了经济学。

读书到深夜，忍不住给钟博士发信息："博士贤弟好！人类还有多少貌似严肃认真、一本正经的荒唐可笑事？"他回："哈哈哈，多了！"读钟博士写的书实在太开心太享受了，智慧、轻松、洒脱、风趣幽默、举重若轻，又似一顽童。好多地方常常让我笑一晚上，又透过这些看到人类的好笑、自己的好笑，大有"除却此书不是书"之感，故推荐给大家。

"德本财末"，"德财相应"，"有德就有财"。我读懂了，学会了，也找到了弯柳树村民致富的方法、村集体经济发展的方法。弯柳树村开讲堂讲孝道、教积德的方向选对了！抓住了财富的根本——德。

扶贫先扶心，但改变人心谈何容易！必是个长期工程，不会像跑项目一样快速见效。短期内看不到政绩，且有风险。但从长期看，必然会使乡亲们受益无穷。只要能让老百姓真正受益，即使无政绩、有风险，也值得我全身心投入来干。做好打持久战的准备，我先耐心把人心改变了，德行积厚了，经济发展了，财富自然会滚滚而来。

我依稀看到弯柳树村财源滚滚、村民幸福、繁花似锦的未来，正在向我们走来。真庆幸！且让我们拭目以待。

2014年1月21日　星期二

郑州企业家传统文化学习班，我授课，题目是《正己化人，唯谦受福》。

2014年1月23日　星期四

为期一周的弯柳树村小学生冬令营今日圆满结营。在驻村扶贫工作队和志愿者的努力下，"礼乐少年，孝德人生"公益冬令营，让孩子们变得彬彬有礼，落落大方。弯柳树村的孩子们通过学习，知孝悌，懂感恩，孝父母，爱祖国。

2014年1月26日　星期日

参加全省党的群众路线教育实践活动第一轮总结暨第二轮部署视频会议，邓凯主持，郭庚茂书记讲话，强调落实中央八项规定，转变党风政风，学习焦裕禄精神，清廉、务实、为民。

从小到大，都被号召学习雷锋精神。但直到看了《雷锋精神与中华传统文化传承》这本书，才真正明白雷锋精神该怎么学、学什么、怎么做，才发现雷锋精神是如此温暖、生动、可爱、时尚、快乐、具体化和生活化！

雷锋短暂一生所做的一切，从起心动念始，全是无我利他、利人民、利国家的事情，与中国古圣先贤的修为如出一辙。到此明了：雷锋精神就是中国人本来应该是的样子！学习传统文化，回归中华文明，人人恢复正念、利他、厚德，敬畏天地，感恩先祖，善待一切，人人皆可成为雷锋。照此解读雷锋精神，我想会人人爱学、乐学，且能照着做，过上快乐充实的人生。《雷锋精神与中华传统文化传承》，一看作者，又是这小子——钟永圣！感谢这位"沉淀十年读经典，一朝亮剑照大千"的年轻70后作者。最近大有"也曾读书破千卷，除却钟书不是书"之感。希望今年3月学雷锋，全国都读这本书。

2014年1月27日 星期一

"淅川县电业系统践行核心价值观铸魂圆梦工程"策划筹备，应邀运用文化自信帮助南阳市淅川县电业局系统整顿作风，改变现状。

2014年2月16日 星期日

参加息县政协九届三次会议开幕式。

2014年2月17日 星期一

参加息县人代会开幕式。

2014年2月19日 星期三

刘旭，18岁，学习好，但由于对自己要求过高，压力大、焦虑、自闭，已经休学一年多，无法正常进入生活。县委书记介绍刘旭的父亲刘辉找我后，我介绍刘旭到开封传统文化培训班上课。今天孩子从开封回来，一定要来见我。他爸爸说："原想五年孩子能达到这个样子就满足了，没想到三个白天四个晚上的课，孩子就发生了这么大的变化！"父子俩决定刘旭要认我做干妈。孩子马上起身鞠躬叫"干妈"，让我心里好感动！感恩中华先祖和圣贤文化！

2014年2月20日 星期四

吉林省东丰县考察团一行19人在县委郭副书记的带领下昨天到息县,在息县县委常委、县委办主任王操志,宣传部部长余金霞,信访局局长张亚斌等人陪同下,今天上午到弯柳树村,实地查看建设中华孝心示范村进度和村民接受情况,查看村小学引入传统文化学习后的变化。孝心村志愿者负责人汪晖皓汇报孝道教育开展情况,我汇报"扶贫先扶心扶志"工作开展后村民的变化。虽然村里开展传统文化教育时间不长,只有短短的3个月,但村民的变化很明显,文化净化人心的作用已经彰显。领导们看后,感受到弘扬中华优秀传统文化,对改变基层混乱的价值观的真实作用,都很欣慰和振奋。

我就详细学习贯彻十八大精神,弘扬中华优秀传统文化工作做了介绍:

传统文化教育可以触及思想、灵魂,净化内心世界。从2012年8月份以来,息县借鉴了外地经验,以弘扬中华优秀传统文化、创建文明道德息县为目标,开展了不同层面、形式多样的传统文化教育和道德实践活动。通过举办道德大讲堂,选好讲师、选好教材、抓好载体、树好标杆,与实际工作相结合,邀请国学名师、全国道德模范来为全县干群作报告。通过加强对机关干部、职工的传统文化教育,转变了干部作风。党政机关、执法部门、窗口单位人员服务意识增强了,工作作风转变了,慵懒散软现象减少了,工作效率提高了,干事创业的劲头增加了。

通过开展传统文化教育,改善了社会风气。群众的文明意识和道德修养提高了,大街上乱扔垃圾的少了,争当志愿者的多了;邻里之间不和睦的少了,互帮互助的多了。

座谈会上,王操志向考察团赠送了息县出台的关于弘扬中华优秀传统文化的相关文件副本以及相关书籍和音像制品。息县高度重视开展弘扬中华优秀传统文化工作,站位高远、行动快、抓得实、接地气,紧紧围绕本县实际开展活动,有针对性地从机关干部入手,让他们带头学习、践行,干部作风得到转变,效果特别明显。考察团领导表示此次调研收获很大,效果很好,回去将会认真学习、借鉴息县和弯柳树村的好经验、好做法。

2014年2月21日　星期五

昨天的《人民日报》发表了一篇长文《春秋有月读千年——再读孔子》，文中指出："孔子是唯一能让炎黄子孙天下归心的集结号，是中华儿女血气相通的文化脐带，是中国社会核心价值的'定盘星'，是中华民族的'床前明月'。"这篇文章是中宣部《党建》杂志社社长所写，分析透彻，荡气回肠，给我们吃了一颗定心丸！有了这篇文章，可以让那些反对我们开展传统文化学习、担心我们甚至打压我们的人放心了吧。

上午参加息县县委常委会议，下午应邀到内乡县参加"美丽中国　孝在乡村"经验交流会议。

2014年2月23日　星期日

这一段时间，村道德讲堂一直讲《弟子规》，放《圣贤教育　改变命运》光盘，其中《天理不容的媳妇》等，都是学习《弟子规》后，心态改变、做人改变、命运改变的当事人现身说法。乡亲们听得津津有味，听完照着做，很多人把住在小棚子里的老人接回家了，家庭和谐了。《弟子规》是儒家基础教育的经典，核心思想是"孝、悌、忠、信、礼、义、廉、耻"的做人八德。

2014年2月24日　星期一

"弘扬中华优秀传统文化　实现中华民族伟大复兴"培育社会主义核心价值观暨淅电系统孝亲文化教育活动今天开幕，为期三天。吕明晰老师、我、王唯、田秀英等授课，息县梅华平分享一个小时《我不上访了》，述说自己的转变，感人至深。淅川县位于丹江口水库库区，自1958年开始移民，至今共5批，40多万人。"大爱报国，无私奉献"的移民精神，与红旗渠精神、焦裕禄精神，并称为河南的三种精神，列入中华民族精神谱系。

2014年2月25日　星期二

今天弯柳树村小学生《弟子规》周末学习班正式开班，有40多名本村学生和周末从县城回村的青少年参加。以后每周六常态化开班，中华孝心示范村组委会的驻村志愿者汪晖皓、邱白等轮流辅导带班。

2014年3月5日 星期三

今天是全国学雷锋日，组织村民出来打扫卫生，到五保户、独居老人户家看望，给识字的会看书的村民发《雷锋精神与中华传统文化传承》这本书。号召村民人人做好事，个个学雷锋。随时随地帮助人，天天都是学雷锋日。

2014年3月12日 星期三

今天息县县委常委党的群众路线教育实践活动，集中观看《情系人民》专题片，片中习近平总书记在看望富平县群众时说："中国共产党来自人民，植根人民，服务人民。"毛泽东主席当年说："不解救人民，还叫什么共产党！"

群众路线教育，是党中央下大决心深化改革的前奏，是为深化改革的大战略开路。走群众路线，解决群众关心的、盼望的问题，造福群众，为群众服务，是我们这些一线党员干部的天职和使命。

我自从2006年到基层工作后，天天工作、生活在群众中间，八年基层实践让我更深刻地感受到：党的根在人民，每一个党员都能全心全意为人民服务，把群众当作自己的父母、兄弟姐妹，与人民连根养根，党的事业才能根深叶茂、基业长青。

2014年3月19日 星期三

今天晚上村讲堂课程为光盘教学，播放《圣贤教育 改变命运》系列光盘中的《麻将之祸》《我不敢再恨父母了》《我不再上访了》。骆同军、杜继英、许兰珍等爱打麻将的村民，看完说以后真的不敢再打麻将了。

《我不再上访了》的故事，就发生在我任南阳市卧龙区副区长时。2010年9月，在宛城影剧院举办南阳市首场"弘扬中华优秀传统文化，做有道德的南阳人"公益论坛。那场南阳论坛，拯救和唤醒了无数人，拉开了南阳市弘扬中华优秀传统文化的学习热潮。南阳监狱的领导给论坛组委会的致谢信中说："你们的报告点燃了服刑人员新生的希望和改造好的信心，播下了和谐的种子，它必将生根发芽，发扬光大！"一名即将出狱的在押犯人，听完报告，跪在老师面前说："谢谢你们！你们的报告不仅救了我，也救了我出狱后打算报复的人！"

也就是从那时起，我立志后半生积极弘扬中华优秀传统文化，唤醒人心，回归道德，回归中华文明。弯柳树村"扶贫先扶心"，走"有德就有财"的脱贫致富路，理论基础也是那时打下的。所以我信心满满。

2014年3月20日　星期四

参加息县县委党的群众路线教育专题学习会议，县委书记主持，对照问题找差距，为群众解决实际问题，化解矛盾纠纷。

2014年3月21日　星期五

参加息县政府党组群众路线教育实践活动第二次集中学习会议，常务副县长主持。观看专题片《记忆》，学习焦裕禄精神。

2014年3月26日　星期三

县委书记作"群众路线教育实践活动"辅导报告，解读省、市对活动的要求，聚焦"四风"，对照焦裕禄精神，查找自身问题，反省、整改。

2014年3月31日　星期一

文化扶贫，我已上路，风雨无阻。唯大我，最心安。

2014年4月2日　星期三

今天开始动员成立弯柳树村孝爱基金，募集资金，用于解决垃圾围村问题，乡村沿路两侧边沟坑塘、河流的清洁，和组织孤寡、留守老人体检、学习，帮助困难户等；同时用于购买石子，铺垫全村泥巴路。

我先捐出1000元工资，县委宣传部余金霞部长得知后也捐出1000元工资，中国爱心工程委员会爱心大使薛立峰鼓励爱心企业家、村民自发捐款。息县县委、县政府大力支持，息县爱心企业家和爱心人士鼎力相助。在去年底开始的"美丽息县　清洁乡村"活动中，在驻村帮扶队员、孝心示范村义工、县、乡、村干部与老党员的带动下，息县爱心企业家负责给14个村民小组的泥土路铺上砂石；又带领村民打扫卫生，通过八方力量相助，村里过去脏乱差的状况大大改善，正在从根本上解决垃圾围村的难题。制定《村民卫生公约》，保证家家干净整齐。境由心转，人心一变，村风村貌焕然一新。

2014年4月3日　星期四

学习《关于在教育活动中学习弘扬焦裕禄精神　践行"三严三实"要求的通知》。

2014年4月4日　星期五

到省委组织部汇报成立"河南省家文化促进会"事宜，分管领导朱副部长热情接待。他看过方案后认为省委宣传部更合适对接，当即给李宏伟副部长打电话沟通交代。李副部长对息县弘扬传统文化的成效充分肯定，鼓励支持我们在弯柳树村扶贫中、在息县各项工作中大力探索应用传统文化，为全省做出试点。

郑州市二七区最早在全区开展"学习中华优秀传统文化，做有道德的二七人"的活动，弘扬孝道文化、道德文化，写满《论语》《大学》《弟子规》《道德经》章句的文化墙和文化长廊布满二七区的大街小巷，一时间"文化二七""道德二七"成为郑州市让人耳目一新的地方。周末、节假日市民都愿意到二七区走走转转，连投资商都首选二七区。文化的力量，春风化雨，润物无声。让那些优秀领导干部有大智慧，对上响应党中央号召，传承中华上下五千年传统文化精华，传播古圣先贤智慧，对下全心全意办实事，真正为人民谋利益。

我在弯柳树村开创的"用传统文化扶心扶志"的扶贫新思路，也受二七区全区学习传统文化，提升文化自信的影响与启发。

2014年4月6日　星期日

邀请息县协和医院的陈医生等到村，为村里老人举办义诊活动。

驻村爱心志愿者和爱心人士以温情的方式为弯柳树孝心示范村做着贡献，不断感化着弯柳树村民。村民们开心地说："我们村人现在大家都很亲，就像一大家子一样。"

2014年4月7日　星期一

在母亲节到来之际，弯柳树村举办"为了母亲的微笑"乡村公益演唱会暨感恩演讲活动，邀请息县籍青年励志讲师付俊以《学会感恩 让生命充满爱》为题作演讲。

2014年4月10日　星期四

"移风易俗，莫善于乐。"《礼记》中说改善一方百姓的人心和风俗，最好的方式不是说教，而是用德音雅乐，润物细无声地化育人心，化民成俗。

今天村委会广播站正式启动，每天早中晚三次播放《婆婆也是妈》《丈夫你辛苦了》《妻子你辛苦了》《孝和中国》《团结就是力量》《没有共产党就没有新中国》《重回汉唐》等德音雅乐和"孝亲重道，邻里和睦，诚信做人"德育故事。用国家统计局河南调查总队帮扶资金，为村里购买了无线广播发射设备，14个村民小组都安装了大喇叭，最远的李围孜小组，也能听到村广播站的节目。

2014年4月13日　星期日

今天轮到对弯柳树村南片区的焦庄组、杜庄组等7个村民小组进行家庭卫生评比。因弯柳树村已成为全县"美丽息县 清洁乡村"活动示范村，受到全县关注，县委宣传部特组织全县十多个乡镇的党委书记带队到弯柳树村参观学习。

2014年4月14日　星期一

和王希海老师一起在江西上饶传统文化学习论坛讲课。

2014年4月21日　星期一

今天息县县委、县政府举办"息县党的群众路线教育实践活动中华优秀传统文化专题报告会"，特邀受到习总书记在山东曲阜考察时接见的金辉校长（山东孔子礼仪学校校长）、郑州荥阳市委党校副校长王天奇授课。中华优秀传统文化的核心是道德，党员、领导干部带头学道德，群众就会跟着学。

今天组织弯柳树优秀村民代表参加《感恩智慧》课程学习。通过丰富系统的学习，让大家明理守信，做到孝亲敬老、尊师重教、友爱兄弟、和睦邻里，实现身心和谐、家庭和谐、全村和谐。

2014年4月29日　星期二

带领弯柳树村村民和驻村志愿者打扫房前屋后卫生，建设清洁、孝爱弯柳树村。晚上住在许庄贫困户邓大姐家中，她因糖尿病刚出医院，家里很穷很脏。余金霞部长我俩睡一张床上，彻夜未眠，离开时给邓大姐100元生活费，她死活不收，我说这是纪律，她才收下。住在农家土屋中才真正感受到农民所需所盼，也知道了群众路线就是要为群众解决急盼的问题。弯柳树急盼的：一、解决子女不孝养老人问题；二、解决垃圾围村问题。

2014年4月30日　星期三

参加"全市党的群众路线教育实践活动报告会"息县分会场学习，由乔新江市长主持。郭瑞民书记作主题报告，强调按照习总书记"深学、细照、笃行"要求，学习焦裕禄精神，做焦裕禄式好党员、好干部，扎实为群众办实事。

弯柳树村成立村民义工团，在解决垃圾围村问题上成效显著，为"美丽息县　清洁乡村"建设积累了经验。其他村和乡镇不断到弯柳树村学习，引起了县委、县政府的高度重视。

2014年5月6日　星期二

党的群众路线教育实践活动现场会在弯柳树村召开，县委常委会到村里开，是对我们极大的鼓励。

上午，县委书记带领息县县委常委会组成人员到路口乡弯柳树村调研，并在弯柳树村村委简陋的危房办公室召开县委常委(扩大)会议，县委书记、县长等9位县处级领导，路口乡党委、乡政府领导，弯柳树村干部和村民代表，以及驻村志愿者参加。大家参观村容村貌之后，我汇报了半年来的做法和"扶贫重在扶心扶志"的思路与实施方案。会议听取县委、县政府领导、村民代表、村干部发言，县委书记作最后总结。

弯柳树村支部村支书："宋书记来村后，让打扫卫生，让学传统文化，还不让打麻将，群众有抵触情绪，都不支持，还反对。县里让建立孝心示范村，让清洁乡村，群众不支持不参与，认为是政府该做的事。村民不干，宋书记和义工们自己干，开始村民不理睬，认为不过是走走过场就走了。后来发现他们一直干，几天之后，村民被感动了，认识慢慢提高了，开始跟着干的人越来越多了，后来每天都是几十个，村里清理干净了，村民还主动商量如何保持。这让我们村干部都意想不到！过去都是上级来村检查前才打扫一次卫生，清清垃圾，一天给80元都没人干。"

驻村义工薛老师："我来弯柳树村是为了感恩宋书记，原来计划干一周帮帮宋书记，以报答宋书记让我学习传统文化和帮助我们村建孝道文化广场的恩情，没有想到弯柳树村脏乱差这么严重，更没有想到村民的自私冷漠这么严重。是弯柳树村人的冷漠、麻木惊醒了我、成就了我，我要像中华孝心示范村的义工们一样，和宋书记一起驻村，改变弯柳树村，通过弯柳树村改变中国农民，改变中国农村。做时代最需要的事，从而成就一个伟大的自己！"

村老党员陈文明："我都快70岁了，村里老人孤独啊！眼看着村里的年轻人大多数出去打工了，顾不上老人，很多老人留守在家没人管，在家的年轻人也不养老人，老人很可怜。宋书记和义工们来了，组织村民清垃圾，给村民讲课讲孝道，开始没人听没人干，后来都愿意听愿意干了。他们到各家各户去看望老人，给老人包饺子，村民都被感动了！我和老伴是最早跟着干的。我活这么大，从来没有见过县里这么多领导来弯柳树村开会，这对我们村是极大的鼓励！历史上从来没有的，自从建村以来，弯柳树村第一次迎接县委常委会在村里开。这是弯柳树多大的光荣啊！创建孝心村，去年开始义工们领着我们村民学习《弟子规》、孝道、传统文化，村民心里都发生了很大变化。宋书记在村里不仅是言传，而且是身教，给群众讲课，带着群众干，非常感人！自从有了塑料袋以来，都是往沟里、塘里扔，几十年扔的塑料袋、破衣服鞋子、废物，都垃圾围村了，群众懒散惯了，卫生意识本来就差，家里村里都脏，这次打扫干净了！"

宣传部部长余金霞、纪委书记刘世庚及县委书记分别讲话。

我的体会是，让群众转换思想是个难事，难事能坚持，群众就信任。希望通过群众路线教育，广大党员干部真正走进群众，融入群众，最终才能改变群众，帮助群众解决实际问题，群众心里才能满意、顺畅。只有我们党员干部真正全心全意为人民服务，群众才能全心全意听党话、跟党走。

解决弯柳树村贫困问题、垃圾围村问题、孝道缺失问题，我选择的"扶贫先扶心"的方向是对的，坚持下去必有大成。我们做好了，探索出一条可行之路，必将为解决当前中国农村、农业、农民"三农"问题提供样板和借鉴。

对此我充满信心！

2014年5月7日　星期三

邀请息县籍励志讲师付俊，在新农村街道搭起舞台，为村民演讲《学会感恩 让心灵充满爱》。

2014年5月8日　星期四

半个月前我在朋友圈发出邀请函："到河南省扶贫定点帮扶村——息县弯柳树村，体验农家生活，共听孝道文化，关注美丽乡村建设。为响应党中央号召，培育和践行社会主义核心价值观，在全社会弘扬中华优秀传统文化，中国优秀的民营企业家应当运用直指人心的中国文化，建立中国式企业管理体系，弘扬孝道，以孝兴企，构建基业长青幸福企业，为实现中国梦贡献力量。"

没想到得到了广泛的响应，有130多位各界人士报名到村参加"以孝兴企"学习班。

今天在"首届中国民营企业家孝道文化论坛启动仪式"之后，对评选出的弯柳树村首届"十大卫生家庭""十大清洁乡村先进个人""感动弯柳树村十大人物"进行公开表彰，李桂兰、骆同军等获奖村民讲述了他们自己改变的故事，参会人员无不感动。

2014年5月9日　星期五

为期两天的首届中国民营企业家孝道文化论坛在弯柳树村讲堂成功举办。来自北京、山东、江苏、河南等地的130多位领导和企业家，来到弯柳树村，吃住在农民家中，按每人每天100元的费用标准自理。息县各个乡镇党委书记、乡镇长、县直涉农部门一把手和1000多名村民，共聚省级贫困村，学习怎样立足中华优秀传统文化，培育基层核心价值观，以孝兴村、以孝兴企。

论坛由县委常委、宣传部部长余金霞主持，青岛亨达公司副总经理单玉萍讲授《以孝兴企》，我结合《孝经》《论语》和弯柳树村的实践，给大家讲授"小孝兴家，中孝兴企，大孝兴国"的中国式幸福快乐、基业长青、大道至简的人生管理和企业管理智慧。

组织大家共同参观这个昔日垃圾围村、不孝父母、打麻将成风、脏乱差的省级贫困村，如何通过学习传统文化、孝道教育、爱心教育、感恩教育，转变为今天村容村貌干净整洁，村民争相学习、彬彬有礼的美好景象。很多村民家庭建起"孝爱客房"接待外地来宾吃住，并给客人留下了很多感动。

河南省范蠡商文化促进会副会长、河南安信公司董事长许宪魁一行在活动结束离开弯柳树村时，给县领导的致谢信中说："通过在弯柳树村学习、参观，感受到中华优秀传统文化改变人心的力量，感谢息县领导和百姓的厚待！我们不但被息县百姓感动着，被息县的孝亲故事感动着，还被息县领导下决心弘扬优秀传统文化、改变息县人民的生活感动着。也深深认识到，人心的改变不单是几个领导的事，需要企业界的支持与帮助，需要爱心志愿者的无私奉献，需要全社会的不懈努力，需要立足长远发展做好战略规划。同时，也深切感觉到，传统文化是中华民族崛起急迫需要的，是我们每个人、每个企业急迫需要的，是我们的社会转型急迫需要的！我们坚信：传统文化的学习、践行、弘扬，不但会改变我们的国家和人民，也能产生巨大的生产力。孝亲文化系列产品，将伴随着息县民风的改变而名扬天下！"

2014年5月10日　星期六

息县工商局组织100多名企业家到弯柳树村观摩学习。我介绍从开讲堂讲孝道入手，恢复孝道文化，大力弘扬中华优秀传统文化，给弯柳树村带来的变化，让大家认识到中华优秀传统文化的力量。

2014年5月11日　星期日

今天的《大河报》以整版大篇幅总结、报道了"弯柳树模式"。这是记者在弯柳树村进行探访后写的："半年前，这个村子跟别的村没有什么区别，有的婆媳不和，有的兄弟不和，有的对父母不敬，但半年来村里的改变让人难以置信。""现在，村内干净整洁，村民懂礼貌、爱助人，该村成为大家夸赞的对象，不少外地人前来学习治村经验。"

2014年5月12日　星期一

今天收到走出迷茫困惑的16岁的干女儿姗姗发来的节日祝福，我看后感动得流泪！

亲爱的妈妈：

喜欢我这样子叫您吗？喜欢我就多叫几声，妈妈，妈妈，妈妈……时间过得真快，一转眼我们母女俩相识相知相聚已经快两年了。每次见您，您就像先知一样一眼看透我的心，然后像神仙一样抚平我的伤疤、疗愈我的内心。感谢缘分！您是我生命的贵人，您的出现使我的学习、见识、心态、格局都提升了一大截。您带我学习传统文化，让我学会孝顺父母，明白了天道规律、因果关系，使我从那个受惊的小兔子变成了今天内心强大的女孩，承担起了责任，做起了善事，付出并不求回报。圣贤的文化洗净了我的心灵，点燃了我的灵性与激情。生命的伟大在于心中有梦，此生不求名利权，只求能够成就一番大事，造福更多的人，同时学习传统文化永远不能丢。现在的我在向梦想的道路前行，前行的路上少不了智慧的妈妈您的指点与支持！谢谢您那慈祥的笑容、温暖的拥抱，像阳光一样温暖我的心！母亲节到来了，妈妈，祝您母亲节快乐，身体健康，万事如意! 我爱您, 中国的明天因您而更美好!

小女儿 敬上

这个可怜的孩子小小年纪, 命运坎坷, 爸爸妈妈为了生一个男孩, 她一生下来就被交给乡下的爷爷奶奶抚养, 父母到南方打工, 又生了弟弟, 她从小见不到父母。

她给我说, 她从两岁起就自卑, 奶奶告诉她, 她是从臭水沟里捡来的。她8岁时爸爸妈妈从南方到郑州开店做生意, 事业小有所成, 才接她到郑州上学。她从知道自己有父母那一刻起, 满心里都是对父母的仇恨。到父母身边后她不学习, 专做让父母生气的事以报复他们。到她10岁那年, 父母实在管不住她, 就把她送到登封少林寺塔沟一所武术学校。父母想, 她既然不喜欢学习, 就让她去学武术, 也算一门技艺, 同时寄望于武校严格的管理能管好她。

让家长意料不到的是, 她被送到武校后, 那里的孩子大多都是不愿学习, 或是太调皮家长管不了才送去习武的。她很快跟着那些大的孩子学会了打架、抽烟, 他们还打教文化课的老师。她说除了武术教练没打过, 其他老师都打过。14岁那年她已在武校四年, 父母也没有想到, 她不仅没有学好, 反成了一个有一身小功夫、谁的话也不听、对社会已具危害性的小混混, 就把她接回了家。

正当父母忧心忡忡、一筹莫展之时, 听说我在南阳开展的传统文化教育改变了很多叛逆的孩子, 她的父亲就带她赶往南阳找我, 赶上我父亲去世, 我正在南召县老家办理丧事和守孝。他们父女俩在一个朋友的带领下来到我家。

她的父亲含泪说明情况后, 恳切地说: "很冒昧在这种场合打扰您, 实在没有办法了。求您救救我的女儿! 这孩子现在谁说都没用了, 如果她再不改变, 她的一生就毁了。最近我和她妈妈发现她喜欢和佩服一个人, 就是您的女儿桃桃, 她们两个在一次活动上认识, 之后她回到家说起过几次, 我就想一定要找到桃桃的妈妈, 把我的女儿交给她, 或许还有救。我们在家都商量好了, 只要能找到您, 姗姗就认您做干妈, 跟着您和桃桃学习传统文化。宋大姐, 您一定要认下这个干女儿, 救救孩子! 救救我们这个家！"

就这样，2012年9月28日，在我父亲的灵柩前，我穿戴着一身重孝，姗姗和另外两个孩子跪地三叩首认了干妈。我上年在唐河县"弘扬中华优秀传统文化，做有道德的中国人"公益论坛现场收认了三个叛逆的孩子为干女儿、干儿子，他们跟着学习《弟子规》《了凡四训》等优秀传统文化，明白了应该怎样做人，发生了很大改变。在如此特殊的时刻，又收认了三个孩子，但愿更多的人能尽快接触到中华优秀传统文化，只要开始学习，人人都会改变。

2014年5月15日　星期四

今天，由弯柳树村村主任杜彦生带队，组织首届弯柳树村"十大先进个人""十大卫生家庭"代表32人前往中国美丽乡村——信阳市平桥区郝堂村旅游参观，学习郝堂美丽乡村建设经验，借此培养弯柳树村脱贫致富核心村民和美丽乡村建设核心团队。

2014年5月17日　星期六

今天在讲堂为村民讲《百孝篇》。这些传统文化内容，打动了一个又一个村民。他们的内心开始省悟，不少媳妇开始把公公婆婆、父母接回家。

2014年5月19日　星期一

在宣传部余金霞部长的动员组织下，息县爱心企业家靳国栋为弯柳树村捐赠价值4万元的LED大屏幕一个，安装在新农村人多的地方，每天播放孝道故事、爱国爱党故事和社会主义核心价值观等内容。村民茶余饭后集聚在新农村观看，很是热闹！在村里处处营造正能量的环境氛围，润物无声，化育人心。

2014年5月20日　星期二

调整扶贫思路，改变过去一年多"重争取项目，轻思想教育"的做法，确立扶贫重在扶心扶志工作思路。

针对交通、信息闭塞，对外开放不够，农业技术应用规模化、特色化、产业化高效种植意识不强，自身发展能力不足等问题，我和村组干部、村民代表一起规划弯柳树村帮扶发展方案，调整产业结构，发展安全高效农业。

针对村中信任缺失、麻木冷漠、不孝养老人、打麻将成风、思想懈怠、不思进取、惰性大、等靠要的现状，我深刻认识到村民思想观念不改变，心性不改变，不树立起自强、自助、自立的意识，再好的扶贫政策也扶不了根子上的贫。只靠上级和外界帮扶，无法从根本上解决问题。因此及时调整扶贫方向，确立了扶心扶志的工作思路，强化村民教育，以期解决村民的精神状态，改变过去扶贫单纯依靠输血解决一时之难的惯性思维模式，通过建立孝心示范村，弘扬孝道文化等中华美德，解决不孝父母、家庭不和问题。组织村民学习"孝、悌、忠、信、礼、义、廉、耻"人之八德，以文化人，开启心智，唤醒亲情，回归和谐，提升生命正能量。家和万事兴，村和百业旺。先把心性扶正，再把志向扶起，使大家充分认识到，只有自己惜时惜缘，发奋图强，才能借助外界力量，从根本上解决农民脱贫致富的难题。

今天河南省委党的生活网发表了我撰写的《扶贫重在扶心扶志》专稿文章，对扶贫新思路、新探索给予充分肯定。我心里更踏实了！

2014年5月25日 星期日

截至5月20日，弯柳树村孝爱基金收到村民、企业及社会各界捐款、捐物已达20多万元。

弯柳树村"讲孝道，化民心，启民智，敦民德，利民生"的方法，正在尝试为解决中国农村垃圾围村问题、打麻将成风问题、老无所依问题等乡村基层难题，探索一条有效途径，以期走出一条新时期村民自治的道路，使我们曾经温馨祥和、美丽如画的乡村，恢复到记忆中的乡村模样。

弯柳树村得到省、市、县、乡各级领导的关怀，国家统计局河南调查总队总队长贾志鹏、副总队长宋明建，信阳市委副书记张春香、副秘书长谢天学，县委常委王操志、余金霞等领导常常到村，走家串户访贫问苦，让村民倍感温暖。弯柳树村得到息县及各地爱心企业家和爱心人士的大力帮扶，让村民对未来发展的信心倍增。

弯柳树村老党员陈文明和群众高兴地说："弯柳树人知恩、感恩、报恩，在今后的发展中，一定不会让关心、关爱我们的各级领导、各界朋友失望。我们会在县委、县政府的正确领导下，积极参与息县打造'中国生态主食厨房'产业，利用我们富饶的土地，为中国人生产放心粮食蔬菜。在扶贫驻村工作队和中华孝心示范村工程驻村志愿者的协助下，用我们勤劳的双手，描绘出弯柳树村幸福美好的未来！为实现中原崛起、实现中国梦贡献我们农民的一份力量。"

2014年5月29日 星期四

今天新华社河南分社社长罗辉一行到村调研。路口乡党委书记夏勇汇报："通过调研发现，想改变群众，只给钱不管用，农村需要的是人心的改变、道德的改变。正如宋瑞书记提出的'扶贫重在扶心扶志'，只有走进群众、了解群众，领导住到村里，与群众交心，像宋书记一样，群众被感动了，才能被带动起来。"

老党员陈文明告诉记者："弯柳树建设孝心村、美丽乡村两项工作同时开展，半年来群众变化很大。刚开始党员、群众都很散漫，不参加，宋书记和义工们一家一户动员，现在都积极参加了。"

最后我结合弯柳树村变化给罗社长汇报"如何走群众路线"：真正走进群众，和群众同吃、同住、同干，才会发现群众真正的需要。群众需要什么，我们就服务什么。群众需要解决养老问题、孝道严重缺失问题、垃圾围村问题、发展产业增加收入问题，我们就开讲堂，开展孝道教育，组织志愿者带动村民清理垃圾，招商引资发展产业。为群众办实事，群众心服口服，逐渐都跟着干了。

罗辉社长对弯柳树村从文化改变人心入手带来的变化，给予充分肯定和鼓励。

2014年5月30日 星期五

信阳市个别领导到弯柳树村暗访，看到村容村貌变得干净整洁，本来很高兴，但遇到村民，村民都自然而然地鞠躬问好，把他们吓坏了。市领导很不适应，也很担心。

今天县委书记打电话给我说了以上情况。我说："书记，村民过去打架斗殴，如今变得彬彬有礼，见人鞠躬问好，这不正是立足传统文化、培育并践行社会主义核心价值观的结果吗？这正说明学习传统文化管用，过去的说教不管用，老百姓没变化。"书记说："对呀，我也是这样回复他们的。通过群众路线教育，我们县、乡、村干部克服了官僚主义、享乐主义后，进村住在农民家中，真正了解农民迫切需要解决的问题。宋瑞同志提出'扶贫重在扶心扶志'，开启道德讲堂，建立孝心示范村，才半年多的群众教育，人心改变了，民风转好了，村容村貌干净整洁了。村民十分欢迎，县委也十分支持。"

近段时间总有领导到弯柳树村，看后都觉得不可思议，村民变化太大、太快，传统文化教育为什么有这么大的力量？有支持的，有误解的，有反对的。

《孝经》中说："教民亲爱，莫善于孝；教民礼顺，莫善于悌；移风易俗，莫善于乐；安上治民，莫善于礼。"教育民众相亲相爱、和顺有礼，没有比孝道和悌道更好的了；要转变风气、改变旧习俗，没有比德音雅乐更好的了；使国家安定、民众安居，没有比遵纪守法更好的了。人明理了，心就和顺了，家就和睦了，社会就和谐了。

道理就这么简单，可是总有一些领导不理解传统文化，又不去学习，他们担心，怕承担责任，常常让我感到很遗憾。弯柳树村所做的一切，都是按照党中央的要求、习总书记的讲话精神，自觉把弘扬中华优秀传统文化融入到扶贫工作中，教育、引导群众做回中国人本来的样子。有德就有财，有德就有福。

以后多汇报、多沟通，让领导们放心。只要是人民群众需要的、欢迎的、能真实受益的，就排除万难，大胆往前走！

2014年6月4日 星期三

县委三楼会议室，举行息县赴广东潮州市潮安区黄河道德讲堂学习的28位同志汇报分享会，余金霞部长主持。县科技局局长卢东升说：潮安学习让我明白了党的宗旨与优秀传统文化一脉相承，圣贤文化与马克思主义、毛泽东思想、党的要求是一致的，是一种让人民幸福的先进文化。党的宗旨"全心全意为人民服务"非常好！是我们个别党员没有做好。

2014年6月5日 星期四

今天河南调查总队贾志鹏总队长、总队机关党委专职副书记鲍关龙一行到村，与村两委班子成员和部分群众代表进行交流座谈。他们详细询问有关情况，了解民情村情，实地察看村庄面貌，听取村干部与村民的想法，并就如何开展基层工作、村级组织建设、扶贫脱贫工作规划等，提出了指导性意见和工作要求，为做好对口帮扶工作奠定了基础。

贾志鹏总队长指出："扶贫不仅是修一条路、打一眼井、建一栋房，而是重在解决该村村民的精神问题，解决致富门路问题，解决可持续发展问题，让村民从思想上自觉地参与到摆脱长期贫困现状的行动中来。"

针对村民反映强烈的出行难、影响生活、制约生产和经济发展的问题，我向调查总队党组汇报后，总队积极与涉农扶贫相关部门联系与沟通，得到省、市、县农开办大力支持，为弯柳树村筹集扶贫资金166万元。其中，2013年筹款66万元，修建道路2100米；2014年又争取到100万元。目前已修冯庄、汪庄等道路3900米，杜庄1000多米的道路正在规划，年前可完工。这些可以从根本上解决村民生产、生活出行难及物质出村难问题。

河南调查总队党组十分重视帮扶工作，总队领导亲临一线，多次深入调研，分析弯柳树基本村情和现状，指导帮扶工作。我在驻村一线，必须克服一切困难，按照贾总队长对驻村扶贫工作的要求，把解决村民精神面貌问题、激发内生动力作为工作重心，多想办法、找出路。

2014年6月7日至9日　星期六至星期一

邀请《精讲弟子规》作者秦东魁老师授课《如何获得幸福人生？》，息县县城、路口乡、南召县城郊乡共三场。

2014年6月11日　星期三

应邀到南阳经贸学校分享弯柳树村以传统文化改变人心、助力扶贫带来的变化。

2014年6月18日　星期三

湖北省委宣传部副部长喻立平带领咸宁市咸安区委宣传部部长陈恢根等区县宣传部部长一行12人，今天到弯柳树村考察了解创建"中华孝心示范村"，以孝道文化为抓手，扶心扶志促扶贫工作开展情况。

看到弯柳树村正在发生的变化，喻部长很感慨，他说："中国文化是关于心的文化，'人之初，性本善'，把人心净化了，把本善找回来，一切就改变了。心的文化，用心做好就见效，人民就欢迎，弯柳树村就是证明。中华传统文化的生命力如此强大、生动，弘扬中华优秀传统文化是做好思想、理论、政治工作的方向。"

2014年6月19日　星期四

息县"学讲话　转作风　强党性"专题学习讨论会，县委书记主持。观看视频《焦点访谈——一次红脸出汗的民主生活会》，习总书记指导兰考县委常委班子专题民主生活会。我要学习焦裕禄的奉献、担当精神，敢教日月换新天的精神，改变弯柳树村！思考：一、文化教育深化、巩固、常态化。二、村内清洁维护、绿化、美化。三、企业带动，形成产业，发展生态农业。四、成立村孝爱文化传播公司，吸引城市人进村。

2014年6月25日　星期三

参加县政府党组会议，增强为民情怀、担当意识，清廉务实干事。

2014年6月26日 星期四

给总队党组汇报扶贫工作总结和弯柳树村总规划，建成能留住乡愁的社会主义新农村，使之既有现代化元素又有传统文化味道。贾总要求：一、村里各种信教群众多，注意用传统文化把握方向。二、基层党组织抓起来，发挥作用，解决基层党员理想信念问题。三、产业形成才能持久。做出五年规划图，以此凝聚人心。

弯柳树的梦想，就是我的理想！省委提出的试点社会主义新农村，我来干！

2014年6月27日 星期五

今天我特别开心，弯柳树村终于变干净了！近期连续开展"清洁乡村"活动，彻底解决了垃圾围村的老问题。

一切全在人心！人心一变，村风村貌焕然一新。

2014年7月1日 星期二

今天是党的93岁生日，组织党员和村民好好热闹、庆祝一番。

今天晚上，驻村工作队和弯柳树村民一起，在新农村街道临时辟出的孝道文化广场举办了"庆'七一'感党恩——唱支山歌给党听"建党93周年文艺晚会。村民通过自编自演的节目，表达对党和国家的热爱。村民演唱《唱支山歌给党听》《歌唱焦裕禄》《我和我的祖国》《中华民族》等歌曲，朗诵《我的祖先叫炎黄》，表演《婆婆也是妈》，幼儿和少年齐声诵读《弟子规》等朴实真挚的节目，吸引了本村及邻近村子300多人到场观看。

这台晚会没有专业的舞台灯光，也没有豪华的"演员阵容"，音响、话筒和灯光是村民们和义工借来使用或自己筹资购买的，连主持人也是从村民中推选出来的。晚会虽不是专业水准，村民们却在用一颗颗最朴实、最真切、最火热的心表达他们对伟大的中国共产党93岁生日的深情祝福，展现了新时代新农民的风采。

村民李桂兰自编自唱歌曲《今日弯柳树》：

往年的弯柳树，垃圾堆成山，

来了好领导，同吃同住一起干，

不怕苦，不怕累，不怕脏，不怕怨，

永远走在前，是我们好模范。

今年的弯柳树，与往年不一般，

绿树成荫水也蓝，日子比蜜甜，

又学习，又劳动，又唱歌，又跳舞，

遍地是歌声，到处是笑脸。

今年"七一"热闹起来了，我心中满是欣喜。开展"传德孝 感党恩 奔小康""我为党旗添光彩"庆祝"七一"建党节活动，党员和村民积极踊跃参加。在由爱心企业家余勇、顾磊等捐赠30万元刚建成的简易板房"弯柳树道德讲堂"里，100多人济济一堂听《宋书记讲党课》，晚上再共庆建党93周年。回想去年"七一"，是我驻村后的第一个建党节，我想组织庆祝活动，可是却找不到党员，最后不了了之。今年热闹非凡，张灯结彩，村民锣鼓队敲锣打鼓，村民歌舞团载歌载舞，展示自己勤劳致富，自强自立奋斗圆梦，生活变得有尊严的幸福心情！

用中华优秀传统文化扶心扶志，引导人心回归到中华民族传统伦理道德"孝、悌、忠、信、礼、义、廉、耻"做人八德上，让老百姓明白做人的道理和自然的规律，树立是非对错的标准，心中有是非对错的观念，人心自然会和谐，家庭自然会和睦，村风民风自然会文明蔚起。我更加坚定了弯柳树村走"党建引领＋文化扶心"道路，推动全村脱贫致富的信心和决心，更加清晰地认识到中华优秀传统文化化育人心、形成现实生产力的强大能量和潜力。大力弘扬中华优秀传统文化，启民智、敦民德、利民生，是基层人民的迫切需要！

余生做好一件事：立足文化扶心扶志，把弯柳树村改变成一个文化自信与脱贫致富的样板村！此生不为别的活，只为传承中华民族上下五千年来的优秀传统文化，只为传承党的红色基因、中华民族的伟大精神而活。古语云："为天地立心，为生民立命，为往圣继绝学，为万世开太平。"我将继续全心全意为人民服务！

2014年7月2日　星期三

息县县委中心组(扩大)会议(专题学习会),请张凯老师讲《汉字智慧——找回中华文化之根》。

2014年7月3日　星期四

弯柳树村夏令营开营,请张凯老师到村讲汉字起源。在农村学汉字更生动,因为大自然给造字者以启迪。

2014年7月7日　星期一

广东省潮州市潮安区黄河道德讲堂开班,本次息县学习团队36人,县委派我带队。

2014年7月10日　星期四

应广东省潮州市潮安区委宣传部邀请,到潮安区参加"潮安区群众路线教育实践活动专题报告会",我为大会作题为《正己化人　谦恭为民》为时三个小时的专题报告,介绍弯柳树村和息县大力弘扬中华优秀传统文化,以及文化自信带来的改变和发展。

2014年7月12日　星期六

应邀到宝鸡市传统文化公益论坛授课。

2014年7月14日　星期一

今日听广东黄河实业公司董事长谢奕辉课上分享《传统文化改变人生》。由奸商坑人到道商服务人,命运随之改变,企业起死回生,近年盈利近5亿元,每年拿出一千万元做公益。

下午我讲《正己化人,谦恭为民》。

2014年7月18日　星期五

河南省委讲师团团长张云成、开封市委党校李永成到息县授课,分别讲授《社会主义核心价值观》《焦裕禄精神与群众路线》,集中听课一天。

2014年7月22日　星期二

邀请《双法字理》作者白双法老师到息县,讲《和平崛起　文化复兴》。

2014年7月25日　星期五

昨天和今天在北京参加保障食品安全和人类健康大会。真是不看不知道,一看吓一跳。滥用化肥、农药、除草剂和转基因种子等给世界各国的粮食安全、食品安全、人民健康,已造成触目惊心的伤害和摧残,对各国土地安全、食品安全、人民身心健康、社会安全,已形成极大潜在威胁。如不及早觉醒,及早行动,将在不知不觉中面临亡国灭种之险境。

"发展与环境安全论坛·食品安全与可持续农业2014"在北京稻香湖举办。我和息县县委书记、宣传部部长应邀参加。

2014年7月26日　星期六

我要在村里广泛宣传,让全体村民了解、认识到滥用化肥、农药、除草剂的巨大危害,寻找自然耕作方法,实现化肥、农药、除草剂逐年减量,落实党的十八大提出的化肥、农药"双减"战略部署。弯柳树村做出试点,影响和带动更多的乡村、更多的农民,让农业回归自然、安全、健康!

弯柳树村的146户贫困户,625名贫困人口中,因癌症、脑梗、心梗、糖尿病等大病致贫的占65%以上。过度使用化肥、农药、除草剂,对耕地、土壤、地表水、地下水的污染达到了触目惊心的地步,对食品安全的危害已超出我们的想象,靠种植粮食生存的农民也不能幸免。

带领弯柳树村行动起来,让农业回归天然绿色、生态安全,就是我的责任和使命,必须担当,责无旁贷。

2014年7月28日　星期一

这两天在北京拜访企业,招商引资。今晚回到郑州已是晚上8:00后,女儿和朋友高铁站接我。整日东奔西忙,很是有愧于女儿!感谢懂事的孩子们!

2014年7月31日 星期四

上午到省委宣传部汇报工作。

2014年8月6日 星期三

参加息县四大家领导联席会议，一是重点项目推进汇报，二是弯柳树村总体规划项目上报。

与潮安谢奕辉董事长对接，为其企业种植订单花生事宜，谢总生产花生油，一条生产线年需花生500万斤。

2014年8月7日 星期四

弯柳树村"中华青少年德孝感恩乡村夏令营"第二期开营。

2014年8月10日 星期日

特邀中央党校张希贤教授走进弯柳树村，为村民们讲授当前国家对脱贫致富、乡村建设的政策，鼓励村民充分利用好国家扶贫政策，自强自立，抓住机遇，加紧奋斗，争取早日脱贫。

2014年8月16日 星期六

息县举办家庭伦理道德与身心健康和谐公益论坛，作为培育和践行社会主义核心价值观系列讲座之一，很受大家欢迎。

2014年8月21日 星期四

近段时间不断组织党员学习，强化党员干部公仆意识、服务意识，发挥党员干部带头、带动作用，养正气，树新风。

通过评选弯柳树"十大好媳妇""十大孝子""卫生家庭""先进个人""爱心大使"和"感动弯柳树爱心企业家"，对评选出的好典型进行表彰，发爱心企业捐赠的床垫、饼干等奖品，并组织到外地旅游，引导村民人人向善、利他，形成"存好心，说好话，行好事，做好人"的大环境，收到显著成效。

2014年8月23日 星期六

应信阳市驻京办之邀到北京河南大厦讲授《传统文化改变人心》的息县故事，信阳市政府驻京联络处刘辉主任致词。

2014年8月28日 星期四

这几天村里张灯结彩，锣鼓喧天，喜气洋洋。中华孝心示范村工程组委会领导吕明晰等到村为弯柳树村授牌，我村成为全国第十七个、河南省第一个"中华孝心示范村"。

2012年10月我驻村后，通过走访发现，村里有很多位老人晚景凄凉，儿女不孝养、孝道严重缺失导致家庭不和等问题比比皆是。为了教育村民，解决很多子女不孝养老人问题，2013年弯柳树村申请创建息县第一个孝心示范村。中华孝心示范村工程组委会派来五位志愿者轮流驻村，服务一年，与村两委一起，以"孝道教育"为切入点，通过讲孝道、树孝风、定孝制、评孝子等，唤起人们"孝亲敬老""诚实守信""爱家爱党爱国"的正能量。

通过讲孝道课程、看孝道故事光盘教育，不孝养父母现象减少了，吵架打骂的家庭减少了。孩子们、村民们见面相互鞠躬问好，谦让的多了。小事自动化解，邻里关系和睦了。通过对不孝养父母的儿女进行教育感化，大部分人把老人从简陋的低矮破房接回堂屋居住，争相尽孝。

64岁的村民许兰珍说："过去我们村把老人当狗一样，住最差的、吃最差的、干最重的活，还挨儿媳的骂。现在这样教育好啊，把人往正道上领，人有个人样了。"96岁的许氏老奶奶说："教孝道好啊，我孙媳妇听完课，就把我接回家，又做饭又洗脚。我们老人有福了。感谢政府啊！"

经过一年努力，弯柳树村创建"中华孝心示范村"成功，顺利通过验收。今天授牌了！我和村支书接过"中华孝心示范村"金灿灿的大牌子，既激动兴奋又倍感压力。我们接过的不仅仅是一份荣誉，更是一份责任和使命。弯柳树村做好了，要带动息县更多的村创建孝心村！

2014年9月5日　星期五

今天《东方今报》刊登了记者李光远采写的《传统孝道成就了今天的弯柳树村》，报道了弯柳树村推广学习优秀传统文化，扶心扶志，引领村民自强自立的故事。写得客观真实，分析到位，让我很感动。尽管还有太多的人对传统文化不了解，甚至误解、打压，可以理解。但弘扬优秀传统文化的路上我们不孤单，已经有越来越多的各界人士加入进来。只要有人高擎中华文化的火炬走来，我们的心霎时就会被照亮，会觉醒，会不顾一切地找回自己的文明、自己的文化自信！

正如歌曲《重回汉唐》中唱到的："我愿重回汉唐，再谱盛世华章。何惧道阻且长，看我华夏儿郎！"我是每听一次，哭一次，感受到的就是沉甸甸的责任，就是自己这一辈子最该做的事。我专门请老师到村教村民，让弯柳树村歌舞团把《重回汉唐》排练成一个歌舞节目，每次演出都压轴。感动了无数到村参观学习的各界人士。

2014年9月11日　星期四

近日县委宣传部余金霞部长多次来村指导，把大力弘扬中华优秀传统文化和培育社会主义核心价值观紧密结合，作为弯柳树村定点帮扶工作的前提。通过孝道教育、八德教育等优秀传统文化学习，重塑民众价值观，大多数村民改变过去懒散消极态度，积极主动承担责任，发挥主体作用，增强依靠自己创造幸福生活的信心。群众致富的路子逐渐清晰，干事创业的精气神充分调动起来，村民焕发出改变家园、干事创业的热情。弯柳树村很快成为一个尽孝道、守道德、有文化的美丽村庄！自觉奉行"爱国、敬业、诚信、友善"理念渐成风气，使社会主义核心价值观在农村落地。

弯柳树村得到息县及各地爱心企业家和爱心人士的大力帮扶，提振了弯柳树村民的精气神，让村民对未来的发展信心倍增。

2014年9月23日　星期二

今天贫困户骆同军在接受《河南日报》记者采访时说："我过去不像

个人啊，我们弟兄四个，没有人愿意养一个80多岁的老娘。听完孝道课，我知道了'堂上父母不知孝，不孝受穷莫怨天'，我把老娘接回家孝敬了！"

今年初动员三位企业家捐资30万元，在村头建起了可容纳200人听课的简易板房"道德讲堂"。每周邀请全国道德模范、专家等到村授课，讲解"婆媳道""儿女道""生财道""幸福人生"等。村民从开始的观望、不愿听课，到后来的抢座位听课。很多人学习后明白了做人做事的道理，价值观念发生了根本改变。我心里好欣慰，坚信人是可以教得好的！

2014年10月9日 星期四

在路口乡党委书记夏勇的带领下，和弯柳树村干部、村民代表走进郑州巩义康店镇叶岭村，学习德孝乡村建设经验。巩义市委宣传部部长景雪萍、叶岭村支书叶顺利等领导介绍了叶岭村开展德孝文化学习前后村民的变化和村容村貌的显著变化。村里建起了爱心超市、孝心食堂，服务老人和弱势群体家庭。

叶岭村的经验，对弯柳树村建设孝心示范村有很好的借鉴意义。

2014年10月12日 星期日

今年申报的农村公路扶贫资金项目获批，又争取到100万元，用于修建冯庄西段、冯庄至汪庄段3.9公里道路。

2014年10月18日 星期六

我在弯柳树村走的是一条不一样的扶贫路，扶贫先扶心。用文化改变人心，引领人心，两年来收到了显著效果。但村民的整体精神面貌还不行，一部分人心被唤醒了，还有一部分村民依然在打麻将，依然麻木不仁。需要寻寻根，查查弯柳树村的历史，用历史文化把村民都引向正能量。

2014年10月21日 星期二

追溯历史，挖掘文化，连上勤劳之根。我在查阅息县县志和历史资料时，看到息县曾是古息国，有"息国八大景"。其中竖斧春耕的故事，就发生在今天弯柳树村的北部一个叫"竖斧屯"的地方。我灵机一动，为弯柳树村写出一个简介，作为激励村民奋发奋斗奋起的历史素材。

弯柳树村历史悠久，曾用名"竖斧村"，源自古息国八景之一"竖斧春耕"。晋朝著名的道教学者、炼丹家和医药学家葛洪(字稚川，自号抱朴子)，为寻仙采药炼丹，踪迹遍布大江南北。他在古息县大地上留下足迹，曾居于县城北爱婆店附近的竖斧屯(今弯柳树村)与邻近的竖斧堰。相传每年开春耕种时节，夜深之时，村边可闻砍树伐薪之声，堰边可闻喝牛耕种之声。村人每开户视之，四无人迹。时日既久，遂以为仙人恐村人耽误农事，以此催耕。于是家家闻声而起，勤勉耕作，村人富裕美满，传为佳话。

当我把这个故事讲给村民时，大家都很震动，从来不知道自己的村子还有如此骄人的历史。以此鼓励村民们向先祖学习，连上勤劳之根，用这一代人的努力，重塑弯柳树村历史荣光，重写曾经的富裕美满、幸福祥和。并以此为基础在弯柳树村发展文化产业，带动村民致富。

没想到这个故事，把村民的自豪感、自信心、奋斗心都激发出来了，大家齐刷刷地举手争着要项目干。文化真是软实力啊！

2014年10月24日　星期五

新华社、《中国日报》、中国网、《河南日报》、河南电视台、河南省委党的生活网、信阳电视台、《大河报》、《东方今报》等多家新闻媒体到弯柳树村调研后，先后做了整版或专题报道，弯柳树村的社会影响力越来越大。

2014年11月7日　星期五

用活动板房建的弯柳树村道德讲堂正式开讲以来，连续4个月，先后邀请中央党校张希贤教授、山东曲阜孔子礼仪文化学校金辉校长以及德孝文化和亲子教育方面的专家老师，为村民讲授传统文化，收到显著成效。村民学习热情越来越高，来听课的人也越来越多。

中华文化，润泽心田。"孝、悌、忠、信、礼、义、廉、耻"八德，人人心中本来自有，后来被自私自利和错误的价值观所遮蔽，才出现不忠不孝不仁不义之人、之事，就像灰尘落在镜子上，镜子就不清晰、照不到真相了。一旦恢复做人本有的美德，生活就会改变，像刘玉霞、孙志芳、骆同军等第一批开农家乐和农家客房的村民，还有部分经常听课的村民已经体验到"有德就有财""有德就有福"的幸福滋味！

2014年11月12日 星期三

全县党的群众路线教育实践总结大会，县长主持，县委书记讲话，省委巡视组组长王秋霞总结中对弯柳树村的改变高度肯定。

她说：昨天去看了弯柳树村，这个贫困村干部与群众打成一片，共同生活，共同干，心相连，同呼吸，不仅改变了脏乱差的面貌，更重要的是改变了心态。过去淡漠的干群关系改变了，精神面貌改变了。弯柳树村这样的贫困村都能改变，相信其他地方也能变，息县也能改变，美丽息县建设就能呈现出来。

2014年11月19日 星期三

贫穷不可怕，只要有中华文化，有圣贤文化、君子文化、道德文化，就能教化民众，改变人心，鼓舞斗志，自强自立。

恢复中国孝道，弘扬传统文化，从我村做起。社会主义核心价值观在广大农村落地，从我村做起。实现中华民族伟大复兴中国梦，从我村做起。

2014年11月23日 星期日

在讲堂带着村民学习《了凡四训》。这部经典是明代思想家袁了凡先生写给他儿子的家训，共有"立命之学""改过之法""积善之方""谦德之效"四部分，告诉儿子"命由我作，福自己求"，告诫儿子通过立志、勤学肯干，反省改过，积德行善，谦虚礼让，改变命运，心想事成。我把书中的故事、道理、做法讲给村民们听，大家照着做也会改变命运，心想事成！

让我很惊奇的是，这些不认字的村民，听明白了，照着做，心量大了，有利他之心了，邻里相互礼让，关系和睦了，村风和谐了。

下课了，村民围住我七嘴八舌地说："就喜欢听宋书记讲课，讲得真好，我们一听就听懂了。"

2014年11月27日　星期四

今天让村干部统计一下，村民家开设的孝爱客房、农家乐赚钱了没有。在村民养成了爱干净、讲卫生的良好习惯，解决了村庄脏乱差问题后，为了带领村民走上富裕之路，抓住到村参观学习的人越来越多的机遇，从帮助最先把80多岁的老母亲接回家赡养的贫困户骆同军开设弯柳树村第一家"农家餐厅"开始，组织村民按照统一的卫生标准，把家中空闲房间改造成家庭宾馆，用以接待城市客人，创新村民收入渠道，提高收入水平。

2014年11月28日　星期五

回总队汇报对口帮扶工作。贾志鹏总队长、宋明建副总队长给予积极肯定和鼓励："弯柳树村对口帮扶第一期三年，这两年你做得不错，成效明显，村民和地方党委、政府也满意。已经打下好的基础了，明年的项目要跟上，需要下大功夫。总队党组大力支持你！你要与县、乡领导多沟通对接，争取帮扶地的支持。"

2014年12月1日　星期一

通过开讲堂，讲孝道，评孝子、好媳妇、好婆婆、好村民等扬善抑恶系列活动，人心改变了，村容村貌焕然一新，精神文明程度显著提高。用中华优秀传统文化扶心扶志，效果显著。弯柳树村的好名声逐渐打响。外地慕名来参观的游客越来越多，一些从事农产品生产和加工的企业也被吸引过来，主动洽谈投资。

今天接待了一南一北两批客人。

陕西省榆林市米脂县委领导带队到弯柳树村考察学习，息县县委常委、宣传部部长余金霞陪同到村。

安徽省阜阳市华星食品公司董事长张俊一行四人到村，考察在村发展生姜种植，带动村民增加收入事宜。

华星食品公司是一家生产姜产品的企业，该企业生产的干姜片、姜粉、姜丸、姜精油等生姜加工产品常年出口欧美市场，效益较好。去年通过招商引资，得知该企业正在考虑扩大生姜种植面积，我多次邀请张俊董事长到村考察。村两委和村民也很期待生姜种植项目能落地弯柳树村，如此就可以改变长期以来农业种植结构单一、收入低下问题。

我和村支书带领张俊董事长在李围孜、汪庄、东陈庄、西陈庄等几个村民小组察看地块，最后商定在李围孜村民小组，由村干部负责，先试种几亩地，看看土质、气候是否适应；如果可以，明年由华星公司免费提供姜种、统一收购成姜，作为基地建设，全村大面积种植。

2014年12月5日　星期五

信阳市委常委、政法委书记王乐新到弯柳树村调研指导后，给息县县委书记的信息说："书记老兄：前天去弯柳树村，很受鼓舞、很受启发。村里搞道德教育时间不长，效果不错。不仅是村容村貌变了，更重要的是人们的精气神在变。婆媳关系好了，邻里和睦了，社会和谐了，少了矛盾和纠纷。对下一步工作建议：一是组织村民制定乡规民约，把好的道德规范固化为有约束力的条文，用规范的制度保障优良道德的传承。这就是依法治国与以德治国相结合。二是要培养本土人才，留下一支永不走的工作队。三是总结提高，认真考虑如何复制和推广，如果息县每一个乡镇都有一个弯柳树村，那将是一个什么局面？"

县委书记转发给我后，我组织村党员干部、村民歌舞团、义工团成员100多人开会。在会上读给大家听，听到领导的肯定与鼓励，大家都很振奋。我呼吁大家团结一心再加油，力争把弯柳树村建设成不仅早日脱贫致富，而且通过传统文化学习，实现富裕幸福、和谐自治的样板村！

不怕干不成，就怕想不到。方向明确，蓝图绘就，信心满满！

2014年12月10日　星期三

秀秀我的幸福，谢谢亲爱的孩子们！每年在寒冷的冬季到来前，都会收到远在北京、郑州等地的孩子们寄来的围巾、保暖衣等。今天又收到宗岳寄到村里的围巾。

八年前，我在南阳市卧龙区任副区长时，和区中小企业局、科技局组织卧龙区13位优秀企业家赴清华大学上课。第一次见到这个孩子，刚20出头，但沉稳持重，有礼有节，谈吐不俗。我对他妈妈很认真地说："这孩子，也是我的儿子！即使这世不是，前世一定是的！"大家都笑了。

从此我和这个崇儒、重孝、重义的中国传统家庭结下深厚情谊。他家自办家庭月刊和家庭书屋，以奶奶的名字命名为《林青月刊》、"林青书屋"，一家人写文章，谈诗书礼仪、琴棋字画。孝悌忠信的家风就这样在日常生活中耳濡目染，在润物无声中传承。这就是中国传统家庭、中国家风家道家文化！在这种家庭长大的孩子，怎能不成才？怎能不为国家的发展与民族的昌盛有所担当并依道而行？

谢谢亲爱的儿子，祈愿中华民族家家都能培养出这样的中国好儿郎。

2014年12月19日　星期五

今天村民一算账，让我惊喜不已。

解决了垃圾围村问题后，在村里无山、无水、无树木花草、无历史遗迹等任何资源的情况下，为了带领村民走上富裕之路，只能另辟蹊径，创造性地开展工作。

把弘扬中华优秀传统文化做成一个产业，把"弯柳树村道德讲堂"打造成一个新时期农村文化品牌。老子《道德经》中说："天下万物生于有，有生于无。"文化不正是可以"无中生有"的核爆点、软实力吗？

中华优秀传统文化中的"德孝文化"改变了弯柳树村民的心灵和命运，我们把"德孝文化"作为抓手，以弯柳树村道德讲堂为阵地，以村民讲自己改变的故事为亮点，吸引城市人到村参观、学习、旅游，吃住在村民家，为村民创收，"无中生有"创造财富。

我和驻村志愿者组织村民成立了"息县弯柳树德孝文化传播有限公司"，参与的村民每户缴纳500元保证金入股，目前已有马俊、孙志芳、刘玉霞、丁敏等几十户村民参与，成功改造达标床位100多张，自6月份开始建设村"孝爱客房"。开设农家乐增收渠道以来,今年已接待来村参加孝道文化学习的外地企业家、参加"中华青少年德孝感恩乡村夏令营"的青少年和家长1000多人次。他们全部吃住在村民家中,创新了村民的收入渠道,提高了村民收入水平,开辟了一条具有弯柳树村特色的德孝文化培训产业之路。

2014年12月21日　星期日

我和息县县委书记、县委宣传部部长一起参加了在武汉东湖举办的全国第二届传统文化经验交流会议。收获很大,振奋人心,干劲十足。回村后决定把弯柳树村弘扬中华优秀传统文化活动和"以孝净心,以德兴村"试点做扎实。

2014年12月28日　星期日

可喜的结果,弯柳树村孝爱基金自4月2日成立至今,受到各方关注,爱心企业家、县委四大班子领导、路口乡政府干部、村党员干部、村民和社会各界爱心人士捐款、捐物已达50多万元。其中现金40多万元,建设物资10多万元。解决了弯柳树村帮扶大病贫困户、为孤寡老人体检、清理全村垃圾、组织村民到信阳市美丽乡村郝堂村学习等当务之急,并建成了弯柳树村第二代道德讲堂,能容纳150多人听课。

真切体会到,只要人人献出一点爱,世界将变成美好的人间。

2014年12月30日　星期二

今年弯柳树村的变化,引起各级领导、学界和社会各界的高度关注,外地来学习的络绎不绝。

弯柳树村得到了省、市、县、乡各级领导的关怀和指导。国家统计局河南调查总队总队长贾志鹏、副总队长宋明建,新华社河南分社社长罗辉,信阳市委副书记张春香、市政法委书记王乐新、市委副秘书长谢天学等到村指导。

湖北省委宣传部副部长喻立平、中央党校党建部教授张希贤、中央电视台电影频道导演广龙、广东省仁化县县长王晓梅、山东省禹城市委宣传部部长，河南省伊川县、吉林省东丰县、湖北省咸宁市、山东省单县、山西省交口县、陕西省米脂县、黑龙江省富锦市等20多地的领导和专家到弯柳树村参观学习，交流经验。

感谢各级领导、爱心企业家、各界人士支持弯柳树村弘扬优秀传统文化，推动扶贫工作。

2015年

2015年1月9日　星期五

今天静下心来，写去年的工作总结，成绩不少，这让我很欣慰。但我更重视的是存在的问题，找出今年努力的方向。

弯柳树村扶贫工作开展两年来，虽然取得了一定成效，但由于经验不足，还存在不少问题。在今年工作中，在总队党组和息县县委、县政府的领导下，在转化人心工作完成之后，按照"有道德的农民，种出安全的农产品"的产业调整和规划，发展高效有机农业，开展城乡互动，打造体验孝道文化、亲子互动等盈利项目。走产业兴村和文化兴村之路，带领村民实现脱贫致富，探索出一条"恢复中华优秀传统文化，实现文化自信与脱贫致富"之路，圆满完成省委、省政府交给的定点村扶贫任务。

2015年1月16日　星期五

今天到李围孜组赵久均家、赵忠珍家看望，这两家都有瘫痪病人，赵久均、管凤兰两口子和赵忠珍三人都曾经自杀过。赵忠珍因丈夫、父亲同时患脑梗，双双瘫痪在床，一个女人要照顾两个瘫痪的亲人吃喝拉撒，还要种十多亩地，太累，压力太大，曾经自杀被救起。赵久均自2012年车祸瘫痪后屡次自杀，儿女们跪在他床前求他想开，轮番值班看护防止他自杀。后来他又绝食，曾绝食四天一心求死，导致妻子管凤兰绝望也喝农药自杀，被救后又离家出走。

村道德讲堂开起来后，我动员赵忠珍、管凤兰去听课，又让村义工团的村民把瘫痪的三人用轮椅推到讲堂听课。两个家庭慢慢都好了起来。人心明理了，生活态度积极乐观了，疾病也慢慢好转了。赵久均已经能起身坐在轮椅上了，赵忠珍的父亲也已经能拄着拐杖挪动步子了。赵久均大哥坐在轮椅上，我拉着他的手鼓励他加油康复，一定能好。赵大哥说："宋书记啊，我一定努力，不能让你失望！从你第一次到我家，对我这个瘫痪在床的老头子叫大哥，我一直感动得流眼泪。你是个好领导，我要听你话！"

看到这两家人的改变，我特别开心。

2015年1月28日　星期三

昨晚至今一场喜雪纷纷而降，息县大地处处银装素裹。到县委宣传部找余部长汇报，为弯柳树村争取修路、修灌渠的项目，余部长和我一起找县交通局、教体局局长。部长出面协调，应该没什么问题了，基本尘埃落定。

组织刘玉霞、马俊、杜继英等51户村民参与开办农家乐，接待来村参观学习的各界人士，以及来村参加孝道文化学习的夏令营、冬令营营员，半年来效果显著，收入增加较快，尤其是贫困户家庭增收明显。县里要求今年底弯柳树村要脱贫，压力还是较大的。我请余部长安排媒体多宣传弯柳树村农家乐、孝爱客房等村民增收项目，让村民通过接待多增加一些收入。

非常感谢余部长！县领导每人都包一个贫困村，弯柳树村不是余部长所包的村，可是她对弯柳树村倾注的心血非常多。为了一个共同的目标，让孝道教育、道德教育回到老百姓的身边，带领基层群众走向和谐幸福，她不仅是县领导，更是我的好战友、好姐妹！弯柳树村的发展变化，离不开余部长的领导、支持和亲临一线身体力行推动！

事情很顺利，当然很开心。吃过晚饭，在雪地中走走。息州宾馆院里的小花圃中，我被那些雪中精气神更足的金黄色小花儿感动了。她们或头戴厚厚小雪帽，或从洁白的雪中探出小脑袋，个个调皮地、喜悦地看着蹲下来为她们拍照的我。

晚上有不少大人和孩子在县委门口的谯楼广场踏雪嬉戏，笑声如雪飞扬！我在没鞋深的大片未踩的雪地上踏雪接福，感受雪花这飞扬着的天地精灵，感受这天地的恩赐与厚爱！脚一滑，加入滑倒摔跤队伍，几次爬不起来，索性不起来了，干脆滚一滚吧！在近年这难得一下的厚厚的雪毯上，在这纯净的洁白中，在不相识的大人、孩子的欢笑中。这才是真爱雪、真欢喜雪！爱雪的人，真爱雪就在雪地上摔几跤，打几个滚，去拥抱这天地的精灵、宇宙的使者！广场上的笑声还在不断传来，可惜我没法把笑声复制并发送。瑞雪兆丰年！祝我们在雪中开心快乐幸福，弯柳树村处处人勤年丰，家家子孝孙贤！祖国处处五谷丰登，人人心想事成，中华民族代代繁荣昌盛!

2015年1月30日　星期五

淮河两岸雪茫茫,无垠大地静悄悄。有着三千年历史的息县就位于淮河河岸。雪后的淮河,如此宁静、安详、从容。长天一色的白色世界,如童话般让人感动。除了远处在雪地上奔跑、嬉戏、追逐的五六只小狗,还有一群欢快的麻雀,密密麻麻在雪中飞起又落下,落下又飞起。天地间似乎只有我们一行三人在雪中跋涉,看大地母亲如熟睡般静谧、安详。远望静如油画般的村庄、房舍,再次深刻感悟到:人,不过是天地所生万物之中的一物而已! 每当站在旷野、荒郊、深山,一下子就有了连上生命之根的感觉,似乎一眼能看到世界的尽头! 此日此时此刻,只需在这天地一色的旷野中站一站,瞬间就感受到了山川河流的脉搏、地球母亲的心跳。

2015年2月6日　星期五

国家统计局人事司领导刘克明司长,是我非常敬重的领导,得知他到甘肃省调查总队任总队长,就给刘总写封信拜年及汇报工作,更重要的是介绍一下中华优秀传统文化在现代社会所发挥的巨大作用。民族文化,千年传承,只要我们学习她、运用她,她就能在新时代焕发生机,带给炎黄子孙无穷的能量和智慧。

尊敬的刘克明总队长:

您好!

在新春佳节来临之际,得知您到甘肃总队任职,十分高兴。宋瑞在此给您拜年了! 祝在新的岗位一切顺利,履职为民,宏图大展。

我离开南阳来到息县已经两年多。两年多来风风火火把全国能够讲明白"半部《论语》如何能够治天下、如何实现半部《论语》治天下"的文化资源、师资力量引向息县,在息县开讲堂、做试点、抓普及,收到了显著成效。

息县是个农业大县、省级贫困县、全省上访大县。社会矛盾集中,政府压力甚大。2012年新上任的县委书记思考"以文化人,以德洗心，构建和谐"。2012年8月息县举办了首场"学习传统文化，做有道德的中国人"公益论坛，县四大家领导和全县副科级以上领导干部全程听完了4天课程。县委书记连夜召开常委会，当即决定在全县弘扬优秀传统文化，打造文明道德示范县。随即成立了息县传统文化学习领导小组，县委书记、各乡镇、办事处、局委等单位一把手任组长，县委宣传部成立了传统文化宣传教育办公室。但由于大家对传统文化都知之甚少，要在全县全面开展此项工作，缺乏相应的人才。

北京一位专家给县委书记建议："南阳卧龙区副区长宋瑞有些经验，到南阳把宋瑞要过来。"我于2010年9月在南阳组织举办"迎农运 讲道德 树新风"南阳市首届传统文化公益论坛，南阳市民奔走相告，争相学习。之后不断有企业家、民间爱心人士找我，出资先后在邓州、西峡、唐河、淅川、南召等8个县市区举办"学习传统文化，做有道德的人"公益论坛，深受群众欢迎，也得到了专家认可。息县县委书记派常务副县长和分管农业的副县长到省市组织部门要人，并带领县委办公室主任，亲自到南阳邀请我到息县专职负责"弘扬传统文化，打造文明道德示范县"工作。

我于2012年10月来到息县，被河南调查总队党组派往总队对口扶贫村息县路口乡弯柳树村驻村扶贫，同时被息县县委任命为县政府党组副书记，专职负责弘扬和学习传统文化工作。2013年11月开始，在省级贫困村弯柳树村等3个村做"孝心示范村"试点。两年多来，通过和群众同吃同住同干，在各级领导的支持下，在第一线摸索出来一些规律和经验。弘扬传统文化，抓孝道教育改变人心，重塑基层群众价值观，改善了党群、干群关系，村民自发编写歌唱乡村变化、感谢党和政府的歌曲、节目，非常感人。

息县也成为全国第一个由县委、县政府带头，带领全县108万人民共同学习传统文化，走上民族文化复兴之路，受到全国专家学者、企业家的关注与支持的县。湖北省委宣传部喻立平副部长、广东仁化县县长王晓梅、吉林东丰县等20多个全国的县市区领导带队来息县学习。新华社、河南卫视、《河南日报》、《大河报》、《东方今报》、信阳电视台等媒体连续报道。我也成为全国第一个专职分管弘扬中华优秀传统文化的县处级干部，被邀请到全国各地的"道德讲堂"和"学习传统文化，做有道德的人"公益论坛讲课，两年来已讲课60多场次，2014年还被授予"首届中原孔子教育奖"。

息县干群通过学习《大学》《孝经》《论语》等儒家、道家经典，内化于心，外化于行。社会怨气小了，党员干部心齐了，学校师生素质提高，升学率提升。上访二十多年、十多年的老户被批量转化，上访量大幅度下降。群众到国家、省、市三级上访量2012年底比2011年底下降32%，2013年底比2012年底下降36%。2014年底数据未统计出来，据群工部部长说下降幅度更大。

习近平总书记上任两年多来，54次讲到中华优秀传统文化，并要求立足中华优秀传统文化，培育和践行社会主义核心价值观。息县找到了方法，且见效了。如果在甘肃队也以落实习总书记要求"立足中华优秀传统文化，培育和践行社会主义核心价值观"为题，开展中华优秀传统文化学习，达到干部队伍"知忠孝，明因果，有敬畏，守官德，行大道"，员工"知孝悌，明因果，正人伦，守本分"，人心齐了，事情就好办了，团队就和谐幸福了。

值此新年之际，谨把息县学习的主要视频光盘资料《传承与复兴》《圣贤教育 改变命运》《人是教得好的》，和一份孝心示范村的打造过程资料《幸福弯柳树村》画册寄给您，也算把我在息县的工作向您汇报。敬请您百忙中多多指导，邀请您抽时间到息县和弯柳树村指导。

谨祝

新年快乐，阖家幸福，心想事成，五福临门！

宋瑞 敬上

2015年2月6日敬书于息县

2015年2月9日　星期一

今天弯柳树村民义工团打着自己的队旗，喊着"共建孝心村，同圆中国梦""学好《弟子规》,做好中国人"的口号,在县城捡垃圾,打扫卫生,清洁家园,迎接新年,迎接在外务工、求学、创业、工作的息县儿女返乡过年。见者无不动容、动心,学习中华优秀传统文化的村民、中华孝心示范村的农民感动了一城人!有拍照的、赞扬的,有跟着一起干的。

境由心生,福自己求。半年多来弯柳树村农民德孝义工团,20多位村民成员,在团长李桂兰大姐的带领下,越来越有爱心,越来越能付出,每天把自己的村庄打扫得干干净净,心地也越来越干干净净,充满孝亲感恩爱国爱党正能量!在新年来临之际,转变成勤劳致富带头人的贫困户骆同军,扛着一面写有"弯柳树德孝义工团"的大红旗,走在队伍最前面,20多位村民整整齐齐排着队跟在后面,到息县县城捡垃圾,引起市民的围观和赞叹。

2015年2月10日 星期二

今天是腊月二十二,在息县县委宣传部、县文广新局的支持下,在余金霞部长的悉心组织下,由刚刚成立半年的弯柳树村民德孝歌舞团演出的"共建孝心村,同圆中国梦"——息县农民春晚首场演出今天下午在息县第三高中礼堂举办。在家的县四大家领导、全县副科级领导干部和清洁乡村试点村支部书记参加,共同感受弯柳树村民学习传统文化后的巨大变化。

村民歌舞团通过"传德孝 感党恩——息县农民春节联欢晚会",演出了一场自创自唱自演的农民自己的春晚,把弯柳树村民的变化和幸福展现给全县人民。舞台上有农民的汉服舞蹈《礼》《游子吟》,现代舞《家乡的小河》《快乐春耕舞》,手语舞《生命之河》《婆婆也是妈》《谢谢你》,还有舞蹈《夸亲家》和村民讲述自己变化的演讲《我的肾病综合征是怎样好起来的》(赵秀英)、《传统文化学习让我瘫痪的丈夫站起来了》(赵忠珍)、《孝道文化让我收获了幸福人生》(李红)、《从赌博队长到义工团长》(许兰珍)。晚会在全场齐唱《没有共产党就没有新中国》的歌声中结束。在场者无不被弯柳树村民的巨大变化和村民满满的爱家爱党爱国正能量感动和震撼。

整场晚会节目分四个篇章：学习篇，觉醒篇，改变篇，发展篇。演出的都是村民自己创作的歌舞节目和村民改变自己的故事，感人至深。台下观众很多感动得热泪盈眶。

弯柳树德孝歌舞团成立后，在各级领导的亲切关怀指导下，取得了令人瞩目的骄人成绩，创作演出了一大批深受观众喜爱的舞蹈、歌曲、音乐剧、农民风采展演、三句半、合唱等作品。如歌舞《我不知该怎样称呼您》《婆婆也是妈》，舞蹈《东方红》《五星红旗》《欢聚一堂》《开门红》《好日子》等，体现传统文化的节目《礼》《重回汉唐》，音乐剧《游子吟》《生命之河》《快乐春耕舞》等，以及村民自己创作的歌曲《手拿锄头心向党》《弯柳树之歌》《学习传统文化好》《夸亲家》《垃圾分类好》等，形成了自己独具魅力的乡村艺术表演形式，得到了社会各界的高度评价。

如今，息县弯柳树村农民歌舞团的"传德孝　感党恩——核心价值观　百姓好活法"宣讲团已应邀到郑州、新乡、焦作等地演出，不仅好评如潮，而且迅速带动当地乡村民风改变。

2015年2月12日　星期四

小年昨日已至，春节将来，暖暖的全是春的气息。昨天回郑州陪家人过小年，今天上午回村。无数的日子在火车、高铁上度过，今天最温暖、最幸福！家人送我离开郑州时给我准备了在火车上吃的午饭：女儿洗的小西红柿，弟弟买的小点心，二岁三个月大吐字还不太清晰、但会随时发微信语音"姑姑你冷不冷""姑姑你自己跑来我家玩吧"，会随口背诵"父母呼，应勿缓，父母命，行勿懒""大学之道，在明明德，在亲民，在止于至善"的小侄子宋诚诚，也到车站送我，歪着小脑袋，招着小手说："姑姑再见，姑姑再见！早回家吃糖过年！"

自从2010年9月接触学习中华优秀传统文化，并立志此生弘扬传统文化，利益炎黄子孙，我时时处处都在幸福与感动中。常得领导、朋友、家人支持，常得天地、祖先庇佑，常有四海为家家万里之感。火车就如家一样，车厢如客厅一样，且人气极旺，似高朋满座。今天连乘车座位号都安排得如此吉祥无比——0808F。

在车上读着钟永圣博士的《传承与复兴——社会主义核心价值观的中华传统文化解读》，1小时20分钟后就到了信阳东站，再坐两个小时汽车就到弯柳树村了。再没有比此刻在车上读书更幸福的时刻、更幸福的事了！

2015年2月13日　星期五

今天我村的村民德孝歌舞团应邀到息县项店镇李楼村开始"德孝在我家"农民春晚巡演。在广袤的息州大地上、温暖的阳光下，坐在露天的村文化广场，感受着左右绿油油的麦田和满场孩子们嬉戏的蓬勃生机，和500多位村民及乡村干部一起，看着、听着弯柳树村民们自编自演自唱的歌颂党、歌颂国家、感恩政府和社会的节目，不知多少次热泪盈眶。短短的两年，这些受了圣贤教育的村民，上至96岁老人家，下至两岁多孩子，都变得彬彬有礼，心平气和，安详幸福。

弯柳树村歌舞团的《快乐春耕舞》、手语舞《生命之河》、好媳妇们表演的《婆婆也是妈》《游子吟》等，感人至深！活动在党员义工队合唱《没有共产党就没有新中国》的雄壮歌声中结束。正气浩荡，天清地宁，满满的正能量，全场父老乡亲无不感动！"孝、悌、忠、信、礼、义、廉、耻""仁爱、和平"的教育，能使社会主义核心价值观在广大的农村和基层落地入心！改变人心，引领风气。

2015年3月5日　星期四

全村一起闹元宵！今天和村民一起过元宵节，吃的百家饭，品的百家果，喝的百家茶。乡亲们不断把自家炒的菜送到我寄宿吃饭的杜继英家，厨房中围着煤火炉的小餐桌都放不下了，我们把饭碗挪放在地上吃，乡亲们一起边吃边说笑。有演出任务的李红她们几个边吃边对台词。我心中这份感动难以言表！感恩淳朴的乡亲们，一年的学习，大家变化如此之大，人人孝敬，家家和睦，幸福写在脸上！

在村民义工团的组织下，元宵节联欢会开始：村民歌舞团的《开门红》开场舞之后，大家一起观看信阳电视台《特别关注》栏目连续三期报道弯柳树村巨大变化的视频，村民载歌载舞，歌唱祖国感恩党。

夜里10:00晚会结束，大家在村道德讲堂门外的空地上燃放焰火。五彩缤纷的烟花照亮了豫南广袤大地的夜空，照亮了中华孝心村的未来，照亮了中国农民的幸福之路！

2015年3月8日 星期日

今天是"三八"妇女节，弯柳树村民德孝歌舞团应邀到息县项店镇李楼村，举办弯柳树村与李楼村两村妇女联合"庆'三八'学德孝"联欢会。李楼村是弯柳树村德孝文化教育辐射带动的联建村，在项店镇党委书记刘辉的大力支持下，跟着弯柳树村学习。今天热闹非凡的联欢会上，弯柳树村民许兰珍、邓学芳、赵忠珍、李桂兰等分享了学习传统文化后自己和家庭的变化，李楼村民反响非常强烈，积极踊跃参与，让我们感受到了建设德孝乡村、弘扬传统文化、恢复传统美德、重塑世道人心是基层群众的迫切需要。弘扬中华优秀传统文化是民心所向，社会急需，上合天心，下顺民意，实为当前基层领导干部践行全心全意为人民服务宗旨，培育社会主义核心价值观，化解基层各种复杂矛盾的首选！

李楼村有30多名妇女现场踊跃报名集体到弯柳树学习，加盟德孝义工团。晚上全体村民一起学习传统文化礼仪，鞠躬、问好，跳舞唱歌，我讲解《弟子规》。李楼村几乎全村人都参加了，80%的老人和妇女都非常快乐地参与其中。特别是李楼村的小朋友，有50多个小朋友在很短的时间内，高标准地学会了手语舞蹈《生命之河》《游子吟》，并齐声背诵整篇《弟子规》。在小孩的带动下，家长也都积极主动参加学习跳舞，场面非常震撼，李楼村全体村民已融入了传统文化学习之中。一个全新的李楼村，将展现在息县大地。

弯柳树村一个村学习传统文化，人心、村容很快改变，有人认为是偶然。如两个、三个、N个村接二连三地改变了，让更多人看到中华优秀传统文化匡正世风、净化人心、改变村容村貌村风，将带来和谐的巨大能量。实现中国梦，从唤醒人心开始，唤醒人心从学习德孝文化、正人伦、归本位、尽做人的本分开始！

实现中国梦,我们在行动,农民在行动!河南弯柳树村在带动!

2015年4月2日 星期四

申报村小学危房改造及扩建项目。弯柳树村小学占地12亩,三排瓦房。为申请危房改造项目,这是我第三次到县教体局找张其煌局长。春节过后一上班,听村干部说县教体局计划把弯柳树村小学高年级合并到路口乡中心学校,由过去的完全小学,改革为五、六年级学生到乡中心校上学,村小学只保留一到四年级。这将给村民及孩子们造成极大不方便,我马上去找张局长汇报,申请保留弯柳树村小学"完小"。经过深入分析,领导们答应了。

为村小学悬着的心刚放下,又得知县教体局计划只给弯柳树村小学改造危房一排,投资80多万元,这样还是不能满足全村孩子就学需求。我又去找张局长申请增加投资额度,由于弯柳树村推广传统文化学习改变了人心,改变了村容村貌,名气越来越大,其他乡镇的村民已有十多户到弯柳树村新农村买房。本村在县城和路口乡上小学的孩子也陆续转回村小学,因此申请把原定的四间教室增加至七间,在操场旁新建两层教学楼。原有的已成危房的瓦房拆除,原有平房非危房的保留。

张局长答应派人到村实地查看调研后决定。

2015年4月19日 星期日

村里14个村民小组、14个自然村,分散的布局给申请修路项目带来很大难度。14个自然村的路,两年来只申请到66万元、100万元两笔项目资金,只修了两条生产路,继续上报修路项目。本周再去找交通局局长和主管交通的副县长详细汇报一下。

2015年5月25日 星期一

第一轮驻村扶贫8月份就到期了,弯柳树村今年的村民人均纯收入肯定能达到4000元左右,年底脱贫的任务一定能圆满完成。我也该回到省政府大楼上班,加之女儿快要生孩子了,盼我回家照顾她,女儿人生最关键的时候,回到郑州是唯一最佳选择!她结婚时我就没有尽到责任,生孩子我不能再缺席伤女儿心了。我已答应家人，到期就回去。

由于领导层面的人事更迭，传统文化弘扬与推广阻力重重，连街上的墙体文化"弘扬中华优秀传统文化，做有道德的中国人"也被撤换；此时我离开既可保全自己，又是功成身退，皆大欢喜。可是这些试点村、试点单位怎么办？刚种下的小苗，长势喜人，但后续若没人施肥浇水，照样不会久长。怎么办？如果留下守护着好不容易培养起来的文化自信试点村、试点单位，继续驻村，可为这些幼苗撑起一把保护伞。可是怎样向家人和女儿交代？

我此时回去，回归正常生活、工作，大城市安逸舒适。如果留下，也许面临的是不可预知的困难，甚至斗争。该选择担当，还是撤退？该回到舒适区，还是该冲进风雨里？这几天我纠结得彻夜难眠，我该怎么选择？

2015年6月7日　星期日

今天周末，我回到郑州，女儿和女婿到家里看我。女婿买了一本《心学大师王阳明》，说："妈，你看书快，你先看吧。"以前听说过王阳明"龙场悟道"，但不知是怎么回事。

今年3月份全国两会上，习近平总书记参加贵州代表团讨论时指出："王阳明的心学正是中国传统文化中的精华，也是增强中国人文化自信的切入点之一。"正想找王阳明心学的书看看是咋回事，看到此书我如获至宝，两天两夜就看完了。知道了阳明先生护国救民、九死一生、龙场悟道的故事。

我被深深地震撼了，理解了习总书记为什么让党员干部学习阳明心学，太伟大了！

正当我陷入留村、回省的两难抉择时，看到了王阳明先生的感人故事。决定到贵州去，到龙场去，到"龙场悟道"处拜谒王阳明先生，这位离我们只有500多年的圣人！

2015年6月11日　星期四

从媒体上看到今年降雨量大，黄果树瀑布达到史上最宽、最壮观的形态。和孩子们商量，一起到贵州看黄果树瀑布，陪他们旅游，弥补三年驻村不能陪伴家人的遗憾。亲家母、弟媳也积极报名参加。我好开心！

2015年6月18日　星期四

安顿好村里事情，请好假，今天回郑州。

2015年6月20日　星期六

今日出发去贵州，第一次一家五口去旅游，其乐融融，幸福无边！自从2010年学习了传统文化，周末总是在或学习、或讲课的奔波中。2012年10月驻村后，更是没有时间陪伴家人了。好久没有这样陪着孩子和亲人们了，幸福像花儿开满心间！

此刻女儿已经怀孕五个多月了，我和她婆婆倍加小心地照顾她。

2015年6月24日　星期三

这几天先到百花湖、黄果树瀑布参观游览。被黄果树瀑布的雄伟壮观深深震撼，巨幅水幕从天而落，滚滚而下，声震天地，气吞山河，砸起数丈高的白浪。游人只在很远的地方观看，衣服依然被飞浪溅湿。

祖国大好河山，处处美不胜收。女儿肚子里的宝宝能受到如此波澜壮阔的胎教，将来一定会是一个胸襟豪迈的孩子！亲爱的小宝贝，姥姥等着你，五个月后见！

2015年6月25日　星期四

今天租车专程赶往修文县龙场，拜谒阳明先生。向阳明先生请教："圣贤处此，更有何道？"当看到龙场的一山一水、一草一木，在当年阳明先生曾经住过的那个简陋的石洞里，我泪流满面！先生，500多年前您就给我做出了榜样！弯柳树村环境条件再差，也比当年您的龙场好上千倍。我怎么能在弯柳树村遇到艰难的爬坡阶段时，想着全身而退，回郑州照顾家人和舒适安逸地上班呢？人不能为自己而活，而应该坚定地为造福一方民众而活。圣贤都是活出大我的人，我也应该在困难面前，战胜小我，唤醒大我，做一个全心全意为人民服务的好党员！

走过君子亭，站在何陋轩前，我对女儿说："来到龙场悟道处，在阳明先生面前，我心中惭愧得很。"女儿诧异地问："为什么？"我说："弯柳树村条件比这里好得太多了，可是王阳明先生到龙场三个月就悟道了，我在弯柳树村都三年了，还没有悟道！"

晚上女儿给我发信息说："您今天说的话，意思是不是不想回郑州了，是不是还想在弯柳树村继续驻村？"我回复："我也没有想好！一方面是村民哭着送锦旗不让走，县里不让走，我也感到不应该走，还应该再担当两年。另一方面，你该生孩子了，我不放心，原打算回郑州照顾你，也早就答应了你和你婆婆。已经纠结了好一阵子了。"女儿回复："妈，龙场之行我们也很受教育。您如果觉得还需要留在弯柳树村，我们也不再反对。之前催您回郑州，是觉得驻村条件太差、太辛苦。我们越来越理解您了，您做的是有意义的事！"我回复："闺女真是妈妈的小棉袄啊！我决定留下继续驻村，但又觉得对不住你，正不知道该怎样开口给你说，答应过回去又变了，而且是在你最需要的时候！谢谢小棉袄！"女儿回复："妈，您忘了，我可是在大学就入党的共产党员啊，我是您的战友！虽不能到扶贫一线，但也不会拖您后腿的。我生孩子虽然很需要您回家照顾，可我不会和弯柳树村乡亲们争的！"

我为女儿女婿的深明大义感动和欣慰，心中悬着的一块石头落地了！

2015年6月29日　星期一

今天到总队给党组给领导汇报工作，我主动向组织提出要求继续驻村，再驻一轮，弯柳树村不彻底脱贫我不离村。贾志鹏总队长非常支持我的想法。在别人都笑我傻的时候，我找到了担当的使命、幸福的方向。做个像阳明先生一样护国救民、鞠躬尽瘁的圣贤，做个像孔繁森、焦裕禄书记一样的合格党员、合格官员。

听习总书记的话，增强文化自信，加快文化觉醒，"致良知，心即理，知行合一"。致得自己心中良知，唤醒心中大英雄。良知清澈，依道而行，应用无穷，造福人民。余生俯首学阳明！

2015年6月30日 星期二

明天是伟大的中国共产党94周岁华诞!为庆祝党的生日,驻村工作队和弯柳树村民一起,举办"庆七一 感党恩 奔小康——再唱山歌给党听"村民文艺晚会,通过村民自编自演的节目,表达对党和国家的感恩和热爱。驻村志愿者演唱《唱支山歌给党听》《歌唱焦裕禄》《我和我的祖国》《中华民族》等歌曲,朗诵《我的祖先叫炎黄》;村民歌舞团表演《婆婆也是妈》《手拿锄头心向党》《弯柳树之歌》;幼儿和少年齐声诵读《弟子规》等朴实真挚的节目,吸引了本村及邻近村子300多人到场观看。

我一直被深深地感动着,热泪盈眶地看完整场节目。正应了白居易《琵琶行》中的情景:"座中泣下谁最多,江州司马青衫湿。"

2015年7月1日 星期三

今天县、乡、村三级联合,在村道德讲堂举办了"庆七一 感党恩 传德孝——我为党旗添光彩"庆祝建党节文艺晚会。200多村民把会场挤得满满当当的,县、乡党员代表和村全体党员在村支书带领下,在党旗下庄严宣誓,重温入党誓词。弯柳树村小朋友们表演《弟子规》,村老年歌舞团表演《夸亲家》《手拿锄头心向党》《学习传统文化好》,路口乡艺术团表演《跳到北京去》。晚会在全场齐唱《没有共产党就没有新中国》的歌声中结束。

祝伟大的中国共产党94周岁生日快乐!盼望在习近平总书记带领下,光荣伟大的党基业长青,万世永昌,带领中国人民实现中华民族伟大复兴的中国梦!

2015年7月3日 星期五

今天带领村民歌舞团在县委门前的谯楼广场演出爱党爱国、孝亲敬老的歌舞节目,宣讲"核心价值观 百姓好活法"——弯柳树村改变的脱贫故事。

在全县庆祝建党94周年系列活动和培育社会主义核心价值观广场文化活动中,弯柳树村德孝歌舞团受县委宣传部邀请,在县城谯楼广场大舞台上为县城人民表演《手拿锄头心向党》《生命之河》《婆婆也是妈》《唱支山歌给党听》等节目。演员中上至68岁的大妈李桂兰，下至20多岁的小媳妇孙路花、蔡志梅，都洋溢着由内而外的喜悦，散发出动人的幸福。

我坐在台下观众席观看，旁边的观众说："弯柳树村的农民咋比咱城里人还阳光、还幸福呢？"我听完心里别提有多高兴了！

2015年7月12日　星期日

"中华青少年德孝感恩乡村夏令营"第一期昨日在中华孝心示范村、中华孝道文化教育基地——息县弯柳树村德孝讲堂圆满结营。孩子们通过七天学习，力行《弟子规》《孝经》，立命立愿好好学习，做有德中华好少年，报答父母，报效祖国。课余时间他们在村里打扫卫生，到县城捡垃圾，带动县城居民增强保护环境意识。从全国各地来的城市孩子们都发生了很大的变化，当他们在结营仪式上，跪在父母面前，把写给父母的信，双手恭恭敬敬呈给家长时，家长们被感动得泪流满面。

圣贤教育，改变命运。中华传统文化"孝、悌、忠、信、礼、义、廉、耻"的八种德行的教育，是孩子一生顺利成功的根。中华传统文化学习，开启每个人与生俱来的先天智慧和潜能，智慧一开，一切OK! 祝天下孩子们、家长们学习传统文化，都收获满满，智慧开启，心想事成！

2015年7月23日　星期四

今年8月第一轮扶贫到期，2012年我入村时的146户贫困户中有132户已经脱贫，还有14户未脱贫，村里发生了翻天覆地的变化。正好我的女儿快要生孩子了，需要我回家照顾。可是，当看到乡亲们一批一批涌到我住的小院，送来他们制作的锦旗"敬赠宋书记：人民的好公仆"，听着白发苍苍的老人一声声的"闺女别走啊"，还未脱贫的贫困户擦着眼泪说："宋书记，你走了，我家咋办？"我的眼泪夺眶而出，三年和村民同吃同住同干，结下了难以割舍的情谊。

在村民和息县县委的恳切挽留下，在家人的理解和支持下，我下决心选择第二轮驻村扶贫，继续留驻弯柳树村。方向既定心亦定，一张蓝图绘到底，继续按照"文化扶心，道德育人，发展产业"的思路接着干。

2015年8月9日　星期日

唤醒村民勤劳致富的信心，提振村民精气神。弯柳树村得到息县及各地爱心企业家和爱心人士的大力帮扶，提振了弯柳树村民的精气神，让村民对未来的发展信心倍增。弯柳树村党员、群众都在发生变化，精神面貌焕然一新。

2015年8月17日　星期一

学习《汤因比预言：中华文明将一统全球》。

2015年8月20日　星期四

去年暑假发起的"中华青少年德孝感恩乡村夏令营"，今年暑假期间吸引到更多城市孩子到村参加，三大显著效果让我和村民、家长喜出望外。一是孩子们通过读诵经典，发现心中宝藏，激发心中潜能，变被动为主动学习；二是通过孝亲感恩教育，明白家国一体，对父母、老师、祖国、天地自发升起感恩之心；三是村民通过接待增加家庭收入，加快了脱贫致富进度。

每期七天的学习，孩子们一日三餐都在餐前读诵"弯柳树村感恩词"，离开村时都在心中记住了，回去照着做将受益终身。

弯柳树村感恩词：

感恩天地滋养万物，

感恩国家培养护佑，

感恩党的英明领导，

感恩父母养育之恩，

感恩老师谆谆教导，

感恩同学互相帮助，

感恩农工辛勤劳作，

感恩大众信任支持及一切付出的人！

让我们快乐地生活在感恩的世界！

暑期连续三期夏令营圆满结束，很多来自城市的孩子，在村参加夏令营，一边学习《弟子规》《大学》《孝经》，一边融入大自然，那些厌学的、抑郁的、叛逆的孩子都发生了改变。参加夏令营的孩子和家长，吃住都在村民家打造的"孝爱客房"中，像孙志芳、刘玉霞等房间多、床位多的家庭，一个假期接待收入即达到一两万元。德孝文化培训产业成了村民增收、贫困户脱贫的新的经济增长点。

2015年8月25日　星期二

李克强总理在国务院常务会议上的讲话强调发展乡村旅游，看完让我眼前一亮，发展乡村旅游给弯柳树村指明了方向！

弯柳树村所在的息县是地处淮河两岸的平原县，无山无水，无历史遗迹和美丽自然风光，只有庄稼地，夏种小麦秋种水稻。自从2013年底开始开讲堂讲孝道文化、中华优秀传统文化，不仅村民改变了，也吸引着全国各地向往学习德孝文化、传统文化的各界人士到村参观学习。自从2014年8月成立息县弯柳树德孝文化传播公司，入股的村民家庭接待客人吃住，收入高的每户已达到2万多元。

可是弯柳树村有文化！我们不仅可以发展乡村旅游，而且完全可以开辟乡村旅游新模式——德孝文化乡村游！别的村看风景，我们村看人文、看人心、看老百姓喜气洋洋的精神风貌，看讲堂，学习体验半部《论语》治天下的经典应用！德孝文化乡村游，前景无量，风光无限！

2015年8月27日　星期四

今天贾志鹏总队长亲自到息县送驻村第一书记。虽然我是留任，总队党组依然按照省委要求送到派驻地，与息县县委对接，足见党组对驻村扶贫工作的重视程度。我也向贾总和总队党组、息县县委郑重表态，一定不负组织重托，不负贫困地区人民期望，竭尽全力圆满完成第一书记四项任务，带领弯柳树村乡亲们早日脱贫。

2015年9月1日　星期二

邀请国学讲师李鹰老师走进弯柳树村，为党员干部讲授"《论语》与三严三实"，为村民讲授"向《论语》问道"，讲解"吾日三省吾身""己欲立而立人，己欲达而达人"的做人做事智慧。道德讲堂坐得满满的，李老师讲课风趣幽默，乡亲们听得津津有味。

2014年3月9日，习近平总书记在第十二届全国人民代表大会第二次会议安徽代表团参加审议时，关于推进作风建设的讲话中，提出"既严以修身、严以用权、严以律己，又谋事要实、创业要实、做人要实"的重要论述，称为"三严三实"讲话。2015年4月10日，中共中央办公厅印发《关于在县处级以上领导干部中开展"三严三实"专题教育方案》，对2015年在县处级以上领导干部中开展"三严三实"专题教育作出安排。

在学习"三严三实"的过程中，我深切体会到，全党正在进行的"三严三实"教育与中华优秀传统文化密切相关。"三严三实"的根基就是中华优秀传统文化，第一个"严"即严以修身，正是中华文化经典《大学》的核心理念之一：修身，齐家，治国，平天下。

不只领导干部需要"三严三实"，一般老百姓做人做事也需要做到"三严三实"。尤其是弯柳树村乡亲们在脱贫致富路上，都需要"严以修身、严以律己"，戒掉打麻将赌博恶习，改掉不孝老人、邻里斗气恶习，形成"谋事要实、创业要实、做人要实"的优良作风。人人修养一颗平和包容之心、念念为别人着想之心、积极奋发进取之心，不愁不能早日脱贫致富奔向小康。

在县委组织开展"三严三实"教育学习活动时，我向县委宣传部余金霞部长申请，把来息县讲课辅导学习的专家、中央党校的教授，请到弯柳树村讲课。我们组织全体村民，尤其是贫困户全员学习"三严三实"，收到了意想不到的效果。

扶贫先扶心。乡亲们就是这样在不断地听课学习中，明理启智，开慧立志；心改变了，价值观改变了，变得向上向善，孝亲敬老，包容大度，勤劳肯干。

2015年9月3日　星期四

今天中科院计算技术研究所费景昊博士讲智慧农业，村民被费博士描绘的未来农业现代化、数字化、智慧化的前景所吸引：庄稼地里安装上摄像头、传感器，村民种的粮食、蔬菜、瓜果，城市消费者打开手机就能看到啥时施肥、浇水、收获，实现安全农产品可追溯系统，村民种植无化肥、农药、除草剂的生态农产品，直接卖给城里人，还卖个好价钱。下课后村民赵海军、许光书等围着费博士请教，大家都很愿意干。

这个农业现代化的讲座，开始我还担心老百姓听不懂，没想到这堂课格外受欢迎。非常感谢李鹰老师和费景昊博士的精彩授课，使乡亲们大开眼界。

三天的课程，两位老师都和我一样住在我租住的村委会主任杜彦生家的院子里。条件很简陋，但从北京来的他们丝毫不嫌农家土屋条件差。从他们身上我也学到很多，感谢两位老师！

2015年9月8日 星期二

"全民阅读 书香息县——向《论语》问道，学三严三实"活动，在孙庙乡启动，李鹰老师讲《论语》与"三严三实"，我和余部长参加。

2015年9月9日 星期三

参加息县第三十一个教师节庆祝大会，弯柳树村小学校长杨娜被评为"德艺双馨"教师，全县只有三位。祝贺杨校长！

2015年9月10日 星期四

参加息县县委中心组(扩大)会议"三严三实"专题教育第二次专题辅导报告会，聆听了中央党校教授刘炳香博士的辅导报告，很受启发。革命理想高于天，人的理想信念、格局境界、忠诚担当，决定事业的成败胜负、成果的大小。在驻村扶贫工作中，要做到对党忠诚，就要敢于担当，就要不怕触及矛盾。为官避事平生耻！

村里2100多口人，400多户，各种情况，千头万绪，就要不怕麻烦，真正全心全意为村民服务。只有严格要求自己，不怕困难，勇敢担当，带领村民把弯柳树村德孝文化培训产业做大做强，才能让村民收入增加得更快更多，让贫困户都能像骆同军、蔡志梅们一样，早日脱贫。

2015年9月17日 星期四

参加县政府常务会议，赵君峰县长主持。扶贫办主任徐继勇汇报扶贫开发工作，全县99个贫困村，省级贫困村3个，分别由国家统计局河南调查总队、河南省总工会、河南省电信局对口帮扶；市级14个，县级82个。按照省市要求精准发力，全力攻坚，落实到位，所有资金往贫困村倾斜。

常务副县长刘敏汇报：按照省委、省政府部署，99个贫困村科学规划，分类对接，要求三年时间，财政增量每年拿出20%用于扶贫，整合项目资金和社会资源，发动社会力量共同参与，重点帮扶改善贫困村生产生活条件、基础设施，大力抓村环境卫生整治，像弯柳树村一样村容村貌发生改变。

赵县长强调：作为政府我们对不起老百姓，尤其是我们息县，道路、水利、农村基础设施，我们对老百姓欠账太多。三年时间99个贫困村，我们要让四分之一的村面貌大改变。县里整合资源、资金，民生项目全面向99个村倾斜，把基础设施改善了，再按美丽乡村、文化村等方向，因村制宜，分类发展。我们要把思想解放好，与省市对接好，形成合力。

2015年9月19日 星期六

费景昊博士离开弯柳树村后，给他的朋友靳立发信息："在弯柳树村的三天，震动太大了！这三天是我人生的里程碑，是我人生的转折点。怎样让老百姓富起来？怎样让老人幸福起来，让孩子成长起来，让中国农村真正美丽富裕起来？在弯柳树村我看到了希望！"靳立老师将此信息转给我，我看后很感动和振奋。弯柳树村找到了中华优秀传统文化这把可以打开心锁、德锁、财锁、福锁的金钥匙，才刚刚运用了一点点，就带来了如此大的变化。党心民心、村容村貌、村风民俗，都发生了巨大变化。人心一变，奇迹出现，收入增加，财富降临。

2015年9月24日 星期四

与河北邢台威县孙家寨村志愿者付宏伟老师联系好，安排弯柳树村民赵海军、骆同军、陈道明前往孙家寨村学习弘扬孝道文化的千人老人宴,学习生态有机农业种植。和付老师认识两年多了,源于共同推广弘扬中华优秀传统文化之事。

付宏伟,中共党员,1980年5月出生,威县方营乡孙家寨村人,毕业于河北医科大学。2011年,他父亲生病期间他回村照顾父亲,才发现农村老人无人赡养的情况非常严重,他毅然放弃在石家庄红火的生意,回到家乡做起了弘扬孝道文化的志愿者。付宏伟和他的父母、儿女以及志愿者一起,把一日三餐风雨无阻地送到孤寡老人的餐桌炕头。同时还在每月初一、十五举办闻名全国的敬老饺子宴,并带动全县和全国十余个省市千余村庄复制推广,形成了以家风带村风、村风带民风的良好氛围,建起了一座没有围墙的敬老院。

去年付宏伟被中央文明办授予"中国好人"称号,今年6月被河北省文明办评为"第五届河北省道德模范"。

派去学习的三位村民是弯柳树村志愿者团队的骨干成员,他们学会了,回来可以带领大家把我们村的"孝亲敬老饺子宴"开展得更好。

2015年10月6日 星期二

县教体局批准了弯柳树村小学危改及扩建项目!争取到县财政扶持农村中小学校危房改造资金210万元。重建弯柳树村小学,改变300多个孩子在危房中上课的现状。息县教体局设计规划图纸已出,本月可开工建设。

感谢张其煌局长和路口乡中心校邱兴志校长!

2015年10月7日至12日 星期三至星期一

应邀到南召、郑州、驻马店开展《向〈论语〉问道》及弯柳树村文化自信促进脱贫致富巡讲。

2015年10月13日 星期二

参加县政府第三十三次常务会议,县长主持,扶贫项目集中打造"美丽乡村",发展乡村旅游。

2015年10月16日　星期五

弯柳树村消除贫困日——中国第二个消除贫困日宣传。

2015年10月17日　星期六

人心是最大的政治。要引导老百姓做有道德的人，走上"有德就有财"的脱贫致富路。弯柳树村道德讲堂建成一年多来，发挥了不可估量的作用。不仅对弯柳树村民，也通过宣传部对息县全体村干部开展多种形式的道德教育、产业发展培训。每周根据村民需要开设不同内容的课程，进行家庭美德、社会公德、致富技能的教育培训，开设幸福人生讲座等课程，讲解媳妇道、婆婆道、丈夫道、儿女道。每季度开展一次优秀传统文化大讲堂教育，每月开展义工服务活动，通过播放《圣贤教育　改变命运》《孝行天下》《中华二十四孝故事》《感动中国道德故事》等教学光盘，周周开课。制定《村民学习公约》，通过丈夫版、妻子版、公婆版、少年版学习班学习，引导人人争做学习型、创业型、有道德的新农民，引领农村新风尚。通过学习，大家明理守信，孝亲敬老，兄弟友爱，邻里和睦，初步实现身心和谐、家庭和谐、村庄和谐。

2015年10月24日　星期六

积善之家，必有余庆；积不善之家，必有余殃。今天村民课堂讲"行孝""行善"两课。

2015年10月30日　星期五

组织学习《论语》与"三严三实"。

2015年11月3日　星期二

到总队给贾志鹏总队长汇报，经乡、村两级初步核算，目前全村460户，人均年纯收入达到4100元，按照息县扶贫办全县统一脱贫标准2800元，除抑郁症患者汪建、癌症患者王永祥等14户深度贫困户外，全村均达到"两不愁三保障"，即吃不愁、穿不愁，安全住房、基本医疗、基础教育有保障，今年底全村整体脱贫有把握。

2015年11月7日 星期六

今年再为弯柳树村筹集扶贫资金50万元，修建杜庄村民小组内道路一公里，从根本上解决村民生产、生活出行难问题。

2015年11月14日 星期六

听中央党校毕成良博士讲《为什么学国学？》。

2015年11月18日 星期三

郑州爱馨养老机构豆雨霞董事长为弯柳树村"孝亲敬老"基金捐款5万元，用于每月农历初一、十五的全村"孝亲敬老饺子宴"，全村65岁以上老人共聚一堂吃一顿团圆饭，支持弯柳树村带领更多村弘扬孝道、建设孝心示范村。

南阳敬老协会张芳会长带领吴刚等企业家22人到村，捐款5500元。

息县庞湾村支书带队来村学习。

感谢豆总及爱心企业家支持！

2015年11月19日 星期四

组织村民学会把自家的农产品出售。来村里参观的城市人、外地人越来越多，对村里的土特产很感兴趣。由李围孜组村民赵忠珍负责大米组织与销售，管凤兰负责土鸡蛋组织与销售。中午正吃饭时，两个人跑过来找我，高兴地说："宋书记，你教的方法真管用！今天上午卖了100多斤大米，两块五毛钱一斤；100多个土鸡蛋，一块钱一个。还有人买我家自己蒸的馍，还有人买我家门口菜园里的菜！"淳朴的乡亲们，一点一点地学会致富门路，过不多久就能学会把村里的好东西都卖出去！

2015年11月20日 星期五

今天约了县农业开发扶贫办主任余宏，向他汇报弯柳树村上报"美丽乡村"创建及村庄环境治理改善项目。

2015年12月24日　星期四

后天12月26日是毛泽东主席诞辰纪念日，他带领中国人民浴血奋战赶走侵略者，让中国人民结束百年屈辱站起来了，提出"全心全意为人民服务"！纪念我们的领袖毛主席，世界的伟人毛泽东！牢记他的教导，做一个高尚的人、纯粹的人、脱离低级趣味的人、有道德的人、有益于人民的人。

今天到村小学为孩子们讲毛泽东主席和中国共产党的故事。老师和孩子们听得很开心，我也很开心。

2016年

2016年1月21日 星期四

今天在市委组织部参加"信阳市中直及省派第一书记座谈会",市委组织部李伟副部长主持,市委组织部部长李湘豫、市农办主任李雪洋、市扶贫办主任郑海春等领导参加。参加会议的21位中直和省派第一书记分别发言,省总工会驻信阳市浉河区高台村第一书记李留顺第一个发言,我是第七个发言。大家各自报告了所驻村的情况,存在的问题,需要市县有关部门协调解决的问题等。

李雪洋主任、郑海春主任分别解答了相关问题,安排了相关工作。李雪洋主任:"要发现村里的能人,在村里培养他们创业;在外打工的,协调他们把村民带出去、带起来。各种贫困类型底数摸清,尤其是需要政府兜底的,3月底前登记准确,上报准确。"郑海春主任:"全市贫困人口37.97万人,全市942个村派驻第一书记,省派、市派驻村第一书记的134个贫困村是重点,基础条件差,脱贫难度大。光山、罗山、息县2018年要脱贫,任务艰巨。全市扶贫工作现状,目前是'一强一弱',各级政府动起来了,社会力量也动起来了,可是群众没动。不少贫困地区贫困户不动,就是等靠要。像息县弯柳树村一样,把群众的心先扶起来,至关重要。全市按照精准脱贫的要求,早脱贫的县有奖励。"

最后李湘豫部长讲话,他首先表达了对各位驻村第一书记的感谢和敬意,和被第一书记们驻村工作精神感动的心情。之后对第一书记驻村工作提出了严格要求。李部长强调:"当前贫困户精准识别问题是第一要务、首要职责,跑项目还在其次。"

李部长对第一书记提出七点要求:第一书记要确保住在村里,严格遵守"五天四夜"工作制纪律。关于大家反映的项目实施慢的问题,会敦促县一级设立统一服务平台,设在扶贫办或便民服务中心,一站式服务项目申报、审批等。21个省派第一书记村,村部破败老旧的问题,市部对各县党建有硬性要求,每年用在党建上的经费是多少?村干部工资每年上涨没有?市部协调各县区尽快解决此问题。

一要融进去。融进村,融进群众。身融进去,更要心融进去。二要好心态。大家都是带着责任到村的,共产党的大厦是靠基层党员、干部在支撑。珍惜现在拥有的，与贫困村群众打成一片，干成一家。首先要建好村班子，靠他们长期带动。三要备足课。熟练掌握各项政策、知识，用老百姓能接受的方法带动大家。四要激活力。选准一个村支书，选好一个村班子，立好一套规矩。像弯柳树村一样，让群众从被动的"政府要我致富"转变为"我要动起来，我要脱贫"，激发群众内生活力。五要找准路。帮助群众找到适合自己的脱贫致富路。六要搭好桥。驻村第一书记是派出单位的代表，是村与派出单位党组织、县、乡党委沟通的桥梁，要及时反映遇到的问题和困难，共同解决。七要重实效。拿出切合实际、可操作的帮扶方案，让群众看到实效，发生变化，切实受益。组织带领你所属区域的群众，相信党，跟党走。

2016年1月23日　星期六

今天召开村两委干部会议，我首先传达了省委组织部第一书记会议精神和要求。村支书报告基本情况：

2012年确定贫困村时，贫困户占全村总户数35%以上界定为贫困村，县、乡最新确定我村贫困户数量及名单，人均纯收入2800元以下的，截至2015年底，弯柳树村贫困户140户，贫困人口605人。精准扶贫在村里引发的矛盾，如村组干部、有大型机械的、有新建住房的、家中有存款3万元以上的，不能列为贫困户。有的组长年纪大，六七十岁了，家里啥也没有，符合贫困户标准，有的村民在新农村买了房子，实际家里本来很穷，买房子的钱都是借的，因为要娶媳妇，不买房子对方不结婚。还有独立户头的老人，按要求界定为贫困户，他们的儿女条件很好，别的村民有意见、不服。

市九三学社驻村工作队员程育生发言：首先要按要求，把底数搞清楚，贫困户类型、致贫原因、需兜底户，登记准确。比如村主任杜彦生的哥杜彦海，儿子在上海做模具，月工资2万多，群众反映大、意见大。

2016年1月24日　星期日

召开村义工团全体会议，30位村民义工团成员参加。我主持会议，主要内容是义工团领导换届。大家全票选出村民许兰珍任新团长，原团长李桂兰因年龄快70岁了，光荣退休到荣誉团长位置。原团长作工作报告，向新团长交接团旗。大家在欢快热闹的气氛中，纷纷表示下一步义工团要继续发扬雷锋精神、付出精神、爱村爱国精神，协助村党支部和村委会，继续帮助贫困户，关爱老人，自觉义务维护好全村环境卫生。

2016年1月27日　星期三

市委组织部到村对驻村第一书记、市派工作队进行年度考核。县委组织部领导和路口乡领导参加，弯柳树村在家的党员和村民代表参加。我和驻村工作队员程育生分别述职，大家投票。

70多岁的老支书陈新华找我诉求：村委会历史上欠他工资7万多元。在任时6年没有发工资，今年过年前能先补发3000元就行。我找现支书问了情况，属实。与村干部商量年前想办法给老人家解决点。

2016年1月29日　星期五

应邀到河南省焦作市解放区"民生道德大讲堂"授课。这次课程是领导干部专场，我讲《我能为人民做些什么？》。焦作市文明办领导、解放区在家的四大家领导、民生办事处全体党员干部参加。

2016年2月2日　星期二

国家统计局河南调查总队贾志鹏总队长一行到村，慰问贫困户、督查对口帮扶工作。

慰问王永祥、段平、王新春、许光书等贫困户后，在已成危房的简陋的村部召开了座谈会。总队机关党委张建国书记、办公室朱隽峰主任、张杰业、徐文，信阳市调查队王传健队长、熊健峰，息县县委组织部于海忠部长、县政府闫清勇副县长参加。村干部、村民代表李红、陈文明、李桂兰等都对弯柳树村的环境卫生、村容村貌的变化感到满意。村干部和党员改变了，群众也有干劲了，驻村干部领着大家干，村民心里服气，也相信党了。村民李桂兰说："学习传统文化让我们心态变好了，身体也好了，子女都孝敬老人了。去年村里粮食历史最高产，我活了70岁第一次见到！今年小麦长得好得很。真是感天动地了，我们以后还要更好地学习。"

大家也提出了急需帮助解决的事情：水、电、路，急需继续向上级申请资金修路、修渠、架电。解决了垃圾围村问题后，村民讲究卫生了。村里急需建垃圾分拣站，农民垃圾不乱倒了，村里得想办法解决。村里树太少了，急需绿化美化。过去老百姓不讲究，习惯了脏乱差。现在在道德讲堂天天听课，讲究起来了，盼望多种树、种花，美化环境。

2012年我到村后发现村里连树也很少，除了房前屋后的日本速生杨树外，几乎没有树。速生杨危害非常大，春季杨花飞絮，像下雪一样，造成村民呼吸道感染疾病高发；杨絮落在麦田里，导致麦苗发生病害，是环境污染的一大元凶。2013年春天我让村干部找来切割锯，在新农村80多家住户的大门两边光秃秃的水泥地上切割出能种树的一米见方的树坑，种上第一批辛夷树即玉兰花树。此后每年春天强制性在各家各户房前屋后种树种花。去年我又动员南阳九韶玫瑰园老板给村里捐赠玫瑰花苗3000棵，分给村民种在自家院内或房前屋后。春末夏初玫瑰花开，芳香四溢。村民找我致谢，开心地说："几十年来，我们村第一次春夏之交闻到的不是刺鼻的农药味儿，而是花香！"

今年大家积极主动要求多种树、种花，我心里特别欣慰。村民心中有了真善美，也要求环境美起来。再次证明中华民族古圣先贤的智慧：境由心转，相由心生。

闫清勇副县长说："弯柳树村变化很大。支部建起来了，红旗飘起来了，群众唱起来了、跳起来了，精气神提起来了。这是扶贫的关键。县里已经在布局弯柳树村的基础设施：修路、用电、用水，乡里和村里拿出意见，县里协调，全面支持弯柳树村。"

贾志鹏总队长总结："这次来村里，突出的感觉是变化大！村里环境变化大，村民精神面貌变化大，村支书变化大。过去脏乱差变干净了，过去无精打采不干事变成了积极主动要脱贫了。上次来村，村里住进了孝心村的义工团，这次来，村里有了自己的村民义工团！群众脱贫致富的愿望变得强烈了，这很难得。宋瑞作为第一书记，把村班子建好，战斗堡垒作用发挥好；把党员队伍带好，把党员的先锋模范作用发挥好。村两委要认真贯彻落实省委提出的'四议两公开'工作法，大小事务随时议，难事急事更要议，事事公开、公布。如建村小学教学楼的事，老百姓有意见，嫌进度慢。大家不知道为了争取保住弯柳树村完全小学，而不是县教体局规划的只保留四年级，五、六年级到路口乡中心学校上学，驻村第一书记和村干部多少次到县里争取，县教体局三次改变方案，才最终形成现在的保留村小学'完小'，批准投资200万元新建教学楼的结果。如果用'四议两公开'工作法，随时公布，群众知情，就不会出现办了好事群众还有意见的情况。弯柳树村按新农村建设的标准做出规划，水、电、路、渠打好争取项目资金报告，及时争取县、乡党委、政府支持，总队党组也将继续大力支持，并协调省市各有关职能部门支持。这两年弯柳树村弘扬优秀传统文化，造福群众，文化扶心扶志，办德孝文化培训班、夏令营，外来客人吃住在村民家，带来不菲的收入，村民很欢迎，效果很好。宋瑞在弯柳树村探索扶贫先扶心，用啥扶心？文化！从今天弯柳树村的显著变化看，这个探索是成功的。我们共同发力，确保弯柳树村文化扶心扶志，带动脱贫致富的路越走越宽，越走越扎实。"

2016年2月8日　星期一

今天是正月初一，难得和家人团圆，好幸福！女儿的宝宝刚出生两个多月，平时没有机会照顾她娘俩，这几天我要好好抱抱孩子，好好尽尽当姥姥的职责。

2016年2月18日　星期四

今天我给中国文联文艺志愿者协会发送《关于申请金波同志到河南省级贫困村弯柳树村公益演出的报告》，代表息县弯柳树村父老乡亲给中国文联写了一封信，以至诚之心邀请备受基层群众喜爱的著名军旅歌唱家、大孝大忠的军人、中国火箭军文工团歌唱家金波，到弯柳树村举办"城乡手拉手，助力奔小康——金波乡村公益演唱会"，为弯柳树村德孝文化乡村旅游助威，为中华道德教育、孝道回归代言。愿天下父母安康幸福，愿天下儿女明理尽孝，行大道、利天下。

2016年2月25日 星期四

中原地区倡导建立"中华母亲节"活动暨第五届中原国学高层论坛筹备会议，我负责组织筹资，2014年为弯柳树村捐款的息县企业家余勇率先为主办方河南省儒学文化促进会捐款10万元。

2016年3月1日 星期二

收到中国文联文艺志愿者协会的答复，同意金波到村公益演出，支持扶贫工作。马上向县委宣传部余金霞部长汇报。

"城乡手拉手，助力奔小康"弯柳树村德孝文化乡村游启动仪式暨军旅歌唱家金波乡村公益演唱会第一次筹备会议在村道德讲堂召开，县委常委、宣传部部长余金霞，路口乡党委书记夏勇，村委会主任杜彦生，村干部许振友，党员代表陈文明，志愿者薛立峰和邹纯红参加。

时间：拟定3月6日（正月二十八）；

地点：弯柳树村新农村街道搭建舞台；

分组分工：

领导接待组：县政府办、县调查队负责；

嘉宾接待组：县政府办、路口乡党委负责；

媒体接待组：县委宣传部、路口乡政府负责；

住宿组：县城爱心企业负责人张艺龙负责。

余部长安排各项细化工作，责任到人。

2016年3月6日 星期日

神兵天降弯柳树村，柳暗花明开新篇！今天，3月6日，将载入弯柳树村发展史册。"城乡手拉手，助力奔小康——金波乡村公益演唱会"在弯柳树村新农村街道隆重举行。高高的舞台就搭建在新农村街道正中央，舞台两侧的新农村街道二楼上拉起"庆两会 感党恩 奔小康"的大红长幅，庆祝北京两会开幕。舞台前的空地上坐得满满当当，楼顶上也站满了看演出的人，全村热闹非凡，喜气洋洋。

金波老师演唱了《大妹子》《有事你就说》等十多首歌。弯柳树村民歌舞团表演了《婆婆也是妈》《欢聚一堂》等歌舞。村民李红、焦宏艳、蔡志梅、许兰珍，息县息夫人旗袍队的队员为金波老师伴舞。村民与大明星同台演出，轰动一时。金波老师带领全场一起唱《有事你就说》：

　　　　有事你就说，说了咱就做；

　　　　今天我帮你，明天你帮我。

　　　　人生一世不容易，难免路上遇坎坷，

　　　　兄弟姐妹有难处，全靠众人来帮助。

　　　　有事你就说，说了咱就做；

　　　　今天我帮你，明天你帮我。

　　　　一人伸出一只手，万人之手力挽河，

　　　　好事一人做一件，人人潇洒过生活。

　　　　有事你就说，说了咱就做；

　　　　今天我帮你，明天你帮我。

　　　　我们来到人世间，多做好事才快乐，

　　　　生活需要有真情，真情就在你和我。

　　　　有事你就说，说了咱就做；

　　　　今天我帮你，明天你帮我。

　　　　一人献出一点爱，万人之爱暖山河，

　　　　为人一生做好事，生命才算没白活！

　　县长赵君峰、县委副书记王操志、宣传部部长余金霞等县领导，路口乡领导，以及来自全国各地的爱心企业家，弯柳树村和附近村的村民参加。金波老师的粉丝和弯柳树村乡亲及全国各地慕名而来的嘉宾2000多人，在田野放歌，在乡村漫舞，歌唱亲爱的祖国，歌唱伟大的党，歌唱农民种地补贴不交粮，歌唱传统文化让乡亲们找到内心幸福的方向，歌唱英明的领袖习近平总书记带领我们脱贫困、奔小康、圆梦想！感恩遇上了好时代，感恩祖国感恩党！

　　在分会场弯柳树道德讲堂举办的"传承德孝文化　推进精准扶贫"企业家座谈会上，赵君峰县长为金波和中国民间春晚总导演杨志平颁发

"弯柳树村荣誉村主任"的聘任书。

2016年3月7日至8日　星期一至星期二

参加信阳市第一书记和村支部书记培训班，政策解读、项目争取、先进村的做法，都是我们需要学习了解的。省市驻村办是我们这些一头扎在村里的第一书记的坚强后盾。

驻村久了才知道，村干部要练就"兔子的腿，麻雀的嘴"，多跑，多说！

2016年3月9日　星期三

今天是农历二月初一，弯柳树村德孝讲堂内，举办每月初一、十五的孝亲敬老饺子宴，20多位村德孝义工团的村民，为100多位老人包饺子。在村干部组织下把村内65岁以上老人接到讲堂，老人们围坐一起，吃着味道鲜美的饺子，看着《圣贤教育　改变命运》的视频，共享天伦，其乐融融，祥和幸福！弯柳树村每逢农历初一、十五都有100多位老人免费聚餐的孝亲敬老饺子宴，周末有德孝文化乡村游。每周都有城里人带着父母、孩子到村，感受春回大地、万物复苏、莺飞草长的春天，感受浓浓的全村大家庭之喜乐，感受孝道文化促进和谐幸福的大智慧。

2016年3月14日　星期一

村民歌舞团成立一年多来，唱响了爱党爱国正能量。看着乡亲们的精神面貌改变了，我们又组织成立了村老年歌舞团、留守妇女歌舞团、秧歌队、锣鼓队，排练了《五星红旗》《没有共产党就没有新中国》《婆婆也是妈》《重回汉唐》等节目，《从赌博队长到义工团长》《学习传统文化救了我》等演讲，每周在村中进行，带动全村父老乡亲参与。70多岁的村民陈文明说："弯柳树村人现在是早上唱着过，晚上跳着过。"

村民由过去的抱怨转变到现在的发自内心感谢党、感谢政府。这些不识字的农民哼哼唱唱创作了很多歌曲、快板、三句半等，让我很惊喜！原来人人心中都有一个宝藏，找到钥匙就能打开它，把自己忘了，把自私的小我放下，忘我地去融入大众，服务大众，每个人的生命都可以焕然一新！贫困户邓学芳脱贫后发自内心感谢党，创作的《手拿锄头心向党》广为传唱：

> 东方出了个红太阳，手拿锄头心向党。
>
> 要问我为啥干劲大？习主席领我们圆梦想。
>
> 东方出了个红太阳，中国有了共产党。
>
> 要问我国家有多好？咱农民种地补贴不交粮。

村民赵忠珍创作了歌曲《学习传统文化好》：

> 传统文化真是好，老百姓人人都需要。
>
> 小孩子学习传统文化好，见人鞠躬有礼貌。
>
> 老年人学习传统文化好，心情开朗乐呵呵。
>
> 有病人学习传统文化好，让你少打针来少吃药。
>
> 绝望人我学习传统文化好，又重新找到生活的希望！
>
> 传统文化真是好，全国人民都需要，
>
> 如果人人都学习，我们的祖国，明天会更美好！

弯柳树村民"传德孝 感党恩 奔小康 圆梦想——核心价值观 百姓好活法"宣讲团已应邀到北京、重庆、郑州、新乡、焦作、驻马店等地宣讲、演出，好评如潮。

2016年3月16日 星期三

请河南大东设计院薄院长到村，规划设计息县弯柳树村乡村文化游及产业发展方案，打造亮点，找到盈利模式。定位德孝文化主题，轻资产开发运营。

2016年3月20日 星期日

弯柳树村弘扬中华优秀传统文化，扶贫先扶心，以德孝文化扶心志，激发内生动力，带动产业发展，以脱贫致富的精神扶贫带动物质脱贫的实践，得到息县县委、县政府的高度肯定，被写入《2015年息县政府工作报告》并向全县推广："学习推广路口乡弯柳树村经验，引入社会主义核心价值观和传统文化教育，建设一批民富村美、崇德向善、生态宜居的美丽乡村。"四年驻村的辛苦付出，和全国弘扬、践行中华优秀传统文化的各界人士的关心支持，终于结出硕果。

2016年3月22日　星期二

邀请河南中超置业公司杨总一行到村考察，准备投资建设弯柳树德孝文化培训及乡村游项目。赵君峰县长到村面谈，政府按投资1:1配套。

2016年3月24日　星期四

栾川县委宣传部部长钱晓苏一行七人到村参观考察。淮阳县前申楼村村干部申国运等四人到村学习。中午都在村民家吃饭、体验。

2016年3月25日　星期五

河南省扶贫攻坚第三巡视组到村检查，省财政厅农业处柴晓玲处长、省工商联刘建处长、省扶贫办赵处长、市扶贫办曹炳扬一行详细了解村情、贫困户情况、帮扶措施等。领导们对我们运用传统文化净化人心，走"有德就有财"的扶贫脱贫路，给予充分肯定。

2016年3月30日　星期三

村小学校长杨娜给我带来一个好消息：县教体局批准了弯柳树村小学保留"完小"，申请的新建教学楼项目也下来了，选址在现校园正中间，设计两层楼、八个班。我给张其煌局长打电话，一是致谢，二是建议教学楼能否不建在校园中间，而是建在校园东侧，这样中间地方宽敞，整个校园布局美观。张局长同意变更教学楼选址，但需派人到村进行文物勘探。

今天借给村会计许振友400元，支持他带头入股，加入村德孝文化传播公司。

2016年3月31日　星期四

接到贾志鹏总队长电话，他刚参加完河南省政府扶贫工作会议，对驻村扶贫工作提出新要求。贾总指示：充分摸清村贫困户基本情况，填写好明细表；做好全村贫困户汇总表；具体分析每个贫困户家庭情况、致贫原因、适合的脱贫帮扶项目，总队实施一对一帮扶。

全村还有王永祥等14户建档立卡贫困户未脱贫，主要是癌症患者、残疾人、精神病患者、抑郁症患者、痴呆者。

正好给贾总汇报一下弯柳树村产业规划：请白双法老师指导，在村建汉字公园；道德讲堂及村文化广场项目申报；基层核心价值观培训基地建设；举办中华青少年德孝感恩乡村夏令营；中国民营企业家德孝文化论坛培训基地建设；快乐老家——休闲养老基地；打造"稻花香里说丰年，听取蛙声一片"生态自然农耕体验基地、"班长的红玫瑰"军魂教育基地、刘邓大军渡淮故事馆、"阿波文·红"音乐文化素食餐厅、中华文化大观院（儒、释、道特色体现）。

2016年4月1日　星期五

召开村干部会议，村支书传达路口乡会议精神，县委组织部和县扶贫办组织了"万名干部入万家"精准扶贫活动，县直单位包村，分包全县99个贫困村、软弱涣散村、边远村。息县移动公司包弯柳树村，全村2014年建档立卡贫困户122户，移动公司分包36户，已责任到人。驻村第一书记、市九三学社驻村工作队员程育生和4个村干部，这6人每人包5户。其余56户由乡党委书记夏勇等13位乡干部分包。

我和调查总队机关党委、办公室等帮扶贫困户五户：许俊、邓学芳、许光林、骆爱喜、许光合。

2016年4月5日　星期二

省政协原副主席、河南儒学文化促进会名誉会长郭国三，河南儒学文化促进会会长王廷信、副会长周桂祥，由信阳市政协张秘书长陪同，到村调研指导文化兴村、文化扶贫，对弯柳树村活学活用中华优秀传统文化，改变人心，重塑民众价值观，给予高度评价与赞赏。儒家经典《大学》："大学之道，在明明德，在亲民，在止于至善。""君子先慎乎德。有德此有人，有人此有土，有土此有财，有财此有用。德者本也，财者末也。"在弯柳树村老百姓日常生活中处处能感受到。

弯柳树村的实践印证了儒家思想的核心理念"格物，致知，诚意，正心，修身，齐家，治国，平天下"，在2500多年后的今天，在西方企图和平演变中国，文化入侵现象普遍，社会大众价值观混乱、私心膨胀的当下，只要有真正懂中华文化实修实证的人，尤其是基层干部，真正落实党中央大力弘扬中华优秀传统文化，增强文化自信的指示精神，带领基层人民学习、修正，哪里学习哪里变化！

2016年4月6日 星期三

县委宣传部余金霞部长到村，安排本月9日至10日"息县试点村村支书精准扶贫学习会议"在弯柳树村召开。以"扶贫先扶心 助力奔小康"为主题，要求我给大家讲一课：精准扶贫怎么做？村支书应该怎样先唤醒自己的内生动力，再带领群众干？

2016年4月9日至10日 星期六至星期日

"扶贫先扶心 助力奔小康"扶贫经验交流会在弯柳树村道德讲堂召开，息县试点村村支书、县委宣传部、路口乡、小茴店镇村干部60多人参加。大家首先参观弯柳树村容村貌，接着回到道德讲堂开会。

首先观看习近平总书记关于精准扶贫的讲话视频，观看河北威县孙家寨村弘扬孝道文化、解决农村诸多问题的视频《一个孝子幸福了全村老人 一盘饺子温暖了世道人心》。余金霞部长讲话，号召乡村干部勇于、敢于承担，积极履职尽责，学习弯柳树村经验，解决各自村庄垃圾围村问题、人心混乱问题。把传统文化学习引进村里，首先得让老百姓学会感恩，感党恩、国恩、父母恩、师友恩、天地恩。有了感恩心，才知是非、好歹，才能形成正确的价值观。找到适合的方法，带领村民脱贫致富。

弯柳树村村支书介绍了弯柳树村的过去和现在，怎样发生的翻天覆地的改变。薛老师讲《孝道开启生命能量》，我讲《扶贫先扶心 打好攻坚战》。

晚上学员分享前，先听了村民李桂兰、许兰珍、赵忠珍等讲自己变化的故事。这些故事让人感动，尤其是许兰珍讲自己《从赌博队长到义工团长》，以及赵忠珍讲自己《传统文化让我不自杀了》。

大家对弯柳树村的变化都惊奇不已,积极发言。谭楼村支部书记说:"弯柳树村环境干净整齐,村民都很有礼貌。在村民家吃饭,六七岁的小孩子给我们端茶倒水、盛饭,鞠躬送到我们手中。我们住在村民家中,大人小孩都鞠躬问好,显得特别有素质,让我们很意外。谭楼村也是个省级贫困村,我们到处是垃圾、塑料袋,村民吵架斗殴不断。我们要向弯柳树村学习,也变成他们这样!"

2016年4月10日至15日 星期日至星期五

本周和村支书一起参加"河南省派第一书记及派驻村党支部书记示范培训班",由省委组织部、省扶贫办在新县大别山干部学院举办,为期一周。学习收获很大,回村加油干!

今天上午从大别山干部学院回到村里,下午《人民日报》驻河南虞城县利民镇西关村第一书记时圣宇带领村干部到弯柳树村参观学习,县委组织部领导、路口乡党委书记夏勇陪同前来。我和村会计许振友接待,带领客人在村里参观,到村民李梅、马俊、杜继英家了解学习传统文化后的改变。

2016年4月16日 星期六

召开村两委及全体党员会议。全村共有党员30人,其中60岁以上15人,60岁以下15人。今天会议通知8:00开始,实际等到8:35开始,应到30人,实到2人,村主任杜彦生和老党员陈文明,加上我和市九三学社驻村工作队员程育生,共4人。

未到会原因:村支书女儿快生孩子,他和老婆去县城了;村支部委员许振友,是个大厨,去给喜宴做饭了;村委委员陈社会,自己开有两个驾校,家在县城住,几乎不在村,进信阳市办事了;6人在外地打工;5人有病;其他人通知到了,没来,也没打招呼请假。

这就是农村党员队伍、村干部队伍的现状。不止弯柳树村,这是整个农村的普遍现象。弯柳树村从2014年"七一"后,我已开始对涣散已久的党员队伍进行收拢与教育,先是把党员一个一个找回来,让他们知道自己还是党员。怎奈党员队伍年龄老化，而且长期以来形成了不过组织生活、不参与也不关心村里事务的习惯，稍年轻些的除了自己挣钱外什么都不关心。党员意识淡薄，更不要说服务意识了。过去群众说党员还不如一般老百姓，我给乡党委、县委组织部都提过建议，对那些长期不参加组织生活会、不参加"三会一课"学习的党员，没有党员意识的党员，没有正能量且与群众争利的党员，要建立劝退机制，只有这样才能真正把农村党员队伍建设好。否则没有优胜劣汰机制，不合格的党员就像一颗老鼠屎坏了一锅汤，影响党的形象，影响党群关系。但一直没有被采纳。

通过一年多的学习教育，情况明显好一些了。弯柳树村的关键问题是村班子不愿干事，村干部由2012年的两人，2014年换届增加到四人，四人各有自己的小生意，干村里的事耽误干自己事的时间。关键中的关键是村支书不愿干事，经常找不到村支书，给他打电话没人接，县、乡领导打电话他也不接。前一段有紧急工作安排，县委常委、宣传部部长余金霞给村支书打电话，半个小时内打了11个，没人接，到了第二天也没有回电话。把余部长气得直接找到乡党委书记批评！

通过今天这次会议情况，我不能再随大流，不能再患得患失，不能再怕触及矛盾。不得罪个别村干部、少数党员，就会得罪2100多位乡亲！该触及的矛盾不能回避，否则就是对党的事业不负责任，对弯柳树村乡亲们不负责任！作为第一书记，第一责任就是建强基层组织。得下决心、下狠心整顿了。我必须痛下决心在这个现状的基础上，从我做起，以身作则，按照党中央"四铁干部"队伍的要求，整顿村干部党员队伍作风，培养教育出一支合格的弯柳树村干部党员队伍。我把这个想法向路口乡党委汇报，争取三个月见成效，年底大见效。

2016年4月17日　星期日

今天村干部一起清清家底、算算账，结果让大家心中特别振奋。参与农家乐、农家客房的村民已发展到49户，130张床位，接待到村学习传统文化的全国各地客人，总收入已接近20万元。收入高的农户如骆同军家21000元，刘玉霞家11000元，孙志芳家9000元。49户平均增收3000多元，文化变产业的力量给村民带来实惠的收益，意料之外的收获，真是让人欣喜！

随着德孝文化培训产业和农家乐形成，弯柳树村村民收入增速加快，脱贫进度加快。全村贫困户脱贫退出进度：2013年初146户，年内脱贫退出25户，新增10户；2014年初131户，年内脱贫退出9户；2015年初122户，年内脱贫退出108户，年底还剩14户未脱贫，按现行整村脱贫标准，实现全村脱贫，比息县扶贫办给我村定的脱贫时间提前一年。这真是可喜可贺的大事情！

在弯柳树村讲堂正在进行的妇女学习班上，我讲《如何做一个兴家旺夫旺子孙的幸福女人》，第二天安阳企业家程小英讲《环保酵素拯救地球有机农业高效健康》。

2016年4月18日　星期一

今天《信阳日报》二版头条报道了弯柳树村，题目是《扶贫先扶智——记息县路口乡弯柳树村"第一书记"宋瑞》。

2016年4月19日　星期二

回总队汇报弯柳树村扶贫工作情况，总队党组是我驻村扶贫的坚强后盾。总队党组听取扶贫工作汇报会议在总队二楼会议室举行，贾志鹏总队长主持，我首先汇报，其后党组成员发言。

第一，前期扶贫成效。

一、弯柳树村基本情况：总户数483户，耕地面积3500亩。贫困户2013年初146户，676人；2015年初122户，523人。其中低保贫困户32户，154人；因病致贫80户，因残致贫16户，因学致贫10户，缺技术贫困户13户，无劳力贫困户13户。2015年脱贫113户，还有14户未脱贫，贫困户占总户数比例低于2%，实现两不愁三保障，全村人均年收入超过全省每人每年2850元的贫困线标准，经息县扶贫办考核验收，弯柳树村2015年底整体脱贫，比县定计划提前一年。2016年3月份排查新增5户贫困户，加上未脱贫的9户，全村现有贫困户14户，55人。

二、打击赌博、打麻将恶习，惩恶扬善。

三、扶贫先扶心，开讲堂讲孝道，孝亲敬老蔚然成风，全村群众混乱的价值观得以重塑，文明新风形成。

四、成立村民义工团，义务打扫全村卫生。

五、成立弯柳树德孝文化公司，组织村民开展乡村游、农家乐创收项目。入股村民稳定在49户，接待床位130张，根据床位多少，户增收3000至28000元。

六、争取项目资金1256万元，建小学教学楼、文化广场、坑塘改造及灌渠，修路5.4公里。

七、动员来自全国各地的20多位爱心企业家到弯柳树村，手拉手一对一帮扶贫困户，如北京尚品公司帮扶段平，郑州爱馨养老机构帮扶王新春等。除捐款、捐物外，安排贫困户子女到企业就业。

八、息县县委、县政府对弯柳树村"扶贫先扶心扶志"的经验模式非常满意。

九、引起媒体广泛关注与报道，《人民日报》4月15日到村采访，《信阳日报》昨天二版头条报道了弯柳树村，题目是《扶贫先扶智——记息县路口乡弯柳树村"第一书记"宋瑞》。

第二，下一步工作计划。

一、抓班子，带队伍。建强村两委，带强党员队伍。

二、扶民心，启民智。立足中华优秀传统文化，培育践行核心价值观。

三、跑项目，找资金。继续完善基础设施建设。

四、总规划，塑品牌。练好内功，招商引资。做好德孝文化品牌，吸引企业到村投资，走"有德就有财"的精准扶贫、经济发展之路。河南大东规划设计院正在对弯柳树村进行总体规划，5月中旬拿出规划图和项目策划方案，向社会尤其是企业界公开招商引资。

五、先带后，共同富。先富带后富，创新扶贫模式，脱贫户带未脱贫户，企业家带残疾户。

六、"空心村"统一规划改造，空置院落由村委会统一改造，打造"乡居岁月"民宿小院，开发乡村旅游，增加村民和村集体收入。

七、不仅脱贫，力争创优。争创"党建引领 文化扶心"的全国脱贫致富样板村、文化自信示范村。

第三，需要总队解决的困难。

一是工作量大、压力大，忙不过来，希望总队再派两人，和我一起驻村。如同在信阳驻村的科技厅五人，公安厅三人，且派出单位每年给所驻村拨付几十万的建设项目款，给驻村扶贫工作队拨付专项工作经费。二是申请总队为村两委配备电脑六台、打印机一部、电动车一辆，为村道德讲堂配备投影仪、录像机。

我汇报后总队党组领导们发言讨论。刘召勇副总队长说："前三年扶贫成效显著，后三年规划清晰可行，产业方向很好。宋瑞能力很强，动员这么多企业参与来帮扶困户。资金使用要谨慎，不能出问题。"

孙新占副总队长说："中央和省委对驻村扶贫工作要求越来越严格了，要站在政治高度，对宋瑞驻村工作、生活加大支持和关心力度。"

袁祖霞副总队长说："宋瑞驻村四年了，打下了非常好的基础，而且影响到全国了，给总队赢得了好声誉。总队应从人员、力量等各方面加大支持力度，给宋瑞创造条件，从生活上、办公上改善当前简陋艰苦的驻村条件。"

贺开贵组长："听了宋瑞汇报，大开眼界。弯柳树村基础打得很好，做了大量富有成效的工作，确实值得表扬。规划的项目要做实，项目资金要管好，要把好关。"

贾志鹏总队长最后总结："总队党组充分肯定宋瑞前几年驻村扶贫及创新工作，从基层组织建设、精神文明、生态农业、基础设施等方面，都做出了大量成效显著的工作。下一步摸清真正贫困人口底数，精准扶贫，加大精准帮扶力度。我去村里时村民提出的急需解决的三个问题，一是加快修路进度，各个村民小组都盼着先修他们的路；二是农村电网不稳定，且经常停电，电饭锅蒸米饭都带不动、蒸不熟，盼着改造电网，解决用电问题；三是水的问题，灌渠年久失修，很多地方淤堵不通，很多地方断成半拉渠，不能浇地，自己打井又不通电。2016年驻村扶贫要重点抓好四大项工作：水、电、路新建和改造，村党支部建设，传统文化弘扬和德孝文化培训产业，生态农业种植业。你放心放手在村开展工作，总队党组将加大支持力度！"

感谢总队党组和各位领导！

2016年4月21日　星期四

今天开始第四次贫困户识别"回头看"，县扶贫办要求：一、对贫困村中的贫困户纳入（真实的贫困户）；二、对所有符合五项标准的低保户建档立卡；三、贫困户信息采集表六方签字，乡镇集中录入。

5月20日，国务院扶贫办将关闭贫困户信息采集系统。时间紧迫，这项工作得十分抓紧，把假贫困户"揪出来"，把真贫困户识别进库。中国贫困人口最低收入线，按人均纯收入，国家标准为2800元/年，河南省标准为2850元/年。

识别方法：按省标2850元/年，两不愁三保障（吃不愁、穿不愁，住房安全有保障、基本医疗有保障、义务教育有保障）。

一进（农户）二看（有无病人、学生、住房）三算（收入计算：主业收入＋副业收入＋工资收入＋政策补贴等）四比（与一般户比）五公示（两次公示公告）。

息县粮食作物种植每亩地年纯收入：淮河以南乡镇600元，淮河以北乡镇800元。

建档立卡七张表，需要村里填报的五张：贫困户初选名单公示、民主评议、明白卡等。

2016年4月22日　星期五

"孝心村"这块金牌子，成了村民致富的"钱袋子"。今天村民骆同军、刘玉霞、孙志芳三家邀请我和市驻村工作队员程育生吃饭，三家兑的菜，在骆同军家做饭。问明原因，我们欣然答应。因为他们几家是最早一批开农家乐接待住宿和餐饮的51户中的积极分子，骆同军家已经挣了2.1万元，刘玉霞家1.1万元，孙志芳家0.9万元。

中午我们又兑了俩菜，很多村民都聚到骆同军家，大家热热闹闹地吃顿饭。来村参观学习的人多了，农家乐挣钱多了，乡亲们干劲越来越大。看来弯柳树村以孝齐家、以孝兴村、以孝生财的致富路是通了！难怪《孝经》中说："孝悌之至，通于神明，光于四海，无所不通。"

2016年4月25日　星期一

上海现代规划设计集团设计人员丁力敏、河南大东规划设计院院长薄言、河南范蠡商文化促进会会长苏钰洋，今天到弯柳树村为我们做全村总体规划策划方案。息县政府领导、旅游局、规划局，路口乡相关领导和村干部、村民代表参加，息县政府贾设副县长主持。

大家讨论的总体思路：突出弯柳树村已有的孝道文化促进经济发展特色，围绕已经形成的弘扬传统文化的影响力，打造已初具雏形的品牌，即德孝文化培训产业和生态有机农产品。深化一个灵魂两个主题，即"德孝文化"这一改变了村民同时吸引全国各地来学习的核心，这是弯柳树村脱贫后大发展的"灵魂"；抓住"环境美，人心美"两个主题，继续深入打造，这是弯柳树村招商引资、吸引项目的两张靓丽名片。人心好了，乡风文明了，投资环境就好了。人心好了，有道德的村民，种出来生态有机的安全农产品一定受市场欢迎，未来弯柳树村能不能种出来50元一斤的大米？做出超前的可操作性强的规划方案和策划方案。

2016年4月26日　星期二

息县副县长李昊，是省交通厅在息县挂职的处级干部，今天到村调研全村道路现状，规划修路项目。除了用近三年每年争取的项目资金修了几段生产路外，绝大多数还是泥巴路，村民迫切盼望修路。

杜庄组、冯庄组两个自然村的砂石路是我县两个企业家出资垫好的。因为他们的孩子叛逆，不仅不上学，还经常在息县闹事，打架斗殴、聚众喝酒、砸KTV，什么坏事都干，是息县"十大恶少"中的两人。因为年龄小，警察也拿他们没办法。

2014年村里开始解决垃圾围村问题，县委宣传部组织志愿者到村帮忙，我们一边清理垃圾，一边在休息时讲《弟子规》。其中一个叫李健峰的，他的妈妈知道了，就把他送到村里。他和我们干了一周，听了一周课，明白了应该怎样做人，回家向他妈妈认错道歉，把他妈妈感动得泣不成声。第二天就拉了一车自家企业生产的饼干，带了2万元现金，来到村里找到我们，捐给村里帮扶困户。他妈妈拉着我的手说："宋书记，不知道该怎样感谢你们，这个孩子我们已经放弃了，没想到在弯柳树村学习传统文化把他救了，这比我们挣几百万都高兴！我们也要帮您扶贫！"

后来他家又积极参与弯柳树村开展的"城乡手拉手，助力奔小康"活动，一对一帮扶杜庄组，投入几万元把杜庄的泥巴路垫成了砂石路，方便村民出行。李健峰改变后，把经常和他在一起的"十大恶少"都带到弯柳树村，参加劳动，上《弟子规》《孝经》《论语》课，那些孩子都发生了很大改变。他们的家长大多是做企业的，平时忙于挣钱，疏于管理孩子，导致孩子叛逆、厌学等。孩子在村学习改变后，家长大多参与到弯柳树村扶贫中，有的捐款捐物，有的直接手拉手帮扶一户贫困户。

2016年4月27日 星期三

组织村民义工团骨干人员开座谈会，团长许兰珍、副团长赵海军、团员汪学华，商量义工团自身建设，制定帮扶贫困户、老人户制度。

2016年4月28日 星期四

县长赵君峰邀请北京的王唯老师到息县做文化及产业策划建议。王老师下午3:00到，由我和裴仁胜副县长、旅游局瓮海山局长、文化局项其鹏副局长陪同，到濮公山、古息国遗址徐庄、淮河岸边庞湾看看，最后到弯柳树村。

2016年4月29日 星期五

北京希贤教育基金会理事长李利、执行理事长王玉琨和倪敏达等到村，共商通过教育扶贫支持弯柳树村。

平顶山市宝丰县人大副主任王延辉带领村支书四人到村学习。

息县籍人士李林博士到村参观考察。我曾听过李博士的课《德配天地》，他是一个有功底的文化人。他早年在北京师范大学读书期间曾做过两年赵朴初先生的秘书，有相当扎实的传统文化功底。

2016年5月1日 星期日

"五一"放假回家，去开封看望生孩子的弟媳。一大早起床，刚好看到三岁半的大侄子宋诚诚在帮助妈妈照顾刚出生23天的弟弟宋明明。诚诚给明明整好尿不湿，抱着明明说："幼不学，老何为？玉不琢，不成器……"说得自然而然，用得恰到好处。读经典的妈妈生下的宝宝，好带！

2016年5月3日 星期二

今天接到一个电话，让我特别开心，因为这是一个要来村投资的电话。据她自我介绍，她叫王春玲，在息县农贸市场经营肉类批发十多年，是大型肉类企业在息县的总代理商。今年3月份第一次来弯柳树村，作为息县息夫人旗袍队的队员，在金波的乡村演唱会上为金波伴舞。在演唱会开始前，我先讲话，不足20分钟的讲话，让她和丈夫如梦初醒。"己所不欲，勿施于人""有德才有财"等传统文化理念，都是第一次听说，在她心底引起强烈共鸣。

王春玲经营肉类批发十多年，但家里人还是喜欢吃到乡下淘买的土猪肉、土鸡、土鸭。听了我的分享，触动很大，夫妻二人和大儿子一商量，决定转让门面房，到弯柳树村承包土地，种植生态有机粮食、蔬菜。

她计划一期投资500万元，承包500亩耕地，选择没有坟墓的连片耕地。最后她说："今年金波演唱会时见到您，就对您十分佩服。听了您的讲话，明白了做人要有良心，宁肯少挣钱，也要做一个有道德的经营者。跟定您了！您在群里发的文章我都看了，很感动！再不控制化肥、农药、除草剂，我们国家真的很危险了，所以我要下乡去种地！到弯柳树村租地跟着您干！"

我也十分感动，终于遇见志同道合的人！我从2011年开始呼吁减少施用化肥、农药、除草剂，尤其是2012年驻村扶贫到弯柳树村后，党和国家明确提出化肥、农药"双减"政策，我更是大声疾呼了四年：减少化肥、农药、除草剂，使用高温堆肥、自制生物植物肥。今天终于遇上了能听懂的人，有情怀、有担当的人！我之幸运，弯柳树村之幸，中国农业之幸！挂了电话，马上找到村干部去看地，要给王春玲选最好的耕地，涉及哪些村民小组，就全力去与村民沟通。这是第一个来我村投资的企业，我们一定要做好服务。

2016年5月4日　星期三

村两委会议，讨论河南大东设计院为村德孝文化乡村游起草的策划设计书。

我再次强调：中华优秀传统文化历史悠久，博大精深，弯柳树村要突出孝道文化和道德文化。孝是人道第一义。《孝经》说："孝悌之至，通于神明，光于四海，无所不通。"而当今中国农村孝道缺失严重，不赡养父母、老人的现象十分普遍。弯柳树村做出恢复孝道文化和道德文化的示范，带领大家通过学习明白：行孝积德，是家道兴旺、子孙成才、福禄寿喜的基础和根本，从而影响和带动广大农村重拾孝道，重现"天地重孝孝当先，一个孝子全家安。孝子齐家全家乐，孝子治国万民安"的景象。

"中华孝心示范村""弘扬中华孝道示范基地""中华青少年德孝感恩乡村夏令营"，这些已有的荣誉和品牌，要在设计中展现出来。把辛弃疾词"稻花香里说丰年，听取蛙声一片"的意境体现出来，把张载"横渠四句"的高远意境和人生格局展示出来："为天地立心，为生民立命，为往圣继绝学，为万世开太平。"让所有来弯柳树村游玩的人，管窥中华优秀传统文化一斑，走上探求真理之路，触及心灵，唤醒内心沉睡的大英雄，提升格局境界，活出大我。即使不能如此，也会灵光一现，照亮身心片刻。

生态农业区域规划重点，弯柳树村有道德的农民，种植安全的农产品，为城市人提供放心粮食。还要展现得有趣、好玩，让群众和游客喜闻乐见。

2016年5月6日　星期五

文化是美丽乡村的灵魂，要让乡村回到我们记忆中的美丽模样。正如习总书记所描绘的乡村：望得见山、看得见水、记得住乡愁。

久居都市的人，都向往乡村，向往自然。逃离都市，回归田园，哪怕只有短暂的周末，偶尔的假期。枕一畦青苗，听蛙鸣虫唱，闻花草芬芳，看天际星月，任风儿从耳边悠悠吹过。

与河南大东设计院薄言院长沟通，突出弯柳树村乡村文化田园风光的自然氛围，为都市人创造一隅乡村慢生活——闲散、悠然、温暖、自在的乡间体验。建一处能看夜空、数星星的地方！

2016年5月8日至9日　星期日至星期一

带领村民德孝义工团成员到郑州的河南省老干部活动中心，参加金色梦舞台"夕阳红"助老爱老学习。河南省老干部局汪晓微局长给予大力支持，并组织大家和老干部一起聆听了智然老师作的专题讲座《让夕阳红起来》。这次来参加学习的焦宏艳、李红等12个村民，回村后就是我们孝亲敬老项目的骨干。

2016年5月10日　星期二

《河南日报》理论版王玉梅处长打电话采访我：你驻村四年，两轮坚守贫困村，为什么？基层扶贫是什么现状？存在什么问题？你为什么提出扶贫先扶心？怎么扶？现在怎么样？如何才能把基层扶贫工作做得更好？希望我写一篇有理论、有实践探索的文章。

白天在村太忙了，只有靠晚上加班写。有句话说得好："生前何必久睡，死后自会长眠。"每到晚上加班太累犯困时，我就将此句多念几遍，精神就来了。每天少睡一些，积累下来多干了不少事。

2016年5月12日　星期四

在息县一高礼堂参加息县脱贫攻坚工作培训会，组织部部长于海忠主持，常务副县长刘敏、副县长李一民等七位领导参加。领回任务，加油干，巩固弯柳树村文化扶心、提前脱贫成果。

会议对扶贫政策及扶贫工作知识进行了培训。

2016年5月14日　星期六

组织村干部学习县脱贫工作培训会议精神，村支书、村会计参加。

精准帮扶：谁来扶？省派3个、市派14个、县派111个第一书记，驻扎在息县99个贫困村和12个软弱涣散村。全县贫困人口5.54万人，通过百企结对帮百村、乡贤帮扶、合作社等新型农业经济体带动，进行帮扶。

帮扶单位的职责：一把手负总责，单位做后盾，第一书记是第一冲锋队。

第一书记职责：在乡党委领导下，协助村支部书记带领村两委开展工作。落实建强基层组织、推动扶贫工作、办好惠民实事、提升治理水平四项职责。

当好精准扶贫指导员，当好一线熟悉情况的情报员，当好项目实施协调员，当好人民群众服务员，当好项目资金监督员，当好上下协调信息员。

兜底人员标准（进入贫困人口信息库的）：70岁以上，儿女无赡养能力的；70岁以上失独老人；16岁以下的孤儿；县残联认定的一级、二级残疾人；法定医疗机构认定的智力障碍或精神病患者，如我村杨飞、韩建、汪建；按低保A类标准兜底（2000至3000元/人）。

将通过金融扶贫小额贷款、培训致富带头人、教育扶贫、健康扶贫、科技扶贫、人居环境改善、安全饮水建设、涉农资金整合用于贫困村基础设施建设，旅游电商等特色产业扶贫，多管齐下，各部门配合，齐心协力，打赢脱贫攻坚战。

2016年5月17日　星期二

今天县委常委、宣传部部长余金霞，县金融办主任冯英志到村，在村德孝讲堂召开座谈会，指导村干部学习平桥区郝堂村经验，拟成立弯柳树村产业互助合作社。郝堂村成立金融村民互助合作社是2009年银监局批准的。弯柳树村产业互助合作社，要报工商局、农业局、银监局审批，若没有合法手续和监管部门审批，属非法集资。

村里先选出牵头人和参与的村民，由余部长和以上部门领导协调，

148

村里尽快申报。我和市九三学社驻村工作队员程育生、村支书、村会计参加。

2016年5月18日 星期三

希贤基金会李利会长、王玉琨、倪敏达到村，推广"微善号"，关注少年儿童成长。随着农村外出打工年轻人的逐年大幅度增加，大量的留守儿童成为时代的痛点。

国务院把留守儿童问题与精准扶贫结合起来，我们从孝亲问题(伦常大道教育)入手，找出表面之后的根本！从关注留守儿童入手，回到母亲教育，融入传统文化，扶心扶志，回归伦常大道，引起社会各界关注；整合政府资源、社会资源、企业资源，探索解决办法；开展伦理教育，孝道回归，养老扶幼。

2016年5月19日 星期四

今天，省派驻村第一书记(豫南二组)座谈会在信阳师范学院逸夫楼会议室召开。市委组织部驻村办主任苏锡志，师范学院副书记余作斌、组织部部长于继武等领导参加。

豫南二组组长、省总工会驻息县范楼村第一书记李延举主持，师范学院于继武部长致词。苏锡志主任讲话强调：第一书记把责任扛在肩上，把任务抓在手上，一年多来争取大小项目1000多个，资金6亿元，在基层克服一切困难，忠诚担当，带领群众致富，创造了不菲成绩。以后的任务会更加艰巨，希望大家再接再厉，把驻村帮扶各项工作落到实处。

夏杰部长强调：物质和精神两手抓，像息县弯柳树村一样把中华优秀传统文化弘扬贯穿到群众生活中，变成村民文明程度的象征。农村党员年龄老化，管理松散，要注意发展80后、90后年轻人入党，把党员队伍建起来。注重安全饮水、危房改造，特别关注留守老人、儿童、妇女。

信阳农林学院王德芝教授、史洪中教授授课，讲授了食用菌产业致富项目、村集体经济发展项目等。最后学员分享，我和光山县东岳村驻村第一书记张昱等六位同志报告了各自村里的贫困户精准识别、项目争

149

取、基础设施建设、产业发展谋划等情况。

2016年5月20日　星期五

今天参加路口乡第十二次党代会。全乡党员900多人，109名党代表。

下午接到省驻村办侯斌处长电话安排：中央党校要了解第一书记如何破解基层难题及在工作实践中的创新，文化扶贫如何做的？弯柳树村典型案例上报，要多举事例、图片，下周三传到省驻村办。第一书记案例，派出单位要把关。主要内容包括：一到村发现的问题，采取什么措施改变，以及最终结果。

2016年5月21日　星期六

今日学习《大禹谟》"人心惟危，道心惟微"和《道德经》"圣人无常心，以百姓心为心"，感触颇深。自古及今，圣贤、伟人，都深谙大道、天理、人心。我们的人生都有一条光明大道在等着，正如李克强总理所强调的，明天理、行大道、利天下。时时刻刻修正自己的身心行为，唤醒心中能带来光明的大我，清除心中会给人带来危险的小我，以百姓心为心，全心全意服务好身边的每一个人，全心全意为人民服务！

2016年5月23日　星期一

向总队党组汇报驻村扶贫近期工作。贾志鹏总队长安排：一、上报中央党校的典型材料，让孙新占副总队长把关审核，因张建国书记去北京开会了。二、总队精准到户帮扶结对子事，下周抽时间到村实地看完再定。

2016年5月24日　星期二

梅华平到村为村孝亲敬老基金捐款2000元。她回息县创业，代理某品牌产品，已交了5万元的息县总代理费。想让村民赵忠珍、蔡志梅跟着她干。被华平的爱心感动！曾经的息县上访户，通过学习传统文化明白了国法、人情、大道，改变了心态，改变了命运。让人感慨万千！

中华优秀传统文化，是唤醒大我、超越小我的文化，人人学习人人皆可形成大公无私、利他利天下的价值观，我为人人，人人为我，和谐社会，自然而成。

习近平总书记强调指出："文化自信是更基础、更广泛、更深厚的自信。"我的体会及实践：文化是正确的价值观、人生观、世界观在日常生活、工作中的运用和体现。增强文化自信，增强做中国人的骨气和底气，是个人成长、事业成功、家庭和睦、社会和谐、世界大同的唯一坦途大道！

2016年5月25日 星期三

今天到贫困户许光书家了解麦收准备情况，帮助提前协调收割机。许光书家六口人，妻子患肝病，儿媳妇患先天性心脏病，儿子在上海打工，两个孙子在上学。他本人爱打麻将，爱喝酒，爱耍小聪明，被村民列入"不太有正能量"之列。好在他很听我的话，我劝他不要再打牌了，告诉他："村民都反映你享受着国家扶贫政策的好处，还不做正能量的事。你应该自强自立，争口气，也给儿孙做个好榜样，不做坏榜样。"离开他家时，许光书大哥送我到门口，很真诚地说："宋书记，你今儿说的我听明白了，不能再这样了，不能叫村民看不起我，不能叫孙子看不上我！我得改！"

下午写出《文化教育扶心扶志 引领村民自强自立》，总队孙新占副总队长修改后报省委驻村办第一书记办公室侯斌处长，转报中央党校。

杨刻俭副县长到村了解文化扶心促扶贫情况。

中国邮政储蓄银行到村开现场会，给农户进行贷款讲解，直接对接。

2016年5月26日 星期四

今天息县扶贫攻坚办到各村检查驻村第一书记在岗情况，团县委副书记胡博带队到弯柳树村，她建议：在14户贫困户门口钉上扶贫联系卡；完善贫困户增减情况公示、扶贫攻坚宣传栏；村民返乡创业园立标牌；"扶贫重在扶心扶志"宣传栏及时更新。

下午信阳市委组织部驻村办主任苏锡志电话联系，安排我写一个文化扶贫破解基层难题的材料报送市驻村办。

2016年5月27日　星期五

今天到新蔡县学习生态有机蔬菜种植项目。路口乡党委书记夏勇、乡长栗强，弯柳树村班子成员和准备到村投资流转土地的单玉河、王春玲到新蔡县未来农业生态园考察。董事长谷未来带领我们参观了蔬菜种植区、肉牛养殖区、沼气及有机肥区，介绍了这里的生态农产品直供大城市的情况。

2016年5月28日　星期六

意外的收获！金波的弯柳树村演唱会成了招商引资会，正是文化搭台，明星唱戏，招商引资！

息县农贸市场经营肉类食品批发及某肉类品牌息县总代理的单玉河、王春玲夫妇，决定到弯柳树村流转300亩土地，投资500万元，种植有机粮食和蔬菜。村民义工团的汪学华负责此事，经过两个多月的努力，已和李围孜、弯东、弯西、汪庄几个组的村民沟通好，每亩每年800元租金，每年的6月1日交租金，每亩地国家粮食补贴仍归村民，签订承包期30年。一期投资500万元，发展生态有机农业，解决食品安全问题。今年村民小麦收获后就可以开工平整土地，规模化种植。

弯柳树响应息县县委、县政府"打造中国生态主食厨房"的号召，积极发展生态有机农业，利用息县富饶的土地，为中国人生产放心粮食、蔬菜。感谢志同道合的企业家落户弯柳树村！

2016年5月29日　星期日

在息县赵君峰县长带领下，昨天到北京希贤教育基金会学习并招商引资。

今天上午，听中宣部副部长王世明作关于社会主义核心价值观的报告。王部长学识渊博，讲述透彻，风趣幽默，让我们对中华优秀传统文化的当代应用有了新的了解和把握，对我们回去开展文化自信与乡村振兴工作有很大的借鉴作用。王部长讲:《周易》的"其亡其亡，系于苞桑"是说:"危险啊，危险啊，我们好像一个鸟窝，筑吊在刚刚长出来的桑树苗上。"提醒我们,尤其是领导者要居安思危,未雨绸缪,时刻关注民生,为民众谋利益。

中华民族需要刚柔并济的文化品格,传统文化要培养刚柔并济的国民。太刚了,是生铁易折断,兼具刚柔两种品格才能活下去,活得好。"人不犯我,我不犯人;人若犯我,我必犯人。"这是毛泽东同志对中国传统文化的活学活用。《论语》中说:"唯仁者能好人,能恶人。"对待好人,爱他;对待坏人,收拾他!

学习中华文化就是要实现"自强厚德,刚柔并济"的中国精神,可上九天揽月,可下五洋捉鳖。一切反动派都是纸老虎。文化才是全社会的最要紧、最根本处!《论语》中说:"人能弘道,非道弘人。"我们正在迎来一个大道回归的伟大时代,道行天下,人民幸福!弘扬大道,倡树大德,化育民心,引领民风,是我们共同的使命和责任,一起加油!

下午和赵县长一起到通州宋庄画家村"紫气东来"道德经艺术馆拜访韩金英老师,请韩老师指导弯柳树村拟打造的葛洪《抱朴子》道家养生文化项目。葛洪(约283至约363),字稚川,自号抱朴子,丹阳郡句容(今江苏句容市)人,东晋道教理论家、炼丹家和医药学家。所著《抱朴子》影响甚大,为研究中国炼丹史及古代化学史提供了宝贵的史料。葛洪的医学著作中还有世界上最早治疗天花等病的记载。

据息县史料记载,葛洪曾在息县濮公山和竖斧屯(今弯柳树村)一带活动,古息国八大景之一的"竖斧春耕"的故事就发生在今弯柳树村一带。

韩金英老师在新浪博客中的自我介绍,深深地打动了我:"我是经典传承人韩金英,我把《易经》的坎、离、乾、坤四卦和《道德经》的长生理论之间的联系讲给你听。我用绘画、书籍、视频、课程、验证五大部分,全方位地展示这颗中华文化金字塔尖上的钻石。"弯柳树村探索文化自信与乡村振兴之路,寻找用文化的能量和方法,解决人类的身心健康问题,拟开发道家养生项目,就需要请这方面的专家指导。因为韩老师不仅精通和实证了道家文化,还讲过葛洪《抱朴子》,所以就找她指导。

原来健康长寿、丰盛富足,乃至成圣成贤,都是有方法的,经典中早就给出了，只是我们没有机会学习，所以不知"道"。如果阐明大道，人人学之用之践之行之，都是可学而至的！所以孟子说"人皆可以为尧舜"，中华文化真是太伟大了，身为炎黄子孙太幸运了！

2016年5月30日　星期一

省委组织部、省选派办、省财政厅近日召开了会议，有省派驻村第一书记的村，每村由省财政拨付50万元项目资金，用于交通、水利、乡村基础设施建设项目、贫困户增收项目，下到县扶贫办，村里把项目报县扶贫办，县扶贫办与县财政局、组织部门对接。

我村急需解决的还是修路！冯庄、杜庄、陈庄、汪庄都在等着争修路指标，都希望自己庄子的泥巴路早一天修好。村两委商量一下，再通过"四议两公开"，发扬民主，征求村民意见，确定先修哪里。

2016年5月31日　星期二

今天召开息县远古生态农业科技公司与村民签租地协议前的最后一次村民代表座谈会。远古公司单玉河、王春玲等三人，村干部许振友、汪学华、我，村民代表李红、许兰珍等12人，一共18人参加。大家共同了解了将要开展的项目：生态种植和生态养殖，一期投资500万元，租种村里300亩耕地，主要分布在弯东、弯西、东陈庄、西陈庄、汪庄、李围孜几个村民小组。每亩地每年租金800元，租期30年。租金一年一结付，每五年根据市场粮食价格涨跌调整一次。大家提出了很多想法，一一协商沟通，最后达成共识。明天签协议，每年租金于6月1日交付。

感谢单总、王总到弯柳树村租地种植，既解决了老人户、无劳力户无力耕种土地的问题，又可带动村民发展生态农业，提高土地收益，实实在在助力全村脱贫致富。

2016年6月1日　星期三

今天上午召开村两委会议。我、村支书、杜彦生、许振友、陈社会参加，地点在我租住的杜彦生家院内，研究精准扶贫"回头看"的落实情况及村里14户贫困户的帮扶措施。14户分两类：分类帮扶8户，社保兜底6户

（残疾、五保），针对8户的具体情况制定出每户帮扶措施。

息县远古生态农业科技公司到弯柳树村投资种植和养殖项目，需征地300亩，具体协调签协议。通过义工团长汪学华、李红等协调，汪庄组等项目区的村民98%已同意流转土地，个别有不同意见的晚上再上门做做工作。

金霞部长交办的建村基金的事交由义工团来发起，因为村委会一个多月了没有拿出任何意见，就让义工团长汪学华负责。晚上在德孝讲堂组织村民代表会，在大屏幕上看河南大东设计院为弯柳树村做的规划设计方案，大家提提意见和建议。

晚上7:30开始庆祝"六一"儿童节文艺晚会，村小孩子们的歌舞、朗诵、小品等节目，有模有样。村民歌舞团献给孩子们的节目《孝和中国》等感人至深：

> 从小你就告诉我，
> 做人要懂得孝，要知道和。
> 孝，是孝敬的孝；
> 和，是和气的和。
> 这才是老祖先留下来的传统美德。
> 那一天，你对我说，对我说：
> 做人不懂得孝，就不懂得和。
> 你和他和我，大家该怎样做？
> 怎样做才能完成人生基本道德准则？
> 孝和是美，孝和是德，
> 华夏大地，处处在传播；
> 孝和是美，孝和是德，
> 孝和之声，传遍我中国。
> 长大后我才懂得，我才懂得，
> 做人要尊敬长者，那就是孝。
> 分享心，大家做，
> 社会换来谐和。

这才是现代人，完美人生，真正美德。

孝和是美，孝和是德，

华夏大地，处处在传播；

孝和是美，孝和是德，

孝和之声，传遍我中国。

2016年6月2日　星期四

今天到贫困户家中走访。汪庄组：汪学海家，儿子汪建37岁，患抑郁症15年了，不见任何人。我多次来找他，他都在屋里不开门。找郑州心善健康咨询公司董事长、爱心企业家王心善手拉手帮扶他，计划送他到郑州、安阳的康复疗养基地治疗。焦庄组：付新宽，47岁，单身，残疾，在浙江乐清开三轮车，月收入3000多元。冯庄组：陈春兵家，房门需要维修，明天派义工团几个团员去帮他。

2016年6月5日　星期日

郑州息县创业人士交流会在郑州市黄河路上的山河宾馆举行。王劲松和我组织，赵君峰县长及息县在郑州企业界人士20多人参加。主题是支持家乡扶贫攻坚，手拉手帮扶贫困户，参与濮公山绿化，认种树木。

2016年6月8日　星期三

找爱心企业参与弯柳树村"城乡手拉手 助力奔小康"活动，一个企业手拉手帮扶一至两个贫困户，物资、资金、就业帮扶均可。王心善、杨雅芝、许宪魁、吴刚、吴军、豆雨霞、薛荣等积极参与，一对一帮扶汪建、王永祥、段平、邓学芳、许光书等贫困户。

2016年6月12日　星期日

按息县县委的安排，到爱馨养老机构与豆雨霞董事长对接息县养老中心交与爱馨养老机构经营一事。豆总答应本周派人到息县筹备，为7月份开业做准备。政府组织民政局等有关部门成立领导小组，爱馨负责此项目的工作人员直接对接，减少中间环节和时间成本。

在弯柳树村投资"快乐老家"项目,村提供土地,爱馨投资,一期拟建15个小木屋,交给村文化公司管理,收益分成。

2016年6月13日　星期一

应河北省邢台市电视台副台长贾丽红之邀,到她驻村的邢台市内丘县南赛乡讲课,介绍弯柳树村"德孝文化扶心志,精准扶贫奔小康"的经验与成效。南赛乡"迎七一"暨"两学一做"专题党课在乡会议中心举办,南赛乡党委书记带领全乡党员干部、各村支书和主任听课。

讲课结束后,收到不少学员送来的字条:"宋老师您好!我是南赛乡中心小学的柳玉薇,您的讲话不仅是在讲党的故事,更是在讲文化。我欣赏您讲话的内容,喜欢您的声音。感恩有您,让我和中国传统文化又近了一步。谢谢!""宋书记:您好!课程十分精彩,获益良多,感谢您的付出!可否冒然留您的电话或其他联系方式?南赛乡副乡长李树坤。"

看到大家有收益,对传统文化的当代应用有了认识和感悟,我就特别开心。每场传统文化课程都能唤醒一批人,一听就能引起共鸣,因为传统文化讲的是道理及真理在常人生活、工作中的应用。真理超越时间、空间,两千多年前的《大学》《论语》对当今世人世事,仍产生一如既往的启迪与指导。人同此心,心同此理!

内丘县南赛乡是扁鹊的故乡,山上至今还存有天然形成的巨大的红色石床,据传是扁鹊当年做手术的地方。贾副台长一直在推动弘扬传统文化、提升文化自信的工作,希望把弯柳树村的做法在内丘推广。

我们同是弘扬中华优秀传统文化的志愿者,我们共同努力,为中华文化回归、民族复兴效犬马之劳。

2016年6月17日　星期五

《河南科技报》全媒体记者尚伟民近几天在村采访,采访村民许兰珍、李桂兰、邓学芳、骆同军,以及村义工团和村歌舞团的团员们。

河南科技报社的微信公众号"新三农"昨天发表尚伟民老师对弯柳树村民的采访,题目是《扶贫先扶心,村美人更美!河南首个"中华孝心示范村"旧貌换新颜》，大篇幅报道了弯柳树村今昔对比的巨大变化。

2016年6月27日　星期一

河南薛氏宗亲会、薛氏企业家50多人到村学习传统文化，为期三天，吃住在村民家中。今明两天学习，后天到罗山何家冲红二十五军长征出发地参观学习，纪念红军长征胜利80周年。

2016年6月28日　星期二

今天南阳市副市长田向和一行到村调研传统文化教育促进扶贫工作，信阳市检察院检察长郭国谦、息县县委书记、县长和宣传部部长、县检察院检察长等领导陪同。

晚上弯柳树村"庆七一　感党恩　传德孝　奔小康"文艺晚会在村德孝讲堂举行。在村学习的企业家50多人、村民100多人参加，讲堂座无虚席。大家济济一堂，共同庆祝党的95岁华诞，祝愿祖国繁荣昌盛，人民幸福安康！

2016年6月29日　星期三

今天组织"党员企业家重走长征路，感悟为民情，携手奔小康"活动。

吃过早饭，先在讲堂举行"企业家德孝文化乡村建设座谈会"，薛氏宗亲会的薛德山秘书长主持，大家争相发言。对村民的变化、昨晚的村民文艺晚会赞不绝口，通过弯柳树村体会到中华优秀传统文化的巨大智慧与魅力，纷纷表示回去后要带领员工一起学。

薛牧圆分享：感受到党员对党的深情、传统文化的力量、弯柳树村民不良习俗的改变、村民民风的改变，追忆曾经的中国农村民风淳朴，农村要改变，弯柳树村道路适合当前中国农村和整个社会的需要，应该向全国普及，让星星之火影响更多的地方。现代社会生活节奏快，压力大，把德孝文化推广开，群众思想素质提升上去。传统文化不能丢！

薛氏三姐妹分享：听孝道课程时一直在哭，对妈妈不细心，都是索取，从来没有给妈妈洗过脚、做过什么事，以后会做！

薛德山秘书长建议：增加孩子互动项目，如家庭中增加孩子玩的手工、剪纸等。

座谈会结束，准备出发去何家冲，教室最后一排的两个年轻人跑过来找我，穿红衣服的男士说："您是宋书记吧？我们今早刚来，想和您聊聊。"我说："你们是跟哪个团队来的？""哪个也没跟，自己来的。"我说："没有时间聊了，我们组织的去罗山红二十五军长征出发地学习参观活动，马上要出发了。"他们说："那我们也去，路上聊。"

在村学习班的企业家、村党员代表、村民代表，分乘两辆大巴车和三辆小汽车到罗山县何家冲红二十五军长征出发地参观学习，纪念红军长征胜利80周年。学习红军精神，缅怀先烈，继承遗志，建功立业新时代。

晚上弯柳树村讲堂村民们作分享，之后村干部结算村民上半年劳务费。

2016年6月30日 星期四

昨天最后加入一起去罗山何家冲的两个年轻人，一路聊天得知是河南大德投资公司董事长李红亮、郑州星云画室任总，两人都是80后，早早创业，事业有成。我问李总为什么到弯柳树村，他一说过程，让我十分感动，再一次坚定了我扎根弯柳树村弘扬传统文化的信心。他说："两周前弓建军董事长到弯柳树村，回到郑州后请我们十几个好朋友吃饭，席间说的全是弯柳树村变化的奇迹，有一个驻村第一书记宋书记不计名利得失、不计农村条件艰苦，从2012年住到村里带领村民学习传统文化到现在，弯柳树村从打架斗殴不断、孝道缺失、垃圾围村的穷乱村，变成干净整洁、彬彬有礼的文明村。听得我们热血沸腾，但又半信半疑，现在还有这样的人、这样的事？就想到弯柳树村看看，两周来梦萦魂牵，连做梦都是弯柳树村。昨天下午忙完已是5:00多，我对任总说：走吧？任总说：走吧！开车按导航到了息县，因太晚就住在县城的宾馆了。今天早上4:00多起床就开车到村里了，看到村民都在扫地或是清理门前卫生，村庄出乎意料地干净整齐；村民热情友善，看我们这么早到村都招呼我们去他们家里吃早饭，在一个老乡家吃过早饭，无论如何都不收钱，之后她就把我们带到讲堂来见您了。"

昨天下午李总跟我们一起从何家冲回到弯柳树村，今晚要住在村里。晚餐在讲堂门口的田间地头摆上餐桌，吃的全是我的邻居杜姨做的农家菜。晚风从耳边拂过，蛙鸣虫唱相和，大家说说笑笑，好一派悠然祥和的乡居画。

今天离村前，李总告诉我河南大德投资公司要为弯柳树村捐款10万元，参与精准扶贫，帮扶贫困户，今天下午10万元已打到村会计账户上。感谢李总，感谢爱心企业家支持弯柳树村弘扬中华优秀传统文化！

2016年7月1日　星期五

今天在县一高礼堂参加息县庆祝中国共产党建党95周年暨"七一"表彰大会，刘世庚书记主持。听党话、感党恩，永远跟党走！

2016年7月8日　星期五

今天"中华青少年德孝感恩乡村夏令营"第六期开营，在村道德大讲堂举行开营仪式，薛荣书记亲自到村开营。

河南圆方集团是一家从事家政工作的优秀民营企业，有员工4万多人。河南圆方集团把高层管理人员的孩子送到村夏令营学习德孝文化，35个圆方孩子，来自重庆、北京等地的20个孩子，村里挑选出的20个孩子，12名圆方员工，加上其他夏令营学员，近百人全部吃住在村民家。每年的夏令营都是村民创收的项目之一，参与接待的家庭都精心准备，迎接客人。

我和村干部参加了开营仪式，薛荣书记鼓励孩子们在一周的夏令营期间学好、玩好，开心快乐！

2016年7月11日　星期一

今天上午召开村两委会议，商量专项资金使用方向。今年开始，省委组织部、省财政厅、省扶贫办联合下文，给省派第一书记的村拨付项目资金，支持驻村扶贫。

参加会议的有村支书、杜彦生、许振友、我。地点在许振友家门口大石头旁。主要议题：一、省拨45万元扶贫项目资金商定修路、村文化广场、群众活动中心项目选项，近日开村民代表会从中选定。二、村德孝文化乡村旅游规划思路。

2016年7月12日　星期二

贾志鹏总队长一行到村调研。贾总队长指出：扶贫这几年成效显著，越往后难度越大，关键是村支部班子成员如何发挥堡垒作用，通过"两学一做"，建强村党支部。过去的担心是怕宋瑞打不开局面，现在看局面开得非常好，这个担心没有了。新的担心是宋瑞走了，工作队走了，产业如何可持续发展，如何巩固。

党员队伍和村党支部的作用至关重要。对待外出党员，要通过"互联网＋"手段，组织起来，管理起来，学习借鉴毛主席当年把群众组织起来，又要活起来。弯柳树村发展方向是一部分人先富起来，带动大家共同富裕，发展村集体经济。习近平总书记说："不忘初心，继续前进。"党的一大时我党只有50多个党员，13个代表。弯柳树村要把党建工作作为龙头抓紧抓好，带动脱贫工作。

最后我表态，请贾总放心、总队党组放心，我和村两委将按照指示，全力以赴抓好党建工作，促进产业发展，力争早日实现共同富裕。

2016年7月13日　星期三

邓州市习营村支部书记一行，在南阳丽都花园陈静董事长带领下到弯柳树村参观学习。

2016年7月14日　星期四

上午，河南电视台新闻中心潘冬冬等三人到村采访，要在村里采访三天。

三条主线：一、入户检查卫生，到村德孝文化公司股东村民家中检查卫生，了解情况。二、脱贫典型户骆同军从打麻将到加入村义工团扫地的转变。组织评选，体现民主，群众广泛参与。三、摸底动员。组织好村民、好婆婆等评选。展现村班子、村委会正在克服困难，齐心协力加油干的精气神。

下午，息县弯柳树村"两学一做"报告会暨"薛书记有约"基层党建帮建帮扶签约仪式。薛荣（全国百名优秀党务工作者）主讲《党建是最大的生产力》，路口乡党员干部、13名村干部、弯柳树村全体党员、弯柳树村义工团全体成员、息县远古生态农业科技公司党员及员工参加。

2016年7月18日 星期一

创办弯柳树村乡村老子书院，带领村民、村小学孩子诵读经典《大学》《中庸》《论语》《孟子》《道德经》，学习礼仪。

培养情性：温良恭俭让，仁义礼智信。

开启智慧：树立天地万物为一体理念。

担当使命："为天地立心，为生民立命，为往圣继绝学，为万世开太平。"

达成目标：炎黄子孙认祖归宗，连根养根，根深叶茂。

2016年7月19日 星期二

今天在讲堂给来自全国各地到村学习的企业家、参加夏令营的学生及家长和村民讲课后，采纳叶榄老师建议，发出"发展孝心农业"的倡议，从弯柳树村做起："小孝孝自己父母，中孝孝祖国母亲，大孝孝天地大父母。"

用自制植物酵素和高温堆肥，代替化肥、农药，发展绿色生态农业，有道德的农民生产安全放心的农产品，为中国人餐桌安全，弯柳树村民做出表率。村民积极响应支持，我感到党的十八大报告中部署的化肥、农药"双减"这一步尽管艰难，但需要有人先行，我们走对了！

2016年7月26日 星期二

今天宣布成立弯柳树村党建工作室，推动全村党员"两学一做"教育活动，学习习近平总书记系列重要讲话精神、学习党章，做合格党员。弯柳树村不走形式，不应付，必须真学真干！向总队机关党委汇报后，张建国书记安排按照总队"两学一做"标准要求，给弯柳树村党支部寄送相关学习资料。

迎接兄弟县战友到村。潢川县余店村第一书记张浦建、万营村第一书记李向阳到村参观考察。带他们参观德孝文化培训基地、200亩生态莲藕种植基地。

2016年7月27日　星期三

新任县委常委、组织部部长桂诗远到村指导基层党建与扶贫工作。

2016年7月29日　星期五

上午贾志鹏总队长打电话,对我驻村扶贫工作提出要求:一、要依靠地方党委。村里情况及时向县、乡党委汇报,争取支持。二、加强管理党员队伍。党员"三会一课"正规起来,要求村干部、党员真正做到学习、改变。在村里组织三个专题学习,按中央"两学一做"要求,组织村里党员、村组干部学习"七一"讲话;60岁以下党员集中学习;60岁以上的给他们学习材料。加强村党建工作,向县委、乡党委申请增加支部委员。三、市委组织部2015年度对我的考核结果:优秀19票,合格10票,村党员、群众参加人数29人。认真查找原因。我在村干了那么多事,村里群众为何是这样的反应?

下午召开村两委班子会议,参加人员有村支书、村主任、许振友、陈社会、我。研究和讨论以下问题:一、河南省扶贫村的村集体经济试点村134万元项目资金,是否争取?争取!二、对2015年度考核的反思与总结:村里还有一大半泥巴路没有修,村民有意见。三、对河南大德投资公司捐款10万元使用方向的研究:帮扶贫困户;改善村环境,破屋断墙修补;预支河南大东设计院为村策划设计订金1万元。四、对已脱贫的贫困户不再组织企业对户帮扶,否则会引起村民攀比,找村干部要。以后只对癌症等大病患者、突发灾情户、特困户进行特别帮扶。五、村13个贫困户帮扶分工。县移动负责汪学海(儿子汪建抑郁,无单独住房)、杨飞(精神病)、王永祥(癌症)。其余10户由河南调查总队和市九三学社分包。六、村两委干部分工。宋瑞,驻村第一书记,协助村两委开展各项工作。村支书,负责全面工作。村主任,分管党员。许振友会计,分管义工团。陈社会,负责在外务工人员联络。

2016年8月3日 星期三

上午焦作市修武县委宣传部穆部长一行三人到村,参观学习传统文化化育人心、改变村风民风情况。息县县委宣传部副部长赵国民、工作人员姜伟、路口乡宣传委员王玉平陪同。

下午召开村两委扩大会议,村支书、杜彦生、许振友、汪学华、赵海军、骆同军、宋瑞、程育生参加。议题是村文化广场建在哪儿的问题。一、老村部危房后面的七亩集体地,一般农田;二、忠孝路南的许庄村自留地(晒场地),一般农田,村民愿意置换;三、新农村南、许庄北农田,一般农田。最后大家经充分论证选择新农村南。

2016年8月4日 星期四

河南电视台新闻中心重磅打造的新闻直播栏目《新闻60分》,昨晚首播!第一个节目就是上个月对弯柳树村和我的采访《第一书记到村来》,孝心村成了金牌子。12分钟,很感人!

2016年8月9日 星期二

组织村民代表汪学华、赵忠珍、许正梅、蔡志梅、焦宏艳、李红、许兰珍等12人及息县上访户吴某等到郑州河南省人民会堂参加7日至9日为期三天的传统文化公益论坛学习。"第二十六届(郑州)传统文化公益大讲堂"在河南省人民会堂举行,邀请我和刘芳、王双利等在不同领域践行传统文化的党员干部、企业家等授课。

这次公益论坛邀请我讲课,其"大力弘扬中华优秀传统美德,培育和践行社会主义核心价值观"的论坛宗旨,与弯柳树村"扶贫先扶心扶志"的发展理念吻合。正好借此机会把村民带到省会郑州学习,培养弯柳树村"核心价值观 百姓好活法"义工团和宣讲团骨干村民。

2016年8月15日 星期一

召开村两委会议安排近日工作,村支书、村主任、我三人参加。

一、"两学一做"迎检内容,4月份开始后每月学习一次。按要求抄写党章、习总书记系列讲话。"三会一课"会议记录。"两学一做"会议记录。

讲党课(宋瑞、村支书、薛荣书记)。"四议两公开"。每个村班子成员必须抄写党章,抄写习总书记讲话摘要!

二、关于村兜底户和易地搬迁户。兜底8人:鳏、寡、孤(16岁以下)、残疾、失独老人(70岁以上)。搬迁7户,其中4户五保:王新春、胡道全、冯继中、陈文友。

三、省派驻村第一书记45万元项目资金申请建村部,上报项目名称是"党员群众活动中心"。

四、弯柳树村自来水厂今年建,五间房,两层,上层可以临时当村部办公用。

五、发展村集体经济试点项目申报。

2016年8月16日 星期二

息县县委组织部到村考核第一书记群众满意度,陈学江副部长带队,路口乡党委栗强书记等陪同,村干部、党员代表、村民代表30人参加。

2016年8月17日 星期三

平顶山市汝州市政协副主席张延芳带领市文明办、市妇联领导等一行六人到村参观学习。

今年息县大旱,村里干旱异常,抗旱抽水过度,很多井成了枯井,抽不出水了。我住的院里已断水三天,过去农户自己打的压水井抽不出水。炎热天无法洗澡,整个人都发馊发臭了的感觉。这几天村民每天从自己家能出水的井里打水,送到我门口,让我非常感动!驻村生活,苦中有乐。

2016年8月18日 星期四

参加河南调查总队机关干部大会,民主推荐副厅级干部,贾志鹏总队长主持。胡修府司长(国家统计局人事司副巡视员)、杨利红、陈彦、省委组织部闫玉春、河南总队巡视员、副总队长、副巡视员,及河南总队在家全体同志参加,到会114人。

推荐结果:刘兆勇、齐同观、郭学来。

2016年8月20日至21日　星期六至星期日

赴信阳职业技术学院学习，余金霞部长、何枫副主席、张涛局长、杨延松、余勇、梅伟、王心善等30人参加。

2016年8月24日至25日　星期三至星期四

省派驻村第一书记学习考察，济源市承留镇花石村、思礼镇北姚村，漯河市固厢乡小师村、杜曲镇龙堂村家训文化馆、北徐庄村、城关镇邢庄村学习先进地区抓党建、抓文化、抓产业经验。

2016年8月27日　星期六

带领村民代表、驻村义工到南阳市卧龙区后庄村农家乐、南阳仲景养生园中草药种植基地学习，田向和副市长、王若愚院长陪同并详细介绍。

2016年8月28日　星期日

参加冯友兰研究会主办的冯学教育培训会议，聆听郑新立作的《冯友兰哲学思想与中国当前经济发展》报告。对照冯友兰提出的四重境界：功利境界、道德境界、自然境界、天地境界，我写下"宋瑞心语"："我不是来适应官场的，而是来改变官场的！"

2016年8月29日　星期一

老家南召县城郊乡董店村五岁孩子高浩轩得糖尿病三年了，收到其80后父亲的求救，除自己帮他外，今天把信息发在朋友圈，不少朋友响应。

2016年9月7日　星期三

召开村干部会议，商量省派第一书记村发展村集体经济项目，弯柳树村报建粮食储备仓库。支书、村主任和我参加。

河南调查总队刘召勇副总队长一行到村指导扶贫工作，赵君峰县长等陪同。

2016年9月8日至10日 星期四至星期六

"河南省德孝文化示范村建设经验交流会"在弯柳树村举办,巩义市叶领村、洛阳市涧西区、息县弯柳树村介绍经验。

参观弯柳树村产业项目、农家客房,晚上看村民歌舞团"德孝文化扶心志 精准扶贫奔小康"专场演出。

2016年9月12日 星期一

作为市扶贫宣讲团团长,参加信阳市扶贫攻坚宣讲团演练,市委组织部领导和团市委胡书记要求:脱稿,自然生动,带着感情讲故事。"十一"后各县巡回演讲报告。

2016年9月16日 星期五

中秋节放假回到了家,心中只有一念:带好小外孙女!人生每一阶段有每一阶段的幸福,儿孙绕膝的幸福,就像这沉甸甸的、收获的金秋季节!9个月大的宝宝,心中透灵透灵的。我坐在地毯上看《中庸》,她爬来爬去也抓书看!

2016年10月8日 星期六

带领在村投资做生态农业的单玉河、王春玲等到新蔡县未来生态农业园区学习,谷卫东董事长接待。

2016年10月9日 星期日

县公安局"温情重阳节 关爱老年人"主题实践活动在弯柳树村开展,交警大队、巡警大队20多人与村民一起包饺子,启动警民共建孝心村。

2016年10月11日至14日 星期二至星期五

信阳市"脱贫攻坚 青春筑梦"巡回报告团分别到光山、潢川、息县、淮滨巡讲。

2016年10月16日　星期日

总队为弯柳树村配摄像机、照相机，回郑州到科技市场百脑汇一起选。

2016年10月17日　星期一

省扶贫攻坚第五次督导迎检准备。召开贫困户座谈会，纪念第三个扶贫日。与县移动公司郭总商定：汪庄贫困户杨飞把自己的门窗、被褥全点燃烤火了，被褥、床我已经把我的给他送去了，由移动公司出资给其装门窗刷白墙壁。

2016年10月18日　星期二

令人尊敬的爱心企业家，弯柳树村乡亲们感谢您！

在中国第三个扶贫日的第二天，10月18日，郑州明德国学文化传播公司总经理陈凤、郑州心善健康咨询公司董事长王心善一行，应我邀请来到息县弯柳树村，看望手拉手帮扶的贫困户许光书（妻子肝病）、王永祥（胃癌患者）、汪建（抑郁症患者），把2400元钱送到贫困户家中。并针对王永祥和汪建的病情，为他们制定了11月份到安阳和郑州为期十天和七天的治疗和疗养方案，治疗和吃住费用全部由企业承担。感谢爱心企业积极承担社会责任，走向中国扶贫攻坚一线，参与弯柳树村精准扶贫工作。

2016年10月20日　星期四

总队为村里购买的用于文化培训产业的摄像机、照相机等，今天送到村。晚上召开村民代表座谈会。

2016年10月21日　星期五

请村电工王守亮到我院里修电线。线路老化，经常停电。

息县珠江银行高行长到村，指导贫困户办理低息贷款发展产业，每户5000元。

2016年10月22日 星期六

村文化公司准股东第三次全体会议，参加村民19人，周龙等4人列席，村干部只许振友一人参加。

2016年10月23日 星期日

参加"息县脱贫攻坚督查巡查工作会"，副县长安排部署迎接国务院督查巡查组的巡查。县委领导强调，工作上要做细做实，思想上要真重视起来！

2016年10月24日 星期一

参加"路口乡脱贫攻坚迎检工作部署会议"，分管领导和万乡长分别安排相关工作：人居环境改善，帮扶方案(每户)，驻村第一书记工作日志、入户档案、产业、项目扶贫，群众满意度等。

最后学习《迎检手册》，熟悉各环节。下午召开村迎检工作会议，村支书、村主任、村会计三位村干部、我和程育生及移动公司杨默涵、郭志刚，共7人参加，准备好各项工作，扎实迎检，一如平时扎实开展工作。上面千条线，下面一根针，所有检查，最后都得在村里落实。

2016年10月27日 星期四

这一周最开心的事，是见到了贫困户村民汪建。找他四年今终见！一年多来我想尽一切办法，为这个特殊的贫困家庭寻找脱贫路子，制订脱贫方案，可这个严重的抑郁症患者躲避见一切人，每次我去他家找他时，他要么早早跑得不知踪影，要么不开门，我吃了无数次的闭门羹。今年在我第八次去他家的时候，终于把他"逮到"！他听到家人向我打招呼说宋书记来了，正要跑，我冲上去一把抓住他的胳膊，他浑身都在剧烈地发抖。我拉着他的手安慰他，才发现他因紧张，手心全是冰凉的汗水，我的心一下子痛到极点。原来抑郁症患者是如此痛苦，他们是真的怕见人！36岁的年轻人竟如秋风下瑟瑟的落叶一样，瘦弱萎靡，见人就浑身发抖。我抓着他的手不放，他低着头不敢看任何人。听我劝了老半天，才勾着头说："宋书记，你是好人，我知道你找我想帮我。可是我是快死的人了，说啥都没用了。你别管我了。"

我和郑州心善健康咨询公司的王心善董事长、郑州明德国学文化传播公司的陈凤总经理一起，深入患者内心世界，安慰、鼓励、开导，王总拿出了企业对他家的帮扶款，手拉手帮扶这个家庭。王总给他600元钱，他死活不要，最后放在他床上，我们就告辞了。他同意听我的话，出去参加学习和治疗。26日把患抑郁症十多年的村民汪建和他父亲汪学海，还有杜彦海、许光荣等四位长期患病村民，送到了安阳市传统文化学习基地健康疗养学习班。

感谢中华先祖给我们留下伟大的文化！感谢爱心企业家积极参与国家扶贫攻坚战！感谢社会各界对弯柳树村的大力支持与厚爱！

2016年10月28日 星期五

到南阳传统文化公益论坛授课。

2016年10月29日至31日 星期六至星期一

到贵阳参加王阳明心学学习，我最后一个上台，分享自己学习圣贤经典的体会和当下的工作："我是来自河南息县弯柳树村的驻村扶贫第一书记，弯柳树村人心的改变就来自学习优秀传统文化。圣贤的千经万论无非是指引人们去找到那颗真心，而王阳明先生给我们的方法，却是一个最简洁的方法，让我们找到自己的心。人一旦找到真心，唤醒良知，就会处处为别人着想，为天下人着想。联想党员和领导干部队伍中一些人的迷失，就是因为丢掉了那颗初心。如果我们能念念不忘初心，念念全心全意为人民服务，那么我们党、我们国家无论走到哪一步，无论走到什么时候，都是坚不可摧的！我立志做一个像焦裕禄、孔繁森一样全心全意服务人民的共产党员，匍匐在地，为祖国效犬马之劳！带领弯柳树村乡亲们早日脱贫致富，实现小康！"

我的发言感动了台下的600多位企业家，一时间，会场内掌声雷动。河南白象食品公司姚忠良董事长等找到我，沟通如何帮助推动弯柳树村脱贫攻坚工作。我的生命被自己心中的良知觉醒再次点亮。

2016年11月3日 星期四

和村支书一起准备参加县里组织的"村集体经济试点项目"答辩。

2016年11月4日 星期五

上午县项目评审团到村实地察看，我和村支书汇报。下午到县城名扬酒店二楼会议室，参加全县项目答辩会。我村建粮食储备仓库项目，村支书主答辩，我补充。

2016年11月5日 星期六

宝丰县一位家长带领其13岁的儿子到村找我求助。其子初二，已退学。妈妈今天到村让我劝劝孩子。孩子跟了我一天，晚上离开时，告诉妈妈决定复学！

2016年11月6日 星期日

《河南日报》记者赵建辉、企业家弓建军及一批家长到村上课，我讲《让孩子在智慧中成长》。

2016年11月7日 星期一

今天让我惊喜无比！村民许兰珍又有新作品，创作出快板《精准扶贫真是好》：

竹板打，响连连，各位同志听我言，今天不说别的事，我把扶贫工作来宣传。精准扶贫真是好，省里派来了好领导，把贫困根子找一找。扶贫扶心又扶志，底下的群众真满意，大家尊敬的宋书记，广为群众办实事，群众感动得直掉泪。高楼大厦她不住，扶贫住在弯柳树，吃不好，睡不好，夜晚加班蚊子咬。息县坡，臭泥窝，蛤蟆癞头蚊子多。弯柳树，变化大，全国各地来学她。又打渠，又修路，又帮助群众来致富。传统文化要弘扬，弯柳树现在似天堂，又跳舞，又唱歌，群众高兴地笑呵呵！

这些不识字的村民个个都成了创作高手，李桂兰、赵久均、邓学芳不会写会说，说出来年轻人帮助写出来。正是真感情就是好文章，他们见证了、参与了弯柳树村的改变、发展全过程，有感而发。朴实无华，感动读者。

2016年11月8日　星期二

珠江银行高行长一行到村，为贫困户发展产业，为建业种植专业合作社、远古生态农业公司协商办理小额贷款事宜。

2016年11月9日　星期三

"两学一做"教育活动中，带领农村党员学习总书记讲话，从学习王阳明心学"致良知"入手，正好是一个人人都能明白的切入点。良知即天理，即处处为他人好的良心。仁义礼智信的品格是我们与生俱来的，但因环境的影响，人心被自私自利、怨恨恼怒烦污染，本有的良知被遮蔽。致良知，就是去除私心私欲污染，回到仁义礼智信。最浅层面的理解就是回到良心，做事凭良心，真诚、友善、守信、敬业、爱国、爱党，利他无我，久而久之自会开发心中宝藏，绽放内心本有光明，创造幸福人生。

2016年11月10日　星期四

上午参加路口乡当前重点工作推进会，副书记主持，书记、乡长安排工作，省督查组分为九个小组，按每组两个县，每县三个乡，每乡三个村，每村五户抽查。查四个方面：精准识别、精准帮扶、资金到位、减贫成效，达到两个目的：发现问题和困难、发现先进典型。下午在我院里开村民代表会议，村支书安排迎检。

2016年11月11日　星期五

为弯柳树家长课堂讲课，息县五中、息都中学、息县职业高中的师生、家长200多人到村上课，我讲《让孩子在智慧中成长》。

2016年11月15日　星期二

带领村民骆同军、许光书、在村投资的单玉河等，到荥阳市高村乡刘沟村考察软籽石榴种植。刘永禄支书介绍情况：2005年前，人均纯收入1200元/年，2008年脱贫，去年人均纯收入4至5万元/年。全村有轿车500多辆，80%都在荥阳、郑州买了房子。

2016年11月16日　星期三

今天村民课堂就讲致良知，讲良心。习近平总书记说："人民对美好生活的向往就是我们的奋斗目标。"当年毛泽东主席说："春风杨柳万千条，六亿神州尽舜尧。"两千多年前孟子说："尧舜之道，孝悌而已矣。""人皆可以为尧舜。"

王阳明《咏良知四首》之一：

> 个个人心有仲尼，
>
> 自将闻见苦遮迷。
>
> 而今指与真头面，
>
> 只是良知更莫疑。

人人致得心中良知，做儿女自然会孝，做父母自然会慈，做下属自然会忠。

王阳明先生《传习录》的"传"是传给我们开发心中宝藏的方法，"习"是教我们时时反省，观照内心，去除私欲、烦恼、贪心等，致得良知，念念利他利社会，最终成圣成贤。正如我们党的宗旨是全心全意为人民服务，要在为人民服务中成就自己无私且精彩绽放的一生。回到良知，回到良心。把天理、良知、国法、人心作为评判是非对错的标准，而非私心私利，人人都可做到。只要教育老百姓明白真理和规律，谁都不敢、不愿恣意妄为。正所谓："君子落得做君子，小人枉自做小人。"

2016年11月17日至18日　星期四至星期五

在南阳丽都花园道德讲堂授课《为什么要学习传统文化？》。到社旗县学习农业产业化红薯套种，到桐柏县学习乡村游，县委书记莫中厚陪同并讲解。

2016年11月19日至20日　星期六至星期日

到北京参加企业家致良知学习班，对接招商。

2016年11月21日　星期一

弯柳树村的变化迅速引起媒体和社会各界广泛关注，《人民日报》、中国网、新华社、河南电视台、《河南日报》、《大河报》、信阳电视台等20多家媒体持续报道。河南电视台《金色梦舞台》栏目邀请弯柳树村民到郑州直播间接受采访，县委宣传部部长余金霞带领村支书、村民赵秀英、邓学芳、许兰珍到直播间，现场讲述了弯柳树村的变化。

2016年11月22日至23日　星期二至星期三

参加息县乡村旅游扶贫人才培训班。

2016年11月26日　星期六

成立弯柳树村阳明书院，组织全村党员和村组干部、村民义工团、村民歌舞团一起学习致良知，学习王阳明心学，提升心灵品质和心的力量。成立弯柳树村读书会，引领村民学习中华优秀传统文化，每天和孩子们一起诵读经典，积极参与"书香息县"活动，共建"书香村庄"，带领村民走上幸福大道。

今天晚上在讲堂参加听课读书活动的村民近200人，把村民家的长条板凳都搬来了还坐不下。

2016年11月27日　星期日

河南电视台吴魁导演等五人到村采访。

2016年11月28日　星期一

省政府参事室参事李松岭一行到村调研。

2016年12月2日　星期五

今年紧抓"两学一做"这个机遇，强化学习，严格要求党员和村干部，建强基层组织。弯柳树村两委和党员队伍发生了很大变化,半年多的整顿强化党员队伍初见成效。

以前弯柳树村班子长期涣散,2012年我初到村时只有支书和村主任两人,2014年基层组织换届增加到四人,今年向路口乡党委申请增加汪学华为村委会副主任,2016年村班子增加为五人。在"两学一做"活动中,以学习王阳明心学"致良知,知行合一"为切入点,村里建立了"息县弯柳树村阳明书院"和党建工作室,对31位党员分类管理,在家的通过"三会一课"学习,在外打工的建微信群线上学习。邀请中央党校教授张希贤、全国百名优秀党务工作者薛荣书记到村讲党课,将"两学一做"学习教育常态化、制度化,引领党员、干部,建强基层组织,发挥战斗堡垒作用。在道德讲堂增加《宋书记讲党课》专题课堂,党员学习、村民学习教育常态化,引领、教化村民,改善民风。村民看到了党员的变化,今年有汪学华、胡德立、许建等11位年轻村民递交入党申请书,积极要求入党。

今天召开入党积极分子学习会议后,我问他们:"过去你们为什么不写入党申请书?都扎堆儿到今年写,一个村一年只有一个指标,你们这不是难为我吗?"他们说:"过去咱村党员还不如老百姓,我们看不上他们。今年咱村党员变化大,积极为群众服务,受人尊重,我们也要做他们那样的人。"

我找到乡党委组织委员王尚军、乡党委书记栗强,一起向县委组织部部长桂诗远汇报,申请给弯柳树村特批几个发展党员的指标。最后桂部长同意给我们村三个指标。

能吸引年轻人积极申请入党,说明我们力排千难万阻,不退缩、不怕得罪人,严格起来打造一支"四铁"村级党员队伍是可以做到的!

2016年12月5日 星期一

到省扶贫办社会扶贫处汇报今年村扶贫项目争取情况,请求支持。

2016年12月6日 星期二

组织息县到弯柳树村投资的企业家座谈会,县委副书记、宣传部部长、县政协副主席等领导及王春玲、周龙等企业负责人参加，听企业想法，为企业解决问题。

2016年12月7日　星期三

周龙到村选择流转100亩地，为其种水果、建农庄之事协调。

2016年12月8日　星期四

市政协熊静香副主席到村调研，走访慰问王新春、许光书等贫困户。

2016年12月9日　星期五

郑州爱馨养老何杰到村选址，商谈在村建养老产业事宜。

2016年12月12日　星期一

今天学习党建网微平台文章《习近平：法安天下，德润人心》。

村委会副主任汪学华自费请客，在自家做了一桌丰盛的饭菜，答谢何增强为村讲堂免费扩建舞台。何总来村做小农水工程，被村民歌舞团的演出感动：他发现村民演员人多，节目好，舞台小，就花了3000多元把舞台扩大了！一到弯柳树，还没挣钱，先献爱心！

2016年12月13日　星期二

去年，习近平总书记在全国党校工作会议上强调，要培养造就一支具有铁一般信仰、铁一般信念、铁一般纪律、铁一般担当的干部队伍。

今天的《宋书记讲党课》专题课，组织党员、村干部、村民义工团、村民歌舞团成员一起学习。在道德讲堂，又加一些长板凳，差不多有200人。重点学习总书记这次讲话精神，后半段时间我又领着大家学习了一会儿《弟子规》和《了凡四训》。

从弯柳树村的经历看，培养"四铁"党员干部是发展的前提。前几年村干部不愿干，党员队伍涣散了，群众一盘散沙，都坐在麻将桌前，穷得叮当响。这几年村干部愿干事了，愿意为群众服务了，党员像个党员的样子了，群众积极性也调动起来了。

2016年12月14日 星期三

市委组织部袁祖玉、王全胜两位科长上午到村，调研文化扶心扶贫经验。

2016年12月16日 星期五

今天晚上学习《致良知是一种伟大的力量》中的《与黄勉之书》，感悟颇深。良知即是一"诚"字！人的性、情原是一个东西，也是一个"诚"字，不同样貌而已。仁、爱亦然。读此篇懂了儒家经典《大学》中的"诚意正心"，《中庸》中的"诚则形，形则著，著则明，明则动，动则变，变则化，唯天下至诚为能化"，《孝经》中的"孝悌之至，通于神明，光于四海，无所不通"。"至诚感通"亦是唯一"诚"字，做人只有照此一"诚"字，诚心诚意对人对事，才能擦亮心之本体之明镜，才能看见自己心中深藏的良知的样貌，达至吾自本有良知，开发人人本自具足的巨大潜能与心力！

呜呼！我们过去曾如此努力，却跑错了方向，总是向外。如今掉头向内，让心中每一个念头都是诚心诚意为别人好，尽职尽责做好手头每一件事，全心全意为人民服务。

读此文时接到总队机关党委办公室张燕杰打来电话，说要把我报为2016年河南省道德模范参加评选。时间紧，通知让赶快准备上报材料。我强烈要求不要报我，指标让给别人，我刚获评"2016河南十大年度扶贫人物"，足矣！张燕杰说：党组会议领导已决定，别人条件不够，必须报你。

挂了电话，想到中华优秀传统文化告诉我们，不要为自己盘算，只管去付出，只管去积德行善，去服务人民。只管耕耘，不问收获，季节一到，硕果自成。《中庸》中说："大德必得其位，必得其禄，必得其名，必得其寿……故大德者必受命。"中华先祖经典中的话句句应验，可是后世子孙却不去做。

我学习传统文化已经六年，驻村也已四年，我只是在修德，在帮人，别无所求！而《中庸》"四必得"全部自动找到我，推也推不掉！我只是听孔子、孟子、老子的话，听习总书记和党的话，照着做而已，我自己和弯柳树村都有这么多意想不到的变化和收获。

理解了老子在《道德经》中的话："大道甚夷，而民好径。""吾言甚易知，甚易行。天下莫能知，莫能行。"感动于中华先祖智慧，感慨于当今天下，道之不行，人心陷溺，世界纷争。

习总书记指出文化自信是"四个自信"的基础，是更基础、更深厚、更广泛的自信，他大声疾呼，我要听懂，实行实证。

我坚守在弯柳树村，就是要做出一个弘扬中华优秀传统文化的样板村，走出一条"文化自信，乡村振兴，人民幸福"之路，没想到竟遭受各种意想不到的误解、刁难甚至打压。我不怕！委屈时一个人在村中蜗居大哭一场。悲哉痛哉！知我者谓我心忧，不知我者谓我何求。浩叹之余，只有加倍努力，学会、用好，以身传承。有习总书记系列讲话精神和圣贤经典做后盾，有弯柳树村2300多位乡亲共同努力，无惧道阻且长，我们长歌前往！

2016年12月18日　星期日

向省委组织部周斌副部长汇报弯柳树村文化扶心扶志扶贫做法，周副部长等领导很支持扶贫中基层的创新探索。

2016年12月19日　星期一

到全季酒店报到，参加年度扶贫人物颁奖活动。

2016年12月20日　星期二

省委宣传部、河南电视台联合主办的"2016河南十大年度扶贫人物颁奖典礼"在河南电视台演播大厅举办，省委宣传部部长赵素萍等领导参加，河南调查总队贾志鹏总队长带领30人方阵参加，村民代表参加。作为十大扶贫人物之一，中央电视台主持人敬一丹采访我，作家刘震云现场点评，他说宋瑞扶贫先扶心，抓住了根本！

2016年12月22日　星期四

逐渐感受、触摸阳明先生、孔老夫子那颗心，皆是"汲汲遑遑，若求亡子于道路，而不暇于暖席者"！自古圣贤一条心！每读此即看到古今圣贤人溺己溺、救世救人、爱民若子的这颗心。党的宗旨"全心全意为人民服务"的心，也正是这颗心！

致良知学习正让我如"金之在冶"般，坚定地走在找回自己这颗同样光明心的路上，有老师和同学们一路同行，不忘初心，坚守信念，坚守此生为官一任，造福一方，服务人民，一路高歌向前。归程亦不远，出发即到达！

2016年12月28日 星期三

今天上午，"豫南二组第一书记座谈会暨弯柳树村脱贫攻坚现场观摩会"在村道德讲堂召开。信阳市20多位省派，62位市、县派驻村第一书记齐聚弯柳树村，共商精准帮扶、共奔小康大计。县委副书记王操志等领导参加并讲话。

下午，"弯柳树村脱贫攻坚座谈会暨2017奔小康圆梦想迎新年联欢会"在村举办。

我心不动，事安排好后，我不再像以往搞大活动之前那样紧张，心高提着，怕出纰漏，而是静静的、安稳的、淡淡的，像日常一样心静若水。尽心做好每一件事，结果是什么样它自然会什么样，不必提前忧虑、恐惧，只需做好周密准备。结果事事圆满，感谢王阳明先生的心学智慧让我心中生出定力！

2016年12月29日 星期四

学习《致良知是一种伟大的力量》至今恰好50天！心性归静，良知启用，在事中磨，颇见效验。

2011年用家里房子为曾经帮助过我的朋友张利军抵押贷款，连续五年。去年底，张利军欠交行贷款近70万元还不上，交行让我还。纠葛一年，朋友还是有50万元未还，我的房子将被银行执行拍卖。我作为用房子担保者，必须替他还。我没有这么多钱，又找到好朋友陈凤妹妹借了一部分，昨日我替他还50万元，纯粹帮忙，反被连累至此。

盲目义气惹的事，自己就应毫不厌烦地去承担。"自知者不怨人，知命者不怨天。"

今天周龙在村流转租种的100亩耕地，许庄组村民都签好了名。周总说：到村一是跟在宋书记身边自己生命能量在提升，二是为自己选一个主业，作为今后的主攻方向。

2016年12月30日　星期五

上午到汪庄组，督促移动公司为精神病患者杨飞修房屋门窗之事。又到同组抑郁症患者汪建家，再次安排汪建到郑州康复治疗事。汪建笑了！

晚上学习王阳明《寄邹谦之书》其五，王阳明先生看了他的学生邹谦之寄来的文稿，非常高兴，感到他真明白了孔子在说什么，给邹谦之回信交流。

读书关键在心通，而不仅是文字通了。邹谦之真正读懂了《论语》，与孔子心通了，抓住了生命的本源——就是这颗心！良知人人皆有，有人发现、体认到了，心生万法；有人的良知被遮蔽，终其一生未能启用良知，未能挖掘出自己的心灵宝藏，岂不可惜？邹谦之写的都是自己的真知真见，是自己体验、证得的，不是文字上的雕琢。阳明先生与邹谦之分享关于良知的认识：良知人人皆有，最笨的人也有。没有下限，也没有上限，圣人通天达地也未能无憾，没有到尽头，一生踏踏实实致良知！

新的一年即将来临，愿良知之学共明于天下，人人都能依道而行，良知清澈，心生万法，应变无穷。我要在新时代新征程中，建功立业，再创佳绩，带领弯柳树村乡亲们脱贫致富，共赴小康大道！

2017年

2017年1月1日　星期日

新年快乐，吉祥如意！带着愉悦的心情发了一条朋友圈：扶贫先扶心，有德就有财。中华优秀传统文化给弯柳树村的乡亲们带来了幸福和财富，发展经济走上脱贫致富小康路。衷心感谢各界朋友的大力支持，我被评为"2016河南十大年度扶贫人物"，颁奖典礼于今天中午12:13河南卫视《脱贫大决战》节目中重播，中央电视台著名主持人敬一丹采访，著名作家刘震云点评，省委宣传部部长赵素萍等领导给予鼓励。有时间敬请收看。谢谢大家！

2017年1月4日　星期三

今天息县远古生态农业公司的无公害大米、大白鹅开始出售，董事长单玉河、总经理王春玲和村两委达成协议：公司每销售1袋大米、1只鹅，即有5元捐赠给弯柳树孝爱基金，用于帮扶贫困户。

2017年1月5日　星期四

息县评选最美驻村第一书记，在朋友圈发了投票信息，很多朋友投票。谢谢大家的支持！

2017年1月8日　星期日

"国之交在于民相亲，民相亲在于心相通。"习总书记的讲话，让我坚定信心：弯柳树村扶贫先扶心的路走对了！方向对，方法对，效果好。民心通，民相亲，与国与党也相亲。"爱国、敬业、诚信、友善"自然践行落地，核心价值观变成老百姓的好活法。

2017年1月12日　星期四

贾志鹏总队长带领秦喜成等五位处长到村，看望慰问贫困户，组织召开"河南调查总队助力弯柳树脱贫攻坚推进会"。息县政府副县长王勇、路口乡党委书记栗强，在家的全体党员干部和村民代表参加。贾总和总队党组对脱贫攻坚进入冲刺阶段，提出更高要求。贾总指出：一、村支部要发挥带头作用，起到战斗堡垒作用，帮扶工作队制定出2017年帮扶计划，带动全村脱贫致富。二、希望村支部带动党员，成为党的基层组织的榜样！我每次来都给支书单独谈心，寄予厚望。三、宋瑞要肩负起管党治党的责任，一定要让村支部起作用。四、总队五个处室优秀党支部与村脱贫难度大的贫困户结成一对一帮扶对子。

会后息县县长赵君峰、常务副县长于海忠与贾志鹏总队长，就弯柳树村脱贫攻坚大决战阶段整体工作进行了深度沟通。

2017年1月14日　星期六

蒹葭苍苍，白露为霜。弯柳树村的冬日，从每天早晨的遍地白露开始。田野里绿色的麦苗被白霜覆盖，早上推开门即入眼帘的凌凌白露，让村庄显得更加宁静祥和。我驻村四年多来，河南调查总队贾志鹏总队长四度到村，慰问贫困户，与村组干部和党员座谈脱贫攻坚工作，对建强村级党支部，带领村民奔小康提出更高的要求。

2017年1月16日　星期一

上午参加在县委西一楼会议室召开的"2017年息县各界人士迎春茶话会"。县委副书记王操志主持，赵君峰县长报告了息县社会经济发展情况，2016年县财政收入4亿多，支出35亿多，社会经济取得全面发展，订单农业、休闲农业、特色农业尤为突出，在全省经济工作会议上，省长点名表扬息县；2017年工作以脱贫攻坚统揽全局，加强基础设施建设和项目建设等，一揽子解决农村水、电、路问题。

县财政局局长张树林、县扶贫办主任余宏等与会代表发言。

张树林局长说：文明程度的提升，从领导干部和党员带头不说脏话、不闯红灯、不乱扔烟头纸屑、不乱停车开始。

余宏主任说：2016年全县脱贫攻坚工作扎实推进并取得显著成效，又有33个贫困村脱贫，弯柳树村省派驻村第一书记宋瑞获评"2016河南十大年度扶贫人物"，都是对我县脱贫攻坚工作的肯定。向尊敬的宋书记致敬！听到这里，我的眼里满含了感动的泪水，感谢息县同仁的力挺！

今天参会之前先到县委二楼书记办公室，汇报弯柳树村未来的发展及2017年计划做的事情。书记嘱咐弯柳树村要再上台阶，村班子建设和党建工作要加大力度。

下午到县委宣传部与余金霞部长沟通文明村创建事宜。

晚上与县委组织部桂诗远部长电话沟通，对接到光山县晏河乡詹堂村拉大柳树事。因弯柳树村无柳树，桂部长从光山县到息县任职后，向光山县求助支援五棵大柳树，已与詹堂村詹支书联系好，后天弯柳树村干部带车去拉树，种植在新建成的村文化广场东西两侧。

2017年1月17日　星期二

召开义工团、歌舞团会议，团长汪学华及许兰珍、赵忠珍、骆同军、王秀清参加，讨论春节期间村歌舞团商业演出及2017年申报民间艺术团体事，争取县文化局支持。大家积极性很高！

原定召开村两委会议，再次因支书喝醉而推迟到明天！像这样的情况已经发生许多次了。

继单玉河、王春玲夫妇去年5月到村投资后，又一息县企业家周龙到村流转耕地，租金每亩800元/年，集中在许庄组。前期村民已在村委会委员许振友的协调下草签同意并按手印，今日周总到村签协议。

2017年1月18日　星期三

团省委开展"寒冬送温暖"活动，为贫困村孩子送10个大礼包，其中有一套衣服、学习用具、护肤品、玩具。今天请村小学选出的10名特困生家长和孩子到村德孝讲堂，发放礼包，并举行简短的赠送仪式，让受助的孩子学会表达感恩之情，听党话、跟党走。

2017年1月19日　星期四

给余金霞部长介绍，村计划申报的"村群众文化活动中心"项目，建筑共三层，占地4500平方米，征地、装修、绿化、配房等投资共需600万元左右（不含内装修），加上内装预计1300万元左右。

2017年1月20日　星期五

到东陈庄看望大病党员陈金叶、陈文斌二人。到汪庄给抑郁症患者汪建送新衣服、毛衣毛裤、皮鞋，由到村投资的王春玲购买。给精神病患者杨飞送去米、面、油。

召开村民大会，发县委宣传部印制的春联。

组织村歌舞团演出，录制拜年节目，给薛荣书记等支持弯柳树村脱贫致富的爱心企业家、爱心人士视频拜年、致谢。组织在村投资的企业家单玉河、王春玲、周龙，志愿者薛老师等在村民骆同军家一起过小年。

2017年1月21日　星期六

带领村班子成员及锣鼓队，敲锣打鼓给第二届弯柳树村好媳妇送荣誉证书。每到一户都热闹非凡，正迎上这将要过大年的喜庆气氛。这次送喜报，形式新颖、热闹，影响大，村民们都纷纷出门观看，掌声不断，一些年轻的媳妇摩拳擦掌盼着来年评上好媳妇。

2017年1月22日　星期日

郑总专程到村约见杨建、何桂仙夫妇，帮助杨建增加经济收入。因杨建认为挣钱少，不想让何桂仙在村文化公司和歌舞团上班了。郑总在息县承包有工程，商谈把工程中修路基项目交给杨建一些，在家挣更多的钱，何桂仙也可在村文化公司工作。郑总对杨建的三点要求：用工尽量用弯柳树村人，10个中最少要有6个以上弯柳树村人。保证工程质量。何桂仙在村专心文化产业的培育与学习，按宋书记要求做好工作。

我感谢郑总，他说："不用谢！我这样做也是被您驻村的精神感动，一则助力精准扶贫，二则扶持传统文化。"

下午到信阳市开元酒店为家长培训班授课——《让孩子在智慧中成长》。

2017年1月23日　星期一

《人民日报》记者李长虹主任到弯柳树村调研文化扶贫。

2017年1月24日 星期二

今天是农历腊月二十七，再有三天就过年了，在外打工的村民都回村了。晚上在村大讲堂举办"弯柳树村在外务工返乡人员迎新春联欢会"，村民们吃过饭就早早地来到讲堂，歌舞团演员们准备节目，村小学的孩子们也排练了精彩的节目，大家欢聚一堂，迎接在外奔波忙碌一年的游子回家过年。

义工团团长汪学华主持，我和村干部讲话，向大家报告村里的新变化，水泥路修到各小组了，太阳能路灯装上了，文化广场建好了，自来水厂明年也要建了。动员大家关心家乡，支持家乡发展，回到家乡发展！

2017年1月25日 星期三

今天终于回到郑州家里，已是农历腊月二十八。看到家里的年货都准备齐了，女儿一家已和公公婆婆一起到海南过年，顿时心生愧意，每年春节我都没有为家里做一点贡献，而且回家最晚。自从驻村后年年如此，亲人们都习惯了，可我心里还是觉得过意不去。

2017年2月2日 星期四

今年春节放假期间，趁家人都去海南过年的机会，我独自进山，手机关机，一下子有了完全属于自己的时间，感觉自己像个富翁一样！好幸福啊！把所有的事务和牵绊全部放下，正如刘禹锡《陋室铭》中"无丝竹之乱耳，无案牍之劳形"。心静下来，似乎能感受到天地的呼吸、宇宙的心跳，天地之间空无一物，心与天地一样空旷、辽阔、寂兮寥兮，身体像雾化了一样好像不存在了。那一刻一下子理解了陈子昂《登幽州台歌》"前不见古人，后不见来者。念天地之悠悠，独怆然而涕下"的意境。

心静下来了，照见的全是自己的过错！过去常常认为自己是对的，一静心观照，竟然发现都是自己的错。这才理解了"凡人无过，圣人常过"，凡人常常认为都是别人的过错，而不肯改变自己，圣人常常认为是自己的过错，而常常反省自己，宽容别人。王阳明先生说：古之圣贤之所以为圣贤，唯其能改过。我与圣贤人心同，而改过之心不同。正如美国修·蓝博士在《零极限》一书中说：人要常常会说"对不起"，"请原谅你"，"谢谢你"，"我爱你"。

习总书记多次引用王阳明先生的《教条示龙场诸生》：立志，勤学，改过，责善。过不能时时改、事事改、处处改，立志与勤学都会成为镜中花、水中月。不能洞察心中每一个念头，不能如临深渊、如履薄冰改过，良知难以清澈！儒家经典《了凡四训》告诫后人提升思想境界和自我修养，也是以改过为核心，由"立命之学""改过之法""积善之方""谦德之效"四部分组成，被誉为"中国历史上的第一善书"和"东方励志奇书"。曾国藩在读了《了凡四训》后，将这本书列为子侄必读的"人生智慧书"。

中共中央纪律检查委员会、中华人民共和国国家监察委员会官方网站《历史文化》栏目2016年8月23日发布《袁了凡：修身积善 四训教子》一文，号召党员领导干部学习《了凡四训》。党要求每一个党员都要勇于自我批评，也是让我们改过、成长。自我批评、改过，将是我生命的主旋律。

2017年2月3日 星期五

今天是正月初七，春节假期后上班第一天，到省政府办公大楼给总队领导报到、汇报，到机关党委与张建国书记见面。准备明天上午回村上班。

2017年2月4日 星期六

今天上午在回村的高铁上接到息县政协副主席何枫的电话，说今天上午息县四大家领导会议上，对我的驻村工作给予肯定。我听了好感动，感谢息县领导们的理解与支持！

下午信阳市委书记乔新江带领市直有关部门领导专程到弯柳树村调研，参观村容村貌，走访脱贫户，开座谈会，观看村民歌舞团演出的乡村民俗文化节目，了解弯柳树村的变化。对运用传统文化、阳明心学"扶贫先扶心"收到的显著效果，给予充分肯定。

在村道德讲堂，乔书记非常高兴地对息县县委领导说："党中央、国务院对传统文化很重视，弘扬优秀传统文化，践行社会主义核心价值观，有利于促进各项事业发展。弯柳树村在弘扬传统文化方面为很多地方带了好头，值得学习借鉴。希望能够继续弘扬这种正能量，做好榜样，用这种正能量推动和促进经济社会发展，打赢脱贫攻坚战。"乔书记鼓励乡亲们加油干，早日奔小康，好好学习传统文化，提升文明素质，美化心灵、美化村容村貌，以良好的人心和环境，吸引企业来投资，带来弯柳树村大发展。

下午6:00多，乡亲们依依不舍地送乔书记一行上车离开。

2017年2月5日　星期日

"[@息县人]息县的小村子来了大领导 给村民拜年"，美好息县、息县电视台今天报道：昨天市委书记乔新江到村，村民们看到后，喜悦相告！

2017年2月6日　星期一

今天是正月初十，真是个十全十美的好日子！上午在村大讲堂举办了"学习中办国办《关于实施中华优秀传统文化传承发展工程的意见》专题报告会"。今年1月25日，中共中央办公厅、国务院办公厅下发了《关于实施中华优秀传统文化传承发展工程的意见》，大快人心！我们特邀中国汉学专家、南阳师范学院教授、英国威尔士大学首席教授聂振弢老先生到村授课。村党员干部、义工团员，息县县委常委、宣传部部长余金霞，五中校长周成学带领五中老师等参加。

中共中央办公厅、国务院办公厅下文了，看到两办文件那一刻，我忍不住失声哭泣！两办下文了，云开雾散了，中华优秀传统文化的春天来了！为了传统文化的弘扬，我这五年顶着各种压力，像打了一场上甘岭战役，所有的艰难、险阻、磨难，撑不下去的遭遇，都将永远成为过去！五年的坚守值了！

学习会结束前，河南省家庭伦理道德文化促进会为弯柳树村授牌"息县爱心之家道德教育基地"，村会计许振友、村义工团长汪学华接牌。

下午，王阳明心学致良知学习班的同学孙辉(中信集团中国国际经济咨询有限公司总经理)带领副总董博军及董的儿子、侄子一行到村里，代表"中信集团中青四期慈善基金会"捐款3万元，支持贫困村孝亲敬老、助学活动。在村道德讲堂举行的捐赠仪式上，村里的孩子表演《跪羊图》迎接客人，北京来的孩子唱一曲《父亲》答谢。

　　看着这一幕，我心中好感动、好振奋，北京的孩子、弯柳树村的孩子，在复兴中华文化、实现民族复兴中国梦的新长征途中，相会在弯柳树这个中华孝心示范村，学习孝道，连根养根，根深叶茂！当3万元善款交到村会计许振友和村民代表汪学华手中时，讲堂里掌声经久不息，乡亲都被深深感动！

　　1万元交与村小学，设立"第一书记奖学金"，鼓励孩子们好好学习；2万元用于帮扶贫困老人、大病老人。

　　为我们炎黄子孙血脉相连的亲情所感动！我的眼泪一直在流，感谢孙辉同学带病来村，下午1:00到村，3:30走，来去匆匆，只为送达一份温暖、一份爱、一份同学情！有致良知同学们的支持、关爱，心里好踏实。

　　在脱贫攻坚的新长征路上，我们在一起！

2017年2月7日　星期二

　　弯柳树村贫困户现状：2013年，贫困户146户。2016年底，贫困户13户36人，其中五保户4户4人，特困户3户25人，低保户6户7人。针对每户情况，制定出今年帮扶方案。

　　今天安徽企业界及民间爱心人士21人到村参观学习，北京李林博士和安徽本涛老师带队，驻马店企业家张丽叶及文明网林总到村参观。

　　"[@所有人]这个村子一天内三件喜事！"，"美好息县"、息县电视台一大早报道了昨天弯柳树村的三件喜事：聂教授到村授课《学两办文件》、河南省家促会为村授牌、中青四期慈善基金到村捐款支持！

2017年2月8日　星期三

　　信阳电视台、《信阳日报》记者到村采访文化扶心、志智双扶情况。

　　息县的"息国风情园"旅游项目负责人一行到村，沟通弯柳树村民歌舞团到息国风情园演出事宜。

2017年2月9日　星期四

　　回总队参加全体人员及市队队长会议，民主推荐一位副厅级领导干部。国家统计局人事司司长胡修府、河南省委组织部二处处长杨国贤参加，贾志鹏总队长主持。

2017年2月11日　星期六

今天是正月十五，日子过得真快！正好又是周六，紧张忙碌的心暂得放松，"偷得浮生半日闲"，和仍在海南过年的女儿视频聊会儿天，看看像玫瑰花苞一样的小外孙女安安宝贝，刚过一岁不久的宝贝就能清晰地叫："姥姥，姥姥……"有女儿如桃桃，有孙儿如安安，夫复何求？此生足矣！亲家嫂子把孩子们照顾得这么好，让我心无挂碍驻村，如不好好为村民服务，带着村民早日致富奔小康，不仅辜负组织的信任与托付，就连家人也对不起啊！

2017年2月13日　星期一

联系河南大东设计院薄言院长，催促为弯柳树村做的策划设计方案，薄院长答复本月底出定稿。联系南阳玫瑰基地，预约本月15日带领村干部、村企业去订玫瑰花苗，与段嵩辉、刘阿良对接。

2017年2月15日　星期三

这两天带领在村投资生态农业的息县远古生态农业科技公司单玉河、王春玲、梅永超到南阳选购桃树苗、玫瑰花苗和薰衣草苗。今天先到邓州市九龙镇天桃种植基地800亩种植园区，老板讲由于桃子口感好，特别甜，销售情况很好，到地里采摘20元/公斤，网上销售20元/公斤，批发价9元/公斤。

单玉河交定金2万元，订购2000棵天桃树苗。

2017年2月16日　星期四

今天到南阳市卧龙区，副市长田向和大姐带领我们到蒲山镇薰衣草庄园，园主田艳红介绍了薰衣草种植情况，赠送几十棵幼苗让我们回村试种，种植成功明年再批量订苗。

又到卧龙区潦河坡乡梅花山、谢庄乡康营村九韶玫瑰园，负责人段嵩辉介绍了玫瑰种植情况，赠送3000棵玫瑰苗用于弯柳树村绿化美化。非常感谢田总和段总！因为我曾在卧龙区工作过，所以这次回来学习取经，他们都鼎力相助，免费赠送。

中午田大姐、宋跃军、高予、郭培、周德文、李欣等老朋友一起在潦河坡乡农家乐吃大锅饭。回到家乡，又吃到久违的家乡风味，人亲，饭也好吃！感谢家乡领导及朋友的支持！

2017年2月17日　星期五

今天县委宣传部余部长到村，召开村民代表会议，对宣传部制作的《扶贫先扶心和志》宣传片进行评议，同时讨论弯柳树村模式总结以便在全县推广，都是村民自身改变的故事，让村民提提意见、建议，他们的建议会让宣传片更接地气。余部长主持，县委宣传部、县文明办、县电视台、村干部及村民代表参加。

村民积极踊跃发言，在讨论村移风易俗方面，余部长提出成立村禁赌协会、红白事理事会，并倡议：婚事新办，丧事简办，祭扫雅办，节俭操办，文明过节。村民赵海军抢着第一个发言，他说："年前一个亲戚去世，葬礼花了13万元，其中烟花爆竹7.6万元。今年春节初七晚上看新闻，美国专家研究中国每年放烟花爆竹对人健康的影响，全体国民寿命缩短三个月。坚决支持简办，移风易俗。"

县委宣传部通知弯柳树村民歌舞团，正月初三参加市里文艺汇演。接到通知后，村民们五天排了一个新节目《欢聚一堂》。村民歌舞团教练王秀清老师说："接到县委宣传部通知，让初三参加市里文艺汇演，只有五天时间了，是去还是不去？村民说如果是为了给咱息县争光，去！拼了！我本来不想去，可是一想我是被宋书记感动才来弯柳树村的，她是省里的处长，不远千里来到村里，舍家抛子住了这么多年。我是息县人，我应该做点啥，帮帮宋书记！就这样我们五天排出了一个新节目《欢聚一堂》，村民歌舞团的人年龄大，手都磨破了，但坚持做到最好。村民心特别齐，只要是能为县里争光的，他们拼了命也要最好。他们是农民啊，特别让人感动！最后我们得了一等奖！"

这就是我们可爱的村民，他们时时感动着我，感动着来村参观学习的人！

2017年2月18日　星期六

村小农水改造项目的施工方负责人何增强先生，有感于村民学习传统文化的改变，文明的村风让人如沐春风，就想为弯柳树村做点事，看到我们缺绿化树，给弯柳树村赠送20棵金桂树。今天安排村义工团团长汪学华、远古公司员工龙龙去驻马店市新蔡县拉回，种植在德孝讲堂周围。

路口乡宣传委员王玉平今天到村，商量下周召开村民移风易俗动员会。王玉平责任心强、业务熟、能担当，很感谢乡党委派玉平分包弯柳树村！

2017年2月19日　星期日

今天在县政府四楼会议室，赵君峰县长主持召开座谈会，主题是弘扬传统文化在息县如何做。县委宣传部部长余金霞、我及相关县直部门领导参加。

总结弯柳树村做法和经验，比如从《弟子规》《孝经》《了凡四训》《大学》等入门，以固定的形式、节目、活动模式带领大家学习，把弯柳树村民的学习模式和改变的故事，系统整理归纳，形成中华优秀传统文化村级推广的舞蹈、歌曲、诵读，村民及来村学习的人分享自己的感悟和改变，便于在全县推广，带动更多的乡村改变人心，改变村风，自强自立，脱贫致富，早日小康。

2017年2月20日　星期一

今天信阳市委常委、组织部部长赵建玲带队，来到弯柳树村调研，指导基层党建和脱贫攻坚工作，县委书记等领导陪同。赵部长实地察看了弯柳树村生态莲藕种植合作社、息县远古生态农业种植养殖基地，最后在村道德讲堂观看了弯柳树村民歌舞团自编自演的节目。

目睹弯柳树村的巨大变化，赵部长感触很深。在简易板房搭成的村二代道德讲堂里，近200位村民正在学习《弟子规》，她走上讲台，激动地对乡亲们说："弯柳树村的变化是喜人的，弯柳树村以传统文化扶心志，带动产业形成可持续发展的扶贫路子值得肯定、值得学习。在党和政府的坚强领导和支持下，相信弯柳树村人民一定能够打赢脱贫攻坚战，迎来更加美好幸福的明天。"赵部长离开弯柳树前嘱咐息县县委书记等领导："弯柳树村立足党建统领，用优秀传统文化改变人心，带来民风和村容村貌的改变，带来产业的发展，正是把党中央要求的文化自信落实、落细，落实到老百姓生活中的实践，很有价值，县里要注重总结和推广。"

2017年2月21日　星期二

今天召开村干部会议，商量村里几件大事，村支书、村主任、村文书和我共四人参加，村民兵连长陈社会未到。

一、申报美丽乡村项目。县委组织部部长桂诗远协调县扶贫办、县财政局整合资金380万元，用于弯柳树村美丽乡村建设项目，今天商量上报具体事项，先集中改造许庄、焦庄、新农村。

二、确定项目负责人为村主任杜彦生，资金用于修路、新农村安装路灯、每个村民小组入村口路灯、房前屋后绿化美化。

三、今年是基层组织建设年，村党支部当前重点工作：一是"根据地"建设，老村部危房改造或新建村部。老村部狭小积水，年久失修，漏雨严重，向乡党委和县委组织部汇报，申请选址新建。二是党员队伍建设。党员队伍年龄老化，个别党员素质极差，群众反映强烈，建议发展吸纳新党员，劝退不合格党员。劝退汪某军、许某兵、杨某等村民反映问题较多的不合格的党员，吸收汪学华、胡德立、许建、焦宏艳、蔡志梅、何桂仙等致富带头人、学习带头人。三是党员带头坚决禁赌博。村民反映村里还有麻将桌的地方：村民许兰超市1个、梅玉萍家2个、党员王守亮家2个。

四、村里信教群众多的问题。村支书说：我村于2014年将道德讲堂建在教堂旁边，经常讲中国传统文化，大多数信教村民主动撤换家里十字架中堂，不再信教，由原来的100多户减少到现在还有30多户。息县有教堂近100个，彭店乡有5个，路口乡有4个，包括弯柳树村这个教堂，是信教群众自己捐钱建的，捐款8万多元用于买地、盖房。我村村民信教的每年都在减少，外村还有县城的不少都来这里做礼拜。春节前还全乡串联，每个教堂轮流做东大请客，多的时候有几百人，演节目、歌舞等，热闹得很。

对策：一是继续加大中华优秀传统文化的学习推广力度，村二代道德讲堂每天晚上开小课，教唱歌跳舞；每周开大课，除了听"宋书记讲故事"外，请老师到村讲传统文化课。二是每逢教堂过礼拜，宋书记继续到村讲堂讲《核心价值观 百姓好活法》，把教堂的村民逐渐都吸引到道德讲堂。

五、关于汪学华进村班子的事。随着弯柳树村弘扬传统文化改变人心在全国的知名度越来越高，来村参观学习的人也越来越多，村里工作量逐年加大，村干部人手不够，现有五人忙不过来。我给乡党委汇报了，栗强书记说可以给咱增加一个村干部。汪学华去年上半年加入村义工团，李桂兰、许兰珍年龄太大，年轻人都不在村，后被选为第三任团长，带着一群老太太干得很好，能吃苦、能付出，村民说我们需要汪学华这样的村干部！村民呼声很高，村两委工作开展也很需要，我建议给乡党委打报告申请汪学华为村委会副主任。

三人反映：汪人很好，有责任心，能干。就是他家属嘴不好，事多；他儿子又奸又滑，啥事都想插手，收粮食短秤，前几年还打汪。关于他家属的问题，我与他谈谈，家属能改变就推荐他。他们三人同意。

2017年2月22日 星期三

今天一个村干部、一个村民到我办公室反映问题：

一是村干部工资低，支书12000元/年，主任10000元/年，一般村干部7000元/年，大家都没有积极性。

二是村支书和村主任酒瘾、牌瘾都很大，经常窝在村民家里打麻将，对村里工作极不负责。今年2月4日（正月初八）市委书记乔新江到村调研，组织村民打扫卫生，村支书和主任都不管，都是村民义工团为了村里荣誉打扫的。2月6日（正月初十）上午学习中办、国办文件，请南阳师范学院聂振弢教授讲解中办、国办关于弘扬中华优秀传统文化的18条要求，下午北京中信集团中青四期孙辉总经理一行四人到村捐款3万元，支书、主任都不参加，他俩就在讲堂后面的杜彦海家喝酒、打牌，下午又到讲堂东边许庄村民王海峰家推牌九。我来村里都五年了，经常找不到他们，他们都是躲着我和余金霞部长，怕给他们安排工作。我要求全村禁止打麻将，大多数村民戒了赌博，拆了牌桌，可他们村干部还在带头打。村里有赌场的家庭还有：梅玉萍家2个麻将桌，许兰超市1个，陈国华家1个，丁敏家2个，党员王守亮家2个。

三是村集体财产60亩地，村民个人种，一直没有给村集体交过租金；老村部原有10间房，低价卖给村民许建3间、杜若峰儿子3间、许正伟3间、梅玉萍1间，应该归入村集体经济的钱在哪里，没有账。村民意见大。

四是村农机合作社是前些年的项目款建的，却被杨、杜、许三人合伙谋私利。有杨撑腰，许某欺压村民，有恃无恐，才敢打来村投资的单总！

我反复思索：作为驻村第一书记面临两难处境，不触及深层矛盾和遗留问题，村民不买账不罢休，扶贫工作都很难推动，更别说发展！弯柳树村下一步要发展，就不得不解决面临的问题，我们怕触及矛盾，村民却抓着遗留问题不放；触及深层矛盾，就会动了村干部和家族势力的奶酪，怕引起不稳定因素。怎么办？我这第二轮驻村时间年底就到期，是得过且过，像前几年一样，睁只眼闭只眼，哄着村干部，他们能干就干点，不干就不干，反正有村民义工团几十个村民跟着我铁心干！还是从党的基层事业的大局出发，直面问题，勇敢担当，真正培养出一个为群众做表率、带群众干实事的"四铁"村级干部队伍？

2017年2月23日　星期四

找村里党员谈话，深度了解情况和大家对村里工作的想法。今天找到住在新农村的谌守海，谌守海1974年出生，初中毕业，老家是信阳市平桥区的，入赘到弯柳树村民赵久均家做女婿。1998年在广东打工时入党，当时为企业副总，在企业每月都有党员学习；回村七八年了，什么活动也没有，也没有党的生活会了，很失落。谌守海说："宋书记，这几年您到村后，您组织开过几次会议，搞过几次活动，我们又找到了有组织的感觉。"

谌守海的话让我很欣慰,党员需要组织起来!清除村中负能量和黑恶势力,建强基层组织迫在眉睫!

2017年2月24日 星期五

今天路口乡党委派乡干部到村,召开增补汪学华为村干部群众民主评议大会。乡政府秘书、武装部部长参加,村党员和群众代表28人参加,其中党员13人,全部举手表决同意增补汪学华为村委会副主任。

接着开展《宋书记讲党课》,我带领大家学习"三会一课"制度,"两学一做"内容,并形成党员学习成长制度:一是"三会一课"常态化,二是"两学一做"掀热潮,三是远程教育党员提升素质学习固定化。每月学习两次,每月农历初一、十五为学习日,兼服务"孝亲敬老饺子宴",形成制度。

2017年2月25日 星期六

县委宣传部要求统一上报村文化广场项目,县里统一设计标准1000平方米,弯柳树村文化产业发展较好,县领导实地查看后,认为弯柳树文化广场可以扩大面积。村干部商量后,大家共同认可选址在新农村南、许庄北。

到郑州参加第二届中原地区倡导建立"中华母亲节"活动筹备会,去年第一届活动圆满成功,引起社会广泛关注。该活动由河南省儒学文化促进会主办,爱心企业家协办,旨在弘扬中华孝道文化,设立中国人自己的母亲节,把越来越多的盲目过外国母亲节的年轻人拉回中华文化,增强文化自信。息县爱心企业家余勇去年捐款10万元支持,弯柳树村歌舞团远赴郑州,和豫剧名家虎美玲同台义演。今年第二届活动,余勇将再捐助10万元支持。

2017年2月27日 星期一

给爱源传统文化论坛讲课后,继续"中华母亲节"活动组织准备。成立筹备委员会,由王劲松、宁飞虎等负责;执行委员会,由爱源公司负责。备选场地两处:河南人民会堂、郑东新区国际会展中心,容纳2000人左右。河南电视台吴魁负责媒体宣传,爱源公司负责义工培训。

2017年3月1日　星期三

今天召开第二届中原地区倡导建立"中华母亲节"活动第二次筹备会议，我邀请了王劲松、刘子帅参加。我的好朋友、好姐妹，息县籍郑州企业家王劲松，为此次活动捐款10万元。在弯柳树村投资的郑州企业家刘子帅捐款5万元。王劲松在发言中提议：与扶贫结合，为贫困地区母亲做些实实在在的事；立一个鲜明的主题：使命、愿景、引领，呼唤母亲、保护母亲、教育母亲、唤醒母亲，把母亲节文化全方位普及开来。家有贤母，国有贤才。他们的善举，为弘扬中华优秀传统文化助力，让我十分感动！

下午回村准备明天县政府召开的"弯柳树村产业发展策划方案征询意见座谈会"。

2017年3月2日　星期四

弯柳树村产业发展策划方案征询意见座谈会召开。赵君峰县长讲话：市委书记、县委书记、县长高度重视弯柳树标准化新农村建设，每户每家出户路，房前屋后、田地净化、美化，丑的东西去掉，形成一个贫困村旧貌换新颜的典型。产业发展由乡里主导，县里支持。面貌一新，老百姓住着舒适，外地人来看了耳目一新，受到感染。公共基础设施乡里马上启动，房前屋后清洁，垃圾、污水处理，规划公墓，解决散坟占地问题，移风易俗。

县旅游服务发展中心主任瓮海山发言：弯柳树提炼一句话宣传语——孝心示范村，心灵栖息地。

余金霞部长：先做出美丽乡村规划，再做出产业规划。召开村民大会讨论，让群众人人参与。息县流行一句话："有难处，到弯柳树！"县、乡两级要着力打造弯柳树。

2017年3月3日　星期五

小农水项目施工现场，和村干部一起协调，冯庄村民配合。

2017年3月4日 星期六

协调周龙流转100亩耕地事宜,许庄几户村民想把地全部租出,周龙最终流转136亩。

化解村民王云平投诉汪学华之事。

2017年3月5日至8日 星期日至星期三

到大别山干部学院参加"信阳市2017年村(社区)党组织书记及中直、省直、市直单位选派驻村第一书记培训班",学习中央一号文件及脱贫攻坚工作部署。共570位学员,由市委组织部副部长李伟、市驻村办主任苏锡志等领导带领大家学习。

2017年3月9日至10日 星期四至星期五

规划远古生态农业园产业布局,种植养殖区、农家乐区、办公区等。

新华社记者到村采访。

2017年3月11日至13日 星期六至星期一

带领村干部汪学华、在村投资的王春玲、周龙到鹿邑县参加老子诞辰2588年纪念活动,听韩金英老师讲《无为大道》。

2017年3月17日 星期五

村民王万丽返乡创业,计划在村办服装加工厂,选址时选中村中心骆家四兄弟共建的门面房。有点麻烦,四兄弟矛盾较深,明天协调一下试试。

2017年3月18日 星期六

上午跑了一整晌,调解骆家四兄弟因盖房留下的积怨。连续去骆老大家两趟,终于同意出租!

中午饭自己做,从住的小院中拔了一棵青菜,煮一把面条加青菜,配上自己炒的一碟花生米和乡亲们做的豆瓣酱,食材天然的香味比任何调味料都好。餐后用雪白的细瓷碗,盛上一碗煮过面条和青菜的面汤,端在手中,竟是如此漂亮,嫩金软玉般的金黄纯粹的汤色,心中好感动!生活中处处都是美，处处都是天地给予我们的滋养与爱。"天生万物以养人，人无一物以报天。"

2017年3月20日　星期一

协调许庄村民不配合许庄东池塘清淤，影响项目施工进度问题。好多事村干部说了村民不听，我到场三言两语一说，村民都配合了。村民不服村干部、不买账，一是过去积累的问题多，二是村干部需要改变。

2017年3月21日　星期二

信阳市委组织部副部长谢焕格一行，在息县县委副书记王操志、县委宣传部部长余金霞和县委组织部副部长陈学江的陪同下，到弯柳树村检查指导基层党建和党建促扶贫工作，对弯柳树村立足中华优秀传统文化，培育践行社会主义核心价值观，扶心扶志带动脱贫致富，以及在村党建工作中落实习总书记讲话精神，引入"致良知阳明心学"的学习，给予了充分肯定和赞许。对弯柳树村党支部提出了巩固已有基础，提升党建理论水平，增强服务本领的新要求。

2017年3月22日　星期三

回郑州参加第二届中原倡导建立"中华母亲节"活动第四次筹备会，会议地点在博物院西楼会议室。

2017年3月23日　星期四

回总队汇报，报送2016年度考核资料。

2017年3月28日　星期二

《河南日报农村版》信阳记者站站长尹小剑到村采访。

2017年3月29日　星期三

余金霞部长、栗强书记到村研究党内政治文化建设试点工作。

郑总到村商讨村民文化活动中心项目，我的意见是先做出规划，向桂诗远部长汇报，再立项。

2017年3月31日 星期五

信阳市移风易俗现场会在弯柳树村召开,市文明办齐主任带队到村,县委宣传部部长余金霞参加。

报省委宣传部全省漯河会议资料:我作《核心价值观 百姓好活法》典型发言。

县扶贫办陈主任、姜伟到村考核驻村第一书记。

今天《人民日报》刊登《点亮农民心中的灯》,记者李长虹采访撰写的反映弯柳树变化的文章。

2017年4月5日 星期三

带领乡、村干部到新蔡未来农园学习,董事长谷卫东介绍经验:农业综合体是循环农业项目,一、二、三产业融合,一乡一个示范点,县扶贫项目资金投入,预期五年收回成本。今年努力为弯柳树村争取农业综合体项目。

2017年4月7日 星期五

省委宣传部主办的全省社会主义核心价值观建设推进会在漯河市召开,省委宣传部姚毅处长主持,王庆副部长讲话。六个先进典型发言,我作《核心价值观 百姓好活法》典型发言。介绍弯柳树村经验,在脱贫攻坚进程中,让核心价值观接地气,冒热气,有人气。

2017年4月10日 星期一

《河南日报》大篇幅报道《春风吹绿弯柳树——息县弯柳树村驻村第一书记宋瑞传统文化扶贫纪事》。信阳市委书记乔新江直接在报纸上批示:"弯柳树村的做法很好,具有很大的推广价值。请新博同志予以重视,请息县予以大力支持。乔新江,3月26日。"县委宣传部给我转的报纸和批示照片,看后非常感动!有组织的肯定,所有的付出和坚守都值了!

2017年4月14日 星期五

在村讲堂召开"村合作社和投资企业带动村民脱贫座谈会",村支书传达《关于修订息县产业扶持脱贫实施意见的通知》《关于建设产业扶贫基地的实施意见》。大家商议如何带动贫困户增收脱贫。程育生、村干部、村民代表以及单玉河等在村投资的企业负责人12人参加。

路口乡党委书记栗强到村,沟通关于加强村班子建设事宜。

2017年4月15日　星期六

协调许庄村民组池塘清淤项目实施遇到的问题,村民许光书同意将种在塘岸上的石榴树移走,私自建在塘岸边的棚子和厕所随时拆除。施工方负责人何增强答应清淤施工后保持池塘原水面面积不变。该项目总负责人朱总对村民投诉的目前的塘水面只剩下原来的1/3,答应重新修复。

2017年4月19日　　星期三

参加路口乡扶贫工作会议。万磊乡长传达县扶贫工作会议精神,安排各村帮扶责任人会后马上入户,省暗访组正在光山县。

栗强书记强调:脱贫攻坚是一号民生工程,全党动员,全民动手,必须保质保量完成。

王勇副县长(包乡县领导)讲话:脱贫攻坚工作,河南排倒数第四名。省委高度重视,以脱贫攻坚统领全省、全市、全县工作,从中央到地方层层传导压力,转变作风,强化纪律,明确重点,扎实推进。

2017年4月20日　星期四

回村创业的王万丽,计划在村建服装加工厂,租骆家房屋未谈妥。协调急用场地问题。

在协调六户农房未果的情况下,给栗强书记建议安排乡政府出资在老村部院内搭建简易板房厂房,先把订单接下。

2017年4月21日　星期五

省委党校中青班学员到村调研,穆主任、张主任带队,栗强书记陪同。我汇报传统文化扶心扶志,激发村民内生动力做法。

2017年4月24日 星期一

北京第五季幸福城实业有限养老服务产业发展有限公司彭总等三次到村考察，拟投资建康养基地，待董事长从云南回京，研究落实后随即派人到河南接洽。用地规模170亩，分两期建设。

2017年4月26日 星期三

参加信阳市第一书记服务脱贫攻坚推进会。市委副书记刘国栋主持，其他两个单位及我等三个第一书记作典型发言。市委组织部部长赵建玲讲话：全市省、市、县派驻村第一书记1016位，大都敬业担当，各有其法，其中宋瑞、陶曼晞、李瑞做得最有特色，走出了与众不同的扶贫路。

这次会议是备战会，一场更加严峻的脱贫攻坚战即将打响！我已隐约闻到硝烟味儿，感到压力很大。回到村召集村干部共商下一步工作，要吃透政策、精准识别、准确对标，作风要硬，措施要落实落细，村里有多少贫困户、啥类型，要有本精细账，一个不能漏、不能错。

2017年4月27日 星期四

村民梅玉萍在学校门口违建小铁皮房，因严重影响入村口整齐形象，且将劣质小食品专卖给孩子，不少家长长期投诉，村干部一直不敢管。这次小学教学楼新建，围墙重建，我要求正好趁此机会一并要求拆除。

梅玉萍和其父梅占礼一早到我住处，突然跪在我面前，百般哭诉不肯拆。我吓得赶快扶起二人，给他们耐心讲解政策：县规划局已重新规划新建入村大门，这样的占道乱搭乱建违章建筑必须拆。对老党员梅占礼进行了批评教育，通知村支书必须坚持原则。

2017年4月28日 星期五

到冯庄贫困户冯继中、陈春兵家走访。到杜庄查看水塘改造情况。

2017年4月29日 星期六

漯河、驻马店企业家72人到村学习孝道文化，在村民家吃住两天，总收入10585元，村民纯收入3300元。

2017年5月1日　星期一

今天成立弯柳树村贫困人口再识别再核实工作组，乡宣传委员王玉平任组长，我和程育生任副组长，岳莉莉等帮扶队员、村支书和村干部、小组长为成员，共15人。

2017年5月2日　星期二

工作组成员分片入户核查。

2017年5月3日　星期三

全市脱贫攻坚电话会议，刘国栋副书记主持，市长、组织部部长等领导讲话。最后市委书记乔新江讲话强调：要深刻认识脱贫攻坚的严峻形势，全市337个贫困村，2016年村民人均纯收入脱贫标准省定2950元/人，市定3026元/人。讲政治、转作风、聚合力，精准识别，谋定而动，精准扶持，精准脱贫退出。

2017年5月4日　星期四

信阳市驻村第一书记服务脱贫攻坚示范培训班在大别山干部学院举行。

谢焕格副部长在讲话中指出：弯柳树村用德孝文化，坚持以文化人非常好。宋瑞大姐把自己的学识用在教化人心上，在农村实现她的人生价值。弯柳树村是一个打麻将成风、老人顾不上管、孩子放任不管的地方，这几年学习传统文化，人心改变了，村民讲他们学习后病好了、家庭和睦了的故事时都眼含热泪。村民演的《婆婆也是妈》这些节目，我听了都感动。

谢部长的话点醒了我：要不忘初心！不要被一切干扰扰乱了初心与志向，把传统文化传承融入扶贫攻坚中，改变、净化人心，扶心扶志，带动产业更好发展，可持续脱贫。

女儿婆家爷爷突然去世，今天火化，孩子盼望我能回家，帮她照看一岁多的宝宝，我却不能回去。昨天来大别山学院的路上，女儿再次打电话问："妈妈，你确定不能回来吗？就一上午！"我说："对不起孩子！没法请假啊，特殊时期没办法回去，你再想想别的办法。"挂了电话心里挺难过，孩子最难的时候，半天时间也没法帮她。上次我回家，女儿对她的合作伙伴说："明天不管有多大的订单需要签，我都不去不要了，我妈回来了，我妈一月才回来一次！"听完我眼泪就掉下来了。

2017年5月5日 星期五

听高军波博士讲《国家精准扶贫工作成效第三方评估任务情况说明、评估体系及实施过程》，光山县周湾村陶曼晞讲《第一书记如何服务扶贫攻坚》，潢川县双柳树镇副镇长匡垒讲《驻村第一书记如何配合村两委打赢脱贫攻坚战》。

听课心得：不做时代的看客！我把自己整个人整个心，与这个时代同呼吸，共命运，共进退，共甘苦。所以我对这个时代有刻骨铭心的感受。不管这个时代如何，我都将"让这个时代因为我的付出而更美好"作为我的理想与信念。排除一切阻力弘扬传统文化，立足传统文化扶心扶志，形成产业带动脱贫；国家大事，世纪工程，我投身其中，何等荣幸！

不负组织，不负人民，不负时代，才不负自己！打赢脱贫攻坚战，带领弯柳树村实现脱贫致富走向小康，我充满信心。

2017年5月9日 星期二

村培训会议，余金霞部长到村指导。对建档立卡贫困户再识别、再核查，对村民举报的档卡内户要退出，档卡内村民认可的要保留，新筛查识别的要纳入。明显触碰"九条红线""八不准"的户要慎之又慎，对强烈要求当贫困户的要做好政策宣传工作。

2017年5月10日 星期三

河南电视台新农村频道记者王滔一行三人到村采访贫困户及产业脱贫情况。

入户走访冯庄组冯登志、陈春兵两户。

2017年5月11日 星期四

河南调查总队贺开贵纪检组长、武洁副总队长一行，到村督促指导扶贫攻坚工作,县委组织部部长桂诗远、宣传部部长余金霞、路口乡乡长万磊陪同。实地察看了道德讲堂、远古生态农业基地、莲藕种植基地。

2017年5月12日　星期五

村两委班子会议开展精准识别分类讨论,一是10日至20日准备走访入户,让"精准识别"普查全覆盖,到户见面的农户签字。二是对130户建档立卡的贫困户分类筛选出未脱贫户名单,共计12户,其中五保户4户,低保7户,贫困户1户。召开村民代表大会,对新纳入的贫困户进行民主评议。做到"帮扶、退出、资金使用"三个零差错。25日至30日省检查。

2017年5月13日　星期六

水利局丁局长到村协调挖塘清淤、修渠遗留问题。

2017年5月14日　星期日

通过再入户、再识别、再核实,今天对核实后的贫困户进行民主评议初评会,王玉平、村支书等村干部、扶贫工作队队员参加。

公布确定名单:贫困户12户(未脱贫户),产业扶贫"统贷统还"只考虑此类户。

去年争取105万元项目资金修了杜庄、冯庄等五段泥巴路,今年省派驻村第一书记发展村集体经济项目资金134万元4月份已到乡财政,按村支书、村主任建议,建粮仓出租。预算220万元,缺口85万元已向县扶贫办打报告申报。

晚上参加在县政府四楼会议室召开的息县2016年度统筹整合涉农资金项目推进会,赵君峰县长亲自安排重要工作,推进产业扶贫基地建设,每个项目70万元资金。因扶贫项目资金拨付缓慢,息县扶贫办主任姚金麟被诫勉谈话。

2017年5月15日　星期一

村民罗英梅找村干部要求当贫困户,我和王玉平、村支书到她家耐心算账,讲政策,虽然她丈夫打工出事故致残,但对方赔付不少,家中还有二层楼房，最后心服口服，无意见了。

2017年5月16日　星期二

息县政府李一民副县长、县交通局李军局长到村，协调远古生态农业园生产路一条。"息国风情园"一行18人到村洽谈合作事宜。康乐养老院岳德珍院长一行到村。

继续入户。

2017年5月17日　星期三

向总队分管领导电话汇报脱贫攻坚重点工作和2017年度目标任务清单。

重点工作：一、建强基层组织和党员队伍。二、落实整改措施，精识精退，文化扶心与产业脱贫同步推进。三、扶贫扶心，深层次弘扬传统文化，践行核心价值观，提升精神文明建设。四、贫困户一户一策、一人一策，精准帮扶。五、推动产业扶贫基地加快建设。六、水利、道路、垃圾处理系统、自来水厂、文化广场、亮化工程等惠民项目加快建设进度。

2017年目标任务：一、落实整改措施，确保精准识别，精准退出，不漏一户，不错一户，三个零差错。二、充实村两委班子，选一位顾大局、讲政治、有能力、有群众基础的村民进入村委会。三、对12户贫困户一户一策，一人一措施，精准帮扶。四、对已脱贫并列入一般贫困户的117户中，家中有特殊情况的，组织爱心企业与社会力量长期结对帮扶，带动产业形成。五、巩固村德孝文化培训产业、生态有机种植与养殖业的完善与发展，形成永久性可持续产业带动，不仅保障脱贫，而且打下奔小康坚实基础。

2017年5月18日　星期四

入户走访弯西组两户，段友家四口人，许正叶家四口人，均为已脱贫户，列入一般农户。息县康乐养老院岳德珍院长到村，为村义工团捐赠绞馅机一部，方便为老人包饺子。杜继英、李红接收。

2017年5月19日　星期五

县委王操志副书记到村指导全村普查工作，并到远古生态园指导产业扶贫基地建设。

全村所有农户普查结果：全村460户2130人，有100多户长期不在村住；到户没人的拍了照片；电话联系上的有录音。低保户134户163人，未脱贫户12户35人，五保户4户4人。

入户走访：抑郁症汪建，由企业出资6月份送安阳疗养基地治疗；精神病杨飞，联系送县精神病院；残疾人李志刚，安排康复训练。

2017年5月20日　星期六

村支书传达乡会议精神，村低保户、五保户列入危房改造的有李光明等13户。填报《脱贫攻坚日报表》，每天入户走访情况。

2017年5月21日　星期日

路口乡脱贫攻坚村档、户档建设暨转段工作会议。填表培训：《贫困户基本信息明白卡》《年度贫困户信息采集表》《贫困户精准扶贫明白卡》。乡党委书记、乡长亲自讲解。

2017年5月22日至24日　星期一至星期三

乡责任组长王玉平牵头，村支书和村干部、岳莉莉和移动公司扶贫工作队员、我和程育生，紧锣密鼓加班加点，填写《基本信息明白卡》，100多户，每户1册子，工作量巨大，关键是填表要求还不停地在变，导致多次重填。省里要求全部由第一书记填写，我村分包到帮扶工作队和村干部，一起填写，我签字负总责！否则在规定的上报时间之内，填写不完。我们不能蛮干！

2017年5月25日　星期四

今天在村进行了一天的"息县弯柳树村致良知学习与扶贫扶心暨项目对接座谈会"。息县县长赵君峰、县委副书记王操志、宣传部部长余金霞、政协副主席何枫、路口乡党委书记栗强等县、乡领导，弯柳树村党员干部、村民代表，以及息县昨天刚通过考试招录的69位扶贫工作辅导师，信阳市、南阳市、漯河市及息县企业家近200人参加了学习，村道德讲堂的简易板房内座无虚席。张立平老师讲授《致良知 拔穷根 种大树——山东庆云县扶贫案例》，常海峰老师讲《"南赣治理 阳明心法"的当今之用》；播放了国防大学金一南教授的讲课视频《心胜》以及息县电视台录制的弯柳树《扶贫先扶心》视频。村民歌舞团表演了《不知该怎样称呼你》《五星红旗》等节目，我主持，余部长总结。大家收获很大，今天的致良知学习将为息县扶贫攻坚工作起到强大的助推作用。

2017年5月26日 星期五

继续入户，核查，夜里加班填表。

2017年5月27日 星期六

昨晚填表到凌晨1:00多，终于把《贫困户精准扶贫明白卡》填写完。终于完成了阶段性任务，本想可以好好睡一觉了，却累得浑身酸痛，怎么也睡不着，想起前天女儿打电话要我回家的事，挺对不起女儿和家人的。反正睡不着，写篇日记，也算是给女儿一个答复吧。

凌晨记：昨晚和村干部、驻村工作队干到夜里1:00多，终于把最后一轮表填写完、整理完！用手机照着路，走在静静的漆黑夜色里，想到脚下的水泥路是2012年我驻村帮扶后修的，乡亲们不用踩泥巴了，我也不用踩泥巴了，心里很是欣慰。驻村工作虽然累些苦些，但能为乡亲们干些实事，心里踏实，值！夜里2:00多洗漱完躺下，右胳膊、大拇指因为连续握笔太久都僵硬了。《贫困户精准扶贫明白卡》终于填写完，可以好好睡一觉了，却因为浑身疼痛睡不着，真是年龄不饶人啊！

前天女儿打电话问我："妈，您到底什么时候能回来？"记不清女儿已打过多少个这样的电话，问过多少次这样的问题。我跟女儿开玩笑："别着急，傻孩儿！端午节仍然不放假，在村坚守岗位，我也说不准啥时候能回家。给我准备好大餐等着吧！"没想到电话那头，女儿突然哭了。一向沉着、稳重的女儿哭着急急地说："妈，您快回来吧！我从网上看到，都死了仨第一书记了！又不是打仗，怎么驻村扶贫也会牺牲、也会死人呢？妈，咱家啥都不缺，您快回来吧，您提前退休吧！宝宝会说话了，天天说

209

姥姥抱抱！天天等您回来抱她，等您回来带她读经典。"安慰完女儿，放下电话，我的眼泪也簌簌而下。

这一个多月一直在村里，入户、再入户，填表、再填表，精益求精，迎接各级的明察暗访。驻村五年来，我和贫困户已经成了亲人。在贫困乡亲的病床前坐着说话，他们会伸出粗糙的手，拉着我有说不完的感谢。整个村子就像一个大家庭，今天弯西组贫困户段平的妻子眼睛看不见了，我得赶快想办法；汪庄贫困户汪建的抑郁症，去年经过爱心企业帮扶治疗基本好转，但遇到突发事件受了刺激，又复发了，明天我要带他去继续接受治疗……

听到女儿的哭声，想到家中老小如此为我牵挂和担忧，心中愧疚，反省自己确实快把小家忘了。仰望小院上方繁星闪烁的夜空，心中真的特别想家，很对不起家人，尤其愧对女儿和宝宝！她生产时盼我回去照顾，我选择了继续驻村，为把产业引进村里，带乡亲们拔掉穷根，永不返贫。宝宝长大的过程中，我只能偶尔周末回去抱抱她……但是，当我每次看到贫困乡亲们的脸上绽放的笑容，我都觉得值！自古好事难两全，顾得了村里贫困群众这个大家，就顾不了远在400公里外郑州的小家，女儿对不起，请原谅妈妈！我虽然没有照顾咱家的宝宝，但老家南阳有一句古话：别人的孩子拉一把，自己的孩子长一扎。

村里有这么多的孩子、老人、病人需要照顾，我每帮他们一把，我们的孩子都会长一扎，我不用回去带着她读《大学》《论语》，她也会自然地健康成长。《道德经》第八十一章讲："既以为人己愈有，既以与人己愈多。"《论语》中说："己欲立而立人，己欲达而达人。"越多帮助别人，自己越富有；越多给予别人，自己收获越多。要想自己事业成功，先帮别人成功；要想自己事事顺利、人生通达，先帮别人顺利通达！中华优秀传统文化向我们揭示了一个规律：利他，天地所以能长且久，以其不自生；无我，就是最大地利益自己！

利他、无我、全心全意为人民服务，这原来就是毛主席等老一辈无产阶级革命家所倡导的，是人心合乎天道的幸福密码和成功秘笈。党的宗旨原来就是一把从天道中提炼出的、为他人服务、为自己生命积蓄能量的简而易行的金钥匙!

我如此平凡,却有幸走上扶贫攻坚第一线,有机会为那么多的贫困户、可怜的留守儿童和乡亲们服务,这是组织的信任和重托,也是上天赐予的福分。这两年,看着一位位有远见卓识的企业家,接连不断地来到村里投资,一个又一个的项目落地,心里真的特别踏实。一个省级贫困村,四个大项目开工,干得热火朝天,打赢脱贫攻坚战指日可待!

曾经贫困的弯柳树村将会拥有多么美好的前景:以中华优秀传统文化扶心扶志,带动产业形成,脱贫致富奔小康,实现精神和物质同时脱贫,走上心灵的净地和道德的高地,走出一条"中国农民的幸福之路",进而影响和带动中国广大农村,都走上"孝、悌、忠、信、礼、义、廉、耻"八德具足、心灵纯净祥和、生活富足安康、乡风和谐美好的幸福之路。

让中华优秀传统文化走进千家万户,让圣贤教育在中华大地上焕发生机,让父老乡亲过上物质和精神都幸福的生活!这是妈妈作为一名党员,一头扎进这个贫困村,五年来坚守的初心和目标。而现在,这个目标正在实现!亲爱的女儿,别担心!等妈妈在脱贫攻坚一线战场,打一个漂亮的大胜仗,抱着一个大大的军功章回家吧!这个军功章里有你和宝宝,还有咱们全家人的一大半!谢谢家人的理解支持,想念你们,端午节快乐!

2017年5月28日 星期日

上午给到村学习的家长培训班讲课《让孩子在智慧中成长》,下午到北京,与叶凌孜会长约好了,明天去拜访她老人家。

驻村五年,让我悟懂了党的宗旨,悟懂了生命,悟懂了圣贤之心、天地之道。这份收获是世间万物无可替代的。这已经是一个上天颁发的大大的军功章!还有乡亲们给我的无尽的关怀、爱、依靠,他们送到我小屋里的栀子花、挂在我门把手上的一把青菜、一兜豌豆角、一筐土鸡蛋,在我心中,都是一个个金灿灿的军功章啊!感恩乡亲们!

2017年5月29日 星期一

到叶凌孜会长位于北京中国军事科学院的家中拜访,汇报弯柳树用传统文化扶心扶志扶贫的成效。老人家特别开心，嘱咐我们坚定向前走，定会有更大收获！

2017年6月1日　星期四

省交通厅郭厅长带领交通厅系统五位驻村第一书记，以及厅、处级干部20多人到弯柳树村考察产业扶贫。我汇报用文化改变人心，改变环境，吸引到产业主动到村发展情况。

2017年6月2日　星期五

上午给常务副县长于海忠、县委办主任王家才汇报村产业项目。下午到县职业教育中心给县委宣传部招收的69位扶贫工作辅导老师讲课。

2017年6月3日　星期六

按乡里要求重新填写《贫困户精准扶贫明白卡》，我和程育生一起填写。

2017年6月4日　星期日

"绿十字"环保形象大使叶榄老师到村指导垃圾分类处理。财力有限，民力无限。把群众动员起来，力量是无限的。

2017年6月6日　星期二

参加省派第一书记座谈会，省委组织部主办，河南广播电视台承办，省委组织部省直一处郭跃丽处长主持，朱夏炎台长讲话，12位第一书记围绕"做了什么？有何困惑？希望得到相关厅局什么帮助？"发言。河南电视台喜买网总经理郑鸿雁讲解产品如何对接网上销售。省委组织部修振环副部长总结要求：全省12000多位驻村第一书记要攻坚克难，勇挑重担，群策群力，打赢扶贫攻坚战。

2017年6月7日　星期三

到总队给新任总队长和党组汇报弯柳树村贫困户再核查结果，总队领导安排近期到村帮助解决贫困户大病、住房等帮扶。

2017年6月10日 星期六

我被评为河南乡村十大孝贤人物,参加"首届河南乡村十大孝贤颁奖典礼",典礼在洛阳西庞村举行。

2017年6月11日 星期日

带领息县企业家参加以"感恩天下慈母 践行中华孝道"为主题的第二届中原地区倡导建立"中华母亲节"活动暨第六届中华国学高层论坛,25家企事业单位、15家媒体参与此项活动。我县爱心企业家余勇被评为河南省儒学文化促进会副会长。

2017年6月14日 星期三

接余金霞部长电话:乡建专家李开良到村看后,给县政府建议在村建一个垃圾分拣站。同时李老师看上了许庄组西头四个废弃的农家老旧院,准备租下老旧院,改建成像郝堂一样美的乡居!

村两委会议商量通过余部长沟通事宜。村支书报告村道德讲堂设计进度,根据容纳人数,乡里安排人设计。拟建新村部也已设计出图纸。

2017年6月15日 星期四

沟通建立"息县弯柳树村·致良知"线上学习群事宜。立平、海峰老师指导,胡鑫帮助建群,分八个学习小组,党政、企业、村民、教师、扶贫干部、志愿者等共同学习。

2017年6月16日 星期五

沟通协调北京阳明心学致良知学习班企业家参与弯柳树村社会扶贫项目:一是对村项目投资或入股;二是12户未脱贫户手拉手帮扶;三是对已脱贫户据情有针对性地帮扶提升。

2017年6月19日 星期一

到农业局协调村远古生态农业公司急需解决的问题:300亩地两年已投入500万元,流动资金缺乏,打报告申请农业项目资金。灌溉机井已打好，但是电压低，急需配套通电、扩容。

2017年6月20日 星期二

村迎检准备，省检查组今天到县。

德一农业公司周龙建农庄、讲堂及工作用房用地计划申报协调。

2017年6月21日 星期三

总队齐同现副总队长和景方南处长到村看望贫困户，查看档卡资料整理，并实地查看远古生态农业园区、村党建工作室等。

已脱贫贫困户姬红新到住处找我反映，自己住房破旧，儿子在外打工常年不回来。

2017年6月22日至23日 星期四至星期五

到市委9号楼1021会议室参加市委组织部"七一"扶贫报告会，我们十位典型人物宣讲培训、排练。

2017年6月25日 星期日

与总队机关党办张建国书记电话沟通弯柳树村扶贫进度，总队上报国务院扶贫办。

2017年6月26日 星期一

到市委6号楼会议室参加市委组织部培训。

2017年6月27日 星期二

"宋瑞书记喊你到弯柳树村吃小龙虾啦！"村远古生态农业园养殖的优质小龙虾丰收，"弯柳树村首届小龙虾节暨产业扶贫成果展"隆重举办。息县县长赵君峰、县委宣传部部长余金霞等领导参加，河南豫菜特级、一级厨师到村，现场展示小龙虾多种做法。本次活动由河南广播电视台喜买网和弯柳树村联合主办，总经理郑鸿雁带领团队十多位年轻人吃住在村，开展"坚决打赢脱贫攻坚战，我们和第一书记庆七一"系列活动。

昨晚郑总团队在我住的小院采访我到凌晨，大家的胳膊、腿上被蚊子叮咬出无数包。郑总要求团队人员全部住在村民家，她对年轻人说："宋书记在村住了五年，我们还不能住一晚？"他们的敬业精神让我感动！

2017年6月28日　星期三

参加信阳市委主办的庆"七一"第一书记先进事迹报告会——"让党旗在脱贫攻坚主战场高高飘扬"。市委书记乔新江等四大家领导、各县县委书记参加。

我被列在十位典型书记的第一位发言，早上起来，心里有些紧张。想到阳明先生的智慧：不要去管外面的事，只去关注你的心。一切事，都是来练你那颗心的。把自己五年怎么干的、弯柳树村怎么变的，如实讲就行！全国贫困人口5500多万，信阳市26.65万多（80%以上为初中以下文化程度），信阳市1000多位驻村第一书记，任务艰巨。会议结束后很多人握着我的手说："听你报告，一次次感动得热泪盈眶。"

今天下午回到县，汇报马上要处理的急事有：一、村建粮仓事。向县申请的85万元配套及补缺资金，给桂诗远部长汇报。二、王万丽服装厂盖章办营业执照事。三、远古生态公司水井、电配套、生产路，申请资金项目上报。四、55万元第一书记项目资金使用方案。五、大东设计院方案通过。六、冯保华住房事，贫困户房屋改造上报。七、周龙农庄建设用地协调，村支书已约土地所来村看。八、贫困户产业帮扶方案——报北京四合院企业对接。九、远古生态农业园农业、水利、畜牧、电业，向发改委报项目。十、村需购路灯、垃圾车。

2017年6月29日　星期四

为弯柳树村建资金池子事，村里暂时还不能统一意见，暂缓。

对急需资金的农户和企业，我和余金霞部长拿工资先借给他们用，支持应急！余金霞，一个共产党员，一个县委常委，让我们第一书记、扶贫干部感动，让来村投资的企业感动，让贫困户和老百姓感动！

到远古公司协调机井配套，村支书、彦生、振友一起。

给总队长电话和短信汇报："放弃晋升机会。"昨天下午接到总队人事处电话通知：总队将选拔市级队队长，我符合条件，通知我报名。我思想斗争了一天，今天下午快下班时给总队长打了电话，发一条短信汇报："总队长好！有两件事情向您和党组汇报：一是我队驻村扶贫工作再次得到信阳市委、市政府的高度肯定，信阳市庆'七一'第一书记先进事迹报告会昨天在市委6号楼会议室主会场，并通过电视电话会，各县区同步收看，我作为受表彰的优秀第一书记代表，以'坚守'为主题第一个大会发言，引起很大反响。特向您和党组汇报。

"二是昨天下午接到总队人事处通知选拔市级队长报名，感谢总队党组的关怀！刚接到通知时我特别激动，终于又有一次进步的机会了，这次可不能再错过，心想赶快报名！我是2009年的正处，比我升正处晚的、比我年轻的，都提拔了，只有我一直没进步，尤其是驻村扶贫五年来也常被别人问起，心里也有失落的时候。但马上会想到只要我把工作做好就行了，不管在哪里工作，都是党的事业，都要尽全力干好！不能给国家统计局和总队抹黑，一定要增光添彩。

"可是昨天夜里我想了很多，脱贫攻坚战进入啃硬骨头的阶段，任务越来越艰巨，难度也越来越大。昨天上午刚参加完信阳市委扶贫攻坚再加压动员会，得知我省已经有九位驻村第一书记牺牲在工作岗位上，永远地离开了他们年迈的父母和年幼的孩子，我的心久久不能平静！我是一个老共产党员，当前脱贫攻坚战役进入总攻阶段，弯柳树村剩下的贫困户也处于脱贫难度最大、任务艰巨的关键时刻，我不能为了自己进步而逃离战场。想到那些倒在村里脱贫路上的年轻第一书记，他们的父母已老，孩子尚幼，白发人送黑发人，幼子更堪怜！他们的亲人以后的日子该有多少思念和悲伤！

"我已50多岁，父母已去世多年，唯一的女儿也已结婚生子，有了很好归宿。脱贫攻坚是一个看不到硝烟的战场，是战场就会有牺牲。需要牺牲，我比年轻人少了很多的牵挂和对家人未尽的责任。那就让我来坚守好河南调查总队脱贫攻坚战一线的阵地，把进步的机会留给年轻人吧！我有幸走上国家脱贫攻坚战的一线战场，有总队党组的坚强后盾，五年来我们打赢了一场又一场硬战,赢得了弯柳树村乡亲们和各级领导、社会各界的赞誉!后面的任务无论多艰巨,我相信都能更好地完成,不辱使命,不负重托。此刻给您和党组汇报一下,我不报名了,放弃这次机会。谢谢!宋瑞敬发。"

总队长给我回复:"好的,你长期在扶贫一线工作,有想法、有办法,甘守清贫,乐于奉献,已经成为第一书记的榜样,也为总队争得了荣誉。"

2017年6月30日 星期五

今天协调加快村粮仓建设项目进度。赖氏房地产公司负责人尹鹏反映:从5月初接管村项目已经两个月了,一直推不动。村支书说,第一,要交给村民许某10万元垫砖渣的钱;第二,你不让村民干,你也干不成。公司答应支书要求交给村民陈某干,可是陈看不懂图纸;同意给许某钱,但需要现场测量一下数量。尹鹏反映村支书和许某连续多天不接电话,感到他们故意在拖延。

到中山铺拜访乡建专家李开良,参观中山铺城中村改造项目,学习旧房改造仿古美丽乡村。王春玲、单聪龙、郑总一起去学习。

2017年7月1日 星期六

在村讲堂举办庆"七一"活动,在家党员和村民代表80多人参加。信阳爱心企业家杨总等为贫困户捐款捐物,现场手拉手帮扶贫困户三户,发放现金1700元。

2017年7月2日 星期日

桂诗远部长到村督察粮仓建设项目、拟建新村部与道德讲堂规划情况。批评村粮仓建设项目进度慢。

李开良老师到村实地指导垃圾分类站选址,从村支书原定的自来水厂西调整到焦庄杨树林东。

2017年7月3日 星期一

路口乡组织委员王尚军通知:本周三(7月5日)信阳市电视台到村拍

摄专题片《精准扶贫看党建》，做好准备。

2017年7月4日 星期二

召开村党员民主生活会，在家的党员15人，列席1人。

2017年7月5日 星期三

信阳市电视台到村采访党建推动精准扶贫。帮助远古公司建立党支部。申报村扶贫项目基地需要解决的装变压器、打两口井事项。

2017年7月6日至8日 星期四至星期六

河南大德投资公司年中高管会在村召开，会期三天，在村民家吃住。曾给弯柳树村捐款10万元的李红亮董事长带领来自上海、郑州等地的30位高管参加。名车云集村内，李总开车拉着村民在村内观光。村民感叹：哇，我们也要奋斗买车！

连日劳累，胸闷心悸，需要去检查一下了。

2017年7月9日 星期日

河南省德孝文化示范村建设经验交流会在郑州市西泰山村召开，西泰山村支书乔宗旺介绍经验，党建引领发展，法制规范百姓行为，用孝道文化融化百姓内心。村支部不仅要把村民带富，还要带好。以孝治村，文化强村，科技兴村。农历腊月初十为该村爱村日，会评出十佳爱村人士。村兴我荣，村衰我耻。

2017年7月12日 星期三

带领王磊、夏国亮、汪学华到新蔡百佳福道德讲堂学习传统文化进企业。百佳福总经理杨雅芝赠送弯柳树村三台古筝、一台古琴，书法练习簿、毛笔若干。市纪委徐桂兰主任带领曹处长一行来村看扶贫产业、文化活动场所等。

2017年7月13日 星期四

信阳市广播电视台王淑君一行，到村采访村民赵忠珍、脱贫户冯布英。筹备明天总队长来村调研。商议村党员"三会一课"常态化管理,王玉平、村支书、我负责。

2017年7月14日 星期五

河南调查总队总队长带领总队机关党办书记张建国、办公室主任朱隽峰等到村调研指导脱贫攻坚。信阳调查队王传健队长、息县县委书记等领导陪同。

2017年7月15日 星期六

带领村民骆同军、骆主义、许光荣等到中山铺村学习,李开良老师讲解。弯柳树村按中山铺风格改造旧房,打造民宿。

2017年7月16日 星期日

村青少年夏令营第一期闭营,第二期开始招生。

2017年7月18日 星期二

息县公安局党支部"强宗旨 促脱贫"两学一做专题党课在弯柳树村举办,唐猛政委带领党员干警110人,首先参观村产业扶贫项目、村容村貌。之后在村道德讲堂,我为大家讲《抓党建 促脱贫 打赢脱贫攻坚战》专题党课,含三个方面内容:中国共产党的力量来自人民;弯柳树村的蜕变过程;扶贫要先用文化扶心扶志,只有从精神上拔掉穷根,才能打赢脱贫攻坚战,全面实现小康。

2017年7月19日 星期三

村两委干部扩大会议,责任组长王玉平、村支书、村主任和我,副县长王勇、乡党委书记栗强列席参加,研究今年55万元第一书记扶贫项目资金的项目选择。栗强书记建议以村集体入股远古生态农业公司,建大棚,让远古公司拿出可行性方案,报乡党委研究。大家都同意。

村扶贫工厂建设选址,大家同意选息正路西面的焦庄南地。

2017年7月20日　星期四

县委巡察办张琼主任一行到村，了解村产业发展及脱贫攻坚情况，预约下周到村上专题党课。暂定：县公安局已预约周三(26日)、县委巡察办周四(27日)。

县委组织部要求上报第一书记帮扶成效统计表。村会计许振友、村主任杜彦生一项一项合计出2013年至今的帮扶成效：协调项目资金3500万元(村小学教学楼、自来水厂、小农水、文化广场、垃圾分类中心、正在规划的粮仓等)，引进致富项目10个，培育支柱产业5个，创办专业合作社4个。

2017年7月23日　星期日

应巩义市委组织部之邀，到巩义市为第一书记培训班讲课。今晚到竹林镇"风情古镇"参观——133天就建成的一个仿古景点及美食一条街。镇里组织村民到南方学习，自愿报名，学会后自己在风情古镇开店，免房租。弯柳树村新农村商业街可借鉴学习此方法。竹林精神永远值得我们基层干部学习！

2017年7月24日　星期一

在巩义市委党校"全市第一书记培训班"讲课，除了《扶贫先扶心　党建是根本》的讲课声，偌大的会议室悄然无声，不知不觉讲了四个小时。我被巩义市第一书记的听课状态深深感动，一口气讲课四个小时竟未觉得累。

2017年7月25日　星期二

万丽服装厂、远古生态公司生产用电因电压低而无法生产，与栗书记、县委王操志副书记沟通督促扩容。

2017年7月26日　星期三

村房屋改造座谈会在村讲堂召开。参加者有村支书、村主任、许振友、汪学华、胡德立、邢玉芳、许光荣、涂学英、彭忠贵爱人、王玉平、程育生、许显著、何桂仙。

李开良老师讲解为啥要改建，老旧房咋改建成民宿，改好后给村民带来啥收益。村支书表态：大家不要有顾虑，下决心把现在的破房、老旧房改造成美丽乡居。

2017年7月27日　星期四

县委巡察办全体同志到村上专题党课。我主讲《扶贫先扶心和志 打赢脱贫攻坚战》。市政协霍勇副主席一行到村，考察指导扶贫攻坚及核心价值观落地。

杭州大学张教授在余金霞部长陪同下一大早到村考察文化产业。

2017年7月28日　星期五

找栗强书记协调村变压器增容事项，栗书记已与乡电管所沟通，向产业多的村倾斜。

2017年7月29日　星期六

村支书召开党员评议会，商讨55万元第一书记项目资金投入远古公司，村集体分红。32人参会，11人支持，大多数不同意。

2017年7月30日　星期日

到郑州实验幼儿园农耕基地，学习"天地课堂"自然学习场所建设，为村远古生态农业园规划此类接待夏令营孩子的游学场地。

2017年7月31日　星期一

上午从郑州直接到信阳市平桥区中山铺村，请教李开良老师，推进弯柳树村旧房改造和美丽乡村建设进度。李老师有情怀、有担当，忧国忧民、勤奋敬业的精神，让我感动，是我的榜样！

下午回到村，迎接大连、阜新讲传统文化的老师到村。晚上，在村道德讲堂举办"歌声献给解放军——弯柳树村庆八一文艺汇演"。村民歌舞团为以单玉河、王新龙为代表的转业、复员军人献歌、献舞，致敬、致谢！

2017年8月1日 星期二

"扶贫先扶心 践行核心价值观"专题学习会在村讲堂举办，1日至3日，共三天，特邀辽宁大连、阜新道德教育基地的六位老师为村民讲课。党员干部和村民参加，也是一期"三会一课"活动。村民告诉我，村支书和村主任上午上台讲完话就去县城打牌、喝酒了。真是稀泥巴糊不上墙啊！感化他们五年了，村民都改变了，他们还恶习难改！

2017年8月2日 星期三

许建昨天找我提意见：今年第一书记项目资金55万元入股远古公司，民主评议会上30多个村民代表，只有11人同意，大多数不同意。我建业合作社也缺资金！

今天我找许建，征求他资金使用意见。他未提及资金使用，而是详尽分析了村里面临的问题：弯柳树村这几年变化大，在外创业的年轻人都愿意回来干，可是现在的村主任、村支书还是打牌、喝酒老习惯，不仅正事干不成，且耽误村里发展。大家担心宋书记到期走了，弯柳树村又回到原样。只要县、乡领导下决心给弯柳树村干部调整好，我们就有信心。把支书、主任换了，让上级派大学生来任村支书，让汪学华任村主任，我们能干的年轻人进来，村里一定能干好！

我找许振友和老党员征求意见。他们提出55万元分四份，远古公司、建业合作社、李晶、周龙各一份。

我找远古王春玲，春玲说：远古今年预期进入盈利期，发展生态农业有信心，大家有不同意见，我们指标让出来，不要了。有政府资金支持，我们干好；没有，我们照样干好！非常有信心！

2017年8月3日 星期四

和四个村干部一起统计《河南调查总队结对帮扶统计表》，总队机关党办及四个处室结对帮扶杨飞、汪学海、段平、王永祥。

今天再次共商55万元第一书记项目资金使用方向，29日的党员、群众代表大会32人参会，对投入远古公司，占股份，发展村集体经济，多数不同意。今天下午再开党员大会，全部通过用于购买路灯、垃圾箱。

今晚又有一位在广东创业有成的年轻村民到住处找我说：宋书记，今天你开会时说以后村班子所有事会透明、公开、公平，党员、群众都觉得大快人心！大家都在观望，怕你到期走。你走了，村主任、村支书会先解散讲堂，讲堂是村的灵魂，不能散啊！你走了来村投资的企业正直的会被他们整倒。我们都在观望，你不走，我们回村干，你走了，我们还去南方打工。我看到汪学华变化太大了，他能变，我也能变！过去的酒友、牌友，今后做战友、学友！

2017年8月4日　星期五

胡顺带李开良乡建团队进驻村，投资旧房改造，从马永红家、许光书家开始。2日起按设计图纸开工，与王开田、许光书签好了协议。

今天开始拆乱搭乱建的棚子、院子，6日动工。汪学华主抓，胡德立义工协助。

县产业办宋春生副主任到村指导产业扶贫项目建设。

村部建设和道德讲堂建设规划图纸需调整，找杨加宇局长按讨论意见修改图纸。

2017年8月5日　星期六

到县委组织部给桂诗远部长汇报关于村产业扶贫项目建设与村集体经济项目整合思路，建粮仓项目进度仍缓慢。村支书给新到村的施工方报的前期垫砖渣4280立方，价格要求按目前修高速进料价格66元/立方，要求先给村民许某补偿28万元。施工方请第三方到村现场测量只有3000立方，认为价格不能比照高速供料价，双方分歧较大，相差15万元左右。由于村支书阻拦仍未开工。

2017年8月6日　星期日

到县委见县委书记和县纪委书记，汇报村扶贫工作及村班子建设。我送给县委书记《塘约道路》一书，汇报发展村集体经济项目134万元，进度仍然缓慢，村支部问题多，群众意见大。下一步重点抓：一、党建领航，创建德孝文化村；支部带路，打造幸福弯柳树。二、财力有限，民力无限，发动群众。三、物质上的贫困不可怕，可怕的是精神的贫瘠。四、组织起来，团结起来，抱团发展，相互取暖。五、党支部管全村，村民管党员。六、什么力量大？人心力量大。什么资源好？人心资源好。七、建全心全意为人民服务的党支部，打造一支心中有党，全心全意为人民服务的党员队伍。八、村贫困户情况：2013年146户；2015年乡数据库130户；2016年13户36人，其中五保4户4人，低保6户7人。2016年全村人均纯收入4000元多点，远超2855元/人县脱贫标准。

2017年8月7日　星期一

给桂诗远部长汇报134万元发展村集体经济项目，不再建粮仓，更改为投入建业合作社和远古生态农业公司，按10%给村集体交收益，参照曹黄林镇刘寨村项目方案。

到县财政局找何松玲书记沟通，向市、省打变更报告，请示是否可以。

2017年8月8日　星期二

联系刘寨村省派驻村第一书记王磊，索要刘寨村集体经济项目方案合同电子版，我们村学习照做。刘寨省派第一书记发展村集体经济专项资金134万元，用于投入养牛场，村集体分红。

2017年8月9日　星期三

召开紧急会议，运用"四议两公开"工作法，商讨2016年省派驻村第一书记发展村集体经济项目变更问题。该项目资金134万元，最初拟建粮仓，在省、市、县多次督查、催办资金使用进度慢的高压态势下，弯柳树因多种复杂人为原因，至今仍无法落地。给县委主要领导、省财政厅业务处领导汇报后，决定将去年上报的建粮仓，变更为投入产业发展。134万元分别投资到息县远古生态农业公司(67万元)和息县建业合作社(67万元)，远古公司和建业合作社每年按投资的10%给村集体经济上交收益，合同签10年。合同期间不管企业是盈是亏，村集体10%收益不受影响，到期后本金返还村集体。今天集中召开村支部会提议、两委会商议、党员大会审议。王玉平、我和三位村干部参加,党员21人参加,全体通过项目变更决议。今日即在村务公示栏公开,等待村民会议决议。

今天同时形成一个决议:以后每月农历初一、十五,确定为党员的碰头会、交心会活动,与老人饺子宴重合,党员为老人服务。

2017年8月10日至12日 星期四至星期六

"学习习近平总书记讲话 做新长征路上无畏战士"企业家学习会在北京饭店召开,趁此两天学习会机会,争取企业界对弯柳树村的支持,招商引资。

村歌舞团急需企业捐赠支持流动舞台车一辆、文化下乡相应音响设备、中巴车一辆(拉演员)。

我作《扶贫先扶心》汇报发言,中央党校王杰教授作关于经典文化的发言。

2017年8月14日 星期一

弯柳树村十天"中华青少年德孝感恩乡村夏令营"今天结束。短短十天,孩子们自己动手做饭、洗碗、洗衣服,开心快乐,自然舒展。读《大学》《论语》《中庸》《道德经》,点亮心中智慧明灯。捉鱼、拔草、摘西瓜,和土地与万物融合。骑着三轮车在绿色田野间奔跑,让心灵与风一起飞翔。听古琴,论剑胆,数星星,看月亮,看大雨过后绚烂的彩虹和晚霞,无不感动得泪眼盈盈。大自然,人类永远无言的慈母,当孩子们回到您的怀抱,没有了抑郁,没有了叛逆,没有了不懂事,因为在自然怀抱中他们找到了生命的能量和方向!

弯柳树村夏令营今年暑期最后一期8月17日幸福开营!

到唐山市丰南区道德讲堂授课《立足中华优秀传统文化 培育践行社会主义核心价值观》,区委宣传部主办,600多人参加学习。

2017年8月15日 星期二

李开良老师到村,旧房改造开始。约村民陈文伟、陈文磊,让他俩各自带自己的工人跟着李开良团队学习。之后成立弯柳树村建筑队或工程公司，不仅干村里活，而且承接市内相关业务。

巩义市一个村的马支书带队到村，商议把他们村干部党员50多人，送到弯柳树村集中培训五天，学习孝道教育、公心教育、凝聚力教育。

息县召开扶贫攻坚推进会。

桂诗远部长催促新建道德讲堂征地，6亩地征地款从去年县财政拨付的50万元中出。

2017年8月16日　星期三

和路口乡党委栗强书记、村支书、李开良老师一起到息县设计中心看大讲堂设计图纸。

2017年8月17日　星期四

应家长要求，弯柳树村夏令营增加一期，今年暑假最后的一期夏令营今天开班报到了。感谢家长和孩子们对弯柳树村的信任！村里条件简陋，仍然承蒙大家厚爱，正如唐代大家刘禹锡在《陋室铭》里说："斯是陋室，唯吾德馨……谈笑有鸿儒，往来无白丁……南阳诸葛庐，西蜀子云亭……何陋之有？"村大讲堂正在规划中，村民旧房改造成古色古香的民宿也在进行中。明年的夏令营，就可以搬到新居、新课堂学习了！

2017年8月18日　星期五

新郑市辛店镇党委组织全镇干部、第一书记、村两委和党员代表110多人，到弯柳树村参观学习。由镇党委副书记范洪带队，两辆双层大巴到村，学习以传统文化带领乡亲们走向幸福的做法。

2017年8月19日　星期六

与河南文博实业公司武克战董事长商讨文博实业公司与弯柳树文化公司合作，共同经营文化培训产业的事。文博公司组织郑州市场往村输送学生，村文化公司接纳、培训。两天的周末班、十天的夏（冬）令营，利润分成。

2017年8月21日 星期一

与梅伟商讨弯柳树文化公司与河南省家文化促进会合作，组织家长班、学生班、中华青少年德孝感恩乡村夏令营招生事宜。

2017年8月22日 星期二

县司法局组织八位司法所长，以及其包村的彭店乡村干部到村学习德孝文化兴村；冯莉带领作家小余等到村，准备动笔写《弯柳树村的幸福之路》一书；举办村孝亲敬老饺子宴，夏令营结营后，家长和孩子共同参加；余金霞部长带领信阳师范学院教授到村，门教授上午为息县副科级以上干部授课，学习习总书记"7·26"讲话内容；胡崴副部长带领国际环保卫士叶榄和两位80后创业青年到村学习孝心农业；总队郭学来副总队长，梁丽萍、谢方辉处长到村指导扶贫攻坚工作；到县纪委见刘世庚书记，了解纪委在村查账事；省委巡视组在息县收到的件，有三个村的村民反映村干部问题，弯柳树村是其中之一，正例行查账。

2017年8月23日 星期三

信阳市委组织部刘局长带领南阳市方城县妇联刘飞晓主席到村，息县县委组织部桂部长陪同，了解孝道文化改变人心，德治乡村。

2017年8月24日 星期四

市九三学社领导带水稻专家到村指导，村支书电话说痛风病犯了，在家休息。路口乡党委栗书记下午电话通知：村支书因涉嫌套取国家土地补偿资金，被纪委带走。

与刘老师、杨老师、李老师、许显著、汪学华商定《道德经》学习班明天开班仪式，学习传统文化，回归道德人生。

村民举报村主任杜彦生办孩子升学宴，在县城大肆请客，我不信。我的疑问是纪委查账人员这几天一直在村里，村干部被叫到纪委多人次了，还无敬畏党纪国法意识？下午，村支书被再次叫到纪委。

桂诗远部长电话安排：29日新郑市委组织部带党员干部80人到村学习，村出画册资料，打造出形象，由部里出资。

2017年8月25日　星期五

尽快出弯柳树村画册，印刷费、设计费部里出。许显著负责组织文化墙文字和照片。

巩义市马明月书记带队到村学习，汪学华负责。按省委宣传部安排我到新乡市红旗区小店镇宣讲核心价值观，各乡、村党员干部、第一书记参加。

2017年8月28日　星期一

乡党委栗强书记到村沟通：村支书被纪委带走，正在调查中。村主任杜彦生因违反中央八项规定，被纪委调查。乡党委决定弯柳树村由扶贫责任组长王玉平代村支书主持工作。县委领导严厉批评了路口乡工作，对杨、杜教育监管不力。远古农业生产路、村部建设尽快推进，道德大讲堂设计图再催催李开良老师。

"核心价值观　百姓好活法"村民深度学习座谈，夜里11:00多结束。培养自己的师资队伍，"核心价值观　百姓好活法"才能普及。

2017年8月29日　星期二

上午，息县公安局党员干部100多人到村上党课。8:30至10:40，我讲授《抓党建　促脱贫》两学一做专题党课。下午，新郑市委组织部带领市直干部、驻村第一书记、乡村干部80多人到村参观学习，我和汪学华讲解。

潢川县万营村第一书记李向阳、息县岗李店乡宋庄村第一书记许前让到弯柳树村参观，晚上一起沟通下一步脱贫产业思路。

2017年8月30日　星期三

到北京知行合一阳明教育研究院对接，组织领导干部学习王阳明心学，在村开培训班。宣传推介弯柳树村，招商引资关联企业到弯柳树村投资扶贫。早上8:00出发前到老子书院与两位授课老师告别，刘老师正在唱歌，她说你也唱一个，我说不会，她说那你给我们讲一会儿。我说想起来了一个，唱一个《历史的天空》，电视剧《三国演义》主题曲。当唱到"担当生前事，何计身后评"时，想到此去北京招商扶贫路遥任重，我已泪流满面，唱不成声。刘老师亦泪流满面，相拥告别。

下午立平老师安排活动：一、企业家为村捐赠高清投影仪、音响。二、请白象集团姚忠良董事长给村捐舞台车、中巴车、灯光及音响。三、11月28日至29日到村拍摄村变化！

2017年8月31日 星期四

到北京知行合一阳明教育研究院拜访白老师、立平老师，请教弯柳树村产业发展方向，争取企业家到村投资，助力脱贫。

我告诉白老师，今年底第二轮驻村到期我回省城，单位再派人到弯柳树村驻村，驻村第一书记两年一轮换。白老师说："弯柳树村走到目前的发展阶段，你坚持了五年时间不容易。你走了，还能照这个方向发展吗？若不能，你甘心吗？没有遗憾吗？"我说："有。"白老师说："国家扶贫攻坚正是用人之际，正是为国家做贡献的难得机遇，能深入最基层，何其幸运！你用传统文化化育人心、扶心扶志的做法，给全国做出了文化自信的示范。宋瑞，我要是你的话，我会在弯柳树村再驻三年！"

一语点醒梦中人！驻村条件差、辛苦，脱贫工作责任重、压力大，我已两轮驻村，弯柳树村2015年底已基本脱贫，2016年第一个投资企业落地，全国各地不断到村参观学习。今年轮换，我功成身退，见好就收，皆大欢喜。白老师一席话让我惭愧，是我心不纯粹，患得患失，立志不坚啊！彻底放下小我，唤醒大我，勇敢担当，坚持把弯柳树村文化自信、德本财末的产业之路走出来，给党中央做出个试点村，为习总书记分忧。今天不需要我们抛头颅洒热血，只需要把这颗热腾腾的心捧出来即可！

晚上在高铁返回途中写下心中的感叹："感谢白老师！坚定不移地、百分百地相信习总书记、听党话，是事业和生命中最大的万全之策，能在扶贫攻坚战中为党中央分忧，读懂今天这个大时代，读懂习总书记。这是多大的福报，千载难逢的机遇。坚持下来，为中华民族的伟大复兴，做出一个真正的文化自信小康村、幸福村。"

老师介绍和山东绿野公司董事长彭志英见面，把酵素农业引进弯柳树村。约彭总和专家到村授课，教会村民。

2017年9月1日　星期五

参加总队民主推荐市级队长会议，孙新占副总队长主持，总队长讲话。会议结束后给总队领导汇报驻村帮扶工作：一忧是村支书被拘留调查，村主任引咎辞职；二喜是五个项目入村。

2017年9月2日　星期六

北京知行合一阳明教育研究院组织企业为弯柳树村捐赠，常海峰老师电话通知：河南白象食品公司为村歌舞团捐赠流动舞台车1辆、中巴车1辆，价值100万元左右；河北胡鑫为村讲堂捐赠高清摄像机一部（3万元以上）、音响一套（2万元）、电脑一台（8000元）。

《宋书记讲党课》视频发北京，内容分两大板块：党员干部、村民内生动力的激发和改变；自己紧紧依靠中央政策、习总书记脱贫理念，把弯柳树村扶贫致富做得更好，成为第一书记的榜样。

扑下身子，大着胆子，克服目前遇到的各种挑战！我要做新长征路上无畏的战士，去走过一个个腊子口、娄山关！

2017年9月4日　星期一

"2017年全省第一书记示范培训班"今天在栾川县委党校开班，省委组织部一处处长郭跃丽讲话。省驻村办主任崔琰讲《驻村第一书记与农村基层党建》：河南省2016年底4397个贫困村，12000多名第一书记驻村。建强基层组织，教育好群众，跑好项目，抓好脱贫攻坚，当好突击队长；中组部要求上报在脱贫攻坚中牺牲的驻村第一书记，国务院巡视组对第一书记工作高度评价。

第一书记如何带领群众脱贫致富？不忘初心，肩负使命。用好政策，如大病医疗保险政策，让贫困户了解。选好项目，使大家有效增收。

2017年9月5日　星期二

省扶贫办政策法规处副处长范海燕讲《脱贫攻坚相关政策解读》，全省576万贫困人口，53个贫困县，至去年底还未脱贫的有317万人。下一步扶贫工作重点是：加强农村基层组织建设，激发贫困群众内生动力，发展产业脱贫项目。2017年中央安排专项资金39.48亿元，省市安排18亿元，发展项目。全省70%的村没有集体经济收入，2016年7月豫发13号文，每个县一个试点村，每个村134万元发展村集体经济项目。

省科技厅驻光山县周湾村第一书记陶曼晞，在经验交流中介绍完经验后说："宋瑞大姐在弯柳树做得更好，她用道德教育重塑农村的价值体系，农村文化传统建设和基础设施建设同等重要。"省纪委驻汝南县小方村第一书记侯宏力说：宋瑞书记乡村道德讲堂特别好。

学习中思考：弯柳树村集体土地登记，摸清家底，发展集体经济。组织村班子和农民代表到塘约村学习"塘约道路"。走访党员，推荐村干部。道德讲堂文化栏更新，请司法局讲普法。阳明书院更换文化墙。村整体发展思路报县委。就软籽石榴基地向省扶贫办汪继章副主任汇报，争取像罗山试点一样200万元支持。与曹尚银博士联系，到村指导远古加入河阴石榴协会。与河北胡鑫沟通为村捐高清投影仪、音响、电脑，山东德州扒鸡公司刘全胜为村捐摄像机事宜。与白象食品公司冯总沟通为村捐的流动舞台车及配置。扶贫工厂建设、新村部、大讲堂选址。请规划局为村做整体规划。成立村党员突击队，做队旗、马甲、袖标。

2017年9月6日　星期三

现场教学：栾川县黄柏村、拨云岭村"党建＋扶贫"，磨湾村农业产业园，大红川乡村旅游项目等。

2017年9月7日　星期四

碧水蓝天，爱我家园，保护环境。下午弯柳树村组织一支垃圾清除突击队，对本村14个村民小组进行全面垃圾大清除，保护一片碧水蓝天。同时召开村干部、党员和村民代表会议，制定了干湿垃圾分类和全村环保举措，大家一致赞同，全体举手表决通过。

2017年9月8日　星期五

河南喜买网总经理郑鸿雁讲授《牵手第一书记——打造区域农特产品品牌矩阵》：当今之世舍我其谁？要以自觉担责、真抓实干的精神把产业做好，打造好产品、好品牌。如弯柳树村宋书记正在做的理念非常好：让产品回归原味道，让生活慢下来，让农产品自然生长！50个第一书记小商城，产品由村里组织生产，喜买网统一包装、统一销售。2020年全面实现小康后，喜买网将成为放心产品品牌汇聚地！

感谢郑总，给第一书记提供了很好的发展思路和产品消售平台！

2017年9月9日　星期六

2017年河南省派第一书记示范培训班，通过产业扶贫基地学习和红色革命教育基地学习、全省第一书记成功案例学习，受益匪浅。弯柳树村扶贫先扶心，"修好心田，种好良田"的做法得到第一书记们的普遍认可，用传统文化道德教育改变人心，优化环境，吸引投资，形成产业，增加收入，脱贫致富，有德就有财是一条行之有效的可持续脱贫和发展之路。这次培训，使我更加坚定信心，再接再厉，鼓足干劲，带领弯柳树村打赢脱贫攻坚战。

2017年9月11日　星期一

桂诗远部长安排：村支书正在接受调查，村班子及党建工作要抓紧、抓好落实，首先选好人，把真正能带领村民干事的人选出来。年轻人都出去打工了，在村的妇孺老弱病残者居多，要想办法选出村干部。

2017年9月12日　星期二

县委组织部通知：弯柳树村今年发展党员汪学华、骆同军，县里马上要组织学习。村里11个人写入党申请书，两个指标太少，我给乡党委和组织部领导汇报再争取两个指标。

大东设计院弯柳树村乡村旅游产业发展规划修改。

县司法局张涛局长到村，谈上访人员李莉送村学习。

山东宣传部王建华部长带领9位乡党委书记、18位村支书及党员等共35人到弯柳树村参观学习。

安徽阜阳张俊、徐州胡老师等五人到村参观学习。

2017年9月13日　星期三

总队孙新占副总一行九人到村指导扶贫工作,总队青工委给村小学34位新生送书包、文具,了解扶贫进度、村班子情况,在讲堂听村民及村干部汪学华副主任汇报。娘家来人了,我终于可以说一句自己心中的委屈了,悄声对孙总说:太累了,太难了!不觉已泪下。

2017年9月14日　星期四

向县委组织部桂部长争取今年发展党员指标四个,我和王玉平组织村干部会议,商定上报汪学华(村义工团长)、胡德立(返乡创业代表)、许建(致富带头人)、焦宏艳(村歌舞团代表);骆同军、赵海军备选。扶贫脱贫关键时期,关于村班子人选,大家推荐汪学华带头领着干。

省派第一书记发展村集体经济项目资金134万元,投入村远古农业公司和村建业合作社各67万元,经村"四议两公开"通过。今天许建提出,建业合作社放弃67万元,因为没有抵押担保物。

2017年9月19日　星期二

到县财政局何松玲书记处汇报134万元资金进度,许建提出放弃,全部投入远古公司,给王春玲做工作,她的门面房可做抵押。

程志杰老师一行到村了解孝道文化改变村风。住在村里,20日上午走。

万乡长意见:远古生态农业公司87亩建设用地已批复,随时可开工建设。王万丽服装厂有需求,先帮她把执照批下来。

2017年9月20日　星期三

《信阳日报》记者到村采访。

百岁老人许氏生日,组织村民一起在讲堂祝寿。程志杰捐款1000元买礼物、蛋糕等。代文慧博士、许显著主持孝亲敬老饺子宴。

党员活动日,在村部学习《塘约道路》,商讨发展集体经济。

白象集团冯总监按流程正办理,捐助弯柳树项目已经启动,下周一沟通具体进度。

2017年9月21日　星期四

市委组织部、市电视台到村采访汪学海、赵九均、孙华丽三家。

栗强书记到村沟通，一是新建道德讲堂确定图纸，加快进度，施工进场；二是村班子人选推荐，征求汪学华意见配村班子。

2017年9月22日　星期五

关于村班子配备，与村干部逐个谈话，征求意见。陈社会的想法：汪学华领着干，许振友继续干，胡德立可进入村委会当副主任，自己当村主任。但是自己有驾校，事业越来越好，不可能老在村里，所以不能当村支书。如果村主任也需要天天到村，自己也干不了，可维持目前当一般村干部现状。许建、王守亮都有自己的事业，叫他们当村干部不一定会干。汪学华的想法：陈社会、许建、王守亮、胡德立、许振友，组成新的村班子一起干。

2017年9月25日　星期一

白象集团冯总沟通：流动舞台车需订做，已与厂家对接好，50天交付；中巴车时间同步。

县财政局何松玲书记来电催办：远古生态农业公司使用134万元村集体经济项目资金手续尽快报财政局。给玉平、春玲安排抓紧报。

2017年9月26日　星期二

与余部长、王春玲商量石榴节举办时间，定为29日上午，地点需要给县委汇报后再定。

桐柏县沈金树带领沈庄村干部五人到弯柳树村学习。

2017年9月27日　星期三

134万元发展村集体经济项目资金手续已完善，今天上午汪学华代表村委会与王春玲签合同。

向县委王操志副书记汇报村产业扶贫成果展，在县城举办石榴节。

2017年9月28日　星期四

省扶贫办汪继章副主任、信阳市胡亚才副市长、信阳市扶贫办郑海春主任到息县调研扶贫工作。县委办通知我到县城汇报弯柳树村文化扶贫带来产业扶贫情况。汪主任听后高度赞同，给县委书记说："过了'十一'国庆节，让宋瑞到省扶贫办讲一堂党课。"

2017年9月29日　星期五

今天上午"弯柳树村石榴节暨产业扶贫成果展"在息县众鑫时代广场举办，由县委宣传部、县扶贫办、河南调查总队、市九三学社主办，路口乡政府、弯柳树村委会承办。县委宣传部部长余金霞、县政协副主席何枫、路口乡党委书记栗强等领导参加。弯柳树村民歌舞团的演出，村软籽石榴的展销，深受市民欢迎。

2017年10月7日　星期六

弯柳树村画册初稿已经出来，桂部长安排发给组织部易广，易广组织修改、把关。

村道德讲堂设计图纸明天上午12:00前修改完善结果出来，给桂部长汇报：三套设计方案明天上午下班前一起报，由领导们选定。

2017年10月8日　星期日

县公共事业局赵刚局长，明天带局全体成员到村道德讲堂开会，内容有：听弯柳树汇报扶贫成效及村民转变，参观村里变化及产业扶贫项目。

2017年10月9日　星期一

给孙新占副总队长汇报村近况，产业扶贫及班子配备。

2017年10月10日　星期二

河南大东设计院薄言院长商量定稿《弯柳树村德孝文化及乡村旅游产业发展规划》，定位为"中国最美德孝文化乡村"。

2017年10月11日　星期三

到省扶贫办汇报。汪继章副主任安排我10月13日给省扶贫办系统讲党课。课时三小时，具体细节与高贵友书记对接。

2017年10月12日　星期四

上午整理课件，把提纲报给省扶贫办高贵友书记。

中午12:00刚过，息县县委书记打来电话说："省里刚开完第一书记轮换工作会议，出了会场我就给你打电话，你不能走！你要坚持到最后，还有两年时间，弯柳树村要打造一个全国典范，路明年也要修了！写报告文学的韩老师来了，要把弯柳树村宣传出去，袁部长给你联系，我们给省委组织部和总队打报告，要你继续留下！"

紧接着，孙新占副总队长也打来电话说："省第一书记轮换会议刚结束，10月份选好人员，11月份到位。你是怎么考虑的？"我给孙副总队汇报：一、从个人角度考虑，我要回来，请总队选派年轻人到一线接岗。二、从扶贫工作大局考虑，村班子主要成员，违纪的还没有定案，新配的还没有到位，产业项目也在对接落地中。刚才县委书记打电话要求留下，我应坚守。但实在太累，压力太大。三、服从组织安排。

2017年10月13日　星期五

到省扶贫办讲党课，汪继章副主任主持，我讲《抓党建　促扶贫　打赢脱贫攻坚战》。

2017年10月17日　星期二

到县委汇报：村新建道德讲堂图纸评选给组织部桂诗远部长汇报；北京致良知教育到村拍摄纪录片给宣传部余金霞部长汇报。

2017年10月18日　星期三

组织村党员干部、村民代表观看十九大开幕式。

热烈庆祝党的十九大隆重开幕！今天上午，弯柳树村党员、村组干部和村民代表首先在村部举行了庄严的升国旗仪式。9:00整，大家齐聚村道德讲堂，全程收看了习近平总书记十九大报告。振奋人心，激发干劲！报告结束后村干部、党员和入党积极分子代表谈了感想，村干部、党员代表合影纪念。大家更加坚定了带领弯柳树村脱贫奔小康的信心和决心，紧跟党中央，打赢一场漂亮的脱贫攻坚战。

大道之行，天下为公。全心全意为人民服务，汲取中华民族五千年传统文化的精华，决胜全面建成小康社会。

2017年10月19日　星期四

总队领导一行到村调研，县委常委、县委办主任王家才等领导陪同。针对第一书记轮换，在临时村部召开座谈会。村干部胡德立说："宋书记文化扶心使我的价值观改变了，过去只想着挣钱，现在感到人的一生不在于挣多少钱，而在于给社会做多少贡献。"村民许兰珍说："现在吃了亏心里高兴，占便宜了晚上睡不着觉。"村民们一听说第一书记要轮换，纷纷说："不要换，不让宋书记走！"李红说着哭了起来，参会的村民都哭着叫我不要走！王家才主任说："宋书记舍小家为大家，第一书记和老百姓血浓于水的感情感动了所有人，县委意见和村民愿望一样，不让宋书记走！"

2015年第一书记轮换，我选择了留下，今天再一次看到乡亲们流泪挽留，我也被感动得泪流满面。孩子盼我回家，我也想回去，五年驻村真的很累，压力很大。今年媒体报道，我省和全国已牺牲多位驻村第一书记和基层扶贫工作人员，而且后面脱贫工作压力会越来越大。可是一想到弯柳树村目前的发展情况，我就夜不能寐。一方面村民脱贫干劲很足，产业正在落地关键期；另一方面村两委班子未配好，各种正邪较量，暗流涌动。

2017年10月20日　星期五

筹备弯柳树村村民庆祝党的十九大胜利召开文艺演出。迎接河北企业家胡鑫一行到村考察和捐赠。

2017年10月21日　星期六

上午我主持"致良知　致幸福　奔小康——弯柳树村学习会"，常海峰老师主讲《王阳明先生波澜壮阔的一生》。县委宣传部部长余金霞、县政协副主席何枫，带领新招录的80位大学生扶贫队员和乡村两级党员干部参加。下午在村部召开助力脱贫座谈会，余部长、何主席、常海峰老师、河北企业家胡鑫等30多位为村捐款捐物的爱心企业家参加。

弯柳树村庆祝党的十九大联欢会结束后，余部长说，我随送常老师去信阳的车回家。听闻"回家"两字，心中一酸，想到自己还是不能回家，眼泪不由自主地流了下来。我给大家开玩笑说：不要在我面前说"回家"！

2017年10月23日 星期一

在村部会议室汇审村道德讲堂设计图，桂诗远部长、杨加宇、李开良、县设计公司人员、村干部、党员群众代表许建等参加。

感觉自己学习、修炼的时间太少，有不少冲突和苦恼。来参观的领导、外地客人太多，没有办法静下心来。反思：立志不坚。既然村民信任不让走，就立志下死功夫把弯柳树村做成脱贫致富的典范村，让自己成为第一书记的榜样！四五十年前习总书记在梁家河的初心就是为人民办点实事，我在弯柳树村扶贫正是给老百姓办实事的机会。十九大报告最后一句话是点睛之笔："为实现人民对美好生活的向往继续奋斗！"

邓小平说：真理的力量占20%，人格的力量占80%。习总书记用伟大的人格从梁家河起至今推动人民幸福，焦裕禄书记用伟大的人格推动兰考的发展。宋瑞，你要用伟大的人格推动弯柳树村的脱贫和发展！

2017年10月24日 星期二

省委组织部组织一处副处长许俊打电话来，征求我个人去留意见。许处长说："县委打了四页长的留驻报告，县委书记签字；河南调查总队报你仍留村。我们征求了信阳市驻村办苏锡志主任意见，说你干得很好，三年考核优秀。驻村很辛苦，关键是你本人的意见。"我回复说："服从组织需要，继续驻村。"

李昌林、陶曼晞二位驻村书记一行五人到村交流，中午吃过饭离村。陶书记说：你住的条件太差了。我说：已经改善不少了。我们都笑了起来！

2017年10月25日　星期三

息县旅游局局长要村文化扶贫资料。组织部易广要党建+传统文化扶心扶志材料。

2017年10月26日　星期四

调解村民矛盾，贫困户许光书在讲堂当众骂哭村民歌舞团团长李红；村干部汪学华制止许光书，许迁怒于汪学华，说要告他。三人到我这儿，我吵了许光书一顿，他服软，道歉认错了。他最怕说他不给孙子做好样子，每次负能量不都是在害孙子吗？他醒悟了。

2017年10月28日至30日　星期六至星期一

学习十九大报告，感受到沉甸甸的责任。从人民中来，到人民中去，一切为了人民、一切依靠人民，以人民为中心。正如儒家经典《大学》三纲：大学之道在明明德，在亲民，在止于至善。党中央发出了召唤，我就匍匐在地在村干，由扶贫先扶心走出一条不一样的大扶贫路。

到北京梅地亚会议中心，参加"文化自信与民族复兴"2017年企业家致良知(北京)论坛新闻发布会，介绍弯柳树村运用传统文化扶贫先扶心经验，进行招商引资。

2017年10月31日　星期二

回总队给总队党组汇报后，参加河南省驻村第一书记任职培训班，今天报到。自今天开始了我的第三轮驻村扶贫生涯。有人说我太傻，在一个穷乱村连续干，到底为了啥？

"知我者，谓我心忧；不知我者，谓我何求。"仔细想想，只为一件事：做出一个文化自信与脱贫致富的样板村、示范村！证明中华优秀传统文化在当今管用，《大学》中给出的修身齐家治国平天下的"德本财末"发展之路，能让身心和谐、家庭和谐、财富自来。2500年后的今天，谁学谁受益，早学早受益。我是共产党员，更是炎黄子孙，我先一步文化觉醒了、文化自信了，因此幸福了。为党中央做出一个文化自信样板村，这件事不干不行！只有干，不管再苦再累，我才心安！

2017年11月1日 星期三

河南省驻村第一书记任职培训班开班。

2017年11月4日 星期六

中央党校刘忱教授和封丘县政协副主席、县扶贫办主任景胜海一行到村考察文化扶心扶志，形成产业脱贫致富做法。参观了村党建工作室、老子书院、阳明书院、文化长廊、扶贫工厂、生态农园、垃圾分拣中心，观看了村民歌舞团演出。感受村民对党的精准扶贫政策带来幸福生活的礼赞和感恩。刘教授一行对弯柳树村践行文化自信，扶贫先扶心的效果高度认可，对村民脱贫的精气神赞叹不已。息县县委组织部部长桂诗远、宣传部部长余金霞和乡建专家李开良、环保大使叶榄参加。

2017年11月5日 星期日

乘着党的十九大东风，文化自信、民族复兴深入人心，振奋人心。北京道德经艺术馆馆长、著名画家韩金英老师，继为老子故里河南鹿邑太清宫捐赠《老子八十一化》版画后，又依据自己的画作，创作老子八十一化汉白玉雕像群，捐赠给太清宫，建了老子文化园。我这次到鹿邑争取韩老师为弯柳树村老子书院捐赠《老子八十一化》版画一组，老师同意了。

2017年11月6日 星期一

赴巩义市委组织部干部培训班授课。我讲《不忘初心 牢记使命 打赢脱贫攻坚战》。

2017年11月7日 星期二

信阳市传统文化论坛，我讲《永远跟党走 打赢扶贫攻坚战》专题党课。

2017年11月9日 星期四

今天召开弯柳树村生态文明建设暨酵素产业座谈会，特邀环保酵素领域专家高坤、山东爱心企业家彭志英到村指导及授课。以远古生态农业公司为龙头，带动村民共同发展酵素生态农业，实现化肥、农药"双减"，守护国人餐桌安全，形成弯柳树村生态农产品产业，带动村民增收。

2017年11月10日 星期五

参加息县驻村第一书记派驻暨任前培训会。洪友强副县长主持，县委组织部桂诗远部长讲话，我应邀授课《不忘初心 奋勇前行 打赢脱贫攻坚战》。县派驻村第一书记122人参加。

2017年11月11日 星期六

白象集团冯总沟通白象公司捐赠车辆送村时间，宇通中巴车今日到村，舞台车15日到村。

2017年11月14日 星期二

到省扶贫办给方国根、汪继章、卢东林三位副主任及社会处李红军处长汇报：一、22日白象公司助力扶贫车辆捐赠仪式，姚忠良董事长亲自到村捐赠，邀请省扶贫办领导参加。当场确定卢东林副主任、李红军处长参加。二、28日至30日北京雁栖湖国际会议中心举办"文化自信与民族复兴"论坛，4000位优秀企业家参加。选中扶贫攻坚成功案例山东省庆云县、河南省弯柳树村，王晓东和我，作为特邀嘉宾向大会作报告。我讲弯柳树村文化自信扶心扶志，推动脱贫致富做法，号召更多企业家参与助力扶贫攻坚。

2017年11月15日 星期三

给省委组织部驻村办崔琰主任汇报白象公司到村捐赠活动。

2017年11月16日至17日 星期四至星期五

到南阳市谢庄镇玫瑰基地、南召县云阳苗圃基地选树苗并协调捐赠弯柳树村，用于村里绿化美化。

2017年11月20日 星期一

参加"文化自信与民族复兴"论坛彩排及新华社采访活动。我报告

《正人先正己 扶贫先扶心》，王晓东报告《拔穷根 种大树》，正和岛董事长刘东华报告《使命》，康恩贝药业集团董事长胡季强报告《回到初心 重新出发》等。

2017年11月21日 星期二

总队武洁副总队长到村宣布：宋瑞第三轮驻村扶贫今天开始。在村召开河南调查总队推动弯柳树村全面脱贫座谈会，桂诗远部长主持："宋瑞书记已连续五年驻村扶贫，敏锐的思路、可喜的成绩、扎实的作风，给村带来巨大变化，赢得老百姓的信任爱戴。"武总鼓励我和村两委再接再厉，做好扶贫工作。

2017年11月22日 星期三

弯柳树村与白象公司，我们和党中央心连心，打赢脱贫攻坚战，带领村民奔小康！今天上午在弯柳树村文化广场，举办白象集团助力脱贫攻坚捐赠仪式暨弯柳树村贯彻落实十九大精神汇报演出，村民歌舞团在白象公司捐赠的崭新的流动舞台车上演出。省扶贫办副主任卢东林，河南调查总队副总队长武洁，白象公司董事长姚忠良，市委驻村办、扶贫办领导和息县县委四大家领导，全县61个贫困村驻村第一书记参加。《河南日报》、河南电视台新农村频道、信阳电视台、息县电视台及网络媒体报道。

下午责任组长王玉平告诉我：弯东组村民段平夫妇对今年退出贫困户有顾虑，担心享受不到诸多优惠政策，上午在会场路边躺地要求不脱贫的无理行为，引起村民的公愤，被几个村民吵了一顿拉走。把段平夫妇叫到村部，我和王玉平、汪学华、许振友给段平夫妻一笔一笔算账，做思想工作，所有的政策他们家全享受到了。最后两人认识到自己不知道感恩国家的好政策，自私，错了，打电话给栗书记道歉。

2017年11月23日 星期四

北京雁栖湖"文化自信与民族复兴"论坛，我报告时间在29日。与常海峰老师沟通，第四次修改发言稿。

2017年11月26日 星期日

巩义市干部培训班在弯柳树大讲堂开班,今天一天课程由我讲,上午讲《不忘初心 奋勇前行 打赢脱贫攻坚战》,下午讲《如何做好驻村第一书记工作》。后两天由其他老师授课。今年以来,巩义市委组织部连续把乡村干部和第一书记培训班放在弯柳树村,每期三天,收效显著。

乘今晚高铁到北京。

2017年11月27日 星期一

北京雁栖湖"文化自信与民族复兴"论坛发言彩排,我发言的题目是《正人先正己 扶贫先扶心》。5000人的会场,舞台太大,彩排时心里有点紧张。

2017年11月28日 星期二

北京雁栖湖汉唐飞扬主场馆,"文化自信与民族复兴"盛会大幕开启,庄严隆重,惊艳世界,震撼人心!2017年企业家致良知(北京)论坛今日开幕,4000多位企业家、社会各界精英人士共聚北京雁栖湖国际会议中心,北京知行合一阳明教育研究院白立新、立平老师,北京大学文东茅教授,白象公司姚忠良董事长,康恩贝集团胡季强董事长等,向大会报告和分享。王晓东和我代表扶贫板块作报告,我29日晚报告《正人先正己 扶贫先扶心》。

感恩伟大祖国,感恩伟大时代,感恩率先醒来的这一批中华儿女、炎黄子孙,直下担当,传承我泱泱中华上下五千年道统文脉!

2017年11月29日 星期三

我和北京大学教授文东茅、康恩贝药业董事长胡季强等为分享嘉宾,我以《正人先正己 扶贫先扶心》为题介绍了弯柳树村运用传统文化改变人心,激发村民内生动力,五年发生巨大变化的故事,呼吁现场参会的4000多位优秀企业家积极投身脱贫攻坚,支持贫困地区。现场掌声不断,反响强烈。文东茅教授说:"从宋书记身上得到太多感动!"

立志做让村民满意、让总书记放心的驻村第一书记。"读习总书记的书,听习总书记的话。把生命奉献给民族复兴的伟大事业,此生足矣!"

2017年11月30日　星期四

　　"文化自信与民族复兴"2017企业家致良知（北京）论坛于11月28日至30日，在北京雁栖湖国际会议中心成功举办。4000多位企业家精英，北大、清华、北师大等教育界专家，政界及传媒人士参加论坛。三天学习与分享震撼人心，振奋人心，催人奋进！党的十九大为中国发展和世界和平和谐，人类共同幸福，绘出了宏伟蓝图。中华民族伟大复兴的集结号已经吹响，让我们整装待发，全速出发！我要以200%的努力，把握机遇，带领弯柳树村脱贫致富奔小康，全面实施乡村振兴战略，为中国农民幸福和中国农村五位一体发展走出一条成功之路，为党中央决胜全面小康、实施乡村振兴战略做出一个示范村。感恩为论坛付出的400多位志愿者和所有人！弯柳树村不会辜负大家的厚爱，我会带领乡亲们种好地、守好土，做爱家、爱国、爱土地、敬业、诚信、友善的新时代中国好农民，做新长征路上无畏的农民战士，做伟大祖国的忠诚志愿者！

2017年12月1日　星期五

　　端木新玲、张莉两位女企业家带我考察参观北京"奥伦达部落"特色小镇、延庆区官厅水库、密云区特色小镇古北水镇。

2017年12月2日　星期六

　　到张裕爱菲堡国际酒庄参观学习，思考弯柳树村德孝文化特色小镇申报工作。

2017年12月4日　星期一

　　湖北企业家项总在网上看到了我在北京论坛的发言，一行14人慕名到村学习孝道文化、传统文化。我讲村发展史，乡亲们演出了《五星红旗》《重回汉唐》等节目。

2017年12月5日　星期二

　　召开村民代表会议，解答村民许超提出的134万元发展村集体经济试点项目款使用情况，请王春玲做出使用方案，担保手续公示。

2017年12月6日 星期三

村党小组生活会，王玉平、陈社会、汪学华、许建、胡德立参加。讨论汪学华、许建、胡德立转为预备党员和村两委班子配备人员事宜。讨论2018年计划，首先危房改造户六户申报，其次为白象公司捐的两辆车上牌照。

2017年12月7日 星期四

村党员大会学习十九大报告等内容，成立党小组，34个党员，6个党小组，含新发展的3个。

2017年12月8日 星期五

按县委安排，与县司法局局长张涛一起到郑州女子监狱，看望上访户吴某的女儿，三年期满，月底出狱。出狱后，打算帮她就业，做她思想工作转化她，不要再走错路。

2017年12月9日 星期六

中央党校杨宁教授到村调研"扶贫先扶心，文化如何育人"及核心价值观在基层落地情况，了解弯柳树村如何立足传统文化，把核心价值观变成老百姓的好活法。

2017年12月10日 星期日

村党员谈心活动，约王守亮到党建工作室交流，征求村班子配备意见。下午进县城购置锅、茶壶等。

2017年12月11日 星期一

到远古公司了解发展村集体经济项目资金使用情况及效益。到冯庄李晶田园农庄孝心菜处，了解扩建蔬菜大棚及销售情况。到冯庄、汪庄、东陈庄、新农村检查卫生。

召开村组干部、党员代表会议。汪学华副主任宣读政策，评议好村民、好媳妇等安排，各村民小组推荐出人选，全村集中后评选公示。

2017年12月12日 星期二

给桂部长电话汇报村班子建设和道德讲堂进度，我建议把弯柳树村作为县委党校的农村分校来建。

给桂部长、路口乡党委书记栗强汇报弯柳树村班子建设尽早，有利于村里稳定与发展。桂部长建议：乡干部王玉平兼任村支书，汪学华任村委会主任，胡德立、许建配为副职。

约谈村党员汪阳。昨天，汪阳、陈新伟、贫困户许光书到乡里找栗书记欲阻止王春玲使用集体项目资金，干扰发展村集体经济试点项目。

学习《心本光明》。今天已经走出了贫困、物质匮乏的时代，新的问题是人的心灵开始出现沉沦，扶贫先扶心正是从根本上着手。

2017年12月13日 星期三

上午，息县职教中心举办传统文化讲座，我和辽宁鞍山道德文化教育基地老师授课。

下午5:00，息县省派第一书记座谈会在县委三楼会议室召开。陈学江副部长介绍今年第一书记考核内容，省选派办直接考核，加上到村实地调研、产业考察等。我和范楼村李彦举书记、刘寨村王磊书记汇报了各自村产业发展整体规划、村班子和党员队伍建设等情况。三个乡党委书记参加，桂诗远部长强调要对这次考核高度重视，组织好、准备好。

2017年12月15日 星期五

村垃圾分类工作逐渐推开，积分换商品的办法让村民愿意把垃圾分类。弯柳树村内修人文，外修环境生态。传统文化学习改变了人心，回归道德，带来了产业。文化自信转化为软实力、生产力，踏上新征程，建设新农村！乡村振兴，我们在行动！

2017年12月18日 星期一

到总队汇报工作。

2017年12月20日　星期三

到省扶贫办汇报工作。

2017年12月23日至25日　星期六至星期一

参加北京致良知企业家支持乡村振兴座谈会及致良知女子学院首期课程，并发言。

2017年12月26日至27日　星期二至星期三

与县委改革办洪军主任一起到北京参加"乡村振兴"碰头会，报送息县县城、弯柳树村航拍图。北京知行合一阳明教育研究院白立新老师，山东王晓东，企业家刘道明、刘延云等参加，商讨致良知企业支持弯柳树村和庆云县扶贫产业。

2017年12月28日　星期四

贫困户、五保户核查。在临时村部开村民见面会，平息无理取闹和个别争低保村民的情绪。

今天由中国城镇化促进会城乡统筹委员会、北京绿十字、息县、县委县政府主办的"弯柳树孝心农业论坛"在息县路口乡弯柳树村召开。论坛宗旨为以小孝孝敬父母、中孝报效祖国、大孝敬畏天地之孝心，发展生态农业，守护现代人餐桌安全。孝心农业，反哺自然、善待万物，将有机农耕与自然农法融为一体，以孝心回报自然，守护餐桌安全和人类健康。

论坛由我和中国城镇化促进会城乡统筹委秘书长孙君，湖南农创发起人、慈善家孙麟，全国人大代表、"蚊帐大米"创始人、《食品安全法》倡导者姜德明，息县县委宣传部部长余金霞，北京绿十字宣传大使、第十二届河南省青联委员叶榄等联合发起。

会议特邀神农架老茶园守护人古清生、土著农耕创始人童军、大学生新农人吴宇，分享他们的生态农业之路。大家参观了弯柳树酵素农业园，创始人王春玲介绍了发展酵素农业的初心及收获，大家无不感动。息县县委、县政府领导和新农人参加，我和余金霞部长分别讲话。

2017年12月30日　星期六

应邀到焦作市道德讲堂授课——《如何立足中华优秀传统文化培育基层核心价值观》。

2018年

2018年1月5日 星期五

我被评为2017年全国爱故乡年度人物，应邀到福州参加"乡村振兴论坛暨第五届爱故乡大会"。因雪大阻路，早上5:00起床，8:00多往福州的高铁换成了12:36的，在郑州站等到下午2:00才上车。到福州已是夜里12:00多，浑身酸痛难忍。驻村工作实在太累了，压力大，不跑项目不行，跑项目找资源太累了，年龄不饶人啊。

2018年1月6日至7日 星期六至星期日

在福州参加"乡村振兴论坛暨第五届爱故乡大会"。我被评为全国爱故乡十大年度人物，领奖并作大会发言。会后和三农专家温铁军教授、国家行政学院张孝德教授，交流扶贫和农村产业发展问题。

新时代乡村振兴，是以乡村为载体的生活方式与理念的振兴，是构建人类命运共同体的战略大部署。1940年出版的《农业圣典》是有机农业的开山之作，其中论述东方农业（其实就是中国农业）4000年管理后肥力仍无损失，因其诚实地复制了自然法则。一个国家最具特色的是土壤。化肥成为工业时代最大的罪恶之一。农业问题的解决办法：回归自然！

弯柳树村"文化扶心 生态发展"的扶贫路走对了！

2018年1月9日 星期二

今天村里两件大事让人欣喜！上午召开"扶贫先扶心 践行核心价值观"专题学习会，村里贫困户、低保户参加学习。主题是升起感恩心，感恩党感恩国家，自强自立，脱贫致富。会上成立了"弯柳树村贫困户低保户义工团"，选出付新福为团长，汪建为副团长，受帮助的人群开始感恩回馈付出做贡献。

下午召开村党员干部和引导员专题党课学习会议，我讲十九大报告与乡村振兴、《塘约道路》、福州学习收获及弯柳树村下一步怎样发展村集体经济。汪学华主任讲他参加市人代会收获及路口乡会议精神，村垃圾分类工作全县排名第三。王守亮支书（被我三次动员拉出来担当的新支书，第一次村民推荐，我找他，他不干；第二次我和王玉平找他，他说老婆不让干；第三次我又去找他，就问他一句话：王守亮，你是不是党员？他说：是。我说：是，你就站出来为弯柳树担当！）讲这次大雪是对新组建的村班子的考验，我们经受住了考验。雪灾过后还不能松劲，孤寡老人如何安全度过，大家一定要时刻留心。

2018年1月10日　星期三

郑总带道德讲堂图纸到村，村干部参加晚上北京致良知学习视频课，商量借资给白象公司捐赠的两辆车上牌照及税费等，约需10万元。村干部每人拿出5000元借给村里，我带头。

2018年1月11日　星期四

村两委班子参加贫困户及低保户15天学习班。上午，村干部六人加我共七人，在贫困户及低保户学习班上集体亮相并表态：带领全村脱贫致富奔小康，做忠诚干净担当的村干部！我首先拿出5000元，按昨晚商量，借资为白象捐给村民歌舞团的两辆车上牌照及交税费、保险等。

2018年1月12日　星期五

回总队报账。因连续百日攻坚，不能离村，近一年车票、差旅费至今一分未报，全是压着我自己的工资钱，经济很紧张。我已为此专门从村里回总队五趟，把总队财务处要求的全部办齐：一、个人写出差情况汇报，县委组织部盖章。二、个人写出累集出差报销的原因。三、补齐出差审批单。但因郭总在省委开会，没有签字，拜托连军周一找郭总。由于驻村管理越来越严格，息县扶贫攻坚指挥部下文连续几个"百日攻坚"，不允许请假离村，偶尔回趟郑州也是周末，导致差旅费报销不及时，给总队财务处也造成很大麻烦，实在抱歉！

2018年1月15日　星期一

回村。下午在信阳东站接到来村授课的企业家刘芳、尹涛老师。

2018年1月16日 星期二

上午在职高报告厅，刘芳老师讲十九大报告，学习"不忘初心，牢记使命"，各乡镇宣传委员、第一书记、职高老师800多人听课。

下午"弯柳树村十九大报告专题学习会——致良知是一种伟大的力量"，刘芳老师、尹涛老师和我分别讲授学习王阳明心学，致良知，致幸福，奔小康。乡村党员干部、息县企业家、村民代表听课。袁钢县长到村参加。

2018年1月17日 星期三

圣贤之苦心处，就是舍生忘死救天下苍生离苦得乐。孔子汲汲遑遑若求亡子于道路，而不暇暖席；王阳明先生裸跣颠顿，扳悬崖壁而下拯之。昨天方子老师一行从北京赶到息县已是夜里9：00多，尹涛老师从广州赶到息县已是夜里11：00多。

今天上午在县城，方子老师、尹涛老师为息县各乡镇的宣传委员、驻村扶贫第一书记、村干部，以及职业高中的师生共800多人授课。下午来到弯柳树村，为村党员干部、义工团和贫困户、低保户乡亲们200多人授课。一天课程结束，看着又累又冷的方子老师，心中感动得落泪。这一刻突然感受到了党中央的苦心处，正是圣贤的苦心处！让贫困地区早日实现小康，共同走向新时代。理解了总队党组对弯柳树村辛勤栽培的苦心，在决胜脱贫攻坚的进程中，为中国农村做出一个致良知致幸福的榜样，为乡村振兴做出一个样板，引领广大农村走向全面小康。致良知是一种伟大的力量，一定能在打赢脱贫攻坚战，实现乡村振兴战略中发挥无可替代的巨大作用。想到此，我的心中充满力量和坚定的信心。

下午带领村干部到中山铺，与乡建专家李开良老师商量弯柳树民宿试点打造，脱贫户马永红、许光书旧房改造进度问题。李老师自己投资70多万元，为弯柳树村打造民宿试点。建许光书家门楼时，湖南工人摔伤，已支付治疗费20多万，目前内装修已无力投入资金。村委会给乡政府打出报告，我找县政府汇报，争取项目资金支持。

2018年1月18日 星期四

息县脱贫攻坚第三轮核查，第十一检查组到弯柳树村检查脱贫攻坚工作。

2018年1月23日 星期二

昨天下午回郑州，到郑大一附院体检。感谢省委组织部特为驻村第一书记安排体检，组织关怀温暖人心！今日下午回村。

2018年1月24日 星期三

息县远大门业公司董事长胡辉到村投资洽谈，需要10亩建设用地，投资1000万左右，可满足200人就业。我建议在焦庄村民组南选址。请对方明天拿出企业投资计划书，村两委与村民商定，同时上报乡里。

下午召开村组干部及引导员会议，汪学华主任带领学习十九大报告乡村振兴战略。王守亮支书领学"塘约红九条"后，评议"好村民、好媳妇"，申请低保户等。

下雪啦！

2018年1月25日 星期四

今天息县气象台连续四次发布暴雪、6至7级大风天气预警，村里做好一级防灾响应。

瑞雪兆丰年！息县弯柳树村迎来2018年的第二场大雪，今天弯柳树村雪已一尺多厚。穿上及膝的长筒雨鞋，戴上厚厚的军用棉帽，出发！上午6位村干部和扶贫工作队分成两个小组，我和汪学华、陈社会去冯庄、东陈庄、西陈庄，到贫困户及五保户家中一一看望。当我们来到西陈庄70岁的邢东培大哥家时，邢大哥看到我们，拉住我的手就跪在了雪地里，说："宋书记，没想到今天雪下得这么大，您还来看我！感谢共产党啊！您在俺村受苦了！"我赶快扶起大哥，感动得泪水也止不住。看看他家房子及被褥都很好，我嘱咐大哥大嫂有事情给我们打电话。我们为老百姓做点事，他们总记在心中。这也是村民常常让我猝不及防感动泪流的地方！

2018年弯柳树村的脱贫攻坚工作，就像习总书记所说的那样：逢山开路，遇水架桥，不骛于虚声，不驰于空想，幸福真的是奋斗出来的。不怕辛苦、勇于奉献、敢于担当的扶贫工作队，弯柳树6位村干部和29位党员，在新的村支部带领下，扎扎实实，一步一个脚印带领村民大步前进，赢得了弯柳树村人民的信赖和支持。新年伊始两次非常气候、大雪封门时，村干部和党员都顶风踏雪，第一时间走到贫困户、弱户、孤寡老人和五保户家中，及时发现问题解决困难，把党的温暖和关怀送到群众家中、心中。弯柳树村党群一心，干群一心，脱贫攻坚，乡村振兴，前景光明！

2018年1月26日　星期五

村班子会议，加快"好村民、好媳妇"等评选，对"低保户、贫困户"县第十一检查组反馈有诉求的户，再次公示，村民组长、党员代表会议表决。通过的上报乡里，通不过的做好解释等思想工作。

2018年1月27日　星期六

对检查组反馈的问题认真整改，完善基础资料，如段平、段新海、陈春兵等户，由郑州俏乐一族文化公司捐赠帮扶的每户200元现金及价值400元的米、面、油、饼干等，均未计入帮扶明白卡及脱贫承诺书登记中。

2018年1月28日　星期日

村文化长廊内容更换，从十九大报告中选金句，加上传统文化内容。

低保诉求处理：党员杨春明找我诉求，自己两个儿子都因盖房欠外债十几万，自己住旧房，想吃低保。请他和村干部一起对照"低保九不准"，他属"九不准"享受低保情况。

2018年1月29日　星期一

余金霞部长和何枫副主席计划让弯柳树村歌舞团到东岳镇各个村演出，宣讲十九大精神、脱贫攻坚、严厉打击农村黑恶势力。弯柳树村德治、法治、自治相结合的方法很好，给东岳传授传授。弯柳树村干部王守亮、汪学华，歌舞团李红、胡德立，东岳镇干部到何主席办公室商量具体时间和内容。

筹备2月6日村大型活动"德孝文化扶心志，精准脱贫奔小康"，拟筹备乡村振兴分论坛暨弯柳树村新时代新作为表彰大会。届时向"感动弯柳树村"十大爱心企业人士赠牌匾。

刘延云、刘道明、卢国强三位百亿企业家牵头成立"新农村建设项目组"，助力弯柳树村五位一体发展，打造文化自信、天人合一的新农村样板。弯柳树拿出百年蓝图，到北京与企业家碰撞，把北京致良知四合院企业家的力量用上！就像阳明先生当年在南赣、在庐陵一样！

2018年1月30日　星期二

村两委班子会议，天太冷，在骆同军家厨房，围着煤火炉开会。脱贫户退出及脱贫光荣表彰，颁发脱贫光荣牌匾。冬令营5日开始。老子书院的棉被购置、卫生达标；有接待任务和能力的户卫生达标。6日表彰大会。

与何枫副主席沟通到东岳镇演出及宣讲十九大精神，胡德立、李红、许建、汪学华带队去。

给栗书记汇报舞台车上牌照。村无机构代码，请求用乡机构代码先办下来，超过2月16日需交纳滞纳金。

鲁杰到村谈建门窗厂需征地事，乡土地所付所长带领投资方第三次到村，安排王守亮支书带领到焦庄南地块看土地性质。

给县农业局谢建局长打电话，争取大棚受雪灾补损，远古公司3万元"戴帽"下达，田园农庄不能遗漏。

2018年1月31日　星期三

郑州俏乐一族文化公司董事长刘子帅，有意向到弯柳树流转土地种植中草药，并投资东陈庄空心村改造民宿，城乡互动。村民许兰珍把低保让给别人，王春玲做孝心农业、当大地孝子等弯柳树的故事上了新浪微博。

2018年2月1日　星期四

到总队汇报。

2018年2月3日 星期六

由河南省委组织部、省委宣传部指导,省驻村办、河南广播电视台、省商务厅主办的"河南驻村第一书记富民成果汇报展",在郑州市会展中心盛大举行。全省18地市的扶贫农产品组团亮相,我作为参会的30名驻村第一书记之一现场代言,推介弯柳树村产品。村远古生态农业公司王春玲、单玉河带着酵素大米、生态鱼、手工棉布参展。

2018年2月6日 星期二

"助力脱贫攻坚 共谱时代华章"——弯柳树村新时代迎新春表彰大会暨首届中华孝道文化与乡村振兴筹备会,在村文化广场召开。来自天津、沈阳、郑州的企业家李总、张立新、刘子帅等参加,大家有意愿到村投资。

2018年2月7日 星期三

给弯柳树冬令营孩子讲《大学》。

2018年2月8日 星期四

昨天原支书回村,今天小年,带领村班子到他家看望。村班子讨论年前在外创业人员回村,组织迎新春茶话会,并按照市里发文动员为村捐款事宜。

下午到市委参加省派第一书记座谈会,市委组织部谢焕格副部长主持。我和十位第一书记代表发言。

赵建玲部长讲话:感谢老书记,寄语新书记。中央决策是正确的。如果不在基层干几年,就不会了解基层,制定好政策。《习近平的七年知青岁月》中说,总书记正是在梁家河七年才了解什么是基层。驻村这个平台让大家得到了历练,丰富、提升了工作能力,锻炼了自己,成为人生中最宝贵的财富。大家建立起来对农民群众的感情。记住信阳,记住奋战过的村,常来常往。

2018年2月9日 星期五

上午应邀参加2018年息县各界人士迎春茶话会。县领导讲话时多次讲到我和弯柳树文化扶贫的力量："年前的北京雁栖湖会议，4000多位企业家的活动，宋瑞同志的讲话一天就有1.38亿的网络点击量，因一个村的传播让息县广为人知。弯柳树村是能有所作为的地方，2015年驻村到期，县委不让走把她留下。两年到期又要走，年前第一书记轮换息县又把她留下！"

下午桂诗远部长到村调研，支持老旧破院改造成民宿，及规划建新道德讲堂（现简易板房讲堂小且不安全了）。

2018年2月10日至11日　星期六至星期日

带领村干部给白象食品公司、爱馨养老集团送"感动弯柳树村十大爱心企业家"牌匾。

2018年2月12日　星期一

村小学对面的粮仓又开始抽风排气，有毒气体导致村小学已有27个孩子集体出现呼吸道疾病，每年如此！新农村村民打电话报告村干部，同时打了110报警。我给王操志副书记、栗强书记报告。县环保局上午到村制止，令其整改。

2018年2月13日　星期二

王守亮支书找我商量：乡里让2017年村干部补贴给杨、杜发全年，村干部通不过，因杨8月初被纪委带走、杜8月底辞职。我向组织部桂部长、县纪委刘书记汇报请示，县委组织部与纪委、检察院沟通后答复如下：依照杨的判决书时间、乡党委批复杜的辞职时间，二人补贴均发至8月份。

2018年2月16日　星期五

大年初一，祝福亲人朋友新春吉祥，祝福祖国母亲繁荣昌盛！我泱泱中华复兴在即，感恩历代圣贤道统文脉传承，感恩伟大的党继往开来，护佑我炎黄子孙生生不息！新年伊始，庄严立志："为天地立心，为生民立命，为往圣继绝学，为万世开太平。"

2018年2月22日 星期四

上班第一天，到总队报到、汇报。总队领导要求严格工作纪律，高度重视村里脱贫状况，高质量完成2018年工作。

2018年2月23日 星期五

到河医二附院看望在村投资的企业家远古公司董事长单玉河、王春玲。单总查出黑色素肿瘤晚期，年前手术。1号楼26层10号病房里，病床上瘦弱的单总，就是2016年第一个到弯柳树村投资生态农业、守护餐桌安全的那个强壮男人！离开病房，我的眼泪夺眶而出，癌症越来越多，守护餐桌安全是我们的责任，从弯柳树村做起。祝老单早康复！

2018年2月27日 星期二

拜访河南凌立文化传播公司董事长郑总，争取投资村德孝文化培训产业。县委组织部桂诗远部长协调建新讲堂资金500万已批，接待中心资金缺口大，需自筹。

2018年3月1日 星期四

召开村干部会议，准备迎接县扶贫工作检查。

2018年3月5日 星期一

村班子会议，王守亮、汪学华、许振友、许建、李红参加。商量：村危房改造筛查出十户，下午召开民主评议会，村组干部、党员和群众代表参加。民主评议通过五户。儿女有赡养能力、有事业的，其他地方有房的或有车的五户未通过。

安排与上一届村班子交接财务、债务、村集体资产，如何交接，请示乡党委。

2018年3月6日 星期二

参加息县2018年妇女工作会暨庆"三八"助力脱贫攻坚表彰大会。妇联主席红梅作报告，县委副书记王操志讲话，我等三人代表获奖人员发言。

县委、县政府决定启动今年百日攻坚,3月20日启动第一个脱贫百日攻坚,无节假日,驻村第一书记不离村。

2018年3月7日 星期三

组织村妇女"庆两会 迎三八"活动。息县农行杨行长带领40多位女职工,漯河文润画院李素娥院长带领女职工到村学习,共庆"三八"。我授课《学习德孝文化 做新时代女性典范》。

2018年3月8日 星期四

召开村民、党员代表会议,民主评议2018年省派第一书记项目资金50万元投入村民许建建业合作社,村集体经济分红。通过。

2018年3月9日 星期五

服装厂选址。第一方案把废弃老村部改造,通水通电,租给王万丽先开工。

2018年3月10日 星期六

准备迎检。会计负责完善帮扶方案,我和支书、工作队分头入户再核查。

2018年3月12日 星期一

郑州约汗实业公司董事长刘子帅到村洽谈投资项目。计划流转土地200亩,养殖土鸡1万只,黑猪500头,山羊分给贫困户分散养殖。

2018年3月13日 星期二

筹备乡村振兴产业推进会。邀约河南儒商文化公司端木、张莉等参加3月17日至18日村招商活动。

2018年3月14日 星期三

接受河南广播电视台农村广播《创富路上》记者采访。

2018年3月15日　星期四

村干部会议，商量成立村阳明书院，报民政局审批，对接北京致良知(学院)企业家到村支持及投资。

2018年3月16日　星期五

新野县上港乡党委书记朱永胜带领乡、村干部15人，上午到村参观学习。

省扶贫办副巡视员吴树兰和巩义市委组织部副部长常喜红，带领76位驻村第一书记到村参观学习"文化自信与乡村振兴"。

2018年3月17日　星期六

中国文联"扶贫路上　文化助力"弯柳树文化产业和生态农业座谈会，中国文联大型活动处处长马康强，中央电视台《乡村大世界》原总导演曲良平，北京企业家夏国利，郑州企业家刘子帅、薛立峰等，息县文广新局、教体局、农业局等负责人参加，宣传部部长余金霞主持。我介绍了弯柳树文化扶心扶志脱贫致富成效。曲良平导演说："弯柳树乍看平淡无奇，细看如此精彩、感人。小村子有大文化，我们要为这个村做点事！宋书记坚守村里让我感动，村民学了传统文化的改变让我感动！一群不俗的农民，展示出一个博大精深的主题：国学立本，文化兴村。创作弯柳树的故事，我们不要降低灵魂飞翔的高度，弯柳树展示的是精神风貌！我们要做一个文化工程，塑造时代英雄，如焦裕禄、任长霞这样的典型。"

马康强处长说："弯柳树不是一个村，而是中华文化复兴的一个缩影、一个样板。创作弯柳树故事要列入中国文联大项目：文化扶贫奔小康——围绕中心，服务时代，听党话、跟党走的典型案例。我们达成共识，同心共筑弯柳树村中国梦！"

2018年3月18日　星期日

村产业发展对接会，马康强处长、曲良平导演等昨天参会的原班人员参加。马处长提出："创作方向：弯柳树故事围绕党的扶贫干部一心扑在乡村找到致富路子，彰显道德高地、精神地标，是这个时代最缺的两样东西。创作文艺作品，让大家来朝圣！弯柳树特色：德孝文化净化灵魂的力量，扶心扶志，脱贫攻坚，乡村振兴。最终走向北京，走向世界。"

2018年3月19日　星期一

安排人居环境整治，空心村土地平整。许建以建业合作社名义去给舞台车、中巴车上牌照，明天即办。

2018年3月20日　星期二

弯柳树村贫困户宏志义工团成立，脱贫了要感恩报恩，为村里做贡献。今天给首任团长付新福授旗。

郑州约汗公司刘子帅给村孝爱客房捐赠的200套床上用品四件套及枕头、被子到村，免费分发给参与旅游接待的家庭。

2018年3月21日　星期三

约周龙到村商谈他去年在村租的136亩土地转让事。因资金链断裂无法继续经营，已种植葡萄等投入60多万元，我动员郑州刘子帅来村接转，继续搞生态农业。为了帮助我开展工作，刘总、周龙双方同意土地转租给刘子帅，由刘支付20万元给周龙作为补偿。

我和薛立峰老师培训参与村旅游接待项目"农家客房"的村民，统一床上用品、严格卫生检查等。准备迎接4月1日启动的河南万达旅行社组织郑州万人走进弯柳树村乡村游活动。

2018年3月22日　星期四

今天两件喜事：一是新建道德讲堂开工奠基，占地6亩，上下两层。二是省文化厅时主任一行考察文化产业。文化自信改变人心，激发内生动力，弯柳树村人人自强奋斗，才有今天有德就有财的脱贫路。

看了央视微视频《新时代　去奋斗》短片，结合弯柳树村六年巨变，心中感动、振奋。习总书记说："新时代属于每一个人，每一个人都是新时代的见证者、开创者、建设者。只要精诚团结，共同奋斗，就没有任何力量能够阻挡中国人民实现梦想的步伐！"总书记始终把人民放在心中最高位置，与人民同呼吸共命运，每一次讲话，都把全国人民的心紧紧地凝聚在一起，把每一个人内心的力量和干劲都激荡出新的高度。让人不由自主、发自内心追随领袖，众志成城；追逐圣贤，薪火传承。回想六年驻村实践，与时代同行的六年，收获满满的六年，而最大的收获就是遇上学习致良知。老师给出的"致良知＋扶贫"模式，让我找到了弯柳树村全面发展的方向：1.0扶心扶志，化育人心；2.0发展产业，脱贫致富；3.0乡村振兴，迈向伟大。能为脱贫攻坚而奋斗，为乡村振兴而奋斗！感恩敬爱的老师教导我第三轮扶贫仍然坚守一线为党中央分忧，做一个让群众满意、让习总书记放心的驻村第一书记。感恩爱心企业家到村投资支持，产业红火发展。感恩领导支持，媒体助力。感恩伟大的时代，给我匍匐在地服务人民的机会，给我磨砺心性、提升心灵品质的平台。我是如此幸运，选择扎根乡村，在弯柳树村脱贫攻坚一线践行党的宗旨，服务基层民众！带领弯柳树村两委班子和乡亲，共同奋斗，为党中央干出一个乡村振兴的示范村，引领中国农村走向美好幸福，树立中国农民精神，带领弯柳树村迈向伟大！

我的老师叮嘱我："把十九大报告用心读十遍，把习总书记每一次讲话，像读经典一样读十遍，读懂总书记的心、读懂党中央的心，就读懂了习总书记治国理政思想，与中华民族古圣先贤化育天下的智慧一脉相承、一以贯之。与总书记心心相印，把人民牢牢地放在心上，才能做好本职工作，才能不辜负这个伟大的时代和伟大的祖国，不辜负组织的重托和基层人民的期盼，最终不辜负自己的生命！"幸福都是奋斗来的，新时代，去奋斗！

21日学习《道德经》前三章，读了十遍，背了两遍。体会是，有一颗求道之心，千里跋涉终能找到有道之处、有道之师。人生最大幸运莫过于此。看不见摸不着说不了的道，原来就在每个人的心中！老子说的"玄之又玄，众妙之门"，"圣人无常心，以百姓心为心"，听了老师的解读，体会到何为大道至简！利他无我，为而不争，利而不害，全心全意为人民服务，即是提升道行。简且易行，勤勉行之，久久为功，必得大道！大道之行也，天下为公。

弯柳树村扶贫先扶心带来乡亲们心灵的升华、精神面貌的巨变、经济收入的增长，就是尊道贵德，依道而行，积累德行，有德此有财！

自勉谨记：中华民族伟大复兴的中国梦，必定在我们这代人得以实现！风起云涌，风雨兼程，风雨无阻，风雨同舟！民族复兴，我的责任！不要错过，不要空过。

2018年3月23日　星期五

昨天由息县县委、县政府大力支持的弯柳树村村民学习场所——村新道德讲堂、村文化自信与乡村振兴培训基地奠基动土，村两委协调好附近群众配合、周围老坟移址等工作，顺利开工。吃过晚饭，村支书王守亮、村主任汪学华、村委员许振友到我住处，商量脱贫攻坚户说明表填写、空心村治理、生态文明推进等工作。工作都说完了，支书王守亮最后说："宋书记，你给村民发的戒烟的药还有吗？给我一瓶，我得戒烟。"我说还有一瓶。我问他："你能戒掉吗？"他说："必须戒，这一段有村民给我送烟，一盒、两盒地往办公桌上放，让他们拿走也不拿。我戒了，就堵住这个漏洞了。小洞不补，我怕坏了咱村村干部为群众办事不抽一支烟、不喝一杯水的清正廉洁作风。"听完我心中十分感动，这就是弯柳树村的党员，受人尊重和爱戴的村支书和两委班子。

文天祥《正气歌》节选：天地有正气，杂然赋流形。下则为河岳，上则为日星。于人曰浩然，沛乎塞苍冥。皇路当清夷，含和吐明庭。时穷节乃见，一一垂丹青。

弯柳树村党支部书记王守亮、村委会主任汪学华，是2017年12月底被村民推选到村领导干部位置上的，上任三个月来敬业、奉献、担当，把弯柳树村的贫困乡亲装在心中，把弯柳树村2000多人盼望大发展的愿望、对美好生活的向往装在心里，赢得了全体村民的赞誉和信任。

2018年新年伊始，弯柳树村两场大雪，压垮了返乡创业青年李晶的蔬菜大棚、远古生态农业公司的鹅棚。王支书第一时间组织村干部到现场救援，并分头到贫困户、五保户家查看危房，采取措施。70多岁的李阿姨说："弯柳树村现在的村干部正气得很，我们都服气！他们领着我们干，越来越有劲！"李总到村投资建一体化门窗厂企业，村干部一家一户协调土地，工作量很大。企业顺利落地弯柳树村后，李总为了表示感谢，多次强烈要求请村干部吃顿饭，都被他们拒绝。他们说："企业刚起步，资金都不宽裕，不该花的一分钱不让企业花。把企业做好，带动农户就业，就是对村干部最好的感谢！"新当选的村委会委员许建，自己有合作社，经济宽裕，为村里办事常常贴自己的钱。坚强的党支部，同心同德、全心全意为村民服务的村两委班子，是脱贫致富的根本保障。弯柳树村未来发展前景不可限量！

2018年3月24日　星期六

昨晚6:03从村到郑州，在村投资的企业家刘子帅到郑州东站接上我，直奔巩义市委党校。今天为该市组织部举办的干部培训班授课《不忘初心　牢记使命　走向大道》。

2018年3月26日　星期一

到郑州知库商学文化传播中心，与负责人张莉等商量在该院设立弯柳树村郑州联络处及文化自信与乡村振兴促进会。该院提供一间展室和办公室，把展示弯柳树发展变化过程的图片、照片做成系列展览，向企业家学员宣传，招商引资。

到郑州约汗公司拜访刘子帅董事长，商定接管周龙在村租的130多亩地，给村民的租地款50万元今天就转到村会计账号。中午11:18许会计发来短信：款项已到，下午发放给村民。感谢子帅总，帮村两委解决了一个大问题！

2018年3月27日　星期二

到总队汇报二季度帮扶计划及事项，取得领导支持。

2018年3月28日至29日　星期三至星期四

到河南大东设计院修改《弯柳树村德孝文化乡村游及产业发展规划》，28日第一稿修改，29日第二稿修改。

2018年4月1日 星期日

刘子帅到村，和村干部一起商讨成立股份公司，发展生态农业。郑州约汗公司投资，村里负责管理，种植富硒大米等精品粮油农产品。规划老醋坊、豆腐坊、文化园、养老中心等。

2018年4月2日 星期一

召开村干部会议，为村两委换届选举推荐、选拔人才。王支书推荐赵海军，汪主任推荐焦宏艳、蔡志梅、付新福。村两委六人，支委会三人。

2018年4月3日 星期二

今天早上在村里锄地，一棵看似不太大的草，用手拔，拔不掉。用锄头锄也没锄掉，使劲往下锄，发现根太深、太粗壮，费了好大劲才连根刨出来。突然悟到人的习气就像这草一样，想象不出这根有多深、多粗壮，真正理解了老师说的"细思极恐"！也明白了自古至今想做圣贤的人一定不在少数，而成为圣贤的人少之又少，就是习性的根太深，若没有如老师说的"还要把命押上"，是断难有成就的。

一天之中，我们会有无数个起心动念，这其中多少是好的念头，多少是不好的念头？越学越觉得自己差距之大，惭愧之深。一个念头不纯净，就如一滴有毒的水会污染掉一锅的净水一样，让我们的心不能回归到原本的"父母未生前本来面目"。"在心灵深处建设高度敏锐的雷达系统，通过深刻反省，挖出病根，不让一丝不好的念头滞留心中。"发大愿、立大志，此生不为自己活，只为利他、利社会。唯有珍惜身处的伟大新时代，在脱贫攻坚和乡村振兴的进程中，坚守一线岗位，恪尽职守，全心全意为人民服务，为党中央打造一个文化自信与乡村振兴的示范村，在中华民族实现伟大复兴的进程中，贡献一己之力，此生才能真正有所得，实现人生的价值。

王春玲邀请南阳刘老师到村帮她选址建办公场所，中午陪他们一起在地里吃饭，自己种的绿色食材果然超好吃！

2018年4月4日 星期三

王守亮支书反映的几个问题，急需想办法。许庄杨志明、杨志友两兄弟因土地亩数确权问题起争执纠纷；许庄陈安明、涂学兰的孩子陷入传销窝点；村委会欠70多岁的老支书陈新华8万多元，陈一直在要债。

2018年4月5日　星期四

节以载道，中华民族的每一个传统节日，都包含着中华文化的化育人心之道。清明时节，祭祖扫墓，追忆祖先，感恩前辈，连根养根，根深叶茂。心常清明，志向高远，利益大众，所作必成。

2018年4月9日　星期一

"息县驻村帮扶力量决胜脱贫攻坚誓师大会"在息都实验学校会堂召开。县委组织部部长桂诗远主持，县委书记作题为《为了息县人民的幸福》的动员报告。900多位驻村第一书记和扶贫干部参加。

书记在动员报告中说：脱贫攻坚是历史上绝无仅有的伟大工程，赶上了是我们的幸运！2018年是息县脱贫摘帽年，今天会议就是县委、县政府发布动员令、吹响集结号！习总书记说："幸福都是奋斗出来的。"毛主席说："知识青年到农村去，接受贫下中农的再教育。"年轻人到最基层，在锻炼、付出中成长，第一书记整装待发，去后怎么干？最重要的是用真心，见实效！宋瑞书记在弯柳树村一干就是六年，两次轮换时要走，县委都把她挽留下来了！她心中有人民，所以能担当。大家到弯柳树村走一走，那里是当代的桃花源，数千年的文化历史基因，一唤就醒！

会上，我作题为《不忘初心　牢记使命　打赢脱贫攻坚战》的经验分享。

这次动员会让我受到鼓舞和鞭策，更让我深深地感动。2018收官年、冲刺年，加油干，决不负组织，不负人民！

息县脱贫攻坚指挥部办公室携手县人民医院，今天上午在弯柳树村开展健康扶贫巡回义诊，村民踊跃参加。健康扶贫惠及每一个村民！

2018年4月10日　星期二

从辽宁锦州回来的沈建军一行到村，决定到村投资，建蔬菜及食用菌加工厂，计划投资1500万元，需征地10亩，企业名称暂定为息县孝心弯柳树农业发展有限公司。

玫瑰花苗今天开始种植。县设计公司詹明奎等到村设计大讲堂,主体工程两层1956平方米。

2018年4月11日　星期三

坑塘改造工程开始,许庄两口塘,开协调会,王支书和许会计参加。

2018年4月12日　星期四

信阳市委常委、市军区韩政委一行上午到村调研。

全市第一书记表彰会将召开,安排我作先进典型发言,内容为驻村感受,两次留任为什么,工作怎么干的。要求下午到县委宣传部汇报。

2018年4月13日　星期五

昨夜赶回郑州。今天到惠济区委党校干部培训班讲课《不忘初心　牢记使命　走向大道》。

2018年4月16日　星期一

巩义市委组织部部长景雪萍来村,商谈弯柳树村带动巩义市洛口村开展德孝文化教育事宜。

2018年4月17日　星期二

村基督教教堂迁离核心区,县宗教局局长余宏到村协调。教堂负责人同意,同等面积换到杜庄村。现址位于道德讲堂隔壁,用作村儿童活动中心正合适,为全村大局着想,大家愉快达成共识。

下午,郑州"万人走进弯柳树"的游客,在森林公园采竹笋,被森林公安和公园扣留。经协调,四人写了检讨,并由弯柳树村赠送1200棵玫瑰花苗,解决了此事。

2018年4月18日　星期三

再到巩义市委党校,给全市干部培训班授课《不忘初心　牢记使命　走向大道》。

2018年4月19日 星期四

参加信阳市驻村第一书记工作总结表彰大会，市委副书记刘国栋主持，组织部部长赵建玲传达省会议精神。全市1000多位第一书记中237位获奖者领奖。我和陶曼晞等六位获奖代表发言，市委书记乔新江最后做总结。

晚上开村干部会议，一是确定"六增一改"贫困户危房改造户，县帮扶单位移动公司捐资1万元。二是支部换届准备，必须达到80%的党员参加，村党员35人，保证有23人参加。三是省派第一书记项目资金50万元投入村建业合作社，村集体分红，经过"四议两公开"，党员、村民代表全体通过。明天许建到乡政府办手续。

2018年4月20日 星期五

《人民日报》、人民网记者张毅力主任等两人到村，采访"扶贫先扶心"。

2018年4月24日 星期二

带领村干部到杨店乡张围孜村，学习垃圾分类。

召开村支部换届选举准备会议，全村35名党员，在外打工11人，在家24人(其中1人留党察看)；明天应参加选举28人，23人能到会。

信阳市委组织部徐振中、《信阳日报》记者时秀敏到村，采访"抓党建 促脱贫 扶心扶志"案例。

2018年4月25日 星期三

今天在临时村部会议室庄严举行了中共弯柳树村支部委员会换届选举大会。大会在全体党员面对党旗肃立高唱国歌声中开始，全体党员举起右手，重温入党誓词，再次庄严宣誓："我志愿加入中国共产党，拥护党的纲领，遵守党的章程，履行党员义务，执行党的决定，严守党的纪律，保守党的秘密，对党忠诚，积极工作，为共产主义奋斗终生，随时准备为党和人民牺牲一切，永不叛党。"现场参会的23位党员，在外打工通过微信视频参会的三位党员，全票选出了王守亮、许振友、陈社会三位村党支部委员，王守亮被推选为弯柳树村党支部书记，上报路口乡党委和县委组织部门。这次换届选举振奋人心,选出了受村民尊敬和信赖的带头人,为弯柳树村下一步的决胜脱贫攻坚,发展村集体经济,全体村民共同致富奔小康,提升精神文明和物质文明程度打下了坚实基础;为实现弯柳树村按党中央部署"五位一体"大发展,实现文化引领,产业带动,乡村振兴,提供了重要的组织保障。火车跑得快,全靠车头带;村看村,户看户,群众靠的是党支部。

2018年4月26日 星期四

今天市委组织部徐振中科长又到村指导:突出党建,党建第一位,脱贫攻坚是重点。

昨日支部选举有惊无险,让我感慨良多!事后觉得是农村党员的一段趣事。

昨天通知上午8:00开会,等到8:40还有王阳、杜若继、杨文芳等6位党员未到,我心中开始暗自紧张,怕有人故意捣乱,导致支部换届选举失败。组织部部长桂诗远多次叮嘱,提醒我注意人为破坏。派村干部到家里、地里去找人。到9:00时,我的心快跳到嗓子眼了。9:05党员全部到齐,选举圆满完成。询问迟到原因,70多岁的杨文芳早上去菜地干活不知道几点了;60多岁的杜若继忘了,一早去县城干活,接到电话才突然想起,赶快骑电动车回来了。弄清原因后,我心中充满感恩并反省,没有我猜测的人为干扰因素,村党员的觉悟还是很高的,让人钦佩!

选举结束后,村支部直接召开党员生活会,对迟到党员进行批评,提出纪律要求。农村党员年龄结构老化,还有不少年龄大的不识字。吸引年轻人返乡,发展年轻党员,带动农村恢复生机,是实现乡村振兴的前提。

2018年4月27日 星期五

县委组织部副部长陈学江到村督促大讲堂建设进度。市委组织部徐振中科长等到村检查指导设计党建引领文化墙。召开垃圾分类培训会议,22位村民代表、17位公益岗位人员、5位保洁员参加。

2018年4月28日　星期六

《人民日报》记者付文在河南记者站张毅力、县委宣传部徐维陪同下到村采访，入户采访村民赵忠珍、脱贫户许光书等，还看了村民歌舞团演出，最后与村干部座谈，对文化扶心扶志带来人心改变、产业发展，高度认同。

上午协调粮库建院墙擅自挖村民许振明祖坟且致白骨陈于野的重大纠纷，我们几个村干部费尽口舌，持续多天，最终商定建设方杨总赔偿许振明2.5万元，于今天了结此案。反复调停，嗓子也哑了。累死我了！

下午支书王守亮的哥哥王守尚骂了村民邢照明和邢妈妈，邢把70多岁患病的母亲两次拉到村部讨要说法。我劝支书代替他哥哥先给邢照明诚恳道歉，支书不服。我说换位思考，若是你妈妈这么大年纪被他骂了，你会怎么办？守亮怔了一下，眼圈红了，接着扑通一声跪在白发苍苍的邢母面前，拉着老人的手泪流满面，说："大娘，看着您我想起了我妈，我哥不对，我替他给您道歉了！"老人家哭着说："亮，快起来吧，不说了，没事了！"在场人无不感动。邢照明把母亲拉回家后，晚上我和王守亮、汪学华到邢家看望老人，为没有教育好村民王守尚再次道歉，同时把邢照明夫妇批评教育一番，再生气也不能折腾老妈妈说事，你们孝心在哪里？丢咱弯柳树"中华孝心示范村"的人！两人认识到错处，抹着眼泪保证要好好尽孝。

2018年5月2日　星期三

为弘扬德孝文化，改善农村风气，县委宣传部出台新规：全县各村动员，争取社会捐款，宣传部按1∶1配套奖励资金。趁着"五一"假期拜访郑州爱馨养老公司董事长豆雨霞，争取爱馨养老基金继续支持弯柳树村。爱馨养老基金一直在为弯柳树孝爱基金捐赠支持，2014年捐5万元，2017年捐2万元。今天豆总答应今年捐10万元，帮助村里孝善敬老事业和德孝文化讲堂。

2018年5月3日　星期四

知库商学文化传播中心在郑州凤凰城五楼提供100平方米办公室，成立弯柳树村郑州联络处,用于展示产品,联络帮扶。

2018年5月4日　星期五

河南家文化促进会梅伟会长等商议,捐助弯柳树村好家风建设音像资料、村民家庭文化墙等。

2018年5月5日　星期六

"明真理,为救世,谁能阻挡我!"今天读到这句话,心中感动于古圣先贤千百年来为使人们幸福的理想和追求,并一代一代为之不懈努力和奋斗!弯柳树村六年奋斗,胜利在望。脱贫攻坚,决胜2020年,党的温暖带领全体中华儿女、炎黄子孙共同走向幸福。

2018年5月6日　星期日

与李华友沟通村大讲堂灯光、音响设计方案,需简约、大方、庄重。

2018年5月7日　星期一

为巩义市直工委干部培训班讲完课回到村已是夜里10:30。准备到厨房烧开水,到门口感觉不对,拿手机一照,一条黑红相间的蛇,横在厨房门外,吓得我飞奔出院,敲邻居骆同军家的门,骆叔夫妇被我敲醒,拿大铁锹把蛇铲走送到西面水塘里。

2018年5月8日　星期二

村全体党员会议,在临时村部门前拍党员个人形象照和大合影,好媳妇、好婆婆、好村民等个人照。筹备明天孝爱基金接受捐款事宜,南阳敬老协会吴刚等捐款2万元已到村。

2018年5月9日　星期三

村孝爱基金捐款启动仪式在讲堂举行。我主持到村企业家献爱心助脱贫会议,大家积极踊跃参与认捐。谢谢大家支持!

曲良平导演带团队到村。

2018年5月10日 星期四

关于曲导创作《弯柳树的故事》、打造弯柳树歌舞团计划，给余金霞部长、袁钢县长汇报：曲导拿出方案，2018年年底前给县、市、省委汇报演出，2019年进京汇报演出，主题是"文化自信与脱贫攻坚、乡村振兴""核心价值观 百姓好活法"。演出由中国文联主办，争取得到中宣部、文化部、国务院扶贫办支持，向党中央汇报演出，2020年走上"一带一路"，展示脱贫成果、脱贫后中国农民的精神风貌、文化自信的力量。

2018年5月11日 星期五

县委组织部为村设计文化长廊，提升文化产业。村歌舞团准备赴新野县、方城县演出、宣讲。

2018年5月14日 星期一

给巩义市直工委全市党务干部培训班讲课《不忘初心 牢记使命 走向大道》：党建引领，强基固本；文化扶心，自强自立；产业带动，脱贫致富；文化自信，乡村振兴。

2018年5月15日至16日 星期二至星期三

弯柳树歌舞团走进新野县，上港乡创建德孝文化示范乡，与弯柳树村携手共建，今天举行启动仪式。新野县委宣传部长白岩、副县长裴长青等领导参加。路口乡宣统委员王玉平、弯柳树村干部汪学华和村民付新福、李红，带领弯柳树村歌舞团演出、宣讲。

2018年5月17日 星期四

弯柳树村德孝歌舞团、核心价值观百姓好活法宣讲团，开着白象公司捐赠给我们的舞台车和中巴车，应邀到南阳市新野县、方城县、南召县演出与宣讲。宣讲内容是"文化自信与乡村振兴"，昔日的贫困户讲他们的改变和今昔对比。所到之处刮起弘扬传统文化、做有道德的人的旋风，县、乡、村领导和群众都被震撼和感动！上台演节目，下台捡垃圾，走一处捡一处，把文明之风播撒一处。弯柳树村的乡亲们没有受过专业训练，但他们的演出却是如此地打动人心，《婆婆也是妈》《五星红旗》《不知该怎样称呼你》，"一句精准扶贫暖到俺心里，你爱我们老百姓，我们老百姓深深地爱你、深深地爱你"。是什么让每一个节目都能深入人心，每一句歌词都让人感动落泪？是一个"诚"字！乡亲们发自内心地感恩党、感恩国家、感恩中央好政策，让他们不仅物质上脱了贫，而且因为学习传统文化，心灵富足，走上了明天理、致良知的幸福大道。弯柳树村立足文化自信塑造的中国农民精神，将引领中国农村走向乡村振兴的康庄大道。

今天，方城县小史店镇傅老庄村与息县弯柳树村联建启动仪式，在傅老庄村文化广场举办。方城县委组织部、宣传部、文明办、妇联、县委农办、县扶贫办主办，小史店镇党委、镇政府和傅老庄村两委承办，在家的四大家领导参加，市委组织部、宣传部、文明办、农办、妇联，各一位副职领导干部参加。方城县委副书记叶挺硕主持，我和市委组织部副部长高峰讲话。上午启动仪式1000多人参加。晚上弯柳树村歌舞团演出，附近五个村的村民汇聚现场观看。

下午，小史店镇乡、村干部及第一书记培训会，500多人参加。该镇党委书记李清波主持，我授课《不忘初心 牢记使命 打赢脱贫攻坚战》。

2018年5月18日 星期五

方城县四里店镇乡、村干部及第一书记培训会，500多人参加，镇党委书记李华东主持，我授课《不忘初心 牢记使命 打赢脱贫攻坚战》。

2018年5月21日 星期一

带领村干部许建到信阳中山铺村，拜访乡土建筑师李开良老师，详谈弯柳树民宿改造半拉子工程问题。李老师友情赞助捐建，许庄西两个院已投入75万元，余下工程还需投资60万元，目前资金短缺无法接续。村给县政府、乡政府打报告申请，我找县长汇报。

2018年5月22日 星期二

听民声大走访，村干部和扶贫工作队分五组，分片包干入户走访。不落一户，不漏一人，发现问题详细登记，及时上报解决。

2018年5月23日　星期三

全县"大走访 听民声 转作风 促脱贫"入户调查，息县脱贫攻坚指挥部西片战区督导组到村督导。

2018年5月24日　星期四

河南调查总队给村部购买的办公桌椅、书柜送到村。感谢总队党组做坚强后盾！

2018年5月25日　星期五

河南调查总队郭学来副总队长一行到村，督导驻村帮扶工作。看望贫困户，召开村两委座谈会，郭总提出要求：不仅要脱贫，还要乡村振兴。村民致富和素质提升同步进行，巩固脱贫成果要有产业支撑，希望加把劲，产业兴旺上一个台阶！

组织村干部学习《人民日报》5月17日文章《垃圾零填埋 美了村庄护了生态》，整改我村垃圾分类粗放问题。

2018年5月26日　星期六

召开在村投资企业座谈会，乡包村干部王玉平、支书王守亮、主任汪学华和我，以及在村投资的七家企业一把手参加。七家企业投资情况：惠民门窗厂李秀明100万元，弯柳树生态农业公司沈建军1500万元，尚居家具胡辉1000万元，电商物流园庞永启1500万元，彩钢厂王辉1500万元，远古生态农业公司单玉河1500万元，郑州约汗实业公司刘子帅100万元（承包136亩地生态农业）。合计计划投资7200万元，已实际投资6000万元。为村产业区申请变压器扩容、修生产路等项目。

下午带领村干部和上述企业负责人，到庞湾村学习垃圾分类和土地流转。刘辉书记介绍情况，安排庞湾村学习弯柳树文化自信和产业发展。

2018年5月27日　星期日

郑州约汗实业公司董事长刘子帅到村与村委会签合作协议，成立股份制公司。

2018年5月28日　星期一

村委会换届选举筹备会议，我、王玉平和三位村干部参加。危房改造户确定姬红星等17户上报乡里，应改尽改，不漏一户。

2018年5月29日　星期二

村委会换届选举碰头会，时间为明天上午，主会场定于村道德讲堂，设一个票箱。另外两个流动票箱由党员李晶、许正伟和村民骆同军负责，到村民小组和田间地头接收投票。

为脱贫户许光书制订新帮扶方案，其大儿子年前查出胃癌晚期，在打工地上海做了手术。其住房先安排在村五保户老年公寓。

2018年5月30日　星期三

弯柳树村第九届村民委员会选举大会，今天上午在村道德讲堂召开，村委会主任候选人汪学华、刘学松、许振友、赵海军、焦宏艳。会场及田间地头选举一切顺利，五位候选人中汪学华、许振友、焦宏艳三位高票当选村委会委员，汪学华高票当选村委会主任。

2018年5月31日　星期四

在巩义市委组织部优秀青年干部培训班授课。

2018年6月1日　星期五

前天弯柳树村村委会换届选举日，弯柳树村乡亲们再一次显示出满满的正能量，在收麦子、种稻子的三夏大忙中，汇聚在讲堂、田间地头的村民，积极参与村委会换届选举，庄严投出自己的一票，选出了自己放心的带头人！继4月25日村党支部换届选举圆满成功，本村党员王守亮全票当选村支书后，5月30日村委会换届选举，本村唯一的信阳市人大代表汪学华高票当选为村委会主任。习总书记在十九大报告中要求：加强基层组织建设，发挥坚强战斗堡垒作用。一个村选出正派、有担当，愿为全村人操心付出的村干部，就为大发展奠定了基础。弯柳树村近来的两次选举，事先我们认为会捣乱的人都没有捣乱，我真正领会到了化育人心的成效。当看到微信群中有的村因换届打得头破血流的视频时,弯柳树村已喜气洋洋地以1203票的高票数选出了村委会主任,以1225、1106票选出了两位村委会委员。

今天理解了《道德经》的话:"圣人常善救人,故无弃人;常善救物,故无弃物。"是因圣人有一颗无限仁爱、悲悯之心,深明天下万物一体之理,无有分别,无有评判,视人犹己,故善救无弃。当我们以一颗无限仁爱、毫无对立的心,去真诚对待所有人时,对立和冲突都会自动化解,消弭于无形。这正是我们要提升自己心灵品质的根本所在。感谢圣贤的教诲,感谢习总书记的引领,感谢县委、乡党委的支持,感谢弯柳树村乡亲们的自强自立!

与爱馨养老集团豆雨霞董事长沟通,爱馨帮扶弯柳树村设立养老项目。

2018年6月4日至8日　星期一至星期五

赴新县大别山干部学院,参加2018年全市驻村第一书记示范培训班。

2018年6月10日至15日　星期日至星期五

赴安阳红旗渠干部学院,参加全省驻村第一书记示范培训班。

2018年6月16日　星期六

本周在河南安阳市林州红旗渠干部学院,参加全省第一书记培训班学习,再一次学习伟大的红旗渠精神,参观人造天河红旗渠。习近平总书记说:"红旗渠精神是我们党的性质和宗旨的集中体现,历久弥新,永远不会过时。"1960年至1969年,林县人民苦干10年,削平1250座山头,凿通211个隧道,有81位党员、干部、群众献出宝贵生命,在太行山悬崖绝壁上修成了总长1500公里的红旗渠,被誉为世界第八大奇迹。那时新中国成立才刚刚10年,处于修复战乱创伤、百废待兴的年代,一个生产力还极其落后的年代,没有任何现代化的施工机械,有的只是原始而简单的工具;那是一个饥饿的年代,国家经济正面临着重重困难,全国人民都在勒紧裤腰带度灾荒，没有粮食，吃不饱，山上的树叶都被修渠人吃光了。但那是一个崇尚英雄的年代，崇尚奋斗和付出的年代，是一个争相为祖国奉献的年代！

每次站在60年前林县人民饿着肚子、一钎钎一锤锤凿出来的红旗渠前，听着一个个震撼心灵的故事，不禁热泪盈眶。惭愧之余，惊叹于信仰和精神的力量，惊叹于我们的前辈心灵品质的纯粹与光明，这是怎样一种令人敬畏的精神境界，一种无私无畏、一不怕苦、二不怕死、光芒万丈的生命状态！向前辈和英雄学习致敬，提升自己的心灵品质，与祖国同频共振，争做新时代新征程无畏的勇士，做脱贫攻坚战一线坚强的战士。

同时更深刻地体会到：在打赢脱贫攻坚战征程中，培育人民的伟大精神至关重要。如果丢掉了精神培育，即使物质财富再丰富，也会失去它本来的意义。在打赢脱贫攻坚战这场硬仗中，项目支持、产业培育等物质帮扶和立足中华优秀传统文化，培育核心价值观，引领人心走向大道的精神帮扶，缺一不可。

2018年6月19日　星期二

信阳市电视台到村采访，迎"七一"建党节先进典型宣传。

县委组织部副部长到村，现场沟通并对接新建大讲堂音响、水电、内部装修系统。

2018年6月20日　星期三

桂诗远部长安排布置近日迎接省市组织部门领导到村检查"抓党建 促脱贫"工作。

2018年6月21日　星期四

方城县妇联主席刘飞晓、县委农办书记翟春玲、古庄店镇镇长带领老上访户等七人昨天到弯柳树村。今天上午，在村阳明书院召开"方城县妇联转化上访人员弯柳树座谈会"，我给大家讲村民通过学习传统文化走向和谐幸福的故事。息县曾经的上访户梅华平、曾自杀过的村民赵忠珍讲自己的转化和改变。

下午河南调查总队领导到村调研指导。总队长高度赞誉帮扶成效，村里变化很大，村干部精神饱满，产业初步形成，呈现新气象。

2018年6月22日　星期五

弯柳树村环保酵素生态农业学习培训班，今天在村道德讲堂开班，为时五天。邀请酵素农业专家李振山到村，传授酵素农业知识及技术。息县八个生态文明示范村的村干部，在弯柳树村投资的农业企业，本村党员、干部、村民100多人参加。

2018年6月23日至25日　星期六至星期一

"文化自信与乡村振兴"企业家致良知学习班在村开班。郑州和南阳企业家、方城县小史店镇党委李书记、新野县上港乡张乡长等40多人参加，一起观看弯柳树村宣传片。我讲王阳明龙场悟道、南赣治理。李振山老师进行酵素生态农业专题讲座，到村远古公司生态园进行农田现场教学。

2018年6月26日　星期二

申报远古农业公司园区内生产路两条，村产业集聚区路一条，汪庄、杜庄路两条。邀请县产业办宋春生主任到村实地查看测量。

2018年6月27日　星期三

总队推荐选拔副巡视员1名，已报名18人，我符合条件，总队人事处通知我报名。我思考良久，决定放弃。村里项目事、修路事、产业事，都正处在关键时刻，稍一松劲今年就争取不上了，关键时刻我不能离村回郑州去参加单位竞选，还是先坚持为村里争取项目吧！

2018年6月28日　星期四

安阳莲池书院程总赠送弯柳树村几吨农用酵素，给刘子帅打电话让他安排车去安阳拉到弯柳树村，开始酵素农业实验。刘子帅生态园136亩，村民骆同军、许光林等10户实验户。

2018年6月30日　星期六

"庆七一　奔小康"主题党日活动,召开村党员会议,组织党员服务队清洁各组卫生。

2018年7月1日　星期日

"脱贫奔小康　颂歌献给党"——弯柳树村"庆七一　感党恩"村民联欢会文艺演出,村民歌舞团演出《手拿锄头心向党》《唱支山歌给党听》《婆婆也是妈》《精准扶贫真是好》等节目,200多人挤满了讲堂。弯柳树村热闹非凡,庆"七一"的村民们,学了传统文化,处处彰显出文化自信的力量:心中有方向,干事有力量,前景有奔头,太可爱了!

2018年7月2日　星期一

村两委班子会议,布置环境整治工作和今年二季度建档立卡户收入逐户入户算二季度账。

2018年7月3日　星期二

梅华平开始驻村,我带她熟悉村情村貌。到远古公司督促生产路修建进度,已铺好砂石。《息县脱贫攻坚督查调研反馈问题通知书》反馈弯柳树问题清单三类六个问题,逐一整改。

2018年7月4日　星期三

登记汪庄组等需修路长度597米,与施工方沟通安排先修。围绕"两不愁三保障"过筛子自查,《贫困户精准扶贫明白卡》中收入算账不准、项目不明细问题,由驻村工作队全部重新登记、填写、更换,原始卡存档备查。

2018年7月5日　星期四

弯柳树村大讲堂内部设计装修碰头会,乡党委栗书记主持,县委组织部副部长陈学江介绍情况,武汉理工大学王沛博士介绍设计理念。桂诗远部长指出三类文化元素须植入,即传统文化、红色文化、大别山革命文化。

2018年7月6日　星期五

整改完善县脱贫攻坚检查组反馈的问题。

2018年7月8日　星期日

在妇联主席和女干部学习班上，我立志成为新时代女性典范，为实现祖国富强、中华民族伟大复兴效犬马之劳。此生全心全意为人民服务，锤炼党性，磨砺意志，成为一个纯粹的共产党人。

2018年7月9日　星期一

总队机关党委张建国书记通知：今年上报省、国家脱贫攻坚奖开始，集体奖和个人奖只能报一项，党组决定报我个人奖项。

2018年7月10日　星期二

和县移动公司扶贫工作队员一起走访农户，填写《精准识别入户普查表》。

2018年7月11日　星期三

河南农业大学朱玉芳教授带领民盟"乡风文明"课题组成员入村，开展为期三天的调研，住在我的小院里。

桂诗远部长等县委领导到村，督查村中心区路、水、环境治理提升。

为期七天的"中华青少年德孝感恩乡村夏令营"结束，今天结业，来自全国各地的70多位学生，以及来村接学生的60多位家长参加。我和余金霞部长讲话，宣传中华优秀传统文化和垃圾分类保护环境。

2018年7月12日　星期四

息县落实"三个精准"入户核查，走访杨四新等四户。第一批14户住房改增完成。

2018年7月13日　星期五

应湖北英山县委、县政府邀请，到英山县"扶贫大讲堂"作《正人先正

己 扶贫先扶心》专题报告。英山县委书记陈武斌、县长田洪光等四大家领导、各局委乡镇一把手、全县驻村第一书记参加，田洪光县长主持。三个小时的报告，会场鸦雀无声，我在台上讲在弯柳树村六年的坚守，看到大家感动得不停擦拭眼泪。

2018年7月14日 星期六

到英山神峰山庄参观扶贫产业。闻彬军的生态农庄，带领附近村民就业，生态产品销往武汉、合肥等六个大中城市。这是与弯柳树村产业最相近的一个模式，回去后带村干部来学习。

下午回弯柳树村接待到村参观学习的团队：英山县司法局胡群山、陈河村支书周松涛等三人，北京尚品集团吴君等二人，三门峡市灵宝市北阳平村包支书带领42位党员干部，河南电视台《武林风》栏目陈导演等。

2018年7月15日 星期日

召开村民代表大会，44位村民代表参加，民主评议通过低保户。我主持，王玉平委员讲解政策，王支书介绍户情况。对32户有享受低保诉求的村民家庭进行评议。

组织村干部、党员参加第24届世界哲学大会中国商业哲学圆桌视频学习会。

第二期夏令营今天开营。

2018年7月16日 星期一

调解冯庄组85岁老人杨登芳儿女赡养问题，经过近半年来的努力，不愿赡养老人的四个儿女得知我不仅给老人零花钱，还给老人倒屎尿桶，终于被感化，同意轮流赡养老人！冯庄地头孤零零的小土屋、弯柳树村最后一个老人棚可以拆除了！

从脱贫户中选出邓学芳等五人为村保洁员，上报乡政府，工资每人每月600元。

2018年7月17日 星期二

信阳市浉河区工商联主席张更生带领企业家到村参观，计划参与帮扶弯柳树村。

2018年7月18日 星期三

迎接县委督导组到村检查反馈问题整改情况。

为远古生态农业公司融资，对接北京郭洪波老师，介绍企业投资。

2018年7月19日 星期四

市旅游局副局长滕小玉一行到村，考察发展乡村旅游产业扶贫。

《贫困户精准扶贫明白卡》2018年二季度收入算账，扶贫工作队员与村干部各自负责帮扶对象户。

2018年7月20日 星期五

村争取到的水利项目，修南湾灌渠冯庄段、改造许庄池塘两口。许庄有两户村民不同意清淤清出的塘泥暂堆放其地头，村干部许振友家在许庄，先让许去沟通协调。

2018年7月23日 星期一

向县纪委刘世庚书记汇报，对村里所有项目，请求审计部门从项目开始实施就直接跟踪审计，既保证项目资金使用好，也保护村干部安全。

2018年7月24日 星期二

迎接省市检查组检查筹备，召开村民代表会议，王守亮支书主持，村干部和扶贫工作队员参加。对脱贫户"两不愁三保障"，村环境"五净一规范"全面检查、抽查。这次迎检相当于迎接大考！国家扶贫政策贫困户都享受到了，迎检时要说清楚。带路的村民引导员态度要好，积极热情，全力以赴，"考"出好成绩。做以下分工：汪学华负责引导员，岳莉莉、许振友负责资料提供，焦宏艳、蔡志梅负责后勤保障，我和王守亮全面负责。

2018年7月25日　星期三

核对贫困户人口信息，安排扶贫专干三人到扶贫工厂统计村民就业情况，16人在此就业。

总队纪检组长贺开贵一行到村调研指导，走访贫困户，召开座谈会。贺组长强调："村干部的形象代表党的形象，作风问题很关键。学党章理解党的宗旨，就是为老百姓服务，绷紧廉洁自律意识弦，发挥基层党组织战斗堡垒作用，把扶贫与扶心扶志结合起来，让群众知道幸福是奋斗出来的。"

2018年7月26日至27日　星期四至星期五

人居环境提升，生态文明示范村检查。新农村、许庄、焦庄卫生、垃圾分类做得很好，提升很快。

发现的问题：汪庄、韩庄门前沟渠又出现扔垃圾现象。村主任汪学华安排组长清理、整改，选定收垃圾人员，每天定时去收家家户户的垃圾。干垃圾分类，厨余垃圾运送到地头高温发酵，成为有机肥。

2018年7月28日　星期六

迎接省级脱贫攻坚半年考评准备，乡、村干部和帮扶工作队分工：总协调王玉平，项目组宋瑞，访谈组王守亮、岳莉莉，信访组汪学华，帮扶责任人入户组陈社会，资料组许振友，后勤组蔡志梅、焦宏艳。17类重点户说明及统计表，陈春兵等到户增收，企业带动脱贫5户、惠民门窗厂产业带动脱贫8户。去年脱贫3户13人。

2018年7月29日　星期日

全村生态环境卫生大整治，一是组织村民打扫房前屋后环境卫生；二是鼓励生态种植，减少化肥、农药使用量，制作酵素、高温堆肥代替。表现积极的村民不少，如凡庄凡永真10亩水稻不打农药。

2018年7月30日　星期一

路口乡上半年脱贫攻坚检查组到村检查，乡党委副书记带队。

2018年7月31日 星期二

昨天接受了乡政府的检查，我们开始迎接8月2日的省脱贫攻坚检查组的检查。高度紧张，高强度工作，惚若回到了高考前的日子！忙完已是夜里10:00钟，看到手机中朋友们发的《人民日报》文章《传统文化复兴赶上了好时代》一文，心中很是振奋。

回想自己从2010年9月至今，先后读了《大学》《中庸》《论语》《道德经》《心经》《了凡四训》等书籍，认识、了解了传统文化的魅力，如饥者遇到食、渴者遇到水、病者遇到药，如饥似渴学习经典。2016年跟随北京四合院学习"致良知"，并用之于弯柳树村扶贫扶心扶志，效果显著。2014年到2018年6月底，全国有23个地级市的120多个县市区到弯柳树村参观学习，"文化自信与乡村振兴"带动了各地乡村学习优秀传统文化，走向和谐幸福。

慢慢领悟人生最大的事情就是收回向外看的心，而转为向内看，时时观照反省，看管好这颗心，挖掘自家宝藏，提升心灵品质，造福社会大众。习近平总书记治国理政思想，与中华民族古圣先贤化育天下思想一脉相承，生生不息。中华优秀传统文化中蕴含的真理超越时空，会照耀中华儿女、炎黄子孙千秋万世走向真理的大道。中华民族的伟大复兴，需要中华优秀传统文化的传承与复兴，能在这个伟大的新时代为文化自信、民族复兴效犬马之劳，何其幸运！

今天县委组织部为村制作的文化长廊框架到村，入村大门口，村民段国建拦住不让安装，说他家将来要改门。我和支书、主任晚上去他家做工作，我刚驻村没租房时还在他家住过两天。一聊就同意了，感谢村民顾全大局，支持村发展！

2018年8月1日 星期三

组织"庆八一 奔小康"茶话会等活动，全村在家的转业、退伍军人参观村子变化，慰问贫困户，开座谈会。我主持，乡武装部长宣读慰问信，王支书讲话。大家踊跃发言，感叹脱贫攻坚给村里带来的巨大变化，表达退伍不褪色为脱贫攻坚做贡献的心声。村民义工团包饺子，中午大家一起吃"庆八一拥军饺子"。

2018年8月2日　星期四

村民课堂"幸福人生讲座"今天开班，100多位村民参加学习，为时两天。

省脱贫检查组已经到息县，明天抽检各村，每村都高度紧张地做迎检准备。

2018年8月3日　星期五

早上7:00村部集合，严阵以待，等待抽村结果。省检查组抽村结果通知，未抽中我村，路口乡抽中了田庄村。刚松一口气，便接到宣传部部长余金霞电话："省检查组听了县领导汇报弯柳树村脱贫故事，很感兴趣，想见见你，你方便到息州宾馆308一趟吗？"

单玉河开车送我到息州宾馆，给省检查组汇报。曹地副组长、高延玲主任听完，当即决定向马组长汇报，到弯柳树村看看"文化扶心扶志"带动村民自强自立的变化和脱贫实效。高主任说："我们走了九个地方，息县是最后一站。弯柳树村是唯一一个我们自己主动想要去看看的地方！"

下午4:30左右，余部长陪同张英、曹地、高延玲等领导一行十多人到弯柳树村，实地察看了村容村貌，走访了脱贫户许光书、马永红，看了村产业园、临时村部、文化长廊、正在进行旧房改造的民宿、垃圾分类中心。最后到村道德讲堂，村民们正在上课，曾经的息县上访户、后通过学习传统文化成功转变的梅华平正在结合自己的故事，给村民讲《怎样获得幸福人生、和谐家庭》。省检查组领导们听了一会儿，直对梅老师竖大拇指点赞！

2018年8月4日　星期六

省检查组马组长一行到村考察指导，昨天下午马组长另有任务没到弯柳树村。他昨晚听了汇报，今天上午专程到村查看。领导们看过弯柳树，尤其是与村民交谈后，深感震撼和振奋！弯柳树村文化自信激发内生动力，村民主动脱贫致富，吸引企业到村投资的做法，值得推广借鉴。

2018年8月6日 星期一

巩义市委组织部妇女干部培训班上，授课《不忘初心 走向大道——文化自信与乡村振兴》。

2018年8月7日至8日 星期二至星期三

回总队给党组汇报：弯柳树村民宿改造，两个院已投入75万元，收尾资金缺口约30万元，看看领导们是否可以协调社会资源融资支持。

到弯柳树村郑州联络处，约到过弯柳树村的郑州企业家张莉等见面沟通，介绍村民宿改造和德孝文化培训产业，招商引资。

2018年8月9日 星期四

返回村里。中组部派记者任辉等明天到村采访，县委组织部樊伟主任今天到村指导。

2018年8月10日 星期五

任辉、张主任一行受中组部和省委组织部委托，拍美丽乡村纪录片，今天下午到弯柳树村调研。看了村容村貌、产业等，最后在简易板房的村道德讲堂，观看村民歌舞团演出。村民演出的《婆婆也是妈》《手拿锄头心向党》《五星红旗》等节目，感人至深。每当看到乡亲们在台上演出，我总含泪默念："亲爱的乡亲们，我一定要让你们富起来，幸福起来！"

2018年8月11日 星期六

贫困户和已脱贫户住房改增推进，上午11:00前发路口乡"乡村建设交流群"。

帮助村远古公司销售酵素大米，该公司带动汪庄等四个村民组村民增加收入。

2018年8月12日 星期日

村干部会议，商讨许庄与焦庄间水塘深挖清淤，改善污泥臭水环境。民主评议会通过的低保户名单公示。

2018年8月13日　星期一

栗强书记、王沛博士到村，测量新建的讲堂，内装、音响、灯光等第四次会议讨论。

2018年8月14日　星期二

村两委干部扩大会议，研究与方城县傅老庄村联建工作，形成两项决定：第一，傅老庄村上半年已支付弯柳树村联建服务费5万元，薛立峰老师在傅老庄村驻村三个月，工资1万元，大家同意后马上支付，村干部做好会议记录。第二，方城县联建村增加到六个，联建项目委托薛立峰老师全面负责，招聘方城驻村工作人员，从联建经费中支付工资及服务费。

今天偶尔看到《延禧攻略》施粥救济灾民引发骚乱的一幕："斗米养恩，石米养仇。更糟的是坏了他们的心性。"把施粥救济转变为用干活换粮食，大家都不抢了，开心地积极干活。大受启发，扶贫也一样！

2018年8月15日　星期三

万乡长到村督促：到户增收选好项目，每户4000元发挥作用。针对历史遗留问题，把底数摸清，把假低保户、假残疾人清退，老百姓就口服心服了。像弯柳树村汪学华主任把自己不符合条件吃低保的亲戚全清退了，带了个好头。

2018年8月16日　星期四

到省委组织部驻村办，领取省委全会资料包。给崔琰主任汇报传统文化改变人心，引来投资项目，抓党建促脱贫工作。

2018年8月17日　星期五

《人民日报》河南分社龚金星社长带队到村采访，看到产业来村了，村民讲述自己的故事都很感动。乡亲们真诚地感恩国家感恩党，来村的人都能感受到，心与心的连接是一种最伟大的力量。村民李桂兰说："扶贫扶志又扶心，弯柳树人有了信心。"看着村民演出的《游子吟》《手拿锄头心向党》，一次次加强我心中的愿望：让年轻人返回乡村，建设家乡，孝老育幼，发展产业，乡村振兴；让老百姓的心与党的心贴起来！

2018年8月18日　星期六

息县县委要求全面提升脱贫攻坚，路口乡制定8项重点工作提升计划。三个精准问题：低保问题核查、到户增收排查、住房保障核查。6户危房改造全部完成；165户低保户全部公示，并设有投诉箱；60个持证残疾人中查出有假的，已启动清退。上级统一部署解决宗教与党争夺阵地问题。我村基督教徒近年绝大多数已被转化到道德讲堂，但教堂院内还住有杜若明夫妇，做工作让他们回杜庄自己的老房子住。

2018年8月20日　星期一

弯柳树村被定为信阳市"党内政治生活体验点"。县委组织部高明青到村，按照市委组织部的指示修改、完善文化长廊展板内容。

2018年8月21日　星期二

协调村民许正强大病救助事宜。他今年春节前在打工地上海查出胃癌晚期，直接做了手术。

2018年8月22日　星期三

带领村民蔡志梅、赵忠珍和志愿者梅华平到方城县小史店镇。与弯柳树村联建德孝文化村的傅老庄村联建工作转段升级，安排梅华平驻扎傅老庄村，带领村民成立该村歌舞团、义工团。

2018年8月23日　星期四

上午为"方城县党员干部及驻村第一书记培训班"授课。500位驻村第一书记、300位县、乡领导干部参加，县委副书记叶挺硕主持。

下午参加"方城县抓党建与弘扬传统文化座谈会"。县委副书记叶挺硕主持，县委组织部、宣传部、农办、妇联、三个乡党委书记等15人参加。总结傅老庄联建经验，小史店党委书记说傅老庄与弯柳树联建才三个月，村民变化很大，化解了很多婆媳、家庭、邻里矛盾，德孝文化促进和谐效果明显,抓党建带动党员干部积极主动服务村民效果显著。清河乡党委书记说司龙庄村学习弯柳树才一个月,争当贫困户的现象少了。

叶书记:效果显著,找到了乡村振兴的有效途径,可在全县各村推广。问题是师资严重缺乏,急需!怎样快速培养?

2018年8月24日　星期五

应邀为"范县第一书记及县乡干部培训班"授课。省扶贫办原副主任吴树兰全程听完课。下午吴主任邀请我到她驻村的第四个村陈庄镇胡屯村,参观莲藕基地。

2018年8月25日　星期六

和吴主任一起到濮阳西辛庄村农村党支部书记学院,参观、学习全国优秀村支书李连成书记的事迹。学院的"吃亏碑"上刻着李连成书记的名言:"当干部就应该能吃亏!"学院负责人介绍,农村党支部书记学院建成两年,培训全国学员2.8万人次,收费标准为每人350元/天。很荣幸我被聘为农村党支部书记学院特邀讲师。

从李连成书记、吴树兰主任身上深刻领会到心系三农、为民服务的情怀和精神。

2018年8月26日　星期日

到弯柳树村郑州联络处,参加河南嵩岳商会组织的"弯柳树村推介及招商座谈会"。郜会长主持,河南万融实业公司等五家企业参加。我推介弯柳树村,为急需建的大讲堂招商引资。北京感恩智慧文化公司薛立峰介绍中央电视台《乡村大世界》原总导演曲良平带其团队六人到弯柳树村创作《弯柳树的故事》的情况。

2018年8月27日　星期一

到总队给党组汇报驻村工作。

"2018年全国脱贫攻坚奖贡献奖"复评通过,省扶贫办崔海成处长通知,国务院扶贫开发办公室通知入选人员此四项复审:到人民银行郑州分行开个人征信证明，纪检、计生、公安部门证明。由李连军帮我办理。

2018年8月28日 星期二

原定今天回村，昨晚收到何振江处长信息："大姐，这周有时间吗？省委农办想邀请您来给机关做个关于好家风建设和道德修养建设方面的讲座。"今天到省委农办讲堂，结合《大学》《论语》《中庸》等经典，以及习近平总书记在全国文明家庭表彰会上的讲话，讲《家风 家道 家文化》。马万里、刘晓文两位副主任和同志们一起全程认真听课，让我非常感动！

2018年8月29日 星期三

回到村投入紧张的自查整改工作。

2018年8月30日 星期四

认领中央第一巡视组反馈的信阳市问题清单及整改台账，由驻村工作队乡帮扶责任人、村干部共同完成。

村扶贫产业园生产路施工放线，组织园区四家企业全部到场。

2018年8月31日 星期五

全县低保清理核查工作"回头看"，重点排查"错保""漏保"对象。

人民网记者戚艺芳到村采访，村民农家客房接待客人收入、村民歌舞团演出收入，给村带来直接经济效益，路口乡提供数据：弯柳树村民人均纯收入2017年底达到6700元，比2012年底的1900元，增长3.5倍！我感到特别开心，文化改变人心，带来产业，正是《大学》中说的"有德此有人，有人此有土，有土此有财"的当代验证！文化软实力带动发展硬实力。

2018年9月1日 星期六

许庄至新农村路扩宽，施工协调整修路基。看望患胃癌的贫困户许正强。

2018年9月2日　星期日

和村支书、主任一起到县人民医院九楼看望患胃癌的村民付新福。付已住进县人民医院，下周二做手术。到七楼看望贫困户邓学芳，她糖尿病复发。我刚驻村时住在邓大姐家，她当时治疗糖尿病刚出院。

2018年9月3日　星期一

村干部及驻村工作队会议，安排中央巡视组反馈问题整改。

中央电视台《乡村大世界》原总导演曲良平一行七人今天到村，创作《弯柳树的故事》，并指导村民歌舞团。

河南调查总队郭学来副总队长带领张亚民处长等到村，调研指导脱贫攻坚工作。

《中国信息报》宣传河南总队工作亮点，机关党委扶贫工作，我写了2000字扶贫工作总结报党委。

2018年9月4日　星期二

曲良平导演创作团队七人入村体验生活，与村民、村干部深入交流沟通。曲导感叹：弯柳树村"种文化"——把文化种在农民心上，围绕文化扶心扶贫，建设美丽乡村，实现乡村振兴，要创作《弯柳树的故事》情景音乐报告剧，向祖国报告，向人民报告。已报河南省文联、中国文联，拟立项。

方城县清河乡党委纪委书记李学金带领司龙庄村、草场坡村、赵和庄村三位村支书，古庄店镇党委副书记张芮等到弯柳树村学习并洽谈联建德孝文化村事宜。王守亮、汪学华、薛立峰、梅艺洛参加座谈会。

2018年9月5日　星期三

桂诗远部长到村督查村大讲堂建设进度，占地6亩，上下两层，建筑面积2500平方米左右，可容纳600人听课，建设及内装计划总投资1000万元。原简易板房讲堂建于2014年，已不能满足全国各地来村学习接待需求，大家盼望新讲堂尽快竣工使用。

2018年9月6日　星期四

县交通局魏副局长到村，按照桂部长安排，原上报自来水厂（临时村部）门前路扩宽项目，更换为修许庄西、许庄北两段路。

2018年9月7日　星期五

和王玉平一起准备申报省级生态村材料。

2018年9月8日　星期六

脱贫攻坚任务重、压力大，基层情况复杂。近段身累心更累，快累蒙了。今天周末难得安静一会儿，独自走在新修好的灌渠大道上，不禁思考：人生在世，从生到死，所为何事？孔曰成仁，孟曰取义，王阳明曰成圣成贤，周总理说"为中华之崛起而读书"，毛主席说"全心全意为人民服务"。我既选择了继续驻村这条路，本就知道会有多艰难。做利国利民、艰难而正确的事，何惧道阻且长？

2018年9月10日　星期一

昨天随驻村志愿者梅艺洛开车回郑州，今天上午到总队给新任总队长夏雨春及党组成员汇报，下午开车回村。

2018年9月11日　星期二

"三个精准"回头看，帮扶责任人、村干部分片入户排查，必须保证不漏一户、不错一户，精准识别、精准施策、精准帮扶。

《人民日报》河南分社采编部主任马跃峰、人民网河南频道新闻中心张主任，带领记者一行五人到村采访。采访村支书王守亮、村民李桂兰等六人，在村投资的企业老板胡辉、沈建军。胡辉、沈建军说为啥到村投资：来了一趟弯柳树，被文化氛围和村民的素质吸引，就来投资了。胡辉已投产，用村民员工14人，月工资3300元至4500元/人。沈建军的香菇酱厂一期投资600万元，正在建。

2018年9月12日 星期三

弯西组贫困户王伟的妈妈罗明英,近日又查出肺癌。今天从他家走出来时,我的心情十分沉重,要想办法看看怎样提升全村人的健康。

危房改增入户排查。我负责红旗队和韩庄两个组,一天走访岳祖平、熊新明等七户。白天只顾忙,晚上才感到累。

2018年9月13日 星期四

《人民日报》组织的"大国攻坚 决胜2020"优秀扶贫案例全国评选,弯柳树村"扶心扶志扶贫"入选。9月20日将在深圳召开表彰及发布会,通知我参加,分享经验。同时省委宣传部、省扶贫办9月20日"脱贫攻坚经验宣讲团"息县宣讲有我的宣讲任务,时间冲突。向县委宣传部余部长、县委组织部桂部长汇报,领导安排参加《人民日报》活动,抓住宣传弯柳树村、宣传息县的机会。

河北省社工促进会秘书长刘猛一行三人到村参观学习。

2018年9月14日 星期五

帮助远古生态农业公司申报息县虾稻共养项目,政策性补贴300元/亩。

召开村重点工作推进会,王玉平传达县脱贫攻坚会议精神,安排扫黑除恶专项斗争应知应会培训。

2018年9月15日 星期六

召开弯柳树村帮扶责任人培训暨脱贫攻坚扫黑除恶知识培训测试会议。王玉平主持,村干部、扶贫工作队队员,共15人参加。

2018年9月16日 星期日

许庄修路协调村民配合,由4.5米宽调整为4米,长度增加,把许庄南、许庄北讲堂至老枣树两处修完。

2018年9月17日 星期一

陈学江副部长到村,督查、协调大讲堂内外装修进度,约10天内能完成全部建筑工程。

　　安排省级生态村申报材料，准备给万乡长汇报。

　　调解许光荣、许光和因排水问题吵架纠纷。

2018年9月18日　星期二

　　武洁副总队长一行到村指导脱贫工作，并代表总队党组送来党员知识手册和新党章。

　　陕西卫视《国之自信》栏目导演张德蘅一行到村，采访文化自信推动全村脱贫。

2018年9月19日　星期三

　　陕西卫视《国之自信》栏目记者在村采访。入户许光林、许正强、远古农园、田园农庄。下午到深圳开会，参加"大国攻坚 决胜2020"会议。

2018年9月20日　星期四

　　"大国攻坚 决胜2020"精准扶贫案例分享会，在深圳会展中心启动。主持人介绍：从全国上报的600多个扶贫案例中，评选出40个优秀案例。深圳市原副市长陈彪致欢迎辞：值此改革开放40周年之际，深圳秉持"感恩改革开放，回报全国人民"的理念，用270亿资金投入扶贫援建。国务院扶贫开发办政策法规司王光才司长、中国扶贫基金会郑文凯理事长分别在讲话中指出：脱贫攻坚，国际声誉，是新时代社会主义的一大亮点。此40个优秀扶贫案例给人三点启示：一是把脱贫攻坚作为一项崇高事业、庄严责任，悟深悟透；二是把产业扶贫作为主体工程，做实做细；三是把人才培养作为关键因素，育人育心。实现人生价值，增加人生阅历，奠定发展基础。

2018年9月21日　星期五

　　从深圳直接回郑州，中秋节放假，与家人团圆。

2018年9月25日　星期二

入户与帮扶对象户许正强、汪学海，共同分析计算2018年收入预计。

与责任组组长王玉平商议126户建档立卡贫困户、2018年脱贫户房屋改增摸底排查，制定维修方案、资金预算，由我向县委、县政府汇报，申请资金。

2018年9月26日　星期三

与王玉平、汪学华、余映臻一组到杜庄、冯庄入户查看住房。

2018年9月27日　星期四

参加"息县县委中心组扩大学习会暨脱贫攻坚经验报告会"。我和新县戴副县长等宣讲，我宣讲《扶贫先扶心　党建是根本》，介绍弯柳树党建引领，文化扶心，产业发展，脱贫致富的做法和成效。

2018年9月28日　星期五

到方城县小史店镇傅老庄村、清河镇司龙庄等联建村，开展考察、总结和培训工作。

2018年9月29日　星期六

在方城县傅老庄村督促查看德孝村联建工作，到村民郑伦、吴全营等家看望后，乡党委书记李清波主持召开座谈会。魏金远支书总结：联建四个月来效果很好，村民精神面貌、村容村貌改变很大。尤其是一个恶媳妇曾经买老鼠药要毒杀公婆，已经投毒把公婆家养的猪毒死了，下一步就要给公婆下药，弯柳树德孝讲堂开到傅老庄了，她听明白了，走上讲台痛哭流涕分享：德孝文化救了她，否则她就会犯下大罪了，并立志从此要孝敬公婆，做个好媳妇。后期薛老师工作方法有问题，需改进，盼望宋书记把傅老庄村打造成第二个弯柳树。方城县委农办书记翟春玲说：县委对傅老庄村、小史店镇的做法高度肯定，全县借鉴傅老庄成功经验，扩面推广德孝文化，推进农村精神文明建设。

我强调：党建引领，统筹所有工作，村干部、党员带头学，抓住村民农闲时间集中学习，巩固村民歌舞团、义工团，使其成为村两委的左膀右臂，带动群众开展各项工作，师资和学习资料继续由弯柳树村提供。

2018年10月7日　星期日

收到扶贫办通知，我获得全国脱贫攻坚贡献奖，明天到北京参加2018年全国脱贫攻坚奖颁奖活动。

2018年10月8日至9日　星期一至星期二

在中央电视台1号演播厅，参加2018年全国脱贫攻坚奖颁奖典礼准备工作。每年春晚都在这里举办，今天来到现场，还是很震撼的。

有幸荣获2018年全国脱贫攻坚奖贡献奖，感谢各级领导和社会各界、弯柳树村扶贫工作队和乡亲们的共同努力！7日至10日在中央电视台彩排。8日晚上7:00多，在中央电视台1号演播厅一天的彩排、走场、培训刚结束，累得腿疼、脚疼、浑身疼，晚餐吃完盒饭离台回住处。切身体会到了中央电视台的导演、主持人及明星、演员们的辛苦！总书记说："幸福都是奋斗出来的。"我深深地体会到所有的成功和精彩都是汗水浇灌出来的。

93岁的获奖者王振美老人也和大家一样，连续走台、站台几个小时，精气神饱满。老党员永远是我们学习的榜样！

和我住一个房间的大姐兰念瑛，是江西资溪县新月村的村支书，干了30多年的村干部，把村子带富了。连续三届当选全国人大代表，受到习近平总书记接见，60岁了还在领着全体村民大干。每一位获奖者都有一颗为大家无私奉献的心，他们的故事都让我很震撼。我要向他们学习！每一次获奖都是给自己的心灵品质提升提出新的要求。每一个人的人生可以与众不同，只需力行全心全意为他人服务、为人民服务的宗旨，活出利他、利社会的大我，就能让生命精彩绽放，让人生厚重宽广。

2018年10月10日　星期三

《庄严的承诺》——2018年脱贫攻坚奖特别节目，今晚在中央电视台1号演播厅隆重举行。中央电视台著名主持人海霞、康辉主持，张也、阎维文等歌唱家演唱，张光北等著名演员朗诵。国务院扶贫办主任刘永富、农业农村部副部长韩俊等领导为我们获奖者颁奖。

2018年10月11日 星期四

接受陕西卫视《国之自信》栏目《一个都不能少的诺言》访谈，导演张德蘅。

2018年10月12日 星期五

国家统计局副局长毛有丰接见，向毛局长汇报弯柳树村立足文化自信带动产业发展的脱贫路。毛局长得知我已驻村六年，高度肯定这种不畏艰难、扎根基层、心系人民的精神，并祝贺我获得国家表彰，鼓励我在脱贫攻坚战前沿再创佳绩。

2018年10月13日至14日 星期六至星期日

申请北京道德经艺术馆为弯柳树村道德讲堂捐赠《道德经》及《老子八十一化》版画事宜。

2018年10月15日至16日 星期一至星期二

到北京，准备参加2018年全国脱贫攻坚奖表彰大会相关事宜。

2018年10月17日 星期三

北京会议中心，上午举行全国脱贫攻坚奖表彰大会，国务院副总理胡春华等为获奖者颁奖。下午，全国政协主席汪洋接见获奖者并合影留念。当汪洋主席握着我的手说："辛苦了！"我无比激动和感恩。感谢党和政府给予我这一崇高的荣誉，所有的苦和累，在这一刻都化作了幸福和泪水。

党从没有忘记我们这些在脱贫攻坚一线奋战的党员干部，今天的一切成就，都应该归功于党组织，没有党做坚强后盾，自己什么也做不成。今天的一切成就，也应该归功于听党话、跟党走的弯柳树村老百姓，他们曾经有过落后的时候，但他们今天觉悟了，正信心百倍地跟着党和政府奋斗在小康路上。

我很幸运，在弯柳树村这片土地上，在带领乡亲们摆脱贫困奋战小康的征程上，实现我为党和人民努力奋斗、无私奉献的人生理想和价值。我选择坚守，就是要带领弯柳树村父老乡亲们过上他们想要的幸福日子，创造这个小村历史上从未有过的奇迹。

2018年10月18日　星期四

在国家统计局三楼贵宾室，受到国家统计局宁吉喆局长亲切接见，副局长毛有丰、办公室主任安平年、机关党委二级巡视员张舒阳、河南调查总队总队长夏雨春、办公室主任朱隽峰参加。宁吉喆局长首先代表党组对我取得的成绩和荣誉表示热烈祝贺，对统计部门奋战在扶贫一线的干部职工表示亲切慰问。他指出，宋瑞同志六年如一日，坚守在脱贫攻坚第一线，始终坚持"党建是根本，建强基层战斗堡垒""扶心是前提，激发村民内生动力""产业是关键，夯实精准脱贫根基"，克服种种困难，带领弯柳树村人民走出一条脱贫致富之路，这种扎根基层、无私奉献、忠诚担当、克难攻坚的崇高品格和奋斗精神，值得广大统计干部学习。

宁局长强调，精准扶贫、精准脱贫是以习近平同志为核心的党中央做出的重大决策部署，是决胜全面建成小康社会的关键之战，是当前全党全国人民全力推进的重大政治任务，统计部门责无旁贷。统计部门广大干部职工要以宋瑞同志等先进典型为榜样，以更加奋发有为的精神风貌和坚如磐石的使命担当，全力打赢脱贫攻坚战，切实做好各项统计工作。一要站在党和国家事业全局高度，全面贯彻落实党中央、国务院关于精准扶贫、精准脱贫各项决策部署，持之以恒抓好统计部门定点扶贫工作，继续向基层一线派驻优秀扶贫干部。二要履职尽责、忠诚统计，扶真贫真扶贫，把真实可信放在首位，扎实细致做好贫困统计监测，为打赢脱贫攻坚战提供坚实统计保障。三要把在脱贫攻坚这场看不见硝烟的战争中淬炼出的好作风、好经验、好做法，充分运用到统计工作各个方面各个环节，使广大统计干部在不同岗位都努力创造无愧于时代、无愧于人民、无愧于历史的业绩。

会后，我以《扶贫先扶心　党建是根本》为题，为局机关干部职工作先进事迹报告，以亲身经历讲述了带领弯柳树村人民"党建引领、文化扶心、产业形成、脱贫致富"的生动实践。我立志做一个像焦裕禄、孔繁森那样全心全意为人民服务的共产党员，奋力践行习近平总书记关于扶贫工作的重要论述，舍小家为大家，对党忠诚、无私奉献的事迹，引发同志们强烈共鸣。国家统计局各司级行政单位、在京直属事业单位、出版社有关负责人及干部职工参加了报告会。

感谢局党组和局领导！国家统计局党组对脱贫攻坚工作一直高度重视，很荣幸受到尊敬的宁局长接见。此次荣获国家级奖项，受到汪洋主席和宁局长接见是对我的极大鼓励和鞭策，我将以此为动力，在国家统计局党组和总队党组的坚强领导下，紧紧依靠派驻地各级党委、政府，紧紧依靠村两委班子，和弯柳树村人民一起，再接再厉，尽锐出战，攻城拔寨，全面打赢脱贫攻坚战，取得这场世纪硬仗的最后胜利。决胜2020年，为党中央交上一份圆满的答卷！不负组织信任和重托，不负贫困地区乡亲们期盼，做让人民满意、让总书记放心的驻村第一书记！

2018年10月19日　星期五

应邀赴巩义市委党校，为市委组织部高层次人才培训班授课，我分享北京受表彰感悟，主讲《不忘初心，走向大道》。

2018年10月20日　星期六

返村，梅艺洛开车。乡亲们在村口挂上了大红的欢迎领奖荣归过街联，欢迎我回村，一眼看到，感动得热泪盈眶！感谢亲爱的乡亲们！六年2000多个日夜的共同奋战，才有咱村的蝶变，才有今天的荣誉！

晚上开始下小雨，乡亲们聚在我的院里听北京领奖的见闻。7日出发到北京，马不停蹄不敢耽误一天。7日至10日中央电视台颁奖彩排及典礼。11日陕西电视台《国之自信》到北京采访我。12日到国家统计局汇报。15日至17日表彰大会，汪洋主席接见。18日国家统计局宁吉喆局长接见。19日巩义市委党校作报告，今日返村。

2018年10月21日　星期日

"2018年全国脱贫攻坚贡献奖获得者宋瑞同志先进事迹报告会"在息

县一高礼堂召开，全县入党积极分子及第一书记参加。我作专题报告及分享北京领奖感悟。

2018年10月22日　星期一

河北省民政厅社工处庞国志处长带领27人到村，参访弯柳树村运用传统文化在贫困村开展乡村社会工作，实现精准扶贫和乡村振兴的经验。

市驻村办苏锡志主任到村调研，26日拟在村召开全市驻村第一书记现场学习会。

2018年10月23日　星期二

方城县袁店乡汉山村两委干部在乡党委吴副书记带领下到弯柳树村，签订联建德孝文化村协议。

河北省社工组织支持弯柳树村引进社工服务。社会工作者解决具体问题，传统文化解决人心问题。习近平总书记到河北省民政厅视察时说：民政事业就是菩萨事业，所以你们都要有菩萨心肠。

河北社工在村调研后反馈：被问到的村民，说学习传统文化给他们带来了幸福；去了解在村投资的企业家，都说是村风好，来这投资精神上能成长。我们驱车740公里从石家庄来到弯柳树村，也是被吸引来的！

郑州刘伟团队设计的弯柳树道路及村中心区提升图纸，桂部长认为可行，要求再邮寄过来一本，给常委会汇报后开始施工。

2018年10月24日　星期三

大讲堂主体工程完工，已验收。内部装修31日招标，11月初开工。县委组织部高明青负责。

息县义工及宣传部、住建局领导到村听课，河北社工刘猛讲《社会工作》，我讲《传统文化在乡村治理中的应用》。

下午参加息县"县委中心组学习扩大会议暨宋瑞同志先进事迹报告会"。

晚上村两委及村网格员会议，安排全面提升村环境卫生，迎接26日全市第一书记观摩会。

2018年10月25日　星期四

筹备明日的全市第一书记弯柳树村观摩交流会。

县委组织部桂诗远部长、路口乡党委郑伟书记到村指导。

2018年10月26日　星期五

信阳市驻村第一书记观摩交流会在弯柳树讲堂召开，市委组织部谢焕格副部长，市驻村办苏锡志主任，息县县委领导和组织部部长桂诗远，信阳市中直、省派、市派驻村第一书记，市县驻村办负责同志，共150余人参加会议。我以《扶贫先扶心　党建是根本》为题，介绍了弯柳树扶心扶志、脱贫致富经验，分享了进京领奖的见闻和感悟，以及立志做焦裕禄、孔繁森那样的党员干部，做一个让习总书记放心、让群众满意的驻村书记。市委组织部和县委领导给予高度评价和鼓励。

2018年10月27日　星期六

处理孙庙乡投诉弯柳树村倒垃圾事，实地查看结果，此两乡交界处非孙庙乡而是弯柳树村的地，是我村垃圾填埋场。

2018年10月28日　星期日

带领村干部、党员、村民义工团和歌舞团成员共38人，到新县学习大别山精神。通过县委宣传部余部长找到新县红色教育培训公司李林对接，参观学习每天200元/人(含中餐)，车费2600元，总计10200元，使用省扶贫办省派第一书记每年办公经费资金。

2018年10月29日　星期一

省扶贫办吴树兰副主任到村，调研孝道文化产业与生态有机农业，发展产业促进脱贫情况。看完村容村貌和产业，吴主任说：你在农村抓孝道文化改变人心，抓准了！你这个传统文化培训产业前景宽得很，哪个阶层都需要，全国都会来弯柳树村学习的！

晚上贫困户杜若录找我帮他协调小额贷款,他想流转耕地搞生态种植。

2018年10月30日 星期二

息县脱贫摘帽检查组到村,县扶贫办姚主任带队,水利等9个部门检查是否符合退出贫困村标准。

沟通方城县联建村事项。招募学习传统文化的义工到村服务。许庄组民宿改建资金缺口部分融资。

2018年10月31日 星期三

总队机关党委书记张建国电话通知我:下周新任总队长夏雨春将到弯柳树村调研,给村赠送两个电子显示屏和一批课桌椅。夏总要求吃住在村里。夏总说扶贫是很严肃的事、很艰苦的事,这次到村要落实总书记对脱贫攻坚的要求,落实国家统计局宁局长接见宋瑞时的要求,总队人员下周到弯柳树村,一律吃住在村里,深度体验扶贫一线的不容易,感受宋瑞同志坚守一线的精神。宋瑞在村住了六年了,我们住一晚还不适应吗?住在村里也是一个了解群众的机会。

听到这样的安排让我很感动!感谢总队党组和领导的支持、关心和理解!

2018年11月1日 星期四

到市委汇报。给乔新江书记汇报后,乔书记说,最近去村里,全面谋划弯柳树村的提升。我给乔书记汇报了弯柳树村发展的三级跳:1.0版本:扶心扶志,自强自立;2.0版本:发展产业,脱贫致富;3.0版本:乡村振兴,迈向伟大。

2018年11月2日 星期五

到总队汇报。

2018年11月5日　星期一

10月17日在北京会议中心领奖时，与金龙鱼总裁郭孔丰先生同台领奖，诚邀金龙鱼到信阳投资开展项目。郭总说，已在驻马店有一个正在建的项目，信阳相距太近，计划在南阳选址建厂。我推荐南召县，与李哲副县长联系，让他们直接对接。

2018年11月6日　星期二

村文化自信与乡村振兴团队成立，志愿者通过系统培训可以派往其他村带动村民学习德孝文化。

村远古农业公司董事长单玉河查出癌症，加上今年初的大雪灾、夏季的龙卷风灾，导致资金断链，该上交的村集体经济收益拖欠至今未交。今天帮助远古公司融资3万元，总经理王春玲今天上午即上交村集体。

2018年11月7日　星期三

河南调查总队夏雨春总队长带队到村。夏总一行访问贫困户，考察扶贫产业园、合作社、远古公司、田园农庄后，在临时村部召开弯柳树村脱贫攻坚推进会，乡、村干部和党员代表、村民代表30多人参加。王玉平汇报脱贫攻坚情况：弯柳树村自总队帮扶以来，六年间发生了翻天覆地的变化，水、电、路、学校教学楼、文化广场、旧房改造、村民收入，都全面提升，文化扶心扶志激发群众内生动力的成功经验，吸引全国各地来参观学习。目前还有8户贫困户共计16人未脱贫。

村民们说，感谢总队给我们派了个好书记！

村支书王守亮说："今年村支部换届选举，宋瑞书记让我进村班子参选，我不想进，知道脱贫攻坚压力大。但想到宋书记驻村六年了，没有责任担当是做不到的！我想我是党员，也得付出，后来就同意进村班子了。我给宋书记说我不会干呀！宋书记说哪个大姑娘是先学会生孩子再嫁人的，有了孩子不都养得很好吗？到时自然就会干了！"

最后夏总总结并提出新要求：我9月份到河南工作，第一次出差到的郑州市调查队，第二次就到了弯柳树村。2014年曾来过弯柳树村，变化太大了。总队党组一直十分重视扶贫工作,派出有基层工作经验、有文化底蕴的宋瑞同志驻村,落实中央精准扶贫政策,今天看了村里变化,对我触动很大。我是土生土长的农村人,农村发展不容易,弯柳树村做到了。更让我感动的是乡亲们的主动干和村干部的付出,放弃自己的个人事业,带着全村干!宋瑞荣获全国脱贫攻坚贡献奖,是大家和她共同努力的结果。下一步要更加坚定信心,做好精准脱贫工作。村里产业刚起步,基础设施不完善,都要依靠村两委、党员付出更艰巨的努力,克服更大的困难,完善设施,争取项目,发展产业,脱贫摘帽,巩固提升。这是一项让人民幸福的事业,总队党组会一如既往地支持,让我们一起努力!

2018年11月8日 星期四

农历十月初一,弯柳树村举行孝亲敬老饺子宴。

市文化馆刘馆长来电:创作说唱形式的弯柳树故事,息县文化馆已写出框架,今天到村看看。

为9日至12日赴山东曲阜招商引资做准备。

2018年11月10日 星期六

"国际儒联第十一次普及工作座谈会"在山东尼山圣源书院召开,今年的会议主题为"乡村儒学",落实中央指示精神,参与扶贫攻坚工作。中国社会科学院赵法生博士等专家、儒学联合会企业家等介绍乡村振兴、企业助力等。我发言介绍了弯柳树"文化自信与乡村振兴"做法与效果,邀约有投资乡村意愿的企业到村考察。驻村志愿者梅开萍分享为什么从城市到农村去驻村,感动了所有参会者。

赵法生博士总结:历史是由理想主义者推动的。在乡村振兴中,用圣贤教育化育人心,用生态农业滋养人身。宋瑞书记讲得好:在农村开展工作很难,只要有真共产党员的精神,就一定能做好!

2018年11月12日 星期一

撰写《2018年单位结对帮扶定点扶贫工作总结》,填报2018年第一书记单位帮扶情况统计表。

为巩义市委党校干部培训班授课。

2018年11月14日至15日 星期三至星期四

到方城县联建村清河镇司龙庄等三村走访，召开座谈讨论会。三个村的村支书普遍反映：群众支持，学习传统文化是个好事！已经出现夫妻不吵架了，邻居不生气了。走访释之街道办事处、古庄店镇。

联建村师资团队组建，人对了，价值观对了，事情都好干了。

2018年11月16日 星期五

《弯柳树的故事》创作基本杀青，12月上旬去村里排练，曲导提出由文化馆出一个优秀主持人即可。

2018年11月17日 星期六

定点帮扶日，入户督促家庭卫生清理，我分包汪庄组29户。汪东组组长汪学忠、王征一起到户。

2018年11月19日 星期一

我推荐方城县联建村的村支书到开封敦复书院参加三天封闭培训班学习。今天方城县负责人刘飞晓主席报告好消息：敦复书院老师讲得非常好，村支部书记听完后上台讲要从自身做起，影响家庭，影响全体村民。刘主席建议弯柳树村扛旗帜，敦复书院出师资，乡村德孝课堂开起来，走文化自信与乡村振兴之路！

2018年11月20日 星期二

省扶贫办原副主任吴树兰大姐带领范县、郏县、嵩县乡党委书记、驻村第一书记、村支书17人，到弯柳树村参观学习。

2018年11月21日 星期三

河南电视台新闻中心李小鹏等三人到村采访，要我讲三轮驻村、六年坚守脱贫攻坚一线初心与践行。

山东省单县县委宣传部李磊副部长带领乡、村干部到村参观学习。

2018年11月22日 星期四

信阳本土乡建专家李开良老师到村,设计许庄小广场绿化、美化。

2018年11月23日 星期五

到省扶贫办给汪继章副主任、李红军处长汇报后,到社会扶贫处领取2018年全国脱贫攻坚奖表彰大会大合照和中央领导汪洋接见照片。

与《科技日报》尚伟民老师对接其写作的《润物细无声——弯柳树村扶贫纪事》书稿修改事宜。

2018年11月24日 星期六

《决战》电影剧本创作团队到弯柳树村,拟以弯柳树脱贫故事为主线创作剧本。《决战》电影反映脱贫攻坚,由河南电影电视制作集团等出品,已获批河南省2018年度电影专项资金280万元并引进社会资本,预计收视2000万人以上。摄影师孙明曾有《大唐玄奘》等作品,导演霍建起曾执导《那山那人那狗》《大唐玄奘》等。指导单位为河南省委宣传部、省扶贫办、省信访局。参加讨论人员除剧组人员外,还有我和刘子帅、尚伟民等。

2018年11月26日 星期一

组织村干部、在村投资的农业公司负责人一起学习《自然农耕》《这一生,至少当一次傻瓜》两本书,为远古生态农业公司探索生态农业出路。

2018年11月27日 星期二

带领村干部汪学华、村企业主沈建军、志愿者梅开萍一行七人到五峰山书院考察,寻找有传统文化基础的志愿者加入弯柳树村,推动"文化自信与乡村振兴"一村带百村计划。

2018年11月28日 星期三

参加弯柳树村联建村之一的方城县袁店乡汉山村村民大会,作《传德孝、感党恩、促脱贫》报告。

2018年11月29日　星期四

应方城县委之邀到释之街道办事处，为乡村干部课堂授课《不忘初心　走向大道》，释之街道办事处将与弯柳树村联建德孝文化社区。

2018年11月30日　星期五

应巩义市委组织部之邀，为"巩义市软弱涣散村党组织整顿提升培训班"授课《不忘初心　走向大道》。

2018年12月1日　星期六

弯柳树产品销售推介会在郑州举行，郑州电视台进行了宣传报道，在村投资的郑州企业家刘子帅主持。

我介绍弯柳树村变化，村民和村企业各自推介自己的产品。王春玲推介酵素大米，沈建军推介生态即食小菜，党员李晶推介田园农庄孝心菜，村民许建推介有机莲藕。

2018年12月3日　星期一

上午到总队汇报近期村扶贫工作，请年终总队职工福利购买村产品。夏雨春总队长叮嘱村里产业要抓紧，扎实上台阶。下午开车回村。

2018年12月4日　星期二

弯柳树村文化自信与乡村振兴座谈会，乡、村干部和村志愿者参加。李华伟等三人到村，培训后派到方城联建村服务。

县级抽查问题清单反馈：11月26日，县脱贫攻坚第八抽查组开展县级抽查入户调查，反馈28条问题，其中15条是不知道帮扶责任人。针对县级第一轮抽查反馈问题，按照乡会议精神，责任组长召开村两委干部、扶贫工作队员问题研判会，对标问题，主动认领，将全村划五个片，由村干部各负其责，逐户专访，对难点户由责任组长和村支书逐户解决。

我强调：我们的工作要用心与群众沟通，而非为了应付上级检查，贴了宣传资料、照了相就走人，那样群众会不服，我们是先进村，得名副其实。

2018年12月5日　星期三

入户走访赵九军家、罗英梅家，没问题。经劝说陈文莫女儿同意接父母回家一起住。

与移动公司驻村扶贫工作队长岳莉莉详谈后，约县移动公司詹经理谈整改，增强驻村帮扶队员的责任心，细化、加强帮扶措施。

做省委组织部基层党建调查问卷。

22户家庭中堂画，换上了迎客松、五福临门、三阳开泰、锦绣河山等。

2018年12月6日　星期四

村民冬季学习课堂启动，李华伟老师带领村民在农闲季节开始学习《弟子规》《孝经》《了凡四训》等经典。

入户走访彭中贵家，劝其拆掉老房残存小土屋，否则影响村庄美化。他说土房中放有祭祖用的纸钱，我说值多少钱，我给你买走了。彭大哥同意了，感谢！

2018年12月7日　星期五

路口乡李副乡长到村要求村部卫生、农户卫生搞好。

第一期村民学习会结束，给优秀村民学员发奖。村支书王守亮发来信息："村干部陈社会今早辞职。"

2018年12月8日　星期六

定点帮扶暨网格员培训会议。入户走访汪庄抑郁症患者汪建、贫困户汪学礼。桂诗远部长到村督促大讲堂装修进度。

弯柳树村孝道文化旅游培训，家家接待，传播文化。县统一提升打造、规划品牌，玉平、守亮、学华参加。

2018年12月9日 星期日

县委宣传部部长余金霞陪同国内知名乡建专家孙君到村，召开"弯柳树村美丽乡村建设座谈会"。孙君老师讲：美丽村庄建设关键是村民人心齐，村班子有担当。弯柳树村文化已形成习惯，文化建设很突出，村民行为举止、精神风貌很好。下一步定位是把文化、文明、心学、孝道，立足仁义礼智信，物化出来，融于建筑、生活、生产中；把"党建、村建、家建"三位一体建起来。创意农业、体验农业，回归自然，回归道！

2018年12月10日 星期一

路口乡组织委员王尚军到村访谈，访谈对象为扶贫责任组长、驻村工作队长、驻村第一书记、村支书、村主任。

村干部陈社会7日提出辞职，今天约其谈话。他说自己开的驾校业务忙，村脱贫攻坚任务重，最近信阳市脱贫攻坚检查要求严守村干部岗位，驾校和村里工作经常冲突，决定选择驾校，辞去村民兵连长一职。与包村乡干部王玉平、村支书王守亮、村主任汪学华开会商量后，大家一致同意陈辞职。

今天下了今冬的第一场雪，气温骤降。村干部分头给留守老人送移动公司捐的棉被。我和玉平、詹总到冯庄冯锁柱家送棉被两床，王守亮支书、汪学华主任去汪庄送棉被。

2018年12月11日 星期二

县委组织部桂诗远部长到村，主持召开"弯柳树村基础建设提升指导会"，讨论通过弯柳树村基础设施建设项目，乡、村干部和河南省朝阳建筑设计公司魏总参加。路口乡政府是业主单位，资金由组织部负责申请。

2018年12月12日 星期三

调解村民王某某母亲反映其不孝之事。

召开村两委民主生活会，整顿村干部作风。我强调脱贫攻坚冲刺时期,加强工作纪律,提高担当意识、服务意识。王支书和玉平强调村两委要建成"团队"而不是"团伙",严格签到和考勤纪律、奖惩制度,不能干多干少一个样。

2018年12月13日 星期四

关于村民学习组织,全村14个村民小组分冬季学习四个区片,汪学华、梅艺洛负责组织。针对子女不愿赡养80多岁的村民方世龙夫妇问题,召开其三个子女训诫会,县司法局局长张涛、乡司法所调解员及乡、村干部参加。百善孝为先,不赡养父母属违法行为,最终三子女同意调解,住在大儿子家,其他二人给抚养费。

夜读有感:学习阳明心法,就是学习先生那颗心。阳明先生一颗为天下、为苍生的心,深爱民众,忠诚于朝廷,把天下人都装在心中。甚至把巢贼也当成自己的"傻兄弟",不嫌弃他们,给他们改过机会,让他们幸福。

习近平总书记15岁到梁家河,看到了乡亲的贫困。返京后,在清华大学读书,之后主动要求下农村。他的心与人民有着血肉联系。反思反省:我对弯柳树乡亲们的感情,是这样深厚吗?习总书记说:"小康路上,一个都不能少!"我在村扶贫,历事炼心,向圣贤和领袖学习,能造福民众,何其幸运!

2018年12月14日 星期五

召开村网格员会议,安排环境卫生维护后,组织村民师资团队学习《弟子规》。村民许光林、付新福、杜若峰,志愿者梅艺洛、李华伟等参加。

2018年12月15日 星期六

村民冬季学习会在道德讲堂开班。李华伟、梅艺洛带领村民学习《弟子规》及五行健身操。

2018年12月16日 星期日

招商引资、引才。邀约郑州梅伟的朋友、信阳香积厨饭店老板梅银健等到村，洽谈刚改造好的许庄民宿经营事宜，动员梅总接手经营村民宿，把香积厨分店开到弯柳树村。若嫌面积小，二期东陈庄空心村改造可跟上。

2018年12月17日　星期一

带领到村投资的企业家沈建军、赵荣达，拟到村接项目的梅伟、梅银建、小万，到中山铺村学习美丽乡村建设。李开良介绍弯柳树民宿两个院已投入大院50万元加小院20万元共70万元，大院转让费30万元。梅银建只计划出资20万元，后期自己装修。

巩义市英峪村支书宋永庆带领村组干部30人到弯柳树村学习，吃住在村民家中。下午后半时我讲课，晚上村民歌舞团演出。

2018年12月18日　星期二

方城县清河、小史店、袁店、古庄店四个乡镇六个村58人到弯柳树村学习，18日至20日三天的培训班。

2018年12月19日　星期三

入户走访。为方城县六村村民歌舞团成员弯柳树学习班讲课。

2018年12月20日　星期四

到虞城县城郊乡杨庙村学习，以孝治家，以德治村。全国试点，原中组部老干局关红局长主导，杨教授、村支书介绍情况。

2018年12月25日　星期二

弯柳树村学习传达市级初审反馈问题整改会议，王玉平主持。

带领为村捐款帮扶贫困户的郑州爱心企业家王心善等三人到村扶贫产业园参观，陪同赵刚局长、张涛局长到远古生态园调研。

在村部会议室召开弯柳树村酵素农业项目洽谈会，王守亮、汪学华、焦宏艳、梅艺洛、郑州心善健康咨询公司董事长王心善、李总等参加。从文化培训、酵素农业、健康产业三方面，郑州心善公司与村远古农业公司开展合作:第一,订购酵素大米4000斤;第二,远古公司拿出合作方案及融资计划和数量,再深度沟通投资事宜。

2018年12月26日 星期三

息县第三方公司入村,对所有贫困户房屋安全进行鉴定。

河南省中天文化基金会《决战》电影制作组第一书记座谈会在村部会议室召开。全国上下脱贫攻坚战略排首位,涌现出很多典型人物,有的排成了戏曲,有的写成了报告文学。省委宣传部、省影视集团决定拍一部电影《决战》。创作组负责人说,省委宣传部领导首推弯柳树村及宋瑞书记事迹,所以两次到村采风。

晚上接到河南电视台记者李小鹏的电话:明天下午,中央电视台《新闻联播》栏目两位记者到村采访,30日上《新闻联播》,四分钟长度,河南采访三个驻村干部,为30日习总书记新年讲话而做。中央选了三个村,弯柳树是其一!听后心中很感动,感到了与党中央同频共振,与祖国发展同频共振,与习总书记心心相印的力量与动力!党的十八大后,习总书记讲的、想的,我就在村里做试点,做实验,用中华优秀传统文化化育人心,把核心价值观变成老百姓的好活法。给总队夏雨春总队长汇报后,夏总微信回复:"好!成绩来之不易,好好配合宣传,用你的成果推动全国扶贫攻坚工作。你的事迹我已和国家统计局领导做了几次沟通,挺好的。咱们共同努力!"感谢党中央、感谢总队党组!

2018年12月27日 星期四

到县委宣传部汇报中央电视台记者将来村事,余金霞部长特开心,马上给县委汇报。余部长刚从北京回来,又告诉我一个好消息。她这次进京见到国家统计局盛副局长,说国家统计局党组会议决定要解决我的职务晋升一事。河南总队夏总队长、国家统计局领导说:宋瑞同志不要,我们也要考虑解决!没想到组织和领导如此重视我个人的事情。谢谢!《中庸》说:"故大德必得其位,必得其禄,必得其名,必得其寿……故大德者必受命。"我们只管去全心全意尽职尽责,全心全意为人民服务,不必去纠结个人荣辱得失。组织自有安排，上天自有安排！

2018年12月28日 星期五

中央电视台记者李红刚等两人、河南电视台李小鹏等四人昨天下午到村，今天开始采访。含修路、电商物流园奠基开工现场、尚居家具公司、生态农业公司，文明家庭、卫生家庭，村民许兰珍、邓学芳等五人，村干部工作场景等。

2018年12月29日 星期六

上午，2018年弯柳树村"讲文明 树新风 奔小康"表彰大会，陈玉梅等三个孝善敬老家庭，梅玉萍等五个卫生家庭，杨正洲等四个文明庭院受到表彰，接受中央电视台记者采访。

下午，息县司法局组织70多名社会矫正人员来村学习，我授课。郑州刘子帅董事长一行四人到村，捐款捐物慰问贫困户、大病户35户。

2018年12月30日 星期日

央视记者继续在村采访，他们对采访、拍摄要求特别高。总书记为扶贫干部点赞，全国三个重点代表人物：湖南株洲袁桂雄，山西吕梁闫保全，河南信阳宋瑞。

2018年12月31日 星期一

村两委扩大会议。年末岁首，做好规划，村干部学习机制讨论。目的：引导正向思维，提升服务意识和能力。学习方法：察觉自己的内心，只有看清楚了自己的心，才能看清楚群众的心，才能为群众办好事，得好口碑。不说一句负面语言，不起一个不善念头，要有团队思维，守护好团队、战友和团队氛围。要想事业兴，唯有团队兴，个人干不过团队，团队干不过平台，人与人之间最大的差别在于心灵品质的高低不同，心灵品质的高低决定了事业的现状。扶贫工作任务重，压力大，只有提升心灵品质，才能有足够大的仁爱之心。没有干不成的事，只要用心对待，诚心唤醒仁爱之心，境界提升，智慧增加，工作能力也会大大提升。人的惰性很大，破坏我们灵性的东西太多了，导致我们心散乱。始终相信一分真诚，得一分收获。恭敬一切，以一颗恭敬心对待群众。

弯柳树愿景：打造全国文化自信与乡村振兴示范村。

村党员干部：建设"四铁"基层党员干部队伍。学习总书记系列讲话及圣贤经典智慧，提升自己心灵品质及工作能力，增强团队思维，相互信任，相互弥补，相互成就，共成大事。

2019年

2019年1月1日　星期二

今天是新年的第一天，弯柳树村村部和主要路段国旗高扬，彩旗飘飘，村扶贫产业园正在建设的电商物流园机声隆隆，一派生机。中央电视台《新闻联播》栏目记者李红刚等到村采访，让我们惊喜又振奋！听了习总书记2019年新年贺词，心里十分振奋和感动！

总书记说："这一年，脱贫攻坚传来很多好消息。全国又有125个贫困县通过验收脱贫，1000万农村贫困人口摆脱贫困……我时常牵挂着奋战在脱贫一线的同志们，280多万驻村干部、第一书记，工作很投入、很给力，一定要保重身体。"党中央对脱贫攻坚这么重视，习总书记对我们驻村扶贫干部点赞、关怀，寄予厚望，我们一定要咬定目标使劲干，让贫困群众都脱贫致富，过上红红火火的好日子！总书记始终惦记着困难群众，我身为驻村扶贫第一书记，肩负着总书记的重托和贫困群众的幸福。我要更加努力，和村两委带领弯柳树村乡亲们一起拼搏，一起奋斗，如期打赢脱贫攻坚战，走向实现乡村振兴的幸福大道。

2019，我们加油！

2019年1月2日　星期三

夏雨春总队长通知我三件事：补充个人资料下周上报国家统计局。省委组织部下发文件，新一轮驻村第一书记轮换到位，我继续驻村工作。中央电视台《新闻联播》栏目到村采访，出采访信息上报国家统计局。感谢夏总和总队党组！

总队机关党委张建国书记安排：今年春节总队工会职工福利采购村大米，每人20斤。

2019年1月4日　星期五

今天中央电视台CCTV1播出了对弯柳树村的报道。

回郑州，参加明天在郑州大学举办的河南爱故乡文化节。

2019年1月5日　星期六

2018年第三届河南爱故乡文化节在郑州大学举办，由中国人民大学乡村建设中心主办。中央党校刘忱教授作《城乡融合的乡村振兴之路》专题报告，中心内容是保持本土本色、绿色特色，用好民力、民心，工业反哺农业，城市支持乡村，重塑城乡关系，推动乡村振兴。中国农业大学农民问题研究所朱启臻所长在发言中说：我们的乡村都在凋敝！……怎样振兴乡村文化？弯柳树村"文化自信与乡村振兴"的实践与探索很有价值。

专家教授们的发言让我很受启发，乡村是自然长出来的，理应守护原貌，发展产业，引入文化，修好心田，种好良田。

2019年1月6日　星期日

方城县妇联主席刘飞晓在沟通中说：方城县与弯柳树村联建德孝文化村的三个乡六个村，清河乡司龙庄等三个村化解矛盾效果明显，乡党委郭书记非常满意。袁店乡汉山村、仓里村启动三个月，需要开个总结会。弯柳树志愿者梅艺洛老师到方城后，先到小史店镇傅老庄村讲课，再到其他村，每村至少讲三天，老百姓盼着讲课呢！

2019年1月7日　星期一

今天入户走访尹桂明、付新明、付学得、付新建、焦言明五家。

看到80多岁的老人还在自己做饭，我被深深触动，再次唤起我一定要为村争取建养老院的心愿。尽管已经碰壁几次，但还得干。拼命硬干，埋头苦干，舍身求法，学习孔子"知其不可而为之"的精神。

2019年1月8日　星期二

这几天村里特冷，耳朵冻了，白天疼，晚上痒得睡不着觉。穿着厚厚的棉鞋，脚也冻了。许兰珍大姐、赵忠珍和杜继英给我织了加厚的毛线靴子和拖鞋，快把脚暖过来了，一家一家入户走访，脚也不疼了。十分感谢乡亲们！在弯柳树村驻村扶贫这些年来，大多数乡亲的家中，我都去过很多次。看到他们日子一年比一年过得好，我好开心幸福。他们未脱贫时我心中满是忧虑，他们脱贫了、幸福了，我也感到幸福！原来幸福如此简单，多为别人做些事情，多为国家担当一些，幸福就来了。因为我们的努力，改变了贫困家庭的命运，改变了一个村子的命运。能全心全意为村民服务，是一项多么幸福快乐的事业！

女儿看到我发的这条信息，在留言中说了五个字："心疼，回来吧！"我一看到，眼泪就模糊了双眼，这也是很少发工作过程照片的原因。谢谢亲爱的家人和小棉袄！

今天听了习总书记讲周总理的故事，听了《绣金匾》《人民的好总理》歌曲，感动至深，不禁泪流满面。人民心中有杆秤，人民怀念周总理！我想我们在村里扶贫的干部，最好的缅怀纪念总理方式，就是把手头脱贫攻坚工作做好、做细，像周总理一样，把人民时刻放在心上。此生别无他求，只求做一个像毛主席、周总理、焦裕禄书记一样的共产党员。要时刻反省、磨炼自己，提升自己的心灵品质，争取早日拥有一颗像他们一样纯粹、无我、光明无量、能量无穷的心。

2019年1月9日 星期三

入户走访付新福、王伟等五家。给河南调查总队领导汇报，协调工会购买村里产品。周新生处长回复：总队工会决定购买弯柳树酵素大米，每人20斤，总量大约3000斤。安排村干部和种植者王春玲对接。

2019年1月10日 星期四

村两委会议，关于方城县六个联建村总结及资金使用研究，每村联建费10万元，上半年付5万元，已到30万元。我建议村集体经济提20%，6万元，其余全部支付给派驻联建村的驻村志愿者团队。我的意见被否决，最后按村干部的意见办理。王守亮支书等五位村干部参加。

2019年1月11日 星期五

乡检查反馈问题整改，焦言军、尹桂明等四户危房改造列入。

把杨登芳两个不孝的儿子通知到村部训诫后，他们同意让杨登芳到其女儿家住。和村干部一起到杨登芳两个女儿及其大儿子陈新学家走访，落实共同赡养老人之事。

2019年1月12日　星期六

　　为期五天的弯柳树村"国学国医养国人"专场学习会，今天圆满结束，老师到村讲授"国学养心，国医养身"，引起村民共鸣。弯柳树村整体脱贫之后，走上"全村小康，更要全村健康"的全民健康之路。息县普及传统文化的师资和志愿者团队也汇聚于村。正在发愁全省有很多村子联系要跟弯柳树村联建德孝文化村，师资力量严重不足时，息县普及传统文化的老师们前天、昨天突然都汇聚到了弯柳树村，像神兵天降一样！我们没有相商，却心灵互通。感恩、感动之中，我在想这是息夫人如此神奇地安排的吗？是古圣先贤看我太笨、太难，出手相助，派大家来支援吗？我们共同努力，学大道、传大道，为苍生、利天下，用我们的微薄之力汇成磅礴之势，推动文化自信与乡村振兴。

　　晚上课程结束，回到住处，抬头看见雪后初晴的一弯细月挂在遥远天边，几朵白云隐现在前，站在院中跺跺冻僵的脚，看着远远的月亮，突然想家！想外孙女小宝宝抓住我的手，反复说："不让你走，不让姥姥回村！"想到女儿在我朋友圈的留言："心疼，回来吧！"想起郑州的小家，想起南阳山水中的老家，不禁泪眼盈盈。遥望天际月牙，遥想乡关何处？似是月亮之上，苍穹之下。情不自禁想到回家，继而想到凋敝的乡村、留守的儿童、孤独的老人，需要人领着改变。今天课堂上乡亲们学习《论语》，"君子坦荡荡，小人长戚戚"，"君子上达，小人下达"，大家都听懂了，都愿做君子，不愿做小人。想到党的十九大报告对乡村振兴战略作了部署，不由得心中呼唤年轻人回家重整家园。想到弯柳树村干涸的小河，露底的池塘，很多乡村皆然！有感而发，写下歌词一首，《一起回家》：

　　　　　门前的小河已干涸，

　　　　　村头的池塘袒露着塘底的黑泥巴。

　　　　　我要回家，我要回家，

　　　　　家中有倚门遥望的老妈妈。

　　　　　我要回家，我要回家，

　　　　　家中有迎风摇曳的杨柳花。

　　　　　我要回家，我要回家，

门前的小河已干涸，

村头的池塘袒露着塘底的黑泥巴。

我要回家，我要回家，

重建我儿时美丽的家园，

呵护我夜夜梦回的乡关，

还你青山绿水，芳华连天！

我要回家，我要回家，

陪伴我已白发满头的妈妈。

我要回家，我要回家，

抱起我咿呀学语的娃娃。

亲爱的伙伴们，我们一起回家，

在大地上书写青春年华，在蓝天下绽放生命华章。

回家，回家，我们一起回家！

2019年1月13日 星期日

守亮支书因昨晚在村部加班，忘了接孩子，晚了两个小时，慌忙中滑倒，摔伤了脚踝，住院了。和玉平、振友、焦宏艳、许建一起到医院看望。

到商水县庞楼村考察文化产业，高速因雾封闭，从普通公路走了五个多小时才到，结束返回，夜里近10∶00回到弯柳树村。

2019年1月14日 星期一

入户走访韩新中、许光荣、骆同军。

准备年终总结述职报告。

下午召开弯柳树重点工作暨第四轮低保调整会议，市人大代表、村主任汪学华讲，昨天在市里参加会议，息县县委领导述职时，讲到弯柳树村的亮点：智志双扶，孝善敬老饺子宴，要在全息县推广。市委书记乔新江、市委组织部部长都在会上表扬了弯柳树村。

2018年工作总结，上半年百日攻坚，下半年政策落实核查。问题整改，举一反三，对标消化问题，危房改造改增21户，旧房拆除，空心村改造,五保户集中安置房改造提升,弱势群体安居工程,同步推进。日常走访入户660多户,2300多人,人居环境建设、垃圾分类整村推进。国土绿化1.5公里,四轮低保调整,残疾人无障碍设施工程,配合市级初审退出等各级检查验收工作。七个项目落户产业扶贫基地。全市驻村第一书记观摩会,德孝文化培训引领宗教场所人员转化,村基督教堂撤销,杜若明转化。投资千万元的弯柳树大讲堂落成,中心村基础设施提升。

2019年1月15日 星期二

驻村义工离村回家过年,村文化公司从联建费中支出给予补贴。汪学华、许振友等四位村干部讨论通过。

未脱贫户汪学海重病,转入信阳市中心医院。水滴筹20万元,村干部积极捐款。其子发的无医保、无房、年收入5000元,信息不实,纠正。

2019年1月16日 星期三

市委组织部到村进行第一书记年终考核,路口乡党委郑伟书记主持,苏锡志主任要求认真对待,客观公正,对第一书记负责,对本村发展负责。

苏主任反馈:谈话十人,评价很好,都请求宋瑞书记继续留任。只有一个党员提出:老村班子欠的账,新班子要还。

汪学华传达乡会议要求,近日工作:垃圾深埋可举报。低保清理。问题整改,危房清零。路肩培护。

2019年1月17日 星期四

村干部晨读感悟:习总书记理政治国,学习圣贤,知行合一。不能胜寸心,安能胜苍穹?志向高远,心灵纯净,便力量无穷。一颗为民服务的心,动机至善,了无私心,服务民众。为别人服务让我们有机会走向崇高。

北京农道天下孙君老师团队12人到村,进行整体规划设计策划。我和焦宏艳、王征带领考察全村。

沈建军电话让我很感动。沈、胡、庞三家企业一起申请扶贫工厂用地手续,乡里已同意。办好后,拟拿出资金成立弘扬传统文化基金,用于村民学习。

2019年1月18日 星期五

返郑,参加省妇联主办的"赋能成长 共迎未来"迎新春活动。

2019年1月19日 星期六

河南省妇联主办的"赋能成长 共迎未来"新知女性迎新春活动,今晚在河南省妇女儿童活动中心举行,省妇联库副主席到会讲话。我们应邀出席的六个女驻村第一书记共同唱响了《在田野在山岗》。每次唱到"我那魂牵、我那梦萦,我那第二故乡",眼前都是弯柳树村的乡亲们,都是弯柳树村一草一木,禁不住泪流满面。2019年我们要咬定目标使劲干,带领贫困地区乡亲走向脱贫致富奔小康的幸福新生活。感谢省扶贫办、省驻村办、省妇联领导,感谢河南电视台都市频道!

2019年1月20日 星期日

返村。

2019年1月21日 星期一

方城县联建村师资队伍返村汇报,梅艺洛汇报方城六村情况:傅老庄等村两委支持,组织力度大,群众学习效果好,改变大;汉山村村民观望,收获一般。

方法是首先组织党员、村两委成员学习,带动村民学。课程体系:"孝、悌、忠、信、礼、义、廉、耻",八德具足,长寿、富贵、康宁、好德、善终,五福临门。

焦庄东头78岁的马全真大娘常年在县城儿子家住,今天回村给老房子安装自来水,管道钱100元不愿出,与汪主任吵。我替她交了100元,劝回去了。

2019年1月22日 星期二

我被评为"感动中原"人物,河南电视台都市频道记者王建等三人到村采访，进行事迹宣传。

2019年1月23日　星期三

到长陵乡考察农家乐项目，在村投资的王春玲、沈建军、赵荣达等一同前往。

2019年1月24日　星期四

看望远古生态公司病重的单玉河董事长，恶性黑色素肿瘤，手术后一年了，很危险。

桂诗远部长到村，督促弯柳树大讲堂内装进度。

路口乡武装部路勇部长到村，进行村两委年终考核。

2019年1月25日　星期五

上午参加信阳市中直、省派驻村第一书记座谈会，在市委组织部十楼会议室召开，谢焕格副部长主持。

赵建玲部长总结时指出，驻村书记们有可喜的转变，从只抓脱贫攻坚转向了抓党建促脱贫，并与乡村治理、乡村振兴衔接了，从办实事转向了村民思想转化，注重扶心扶志了，这是革命性的转变！努力扶心扶志，变输血为造血，这是驻村扶贫的升级版。弯柳树村宋瑞大姐为我们做出了榜样，弯柳树村做得非常好，完全可以复制，南阳方城县已有16个乡镇学习弯柳树村经验。

文化扶心扶志不仅对村民，对干部也起作用，方城县负责与弯柳树村联建的刘飞晓，干妇联主席多年，过去老想着转岗，这次有机会她却不想转了。她给我说："如果转岗了，离开妇联这个平台，德孝文化村联建的事就没法开展。这一生我把这一件事做好了，就是为社会做了大贡献。不转了！"干部理想信念坚定了，变化让人感动。春节后总结弯柳树模式，市部下文件全市推广。

下午，人民网记者到村采访，好媳妇、好婆婆颁奖活动在村讲堂进行。

河南调查总队纪检组长贺开贵一行到村调研指导，为村捐赠20台电脑。

晚上，2019年弯柳树"迎新春 奔小康 感党恩"新年联欢会在村讲堂举办，村民载歌载舞喜迎新春。

2019年1月26日 星期六

召开村定点帮扶暨持续整改提升工作会，学习昨天息县脱贫攻坚千人誓师大会精神及要求。昨天座谈会上弯柳树村因整改到位受到县领导表扬。

和县移动公司扶贫队员、乡村干部一起，入户走访、看望、慰问老党员等。

2019年1月27日 星期日

到县人民医院看望许正强。胃癌术后复发，高烧入院，住在走廊，病人爆满无床位。在走廊给贾建院长打电话，请优先安排室内床位。每次去医院心中都很沉痛，电梯间、走廊里都挤满了病床。如何让民众健康有保障，这是一个大课题！这一点做不到，经济发展越快，物质财富增长越多，带来的问题也越多，保障人民健康和幸福才是根本。

今晚，汪学华主任请我和赵老师、刘子卿一行三人，还有在村为大讲堂内装的蒋总到他家吃饭。席间，蒋总说："弯柳树村民风太好了，我们的装修物资就放在院里，也没有院墙，从来没有丢过。两个多月了，我不敢相信，就故意把一些重要的实木梁柱放在路边上观察，仍然没人拿走一根一条。我们在全国各地施工过程中都被偷走过东西，只有这个村的文化扶心真好！"得知此情，心生感动，被村民感动，被中华优秀传统文化感动！以文化人，润物无声！

2019年1月28日 星期一

今天是腊月二十三，小年。与汪学华、梅艺洛、薛立峰共商方城县六村联建方案，完善组织机构、服务机制、课程开发。每个联建村支付弯柳树村培训费、服务费共10万元；弯柳树村派志愿者2至3人到联建村驻村一年，开德孝文化讲堂，组建村民义工团、党员义工团、村民歌舞团，复制弯柳树"文化自信与乡村振兴"经验模式。

2019年1月29日　星期二

看望军属许正伟，慰问老党员梅占礼、陈文明、陈文斌。看望许光全母亲，72岁，手脚干枯，推开屋门，发现老人摔倒在地，我和玉平把老人家扶上床，把地上的尿拖干净。

收看中央电视台《朝闻天下》报道我和弯柳树村有感：我是如此平凡，却又如此幸运，能在脱贫攻坚一线，服务最基层的人民。他们的疾苦就是我的疾苦，他们的幸福就是我的幸福。今天早上，中央电视台《朝闻天下》播出《新春走基层·我家就在弯柳树》，记录了我和乡亲们这六年的脱贫攻坚路。看到这个题目，我已感动得热泪盈眶。"我家就在弯柳树！"这句话是我六年多来每次想家、想回郑州时，在心中对自己说得最多的一句话，也是我和乡亲们共同奋斗历程的浓缩！今天和路口乡驻村脱贫攻坚责任组长王玉平、村干部陈社会一起去看望慰问老党员、军属家庭和有重病老人家庭，心中更增强了要把弯柳树村建设得更好的决心，一定要用我们全心全意全力的服务，让全村人民都幸福，让全村老人都健康！愿天下老人不再受病痛折磨，个个健康长寿！今天感触良多，满心都是感恩！为感谢国家统计局党组、河南调查总队党组、息县县委、县政府和各级党组织的信任与培养，特向弯柳树村党支部交了1000元特殊党费，表达对伟大的祖国、伟大的党、伟大的时代和伟大人民的感恩之情！

2019年1月30日　星期三

桂诗远部长到村，代表县委、县政府慰问大家。

大讲堂要进度加快，2月底交工。施工现场垃圾需清理，道路畅通，让回乡群众感受到息县的巨变。

给弯柳树村党支部支持5万元经费，也是奖励。

2019年1月31日　星期四

组织扫雪。举行在外务工返乡人员新年茶话会。

2019年2月1日　星期五

今天《人民日报》、人民网"新春走基层"报道了弯柳树村——《息县弯柳树：小康路上把歌唱，团结奋进话新春》。

2019年2月2日　星期六

今天有幸参加中共河南省委、河南省政府2019年春节团拜会。郑州国际会展中心轩辕堂庄严雄浑的会场，洋溢着浓浓的节日气氛。省长陈润儿主持，省委书记王国生致新年贺词。省委、省政府领导和各界代表齐聚一堂，共话过去一年河南取得的辉煌成就。展望2019年，河南将更加出彩。感谢组织的关心厚爱和鼓励鞭策！王书记的讲话使人干劲倍增，向担当国家富强、民族复兴使命并做出卓越贡献的各级领导、各界优秀人士学习，向大能量、大福报的人学习！珍惜机遇，对人民对社会多一些奉献，为这个美好的新时代多做出一些贡献。"奋进新时代，中原更出彩"，2019年在重要的时代节点，重整行装再出发。看节目《国韵》，让人赞叹中华民族曾是个多么诗情画意的民族，中原热土，文化发祥地，文化自信、民族复兴，岂不从中原始？弯柳树村和我，都需要再放大格局、扩大心量！把文化自信和乡村振兴、农民幸福、民族复兴担在肩上！无畏一切艰难险阻，勇往直前，创出一片新天地，创出一个新奇迹。人人做一个追梦人！一个个出彩，凝聚成中原的多彩！

看《穆桂英挂帅》："天波府里走出来我保国臣，五十三岁我又管三军。……激起我破天门壮志凌云，一剑能挡百万兵。"激励我们人生总是在拥抱时代时绽放异彩！

一人力量小，千人力无穷。只要信深心真，紧紧依靠组织，紧紧依靠人民，全心全意全力服务人民，定能在打赢脱贫攻坚战的基础上，带出一个文化自信与乡村振兴的万马奔腾气势雄的弯柳树村！

2019年2月4日（除夕）　星期一

新春吉祥，美满幸福，心想事成！给亲爱的朋友们拜年啦！

2018年在高度紧张与忙碌中倏忽而过，还没有来得及歇口气、陪陪家人，一年就过完了。

　　腊月二十七回到郑州，二十八参加省委、省政府新年团拜会。一大早从衣柜的最里层，找到美丽的裙子，一时感慨万千，心也一下子更加柔软。穿上自从驻村后就没有机会穿的裙子，对镜梳妆，突然感到了花木兰替父从军、征战沙场，得胜还家后卸下戎装，换回红装，"当窗理云鬓，对镜帖花黄"的心境！驻村六年多，自己真的像征战在疆场的花木兰，为了方便工作，同时也是因为农村蚊子多，不敢穿裙子，整天穿着工作服，穿着乡亲们给我织的毛线鞋，轻装上阵，快速奔波。等到打赢脱贫攻坚战，回得家来，再穿起这些美丽的裙子！最亏欠的就是女儿和小外孙女，小家伙天天盼着我抱她、陪她、给她讲故事，可我常常不能兑现，一年也陪不了几次。放假了，好好陪陪宝贝们！感谢宝宝的最美奶奶、美丽善良的亲家嫂子！祝亲爱的家人、亲爱的朋友新年快乐，吉祥如意！

2019年2月11日　星期一

　　新年上班第一天，先到总队报到，给夏总、武总汇报。

2019年2月12日　星期二

　　组织召开弯柳树德孝文化村联建座谈会，在村投资者及志愿者刘子帅、王海棣、梅艺洛等参加。村联建工作座谈会，重点在文化产业投资及人才招聘。

2019年2月13日　星期三

　　"春雷浩荡——致良知企业家学习会"在北京举行，村里组织收看直播，沈建军、庞永启等在村投资的企业家和村民，在简易板房讲堂观看。

2019年2月14日　星期四

　　息县脱贫攻坚检查组到村检查，迎接2月底前的省级检查。杨奇带队12人到村，扶贫驻村工作队和村干部接受访谈。

2019年2月15日 星期五

入户走访，到冯庄冯继春、冯继友家，两家都有智障儿女，该享受的政策都已落实到位。

2019年2月17日 星期日

带领村企业负责人参加2018年河南省儒学文化促进会年会。首先学习习近平新年寄语："我们都在努力奔跑，我们都是追梦人。"弯柳树村弘扬传统文化，修好心田，为大家提供安全健康食品，共同打造儒商培训及乡村实践基地。安阳兆通型钢公司冯总分享经验：全员学习传统文化，是企业持续做大做强的秘密武器。

2019年2月20日 星期三

桂诗远部长到村，指导脱贫攻坚迎检准备工作，强调围绕"两不愁三保障"做好宣传、动员、排查工作，访谈提纲要烂熟于心，发现问题及时整改。乡组织委员安排：脱贫攻坚75题要背会。

2019年2月21日 星期四

召开弯柳树村帮扶责任人提升帮扶工作成效会，王守亮支书主持，细化安排迎检工作。

省直工委驻太康县皇王村第一书记吕卫东带领村干部到村参观学习。信阳市画家胡诚到村画竹、赠画。

"一个民族的觉醒，首先是文化上的觉醒；一个政党的力量，很大程度上取决于文化自觉的程度。可以说，是否具有高度的文化自觉，不仅关系到文化自身的振兴和繁荣，而且决定着一个民族、一个政党的前途命运。"

2019年2月22日 星期五

刘子帅带领果树技术员到村，培训村民果树修剪技术。桃树、梨树、葡萄园一起修剪，村民骆同军负责对接。

2019年2月24日　星期日

弯柳树村动态管理民主测评会,王支书主持,39位村民代表参加。支书公布:一、冯庄电灌站维修需支付8000元左右,大家同意支付。二、方守兵、尹桂枝申请低保,因两家收入较高,不符合低保条件,未通过。

2019年2月25日　星期一

迎检准备。一访谈:乡村干部、第一书记、工作队七人;二入户:贫困户三户、非贫困户三户;三看:扶贫车间、村里产业、村容村貌、道路、户容户貌等。

2019年2月26日　星期二

县里通知:脱贫攻坚成效第三方评估3月5日到县,6日确定抽样本村23至25个。培训村帮扶责任人和网格员,迎接第三方评估。

2019年2月27日　星期三

河南省2018年定点扶贫工作成效考核组到村,由省政府办公厅、省委统战部带队五人。考核组入户走访六户村民,访谈三位乡干部、驻村第一书记等四位村干部,看了产业园、村容村貌。

2019年2月28日　星期四

回郑州参加活动。省委宣传部、省扶贫办、省文旅厅主办的"携手共奔小康路"脱贫攻坚专场文艺晚会,今晚在河南艺术中心隆重上演。省委、省政府有关领导,河南省脱贫攻坚领导小组成员单位、省直机关的干部职工,奋战在脱贫攻坚一线的先进代表,以及参与脱贫攻坚工作的社会各界人士,一同观看了演出。脱贫攻坚是全面建成小康社会、实现第一个百年奋斗目标最艰巨的任务,以习近平同志为核心的党中央把脱贫攻坚摆在治国理政突出位置,脱贫攻坚力度之大、规模之广、影响之深,前所未有。

我和信阳羚锐制药董事长熊维政、唐河脱贫户王万才、嵩县三合村返乡创业青年冯亚珂四人,接受现场采访。

现场报道:"特别邀请到了全国脱贫攻坚奖获得者宋瑞、熊维政,以及河南省脱贫攻坚奋进奖获得者王万才、冯亚珂,四位代表从不同侧面讲述了他们在扶贫、脱贫路上振奋人心的感人事迹,给人以生动的启迪。"演出的最后,台上台下同声高唱《歌唱祖国》。全场歌声嘹亮,情绪激昂,把气氛推向最高潮!深情大气、激情澎湃的演出,具有很强的感染力,振奋人心,鼓舞士气,坚定了社会各界众志成城打赢脱贫攻坚战的信念!

2019年3月1日 星期五

全世界有80多个国家有自己的母亲节。中国十多年来各地发起倡导建立"中华母亲节"活动,河南已连续四年开展此项活动。参加河南省儒学文化促进会主办的第四届中原地区倡导建立"中华母亲节"活动筹备会,确定框架。时间:5月5日;地点:河南省人民会堂;规模:2700人;主题:弘扬孝道文化,建设最美家风;内容:请专家解读落实习总书记关于家风家道建设讲话精神,把传统文化与当代家风建设结合起来;形式:由企业家捐款办会,捐款救助弯柳树村等村弱势母亲和留守儿童。

2019年3月2日 星期六

和村干部到许庄组协调主路扩宽及提升铺柏油事宜,协商尹桂明等两户院墙、厨房拆迁,顺利解决。感谢乡亲们的支持!

2019年3月3日 星期日

一天马不停蹄,入户走访聋哑人王新春、残疾人段平等十一户,扶贫政策全都享受到位,爱心企业额外捐款、捐物帮扶都已落实。发现王庄李志友家环境卫生差,我和焦宏艳给他家打扫卫生,扫地、铺床、清理厨房。境由心生,看着屋里院里干净了,李志友夫妇态度转变,对工作队热情起来。

2019年3月4日 星期一

对路口乡反馈的3月3日全县普查发现的问题,进行整改。

2019年3月5日　星期二

早上接到凡明超电话，当即和王守亮支书及四位村干部商量，调解80多岁的凡母李新芳老人路边一间土坯危房改造问题，由村包工头陈文伟和凡明超商量，乡里补助2万元给凡，由他自拆酌建。

2019年3月6日　星期三

乡检查组到村检查扶贫政策落实情况。许庄西池塘改造丈量放线，村民旧房改民宿进度督促。晚上加班召开村干部及工作队会议，填写政策落实一览表。

2019年3月7日　星期四

组织春季全村环境卫生大清理，乡司法所支援14人，结合村民保洁员和公益岗位38人，分片包户，全面打扫。

中州古籍出版社编辑刘春龙到村，被弯柳树村的变化震撼了，建议信阳向南阳学习，把这么好的脱贫攻坚典型推出去、宣传出去。应该仿效唐河县委宣传部主导的《唐河千帆过——王万才脱贫日记选》一书，把弯柳树巨变写成书！

弯柳树"传统文化与幸福人生"讲座今天开班，为期三天，村民踊跃参加听课。

2019年3月8日　星期五

早上6∶30在村部集合，等待第三方评估抽村结果。7∶00接到乡脱贫攻坚指挥部通知，仍然未抽到我村。大家解散，各干各的工作。在"传统文化与幸福人生"课堂上，组织妇女开展庆祝"三八"节活动。

2019年3月9日　星期六

白天入户走访，晚上召开村歌舞团全体团员会议，选出新团长蔡志梅，副团长许正梅。

2019年3月10日 星期日

早上6:30在村部集合，等待抽村结果，弯柳树村仍未抽中。息县调查队丁明海队长到村，对接国家统计局拟把系统扶贫干部培训班放在弯柳树村举办，共两期：4月22日至25日140人；5月6日至10日130人；重点学习弯柳树"文化自信与乡村振兴"成功经验及宋瑞六年驻村坚守精神。我已给袁钢县长汇报，县委、县政府高度重视。村新讲堂内部装修还未完成，需督促进度。

2019年3月11日 星期一

村两委成员、帮扶工作队员、村民组长、村民引导员，早上6:30在村部集合，等待抽村结果，仍未抽中。接县委通知，第三方评估检查组领导们下午2:50到村考察指导。省扶贫办副主任李长法、第三方评估检查组钟教授、市扶贫办主任郑海春，在袁钢县长等陪同下到村。领导们对弯柳树村运用文化自信扶心扶志扶贫，带动产业发展的成效，高度评价，先抓人心是抓着了根本。

2019年3月12日 星期二

召开村歌舞团作风整顿会议，我主持。选出的新团长蔡志梅作就职发言，强调严肃纪律；应大家要求请回王秀清老师做教练，大家认真排练，期待出精品，全县巡演。

2019年3月13日 星期三

桂诗远部长到村督促大讲堂灯光、音响、内装进度，必须3月底完工，4月10日试用，4月15日正式交付使用。村核心区三条路扩宽提升，两个坑塘改造已立项，马上动工。

潢川县魏岗乡46位女干部到村参观学习。

国家统计局教育中心李莉红处长一行三人将到弯柳树村考察，在县政府四楼会议室召开考察调研座谈会。李处长介绍弯柳树村培训班流程：国家统计局领导授课半天，宋瑞书记"扶心扶志扶贫"课半天，弯柳树村产业带头人和村民发言，村民歌舞团演出，专家授课，内蒙古正镶白旗、山西岢岚县典型发言，现场教学等。会议标准每人550元/天，270人，两期，每期三天。

2019年3月14日　星期四

国家统计局教育中心李莉红处长一行三人到村，我和王支书带领参观酵素生态园、村产业园、文化培训基地等，李处长一行很满意。

2019年3月15日　星期五

息县农业农村局在村召开产业发展推进会，王支书介绍村情，我介绍村产业发展及规划，在村投资的七家企业各自汇报自己的生产、销售情况及需要解决的问题。王辉从乌鲁木齐、沈建军和赵荣达从辽宁锦州、刘子帅从郑州、王春玲和胡辉从息县县城不约而同到弯柳树村投资，都是被整洁的村容村貌、良好的村风民风吸引而来。企业需要解决的共性问题，是完善用地手续。

2019年3月16日　星期六

郑州梅总、乔老师三人到村，洽谈酵素大米销售，订购样品200斤（3000元）。

刘子帅到村，在其承包的136亩生态园中，规划玫瑰种植园和二十四孝文化园，打造文化特色游园。

曲良平导演电话：昨天中国文联会议决定，7月中旬《弯柳树的故事》进北京汇报演出，列为中国文联2019年大项目，村民及息县演职人员进京及演出费用80万元由文联承担。主题曲由阎维文、刘和刚等演唱。中宣部、中央文明办、国务院扶贫办三家联合组织，40家媒体跟踪报道。《弯柳树的故事》反映的是新时代的国家大事！感谢曲导、卞留念老师等主创人员对弯柳树村的支持，对脱贫攻坚的支持！

曲导18日到村，中国文联大型活动处马康强处长26日到村，我们要做好准备。

2019年3月18日　星期一

接受河南广播电视台《创富路上》采访，与村约汗生态农业公司负责人刘子帅一起，在直播间接受主持人刘楠访谈。

2019年3月19日　星期二

有德此有财，弯柳树村产业发展再开新篇！良心农民种植生态放心粮蔬，良心企业生产放心食品。息县弯柳树生态农业公司生产的第一批产品"颂瑞牌八德八味香菇酱"，今天赴成都参加食品博览会。息县的中国生态主食厨房优质产品与中华优秀传统文化有机结合，定会不负众望，再创奇迹！

信阳爱心企业家、民间建筑师"李大胡子"李开良老师，捐资20万元，把贫困户李树凤的危房改造成古色古香的民宿，只剩下大门未安装，督促尽快安装。协调李树凤丈夫许正强胃癌大病救助申报。感谢李开良老师！

2019年3月20日　星期三

安排村主任汪学华带领村干部今天上午到息县人民医院看望许正强，带些现金慰问。许正强37岁，年前在上海打工时，体检发现胃癌晚期，当即做了切除手术，回村后恢复不好，情况不容乐观。

2019年3月21日　星期四

昨天接夏雨春总队长电话，安排我下周一回总队讲一堂课。今天准备汇报提纲课件，总队党办张燕杰电话告知省政府十二楼会议室无影像设备，不能用课件，只能用讲稿。

2019年3月22日　星期五

给夏总打电话请示，此次给总队全体同志汇报，是侧重驻村工作汇报，还是经历与感悟。夏总回复："侧重工作经历、工作内容、工作效果，若有时间可能再安排一次汇报。你先征求一下郭总意见吧。你做得非常棒！放松讲就可以了。"每次汇报前都很紧张，发现我很笨，干时可以，说时讲不好。感谢夏总和总队党组的鼓励和栽培！

郭总回复："这些年在扶贫工作中做出的成效，是总队党组领导下的重要工作，党组高度重视是坚强后盾，个人只是承担此项任务，个人成绩应把握着度，要体现历任总队长的重视。"

机关党办张建国书记电话：总队网上已经通知，脱贫攻坚工作汇报会议3月25日上午9:00在省政府北楼十二楼会议室召开，总队全体同志、各市县队视频会议，听取总队派驻弯柳树村第一书记宋瑞同志脱贫攻坚工作汇报。

2019年3月25日　星期一

省政府十二楼会议室，河南调查总队脱贫攻坚专题汇报，副总队长郭学来主持，总队全体同志现场参加，市县调查队视频参加，上午9:00至11:00，我讲在弯柳树村驻村六年做法、成效。感谢总队党组及全体同志！下午回村。

2019年3月26日　星期二

上午，召开迎接国家统计局系统弯柳树村培训会筹备会，息县调查队丁明海队长、乡宣统委员王玉平、村支书王守亮、村主任汪学华、村文化公司负责人原总参加。确定住宿、餐饮、会议室、参观路线，由息县调查队报总队及国家统计局教育中心领导。

2019年3月27日　星期三

县里通知，今年"全域综合治理试点村"上报弯柳树村，准备上报材料报省自然资源厅。

罗山县委组织部林部长带队70人到村，参观学习"抓党建促脱贫"，息县县委组织部部长桂诗远陪同。

中国文联大型活动处马康强处长一行到村调研、体验，创作《弯柳树的故事》。

2019年3月28日　星期四

情景音乐报告剧《弯柳树的故事》剧本研讨会，今天上午在县委三楼会议室召开。中国文联马康强处长,作曲家卞留念老师,中央电视台《乡村大世界》原总导演曲良平,词作者曲波,作者张海蓉,省文联领导,原信阳市委常委、军分区政委韩强毛,息县县委宣传部部长余金霞,副县长李博和文旅局、文联等单位领导参加了座谈。

下午回郑州,准备参加明天领奖活动。

2019年3月29日 星期五

我被评为2018年"感动中原"十大人物,今天在河南电视台1500人大演播厅彩排颁奖典礼。典礼于下午7:30正式开始,省人大李文慧副主任、省委宣传部江凌部长等领导参加,河南调查总队夏雨春总队长带领总队30人方阵参加,弯柳树村干部焦宏艳和村民代表,在村投资的王春玲、周龙、薛立峰等,我的弟弟宋辉,女儿、女婿等20人亲友团方阵参加。典礼给我的颁奖词是:"扶贫扶心,以孝道德行为根,树起弯柳树的村魂。扶贫扶实,以产业开发为本,筑成奔小康的基底。你舍却天伦之乐,铺就村民致富之路,犹如大河解冻,春水奔流。"

夜里看到媒体的报道,感动不已。我们只是做了该做的事情,党和人民却给了我们如此崇高的荣誉。"今夜,一亿河南人被他们感动!一起转发,向老乡们致敬!"

2019年3月30日 星期六

息县的这个村子不一般,它的故事要拍成音乐报告剧了!美好息县公众号今天转发了《信阳日报》的报道:"《弯柳树的故事》创作背景源于我省2018年唯一喜获全国脱贫攻坚贡献奖殊荣的脱贫攻坚先进典型——息县路口乡弯柳树村驻村第一书记宋瑞,她三次放弃期满归队与家人团聚的机会,以弯柳树村为家,与村民同吃同住同劳动,把中华优秀传统文化转化为基层生产力,把社会主义核心价值观变成百姓好活法,净化人心,改善民风,发展产业,引领村民脱贫致富,将一个落后的软弱涣散村变成金字招牌村。她的感人事迹在河南省脱贫攻坚工作领域引起广泛关注,中国文联文艺志愿服务中心对此高度重视,在中国文艺志愿者协会的关注和大力支持下，创作团队多次深入弯柳树村采访，以情景音乐报告剧的形式讴歌脱贫攻坚工作、展现农民精神风貌，在国内尚属首创。"

2019年3月31日　星期日

我有幸作为驻村扶贫基层先进代表参加今年黄帝故里拜祖大典，和世界冠军邓亚萍等来自全球各领域的27位优秀代表，荣任拜祖大典第八项"祈福中华"的祈福嘉宾，今天到新郑黄帝故里参加今年全球华人华侨拜祖大典宣传片《我和我的祖国》拍摄及彩排。

2019年4月1日　星期一

上午参加总队全体会议。下午和息县路口乡万乡长一起到弯柳树村郑州联络处，在村投资生态农业的刘子帅组织十多位郑州企业界人士，举行弯柳树村招商推介会。会后接受河南卫视记者采访。

2019年4月2日　星期二

今天回总队给党组和夏总汇报驻村扶贫工作，喜讯是招商引资成效显著，又有两家企业计划到村投资，面临问题是人手不够，忙不过来。请示总队能否再派一个年轻人一起驻村，如科技厅、公安厅都是3至5人驻村。

夏总代表党组给我谈话：首先代表国家统计局毛有丰副局长问候我，国家统计局给河南特批一个副巡视员指标，"戴帽"下达，解决我的职级问题。毛局长希望我在弯柳树村继续做文化自信与乡村振兴的实践，再做一段会更好。党组希望我继续驻村，保持工作连续性。本月15日总队召开干部大会，进行民主测评。

非常感谢国家统计局党组、河南调查总队党组的关心、器重和栽培，我内心十分感动！当初去驻村时什么回报也没有想过，只想到要把扶贫的事做好，给村民造福，给总队争光。没想到坚持几年下来，组织给我这么多的荣誉和关注。下一步工作，下决心把文化自信与乡村振兴试点村、示范村做好，惠及更多的乡村和人民。不负国家统计局和河南调查总队党组，不负弯柳树村乡亲们，请党组放心！

2019年4月3日　星期三

晨读读到新华社的《以生命赴使命 用热血铸忠魂》，报道全国牺牲在村里岗位上的驻村干部事迹，心潮澎湃，泪湿衣衫。向牺牲在脱贫攻坚战场的领导和同志们致敬！我亲爱的战友们，安息，一路走好！

自从走向脱贫攻坚这个看不见硝烟的战场，正如习总书记所说："我将无我，不负人民。"我将无我，不负人民，不负组织，不负贫困地区乡亲们，不负亲爱的祖国和伟大的新时代。正如文天祥就义前，问行刑者哪是南方，之后面向南方故国方向叩首作别，慨然留下肺腑之言："孔曰成仁，孟曰取义……读圣贤书，所学何事？而今而后，庶几无愧。"生命是短暂的，如闪电夏花，如白驹过隙，为一件利益祖国和人民的事奉献生命，死得其所，此生足矣！

亲爱的驻村第一书记弟弟、妹妹、战友们：最后的胜利即将到来，我们要咬定目标加油干，同时要劳逸结合多保重！让我们共同努力，取得脱贫攻坚战全面胜利！

2019年4月4日　星期四

县扶贫办副主任周夔到村，召开村干部、扶贫工作队会议，协商老子书院（村文化旅游接待服务中心）筹建对接。大家同意李开良简中式方案，与其西边相邻的民宿建筑风格一致。

致敬英雄！英雄是民族的脊梁，我们的榜样。向扑救凉山森林大火牺牲的27名消防战士和3名地方干部群众致敬！

2019年4月7日　星期日

受邀参加己亥年黄帝故里拜祖大典，全球40个国家和地区的华人华侨齐聚中原，参加新郑黄帝故里拜祖大典。我和邓亚萍、陶斯亮老师及朱德元帅的外孙女刘丽等27位各界精英人士，作为"祈福中华"环节的祈福嘉宾，走上祈福台，为中华祈福，走上拜祖台，祭拜黄帝，在《黄帝颂》书法长卷上盖上组委会为每个祈福嘉宾刻好名字的独山玉大印，深感荣幸和感动！

当主持人宣布大典第八项"祈福中华"，播音员深沉浑厚的男中音在广场上空回响："黄帝功德，万古流芳。振兴中华，百年梦想。现在站在祈福台上的，是炎黄子孙的骄傲，中华儿女的自豪！他们用辛勤的努力和付出，向全世界展示了中华儿女的文明和智慧。今天他们将在全世界华人拜祖圣地，中华民族的精神家园，在中华人文始祖黄帝面前，高挂祈福牌，为民族祈福，为复兴喝彩！"这一刻我已感动得泪流满面，当我把写上我心愿"天佑中华，民族复兴，人民幸福，道行天下"的祈福牌挂上祈福树时，心中回荡着"为天地立心，为生民立命，为往圣继绝学，为万世开太平"。

这一刻我感受到了肩上的责任和义务，生逢盛世，在这个伟大的新时代，能为实现中华民族伟大复兴效犬马之劳，何其有幸！文化自信，民族复兴，我们昂首挺胸走在前面；逢山开路，遇水架桥，敢为人先，为国为民奉献自己。这一刻我感受到了习总书记"我将无我，不负人民"的深意，我们都是追梦人，万众一心，众志成城，携手同行，打赢脱贫攻坚战，实现中华民族伟大复兴的中国梦！

2019年4月9日 星期二

河南省驻村第一书记及工作队员示范培训班（第二期），在卫辉市唐庄乡镇干部学院开班。省扶贫办卢东林副主任主持开班仪式，新乡市委组织部张涛部长致词，省委组织部毕正义副巡视员讲话，全国乡镇党委书记的榜样吴金印书记发言。省驻村办崔琰主任等领导和专家，给大家讲授农村基层党建、习总书记关于脱贫攻坚的论述等，受益匪浅。

唐庄镇自1980年至今，三张蓝图，从解决温饱，到实现富裕，到如今的工业化、城镇化、现代化协调发展。5万多人口的唐庄镇，2018年产值100.07亿元，让人振奋！吴金印书记，我们学习的榜样！

2019年4月10日 星期三

接总队人事处电话：国家统计局人事司通知，中组部核对我的《领导干部个人有关事项报告表》后反馈问题：红双喜保险2017年填写，2018年未填写，还有2010年购买的人寿保险未填报，须说明原因。

2019年4月11日　星期四

到河南牧业经济学院参加2018年全国脱贫攻坚贡献奖先进事迹报告会。为大学生作《不忘初心　牢记使命》专题报告，被聘为客座教授，院领导颁发聘书。

2019年4月13日　星期六

总队人事处电话通知我：因中组部核查，我的个人事项报告有漏填项，原定的15日对我的民主测评会议取消。夏雨春总队长亲自打电话安慰我：能干的人，党的事业需要，组织培养一个干部很不容易。因个人事项填报漏项影响晋级的多有发生，说明情况等待结果。

是自己粗心，忘记了八年前买的人寿保险。不经磨难，大我难出。前慧如灯，照亮今生。初心坚定，永不退缩。

2019年4月16日　星期二

弯柳树迎接国家统计局培训会议筹备会议，按照国家统计局发来的日程表分工。参观产业园四个企业、酵素生态园，村干部、村民六人分享自己转变的故事：村主任汪学华《放下小家为大家》，许兰珍《从赌博队长到义工团长》，骆同军《孝敬老娘奔小康》，赵忠珍《传统文化真是好》，赵久均《我想再活100年！传统文化课堂救了我》，许光林《我在家门口上班啦！》。

2019年4月17日　星期三

息县调查队丁明海队长到村，强调接待国家统计局培训会筹备细节要求：村整体环境卫生维护，车辆引导，报告厅投入使用后灯光、音响调试等。

息县政府办崔记伟副主任带领县史志办吴世成主任等六人到村，商讨建立弯柳树村史馆及布展事宜。

2019年4月18日　星期四

河南省委副秘书长、省信访局局长张春香到村，调研传统文化化解基层矛盾，促进脱贫致富和谐发展案例。息县袁钢县长、县委组织部桂诗远部长陪同调研,我和汪学华汇报。张局长在任信阳市委副书记时曾到弯柳树村指导,对村文化扶心扶志扶贫的做法一直很支持。

息县弯柳树生态农业公司今天投产,生产流水线正式开工,县政府李博副县长、县农业局局长剪彩,我致词祝贺并提出实现带贫目标期望。沈建军从辽宁锦州到村发展,在村投资600万元建厂,生产香菇酱、小咸菜等。这是到弯柳树村投资的第三家企业!

弯柳树村没有村部,一直在临时村部办公,已经搬迁了四个地点了,我向县委主要领导多次汇报,今天终于得到回复:县委同意给弯柳树村建一个村部,让我找袁钢县长落实。谢谢县委支持!

2019年4月19日 星期五

息县工商局徐鑫局长带领爱心企业给新落成的弯柳树大讲堂送来一批绿植,美化环境,净化报告厅、会议室空气。好感动,谢谢!

到鹿邑老子文化研究院见张伟主任和韩金英老师,学习文化旅游产业,对接为弯柳树村捐《老子八十一化》版画事。

2019年4月20日 星期六

大讲堂报告厅桌椅到村,和村干部现场检查安装摆放。

郑州报业集团金鑫带领辣木籽种植齐心悦到村,指导种植业结构调整,免费提供100亩辣木籽种子。专家推荐:辣木籽叶属近年新兴的高端蔬菜,具有抗癌作用。

2019年4月21日 星期日

郑州刘子帅带领"中青汇会员企业"到弯柳树村参访学习,我讲传统文化学习、产业发展与村变化。他们有意向众筹投资在村开发文旅产业项目。我要求拿出方案,村委会报县、乡有关部门审批。

2019年4月22日 星期一

"国家统计局定点扶贫县青年干部第一期培训班"今天报到,李莉红处长一行到村,县委组织部部长桂诗远到村陪同查看相关准备工作。

省扶贫办社会扶贫处崔海成副处长电话通知：国务院扶贫办选"2019年全国脱贫攻坚奖"评委，给河南一个指标，省领导决定派我参加。

2019年4月23日 星期二

今天上午弯柳树村新落成的大讲堂首次启用，为期三天的国家统计局定点扶贫县青年干部第一期培训班开班。国家统计局教育中心主任余芳东主持开班仪式，国家统计局河南调查总队总队长夏雨春，息县县委常委、副县长李博在开班式上致词。夏雨春表示：培训班在弯柳树村举办，是对河南结对帮扶工作的认可和肯定，也是一次全面检查和督促，将激励和鞭策继续巩固脱贫攻坚成效。国家统计局办公室副主任彭纪星作开班动员讲话，她表示：开展精准扶贫、定点扶贫是党中央、国务院的重大决策部署，也是国家统计局必须完成的一项崇高而艰巨的政治任务，希望大家珍惜这难得的学习培训机会，以更饱满的热情、更扎实的作风、更有力的举措投入脱贫攻坚第一线。

2019年4月24日 星期三

"中国共产党的故事：乡村振兴——河南省委的实践"，中共中央对外联络部、河南省委宣介会故事分享活动，选中弯柳树村"扶贫先扶心"案例，省委外宣办董堃通知我做准备。今天河南广播电视台导演陈雷一行到村采访，拍宣传片。陈雷讲要求：一、给外国人讲弯柳树村变化的故事，原来什么样、因为什么发生改变、现在什么样；二、第一书记这个职位是干啥的，你什么原因扎根弯柳树、三届驻村；三、通过开讲堂学习中华优秀传统文化，扶心扶志，抓住根本，把人性中的劣根性改变，唤醒人心，把赌博成瘾的人拉出泥潭，使基层老百姓发生变化；四、你是坚守基层、服务基层的第一书记代表，肩负使命，做出成效了，要讲出高度；五、6月底，来华访问的30多个国家的政党、政要、驻华使节、外交官、跨国企业驻华代表400人参会，中联部、河南省委主要领导参加，省委交办宋瑞围绕组织振兴和脱贫攻坚讲好故事分享；六、这次拍宣传片，村歌舞团演出实拍。

2019年4月25日 星期四

国家统计局培训班第三天，上午我作脱贫攻坚专题报告和弯柳树经验介绍，并主持村干部、村民六人分享。内蒙古正镶白旗第一书记龙腾花、江西省寻乌县扶贫办学员等经验介绍。下午弯柳树村德孝歌舞团文艺演出，《开门红》《孝和中国》《婆婆也是妈》《不知该怎样称呼你》《五星红旗》《手拿锄头心向党》《垃圾分类好处多》《重回汉唐》等节目，让学员感动落泪。村民精神风貌展示，村企业扶贫产品展示，使学员感受到文化自信带动产业振兴的实效。

2019年4月26日 星期五

到大别山干部学院参加信阳市第一书记培训班，市驻村办苏锡志主任安排我分享弯柳树脱贫攻坚经验：党建引领建强村支部；文化自信改变人心；文明村风引来投资；修好心田，种好良田，带来实效。

许建提出，2017年白象食品公司捐赠给村的流动舞台车、宇通中巴车，由他的建业合作社过户到村孝爱文化公司，村两委会全体通过。由陈社会和许建到信阳市车管所办理。

2019年4月29日 星期一

县农业局局长回复：弯柳树村扶贫产业基地三个投资企业用地问题、环评问题，一并解决。县委研究整合资金对弯柳树村进行改造提升。

2019年4月30日 星期二

中联部、河南省委宣介会宣讲材料二稿修改，陈雷导演辅导修改，并转达省委宣传部江凌部长指示：宋瑞的故事吸引人的地方在哪？打动你的是什么？弯柳树村脱贫的特色，同而有异之处，看到中国未来农村的发展前景。突出文化振兴，驻村第一书记是新时代一个特殊岗位，宋瑞六年多呕心沥血与乡亲们在一起，用传统文化唤醒人性回归，使人类面临的共同问题有解；突出组织振兴，内部建强村支部凝心聚魂，外部招商引资，发动群众参与。听完我感动、激动、喜悦，忍不住鼓掌。讲故事要有细节、有温度、有感悟，还要考虑到西方人的听写习惯。

2019年5月4日　星期六

陈雷导演通知：明天下午到省委宣传部报到，中联部宣介会讲故事的六人试讲。

2019年5月5日　星期日

中原地区倡导设立"中华母亲节"活动上午在河南人民会堂举办，河南儒学文化促进会主办，多家爱心企业承办，2000多人参加。中国政法大学郭继承教授作《感恩生命中的母亲》主题报告，弯柳树村民歌舞团演出歌舞节目《祝妈妈健康长寿》，豫剧名家虎美玲演出豫剧唱段。

下午到省委宣传部414会议室，集中试讲中联部会议发言稿并修改。省委宣传部郑延保、陈蕊等领导听审后，提出修改意见。对我提的：三届驻村，故事感人，以组织振兴、文化振兴为主线，突出第一书记是什么角色，国家为什么要派，为农村做了什么，文化振兴改变了人的思想，让外国人了解中国传统文化的力量。

2019年5月6日　星期一

八一电影制片厂导演张玉忠、制片人李艳秋等到村考察，计划以我带领弯柳树村脱贫致富为原型拍电影。

2019年5月7日　星期二

"国家统计局定点扶贫县青年干部第二期培训班"在村大讲堂二楼报告厅开班。国家统计局张琳、杨青、阳俊雄、李莉红等领导，河南调查总队郭学来副总队长、徐文，信阳调查队队长马家宏，息县县委统战部部长李建光等参加开班仪式，李建光部长致欢迎辞。

"关于拍摄第一书记题材电影弯柳树村采风会"在村大讲堂一楼一号会议室召开。八一电影制片厂导演张玉忠、制片人李艳秋，河南电视台喜买网总经理郑鸿雁等参加，村干部、村民和党员代表参加会议，畅谈个人及村庄变化。

县自然资源局刘股长带领息县全域治理村规划小组到村，广州国地公司做全域治理及村庄规划。

2019年5月9日　星期四

村主任汪学华，村民代表赵久均、赵忠珍、许兰珍等，参加国家统计局定点扶贫县青年干部第二期培训班，分享自己的转变和弯柳树村脱贫故事。村民歌舞团演出《五星红旗》《婆婆也是妈》等十多个节目。山西省岢岚县扶贫办刘慧、岢岚县大涧乡寨沟村扶贫工作队员郑海琪，江西省寻乌县晨光镇政府李伟金等学员代表分享学习收获。

下午结班总结，国家统计局教育培训中心杨青主任在总结中讲道：去年宋瑞荣获全国脱贫攻坚贡献奖，受到国家表彰后，应邀到国家统计局讲课，国家统计局培训中心领导就思考筹备在弯柳树村召开培训会议。两期培训效果很好，大家听报告、看产业、与村民互动，切身感受到文化自信改变人心，吸引来产业的力量。

2019年5月10日　星期五

昨晚召开村两委班子六人、村文化公司六人参加的扩大会议：一、接待国家统计局培训会议总结，大讲堂投入使用的第二场培训，需完善基础设施，提升服务质量。二、大讲堂、文化培训产业运营，由息县弯柳树孝爱文化公司管理经营。三、抓紧白象公司捐赠的两台车年检，费用由文化公司承担。

按总队要求，今天注册为"全国志愿服务者"。

2019年5月11日　星期六

回郑州参加学习，聆听中宣部原副部长王世明作报告《肩负使命，励志前行——成就伟大人生》。

王部长说："核心价值观 百姓好活法"的核心提炼出来就是奋斗。让老百姓都好好干活、好好奋斗，家好了，国家就好了。总书记提出撸起袖子加油干，让中国人以昂扬的精神奋斗在实现民族复兴的圆梦路上。回到中华文化的源头，发现先祖早把奋斗基因符号标识出来，《易经》乾卦象曰"天行健，君子以自强不息"，华人走到哪里，就会把勤劳、奋斗带到哪里。"幸福都是奋斗出来的"这句话揭示了中华文化的核心。民间谚语：

要想穷,睡到东方太阳红;要想富,赶快早起去织布。

王部长讲得风趣幽默,听后很受启发。早在2013年,我和息县县委宣传部部长到中宣部拜访王部长,在他办公室,他送我们一句话"把核心价值观变成百姓好活法",弯柳树村多年来就是这样做的,乡亲们改变很大,提前脱贫,走上幸福小康路。

2019年5月13日 星期一

青少年儿童研学基地项目对接,中国关心下一代工作委员会任老师指导起草申报方案。

2019年5月14日 星期二

在省委北院会议室参加"河南省纪念焦裕禄同志逝世55周年座谈会"。省委书记王国生、省长陈润儿、省委副书记喻秋红、省委组织部部长孔昌生、省委秘书长穆为民等领导参加,陈省长主持,我和兰考县委书记蔡松涛、焦裕禄书记二女儿焦守云等八位代表发言。王国生书记总结讲话,其中讲到我驻村,让我很感动:"宋瑞在息县村里一干七年,一个女同志多不容易,很值得学习。她是我们大家学习的榜样!三个改变不容易,没有付出是改变不了的。自己的改变,人心的改变,村子的改变。昌生同志对宋瑞不仅是表扬,要号召第一书记向她学习。焦裕禄是一本书,永远也读不完,常读常新。习总书记说弘扬焦裕禄精神,是为实现民族复兴的中国梦储蓄正能量。"

2019年5月15日 星期三

到河南电视台平安果酒店二楼会议室,参加中联部、河南省委宣介乡村振兴集中培训会议,六位宣讲人逐一发言,陈雷导演负责我的发言稿修改。

下午到黄河迎宾馆试讲,中联部领导、省委外办领导听稿子。"中国共产党的故事:乡村振兴——河南省委的实践",中联部信息传播局局长胡兆明、对外传播处处长李金艳和副处长孙一楠,河南省委外事办主任付静等领导参加。栾川县委书记董炳麓、河南农大教授郭天财、宋瑞(《扶

349

贫从心开始》)、柘城县返乡创业大学生王茜、信阳平桥区五里店办事处主任孙德华(《生态郝堂 梦里老家》)、荥阳市合作社理事长李杰(《当好土地保姆》),我们六人宣讲后,领导一一点评,提出修改意见。

胡局长对我发言的点评让我很欣慰:你这第一书记"扶贫先扶心",破解了一个全世界减贫难题。如非洲,给他们多少钱了,仍然是贫困,年年给钱,仍然富不起来。先扶心,非常好!孝道文化为什么能改变人?分层次递进,把实践中的感悟讲出来。

付静主任指出:这次是政治任务,要当作一生最光荣、最荣耀的事!你们的实践就代表河南省委的实践,河南省委的实践就是中国共产党的实践。

2019年5月16日　星期四

修改稿件,反复练习。

2019年5月17日　星期五

宣介稿试讲。在省委宣传部714会议室,郑延保主持。省委宣传部常务副部长曾德亚等领导听后点评,根据点评再修改讲稿。曾部长讲:这次活动,50个国家的政党领袖、国家元首、驻华使节听宣讲,讲故事要靠近他们的理解、倾听习惯。宋瑞《扶贫从心开始》,文化扶心主线很好,今昔变化要有对比、有冲击力。把"中华文化——改变人心——文化自信"讲出来,往小康上走、往乡村振兴上讲,五朵金花齐开放!

2019年5月20日　星期一

新华社记者甘泉一行两人到村采访,县委宣传部余江、李传宇陪同。

召开村孝爱文化公司村民股东家庭会议。

村旅游服务中心(老子书院)筹建,路口乡包村干部王玉平、村主任汪学华、我,商议后给县产业办宋春生主任回话。

修改中联部会议发言稿,晚上第六稿定稿,发给陈雷导演。

2019年5月21日　星期二

新华社记者甘泉一行采访村民。

县产业办主任宋春生一行到村，指导弯柳树村旅游服务中心选址、规划、预算等。

路口乡信用社金主任到村，把弯柳树村作为整村授信示范村。

市委组织部邀请的写报告文学《兰考脱贫记》的作家郑旺盛到村，计划驻村采访村民、村干部和我。

2019年5月22日 星期三

《求是》杂志党史工作委员会王主任，得知弯柳树村的改变后很感兴趣，提出站在全党的角度，站在中华民族道德品质提升的角度，总结提炼弯柳树村经验。用传统文化扶心扶志，净化人的灵魂，对人的思想进行改造提升，这是很好的案例。

郑旺盛老师采访：时代先锋，舍弃城市舒适生活到贫困村，投身广阔天地建设新农村，实现人生价值。

2019年5月23日 星期四

郑旺盛老师采访：弯柳树村恢复孝道文化，建设家文化，传承习总书记重视的家风家道。从十八大习总书记上任开始写起，从孝道切入，讲村民家庭的脱贫、变化、幸福。天下之本在国，国之本在家，家之本在孝。

上天梯安全局乔局长陪同郑州赵老师、乔老师一行到村参观。

2019年5月24日 星期五

5月份主题党日活动，王守亮支书带领学习党章，到会15人，其中3人迟到。制定纪律：一、开会迟到的点名批评；二、三次不参加党员会议的大喇叭通报批评；三、半年不交党费的视为自动退党，上报乡党委。党要管党，从严治党。我强调：在党爱党，严格要求自己，做表率。

信阳职业技术学院思政部党支部书记罗超、副主任杨学峰、祁欢老师和宣传部张泽欣老师一行来村，进行传统文化专项考察。

2019年5月26日 星期日

应邀到南昌市进贤县为"进贤县首届幸福家庭建设'三风'公益大讲

堂暨传统文化企业家高端论坛"讲课,我讲《正人先正己 扶贫先扶心》,文化扶心,产业扶贫,为党分忧,为国奉献,为民服务。本次论坛由政协进贤县委员会、中共进贤县委宣传部、进贤县妇女联合会主办,地点在进贤县会展中心,1100多人参加听课,为期三天。

恰逢习总书记视察江西于都,发表讲话,新华社发文《继往开来再出发》,"长征没有终点,奋斗未有穷期",读后感慨万千,坚定初心。今天祖国需要我,我即刻上战场,为祖国为人民为真理!脱贫攻坚战锤炼了我,锤炼了党性,磨砺了灵魂,升华了心灵,增益了自己所不能。我将无我,不负人民,不负祖国,带领弯柳树村2000多位父老乡亲脱贫致富,为党中央做出一个文化自信,乡村振兴,人民幸福的示范村!

2019年5月27日 星期一

回到总队,一是汇报弯柳树村脱贫工作,二是接受总队党组诫勉谈话。2019年4月国家统计局党组"戴帽"下达关于解决我由调研员晋升为副巡视员一事,中组部调档案时发现我2018年重大事项报告中有10万元理财保险未填报,此类情况均视为对组织隐瞒,而不认为属漏填。郭学来副总队长、人事处景方南处长、从辉与我谈话。深刻反省,吸取教训:一是粗心马虎,2010年购买的保险,填表时忘得一干二净;二是对个人重大事项报告表重视程度不够,一直在驻村,没有参加总队组织的填表培训,填报要求不熟。

4月到5月,从提拔晋升到诫勉谈话处分,这个落差够大!王阳明先生说,这都是在磨炼心性。我心里难受了大约一个小时就好了,因为完全是自己的粗心马虎造成。也是自己德行不够,要更勤勉地工作、付出!喜悦接纳一切!

感谢国家统计局党组,感谢总队党组!

2019年5月30日 星期四

接省扶贫办社会扶贫处通知,到省扶贫办卢东林副主任处,有特殊任务安排。国务院扶贫办正在选"2019年全国脱贫攻坚奖"来自基层的评委,给河南一个指标人选,省扶贫办史秉锐主任、省政府武国定副省长最后审定,我(2018年全国脱贫攻坚贡献奖获奖者)入选。卢主任嘱咐:一是趁机会宣传好河南,二是积极表达诉求、争取利益,多为河南争取获奖名额。今年河南评出上报国扶办的五类奖项,每类5人,共25人,按往年经验每类评出1人,去年5人,保住5人就是胜利。

2019年6月3日　星期一

河南广播电视台陈雷导演通知,6月3日至5日省委宣传部对中联部宣介会六位发言人进行培训,在郑州平安果酒店。修改稿子、试讲。

2019年6月4日　星期二

省委宣传部组织统一到兰考县,接受中联部领导审核,会场彩排,模拟演讲。

2019年6月5日　星期三

根据中联部领导和省委宣传部方副部长等领导的审核意见,修改发言稿。

2019年6月9日　星期日

河南广播电视台陈雷导演等三人到村现场拍摄,先拍我和村民打扫卫生,再拍新农村、扶贫产业园、村民笑脸和幸福场景。

给桂诗远部长汇报建村部选址。

2019年6月10日　星期一

到北京国家机关事务管理局东坝服务中心报到,参加2019年全国脱贫攻坚奖初次评审会议,被国务院扶贫办选为全国10个基层代表评委之一。河南省上报:奋进奖王万才等5人、贡献奖秦倩等5人、奉献奖裴春亮等5人、创新奖张银良等5人、组织创新奖三门峡市金融局等5个单位,共25个。

2019年6月11日　星期二

在国家机关事务管理局东坝服务中心参加全国脱贫攻坚奖评审动员会。国务院扶贫办副主任夏更生主持，刘永富主任讲话并为评委颁发证书，陈洪波司长作情况介绍，中组部公务员局陈祎等参加。各省初报个人3828个，单位1692个，筛选后报国务院扶贫办个人571个，单位157个，合计728个。扶贫办审核后保留707个，后增加29个。今年评委63人，实到62人，新当选的评委39人。

刘永富主任指出：总书记亲自抓脱贫，全党动员，全国动手。五级书记抓扶贫，全党全国齐攻坚，尽锐出战，不获全胜，决不收兵。2015年至今五年开了六次扶贫专题会议，2013年全国832个贫困县，2018年436个县已摘帽。县以上各单位派出300多万人住在村里，已有600多位同志牺牲在基层扶贫一线，过劳死、交通事故占主要原因。中国扶贫攻坚，是历史性地消除贫困的专项行动，前无古人，取得了重大历史性成就。大家要对党、对人民负责，对全国负责，认真评选，优中选优，评出"立得住，叫得响，推得开"的先进。评出后进行表彰，在中央电视台举行颁奖晚会。这几年的主题：2017年深深牵挂，2018年庄严承诺，2019年攻坚克难，2020年决战决胜。

下午开始看材料，熟悉参评人员事迹。

2019年6月12日　星期三

我被分在奋进奖评选组，组长詹新华。全国120个候选人，经大量查阅材料，小组初评出40人，河南王万才排序第九，张全收第十。

奋进奖组都是贫困户、乡村干部的事迹，厚厚两本1067页事迹材料，看了一整天，后半夜才看完，很累，很感动，很受教育！那些残疾人贫困户凭志气和自强脱贫，那些乡村干部的艰苦付出，让我一次次眼含热泪。中华民族是个不屈的民族、奋斗的民族，再难的事，只要心中有了方向和斗志，都能达成目标。自强、自立、奋斗，一定能过上幸福生活！这次做评委，是一次受教育的机会，心灵升华的机会。我要向他们学习！

2019年6月13日　星期四

继续看事迹材料，明天上午复选。因保密，不再记。

下午接河南调查总队办公室主任朱隽峰电话：总队党组部署支部共建，总队办公室党支部与弯柳树村党支部手拉手开展共建，总队党员走进田间地头，村党员干部走进省政府机关办公大楼互动。19日到村开展活动，双方党员学习、交流、座谈。

2019年6月14日　星期五

复评，奋进组由我和李佳珅计票、唱票。

大组投票。初评出个人225个，单位65个。

夏更生副主任总结讲话：感谢大家讲政治、顾大局、负责任，顺利完成初评任务。祝贺初选任务完成，祝贺获选者！考核组还要辛苦到各省实地查看实情。7月1日至4日，大家再回来复评。

2019年6月15日至16日　星期六至星期日

省委宣传部外宣办董堃处长带队，到河南焦裕禄干部学院，中联部会议六位发言人集中参加培训。

2019年6月17日　星期一

上午回到省委南院二所试讲，下午在省委宣传部714会议室彩排，江凌部长等领导全程听审。

2019年6月18日　星期二

曲良平导演团队到村排练，我们共商：一、演员：村民歌舞团成员、县文化馆推荐四位演员。二、费用：由县文化局给县政府打报告申请经费。

潢川县余店村第一书记代克会带领企业家及村妇女20多人到村学习。

美籍华人巴云怡(15岁)在母亲带领下到弯柳树村开展为期三天的学习，吃住在村民赵忠珍家。他们一家已在美国定居17年，今年回国探亲，第一时间来到弯柳树。她妈妈说："没想到中国的农村都这么好了，孩子说不想去美国了，想留下！"

2019年6月19日　星期三

江苏淮安、江西赣州的几位义工到村，了解传统文化改变人心的做法。

《弯柳树的故事》开始排练。曲良平导演分配完角色，给县、乡、村干部报告：《弯柳树的故事》已给中宣部、中央文明办报告，获得支持！中国文联已下发文件：向"七一"献礼，向国庆献礼，中国各大媒体全面报道，已有59家媒体报名参加宣传，中国文联主办，中宣部、国务院扶贫办指导。

河南调查总队郭学来副总队长一行到村，给村党员送来中央"基层党组织规范化建设"要求，以及主题教育第二批学习材料。召开总队办公室党支部与村党支部结对共建"手拉手"对接座谈会，朱隽峰主任和王守亮支书分别介绍情况，总队17个党支部，弯柳树村37名党员，60岁以上12人。结对共建：机关党员到村受教育、转作风，村党员进省会进机关开眼界、长见识、增能力。邀请村党员干部8月份到郑州参观"不忘初心　牢记使命"主题教育史料展，到总队参观及参加"三会一课"党日学习。

2019年6月20日　星期四

今天一大早，镇平县委宣传部件文全到村接我，下午镇平县委中心组召开学习扩大会议，县、乡、村三级干部千人参加，邀请我作《扶贫先扶心，党建是根本》报告。镇平县委已多次邀约，因我抽不出时间，他们已等待了两个多月了，这次感觉时间应该可以才答应，正好今天讲完，明天上午弯柳树村联建帮扶的方城县傅老庄村"河南省德孝文化示范村"举行授牌仪式，我和汪学华主任一起参加。

从村出发不久，还没有上高速，接到省委宣传部外宣办董堃处长电话："省委王国生书记下午要听汇报！"我一听就蒙了，问董处长："时间冲突了怎么办？省委领导下午时间确定了吗？"董处长说："目前接到的通知是初步的，要不你先向南往镇平走，我再等待准确消息，若确定下午王书记听汇报,你再调转车头向北往郑州赶!若省委办公厅时间有变化,你就去完成讲课任务。"

上高速,南下。上午10:00多我们车已进入南阳市桐柏县境内,董处长来电话:"确定了,下午3:00省委北院二楼会议室,王国生书记和省委七大常委一起听汇报。掉头向北吧!1:00前要到。"省委宣传部方副部长也打来电话要求。我说镇平县怎么办?下午千人三级干部会!董处长说:"省部领导已给南阳市委宣传部部长张富治电话通知,让他通知镇平县委宣传部部长周清玉。"我说:"好,但1:00前肯定赶不到,3:00前应该没问题!"

方城出口是最近的下高速站,把村主任汪学华放下等方城县人来接,去参加明天傅老庄村德孝文化示范村授牌活动。我们调转车头一路飞奔,时速120公里,中午饭也没来得及吃,2:58赶到省委北院。董处长接上我直奔会议室,坐在主席台上,又饿又紧张,心慌气虚,看台下领导都是重影的。好在六个人讲得都不错!

下午5:00汇报结束,镇平县的车在省委北院等着,返回镇平已是夜里9:30,吃过饭10:00多,周部长还在等着,商议今天下午的报告会推迟到明天上午的具体事宜。浑身累得像散了架一样,方城县的活动明天就只有汪学华参加了,职责所在,使命所系,只有担当。

2019年6月21日 星期五

镇平县委中心组(扩大)学习报告会,在家的县委中心组成员,各乡镇、街道党工委书记、乡镇长、办事处主任、扶贫副书记,县直各单位一把手,全县各村支部书记、驻村第一书记等1000多人参加。我作《扶贫先扶心,党建是根本》专题报告。县委常委、宣传部部长周清玉主持。听取报告后周部长指出,宋瑞同志结合驻村七年多的艰苦奋斗,传授了"党建引领,强基固本;文化扶心,自强自立;产业发展,脱贫致富"经验,报告生动感人,很接地气,具有很强的指导性,对全县各级领导干部,特别是驻村第一书记,是一次春风化雨般的精神洗礼。

2019年6月23日　星期日

到省委二所报到，省委宣传部统一指导修改中联部宣介会发言稿，试讲。

2019年6月24日　星期一

上午试讲。下午到兰考县报到。

2019年6月25日　星期二

上午省委穆为民秘书长一行听试讲并审核。

下午省委宣传部要求重拍弯柳树村照片。给李博副县长汇报，安排专业人员到村拍了传过来。

2019年6月26日　星期三

上午中联部副部长郭业洲一行听试讲，审核。

下午蔡松涛书记安排我们五人到焦裕禄纪念馆、张庄村、徐场村学习参观。

2019年6月27日　星期四

全流程演练。

2019年6月28日　星期五

"中国共产党的故事——习近平新时代中国特色社会主义思想在河南的实践"专题宣介会在兰考县河南焦裕禄干部学院举行，省委书记王国生带着我们六个人讲乡村振兴的故事，我讲《扶贫从心开始》。30多个国家、政党的领导人、驻华使节、企业家近400人现场听讲。今天的河南电视台、《河南日报》等报道：

> 华夏腹地，中原沃土。今天世界的目光聚焦河南兰考，"中国共产党的故事"专题宣介会在这里成功举办。向世界展示了河南在习近平新时代中国特色社会主义思想指导下，深入进行乡村振兴战略的生动实践，也让世界认识了一个蓬勃发展的新河南。宣介会上，息县弯柳树村驻村第一书记宋瑞的讲述，深深打动了中非团结一心

运动全国执行书记、前政府总理萨兰吉·桑普利斯·马蒂尔。宣介结束后，他第一时间迎向了宋瑞，两双手紧紧地握在了一起。他说："你们这些驻村第一书记执行中国共产党的方针政策，让好的举措能够开花结果，所以才能取得这么好的成效！"

2019年7月2日 星期二

昨天到北京。今天参加"2019年全国脱贫攻坚奖评审工作会议"，边志伟主任主持，评委应到62人，实到58人。

2019年7月3日 星期三

小组复评第一轮投票。

2019年7月4日 星期四

大组投票，大会表决。河南入选五位：奋进组：张全收。贡献组：秦倩。创新组：杨曙光。奉献组：胡业勇。组织创新组：平舆县。

完成任务，未辱使命！晚上返回郑州。

2019年7月5日 星期五

上午到总队给夏总和党组汇报。下午乘刘伟车返村，晚上为村夏令营孩子们上课。

2019年7月6日 星期六

为到村的家长和孩子共100人授课——《让孩子在智慧中成长》。

下午召开村两委干部会议，我、王玉平、王守亮、汪学华、陈社会、许振友、焦宏艳参加。七人全部通过，同意信阳鱼跃龙门生态农业有限责任公司为王春玲息县远古生态农业公司担保，村委会解押王春玲县农贸市场门面房的房产证。

2019年7月8日至10日 星期一至星期三

分别到省林业厅、巩义市委党校、郑州市统计局作"不忘初心 牢记使命"主题教育报告。

2019年7月11日 星期四

上午到信阳市委组织部汇报工作。

赵部长交代：弯柳树村经验要在息县推广，把市部文件《信组通[2019]37号：关于印发〈党建引领促发展 扶心扶志助脱贫——解读弯柳树村六年蝶变的实践密码〉》带回去，给县委主要领导汇报。

中国海洋大学李兰兰等八名大学生坐18个小时车，从青岛到弯柳树村开展三下乡社会实践活动——精准扶贫暑期调研。

2019年7月12日 星期五

和曲良平导演一起到县委宣传部汇报《弯柳树的故事》开始排练。李学超部长说，这件事知道，你们给袁县长汇报，只要袁县长同意就可以。

《河南日报》记者禹舜尧到村采访。

2019年7月13日 星期六

带领到村投资者和村党员干部到罗山县何家冲红二十五军长征出发地，学习长征精神。

2019年7月14日 星期日

早上4:30文化广场集合，5:00参加并主持村民付新福追悼会，村两委干部、党员、义工团成员、村民代表参加。移风易俗，丧事简办。简单且庄严的葬礼，让村民看到了比铺张浪费办丧事好。

焦庄一个70多岁的大爷找到我说：我死了你也给我开个这样的追悼会！关于这个事情的报道上了今日头条。

2019年7月15日至16日 星期一至星期二

《弯柳树的故事》在村彩排，曲良平导演驻村执导。

漯河市文旅局局长一行五人到村参观。

2019年7月17日 星期三

郑州张世成一行四人到村，筹备19日至21日"弯柳树村全民健康学习班"。

2019年7月18日　星期四

定点帮扶日入户，村重点工作推进会。

县司法局局长张涛一行到村送物资，司法局在村租房，成立社会矫正人员帮教基地。

2019年7月19日至21日　星期五至星期日

"弯柳树村全民健康学习班"在村大讲堂和二代讲堂同时开课，讲授预防疾病、家庭艾灸，同时进行实操，组织村民分组学习。

2019年7月22日　星期一

召开村扫黑除恶会议。

2019年7月23日　星期二

给县委领导汇报村工作。组织部部长说：2021年前，你不要走，再大干一场，带领弯柳树村全面发展。

2019年7月24日　星期三

村旅游服务中心选址处需按要求勘探，地质勘探人员到村。

2019年7月25日　星期四

息县第一书记培训班在村上课，我讲弯柳树村文化扶心扶志，引来投资形成产业，脱贫致富。

2019年7月26日　星期五

"弯柳树村全民健康学习班"第二期开班，本期主题——"身心健康，家庭幸福，社会和谐"。

2019年7月28日　星期日

水利部门检查水厂，不允许办公，临时村部从自来水厂搬到文化广场仓库。这是村部第三次搬家了。

2019年7月29日　星期一

弯柳树村全国志愿者培训班筹备会，王玉平、汪学华、许振友、尹子文参加。尹子文从江西石城县开车近千公里，来到弯柳树村驻村，牵头组织志愿者人才培训，成立村志愿者学习基金，我正好包里有3900元现金，捐出来作为启动资金。

村7月份主题党日活动，村党员、干部18人参加，大家同意成立"弯柳树志愿者服务队"，服务全国千千万万个贫困地区的村子。

2019年7月30日　星期二

县委组织部人员到村对第一书记进行考核，党员干部、村民代表38人参加民主测评。

2019年7月31日　星期三

河南电视台到村采访。县委组织部《不忘初心　牢记使命》电教片到村拍摄我的驻村工作、生活。

2019年8月1日　星期四

弯柳树村庆祝"八一"建军节活动在弯柳树大讲堂二楼报告厅举行，驻村志愿者尹老师主持。第一项，唱国歌、看习近平总书记阅兵视频；第二项，我讲话及观看息县县委组织部《不忘初心　牢记使命》电教片；第三项，返乡创业的退伍军人、村香菇酱厂董事长沈建军为全村退伍转业军人赠送自己企业生产的"颂瑞香菇酱"产品；第四项，赵荣达代表退转军人作题为《国有战　召必回　战必胜》发言。最后村委会主任汪学华代表村两委讲话。

首届"弯柳树文化自信与乡村振兴志愿者培训班"今日开班，来自全国19个省份的49位驻村志愿者于1日至7日集中培训学习一周，之后将在弯柳树村驻村服务，今天下午我讲《不忘初心勇担当》。

河南调查总队夏雨春总队长带领办公室主任朱隽峰等到村，开展

"不忘初心 牢记使命"主题教育活动调研指导,息县政府袁县长等领导陪同。

2019年8月2日 星期五

接受《信阳日报》记者到村采访。为志愿者培训班授课《文化自信与民族复兴》。协调村产业园建设用地,邀请县产业办宋主任、县国土资源局彭副局长到村现场共商。

来自全国各地的志愿者参加"首届弯柳树村文化自信与乡村振兴志愿者培训班",大家认真勤奋的学习态度,走向田野时的喜悦和欢乐,让我感动!大家太有才了,竟然把晚餐拉到田野间,天当幕,地当桌,那么开心!祝大家在弯柳树村学习快乐幸福!

又是整整20天在村回不了家,昨天到今天退了三次票,今晚8:00的票又改签为9:26的,才从弯柳树村出发,回到郑州家中已是凌晨了,终于可以回到阔别快一个月的家了!尽管明天就要从郑州出发到沈阳参加国家统计局的全国会议,但毕竟也能与亲爱的女儿和乖巧的小外孙女见上一面了!

2019年8月3日 星期六

弯柳树村经验总结提炼:五道:孝道、德道、善道、谦道、幸福道。四好:存好心、说好话、行好事、做好人。三爱:爱国、爱党、爱村。二和:家和睦、村和谐。一做:做新时代新农民,勤劳、担当,有技能、有智慧。

培养"四铁"干部党员队伍。

2019年8月5日 星期一

"2019年全国调查系统党务干部培训班"在辽宁政协会馆召开。辽宁调查总队总队长致欢迎词,国家统计局毛有丰副局长作开班动员报告,指出"不忘初心 牢记使命"主题教育,要全面提升对党的初心的认识,对习近平新时代中国特色社会主义思想的认识。党建专家讲课,我做驻村扶贫七年先进事迹报告。

2019年8月8日 星期四

到总队汇报,请求党组向村再选派一位年轻人,有情怀、能吃苦、有担当者,加强驻村力量。

2019年8月9日 星期五

村大讲堂空调维修之事,张工(魏凤鸣安排驻村施工方)安排西安厂家郭工来村培训。下午7:00多到村,晚上9:00多开始培训。只有蔡志梅、王晟宇参加,汪学华、尹老师派的学习者没得到具体时间通知,未参加。郭第二天一早就走了。

2019年8月12日 星期一

安排贫困户李树凤儿子许晋祥、村妇女主任孩子蔡婷婷到村夏令营学习。

冯庄陈新学老母亲赡养问题,6日已由村干部把其母送到息县爱馨养老基地,汪学华主任已与其子女对接好,子女各出一份费用尽孝心。

"脱贫人口回头看"入户核查表签字。

总队办公室通知:夏雨春总队长安排我回总队讲一场传统文化课,时间定在下周一或周二,时长1.5小时。感谢总队党组,感谢夏总!

脱贫户许光书找我诉说:小水塘属自己承租的一部分,如今建旅游服务中心,想让村里补偿。我说:"企业捐款20万元,把你家改造成民宿,旅游服务中心建设利于你家开农家乐,你还不知足!"吵了他一顿,他开心地走了。

村"两不愁三保障"工作核查安排会,驻村第一书记、村支书、责任组长要逐户入户,已脱贫户分四组入户,15日结束。

2019年8月13日 星期二

河南省"乡村规划千村试点"村庄规划编制开始,省自然资源厅委派公司到村调研,息县自然资源局、路口乡土地所负责人陪同。

思考村文化公司及歌舞团业务问题,文化公司外包经营,村干部认为大讲堂建好了他们来收钱了,应该收回村里自己经营。

2019年8月14日　星期三

应邀到武汉为湖北调查总队及全系统"不忘初心　牢记使命"学习会，作题为《不忘初心勇担当——党建促脱贫》的专题报告。下午回村，"两不愁三保障"核查入户安排，五个村干部分片包干，明日完成。

2019年8月15日　星期四

建村部选址，县自然资源局彭博副局长一行到村，按国土部门红线图对应GPS定位，许庄南稻场地、村小学南、杨树林，符合政策规定的三选一。

扶贫入户走访日，和移动公司詹总一起到冯庄。

村旅游服务中心主楼奠基，院墙改为护栏加绿植。

弯柳树村联建方城县清河镇三个村"河南省德孝文化村"授牌考核汇报材料审核。

"中华青少年德孝感恩乡村夏令营"在村大讲堂开营，我为孩子们讲《立鸿鹄志，成栋梁才》。

《不忘初心　牢记使命》专题片拍摄。

新农村大门设限高杆。

接到县自然资源局王峰队长电话：上午测量的三块地，只有许庄南长方形的为建设用地，能用作村部选址。

2019年8月16日　星期五

彭副局长电话通知：村部选址的许庄南地块，11月底前要及时盖上建筑物，防止12月后定性为耕地。

下午3:00到市委6号楼会议室试讲《不忘初心，牢记使命》宣讲稿。

2019年8月19日　星期一

回到总队，在总队道德讲堂给全体同志讲授《传统文化与时代需要　文化自信与民族复兴》专题报告，郭学来副总队长主持。感谢总队党组和全体同志，有总队坚强后盾和全体同志的支持，弯柳树脱贫攻坚任务才得以圆满完成，我才能够不辱使命！

2019年8月20日　星期二

到方城县清河镇及三个联建村授牌，与弯柳树村德孝文化联建一年期满，因三个村发生显著变化，由河南省儒学文化促进会授予"河南省德孝文化建设示范村"，会长王廷信等领导参加。

2019年8月21日　星期三

到县委三楼会议室，参加由县委宣传部牵头的"弯柳树村乡村振兴规划设计会议"，形成弯柳树村乡村振兴规划理念：文化＋品牌＋产业＋政府＋百姓＋市场，以文化、信仰为核心，把基层党建与中华优秀传统文化结合起来，以德孝文化为根，走有德就有财之路。

2019年8月22日　星期四

《不忘初心　牢记使命》专题片继续拍摄，更新文化墙内容，增加孝道文化、党建内容。

入户走访：许光付，81岁，2007年得脑血栓，2015年复发；刘梅凤，64岁，膝盖骨裂；罗明英，65岁，肺癌。帮扶的同时，加强村全民健康教育。

昨天下午，万乡长第一次肯定并表扬弯柳树村取得的成绩，心里很感动。

下午召开村民大会，在大讲堂二楼华丽而又庄严的报告厅，特邀爱国主义讲师潘期尧讲授《饮水思源感党恩 勇于担当报国恩》。"祖国之恋：纵然我扑倒在地，一颗心仍然举着你。晨曦中你拔地而起，我就在你的形象里！"两个小时的课程，我和村民、村干部听得热泪盈眶。弯柳树村乡亲们爱党爱国的心，就是在这样的学习中，一次次净化、升华。

2019年8月23日　星期五

上午入户未脱贫户汪建家，他抑郁症好转，其父汪学海脑出血住院。汪建现收废品，安排他到讲堂学习、打扫卫生，村文化公司发工资。

晚上召开村干部会议，商量应总队办公室党支部之邀，到省政府办公大楼参观，到河南博物院参观"不忘初心 牢记使命"史料展。全村党员、干部、村民代表、志愿者代表30人，开村宇通中巴车去。

曲导团队到村排练《弯柳树的故事》,拍摄外景。

中州古籍出版社刘春龙老师到村送来《小村大道》样书,请我校对、审核。刘老师转述该书作者的话:"一直在感动中含泪写完此书,被宋书记感动、被村干部村民感动,所以写得快。"

2019年8月24日 星期六

一早开始看《小村大道》样书,被郑老师的速度震撼了。5月24日到8月24日,刚好三个月,一本激动人心的书脱稿。回想2013年,北京的李猛编辑向我约稿,想出版我的演讲报告《我能为人民做些什么?》,拖到至今也未能履诺,惭愧之余也向郑老师学习。

《卷首之歌》看完,已泪流满面!看到《引言》,听党的话,坚定决心到党需要的地方去,最后一句"小村行大道,人民多幸福"又让我感慨落泪。看到第36页,"她今天的成就,也应该有她的老父亲——那个老党员宋家俊的一份功劳",我哭了,刻骨地想念父亲,想到愧对父亲!在心中对父亲说:"爸,这一生亏欠您的太多了,对不起您的太多了。这一次算是对您老人家的弥补吧!"今天突然发现郑老师以他的笔记录下父亲对我一生的教诲与影响,以此种方式弥补亏欠的孝道。《中庸》中有:"夫孝者,善继人之志,善述人之事者也。"

2019年8月25日 星期日

修改《小村大道》,赶时间,市委组织部要求下周即印成书。

看到新华社23日报道《"两桶一池子"唤醒了整个村》:河南息县路口乡弯柳树村曾经是个破败脏乱的小村子,"垃圾靠风刮,污水靠蒸发","一场大雨,一河垃圾"。近年来,当地积极探索垃圾分类,用"两桶一池子"唤醒了整个村。如今,村里村外人居环境焕然一新,美了乡村护了生态,让百姓切实感受到生态环境改善带来的"绿色福利",让乡村振兴之路越走越宽敞。新华社记者姜亮、尚昆仑采写的这篇报道点击量110.8万次,我今天看到后特别高兴,引导农村垃圾分类,可行!需坚持!

2019年8月26日　星期一

回到郑州，上午见金水区丰产路街道办事处王书记，沟通83号院房子拆迁事。下午修改《小村大道》。

2019年8月27日　星期二

回到总队沟通对接明天村党员干部到总队参观学习，观看"不忘初心　牢记使命"史料展事宜。

县委办电话、县委领导电话催我明天下午回县，有上级领导去村。

2019年8月28日　星期三

总队与弯柳树村党员手拉手联建"不忘初心　牢记使命"学习活动，在总队道德讲堂举行。

总队办公室李伟涛副主任介绍总队不忘初心学习，守初心、担使命、找差距、抓落实。刘建强带领大家到郑东新区、北龙湖智慧岛参观，最后到河南博物院参观学习"不忘初心　牢记使命"史料展。夏总送走国家统计局领导后，赶到博物院带领大家一起学习。弯柳树村党员王守亮、汪学华、许正伟、李晶、陈社会、许振友、王新龙、杜若继、谌守海、陈文明、王忠芳、陈新华、蔡志梅、赵海军、陈春斌、董秋霞及两个大学生，共18人参加。

县委领导打电话给我，晚上6:00前赶回息县，给夏总请假后，乘高铁返回。

2019年8月29日　星期四

村定点帮扶日及重点工作安排会议：一、厕所改造。二、海澜之家服装厂招工。袁县长招商，答应先招工300多人，每村一个，乡里每人补500元，还没有招上来一个。三、守亮支书：周日召开党员大会，党员"一编三定"落实到位，四个党小组分片包干调解矛盾、环境卫生。

《好记者讲好故事》——信阳市电视台讲弯柳树宋书记的故事被省台选中，信阳电视台外宣部李猛到村采访。

2019年8月30日 星期五

市委办公楼九楼会议室,"不忘初心"报告会第二次试讲,七个人试讲。谢焕格副部长等领导对我的讲稿提出修改意见:以讲感人故事为主线,给省委书记讲的三点感悟写进去;党员身份体现始终;感人故事融进来。要有主题——重点,成绩支撑——亮点,感人故事——泪点。

2019年9月2日 星期一

关于邀请河南农业大学加入酵素农业事宜,做好宣传包装策划,向县委汇报,省市媒体宣传,赵全志教授、吴树兰主任牵线搭桥。

2019年9月3日 星期二

不忘初心,方得始终。

孔子:周游列国,推行仁义。

孟子:大人者,不失赤子之心。

文天祥:忽必烈关了文天祥三年,一直想招降他。文天祥说:我只有一死报国。他慨然写下"人生自古谁无死,留取丹心照汗青",在监狱墙上写下《正气歌》。当国家和人民需要时,可以牺牲生命。

夏明翰:砍头不要紧,只要主义真。杀了夏明翰,还有后来人。

岳飞、毛主席:身在民间而心忧天下。尧、舜、禹以来,400多个皇帝留于史册的没几个,而留在史册上的是老庄、孔孟、李白、杜甫、王阳明等一个个耀眼的思想智慧明星和舍生取义的民族英雄。习近平总书记就香港问题讲话时说:一寸丹心为报国,为官避事平生耻。我们干事创业团队精神不可缺少,一个团队是一个整体,一荣俱荣,一损俱损。把读圣贤书,变成为国为民的生活方式。

2019年9月8日 星期日

很荣幸我作为脱贫攻坚英模被选为火炬手,"中华人民共和国第十一届少数民族传统体育运动会火炬传递培训"在郑州力源宾馆、省公安干校进行。王导演和李锐导演分别介绍:一、火炬手123位,从河南省各行各业选出的优秀代表67位,省政府选出的20位,其余由郑州市组委会选出。包括年龄最大的89岁的老战士张利修，74岁的艺术家虎美玲，河南农大校长张改平等院长、专家、英模代表，56位少数民族代表。我的火炬是第60棒，我的前面第59棒是东乡族马小梅，后面第61棒是纳西族西双版纳人，第62棒是好想你集团董事长石聚彬。二、少数民族运动会首次在中部城市举办。举办一次全国性运动会，即是一座城市的成人礼。举办一次盛会，更是推荐一座城。

每个火炬手跑70米，很短的一段距离，将是人生中最美的一段距离。从登封观星台，由西湖大学施一公校长取火，传递给中央电视台主持人海霞，海霞点燃壮壮的"网络火炬"，已有1630万人参与了网络火炬传递。

郑州已连续下了几天雨。上午11：00是取火种时间，9：58天突然放晴了，蓝天白云，万里如洗。坐北朝南的观星台是取火种之处，9月份正常的风向是西南风，本来担心风向使火飘向位于北面的点火领导和嘉宾，没想到点火时风向竟变为西北风！

火炬传递路线：登封观星台→郑东新区如意湖→金水路→燕庄毛主席视察纪念亭→3600年前商城遗址→首位女航天员刘洋母校郑州十一中→二七纪念塔→郑州人民广播电台。

2019年9月9日　星期一

《弯柳树的故事》背景视频选用讨论：习总书记讲话视频、县委落实视频、宋瑞先进事迹报告视频。以"扶贫从心开始"为主线，展现村民德孝文化学习、村民义工团；党员、干部凝聚起来，带头干；有德就有财，企业到村投资来了！

2019年9月10日　星期二

村新建旅游服务中心拟建沼气池，县农业局黄局长到村实地查看。

2019年9月11日　星期三

市委九楼会议室，信阳市"不忘初心　牢记使命"主题教育宣讲试讲，"先进典型宣讲报告团"第三次试讲。市委组织部、宣传部领导参加。

2019年9月12日　星期四

信阳市"不忘初心　牢记使命"主题教育工作会议，在市委6号楼二楼会议室召开。市委书记乔新江等领导参加，我和黄久生、杨士杰、王淑君四位先进典型代表发言，我发言的题目是《待到梦圆再回家》。乔书记总结讲话中说：少数干部不愿担当、不敢担当，要向先进典型学习，新时代，新担当，有新作为。

2019年9月16日　星期一

上午参加息县"不忘初心　牢记使命"主题教育工作会议。我是发言的典型代表之一，我发言的题目仍是《待到梦圆再回家》。

下午第一场信阳市纪检委、第二场市委组织部"不忘初心　牢记使命"主题教育工作会议，作典型发言。

2019年9月17日　星期二

上午到市农业局作"不忘初心　牢记使命"工作会议典型发言。

下午回村，召开村组干部会议。王玉平主持，王守亮、汪学华、陈社会、许振友等19人参加。

商讨人居环境整治、秸秆焚烧工作，组长负起责任。

《小村大道》作者郑旺盛、《弯柳树的故事》导演曲良平到息县，修改《弯柳树的故事》剧本。

召开关于村小学生源流失问题会议，路口乡中心校邱校长、乡宣统委员王玉平和村干部参加。村民反映校长、老师都不负责、不在状态，老师不批改作业，让学生改作业，校长年龄大不管不问。要求给县教体局汇报，给弯柳树村换一个有担当的年轻校长！邱校长表态：明天起村小学校长梅某停职，由常青老师主持工作。

2019年9月18日　星期三

《弯柳树的故事》改编会谈，县委宣传部李部长提出具体修改要求，计划国庆节后一起到北京汇报。突出政治性，国家脱贫攻坚大背景，各级党委的重视；充实细节，增强感染力，宋瑞扎根村七年扶心扶志、村民怎样改变、企业受宋瑞感召而来的过程；社会各界及艺术家的支持，如金波到村开演唱会。曲良平、郑旺盛和编剧张海蓉参加。

大别山干部学院科级干部培训班到村参观教学，息县县委组织部陈学江副部长带队，60多人参观新农村文化长廊、广场、民宿、产业园、大讲堂等，观看弯柳树村变化视频，我作《扶贫先扶心 党建是根本》专题报告。

2019年9月19日 星期四

"新时代、新担当"第二期志愿者培训班开班，村主任汪学华致欢迎词，尹子文老师主持。下午我授课《扶贫先扶心 党建是根本》。《弯柳树的故事》四位主演听课学习。

村小学常青老师到访，昨天宣布她主持学校工作。常青，30岁，2012年到弯柳树村小学任教，村小学目前教师15人，1人休产假，年轻人占一多半。

定点帮扶日会议，王玉平传达乡会议精神，安排村下一步工作：一、乡"不忘初心"主题教育开始。二、村五保户王新春送爱馨养老中心。三、2019年弯柳树村减贫计划：(1)9户拟脱贫7户，剩下李树凤、汪建。(2)到户政策落实情况(一览表)，电费减免。(3)村旱厕改造，182户需改，116户已改，66户未改。四、老人户方世龙家厨房着火，85岁高龄补贴每人每月50元，动员其儿女送老人到爱馨养老中心，儿女出资一半，村补贴一半。

2019年9月20日 星期五

今天是周五，早饭后时间不到8:00，我抓紧时间读会儿《大学》，好几天，忙得抽不出空来读书。刚读两遍，邻居杜继英大姐进院悄悄地把地扫了，把厨房拖得干干净净。我在院里抓紧时间再读一遍，没想到杜大姐过了一会儿，又轻手轻脚地从自己家冲泡好了一杯茶，悄悄地放在我身后的小桌上，悄悄离去。闻到茶香，心中十分感动。本来计划读五遍《大学》，因杜大姐的这份悄无声息的鼓励，我再加五遍，读够十遍，以感谢报答她这份心！村民们很多不识字，可我每次读经典时，他们都是全身心投入地听,全身心地去做些事情,表达他们的心情。可爱的乡亲们就是这样表达他们对文化的敬意、对我的支持!我已经很久没有喝过茶了,大姐泡的铁观音真香!

上午召开村小学全体教师鼓励会,我、王支书、汪学华和尹老师及在家的全体老师参加。10:40到学校,趁课间操时间,由常青老师把大家召集到一起开短会,鼓励村小学校老师根据家长反映的几大问题进行整改,提质创优:一、学生流失,只剩不到100人。二、学校管理松懈,纪律松懈。三、有些老师责任心不强,不批改作业,让学生自己改作业。

针对以上三大问题,我提出要求:一、不管你是哪个领导关照入职弯柳树村小学的,都应该给关照你的人增光添彩,而非抹黑。二、一律严格按照学校管理要求,全心全意服务,搞好教学,岗位争优,争先创优。除了上级教育系统的鼓励外,村里也要对优秀老师加以奖励。三、村里给老师每人定制一套秋装,统一服装,振奋精神。

昨天支书告诉我,秸秆禁烧宣传车辆问题,各村自己想办法解决。我与县政协何枫副主席联系,能否向县职教中心驾校借车一辆?徐晋校长给我打电话说,给我们选了一辆新车!今天上午杨主任送到村部,村主任汪学华办理接管手续。谢谢领导和朋友们!

村部设计图初稿,由县设计公司交稿,征求意见,进行优化修改。县自然资源局任队长到村,会议培训中心土地调规尽快办理。

2019年9月21日 星期六

弯柳树村"不忘初心 牢记使命"主题教育动员会,我和王玉平主持,村干部、党员参加。

2019年9月22日 星期日

对接扬州大学蜂蜜产业扶贫项目、农业部门补贴项目。给志愿者培训班授课《王阳明心学——致良知》。

2019年9月23日 星期一

县委宣传部、路口乡政府和弯柳树村联合主办"庆祝新中国成立70

周年暨第二届中国农民丰收节"系列活动。裴娅晖副部长讲话,我和乡领导为好村民、好媳妇等获奖者颁奖——酵素大米、香菇酱等村产品展,村民歌舞团演出,热热闹闹。

晚上召开村干部及帮扶工作队会议,乡党委派到村工作的大学生张荣华汇报几项工作:"不忘初心"学习,人居环境治理,贫困户资金发放,县产业集聚区企业招工指标分到村,大家讨论拿出完成办法。

2019年9月24日 星期二

入户走访。与入党积极分子蔡志梅谈话。

县文化馆登记村歌舞团基本情况,弯柳树村歌舞团20人,只登记13人,65岁以上不让报。

县委宣传部通知:明天早上7:30在三高抽签,参选息县文化下乡团队演出比赛,报名的六个歌舞团评选出两个承接县文化下乡演出项目。

总队人事处电话通知我申报民政部中华慈善奖事宜,10月25日前将先进事迹表报总队人事处。

2019年9月25日 星期三

村旅游服务中心建设、村部设计建设进度推进。袁县长建议请河南豫剧三团出演《弯柳树的故事》。

2019年9月26日 星期四

光山县领导干部"不忘初心 牢记使命"主题教育集中学习会议,请我作报告。到东岳村习总书记视察过的地方参观学习,支书杨长家介绍情况。当晚住在光山,梦见晚年的毛主席在河南省委南院,我去见他,聊得很开心!

2019年9月27日 星期五

找在"四合院"学习王阳明心学的企业家招商。

乡村振兴呼唤担当,十月份北京雁栖湖论坛邀请我分享《扶贫七年 我的成长》。

在村投资的息县远古生态农业公司资金短缺,引进合作伙伴。

今天受邀参加"出彩河南人——庆祝新中国成立70周年"活动彩排。收到中州古籍出版社刘春龙老师发来信息:"反映弯柳树村脱贫攻坚的长篇报告文学《小村大道》,今日正式出版面市。"心中十分感动!

昨天到总书记刚刚视察过的光山县东岳村学习取经,"守初心,担使命,找差距,抓落实",我找到了我的差距、弯柳树村的差距。我们加油!争取弯柳树村的脱贫攻坚工作再上台阶。谨以此书、此情、此心,献礼祖国母亲70华诞!亲爱的祖国,我想对您说:此生别无他愿,只愿尽心尽力尽余生,做一个您的好儿女,全心全意服务人民,坚定文化自信与道路自信,奋斗不息!

2019年9月28日 星期六

今天是孔子诞辰2570周年纪念,上午央视网全程直播"2019年全球祭孔"。文化自信振奋人心!组织村民晚7:00至8:30在村里大讲堂二楼大报告厅观看《孔子》电影,周润发主演。《孔子》是一部2010年上映的传记历史片,讲述的是春秋时期,诸侯割据,相互征战,孔子为了让诸侯列国施行仁政,平息纷争,让人民休养生息,奔走在列国之间,孤独地和整个时代抗争,希望以他超越时代的思想和智慧来影响春秋诸国的历史进程,让人民安居乐业。弯柳树大讲堂计划从今天起,每周六晚上7:00至8:30给全体村民放电影。

村远古生态农园酵素水稻开机收获,河南广播电视台《红姐配餐》主持人王维红到村采访播出。

"出彩河南人——庆祝新中国成立70周年"优秀群众文艺精品展演,在洛阳歌舞剧院举行。河南省委宣传部、省文旅厅、省文化馆主办,洛阳市承办,市委书记李亚出席。献礼祖国70华诞,现场播出了省委宣传部甄选出的我的短片,我应邀参加并接受现场采访。感谢各级领导、社会各界对脱贫攻坚工作的鼎力支持!

2019年9月29日 星期日

早读《〈大学〉广义》:富润屋,从物化世界越超出来;德润身,回到自律道德、身心内在解放和解脱，生命自由绽放的自然、自在、光明磊落的生命状态。

2019年10月1日　星期二

祝福您70华诞，我亲爱的祖国！一早从8:00起恭敬庄严地待在电视机前等待观看阅兵庆典。10:00开始，国歌唱起，泪流满面。

这些年，不管在哪里，是众人场合，还是一人在家里，只要听到国歌，每次都忍不住泪流满面。看到总书记讲话，仍是止不住地泪流满面，深知领袖的辛苦与不易！看整个阅兵式与群众游行，止不住眼泪，祖国母亲站起来，富起来，强起来！为我的祖国骄傲自豪，祖国的成长、英雄的精神、人民的奋斗，振奋人心，感人至深。

新中国来之不易，多少英雄用生命与鲜血换来。共产党舍命为民，德耀日月，光耀千秋。新时代伟大辉煌，新征程任重道远。我们唯有撸起袖子，咬定青山，舍命奋斗，为两个一百年，全面打赢脱贫攻坚战，实现中华民族伟大复兴，全力以赴，为伟大祖国的繁荣昌盛，为人民的幸福生活奋斗！

此生何其荣幸，成为一个中国共产党员，向为新中国献出生命的先烈学习，向建设祖国的人民学习，向时代楷模和英雄学习，向弯柳树村的乡亲们学习！

乡亲们在村里大讲堂集中收看阅兵式，我在郑州家里看。一边与乡亲们视频互动，一边看到三岁多的小外孙女儿安安，小手举着国旗从楼上下来，稚嫩的童音喊着："祖国，我们爱你！"跑过客厅伏在我怀中，让我感动不已，泪水潸然而下！

下午看了《百团大战》和《黄大年》，中国精神，照亮我心，万丈光芒！《百团大战》告诉我，生命何其珍贵，但是为正义，为人民，为护国而死，死得其所。中国人还在，激励中华儿女图存救亡，天降大任，舍我其谁！报国何惧人生短，无怨无悔度华年！

黄大年组建科研团队，科技兴国，英雄救国，人民建国，接力棒代代相传。爱我祖国，兴我中华，一代接着一代干。人民幸福，天下和平，人类命运共同体,我们一起奋斗努力,唯有撸起袖子奋斗,才能报答祖国。

习总书记说:"中国的昨天已经写在人类的史册上,中国的今天正在亿万人民手中创造,中国的明天必将更加美好!"壮阔70载,奋进新时代。我们一起加油!

下午线上学习会,郑州大学马克思主义学院代文慧博士分享《亲爱的祖国,我拿什么奉献给你?》。她说:"2017年暑假,导师推荐我到弯柳树村去社会实践一个月,8月2日宋瑞书记同意我加入弯柳树村学习群。在弯柳树村的调研让我体会到:一个人只有深深扎根人民,自己的生命才能成长。"

弯柳树村能给人昂扬向上的精神,给人扎根民众的启迪,我心里感到很欣慰。

晚上8:00国庆联欢晚会《人民欢歌》,看到璀璨烟花升空,"人民万岁"高挂天幕,我更加坚定信心,与弯柳树村人民一起,在新时代再创辉煌!祖国在召唤,抗美援朝以36万中华儿女的伤亡,打出了国威!建党100周年时实现全面脱贫,建国100周年时全面建成社会主义现代化强国,还有30年,我们加油!

2019年10月2日　星期三

观看国防大学金一南教授讲课视频《向共产党学企业管理》:思想建党,古田会议解决队伍问题,遵义会议解决领导层问题。干了不起的事情,需要了不起的决心。毛主席说:不为个人争兵权,要为党争兵权,党指挥枪!

圣人之治,以教化为本,教民自觉自律。比王法严厉的是每个人的道德良知,唤醒它!

2019年10月4日　星期五

"崇尚英雄才会产生英雄,争做英雄才能英雄辈出。""伟大出自平凡,平凡造就伟大。""一切伟大成就都是接续奋斗的结果,一切伟大事业都需要在继往开来中推进。新时代必将是大有可为的时代。全党全国各族人民要像英雄模范那样坚守、像英雄模范那样奋斗，共同谱写新时代人民共和国的壮丽凯歌！"再读9月29日习近平总书记在国家勋章和国家荣誉称号颁授仪式上的讲话，更坚定我选择驻村扶贫的人生方向。

2019年10月5日　星期六

到中州古籍出版社取《小村大道》一书。与张存威社长、刘春龙老师沟通首发式进行问题。

给省扶贫办宣教处宋技明处长、省委宣传部讲师团李德全团长汇报弯柳树脱贫攻坚之路。宋处长提出回去后给息县县委政府领导汇报协调《小村大道》首发式，应该像唐河县委县政府协调《王万才脱贫日记选》一样，上升到唐河形象、唐河影响的高度。《小村大道》是息县形象、息县影响。

到郑州市购书中心选购村支部党建所需书籍、"不忘初心"学习书籍。

2019年10月7日　星期一

通过多次到村采访的河南广播电视台记者王维红，相约豫菜大师禹建海的女儿禹彬及徒弟亮亮，共商弯柳树村民宿打造特色餐饮一事，约请禹彬老师近期到村实地指导。

2019年10月8日　星期二

回总队汇报，思考乡村振兴过程中的人才问题、吸引年轻村民返乡问题。

下午回村。

2019年10月9日　星期三

孙庙乡一个老大妈早上6:00到我住处纠缠，说大讲堂空调是她儿子安装的，建设方没有给钱。

县委第三巡查组巡查弯柳树村工作，巡查内容：脱贫攻坚、思想建设、党组织建设、作风建设、纪律建设、反腐倡廉。县委第三巡查组姚组长谈他的感受说：昨天下午到弯柳树村看到村发展快，群众文明程度好，村干部配合得好。

县旅游局电话通知:乡村旅游扶贫重点村和明白人培训班时间为15日到16日,王金利副县长安排弯柳树村去一人,与守亮支书沟通,村主任汪学华参加。

2019年10月10日 星期四

召开"不忘初心 牢记使命"村两委班子扩大会议,扶贫工作队员、村干部、在家的党员、志愿者党员参加。脱贫攻坚责任组长王玉平主持,我强调加强学习,不忘初心,村两委班子学习常态化、党员队伍学习常态化,制定全体村民学习计划。新时代新征程新担当,弯柳树村全民学习再起航。

2019年10月11日 星期五

到北京为弯柳树村农产品销售找渠道。本月底雁栖湖国际会议中心将举办4000位企业家参加的文化自信与民族复兴论坛,找张立平老师帮助卖大米。与张老师商量的结果,总共20万斤不多,价格定在15至18元/斤。村产品香菇酱上企业销售平台,帮助销售。

2019年10月12日 星期六

去看望光明老师,老师说:"三年前贵阳论坛,在车上我说,宋瑞去扶贫,脱贫是顺理成章的事,七年见效很好!后面是啃硬骨头、解决难题、给社会做实质性贡献的时候,村民教育没有老师,不需要等老师。向圣贤学习,解决师资问题。马克思、孔子、老子都是圣贤,弯柳树村学习传统文化,链接到圣贤思想的源泉,人心觉醒,自然改变,'百姓皆谓我自然'!这就是弯柳树模式可推广的途径。圣贤思想、习主席思想的功劳占99%,我们的功劳占1%,我们只需把大家引领到圣贤思想面前!三年前北京大学东茅教授忧心地说:'今天的农村千疮百孔!'弯柳树村用习主席思想、圣贤思想,走出文化自信与乡村振兴之路,改变了!宋瑞你为习总书记做个试点!农民庭院课堂开起来,不需要条件,门槛低,学会找别人的好处,反省自己的内心,幸福钥匙就拿到自己手中了。"感谢老师!每次与老师交谈都受到启发，都扩大心量和格局。成为值得信任，值得托付的人！

与海峰老师商讨弯柳树村文化自信与乡村振兴经验推广、村农产品销售对接。

县委组织部董凯通知：河南省第一书记扶贫成果展示会要求带村产品参加。

2019年10月13日 星期日

夜12:00回到村，邻居继英等着给我开门。她说，小狗死了一只，很心疼，难过。

2019年10月14日 星期一

河南省"民宿发展走进息县"考察团来到弯柳树村，我和村干部带领看了全村。夜里10:50收到来自上海团队的易平女士的微信："我们听了您的分享，很感动和鼓舞，我回去和团队商量一下，我们民宿和你们村对接，结对子！"

我回复："谢谢易总！共同参与到中华民族实现复兴、中国脱贫攻坚大决战中，创造一个提升脱贫攻坚成效、文化自信与乡村振兴的试点村。我们一起加油！"

2019年10月16日 星期三

全国第六个扶贫日系列活动之"弯柳树村扶贫产品销售对接交流暨扶心扶志培训会"在村讲堂召开，村民和郑州等地到村的企业负责人参加。

2019年10月17日 星期四

参加在马援广场举办的"携手同行决战脱贫攻坚——息县2019年全国扶贫日系列活动"，在家的四大家领导、各局委和乡镇领导、企业负责人、驻村第一书记代表参加。

向县委宣传部部长申请弯柳树村歌舞团加入息县文化下乡项目。

宣传部李部长同意支持村歌舞团文化下乡到20个村演出，我通知歌舞团成员参加17日下午至18日下午一天的学习会，提升自己，准备进入工作状态，收完稻、种完麦开始演出，现在加紧排练，练好内功，提升演出水平和精气神。

与玻璃厂胡总沟通，给孙路花、许正梅、刘平三位村民职工放假一天半，让她们到村大讲堂听课学习。胡总打电话说，她们三个都不去学习，咋说都不听。我说，你开车把她仨先送到我这儿，我给她们讲一讲，已经接到项目，可以让她们赚钱了。过了一会儿，胡总又打电话来说，她们仍然不去，说要回家收稻了。连续打了四次电话，呼唤她们回到课堂来学习提升。上个月，村歌舞团在竞选文化下乡的七个演出单位中排名第四，而县里只选前两名，好不容易向县里争取来的照顾指标，没想到如此。这一刻，我委屈得流泪了，我已耗尽心血，全心全意去考虑村里的每一件事，可是谁能理解？好想家，应该回去照顾女儿和外孙女了。再一想：歌舞团村民想挣钱，没挣钱这么久了，他们这样做也正常啊。意识到这就是我的又一个娄山关、腊子口！是我做得还不够，没有带好队伍，没有让歌舞团如期挣到钱。大家为到村的参观团队一场一场的公益演出付出，我只记住这些就够了，是我对不起大家！用孔子和阳明先生的心来看，乡亲们皆是我的父母、孩子啊！我有何苦何难何累何怨可言？马上醒悟，我给大家道歉，请大家回到了讲堂！

走访杜彦海、李树凤、骆同军家。

2019年10月18日　星期五

召开弯柳树村扶心扶志乡村振兴学习会，村干部和驻村志愿者深度学习。

带领村干部观看"2019雁栖湖企业家论坛"新闻发布会。

村两委班子开会解决村负责运送垃圾的人选问题。村委会主任汪学华发脾气：垃圾箱满了，王守政一直没有拉，打电话也不接，弯柳树村已经很多次被县、乡检查拍照、批评了，我不管了！村支书王守亮解释：别村每月1500元工资，咱村每月800元兼职拉，别人没人干，我让我哥王守政干，他在县里上班，满了得提前给他打电话，你昨天不给他打电话，今天打他可能还在睡觉。

我提出解决路径：重新找人，能负责的人，有爱村心的人，找志愿者或者脱贫户陈春兵。守亮、学华都同意陈春兵负责清运垃圾，工资涨到1000元/月，也是巩固脱贫攻坚成效之举。

一根火柴照不了多远，成为一个灯塔，向往光明的人自然会向你走来！

2019年10月19日　星期六

今天三件事特别开心。

一件是东北大鼓传承人高春艳带着新作《我爱我的祖国》，细数中国辉煌成就，上了中央电视台《星光大道》！高大姐以行云流水的快板唱腔在东北大鼓中独树一帜，且扮相、身段、表演优美大气。我在南阳市卧龙区任副区长期间，她是方正县文化馆东北大鼓若水派代表性传承人，曾两次到南阳采风，创作《千古医圣张仲景》，住在简陋的出租屋内近两个月。她的代表作《六祖慧能》《观世音菩萨》广受听众喜爱。

第二件是中原工学院驻方城县广阳镇新集村第一书记陈厚民在村里开发出文创产品"扶贫葫芦"。大大小小的葫芦上，烙上了有关脱贫的文字或图画，如"让扶过贫的人像战争年代打过仗的人那样自豪"，这是全国政协主席汪洋对扶贫干部的寄语。陈厚民书记说："如果是抗美援朝时期，您会站在朝鲜的战场上；如果是对越自卫反击战时期，您会站在自卫反击战的战场上；今天您就站在脱贫攻坚的战场上，因为国家需要！当您年老的时候拿起这款葫芦给子孙讲故事，它就是担当精神的传承，就是您家族荣光精神的传承！"

第三件是看到媒体报道国务院扶贫办《关于关心基层扶贫干部保障安全工作的通知》，要求：一要保障交通安全。二要关心身体健康。三要免除后顾之忧。四要切实减轻负担。各级扶贫部门要主动与人社、民政、组织、宣传部门加强沟通对接，落实好关心关爱基层扶贫干部的政策措施，营造尊重、关心、爱护基层扶贫干部的良好风气，激励广大扶贫干部投身脱贫攻坚、担当作为，为打赢脱贫攻坚战做出应有贡献。

感谢党中央的关怀，如温暖的阳光，温暖和坚定我们的心，最基层的我们加油干！

2019年10月20日 星期日

"2019年第五届中国郑港国际徒步大会"今天上午在郑州开幕，我和国家一级英模、公安系统爆破英雄王百姓，雅典奥运会射击冠军贾占波等，作为形象大使领走，并作为颁奖嘉宾颁奖。此次活动旨在引领全民健身，由河南省体育局、团省委等主办。

2019年10月21日 星期一

与中州古籍出版社对接《小村大道》新书发布会事宜，由出版社刘春龙向总队郭总、夏总和袁县长汇报接洽。

下午回到村。

2019年10月22日 星期二

市政法委书记孙同占带领信阳市政法系统相关人员到弯柳树村调研指导脱贫攻坚与乡村振兴工作，息县县委书记、政法委书记及路口乡党委书记等陪同，参观村文化培训基地、产业园、扶贫产品展示、志愿者之家。弯柳树驻村志愿者团队负责人介绍：驻村志愿者多的时候有50多人，目前有20人，他们来自祖国的五湖四海，各行各业的人都有，看到宋瑞书记和弯柳树故事十分感动，主动来弯柳树做志愿者。

最后，孙书记一行参观弯柳树村第二代道德讲堂，在听取了我在第二代大讲堂里给村民们讲课、在这里举办乡村活动等故事后，深受感动，建议弯柳树村应当保留住第二代道德讲堂，这里见证着弯柳树村的蜕变史，对于弯柳树文化具有重要意义。

曲良平导演到村，《弯柳树的故事》排练开始。征得县文化局赵群局长同意，给予资金和人才支持。与市委宣传部部长沟通，曹部长回复：《弯柳树的故事》已给乔新江书记汇报，乔书记安排11月底前"不忘初心 牢记使命"主题学习中，在百花之声大剧场给市委汇报演出。初定11月14日至15日，抓紧排练。

2019年10月23日 星期三

上午，在河南省驻村第一书记扶贫成果展销对接会上，大家围在息县展区了解"弯柳树三宝"：酵素大米、香菇酱、《小村大道》，我现场签名赠书。在签约仪式上，弯柳树村与赢响中原文化公司签约，赢响中原公司全面代理销售"弯柳树三宝"及弯柳树村扶贫产品。

2019年10月24日 星期四

定点帮扶日，帮扶单位息县移动公司六人和村干部一起入户，辍学排查、城乡医疗保险收缴排查。

信阳市编办李主任一行15人到弯柳树村举办"不忘初心 牢记使命"主题教育现场学习会，息县县委副书记、组织部部长、路口乡党委书记等领导陪同，参观了村容村貌和产业、正在建设的旅游接待中心和桃花岛、息县司法局在弯柳树村设立的息县弯柳树社区矫正教育基地和息县弯柳树过渡性安置帮教基地，基地旁边就是弯柳树村的二代讲堂，恰逢这里正如火如茶地举办"饺子宴"。弯柳树村的饺子宴从2014年至今，每月农历初一、十五及特别日子定期举办，从未间断。李主任一行到第二代大讲堂看望来吃饺子的老人，村民争相介绍二代道德讲堂和"饺子宴"的故事。在致良知室，曲良平导演和张海蓉编剧介绍了为弯柳树村量身定制创作的《弯柳树的故事》。最后在弯柳树大讲堂二楼报告厅，我作《文化自信与乡村振兴》专题报告。

2019年10月25日 星期五

在临时村部会议室召开"村扶贫企业产品酵素大米北京销售对接动员会议"，村干部汪学华、张荣华，驻村扶贫工作队长王征，企业负责人王春玲，驻村志愿者尹子文和村脱贫户陈春兵等九人参加。

经尹子文介绍，11日至13日在北京与立平、海峰老师对接，张强老师组织设计大米包装。

我亲自把关修改文字，提炼理念：酵素大米包装盒外，除了按照市场管理部门要求产品信息齐全外，把弯柳树村的文化自信和用良心种地、守护餐桌安全的理念体现出来，传达出去，让消费者对咱的产品放心。正面写上"文化自信 乡村振兴"，一侧写上"一袋米，一本书，一颗心，一条幸福路"，另一侧写上"用文化净化引领人心，用酵素养护改良土壤"。

每盒5斤装，90元/盒，18元/斤。

2019年10月26日 星期六

赴北京，卖大米！

带领村委会主任汪学华，在村投资的香菇酱厂负责人付金鹏，驻村志愿者尹子文、李健峰夫妇，息县电视台记者周传杰、孔祥莹等一行八人，到北京雁栖湖国际会展中心，参加"2019雁栖湖企业家论坛"，时间七天，4000位企业家现场参会，600万人将通过直播端口全球同步收看。

"弯柳树三宝"：酵素大米、香菇酱、《小村大道》，现场销售。

我与国防大学金一南教授、中央党校乔清举教授，作为特邀嘉宾向大会作报告。我作《文化自信与乡村振兴》专题报告。

2019年10月27日 星期日

今天，我在北京雁栖湖国际会展中心，带着村干部卖酵素大米、香菇酱。和其他特邀嘉宾一起按大会要求，作专题报告彩排。

2019年10月28日 星期一

中华文化，大道至简，明心净心，成就伟大。服务人民，礼仪天下，民族复兴，舍我其谁！

"2019雁栖湖企业家论坛"上午9:00震撼开幕！

江南春等12位优秀企业家分别演讲《新商业文明的曙光》《依道而行行稳致远》等，最后著名歌手韩磊演唱了《祖国颂》：追随圣贤，薪火传承。追随领袖，众志成城。做新长征路上无畏的战士，忠诚于伟大的祖国和人民！

2019年10月29日　星期二

今天论坛聚焦"家国天下"，从3.0夫妻幸福小店的李金忠，到学校校长王建军，到牢记父亲一句话"给别人倒茶就是给自己倒茶，给别人搬凳子就是给自己搬凳子"成为500亿级企业家的远东控股掌门人蒋锡培，再到带着中华文化沿着"一带一路"走出国门影响了越南民众的中国企业家杨勇智，展现各行各业学习中华优秀传统文化，带动家庭幸福、企业成长、乡村发展的风采。

当主持人宣读河南弯柳树村的驻村第一书记宋瑞为大会作《文化自信与乡村振兴》专题报告，在雄壮的音乐声中，我心中提醒自己：此刻现场台下4000多位来自世界各地的观众，线上直播600多万观众都在看着，我必须昂首挺胸，器宇轩昂，走出驻村第一书记的铿锵脚步和时代风采。走过长长的T台，站在偌大的舞台中央，看着一眼望不到边的观众席，紧张得瞬间差点忘词。好在弯柳树村的故事都是我经历的事，娓娓讲述七年驻村的坚守，弯柳树村的巨变，文化净化改变人心，酵素净化修复耕地，守护餐桌安全。台下掌声一次次响起，我看到很多人感动得在擦眼泪。最后我把2017年在这里同样的论坛上作《正人先正己 扶贫先扶心》报告时送给大家的座右铭，再次奉献给大家共勉："读习总书记的书，听习总书记的话，把生命奉献给习总书记所领导的伟大事业，此生足矣！"

下午压轴演讲是中央党校督学组总督学乔清举教授《马克思主义与中华文化的契合》，乔教授的独特视角，使我们进一步坚定文化自信。我和乔教授成了好朋友！

2019年10月30日　星期三

卖大米，卖大米，我在北京卖大米！弯柳树扶贫产品——酵素大米及香菇酱，在北京雁栖湖国际会议中心，4000多位企业家学习论坛上推出，云集电商平台免费推送。

2019年10月31日　星期四

学习，卖酵素大米、零添加香菇酱。参会的两位美国教授现场购买酵素大米，山东彭志英曾到弯柳树村教村民制作酵素，她拉着我到第一排，请听课的企业老总现场认购大米，在销售表上认购3万元、5万元、10万元的，现场签名留下联系方式，让我和村干部十分感动！更坚定了从弯柳树村做起，发展生态有机农业，守护国人餐桌安全的信心！

2019年11月1日至2日 星期五至星期六

河南广播电视台记者王维红到弯柳树村参访，计划写一篇报道。没想到一到村就被村民的变化感动，一发而不可收，今天大象新闻连发《我家就在弯柳树》系列采访之《骆同军脱贫记》《贫困户陈道喜退低保》《大力士叫爸》《驻村第一书记宋瑞的一天》《千里投资到河南》五篇，真是"弯柳树故事多，装满乡亲们的一箩箩"！

2019年11月3日 星期日

今天是学习的最后一天，七天学习收获满满。截至今天，弯柳树村酵素大米销售额63万元！

今天大象新闻刊发河南广播电视台记者王维红《我家就在弯柳树》系列采访之《王春玲的酵素大米》，感谢第一个来村的投资商王春玲，2016年至今坚守四年，用植物酵素净化土地，带领乡亲们发展生态农业。一袋米，一本书，一颗心，一条幸福路！

北京学习结束，卖大米团队夜里11:30回到村。同在北京学习的内蒙古呼和浩特市赛罕区榆林镇红吉讨号村驻村第一书记李海瑞，和我们一起来到弯柳树村参观学习，晚上安排住在驻村志愿者宿舍。

2019年11月4日 星期一

上午召开村两委干部会议，通报北京学习收获和酵素大米销售佳绩。加强学习，提高村干部全面水准；全村推广酵素农业。

下午"不忘初心 文化自信与乡村振兴学习会"在村大讲堂召开，彭店乡党员干部和14个村的村支书、罗山县环保局和息县农业局党员干部、弯柳树村民代表200多人参加，我讲《文化自信与乡村振兴》，村主任汪学华等赴北京学习人员分享。

新华社河南分社王丁社长、甘泉主任带领记者韩朝阳、姜亮、郝源、倪伟超到村采访，县委书记和县委宣传部部长陪同。

2019年11月5日　星期二

新华社河南分社记者韩朝阳、姜亮继续在村采访。村主任汪学华接受采访时说：1982年电影《少林寺》热播，当时从驻马店市平舆县来了一个在少林寺学过武术的人，在村里教武术，村里有20多个年轻人跟着学了几个月，后来经常到乡里、县里打群架，成了打架名村！我也是第一次知道弯柳树村人为啥好打架了，也理解了为啥弯柳树村通过学习传统文化变好了。息县人开始都不敢相信，都来村看热闹，来的人多了把村里农家乐给"看"起来了！

采访脱贫户村民邓学芳、骆同军等，他们谈到自己的变化都觉得不可思议。采访到村投资生态农业的王春玲、远道而来参观的内蒙古呼和浩特市赛罕区榆林镇红吉讨号村驻村第一书记李海瑞，都是文化改变人心，村民创造奇迹，被感动和吸引而来。

河南省委宣传部、省扶贫办《关于组建河南省脱贫经验宣讲团开展巡回宣讲活动的通知》宣讲任务安排：宋瑞、祝俊伟（太康县扶贫办主任），第9组，桐柏县；宋瑞、陈猛（光山县扶贫办主任），第14组，确山县。

2019年11月6日　星期三

新建的村旅游服务接待中心竣工，县项目办闫主任带队验收。

路口乡党委书记一行到村安排8日息县四大家领导对脱贫攻坚各片战区观摩，弯柳树村代表路口乡迎检。

召开村民代表会议，王春玲酵素大米丰收，北京销售突破100万元了。一是给大家补发租地款；二是报个喜讯：不用化肥、农药照样能种出高产的粮食，关键还好吃，价格上去了；三是动员村民跟着远古公司王春玲学习种酵素粮食。

给县委宣传部李部长汇报：《弯柳树的故事》——11日晚上7:00给县委四大家领导汇报演出，17日至18日进市给市委领导汇报演出。

2019年11月7日至8日 星期四至星期五

到南阳市桐柏县完成"河南省脱贫经验宣讲团"宣讲任务,县委宣传部部长主持宣讲会议。

2019年11月9日 星期六

《弯柳树的故事》在弯柳树大讲堂二楼报告厅彩排,和曲导沟通11日在此汇报演出。

2019年11月10日 星期日

又是好久没回家了,周末孩子们来村看我,桃、安、诚、明、盈、德六个孩子,周五晚上到村。今日在村里,孩子们看望了老人,看了彩排,拔了萝卜,干了农活,很开心,也更理解、支持我驻村了。

2019年11月11日 星期一

市委组织部副部长孙华和驻村办主任苏锡志到村看望我和驻村工作队。

在弯柳树村大讲堂,《弯柳树的故事》下午3:00给县委四大家领导汇报演出,在家的县委、县政府领导和组织部、宣传部、文化局等有关部门领导,还有弯柳树村民参加。演出结束后,县委书记等领导与村民及演职人员合影留念。曲导说,等待领导们提出修改意见。

2019年11月12日 星期二

"息县帮扶责任人会议"在县职教中心会议室召开,县委组织部张副部长主持,我讲《扶贫先扶心 党建是根本》,河南农业大学朱教授、信阳市农林学院胡副校长旁听,两位将在弯柳树村开展为期三天的驻村调研。

2019年11月13日 星期三

彭店乡与弯柳树村联建项目。彭店乡方围孜村村支书王泽涛来村学习,他说:我们村民风太坏了,不养老人,不管孩子,打牌成风,贫困户懒惰思想严重，非贫困户也心理不平衡，找村干部吵闹。希望你们去带动、教育一下我们村的党员、组长、村民！

路口乡党委书记和乡长到村探讨产业发展。

中国人民大学乡村建设中心魏丰收等四人到村，12月份"爱故乡"年会暨"乡村振兴"高峰论坛选址考察，弯柳树村为备选之一。

河南农大朱教授、信阳农林学院胡副校长继续走访调研脱贫户、党支部、企业。

县司法局张涛局长到村支持王春玲生态农业项目。

2019年11月14日　星期四

到确山县进行脱贫经验宣讲，县委陶副书记主持，我讲《扶贫先扶心　党建是根本》。

2019年11月15日　星期五

上海民宿建设团队、上海龙耶文化公司设计人员到村，王金利副县长陪同。

市水利局考察组到村，张晓帆书记带队，万乡长陪同。座谈中张书记说：水库移民搬迁到新区，村民素质低，乡村干部压力大，计划跟弯柳树村学习，开展联建。

县委组织部党员党性教育专题报告会，我作《不忘初心勇担当》专题报告。

彭店乡党委书记刘波带14个村的支部书记到弯柳树村，商讨与弯柳树村联建事宜。刘波书记说：八个村积极要求联建，至少给彭店八个指标。

2019年11月16日　星期六

中央电视台CCTV-17频道，今天晚6:00播出对弯柳树村的采访。

2019年11月17日　星期日

村污水处理池重新选址。叫停村干部选址在村自来水厂隔壁的错误行为，我实在气愤，把王守亮支书批评一顿，污水处理怎能选在村民生活用自来水厂旁？稍有常识就不会做这错误的决定，就是因为这里有现成的地，不用与群众做工作，村干部能这样躺平干事吗？重新选址在桃花岛东北角，污水处理后的中水还可以注入桃花湖。

2019年11月18日　星期一

黄明副县长带队到村远古生态农业公司调研，强调息县要站在打造中国生态主食厨房的高度，"要把中国人的饭碗牢牢端在自己的手中"，充分认识弯柳树村七年坚守的成果，整合资金支持，扶持远古酵素农业。

2019年11月19日　星期二

上午到信阳市圣德医院看望单玉河。单玉河、王春玲夫妇三年前到村投资发展生态酵素农业，尝试成功，今年丰收，可是他却查出黑色素瘤，于郑州河南医学院手术后一直在放疗、化疗。看起来王春玲还比较乐观，躺在病床上的单总已骨瘦如柴、气息微弱。心情沉重地离开医院，返回郑州。

下午从郑州高铁站直接到省委北院省委组织部驻村办，向新任主任王刚汇报弯柳树帮扶工作。

和中州古籍出版社刘春龙老师一起到省委南院给许主任送《小村大道》一书，对接新书发布会事宜。

2019年11月20日　星期三

整理资料，报账。

2019年11月21日　星期四

回总队给夏总和党组汇报下半年帮扶工作。

2019年11月22日　星期五

寻找销售渠道商进行合作，拜访"菜篮网"董事长杨凯敏，杨总表示，与董事会商量，愿为弯柳树村扶贫产品开绿灯。

2019年11月23日 星期六

拜访全国优秀小康村——郑州市宋砦村老书记宋丰年，了解学习宋砦村产业发展经验。

2019年11月26日 星期二

应邀到母校河南省信息统计学院作报告，刘录林书记主持，梁文海院长等领导和同学们一起参加报告会。

2019年11月27日 星期三

村大讲堂施工方倪总到村，要求他们把窗户、门楼瓦补建好，村干部才能签字。

村扶贫产业园环保罚款手续催县局办理。

2019年11月28日 星期四

2019年人居环境改善项目资金使用变更补充工作会，王玉平主持，村干部、组长、党员、村民代表参加。内容：原上报的建17个垃圾池、沤粪池，现在变更为15个。原因：原上报时没有考虑到池盖，减少两个池，增加池盖。

平顶山舞钢市领导到村参观。河北志愿者宫明老师来电沟通，河北正定县一个村想与弯柳树村联建。

2019年11月29日 星期五

上午，信阳市委常委、市委组织部赵部长一行到弯柳树村调研，详细听取了我和村干部关于主题教育开展、脱贫攻坚、村集体经济发展壮大、乡村振兴有效实施等汇报。赵部长强调：一要大力推广"弯柳树模式"，二要大力抓好文化振兴，三要抓实抓好主题教育。这是用习近平新时代中国特色社会主义思想武装全党的迫切需要，是推进新时代党的建设的迫切需要，是保持党同人民群众血肉联系的迫切需要。积极将开展好主题教育与文化振兴相结合、与培育优秀人才相结合，着力解决群众最忧最急最盼的紧迫问题。

今晚赶到北京华风宾馆，和《小村大道》作者郑旺盛老师一起参加新书签售见面会。

2019年11月30日　星期六

应邀到北京东交民巷饭店为北京地区的家长授课《让孩子在智慧中成长》。

2019年12月2日　星期一

应北京昌平区工商联副主席、北京震宇成套电气设备集团董事长王剑元之邀，为昌平区企业家"不忘初心"学习会议授课《不忘初心　走向大道》。

2019年12月3日　星期二

参观昌平区和平山"五福文化园"，长寿、富贵、康宁、好德、善终，是中华文化"五福临门"的核心理念。弯柳树村可考虑巩固脱贫攻坚成果，结合美丽乡村建设，融入五福文化，打造"五福乡村"。

2019年12月4日　星期三

祝贺！弯柳树村入选"全国乡村治理示范村"候选名单，《河南日报》等各大媒体今日开始公示。七年自强不息，省级贫困村华丽转身，亲证幸福都是奋斗出来的！河南省上榜60个村，信阳市三个村，息县仅此一村！

2019年12月5日　星期四

"河南省德孝文化教育基地"授牌仪式暨德孝文化报告会在弯柳树大讲堂举办，国际儒联顾问、河南省儒学文化促进会创会会长王廷信等到村，息县县委宣传部李部长、副县长王金利及来自全省各地的乡村干部300多人参加，弯柳树村被授予"河南省德孝文化教育基地"称号。大家参观了弯柳树村扶贫产业园、远古生态农园等，观看《弯柳树的故事》演出。来宾无不震撼！

夏雨春总队长一行到村调研，息县县委书记和组织部部长陪同，提出要我继续留任。

《弯柳树的故事》第三次汇报演出，市委宣传部余金霞副部长、市驻村办苏锡志主任到村观审。

2019年12月6日　星期五

昨天，"文化自信与乡村振兴"培训班在弯柳树大讲堂开班，出山店38位乡干部和村干部来村学习三天，我5日讲《文化自信与乡村振兴》，6日讲《了凡四训》。

桃、德昨天到村，今天中午离开。孩子们专程来村，希望我年底第三轮驻村到期，按时结束回家。孩子们说得有道理：一是小外孙女需要有人照顾、引领；二是担心我身体，不能再住在条件艰苦的村子里了。我心中很感动，也深感愧对孩子！同时心中很是纠结，作何抉择？

昨天中午，息县县委领导恳切地向夏总申请，县委要求我继续留任，给党中央做出一个长期坚守基层脱贫一线的示范。是走是留？我深知弯柳树取得的成绩和巨变虽有目共睹，但只是初步形成五位一体的发展格局，基础还很薄弱，产业、村班子都刚刚走上正轨。随着媒体宣传力度加大，全国各地到村参观学习的越来越多，来驻村的志愿者也越来越多，文化自信与乡村振兴带动的村也越来越多。对此项事业来说，万里长征我只是走完了第一步，此时离开，对不起未竟的大业，也对不起乡亲们！还有抱定文化自信信仰的驻村志愿者们，这些年轻人从全国各地追随到村！也对不起正在支持村发展的企业、朋友们！若继续选择留下，会再次、三次对不起孩子、孙子和家人，也会再经受呕心沥血、殚精竭虑之累。怎么办？

弘扬传统文化是固本工程、铸魂工程，党中央、国务院把传播优秀传统文化作为国家重大战略来抓。中共中央办公厅、国务院办公厅印发了《关于实施中华优秀传统文化传承发展工程的意见》，并发出通知，要求各地区、各部门结合实际认真贯彻落实，中华文化独一无二的理念、智慧、气度、神韵，增添了中国人民和中华民族内心深处的自信和自豪，18

条要求的目的是要让所有中国人都成为中国人，这是打底色工程，每一个中国人都必须接受传统文化的浸润。弯柳树村已经走出一条文化自信与乡村振兴之路，明道、知道、传道，回归唤醒人性的光芒。近两日双喜临门的弯柳树德孝文化培训产业未来会利益到更多人！

2019年12月8日　星期日

《唤醒农民的内心文化基因——人物访谈》，中国报道网报道了对我的采访，弯柳树村从孝道文化切入，人心改变，走向脱贫致富。

2019年12月9日　星期一

上午召开志愿者座谈会，目前有来自全国各地19个省份的驻村志愿者40多位，大多数是被弯柳树村学习传统文化的改变感召而来，还有些是在北京雁栖湖论坛上听了我的演讲《文化自信与乡村振兴》，直接来驻村的。

下午带领村干部和合作社负责人到彭店乡参观香菇种植基地，在乡里开座谈会，刘波书记安排彭店乡第一批尹庄、方围孜等四村与弯柳树村联建德孝文化村，联建费40万元周末前到账。彭店乡党员干部夜自习学习会今日启动，我作开班发言，鼓励大家利用晚上时间学习经典，坚持下去必有大收获。

2019年12月10日　星期二

向市委宣传部曹部长、余金霞副部长汇报《弯柳树的故事》进市汇报演出时间，本月中旬最好，下旬进省、进京。

看到媒体报道《扶贫攻坚最后一年，我冲刺！》报道内蒙古红吉讨号村驻村第一书记李海瑞的扶贫故事，很受感动，我也没想到我在弯柳树村七年的坚守会影响到全国各地的人。李海瑞第一次从视频上看到我的驻村事迹和座右铭"读习总书记的书，听习总书记的话。把生命奉献给习总书记所领导的伟大事业，此生足矣！"感受到满满正能量的同时，也心存疑虑："同样是第一书记，你的境界咋这么高？"他来到弯柳树村参访学习，和村民、村干部打成一片，他看到了什么是"四铁"村干部队伍、什么叫"全心全意为人民服务"，他看到了贫困村到幸福村、生态村、文明村的核心密码。这一切都源于第一书记的七年坚守!

2020年,我要带领100位第一书记,走向"文化自信与乡村振兴",李海瑞当仁不让,当场报名。我送他一本《小村大道》,并签名与所有第一书记共勉:"同为驻村第一书记,我们何其幸运!能走上脱贫攻坚战一线战场,报效祖国,服务人民,是我们一生的财富,也是我们能留给子孙后代的精神传承!让我们一起加油,带领乡亲们走向文化自信的幸福大道!"

2019年12月11日　星期三

县委组织部在村召开弯柳树村综合治理试点村推进会,杜部长主持,县城投公司陈总、北京农道公司黄总、我和乡、村干部参加。由息县政府平台公司城投公司牵头,成立"河南弯柳树村投公司",城投公司占40%股份,弯柳树村委会占60%股份,改造东陈庄空心村。由曾设计过平桥区美丽乡村郝堂村的北京农道公司设计。黄总提出两个问题:一、村民是否愿意改造?二、20多户,每户(每院)设计费20万元左右,是村民出还是政府出?

2019年12月12日　星期四

定点帮扶日,息县帮扶责任人培训班,王玉平讲授20道测试题。

市、县人大代表考察产业扶贫,息县人大伍存强主任带队到村扶贫产业园、大讲堂文化培训基地等。

《孝心弯柳树》新书首发座谈会在村举行,主编叶榄老师主持。

彭店乡党委书记刘波带领尹店村邓支书、合作社邓理事长等到弯柳树村参观学习。

2019年12月13日　星期五

上午与联建村——彭店乡尹店村等四个村对接座谈会,与刘书记商定下周签协议,村干部汪学华和驻村志愿者参加。下午返郑参加"河南好人榜"发布活动,我被评为上榜人物。

2019年12月16日至17日　星期一至星期二

"德耀中原"第七届河南省道德模范颁奖仪式暨"河南好人榜"发布会，在河南电视台1500人演播大厅隆重举行，省委宣传部部长江凌、省委秘书长李文慧等领导参加。2019年"河南好人"共选出30位好人代表。

2019年12月18日　星期三

到总队给夏总汇报《小村大道》新书发布会下周举办事宜，计划27日、28日，中原图书大厦。

全省第一书记轮换开始，请总队党组决定。有年轻人去驻村接替，我就要求回来；如果没有，我听党组安排。夏总希望我继续坚守，七年打造出一个试点，需要有连续性，换人怕不能胜任，对党的事业造成损失。

下午，总队召开全体会议，民主推荐巡视员五位。我因领导干部重大事项报告中2010年购买的10万元理财保险漏填，5月份受到诫勉谈话，半年内不得参加。

2019年12月19日　星期四

村定点帮扶暨脱贫攻坚大排查大学习会议，王玉平主持，县移动公司帮扶责任人、村干部参加。25日前问题排查回头看落实，迎接国检，2018年以来的台账准备好。

2019年12月20日　星期五

到县委汇报沟通，第一书记轮换我撤回，总队派年轻人来接替，感谢县委、县政府七年的支持与帮助！分管书记说："坚决不能走，弯柳树村正在上台阶时，前面基础打得很好了。为了这份文化自信的事业，你来时的初心就是弘扬中华优秀传统文化。下一步，县委、县政府要加大力度，县里几次到交通厅申请为弯柳树村发展留了高速出口，做了不少储备。"最后他开玩笑说："你走了，派别人来，我们不要，撵走！"我们都忍不住笑了起来。

书记带我们到杨店乡张围孜村，让我把德孝文化带入该村。这个村是县委书记的联系点，环境好，卫生好，看了三家贫困户，我心里已经有数了，人的精神面貌需要提升。

2019年12月21日 星期六

上午，县委安排成立县级平台——河南淮河投资公司，洪军主任带队到弯柳树村调研服务产业发展，最后在村部召开"弯柳树村产业发展座谈会"。洪主任讲道：宋书记驻村七年做出榜样，感动了我们息县人，向她学习，我们该怎么做？围绕乡村振兴、培训学院，村里现有的培训，如何做大做强？有什么，还缺少什么，需要县委、县政府做什么？

2019年12月22日 星期日

与王守亮支书一起入户看望上届支书妻子陈文英(腿疼)、李光华妻子马荣丽(腿疼)、杨春明和儿媳黄创勤。杨春明拉垃圾路上摔伤，想吃低保但不符合条件，痊愈后给其安排公益岗位照顾。

光山县调查队邹栋队长一行十人到村学习，息县调查队齐书记陪同。

2019年12月23日 星期一

给县委组织部打购书报告，购买《小村大道》发放给全县驻村干部。

乡党委书记到村筹备迎接省政府督查组入村；召开村干部会议，针对息县职教中心借给村委会一部车，制定用车审批制度，学华负责，守亮(支书)签字。

2019年12月24日 星期二

迎接省政府督查组来村检查，玉平、守亮、学华等村干部分片包干完善。省政府督查组于24日、25日对弯柳树村开展农村人居环境整治大督查，内容：农村厕所革命、生活污水治理、农村生活垃圾治理三项推进情况。

出山店乡村干部培训班第二期开课，我讲《不忘初心 走向大道》，在村学习三天。

2019年12月25日　星期三

徐鑫局长到村检查。

息县五中周成学校长一行到村，共商解决德孝文化村联建师资缺乏问题。

张涛局长到村讲发展生态农业。

河南广播电视台新农村频道记者刘春阳等三人到村采访，拍摄十大孝贤楷模人物专题片。

2019年12月26日　星期四

今天是毛主席诞辰纪念日，在村组织志愿者学习《毛泽东诗词》。我从小就崇拜毛主席，每年此日都心潮澎湃。今夜读原中央文献研究室研究员曹应旺采访实录《毛泽东：立起"三不朽"的世界丰碑》有感：有一种思想，感天动地，全心全意为人民，那就是毛泽东思想；有一种力量，改天换地，内圣外王，那就是毛泽东力量。毛泽东，一个巨大的精神符号，一个崇高的文化图腾，一个与天地永恒的名字！一个生前让世界巨变，逝后依然改变世界的历史巨人！他的命运改变着整个人类的命运，他的思想涵盖古往今来，穿透未来时空，指引着人类文明的前进走向……怀念人民领袖毛泽东，共产党人永远的榜样，中华儿女永远的骄傲，炎黄子孙永远的自豪！

纪念伟人诞辰，勿忘领袖遗志。民族复兴大业，你我共同担当。革命尚未完成，同志仍需努力。纪念伟大领袖，担起时代责任。为人民服务，为文化担当！纪念伟大领袖毛泽东主席诞辰126周年！

乘晚上8:00的高铁回郑州，参加明天赠书活动。

2019年12月27日　星期五

《小村大道》赠书仪式。地点：中原图书大厦。参加人员：省委组织部驻村办主任王刚、省扶贫办处长宋技明、中原出版集团总裁王庆、新华书店总经理、河南调查总队机关党办徐文、息县人民政府县长袁钢、息县县委组织部部长杜鹃，中央驻豫及省内13家媒体。感谢省委组织部驻村办、省扶贫办、信阳市委组织部、中原出版集团和中州古籍出版社，感谢息县县委、县政府和河南调查总队党组，感谢作者和各大媒体对《小村大道》出版和弯柳树村脱贫攻坚工作的大力支持！

省委组织部驻村办负责同志和息县领导介绍说，这是全省首次服务脱贫攻坚的大型赠书活动，一是彰显先进，让出彩扶贫干部与脱贫攻坚伟大成就同载史册，增强成就感；二是给广大驻村干部和农村干部送上一部同心书、慰问书、鼓劲书，助力脱贫攻坚的最后胜利；三是向全社会传递宣传脱贫攻坚精神，以脱贫攻坚精神推动全省各项工作。

2019年12月28日　星期六

今天学习强国发布《人民日报》文章《铭记！2019，那些倒在扶贫路上的第一书记》。看到这个题目，泪水夺眶而出！一路走来，感同身受。向脱贫攻坚战场上献出年轻生命的战友们致敬学习！

文章说："日前召开的全国扶贫开发工作会议传来喜讯：2019年年度脱贫攻坚任务全面完成，预计全年减少贫困人口1000万人以上，340个左右贫困县脱贫摘帽。再经过2020年这一年的努力，中华民族千百年来的绝对贫困问题将得到历史性解决。

"脱贫攻坚，中国创造了人类减贫史上的奇迹。这奇迹背后，有280多万名驻村干部、第一书记尽锐出战，和群众想在一起、干在一起，用辛勤汗水和无私奉献甚至是生命，打通了精准扶贫的最后一公里，书写下动人的脱贫故事，兑现着党向人民作出的'全面小康路上一个也不能少'的庄严承诺，践行着中国共产党人的初心使命。

"黄文秀、吴应谱、樊贞子……他们用脚步丈量大地，用汗水温润热土，用生命为群众蹚出摆脱贫困之路。截至2019年6月底，在没有硝烟的脱贫攻坚战场上，全国有770多名扶贫干部牺牲。"

发到朋友圈后，朋友留言："前赴后继，有宋书记你们这样一群人守望我们的家园，中国农村才有希望啊！"我的领导夏雨春总队长夜里11：25留言："多保重！"一次次让我感动落泪，为了老百姓都脱贫，所有的付出都值得！

"为有牺牲多壮志，敢教日月换新天！"

2019年12月29日　星期日

带领驻村志愿者小尹等今天上午来到北京，参加"首都企业家共享平台"年会，展销弯柳树村大米、香菇酱，地点：东交民巷饭店。往期驻村志愿者薛立峰邀约北京温州、南阳等各地商会会长150多人参加，邀请我授课《让孩子在智慧中成长》，并和郑旺盛老师一起签名售书《小村大道》。

2019年12月30日　星期一

参加北京女企业家联谊会暨河南息县弯柳树村扶贫产品展销会，我讲传统文化课程，并销售村生态产品。北京"金手指"郑昆大夫，听了我驻村七年的故事和弯柳树村民的变化，十分感动，听说我来北京，提前一天自订宾馆住下等我，还给弯柳树村老人们准备好治疗腰腿疼的药物，让我回村时带走，让我十分感动！

2019年12月31日　星期二

弯柳树文化宣传工作规划。《弯柳树的故事》排练＋《小村大道》首发＋电影、电视剧拍摄。

整村打造全球传统文化师资培训基地、德孝文化游学休闲基地、全国乡村党建培训基地。

不平凡的一年过去了，这一年是脱贫攻坚战冲刺之年，战火纷飞中弯柳树村再上一个台阶！村民收入稳步提升，来村投资的企业在增加，从全国各地到村驻村的志愿者越来越多！

让我以来自江西的驻村志愿者小尹的一封家书的标题《让我们一起砥砺前行，做伟大祖国的志愿者》，和大家一起告别2019年，迎接全新的2020年！

2020年

2020年1月1日　星期三

到北京对接中关村"飞地"科技产业园落户息县事宜。通过郑昆大夫与负责此项目的人员对接沟通。原则上该项目只对地级市以上城市开放，因为被弯柳树村的故事感染，这次破例给息县一个县级"飞地园"。回息县后速向县委书记、县长汇报。

飞地产业园项目——当地政府提交申请，并在已有产业园提供4000平方米以上办公地点，中关村挂牌，招收农民进行培训，该培训计划为中国农民年增收项目。

2020年1月2日　星期四

到总队给张建国书记及机关党办徐文汇报，致良知企业家学习团队对弯柳树的支持，为村民歌舞团捐舞台车，购买村大米、香菇酱等产品，持续消费扶贫等。

2020年1月3日　星期五

经过多次与中州古籍出版社领导沟通，最后找到张存威社长，请求春节给职工发福利时采购弯柳树村产品，支持村脱贫工作，终于有结果。今天与李祖哲对接中州古籍出版社采购年货，购买村酵素大米、香菇酱事宜。

2020年1月5日　星期日

省脱贫攻坚调研组到村。省统计局总设计师王贵斌、省人社厅失业保险处副调研员刘振光等领导，由县委副书记林长陪同到村调研。责任组长王玉平作汇报。

给袁钢县长电话汇报中关村"飞地"、北京扶贫产品展馆事宜，袁县长很重视。

北京古晓琴一行拟到村考察冬令营，电话对接。

与曲良平导演电话沟通年后《弯柳树的故事》给市委汇报演出，市委组织部、宣传部都很重视。

2020年1月6日　星期一

有幸被评为"孝贤楷模"，今天参加"河南省首届十大孝贤楷模"颁奖典礼领奖。

今晚上，河南广播电视台第九演播大厅灯火辉煌，嘉宾云集，河南省首届十大孝贤楷模颁奖典礼暨河南省孝文化促进会成立10周年庆典在这里隆重举行。省十届人大常委会副主任李志斌，省文联副主席王朝纪，省民政厅原厅长杨德恭、原常务副厅长鲁献启，省公安厅原常务副厅长刘新献，省工信厅原巡视员郭运敏等领导、嘉宾出席活动。来自全省各地的600余人参加了此次盛会。本次活动由河南省孝文化促进会、河南时代传媒集团主办，河南广播电视台新农村频道承办，农村农业农民杂志社等协办。河南省孝文化促进会会长张富领代表主办方致词，他指出："受到表彰的十大孝贤楷模，他们孝心可嘉，孝行可鉴。通过对他们的隆重表彰，一定能唤起更多人的孝心，引导更多人的孝行，提升更多人的孝能，在全社会掀起一股学孝贤、颂孝贤、做孝贤的热潮。"李志斌等领导为十大孝贤人物颁发了证书和奖牌。当晚，郑州入冬以来的首场大雪纷纷扬扬从天而降，也为这场盛会增加了令人兴奋的喜庆气氛。

2020年1月7日　星期二

组织村扶贫产品在郑州促销，与张存威社长沟通职工年终发福利购买村产品。卖出酵素大米、香菇酱各100多份。

2020年1月8日　星期三

河南电视台公共频道记者韩冠豫等四人到村采访，拍专题片。

与王守亮聊整改工作。守亮说："我实在不适应当支书，咱村太忙了，我一点顾不上家，孩子上高二成绩下滑，老婆死活不让干了。能不能给乡党委汇报我和汪学华调换一下，他任支书我任村主任？"弯柳树村干部确实太忙了，由于发展快，项目多，各级各界到村参观学习的也多，一个村的工作量是其他村的五六倍。王支书已多次提出辞职，都被我劝回去了。这次我答应了他，我先给乡党委万书记汇报一下。

2020年1月9日 星期四

召开弯柳树村定点帮扶重点工作推进会，王玉平主持学习总书记关于脱贫攻坚的讲话。

安排近期大活动：村民春晚和组织外出务工人员新春联谊会。

今天上午河南省淮河投资有限公司董事长洪军到村共商，拟成立村投公司，服务弯柳树村发展，拟建文化自信与乡村振兴学院、乡村干部学院。

下午召开弯柳树村扶贫对象动态管理"四议两公开"会议，村党员干部和村民代表50多人参加，支书王守亮主持，议定春节前重要工作。会议最后，杜若继等党员发言，带头挽留我，怕全省第一书记轮换我走了："宋书记不能走，再带我们两年！"让我感动得热泪盈眶。

2020年1月10日 星期五

汪庄村民、精神病患者杨飞再次走失，被安徽一个收容站收容，电话沟通明天送回村。与守亮支书商量开其亲属家庭会议，国家对残疾人兜底扶贫款由其两位亲属平均领取，杨飞由其叔叔杨四新监护，杨飞女儿由杨飞的妹妹监护。

2020年1月12日 星期日

今天马不停蹄，收获满满！

上午带村企业负责人在郑州聆听了王世明部长对企业家的报告《奋斗精神的文化解读》，企业家奋斗、企业成长的必修课。中午与白象集团董事长姚忠良等陪同王部长吃工作餐，村志愿者尹子文一起，共商以教育扶贫、电商扶贫支持弯柳树村。

下午到河南省驻村第一书记扶贫成果展销中心，带去弯柳树村扶贫产品酵素大米、香菇酱、《小村大道》，与负责人王总畅谈甚欢。王总安排明天就在位于郑州市繁华区花园路、红专路交叉口的展销区上货。为王总的情怀、担当、初心感动！

2019年下半年，王总与接触到的几位第一书记交谈，得知驻村第一书记的艰辛和困难，主动向省委组织部领导打报告，利用自家的河南国合供应链平台，免费为第一书记展销扶贫产品，推动消费扶贫。

深深感谢王总和省委组织部、省扶贫办领导，为我们驻村第一书记解决了产品销售的后顾之忧！2020年我们将只争朝夕，不负韶华，不负众望，为全面打赢脱贫攻坚战再立新功！

2020年1月13日　星期一

北京古晓琴一行到村考察弯柳树村文化培训产业，意欲合作。

抖音支持弯柳树项目初谈，刘伟带领顾建波到村，拟成立弯柳树网络电视台，自媒体运营，抖音为其中之一。

安排往郑州扶贫产品展销会送产品，付金鹏负责香菇酱，王春玲负责酵素大米，尹子文负责盯着物流。

北京宋大夫到村为村民义诊、义治，夜里9:00多，大家还围在我的小屋里。汪学华、李忠兰、李梅、赵忠珍、杜继英为了让大家暖和些，把电暖气全打开了，没想到超负荷停电了。这一夜把我冻得缩在被窝里，脚冰凉冰凉，冻醒了好几次！但心里是暖暖的，能帮到乡亲们，他们好了，是我最大的幸福！

2020年1月14日　星期二

应邀参加2020年全县各界人士迎新春茶话会。县委副书记林长主持，袁钢县长报告息县发展情况。这一年，息县脱贫摘帽，新区开发成驱动力。这一年，设立学雷锋纪念岗140个，成立乡村振兴研究室，与华中农大结合。这一年，息新高速通车，教育事业振兴，信阳师范大学设淮河校区，息县有了大学；文化艺术中心动工，《弯柳树的故事》成功汇报演出；弯柳树德孝歌舞团成为扎根基层的农民文艺队伍。

我发言：这一年，扶贫产品"弯柳树三宝"畅销；反映弯柳树巨变的长篇报告文学《小村大道》被省委组织部作为"不忘初心　牢记使命"主题教育的教材，发放到河南省1.82万驻村第一书记和扶贫队员手中；弯柳树村走向世界；德孝文化村联建辐射3市4县11个村。

迎春文艺节目观赏:成贵表演快板《中国梦》,杨老师唱《把一切献给党》,邹红、李艳演唱《朝阳沟》选段。李艳老师是情景音乐剧《弯柳树的故事》中我的扮演者。当听到李艳老师改词唱道:"全村人齐心协力奔小康,弯柳树如今大变样!二大娘,咱到弯柳树看看去!"想到弯柳树乡亲们的改变,眼泪止不住流淌,我的心怎么变得越来越柔软?眼泪常常禁不住流,天天在感动中。

2020年1月15日　星期三

信阳市人大、市九三学社到村慰问,带来5000元现金、价值5000元的实物。韩庄组韩希运一岁多的孙女查出患上小胖威利症,组织爱心企业家捐款帮扶。

2020年1月16日　星期四

召开村干部及工作队会议。王玉平带领学习信阳市脱贫攻坚督导组匡组长讲话《攻城拔寨创佳绩》。春节过后省脱贫攻坚检查如大兵压境,我强调村干部和扶贫工作队全副武装,到岗到位,投入战斗。对发现的问题,敢碰硬、求实干,做"四铁"基层党员干部。发扬钉钉子精神,盯人盯事,维护好、发扬好弯柳树村全国乡村治理示范村的崇高荣誉,高质量打赢脱贫攻坚战,向党和人民交出满意答卷。

2020年弯柳树村"迎新春　感党恩　奔小康"农民春节联欢会,16日下午在村大讲堂二楼会议厅举办。脱了贫的乡亲们,意气风发,载歌载舞,歌唱祖国,感恩党的好政策。在一曲古筝《云水禅心》中,村民和村小学生现场写福字,新春送福!幼儿园小朋友说相声,《中国梦》《五星红旗》《重回汉唐》等唱出农民的喜悦,唱响咱村农民的中国梦!

2020年1月17日　星期五

今天是农历腊月二十三,小年。看望贫困户王伟、韩新中,老人户陈文友、冯保华,老党员王新龙、杜若继,军属杨志友及复员转业军人等。

召开村两委会议,讨论通过省派驻村第一书记项目资金使用方向,维修电灌站、平整冯庄村民小组境内的村集体土地,省财政预算55万元,加上县追加配套资金35.12万元，总投资90.12万元。这个项目的实施，将解决弯柳树村因电灌站基础设施老化影响冯庄、韩庄、红旗队等部分农田灌溉问题。

下午首先是按河南电视台春晚节目组李坤丽老师要求，录制村扶贫产业园企业生产及带贫、贫困户产业脱贫情况。之后接受河南电视台公共频道记者韩冠豫老师等四人小组到村深度采访。忙到晚上7:00多，我的邻居杜继英大姐跑到村部，人还没进门声音先进来了："你们这些村干部，今天小年都忘了吗？宋书记回不了郑州家，连小年饭也不让吃啊？走走走，吃饭去！"说完拉着我胳膊就往外走，村支书王守亮、主任汪学华他们几个在后面都笑了起来，说散了散了回家吃年饭，明天再接着干。

杜继英大姐让我很感动，这些年我在她家搭伙吃饭，她处处护着我、挂念着我，就像一家人一样，有好吃的总是先留给我，连孙子都舍不得给吃。她不会骑电动车，只能凑别人的车，所以进一趟县城很不容易。有次她去了趟县城，买回来一串香蕉，每天给我拿一个吃，我奇怪家里这么多人怎么还没吃完呢，她憨厚又带点神秘地说："我没舍得给他们吃，这香蕉好，专门给你吃的。"我一听感动得热泪盈眶，第二天专门进一趟县城买回来一筐个头大大的香蕉，一家人一起吃，她的两个孙子高兴坏了，个个变成了孙猴子。

杜继英是2014年建档立卡贫困户，夫妻两个原来打麻将上瘾，家里哗啦哗啦的麻将声和吵闹声影响女儿学习，女儿曾痛恨地掀翻他们的牌桌，仍然止不住他们打牌，女儿愤而辍学去外地打工，一走了之。在脱贫攻坚战打响后，弯柳树村走出一条"扶贫先扶心"之路，首先"开讲堂，正人心，教奋斗"，他们两口子是最先改变的，也是2015年最先脱贫的贫困户。杜继英常常忍不住见人就说："国家政策太好了，对我们老百姓太好了，啥也不要我们的，都是给我们，让我们老百姓赚钱，要我们富！"过去她家是个牌场，现在变成了正能量集散地，是全村孝亲敬老饺子宴包饺子、支起大锅煮饺子、送饺子的付出场、能量场、幸福场！她家就在我租住的农家院的隔壁，我俩是最近的邻居。和她一起回到家吃了丰盛的小年年夜饭，香喷喷的大米饭，一桌子炒菜。

驻村这些年，每年的小年都是在村里和乡亲们一起过，这里和我老家的年俗不同，南阳、信阳饮食习惯、生活习惯都相差甚大。在我的老家南阳市南召县，小年夜是家家吃烧饼，而且都是自己家发面烙的，圆圆的烧饼既象征着一家人团团圆圆，又蕴含着对来年生产生活圆圆满满的祈愿。小时候最开心的事就是从小年夜开始，不仅可以吃上诱人的烧饼，而且从这天起，算是进入过年时段，大人忙着准备年货和探亲访友的礼品，满心都是节日来临的喜庆和惦念亲友的亲情，整个村子气氛都比平日里祥和喜庆好多倍。小孩子们可以撒欢放胆地疯玩，即使捅了马蜂窝，一般也不会像平时那样被家长暴揍一顿，顶多吵几句就算惩罚了。南召民谚：新年到，新年到，姑娘要花，小子要炮。小时候特别喜欢过年，不仅因为有新衣服、好吃的、好玩的，更重要的是可以无所顾忌地撒欢儿自由几天。

　　小年的年夜饭一定要等到全家人都回到家，才围坐一起，放了鞭炮，全家团圆、热热闹闹、欢欢喜喜，说着笑着吃妈妈做好的美味佳肴和圆圆的烧饼。如果家中有远行的亲人这天实在赶不回来，家中的长辈会把烧饼储存起来一两个，等到亲人赶回来后吃，哪怕吃上一口，也是续上了福禄寿，取一年接续一年、年年不断之美好祈愿和寓意。我和妹妹出嫁后，按照习俗，每年春节大年初二才能回娘家，回到娘家的第一件事，就是吃奶奶给我们留的小年烧饼！

　　后来我们都有了孩子，奶奶也一年年老去，逐渐卧床不起，连行动都不能自主。但是一到正月初二，我们带着孩子回家，80多岁的奶奶就特别精神，早早下床在门口等着，我们一进家门，奶奶乐呵呵地颠着缠裹过的"三寸金莲"，拿出埋在面缸里保鲜不会坏的小年那天的烧饼，拍打、吹掉上面的面粉，放在蒸锅里馏软乎了，亲手掰成一小块一小块的，分给我们，她就坐在我身边拉住我的手，仰头看着我们吃了，她才放心地、满意地离开。

　　至今回想起白发如雪的奶奶，抿着已没了牙齿的嘴，满脸慈祥地微笑着看我们吃烧饼的情景，感受着那份大海一样无尽的慈爱，止不住热泪长流。如果她老人家还在世，我一定要久久地拥抱亲爱的奶奶！还有亲爱的爸爸妈妈！父母、长辈恩深似海，往往是我们忙忙碌碌还来不及认真报答，他们已接连离开。中国有句古话："树欲静而风不止，子欲养而亲不待。"如今奶奶和父母都已经离开我们多年，可是那份呵护和祈愿后代福禄绵长不断的爱，却永永远远镌刻在我们心灵深处，也必将代代相传！

在杜继英家和他们一家人吃过团圆的腊月二十三小年年夜饭，回到我租住的小院，已快9:00了，接通女儿微信视频，先是小宝宝抢镜头拜年问好，接着告诉女儿我想好了，今年可以一起去珠海过年了。女儿惊喜地说："真的？不会再变了吧？"

我说应该不会了。女儿生怕再变，紧追不舍说："敲定日子，我马上给您订票！"得知确定能去珠海一起过年时，女儿的欣喜之情我永远不会忘记，感谢亲爱的女儿！

2020年1月18日 星期六

接河南电视台及省扶贫办通知：参加央视春晚郑州分会场录制，今天报到，19日到21日彩排。

2020年1月19日至21日 星期日至星期二

郑州黄河文化公园炎黄广场，2020年春节联欢晚会郑州分会场彩排。兰考县委书记蔡松涛、我和秦倩及全国共17位脱贫干部及脱贫户代表参加，近两万名演员已排练很久。

这几天降温，还有大风，位于黄河边上的炎黄广场空旷广阔，参演人员都穿着美丽而单薄的衣服，我们作为特邀代表比演员们穿得要厚些，而且身上贴满了暖贴，仍然冻得浑身透凉。但大家的心是热乎乎的，在寒风中一遍一遍地排练，每天都到凌晨一两点，没人觉得累。能参加央视春晚郑州分会场节目，是何等的自豪！

在两万人组成的九曲黄河十八弯、河图和洛书画面中，我们和杨洪基一起唱一曲响彻寰宇的《黄河颂》："我站在高山之巅，望黄河滚滚，奔向东南。惊涛澎湃，掀起万丈狂澜！"

著名歌手李宇春、孙楠乘坐着一辆大红色拖拉机缓缓而来，二人在滚滚的麦浪中合唱歌曲《幸福长流母亲河》，来自全国各地脱贫攻坚一线的干部群众代表，以及郑州几大院校的千名大学生代表站在黄河两岸的崖壁上，深情合唱。

一场精美绝伦的晚会，无与伦比的节目，原来是幕后这么多人默默奉献，辛苦这么久才展现出来的，真是台上一分钟，台下十年功。向导演、郑州师范的学生、塔沟武校的学生们致敬！

2020年1月22日 星期三

村干部把弯柳树村酵素大米、香菇酱等产品发到郑州，在第一书记扶贫产品展红专路店上架，参加年货促销活动。

写好《致弯柳树村在外创业村民的一封信》，发在村民大群和小群中。

尊敬的弯柳树村在外创业、务工的乡亲们：

大家新年好！我是弯柳树村省派驻村第一书记宋瑞，2012年10月至今，已经驻村八年了。又是一年一度的春节，大家从四面八方返乡回家，与亲人团聚过大年。在此我给大家拜年了，顺致一声诚挚的问候：你们在外创业辛苦了！

作为河南省级贫困村的弯柳树村，在党中央打好扶贫攻坚战，同心协力奔小康的政策指导和各级党委、政府、爱心企业和社会各界的关心支持下，立足"孝、悌、忠、信、礼、义、廉、耻"为核心的中华优秀传统文化，培育社会主义核心价值观，打造中华孝心示范村、美丽乡村，发生了较大的变化，产生了巨大的社会影响。村里成立了义工团，义务维护环境；成立了歌舞团，大家唱着、跳着，开开心心过日子，并且唱到、跳到河南电视台直播间，应邀到北京、重庆、南阳、郑州等大城市演出。村里发起了孝亲敬老活动，每月农历初一、十五，义工团给全村老人举办孝亲敬老饺子宴。

尤其是刚刚过去的2019年，我们彻底打赢了脱贫攻坚战。这一年，投资1000万的大讲堂投入使用，在村举办全国性会议；这一年，村核心区通了柏油路，这在信阳市是首个村；这一年，村里建起了电商物流园；这一年，许庄组的臭水塘建成了旅游景点桃花岛；这一年，反映弯柳树村脱贫攻坚的长篇报告文学《小村大道》出版了，中央电视台《乡村大世界》原总导演曲良平率团创作的情景音乐报告剧《弯柳树的故事》向县委汇报演出了，过了年，村民们就要到北京汇报演出，之后沿"一带一路"出国演出了！到目前为止，全国有200多个县市区的县、乡领导带队来弯柳树村参观学习。中央电视台、《人民日报》、新华社、中国网、河南电视台、《河南日报》、《大河报》、《东方今报》、信阳电视台、息县电视台等30多家媒体对弯柳树村连续报道。随着中华青少年德孝感恩乡村夏令营、中国民营企业家德孝文化论坛连续六年在弯柳树村举办，弯柳树村的德孝文化培训产业、乡村旅游产业、生态有机农业种植等正在进入大发展。弯柳树村建成了村级扶贫产业园，生产的无任何添加剂的纯天然八德八味香菇酱、生态有机酵素大米，深受消费者喜爱，创下了一周销售100万元的佳绩。弯柳树村乡村振兴、全面发展的美丽画卷正徐徐展开！

假期短暂，一过完节，大家又要离开年迈的父母、幼小的孩子和亲人，奔赴各自所在的城市，或创业或打工。

"城里有着我们的梦想，村里住着我们的爹娘。"这里是大家的家，是大家的根，弯柳树村的发展需要全体弯柳树村人的共同关注与支持！希望大家为家乡的脱贫致富和发展，为弯柳树村的乡村振兴，出谋划策、献计献策！目前弯柳树村有着很好的在家乡创业的机遇！

北京、郑州、南阳、信阳等地的企业家，积极参与精准扶贫，与弯柳树村贫困户结成对子，手拉手帮扶。有七家企业到村投资建厂，建成了弯柳树村扶贫产业园，村民在家门口成了产业工人，有不少弯柳树村的年轻人回村和乡亲们共同致富。

转眼间我已经驻村八年了！感谢村两委和全村乡亲们的八年支持！新的一年里，让我们抓住国家政策扶持、政府多方支持、爱心企业援助的机遇，为使弯柳树村全面走上小康之路、乡村振兴之路，为子孙后代留下一个美丽、富强、和谐、幸福的弯柳树，只争朝夕，不负韶华，共同努力！谢谢大家！祝大家鼠年大吉大利，幸福美满，心想事成！

国家统计局河南调查总队驻弯柳树村驻村第一书记宋瑞敬贺新年！

2020年1月22日

2020年1月25日 星期六

有幸上春晚，奋勇更向前。在郑州黄河湾炎黄广场，参加2020年央视春晚郑州分会场活动。郑州分会场两万人的现场，九曲黄河的设计布局，场面宏伟，大气磅礴，我们和杨洪基、李宇春、孙楠一起的演唱，郎朗的钢琴演奏，跟着北京主会场郭兰英老师《我的祖国》的大合唱，无不振奋人心！中华民族一家亲，爱党爱国，奋斗圆梦，振奋人心！2020决胜小康，决战在即，我们信心满满，勇往直前！

2020年1月29日 星期三

今年陪孩子们在珠海过年。随着疫情的发展，我的返程票也三次改签、改退、重买，从孩子给订的2月1日初八，改为1月30日初六，又改为1月29日初五，只为早一天回到村里。听到党中央、习总书记的召唤，在当前防控新型冠状病毒肺炎的严峻斗争中，党员干部要到疫情险重区发动群众、组织群众、凝聚群众；看到市委组织部号召，第一书记尽快返回所驻村，配合村两委搞好疫情防控工作，今天一大早我已出发回息县弯柳树村。

今天一早6:00起床，从珠海出发，听着刘春龙老师作词的《长江，长江，我是黄河》，一路披荆斩棘，杀回到主战场。由于到处封路，绕道光山后又折回息县，在息县下高速处接受消毒、测体温、确定身份后，放行，晚上快9:00回到村里。村支书王守亮在村口等着，疫情远比想象的严峻得多！

1月25日初一，参加完2020年央视春晚河南分会场活动，来到珠海和孩子们一起过年。女儿婆婆家的房子就在海边，出门步行五分钟就走到了海滩。坐在阳台上晒着太阳，看着女儿满足的笑脸和四岁小外孙女安安在身边欢快地蹦蹦跳跳、唱歌、讲故事，心中的幸福无以言表。当看央视春晚重播看到有我的画面时，小安安激动地跑到我怀里说："姥姥，我看到你了，你在电视上！姥姥最漂亮！"我十分感动，儿孙绕膝的天伦之乐幸福无比！我也终于完成了与女儿历时四年的一个约定。

2017年春节，女儿带着刚一岁的宝宝在海南过年，要我一起去。因脱贫攻坚最紧张时期，村里任务繁重，我没有答应。之后的两年女儿都早早与我相约，盼着我和他们一起过年，我仍因村里工作太多没有答应。2020年提前几个月女儿就和我商量今年一定一起过年，女儿的婆婆也悄悄对我说："今年你一定要答应一起去珠海过年，你不去孩子们也不去，一家人又要分在几处不能团圆了。"

我知道2020年将是脱贫攻坚战的腊子口、娄山关、上甘岭之年，大战在即，与家人相聚的日子会越来越少，趁着春节和家人团聚一次，为2020年的长期回不了家做好铺垫和前奏。我答应了孩子们今年到珠海一起过年。可是从初一晚上开始，听着新闻里武汉新型冠状病毒肺炎疫情不断扩大的消息，我的心沉重起来，与村干部不停电话、微信沟通，密切关注着村里的情况，全村有37人从武汉回村过年，必须严防死守。初二疫情仍在发展，初三全国又有新增病例。

我终于鼓足勇气告诉女儿，我得回村！女儿说："妈，您疯了！盼了四年，您好不容易来了，刚来就要走？信阳离武汉最近，是重灾区，是河南省发病率最高的市，您乖乖在这待着我才放心。国家推迟学校开学时间，春节假期也延长到2月2日了，我给您订好了2月1日初八的票，不耽误您上班时间。"我看着女儿坚定的眼神，无言以对。宝贝女儿，我不能守护在你们身旁了，我必须回到战场，早一天回村，早一天守护乡亲们的安全。尽管村干部们已经做得很好，但我必须尽到我的职责。我已心急如焚，再次和女儿商量改签机票，女儿同意了！改订成了30日初六珠海到郑州的机票。

初四看新闻，疫情还在发展，信阳、南阳、驻马店三地已被列入危险区。疫情就是命令，就是召唤。我必须马上回村！

给女儿和家人一说，遭到一致批评与制止。马上又向路口乡宣统委员、弯柳树村脱贫攻坚责任组长王玉平报告："我正在再次改签车票，明天即回村。"玉平组长回复："宋书记，不用这么急来，这边有我们。"女儿看我心急如焚的样子，无奈再一次退掉机票，我立即订了1月29日初五珠海直达信阳的高铁票。宝宝的奶奶一大早给我做好了早餐，临出门还反复叮嘱："这太危险了，太危险了，你可要千千万万小心！你这过的叫啥年！"

刚到珠海高铁站，弟弟宋辉又打来电话劝告和阻拦。10:11的高铁检票时间还未到，弟弟又紧张地在家人群"最爱的人"（我们家的微信群）中发来两条微信，9:26发的第一条是"河南疫情通报：截至1月28日24时，我委收到省内17市（县）累计报告新型冠状病毒感染的肺炎确诊病例206例，重症32例、危重2例、死亡2例、治愈1例。其中：确诊病例中，郑州市40例、开封市3例、洛阳市2例、平顶山市5例、安阳市14例、鹤壁市5例、新乡市7例、焦作市2例、濮阳市1例、许昌市2例、漯河市9例、三门峡市4例、南阳市31例、商丘市14例、周口市19例、信阳市32例、驻马店市16例"。

9:40发的第二条是弟弟的肺腑之言："姐，信阳发现病例很多，一定注意点，真不想让你假期没有结束，年还没有过完，初五就慌着回到村里。一个村里几十个武汉返村人员，是雷区，很危险！知道你是党员，谁也劝不动你。只有先保护好自己，才能更好地为人民服务！"

10:06又收到女儿发来的微信："路上您口罩别摘啊，也别透风。口罩别透气，封闭好。千万不能掉以轻心！"11:07女儿又发来截图和微信："信阳都是高危地区了，您千万要注意啊！"

我家的微信群名叫"最爱的人"，此刻更感受到这个群名起得好，我在家人群中发信息让大家放心："没事，别担心！我是党员，我是弯柳树村乡亲们的第一书记，正是因为危险，所以我才必须回村，风雨无阻必须回去。放心，我会保护好自己的！你们也要保护好自己和孩子们。感谢家人亲人们的理解！"女儿接着发来："那您也是妈妈，也是姥姥啊！"

我的眼泪长流不止……

是啊，女儿，我也是妈妈，也是姥姥，可是很抱歉却不能尽妈妈和姥姥的责任。已答应和你们一起过个年，可是没想到又出现这么严重的突发事件，疫情蔓延速度之快，触目惊心，国家有难！党员干部在国有危难、民有危险之际，只有不畏艰险，挺身而出，英勇奋斗，除此别无选择。我知道此时回村意味着什么，正如视死如归赶赴战场的战士；我知道疫情的凶险，意外随时都会发生，也许此去就是永诀，此生我们母女就是最后一面！所以在昨天夜里你和宝宝睡熟时，我悄悄地推开你的房门，偷偷地看了你和宝宝好几次！

昨天下午宝宝给我唱了半天的歌，《小螺号》《米小圈快乐西游记》《太上老君兜率宫》，还拉着我给她伴舞，唱个不停、笑个不停，像个美丽可爱的小天使！此刻熟睡的宝宝，粉嫩的小脸像一朵娴静照水的娇花。宝宝聪明伶俐，记性特好，听过一两遍的故事就能复述出来。你和懿德要好好教育她、影响她，带她多读经典，作为妈妈你要把最好的给她，方能不辜负她！桃桃，亲爱的女儿，我昨夜偷偷看你时才发现，才刚刚32岁的你，额头也有了细纹，我心疼得流泪了，好想拥你入怀抱抱你，可我没敢，怕吵醒了你。岁月不饶人啊，此生莫蹉跎，只有奋斗的人生才能彰显和放大生命价值，活出光芒万丈的自己！

我这一生唯爱读书，追求真理与灵魂的自由。也曾做错过很多事，好在善于反躬自省，及时改过补漏。尤其是驻村八年来，我把自己全然奉献给带领弯柳树村乡亲们脱贫致富过上好日子的火红事业，奉献给国家打赢脱贫攻坚战的伟大战略，一步步超越过去那个风花雪月的小我，唤醒奋斗不息、利他利社会、全心全意为人民服务的大我，能在这个伟大的新时代，成为一个合格的党员，成为一个打赢脱贫攻坚战的无畏战士，成为文化自信与乡村振兴的探索者、引领者，虽千难万险，我乐此不疲。正如颜回，"一箪食，一瓢饮，在陋巷，人不堪其忧，回也不改其乐"，正如孟子说，道之所在，"虽千万人，吾往矣"。

我们家别的也没有什么，只有那四个书柜里的书是最珍贵的，尤其是四书五经和《道德经》那些经典，还有"只留正气满乾坤"那几幅字画，你们要好好学习并妥善保管。我的工资卡是交行卡（红专路支行开户的），工作上往来的还有一张工行卡(郑汴路支行开户的)，还有一张单位给办的建行信用卡。疫情凶险难测，村里从武汉回来的已有37人，全乡已排查出从武汉返乡的1000多人。如果我出现意外，这些卡和身份证，还有医保卡、工会卡，都在我随身携带的紫色挎包里，记得查一查信用卡，如有欠，请还清。如果我出现意外，请你记住：妈妈此生光明磊落做人，坦坦荡荡做事，所有梦想都曾付诸行动，不管实现与否，都曾为此奋斗，此生了无遗憾！

唯一放心不下的就是不能陪着你和懿德变老，不能陪着安安、诚诚、明明读着经典长大了；不能看到他们成为国家栋梁之材，不能在我80岁时穿上纱裙，成为安安婚礼上最大最美的伴娘了。可这一切都不重要，重要的是妈妈此生无憾，你们此生幸福。愿你和懿德，还有你舅舅和舅妈，孝敬父母公婆和所有老人，勇于奋斗，尊道求德，行道积德，事业兴旺，永远幸福美满！对不起宝贝们！

如果没有意外，一切正常顺利，等打赢疫情防控阻击战，等我把村里的任务完成了，先把党员责任尽完了，就回家做个称职的好妈妈、好姥姥！和大家一起幸福地安度晚年！谢谢最亲最爱的宝贝和家人们！

珠海到信阳的高铁上午10:11准时发车，下午4:17到达信阳东站，路途6个多小时没吃一口东西，没喝一口水，尽管早上出发时女儿给我装了很多食品和水果，可是不敢摘下口罩，一直忍着饥饿口渴。列车员戴着口罩依旧尽职尽责地在车上服务，一节车厢只有三五个人，显得异常冷清。我坐在空荡荡的车厢里，一路思绪万千，往事像过电影一样浮现在眼前。晚上临近9:00赶到村里，才敢摘下口罩喝水、吃东西。

我是国家统计局河南调查总队一位处级干部，2012年10月被总队党组派到信阳市息县路口乡弯柳树村驻村扶贫，因立足中华优秀传统文化改变引领人心，走出了一条"扶贫先扶心"之路，使省级贫困村弯柳树发生了翻天覆地的变化，不仅脱贫致富了，而且华丽转身成为河南省第一个中华孝心示范村，河南省弘扬优秀传统文化示范新村，信阳市美丽乡村、生态村、文明村，受到中央电视台、《人民日报》、新华社、河南卫视、《河南日报》等媒体及网络媒体广泛报道，吸引全国各地100多个县市区的乡村的人到村参观学习。我也连续四轮驻村，坚守脱贫攻坚一线八年，成为全国驻村扶贫时间最长的驻村第一书记之一，荣获2018年全国脱贫攻坚贡献奖、2018年感动中原人物、2019年河南首届十大孝贤楷模、2019年第六届省直道德模范等称号。

因为多年驻村扶贫，陪家人的时间少之又少。今年春节是我唯一的女儿桃桃出嫁五年后，第一次和他们一起过年。女儿出嫁后唯一的心愿就是想让我和他们一起过个年，尤其是有了小外孙女安安后，女儿更是年年和我早早相约，我也答应了。可是由于我一直在弯柳树村驻村扶贫，每年都是越临近春节越忙，看望贫困户、孤寡老人、残疾人，各类项目申报、资料归档整理、上报总结、迎接上级检查验收等，往往忙完就到了腊月二十八九，才匆忙回到郑州。女儿相邀去南方过年的愿望一直没能实现。为此女儿很是伤心，曾不止一次半开玩笑对我说："妈，我是不是你亲生的？我一出嫁你就再也不管我了。我是充话费送的吗？"没想到疫情突发，紧急万分！这一天在返村途中思绪万千，泪流不止。

2020年1月30日　星期四

召开党员紧急大会，成立疫情防控突击队。

今天一早，息县县委领导得知我已回村，打电话叮嘱：保护自身安全前提下做好全村疫情排查、防控工作。

河南省今日最新发布：息县已确诊2例！信阳市已确诊42例！河南省累计确诊278例！江西省29日一天新增53例，占累计162例的33%；29日重庆一天新增18例，占累计165例的10.9%。大数据显示，正如钟南山院士预告的那样，疫情进入爆发期。大家千万千万高度警惕！保护好自己，严密组织、严防死守、加大宣传，提高村民自我防护意识，保护好村民。昨晚到村快9:00，守亮和村干部在村口等候着，已排查出武汉返村人员37人，口罩、喊话器、测温仪、消毒水等防控物资奇缺，防控形势严峻，商定今天上午召开党员紧急会议。

上午8:30，弯柳树村党支部召开疫情防控全体党员紧急会议，全体人员佩戴口罩，在弯柳树大讲堂前的文化广场上，每人距离两米以上，在家的全体党员22人(除武汉返村者)露天召开疫情防控紧急动员会,驻村乡干部王玉平委员和村支书王守亮给大家介绍本村疫情防控严峻形势,排查出武汉回村人员又增加到40人。

信阳市离武汉最近,息县在外务工人员中有很大一部分在武汉,春节集中回乡过年,成为疫情防控的重灾区。1月23日武汉封城后,息县县委、县政府第一时间成立息县新冠肺炎疫情防控指挥部,各乡镇成立相应的疫情防控指挥部,乡村干部从年三十那天就开始进入疫情防控统一部署,村干部每天值班,排查从武汉回村过年人员,武汉回村人员家门口墙上张贴警示标牌和温馨提示:"本户有武汉回村人员,须严格隔离14天,暂时谢绝一切来往。"乡村干部已满负荷工作,可是党员还没有参与进来,随着疫情不断蔓延,形势越来越严峻,需要全体党员共同上阵。

我给全体党员紧急动员,鼓劲、加油、加压:"我们村从武汉回来过年的人多,疫情防控任务重,形势严峻,是对我们党员队伍的考验!每个党员分片包户的区域,大家加强不间断巡查巡逻,确保万无一失!我们必须全面行动起来,严防死守,打赢疫情防控攻坚战,保卫脱贫攻坚的胜利成果。""一个党员就是全村的一面防护墙,一个党员就是村民的一颗定心丸!"

党员佩戴党徽和"共产党员"袖章,举党旗,亮身份,明职责,当好"五大员",宣传党的疫情防控政策,普及疫情知识,消除群众恐慌心理,做好外来车辆、人员的检测监控,分组排班巡逻值勤,加大宣传,逐户排查,严把"外防输入,内防流动"关。

我们把全村划分为10个片区,村干部包片、包组,党员包户、包人,村干部包干盯紧40个武汉回村人员。我和村干部汪学华、党员谌守海一组,按分片责任区,在有武汉返村人员的村民家门口宣讲防控方法及政策要求。到许兰超市、许建超市、新农村、焦庄、许庄检查,宣传防范措施和要求。上午10:00多,县委办公室张主任到村检查指导疫情防控工作,并送来口罩2000个、喊话器3个、消毒水等急需物资。下午,县委常委、组织部部长杜鹃到村检查督导疫情防控及党员队伍组织工作,为我们村干部和党员突击队鼓劲、加油。

村民监督，举报有奖。

晚上8:00多，责任组长王玉平根据路口乡疫情防控指挥部发布的举报奖励通知，加上弯柳树村干部电话发在村各个群里：

路口父老乡亲：

如发现本村有湖北返乡人员不在本村已登记名单内，每举报一人，奖励第一举报人200元，可选择现金、话费、微信等方式。如户籍不在本村，可向该人员所在村或乡政府举报。

请各村将举报公告附本村所有湖北返乡人员名单公示到组，如有在路口街居住的要公示到街区，明天在开展宣传活动时进行张贴，并将工作开展照片发至乡重点工作群。举报奖金由各村先行垫付，各村造表登记，责任组长、支部书记、第一书记签字，第二天凭表到乡政府结算。

收到请回复，谢谢。

感悟"大道之行，天下为公"。

一直忙到晚上8:40，回到住处，累得腰酸腿疼，脚上起泡了，很疼。终于可以坐下歇歇，心终于可以静一会儿了。夜色下仰望没有星星的天空，一弯斜月挂在小院偏西方，乡村的夜如此静谧安详，祈愿天佑中华，共克时艰，渡此难关。

昨天从珠海回来的路上，火车过武汉站，隔窗望着空荡荡的站台，只看到两个工作人员。昔日繁华的武汉高铁站冷清得让人落泪，心中顿生凄楚。此番疫情蔓延，国难当头，望唤醒中华儿女、炎黄子孙心中英雄，共明此心，共赴国难，共担吾辈之使命，英雄归来，鲲鹏展翅，翱翔九天！

"长江长江，我是黄河，再苦再难，一起顶着！我们的河床，是伟大的祖国！"面对疫情肆虐，打一场群策群力群治的人民战争，我们坚定信心，一定胜券在握！

驻村这些年，每隔一段时间都要给党员讲党课，《宋书记讲党课》也逐渐成了弯柳树村"文化自信与乡村振兴"培训产业的一个品牌课，吸引了全国各地的基层党员干部到村参加培训。越深入学习中国共产党的成长历史，越对我们党爱之深、感之切，越为自己能成为9000多万中国共产党党员中的一员而感到荣幸和自豪，也越是感受到肩上责任重大，使命光荣！

八年驻村，锤炼了党性，磨砺了灵魂，纯粹了心灵，增益了自己所不能。深刻领会和感悟到习近平总书记"要为人民做实事"的坚定初心、信念，以及党的全心全意为人民服务的宗旨，都是给我们指向一条人道合天道、人心合天心的人生大道，都是要我们奉献自己，造福人民，利益社会，超越小我，唤醒大我，最终绽放自己内心与生俱来的光明，实现无怨无悔无倦的人生。

也深深地感悟到，我们党之所以伟大，之所以能带领中国人民从列强瓜分、水深火热中站起来、富起来、强起来，是因为我们党深深扎根于中华民族五千年的优秀传统文化、深深扎根于人民。从伏羲到黄帝、尧、舜、周公、老子、孔子、王阳明先生，到中国共产党，都是奉行"大道之行，天下为公""世界大同，四海一家""构建人类命运共同体""为解放全人类而奋斗"，胸怀天下，服务人民，从古到今一脉相承，党是这个时代炎黄子孙、中华儿女的优秀代表，必将带领中国人民战胜一切艰难险阻，带领中华民族走向繁荣富强的伟大复兴！

不忘初心，方得始终。

党的一大代表平均年龄只有28岁，正是怀抱一颗救国救民之心，当时的中国有大大小小300多个政党，历史选择、老百姓选择了共产党，就是共产党的奉献精神，就是共产党的初心和使命：为中国人民谋幸福，为中华民族谋复兴，这个初心一百年来始终没有变，所以才能带领中国人民站起来、富起来、强起来！从1921年中国共产党成立到1949年建立新中国，无数革命先烈抛头颅洒热血，红军爬雪山过草地，无数共产党员牺牲生命，才能在短短的28年内赶走侵略瓜分中国的世界列强，建立一个人民当家做主的新中国。从小到大我心中的偶像都是毛泽东主席，记得小时候学习历史，看到毛主席的妻子、儿子、弟弟等一家六个亲人牺牲，止不住号啕大哭。

2003年我患上亚急性甲状腺炎，前期被误诊为甲状腺癌，治疗方向错误导致越治越严重，后在河南省人民医院确诊后住院治疗四个多月，每天输液十多个小时。治愈出院时，恰逢全国非典疫情暴发，全民皆兵，心中有无数的疑惑和困顿，无人能知、无人能说！出院稳定一段时间后，我一个人坐火车前往北京，早上在天安门广场看升国旗，白天到毛主席纪念堂瞻仰，我跟着长长的队伍走进去，一进大厅看到毛主席的汉白玉雕像，已是泪流不止，走出队列向老人家三鞠躬，再续进队伍向前走，围着水晶棺瞻仰主席安详的遗容，眼泪怎么也控制不住。看完一遍出去再排队进来，心中反复向老人家诉说请教："主席啊，您说全心全意为人民服务，我该怎么做？"那时我大病初愈，大难未死，已意识到生命的脆弱和短暂，不敢蹉跎。就这样我也不知道那一天一共排了几次队，进了几次纪念堂。之后就在天安门广场坐着，等到晚上6:00左右看完降国旗，坐夜里的火车回到了郑州。那时我就决定选择下乡，到基层去、到人民中去、到最难的地方去。

2006年3月我被省委组织部派到南阳市卧龙区挂职科技副区长，2012年10月到息县弯柳树村任扶贫工作队长，2015年8月改为驻村第一书记，一直干到现在，从省政府办公大楼到区到县到村，屈指算来已经14年了。这14年为最基层老百姓服务，是我成长最快的阶段，从不会到会，从不敢到敢，从不明到明。

我常常给来村里学习的年轻父母们建议：带孩子从小认真反复读一读《中国共产党人的故事》《毛泽东的故事》《马克思的故事》《习近平的七年知青岁月》这些书，是对孩子最好的早期教育和素质教育。让孩子们学习的不是政治，而是人生，是生命！让孩子从小认真反复读一读孔子、老子、王阳明的故事和他们留下的经典《论语》《道德经》《传习录》，让孩子学习的不是历史，而是人生，是生命！

这些都告诉我们和孩子，人的生命应该怎样度过。每个人的生命都是有限的，如此珍贵且有限的生命，应该怎样度过？怎样学会做一个"明明德、亲民、止于至善"的人，做一个遵循圣人之道，"为而不争"的人，做一个全心全意为人民大众服务的人，无我利他、利社会，造福一方，让生命的无穷潜能充分释放，让自己有限的生命活成一道光，照亮、温暖这个

424

美丽的世界！让世界因我的努力而更美丽！

洗漱完毕准备休息前，习惯性地拿起手机浏览一下微信朋友圈，看完我一下子被感动了，这两天我的朋友圈点赞和留言的朋友400多位，那些留言让我感动，更给我支持和力量！

青海省海东市乐都区扶贫局何多明局长："真的把责任扛在了肩上，宋书记加油，防护好个人！"

弯柳树村脱贫户宋萍："感恩宋书记这么多年来的辛苦付出，宋书记感恩有您，您辛苦了，保护好自己才是重中之重！"

家和万事兴："看哭了姐姐，为大家你舍小家，你是最棒的！保护好自己才能为更多人服务。"

杨帆："宋瑞书记，你是我们的楷模，是第一书记的榜样，我们一起手挽手站在人民群众的前面！为他们筑起防线，心连心共同战胜疫情！加油！"

河南调查总队办公室朱隽峰主任："一定做好防护，保护好自己是会工作的前提！不要盲目接触易传播人群，保持距离，都能理解。口罩、手套、眼镜等等要全副武装。一定会战胜疫情的，我们和你在一起！"

喜买网总经理郑鸿雁："您无私奉献精神可以感天动地，您在为老百姓服务，您不会有事的。我们都爱您！"2016年夏天郑总带着河南电视台喜买网她的年轻的团队来到弯柳树村支援和采访，她带着十几个80后、90后的年轻人，就住在村里农民家，他们不顾天热大汗，不顾蚊虫叮咬，在我住的小院彻夜长谈，豪情万分。

晚上12:32，信阳市平桥区五里店办事处主任孙德华在我朋友圈看到29日的日志《对不起孩子，我必须回村》后，转发到他的朋友圈，并写下感悟："今天，我同大家一样，为疫情防控工作忙碌了一天，躺在床上，看了几篇为了这场输不起的战争而涌现出的英雄事迹，让我多了份责任，多了份担当，更多了份打赢胜仗的信心。但当我读了宋瑞姐姐（2018年代表河南省获得全国脱贫攻坚贡献奖的息县弯柳树村第一书记）一篇日记时，感动得热泪盈眶，向宋瑞姐姐学习！向她致敬！下面是未经宋瑞姐姐同意，全文转发她的日记。"就这样，这篇日志不胫而走，被很多朋友转发，被《人民日报》《中国信息报》《河南日报》《大河报》等转载。

郑州济华中医馆曹雁："没看完就已经泪目，为您点赞，请保重！"

杨铮："您大爱无疆，上天一定会保佑您平安如意，带领弯柳树村继续创造奇迹，孝感天地！试一试用中医中药熬汤给村民喝，中西医结合，赢得这场抗疫战争！"

刘春龙："看了你朋友圈这些，令我想起焦裕禄书记的'三股劲儿'：对群众的那股子亲劲儿，抓工作的那股子韧劲儿，干事业的那股子拼劲儿。但一定得保重！致敬！"

陈宝霞："泪眼婆娑看完您的文字，向您学习，为您的大我大爱点赞，弯柳树人民感谢您，全国人民感谢您！您是人民的好书记，好人一生平安！相信您，一切安好……"

省财政厅潘智仁处长："宋书记，您是第一书记的榜样！"

王文连："守初心，担使命！您用行动践行了一个党员最初的誓言，大爱无疆，人间有爱！天佑中华，英雄无恙！"

马庆："深夜一点多醒来读到了朋友圈的文章，揪着心一字一句读完，很感动……现在只想给您送过去一句话：一定要做好防护，安安全全不要出事儿，孩子们、朋友们、家庭和社会需要您！"

黄天兴："在危难面前，冲在前面，是一个真正的共产党员的崇高品质和坚定的情怀！为你点赞，为你自豪！"

王万才："认真读完，感动到流泪，非常时期，请多保重！"

wyy："宋书记，向您致敬！看了您临走写给女儿的留言，禁不住热泪盈眶，您一定要小心！您一定会安全归来！加油！"

刘艳霞："吉人自有天佑！祝早日打赢疫情防控攻坚战和脱贫攻坚战！"

驻村志愿者尹子文："老师，读完您的日志，内心的感动和敬佩无以言表，您透亮、纯粹、全心全意为人民服务的心是那么的闪亮，是真正的新时代征程上的无畏战士。有您在，必定正气满满，弯柳树村也必定安然无恙！"

梁语阳："宋书记，今天我把您的家书给病重的父亲看了，念给他听，他说我一定要好起来，回到村里，那里还有老百姓，还有我扶贫的乡亲们！他说人家一个女性都可以在雷区继续革命，我一个大男人更应该要以身作则！书记，您一定要保护好自己！"

下午1:26，南阳老家70多岁老党员张德武表叔微信："好闺女！看了你29日的日志，我的心情久久不能平静，你是个好党员、好母亲、好女儿！为实现自己的梦想，探索着，奋斗着，奉献着，你无愧于自己，更无愧于这个伟大的时代！祝福你！"表叔年轻时曾任县委书记、市人大副主任，是一位信念坚定的老党员，在任时是一位一心为民的好领导。

下午1:36，村民赵忠珍发来微信："宋书记，听尹老师说你回村了，宋书记真的辛苦你了，别人都关门在家里，而你为了大家的安全，不顾自己的安危，在这么危险的时候回村了！不知如何表达对你的谢意！"

回村第一天就这样在吉凶未卜、惊恐不定的心情中，在各种物资求援、人员组织中，紧张万分地过去了。

2020年1月31日　星期五

上午息县疫情防控指挥部公布：息县已确诊2例！疫情愈发严峻，离我们越来越近！上午村支书王守亮和我们一起巡逻，下午1:30左右王守亮发烧，马上安排他回家隔离观察，并由驻村乡干部王玉平上报路口乡党委。疫情已在身边！大决战在即！在此国难当头之际，唯有逆行而上，横刀立马，力挡疫魔，保护人民，方能报国恩、民恩、师恩、父母恩于万一。

上午8:30，全体党员在文化广场集合，换新口罩，全身喷洒消毒液消毒，领手持喇叭、高音喊话器，到各自分片包干的村民小组和重点户巡逻巡查，宣讲防护措施。在村内增加宣传横幅，田间地头均挂上。

我和乡包村干部王玉平、村党员汪继军在唯一入村口卡点值班。9:30在息正路弯柳树段拦下外村骑着电动车和三轮车欲到县城打预防针的村民两起五人：一、岳庙村孙从芳带两岁孙子去县城打防疫针。二、大申庄姓霍的三人骑三轮车到县医院看病。

10:10至11:20，县委领导到村调研指导防控工作，给支书王守亮及村两委、第一书记作具体安排。下午路口乡党委书记到村指导疫情防控，了解基层党组织、党员、第一书记在疫情防控工作中发挥作用情况。

带领党员突击队沿各村民小组及新农村主干道，逐户宣传防护防疫要求，训诫在村街上闲逛的村民。

2020年2月1日 星期六

今天一大早起床，先在工作群中问王支书情况，体温已降至36.9度，没有咳嗽、乏力症状。我悬着的心暂时放下。

上午8:30在村文化广场，村干部、疫情防控党员突击队全体集合，换口罩、领任务，各自到分包组户宣传、巡逻。

加强全村消毒防护措施，室内、室外、街道消毒三重保险，在喷洒常规的84消毒液消毒的基础上，增加用中医推荐的酵素喷洒环境消毒、艾叶熏燃室内消毒。上午安排村主任汪学华组织各村民小组长和包组、包户党员，领取由在村投资流转300亩土地的息县远古生态农业科技公司总经理王春玲捐赠的环保酵素，用喷雾器在室内、室外、街道和树木花草上喷洒酵素消毒。已分发到部分村民家中的艾绒和艾条每天两次室内熏燃。不足部分很快到位，由南阳淅川县爱心企业熹中堂捐赠，总经理刘小芳发来微信："宋书记您好！看到关于您的报道，很感动！打算赶制一批艾叶烟熏条发过去到弯柳树村，因为我们当地政府也需要大量赶货，一个工人一天只能做一箱，所以做不出来，我先发2000根过去，让村民先把村里熏熏，这个不能做艾灸，就是抗菌消毒的！三天后我再多发点过去！"

河南省委常委、组织部孔昌生部长今天上午到村调研、督查疫情防控工作。孔部长查看了入村卡点值班、村民组防疫宣传、物资准备等后，对村党支部和党员突击队在疫情防控中充分发挥战斗堡垒作用和先锋模范作用，给予充分肯定。指示我们越是艰险越向前，越是要发挥好党员作用，树立好党员形象，嘱咐我们在巡逻村庄时要做好自身防护。孔部长的话让我们倍感温暖，给我们注入强大的力量！

下午轮到我在村口北入口处党员防控卡点值勤。

河南卫视晚上6:30《河南新闻联播》播出报道《驻村第一书记宋瑞：我

是党员，我必须和村民一起抗击疫情》。

晚上写完自己的日志，看到村主任汪学华发在我们村干部共同参加的"王阳明心学"学习群里的日志，看着村干部的成长，感到欣慰和感动。我把它发在这里：

为了相见在春天

尊敬的老师和同学们：

大家新年好！

2020年这个春节，我们过着不一样的年。不一样的年，多了一份挂念，少了年夜喜宴，多了一份祈福；少了无忧笑脸，多了一份奋战在一线的揪心和牵挂。我们有一份心愿：疫情快过去，我们摘下口罩相见在春天。

面对着突如其来的疫情，我作为一名党员干部冲在前面，紧紧依靠群众，带领群众坚决打赢疫情防控阻击战，坚决扛着政治责任，全面落实防控措施，切实做到思想到位，工作到位，责任到位。党员干部举党旗，亮身份，明职责，当好"五大员"，带头认真宣传党的疫情防控政策，普及疫情知识，消除群众恐慌心理，做好外来车辆、人员的检测监控，主动引导群众不串门，少出门，不聚会，不走亲访友，出门戴好口罩，不去人员密集场所，不信谣，不造谣，不传谣，不赌博。由于措施到位，春节前我村从湖北武汉返乡40人，截至目前没有一例被病毒感染患者。

我们也深深地相信在习总书记的英明领导下，有每一位白衣战士在前线为我们的生命守护，抗击疫情在召唤，使命担当不容返。我们众志成城，守土负责，守土尽责，疫情总会过去，春天总会到来，加油！我的兄弟姐妹，让我们心手相连！我们隔断疫情，但是我们隔不断爱，人间大爱重于泰山。加油，美好的春天就在眼前！

2020年2月2日 星期日

回村后，每天早上干部党员广场早例会、签到，我都先给大家讲一讲，通报前一天动态，再做一番动员，之后按照各自分工，到自己分包的片区、庄子，守护自己的岗位，成了一个每日培训，收到很好的效果。大家很愿意听，今天早上我接着讲：

自从疫情暴发以来，咱们的党员在1月30号，也就是我回村的第二天开始成立"弯柳树村疫情防控党员突击队"。之前党员没有行动起来，咱们村党支部要反省反省，是没通知大家，还是通知了大家都不积极？

在这个关键时刻，党支部一定要发挥好战斗堡垒的作用。一个党员就是一面旗帜，每一名党员就是群众心里的一颗定心丸。所以，每一面旗帜都要飘到老百姓的家门口，这是最关键的时候，我们都在宣读入党誓词的时候宣誓过，随时准备为党和人民牺牲一切，在此刻国家和民族遭遇重大危机的时候，正是需要我们党员站出来的时候。这几天我们连续作战发现，只要有党员在的地方，老百姓心中就稳、心中就安、心中就顺。

习总书记在大年初三就发出号召，在危急的时候，党员干部要挺身而出，英勇奋斗，不怕艰险，这是党员的本分，每个党小组组长、每个分片的责任人要通知到所在片的所有党员——除了有病、年纪大的——为他们提供一个全心全意为人民服务的机会、庄严自己的机会，做老百姓心中的定心丸。像咱村老党员陈新华70多岁了，每天还骑车从县城往村里赶，坚持回来执勤，这就是我们的榜样！

我们的党员从1月30日到现在，为了弯柳树村民的安全冲锋在前。现在许多年轻人都向党组织递交了入党申请书，但指标有限，党员同志一定要珍惜党员这个荣誉称号，一定要在关键时候发挥党员的先锋模范带头作用。我们去到哪里，哪里就有一颗定心丸、就有一根定海神针。弯柳树村有40位从湖北(武汉)返乡人员，我们现在之所以有这么好的形势，大家人心稳定一片祥和，是因为我们村干部和党员同志用喊话器逐家逐户地宣传。在下一个阶段，我们进入了更加严峻的时期，每一个党员都不能掉以轻心，在这次疫情防控阻击战中，我们都站出来了，我们保持了党员的本色，发挥了党员应有的作用，我们是英雄不是孬种，将来我们的儿孙回忆起这次危机中全国的疫情防控阻击战，我们守护住了弯柳树村，也会以我们为骄傲的！

我们弯柳树村有14个村民组，地形狭长，又分布在国道息正路两侧，每天穿行的人较多，所以咱们的疫情防控任务艰巨，工作量大。今天我也向咱们乡党委郑伟书记报告，我们一定会加大力度加强巡逻坚守，我们党员一定要保持住这种战斗状态，每天早上8:30准时集合，换口罩、领喊话器、消毒、领任务，然后到各自的片区，尤其是到有武汉返乡人员的村民家门口，不厌其烦反复地巡逻巡察，宣传疫情防护方法措施。同时要关心大家的生活，看乡亲们家中有什么需要帮助的，我们村干部会及时帮他们解决，我们要让大家意识到目前疫情的严重性、艰巨性，同时还要保障大家基本的生活需求，让大家人心安定、生活稳定！拜托大家，我们共同努力！

在这次危机中，弯柳树村党员干部要像打赢脱贫攻坚战一样，不怕艰难险阻，勇敢迎接挑战，历事练心，历练"四铁"村级干部党员队伍，有铁一般的信念、铁一般的信仰、铁一般的纪律、铁一般的担当，所以大家一定要借助这次疫情防控阻击战锻炼党员队伍、锻炼村干部队伍。我们的支书王守亮已经因为连日的劳累生病了，现在在家自我隔离观察。

我们每个党员、村民都是战士，现在让我们庄严地举起右手，重温入党誓词："我志愿加入中国共产党，拥护党的纲领，遵守党的章程，履行党员义务，执行党的决定，严守党的纪律，保守党的秘密，对党忠诚，积极工作，为共产主义奋斗终生，随时准备为党和人民牺牲一切，永不叛党。"

早动员课结束，大家各自奔赴责任区执勤、巡逻。个个精神饱满，劲头十足。

2020年2月4日　星期二

真是日有所思夜有所梦啊！

昨晚做梦梦到下大雨了，有个穿黑色立领中山装的40岁左右男子，站在屋檐下大喊："要下大雨啦！"我赶紧跑出门去收晾在屋檐下的衣服，刚收了一半，瓢泼大雨已下来，风声大作，把晾衣竿的铁架子都刮断了。我站在屋门口看着狂风大雨，心中特别高兴。想到2月2日武汉火神山医院10天建成投入使用，当日新华社发文《"火神"战瘟神——火神山医院

10天落成记》。

火神战瘟神，雷神、风神来助阵，风神、雷神助火神，三神合一战瘟神！火神山、雷神山、钟南山，三山艮止退瘟疫。好一番诸神助战热闹大剧，众志成城，全民战胜疫魔指日可待！我心里高兴，梦中笑醒了！

愿好梦速成真，愿疫情速退去，还人民安居乐业的生活！

2020年2月5日　星期三

无处不在的感动。急急急！息县发布用了三个"急"字开头的公告，寻找与确诊病例同车的人。信阳市4日新增26例，累计138例。息县确诊累计增至6例！疫情不断，更加严峻，情况紧急。村干部陈社会昨天也开始发烧，自觉隔离观察。

早上醒来先看微信群领任务。夜里3:00多王玉平委员发消息："信阳市纪委《曝光台》打赢疫情防控阻击战！全市又一批失职失责、履职不力典型案例被通报。"我马上在村工作群里发出要求："守亮、学华、社会、振友、焦宏艳、荣华：我们立即认真学习、反复多读几遍王委员夜里发的信阳市通报，对照我们村细查一下，看还有没有疫情防控漏洞，加大力度，拼命严查，严防死守！"

4:51分汪学华主任发来微信："宋书记好！今天还要加大宣传力度，昨天晚上六七点钟新农村、东陈庄组有十多个村民，不戴口罩在新农村往西到王春玲园子南北路散步。李围孜村灌渠处不知道谁点了火，有村民给我打电话：大渠着火啦！我不顾一切第一时间赶到火场，着火面积有十多平米，风大火势凶猛，我给王守亮打了电话，我们俩从两头切断火源，把火扑灭，王春玲也赶到火场救火。听到火情我飞奔出门，忘了穿外套和袜子，扑灭火后一身汗回到家头开始疼得厉害，我也快撑不住了。"这就是我们村忠诚干净担当的村干部，常常让我感动！

早上7:00多在村党员突击队群中，给党员们写了一封信："弯柳树村各位党员：早上好！国难当头，弯柳树村2300多人的生命安全系在我们身上！每个党员拿出党性、拿出良心，把自己分包的组、户、人宣传到位，让全村人都听到疫情的严峻和防控的要求！我们认真严格就是保护人命、救命……"

一上班立即给路口乡党委书记郑伟汇报情况，请求派出所增援。张继兵所长带领两位民警到村参加党员会后，查找点火者，训诫不守禁令不戴口罩的散步者。之后我和张所长一起巡逻冯庄、杜庄、红旗队、韩庄、焦庄、许庄，喊话、训诫武汉回村人员及其家属不顾隔离禁令擅自外出，危及村民安全。

疫情无情人有情！今天紧张的巡防中，有无处不在的感动。

在巡逻路上碰到党员突击队队员74岁的老党员陈新华，他告诉我他在县城石油公司的家属院住，院里确诊1例。我说："你马上回家，明天不要再回村参加巡逻。自行隔离观察。"他说："宋书记，你初五就来村了，你在郑州家里又安全又舒服，可是你硬是往村里不安全的地方来。我感动啊，我说起来就想掉泪啊！我咋能不干呢！"说完老人抹起眼泪，我也感动得流泪。看着骑着电动车远去的74岁的老党员的背影，想到他每天骑车将近20里路回村，就是为了认真巡逻巡查，自从1月30日党员疫情防控突击队成立至今，他一天没有落下过！这就是我们的老党员，他们是我学习的榜样！和汪学华、张荣华一组，正在稻茬田里对着新农村喊话宣传，2018年脱贫的贫困户宋平满头大汗跑过来，拿着一盒口罩说："宋书记，你太辛苦了，我听说村干部巡逻时用的口罩不够了，我一大早就想办法找朋友，好不容易买到了一盒，送给你！"我说："你留着全家人用！"她说："我们每人有一个就行了，我们不出门！"又是让我感动。这就是我们可爱的村民！他们的支持和爱让我们倍感鼓舞，也是对我们最大的奖赏。

告诉王守亮，通知村里写过入党申请书的年轻人和志愿为守护全村生命安全的年轻人，让各村民小组长每村推荐一个年富力强、有爱心的村民，成立村民疫情防控自救突击队。

2020年2月6日 星期四

今天上午8:30在村民小组长和党员疫情防控突击队出征例会上，号召村民献爱心，为武汉抗击疫情捐款，每个村民小组长负责任宣传到每家每户。弯柳树村党员和村干部已经踊跃捐款。村委会将把各家各户捐款名单印成大红"光荣榜",公布在村小学大门口和文化广场,让全村人学习,让孩子们学习家长的爱心善行。

写出倡议书,发到各村民小组群。

疫情新增速度加快,一天比一天多,我的心悬了起来。截至2月6日零时,息县确诊增至9例,全国新冠肺炎确诊28018例(其中萍乡23例,含上栗2例),全国死亡563例,冰冷的数字背后是成百上千个家庭的破碎。加强防控,珍爱生命,远离病毒,不敢有任何侥幸心理!

召开村党支部扩大会议,村两委成员和入党积极分子参加,强调担当、纪律,布置明天任务。

路口乡疫情防控指挥部今日发布最新要求:"当前疫情防控形势异常严峻,我乡自湖北返乡900多人,目前虽无确诊病例,但返乡人员中累计有异常症状的近40人,不能排除有无症状或轻症状的存在,故接下来,一是持续关注湖北返乡人员尤其是重点人员及其家属的情况,务必通过村医对全村有疑似症状的人登记造册,跟踪管理。二是乡、村两级各卡口要切实堵住外来人员进入,减少本村人员流动,特殊情况出入必须测量体温、规范登记。各村级卡点必须有村干部值守带班。三是要继续让喇叭响起来,干部动起来,群众静下来,坚决杜绝聚集和串门。四是目前已有五个村被通报,按照我乡疫情防控责任追究办法,第二次要给予相关人员问责,请各村引以为戒。"

2020年2月7日　星期五

息县确诊病例增至10例,防控压力在增加。因昨天下雨刮风,在外巡查时间长受凉了,今天开始严重头疼头晕,把发热小艾灸盒绑在后背上,上午勉强坚持开完突击队例会,下午在家用艾叶点燃烟熏消毒,用艾条灸天目穴、太阳穴、大椎穴,调理观察。我在心中告诫自己,此时不能生病,千万要撑住,忙过疫情防控期再病。晚上已好转。

成立弯柳树村疫情防控村民自救突击队,队员为由14个村民小组抽出的精干年轻人,护卫各组路口及加强巡逻和宣传。应对钟南山院士提出的"第二个十四天"关键期,度过此关键期才能真正进入安全期。

召开村两委战时支部扩大会，针对这几天工作总结，指出王守亮、汪学华、陈社会沟通交流不够造成的被动。批评已交入党申请书的蔡志梅、骆同军，要服从组织安排。要克服打乱仗、效率低问题。

一早收到美国朋友发来的微信，我看不懂英文，赶快发给村里的选调大学生张荣华请翻译一下，荣华看后说，美国教授在给您最好的祝愿！

马尔克斯·布林博士（Dr. Marcus Breen）发来的，他在2019年10月北京雁栖湖学习会上购买弯柳树村的酵素大米，回到美国波士顿家中还专门拿着那盒大米拍了照发给我。他是美国波士顿学院传媒学院助理教授，媒体实验室主任。

感谢美国朋友！祝愿中美人民友好和平，友谊长存！

感动无处不在！弯柳树村在疫情阻击战中为武汉捐款加油，9岁的小村民汪奥涵戴着口罩到村部把奶奶给的100元压岁钱捐出。孩子的话感动了所有人："我奶给我的压岁钱，我捐给武汉抗击疫情。武汉加油，中国加油！"

爱心人士捐赠的室内消毒艾条5箱2000根到村，今天由村民小组领回发给率先捐款的家庭。感谢爱心人士！

荣誉村民梁语阳捐款1000元支持信阳抗击疫情，我们一并捐给武汉。村委会发出倡议书后，仅今天一天村民捐款已近3万元。从武汉回村的李围孜组村民赵忠平一个人就捐了1000元，冯庄组脱贫户冯继春一个人捐500元，他只是打一份普通的工，收入并不高。看着这些数据，我感动得眼含热泪。人性之美，人性之温暖与光明！感谢亲爱的乡亲们！

定居美国20年的一位老朋友成璞，从朋友圈中看到我在村抗疫，只戴口罩未戴护目镜，从马来西亚打电话过来，要给捐些护目镜。感谢朋友们！

2020年2月8日 星期六

外防输入，内防流动。

今天是元宵节，防控压力增大。在县城和外地居住的村民每年此时都要回村上坟，人员流动因素增加。早例会签到后集合，守亮支书给大家布置任务，我做总结和动员："最近大家在疫情防控中的工作做得都很好。就像村民突击队员李红，她拿着喊话器喊得就很到位，说的村民都听得懂，也把咱们的防控要求精神传达到了村民心里。李红你昨天咋喊的，拿喊话器给大家喊一遍。"

李红拿着喊话器喊道："各位村民注意了，我们村现在疫情危险很重，有41个从武汉回来过年的，大家都要保护好自己，不要出门儿。明天是正月十五，大家不要烧纸放炮、燃放烟花，不要聚会扎堆，从外地回来过年的不要打麻将赌博。大家都听好了，保护自己就是给国家做贡献！"

我要求大家："值班人员每天先签到、领取口罩、对自身消毒，然后咱们在广场开会。今天是元宵节，很多人今天都该回来上坟烧纸了，尤其是在外地的、住在县城的都开始回来了。咱们今天一定要严防死守，就是咱们弯柳树村的村民，在外面住的人也不准进村！今天乡里发了通知，各个路口都要加大防控力度，该封的封，该堵的堵，外防输入、内防流动，必须严防死守。外面的不让进来，村民也不让出去。大家都在家里吃好，喝好，休息好，等过了这段艰难时期，大家再出去。

"我正在协调84消毒液和小喇叭，等送回来之后，咱们就可以人手一个喊话器。还是强调一点：就算是咱们本村的人在外面住的也不能让他们回来，熬过这段时间大家都安全了。大家都按照各自的分组包片，到各自的岗位上去工作吧。谢谢大家，大家辛苦了！

"第一个阶段，大家都比较平稳。第二个阶段，咱们要更加努力。咱村的村民没有出现异常情况，咱村41位从武汉回来的，也平安无事。第二阶段疫情防控期如果安全了，咱们才是真正的安全。"

雪中送炭，口罩来了。今天一大早，村支书王守亮找我："宋书记，消毒液告急，乡里分配给村里的今天用完，市场断货买不到。"刚到村部，村文书许振友说："宋书记，消毒液已经没有了，口罩快没有了，我们巡逻值班的人多，顶多能再发两天，怎么办？"我心里这个着急呀！正在为买不到消毒液和口罩犯愁，接到南召一中老同学、信阳海关刘强关长打来电话："老同学，看了你的朋友圈，很感动！知道村里一线阻击疫情压力大、任务重，有什么需要帮忙的你说。"我一听喜出望外，赶快求援。

上午，信阳市疫情防控指挥部成员、信阳海关关长、党委书记刘强，信阳市双龙食品有限公司董事长曾广霞到村，给弯柳树村捐赠口罩500个，消毒液两桶100斤。解了燃眉之急，真是雪中送炭！我们留够弯柳树村用的，其余的给路口乡疫情防控指挥部捐过去一桶消毒液，他们也短缺此类物资。感谢领导和爱心企业家给我们解决了大问题！刘强关长是我南召县南召一中的高中同学，给我印象最深刻的就是做事稳健、侠肝义胆、一身正气。去年他调到信阳海关任关长，带着海关党员干部到弯柳树村培训学习，其实是支持我的工作。今天才知道他也是信阳市疫情防控领导小组成员之一，赶快向他求助消毒液、口罩、喊话器等救灾物资。上午11:40，刘关长和曾总经过辗转换高速多次，终于绕到息县北出口，与守卡领导沟通后才下得来，亲自将救灾物资送到村救灾防控卡点处，村支书王守亮、主任汪学华接收。

　　刘关长对我村防控工作进行指导，对村干部和党员突击队给予鼓励。未喝一口水，中午12:00离开村，原路返回信阳。心里很过意不去，等疫情警报解除，结束战斗，再请大家到村吃顿农家饭！

　　今天是正月十五元宵节，本地年俗要上坟祭祖放鞭炮。可是今年要过一个非常节日，县里已下令禁止回村上坟、禁止燃放烟花爆竹。早上8:30召开党员、村民突击队大会，安排部署喊话、宣传、加大巡逻防控力度。不时听到有鞭炮声，我和村干部闻声给村民组长和突击队员等值班巡逻人员打电话催查，回过来报告都不是我们村的，而是邻村放的鞭炮。只有一起是我村东陈庄村民陈某某给妈妈上坟，被巡逻队员劝阻回去。

　　夜里11:18，村支书王守亮发来信息："宋书记我们守住了阵地！！！今天弯柳树村民99%都没有燃放烟花爆竹，都按县里要求做到了！"我看后特别感动！村干部夜间仍在巡逻，周边的村子一直有鞭炮声，弯柳树村民真正落实县疫情防控指挥部的要求，今年元宵节不上坟、不放鞭炮。弯柳树村民做到了，向可爱的乡亲们致敬！

　　我本来不想写什么，每天巡逻一天已经很累很累，可是为了记录下弯柳树村干部和乡亲们感人的故事，我必须牺牲休息时间，加班加点，常常夜里两三点才记录完，我必须做好这段特殊历史的记录者！

志比金坚！看到深夜的寒风中，村干部汪学华、陈社会、许振友在村口防控卡点值夜班的一张照片，我感动得流泪了！8日晚，元宵节之夜，村民都在家中吃团圆饭，弯柳树村的党员干部们却挺立在村口的寒风中，在救灾帐篷旁党员防控卡点上，你们威武挺立，像过年春联上的门神一样，守护着全村的安全！弯柳树村的党员干部好样的，危难之际方显英雄本色，个个都是真英雄！人民不会忘记，弯柳树不会忘记，历史将镌刻你们最美的身姿！谢谢你们，向你们致敬！

"每逢佳节倍思亲"，今天是正月十五元宵节，记得小时候奶奶常常说，今天一过，年才算过完。从初五夜里回到弯柳树村，似乎是一眨眼的工夫，已经整整十天过去了。每天和乡村干部、党员、扶贫工作队、疫情防控村民自救突击队，奔波在14个村民小组，不厌其烦地反复巡逻巡查、宣讲、劝诫，大多数村民很理解党和政府的关爱和关怀，能够安心在家不出门，非常配合村干部的统一安排。但总有个别人不听话不自觉，在家待不住，出来乱跑，需要执勤人员反复强调劝说，把我们都累坏了。

我今天头疼减轻，但浑身还在疼。中午休息一会儿，竟然梦到父亲，在老家院子里长沙发上坐着，笑眯眯的，穿着考究，很年轻的样子，非常开心地看着孩子们都在院里玩，弟弟和弟媳把午饭做好了，女儿桃桃带着孩子们围了过来。院子里阳光明媚，温暖如春，我说："爸，我们把桌子抬到您跟前，我们在院里吃饭吧。"抬桌子时发现高处有个支起的小棉被像伞一样，我发现伞顶上有个吸管，一会儿是白色的，一会儿是红色的。这是什么？我很好奇，抱过来一看，就是一个吸管，发现小安安正在棉被伞下悠然地用吸管喝饮料呢。我把安安和棉被伞一块儿抱在怀里，心想这小家伙真会躲，这伞下边暖和又安全。一家人正准备吃元宵节的团圆饭，可是我却被一阵敲门声吵醒了。心中遗憾了好大一会儿，我本来可以在梦中和全家吃个团圆饭，更重要的是还有父亲！父亲离开我们已经八年了，很想念他！理解了苏东坡在妻子去世后写的《江城子》那首词："十年生死两茫茫，不思量，自难忘……夜来幽梦忽还乡，小轩窗，正梳妆。相顾无言，唯有泪千行。料得年年肠断处，明月夜，短松冈。"此时此地，此情此景，此年此节此梦，似乎感受到父母在天之灵在默默护佑着我们!

息县年俗,元宵节是家家上坟祭祖的日子,今天一过,年就过完了。今年因防控疫情禁止走动、禁止上坟放鞭炮,偶尔听到几声稀疏的炮声,儿女祭奠怀念父母祖先的心情也因疫情而不能到坟前追思表达,我也更加想念过世多年的父亲母亲。

我来弯柳树村那年父亲去世,或者准确地说是在父亲去世一个月后,我来到了弯柳树村。2012年9月27日父亲去世,办完老人家的葬礼,守孝过了"五七",10月30日我就来到了息县。父母都不在了,人生已没了来处,只剩下归途。中华文化教育后世子孙一个亘古不变的理念:小孝孝自己父母,中孝孝祖国母亲,大孝孝天地大父母。我知道我小孝尽完了,该尽中孝和大孝了。所以我选择来到息县这个百万人口大县,来到弯柳树村这个省级贫困村。我知道我该做什么,初心坚定,力量无穷。河南广播电视台记者王维红,多次到村采访,一次她突然问我:"工作量这么大,这么多年在村里,你还是来时那样,也没见变老,为什么?"我脱口而答:"顾不上累,来不及老。"她回到郑州就找了个很有功底的书法家,书写了"顾不上累,来不及老"八个大字,装裱好了,说是下次来村时送我做礼物。感谢亲人、朋友们!

忙完一天,从村部回住处,天已黑下来。走在空荡荡的村道上,听着电线杆子上高音喇叭正在播放的歌曲《等你回家》,大白话一样的歌词,句句都穿透我的心灵,想到正在武汉各个医院用生命救护患者的医生、护士、解放军战士,想到我辞别女儿逆行回村时女儿含泪的眼神,禁不住泪如雨下!

除夕的碗筷刚摆下,

一声召唤你就离开家,

用身体筑防线与病毒拼杀,

逆向而行平凡中伟大。

肆虐的瘟疫在扩大,

这次出征真有些怕,

你劝别人离开自己却留下,

439

白色战袍忙碌中挺拔。

新年的问候只剩一句话，

守护生命是你最好的回答，

这个世界千变万化，

我最想听到的是你平安回家。

所有的祝福只有一句话，

你的平安是我最大的牵挂，

这个世界千变万化，

我最想听到的是你平安回家。

等你回家，等你回家，

病毒比想象可怕，

不计生死分离，义无反顾出发，

隔离区绽放一朵朵美丽的鲜花。

等你回家，等你回家，

心里有太多的话，

带着阳光回来，摘下口罩回家，

绝望中升起一缕缕新年的朝霞。

等你回家，等你回家，

分开时祈祷，团圆时牵挂，

带着阳光回来，摘下口罩回家，

绝望中升起一缕缕新年的朝霞。

等你回家，等你回家，

你为我守护，

天佑我中华！

回到我一人居住的空空小院，心里突然很想家，很想念女儿和小外孙女安安，眼泪禁不住又流下。初五一早我6:00多就出发了，从珠海到信阳东站六个多小时。而从信阳东站回到村已是晚上快9:00了，平时一个半小时的车程，由于到处都封路了，只能绕道而行，绕到光山，从光山另一条路折回息县。下高速，在入县口测体温、消毒、验身份，我报是弯柳树村驻村第一书记提前返村抗击疫情,因是郑州身份证,仍然不放行,最后经值班的县纪委洪主任批准才放行,整整经过五个小时才回到村里。吃一点泡面,安顿好,看到手机微信里宝宝发来的语音:"姥姥,早上你出去那么早,我都没看见你,都没有给你打招呼,也没有抱抱你!"含泪听了无数遍,今晚再听仍是满心的感动!小大人一样的四岁的小安安,怎不让我牵肠挂肚!

元宵节之夜,皓月当空,在澄静无垠的夜空上,白云簇拥着一轮明月,犹如一位白衣白裙白发的仙子,照临四土,庇护天下苍生。夜如此静谧,只有远处传来几声犬吠。处理完一天的事务,抬头看看表,又是夜里11:30了。赶紧走出房间,在小院上空看到了如此美丽的明月,月色如银,岁月静好,心如莲花。对月三拜,愿人间永如是!"顾不上累,来不及老。"月下顿悟:没有我了,我从何老,原来如此!大道至简!

这个意义非凡的正月十五将永远留在我的记忆里,惟愿心宁静,人长久,百病清,民康宁!元宵节快乐!

2020年2月9日 星期日

危险越来越近!今天中午12:00多,接路口乡疫情防控指挥部通知:"弯柳树村:你村冯继明、冯新为重点监控人员,请你持续关注,同时每天两次测体温。"

对我和弯柳树村党员干部来说,唯有把个人生死安危置之度外,加大宣传、监控、防范力度,把全村2000位乡亲放在心上,把"危"变成"机"!严把卡口,不停巡逻、宣讲防护措施,劝诫在家不出门,卫生室、超市、各村民小组、各庄子增加消毒次数。

2020年2月10日 星期一

今天(农历正月十七)吃过早饭,弯柳树村文化广场,党员突击队、青年突击队、村民自救突击队三支疫情防控骨干队伍集合,例会,听取支书王守亮传达乡紧急会议精神,领任务。我做值守登记表。此时的天空湛蓝如洗,白云形成美丽的图案,像一只巨大的皇冠,也像一只展翅飞翔的凤凰，在弯柳树村文化广场的上空，形成一个天然的保护屏障。祈愿听党话跟党走，党叫干啥就干啥的弯柳树村乡亲们平安，祈愿息县百万人民早日战胜疫情，祈愿武汉平安，中国平安，世界平安! 天佑中华!

2020年2月11日　星期二

早上7:35戴好口罩、手套出门，仰望天空，白云朵组成的大莲花倒扣在村子上空，我心中满是喜悦和感恩。尽管一直在紧张地采取全村防护措施，大家都很紧张，我还大吵那些出门溜达的村民，但我内心一直很平静，我知道弯柳树村会平安无恙!

这段时间高强度工作和压力，晚上12:00多休息，夜里3:00多就醒来再也睡不着，生怕漏掉了疫情防控的哪一个角落。打开手机写下《凌晨4点悼赵楠，写给弯柳树村乡亲们》，发在党员群和四个村民群中。呼吁大家保存实力，打持久战。

2020年2月12日　星期三

调整入村卡点值班人员。加强卡点值守力量，尤其是入村北卡点。设立村南入口息正路卡点，以路口乡为主，弯柳树村辅助。昨天下午设置完毕，今天派村干部协同值守。

信阳海关刘强关长派司机到村，送来8个小喇叭喊话器，解了村里燃眉之急。14个村庄长方形分布，只有7个喊话器，增加工作量。海关捐赠后15个，正好一个小组一个，谢谢!

到村南口卡点检查，陈社会、蔡志梅、陈春兵、王守亮及乡执法队两个人员都在南卡。明天人员调整，分散到北口卡点两个人，增加北卡点值守力量。

2020年2月13日　星期四

今日上岗党员21人，村两委干部5人，组长15人，突击队6人。

2020年2月14日　星期五

广场每日例会，总结，动员，领口罩、喊话器，守亮传达乡指挥部最新要求，安排分工。今天到岗43人。

贫困户王伟母亲罗明英肺癌晚期，昨夜两点多出现呼吸困难，今天我和扶贫工作队长王征、包户人员，去了解需要帮助解决的困难。

安排扶贫工作队员和村两委干部打电话慰问各人分包的贫困户、重点户，了解米、面、油等生活必需品需求情况，做好登记，帮他们解决困难。由扶贫工作队长王征负责。

到许庄李树凤、彭得志家门口询问生活用品所需，送去消毒艾条。

村干部例会，针对文书许振友违反规定发放口罩，造成浪费，提出严厉批评。强调战时纪律，必须按照总指挥我、村支书王守亮我俩的安排发放物资，进出有登记，都是爱心人士捐赠的紧缺抗疫物资，浪费一个都是犯罪。

息县疫情防控第八督导组一行三人到村督导检查，上次督查反馈的村卫生室消毒等不合要求地方已整改。

今天上午11:00多，细雨绵绵，息县弯柳树生态农业公司董事长付金鹏给我发微信："宋书记你好，现在疫情严重，你舍小家为大家在一线为弯柳树的村民守护平安，我下午想去为弯柳树捐献一点物资，为在一线的你们献上自己的一点绵薄之力，感恩你们！疫情严重，祝你们一切安好！"下午2:00多，付金鹏到村为村疫情防控卡点值守的党员送来方便面、牛奶、饮料和自己生产的"颂瑞香菇酱"。

感谢咱村爱心企业的支持和关爱！

今天下午雨开始下大，傍晚风也刮得很大，直到夜里11:20了，窗外还是狂风大作，刮得门窗哐当作响。刚吃过晚饭，女儿电话打过来了，破天荒地和我通话36分钟！让我感到很欣慰，也很难过。女儿打电话通常都是三句五句话一说就完了，顶多超不过十句，而这次通话这么长时间，可见她的担心！接上电话没说几句，一向大大咧咧、看似什么都不太上心的女儿哭了起来，她急急地说："本来您回村我是不同意的！您走了我只往好处想，可是看着信阳重疫区确诊病例越来越多，我都不敢跟您联系，怕有不好消息！妈，您好好的，我们才能好好的！"

女儿就这样哭着给我说了36分33秒的电话，我被感动得泪流满面，心中是对女儿和小外孙女深深的愧疚！对不起，孩子们，我让你们担心了！可是国难当头，民族危机，弯柳树乡亲们有危险，我只有一个选择，回村，到前线，去战斗！

翻看女儿的朋友圈，看到1月31日，我回村的第三天，她转发了媒体对我回村到一线的报道《人人都远离疫区，她却赶回抗疫前线！》并留言："我们尊重您的选择才没有强制您留下来，在信阳一定要保护好自己。亲人当'逆行者'原来是这种感受，此刻只愿疫情快快过去，所有人都平平安安！"2月4日："久寒必暖，否极泰来。春到人间，疫毒散去。"2月7日："'疫情'这个照妖镜，代价太大了。"

看了女儿发的朋友圈，我的心被深深地感动和温暖了，孩子一直在为妈妈担心和祈愿中。谢谢亲爱的女儿和家人，请放心，我会安渡难关，弯柳树乡亲们也会安然无恙！你们也别出门，多保重！深深地爱你们！

2020年2月16日　星期日

昨天太冷太累未来得及发。昨天息县下大雪，气温骤降至零下三度，弯柳树村新农村入口卡点，昨天15日是我和村党员许正伟、胡德立、汪继军值班，今天继续。今天一大早开始飘小雪花，来不及吃早饭，冲杯热咖啡喝完，赶快来到村口值班卡点，他们三个都已经早早地到岗了。今日双日值班，上岗34人。

9:30后开始下大，鹅毛大雪很快把村中的道路都下白了，担心家有病人的重点贫困户、老人户、五保户，安排村干部和驻村扶贫工作队，除了电话及时沟通，对老年户、独居户、智障村民，分头去各自包干的户走访、喊话询问情况，便于及时发现、及时帮助。

昨夜疫情防控青年突击队队员胡德立在卡点值守夜班，因气温太低，我一直担心，怕大家冻坏了，昨晚交代汪学华主任，把老子书院的被子再送过来几条，把歌舞团的军大衣送过来几件。

前几天村党员罗顺、汪阳，驻村志愿者曹立国，每夜都有睡在村口的值守者。汪学华主任连续两个晚上值夜班，就睡在村口救灾帐篷里，昨夜风太大，吹得帐篷直摇晃，气温太低太冷，夜里挪到停在帐篷旁堵村口的车上。

弯柳树村的党员在这场突如其来的疫情防控战中，个个冲在前面，用生命筑起防护墙，保护全村安全，让我感动不已，肃然起敬，正在真正锤炼成为"四铁"村级党员队伍！

2020年2月18日 星期二

今天很欣慰的是在劳累与疲惫中收到女儿发来的微信，心中浮现出唐代大诗人杜甫在国破家亡、生命朝不保夕的战乱中写下《春望》这首诗，饱含着兴衰感慨、心系国事的情怀，充溢着挂念亲人的凄苦哀思，思家之情、思国之忧跃然纸上，一下子理解了当年杜甫"烽火连三月，家书抵万金"的心情。

疫情防控中每天都有意外和惊险发生，心中也担心万一出了意外也许就再也见不到亲人、家人了，所以更加想念他们，因此收到女儿信息特别开心和幸福！

亲爱的妈咪：

见信好。距离疫情暴发已经过去一月有余，不知道您在前线是否真的安好？都说子女对父母报喜不报忧，您为什么喜欢跟别人反过来呢？每天给我们报的都是喜，我们不知道，您真的没有忧吗？看着媒体的报道，每天盼望疫情早点过去，您可以早点回家，可是却发现越来越严重了，我也越来越为您担心了。可能是我太孩子气了，您这样惯着我，我什么时候能长大啊……

记得您第一次跟我提起下乡锻炼，那已经是好久远的事情了。开始您去了南阳，我们的老家，虽然是小城市，但是我能感觉到您的开心，但我没想到您一去就是六年。我等啊盼啊，终于盼到您可以回来了，您又告诉我您要去信阳的一个村子里。当时我心想，您是真的不想碌碌无为过一生，所以您的决定我都支持。现在想想，如果我当初知道弯柳树村条件那么艰苦，我真的不知道我是否还会做一样的决定。我是真的心疼您！心疼您一个女人独自挑大梁去做事，去做很多男人都做不成的事。每次您回家还要坐很久的车，路途奔波，年轻人都不一定受得了长年累月地这样生活。

第一次知道弯柳树村民开始变化的时候，您打电话给我，特别喜悦，我也由衷地为您高兴，我还高兴可能您快要回来了！谁知三年又三年，这已经第几个年头了，我都记不清了，村民们信赖您、喜爱您，不让您走，我都理解，您从来都是心怀苍生的人，我特别骄傲您是我的母亲！

今年这突如其来的疫情打乱了我们原本轻松自在的年，我机票买了退，退了又买，全因为您说您必须第一时间赶回村里，那里是您的阵地！我真的不想放您离开，明知道疫情传染严重还毅然决然到一线，这万一有点什么，让我可怎么办啊！我真的求求您照顾好自己，求求您为了女儿照顾好自己！我不能没有妈妈，求求您了，把您的大爱给自己留一点好吗？我只需要您健康！健健康康的才能回来继续对我唠叨，您那些唠叨我已经上瘾了，您要对我负责任的！

女儿等您回家，我们的小家等您回来！

爱您的女儿桃桃

2020年2月18日于珠海

女儿的信息我看了好多遍，每看一遍都不禁热泪长流。想想从2006年女儿高二那年我开始下基层工作直到今天，一转眼14年过去了。女儿总是那么懂事，2007年她考上了南京艺术学院，成为南京艺术学院这所百年老校艺术设计学院的第一位女学生会主席，还在大学入了党。对女儿照顾得很少，常常觉得愧对女儿，可女儿却从来没让我失望，谢谢亲爱的女儿！给女儿回信告诉她，我会照顾好自己，请放心！

谢谢亲爱的小棉袄！你的信息，看哭了。谢谢你这么多年来对妈妈的支持和理解！谢谢你从小养成的做事果断、自强自立的好习惯！正是因为对你放心，所以我在下面才会安心地一干十多年，其实我也没有想到！

1983年我参加工作后一直在政府机关工作，先是在南召县统计局，后又调到河南省农村社会经济调查队，后来是国家统计局河南调查总队。2006年3月开始下乡到南阳市卧龙区人民政府挂职锻炼，才真正了解基层、了解农村，看到基层有大量的工作，农村有很多问题，需要我们去努力。任卧龙区副区长的前三年，我探索出让山区农民增加收入的一些办法，卧龙区谢庄乡村民刘世军种植成功，石榴第一年结果，刘大叔把第一批摘下的石榴送到我办公室让我品尝。看到农民那么需要，我不由自主地把"让中国农民都富起来，让中国农村都美起来"作为自己的担当和使命，无所待而行，一干就是七年。

2012年，当我感到完成了南阳的任务和探索，准备撤回郑州时，省委部署了对贫困地区的扶贫开发工作，要求各中直、省直单位派人驻村。我已熟悉基层且积累了一定经验，义无反顾地选择了驻村任务，没有来得及回郑州，直接从南阳就来到了更远的信阳市息县弯柳树村。本想一届三年，完成任务就回家，没想到三年下来用文化改变人心，垃圾围村、孝道缺失、打麻将成风的弯柳树村发生了翻天覆地的变化！乡亲们哭成一片不让走，县委也给上级组织部门打报告不让走。

女儿，2015年8月我驻村结束时离你的预产期还有三个月，正好我回去可以照顾你。我也答应过你，期满就回家。可是当看到贫穷的乡亲们那一双双含泪期盼的眼睛，我不忍让他们失望，我选择了乡亲们，而辜负了你！

2017年第二轮驻村期满，我又一次选择了留下，带领着弯柳树村乡亲们，再大干两年把产业发展起来。你尽管不情愿但也没有怪我，只是宝宝常常要姥姥。她跟我视频时说："姥姥，让爸爸妈妈开车把你拉回来。"

2019年底第三轮驻村期满，你们带着孩子来看我，看到了弯柳树村的巨大变化，也看到了剩下还需要做的工作。那天回到郑州，你主动跟我说："妈，我看弯柳树村现在的形势，乡亲们还需要你再带带。你不用顾及我们，宝宝也大了，最艰难的时候已经过去了。你不要考虑我们，需要在村里，你就继续在那里吧！"

亲爱的女儿，你知道这番话对我是多么大的支持和鼓励吗？我正不知道该怎么开口跟你商量，我打算继续驻村，直到全面实现小康，你却主动鼓励我继续！谢谢你，女儿，妈的贴心小棉袄！这十多年来我常常感到，你不仅是我的女儿，更是我的战友，我们两个都是党员，关键时刻想法一致。

可是今天回头看看，心里真的好难过，我不是个常人眼中的好妈妈，陪你的时间太少，太少！错失了和你们在一起的很多宝贵时光。但是这一切都值得！在这个伟大的时代，当国家需要我们的时候，我们没有缺位，我们尽了自己最大的努力！我们没有错过为国为民效犬马之劳的机会！就像这次疫情阻击战中，那些逆行的医务人员，明知危险，可是却一个个争先报名上前线！武汉中心医院的医生护士已确诊感染230人，他们边战斗，边倒下，边补充！每天看到他们的事迹，我都感动得泪流不止！他们是我们学习的榜样！

弯柳树村抗疫虽然艰辛，但和奋战在武汉前沿阵地的医生护士相比，我们的辛苦都算不了什么。从初五我回村至今，20多天过去了，由于防护措施严密，41位武汉回村人员和全村乡亲都安然无恙。孩子，不要担心，我会保护好自己，也会保护好弯柳树村乡亲们！你们在珠海不要着急，在家打开窗户就看到大海，空气清新，一家人一起正可感受面朝大海，春暖花开。等到疫情结束，我会第一时间回家！照顾好宝宝，多带她读经典。谢谢小棉袄！我爱你们！

想念你们的妈妈

2020年2月18日夜于弯柳树村

早在2月4日，弟媳盈盈给我发来微信，后来又收到女儿、朋友们的家书，驻村志愿者杜晓、弯柳树村网络学习班学员杨丽珍发来的微信，素不相识的息县市民王娟娟写的一封信，用快递邮寄到弯柳树村委会，都让我感动不已。这些牵挂和鼓励，和领导们的关怀与支持一起，都化成了坚定信心、打赢疫情防控攻坚战的动力，一并收录于此。

弟媳盈盈来信：

亲爱的大姐：

展信好！

凌晨1:00，我辗转难眠。脑海里一直回响着您的话："怕出现万一，以后与家人们不能见了，家人们就给我发微信吧，把你们想跟我说，在我还有机会能听到的时候。因为这几年确实太忙，忙得也顾不上照顾家里，也顾不上你们，但是我知道你们都很好……"听到这些话我就泪奔了。

　　2020年注定是中国人不平凡的一年，就是这个叫"新型冠状病毒"的怪兽，肆无忌惮，到处呼朋唤友，势如洪水般向我们袭击，让亲人朋友过年也无法团聚。此时一墙之外，就是一场没有硝烟的战争。即便如此，我们依然可以躲在犹如铜墙铁壁般的家中，享受三餐。这都要感谢千千万万的和您一样的一群人在负重前行，浴血奋战。所以大姐一定要和千千万万的天使们都平安归来。

　　还记得11年前，我还没嫁进宋家，第一次见到您时的样子，外表温文尔雅，浑身上下透着书香浸染的味道。您一开口，我就更诧异，这个女子说话轻声细语，为啥这么掷地有声？说话声音虽然轻柔，但笑起来的时候却特别清脆爽朗，笑声特别有感染力。虽然您现在已年过半百，但到笑起来的时候，样子依然像个天真烂漫的小女孩……相处久了，还发现您是位性情中人，时而悲悯苍生，时而义愤填膺。我也是万万没想到，您这样一位性情中人，从省城到弯柳树村开展扶贫工作，一扎根就是八年。

　　您以前总说，人来到这个世界上，都是带着使命来的。您说人不为自己而活，要为天下苍生立命。从那年起，一年也见不了您几回面。无论电话或者微信里，总是不断地听您提弯柳树村，你总是不断地对我们发出邀请，让我们去弯柳树看看。从此，我和家人的心中都被您种下了一颗向往弯柳树的种子……

　　去年初冬，终于按捺不住，带着孩子们去了一趟弯柳树，每个村民的笑脸、每张照片都是时光的书签！从此爱上弯柳树！可是现在疫情泛滥，过年也不能去看您。疫情当前，即便如此，您每天依旧忙碌着，在咱家群里家人给您发信息，有时候一天都顾不上回复。即使您回复消息，也总是说自己一切都好，叫我们放心。我们支持您的工作，但是怎么放得下心。为了不辜负您的期望，我报名参加了弯柳树村线上的学习班，在尹老师和各位志愿者老师的带领下，和弯柳树的乡亲还有全国各地和我一样的同仁们，一起学习国学经典和圣贤思想。每天都是从早忙到晚，特别充实。带着俩娃在家学习，任务特别艰巨，但是尹老师说："只有打破舒适区，对自己狠一点，收获才会最大化。"这也是我每天再累也要坚持学习的初衷，心上有力，不足以累其身。

今天午饭时间，看了一会儿新闻，看新闻才知道医生们穿着隔离服是不可以吃饭、喝水，也不可以走出隔离区的。一工作就是八小时，不吃不喝，连厕所都不能上。看得我心里特别难受，人人都说医生这个职业看惯了生死，但是这位被采访的男医生还是泪流不止。他说太难了，同仁们太不容易了，太让人心疼了。各个岗位上都有像您一样负重前行的人。此刻，我要向全国上下所有为爱负重前行的勇士们致敬！

春天来了，我坚信在祖国母亲的护佑下，再凶猛的病毒怪兽也会春冰遇见太阳般自然退去！多难兴邦，我相信越是危急关头，中华儿女们会更加自强不息！

我爱你，中国！我爱你，大姐！

您的弟弟、弟媳，侄子诚诚、明明，盼

早归！

弟媳：盈盈
2020年2月4日书

"烽火连三月，家书抵万金。"看完美丽善良的弟媳薛盈盈在"王阳明心学"学习群中的作业《写给大姐宋瑞的一封家书》，已是泪流满面，被亲人们的牵挂深深感动！

回复盈盈："谢谢盈盈！看哭了，每次看到你的学习和成长，我都特别欣慰，有你这位爱学习、明事理的妈妈，诚诚、明明成才有望！宋家儿孙为国尽忠有望！每次看到你把两个儿子照顾、教育得那么好，我都非常感谢你，心中也常常浮现出你将来会是一位多么伟大和幸福的母亲的画面！宋辉与你生气，我对他谈过的最多的是：'你要珍惜，要圆满幸福。若出现分开意外，老宋家只认盈盈和两个孙子，宋辉从此不认识。'这也是我的心里话！自从宋辉第一次带着你到家里见面，我就打心眼里喜欢你，认定了这个弟媳就是这一辈子的宋家人。这些年你带两个孩子辛苦了，谢谢你！你们要保重，照顾好自己和孩子们。我们共同加油！"

2020年2月19日　星期三

今日上岗45人。

广场例会。王守亮强调纪律：喇叭早领，下午交村部；领物资统一登记；一定要负责任，每庄子包户人员一定要宣传、巡逻。

汪勇、杨建、杜海党三人又加入村民突击队。

何明亮女儿举报他打牌，派出所五位民警到村介入，和学华去找明亮，站在他家门前，隔着四米的距离，连劝带训差不多一小时，腿都站疼了。何明亮终于认识到错了，道歉后保证不会再犯。

到村南防控卡口给乡派值守人员送护目镜三副。

2020年2月20日　星期四

广场早例会。上岗50人。

中央电视台要拍《扶贫一线的战"疫"》。

村民王勤发热，38度，守亮送路口医院，下午送息县人民医院，均排除新冠，虚惊一场。

2020年2月21日　星期五

今天又是紧张地忙了一天。早饭没顾上吃，午饭匆匆边吃边看材料，吃的啥也不知道。晚上王玉平委员炒的地菜鸡蛋，杜姨煮的玉米糁粥，我手头的活还没干完，他们就端过来放在我办公桌上。终于吃上热腾腾的粥、菜，好香，好幸福！看到工作群中发的照片，村南防控卡口，红旗队组长韩国富在家里做好饭，给值夜班的赵海军等送饭，这温馨的一幕又让我感动不已！疫情防控期间，乡亲们自发的担当、守护，温暖着所有人。党员许超前几天因在县城居住的小区发现疑似病例，禁止出入，实行了隔离，中断了回村值守巡逻，昨晚给我发信息："宋书记，我明天要回村，我要上一线！我拿到了通行证！"疫情防控中感人至深的故事还有很多。可敬的乡亲们！

2020年2月22日　星期六

早例会，广场集合。王玉平委员传达乡党委指示：路口乡20个村，弯柳树村防控工作最扎实，乡拟报县表彰，准备材料，代表乡党委感谢大家！关于复工复产，22日县指挥部发文，持两证一表一票者放行，村民加上一承诺书。需要打农药的，每组登记，向村申请，统一安排，错时进行。

村两委会议：一、村疫情防控总结材料500字报乡。二、发挥村党支部战斗堡垒作用和党员先锋模范带头作用，成立突击队。三、发动群众，组织村民自救突击队，全民参与，实行群防群治。四、发现村民人才，培养后备村组干部队伍。

与《河南手机报》记者张慧联系，请求协调河南弯柳树生态农业公司请缨向武汉抗疫前线河南人员捐赠"颂瑞香菇酱"事宜。

干女儿艺霖家书——您是我们的灯塔：

妈妈：

从信阳有确诊病例开始，每天都惶恐不安，不敢看您的朋友圈，知道您在疫情面前肯定是冲在最前面的。特别是最近信阳的确诊病例破两百多后，更加担心，失眠，您的女婿常常问：你怎么又哭了？……老看到你在发呆，你在想什么？

妈妈，桃子说得对：您是一位共产党员，一位驻村第一书记，但您更是一位母亲，我们都好怀念七年前的时光，有您在身边的唠叨，我们的成长都是快速提升！从您驻村开始，给您打电话都成了奢侈，您要么在开会，要么在论坛上讲课，要么陪同来弯柳树观摩的领导。您说一会儿回电话，5分钟，10分钟，1个小时，然后就遥遥无期，出于孩子对母亲的尊重，不敢惊扰到您。

因为这场突发的疫情，让原本忙碌的自己有了更多的时间来学习、深刻反省自己，脑海中涌现出一幅幅幸福的画面：您在南阳卧龙区挂职副区长时，陪同您去谢庄水库调研，去麒麟湖看望您招商的企业家焦阿姨，去她种植的玫瑰花基地和薰衣草基地会谈，再到您亲自选育的软籽石榴园，都让闺女学习、顿悟，直到现在还受益匪浅。还有那些被您推荐去清华大学总裁班学习的企业家们，他们成立清华大学校友会南阳分会，牧原公司被您引进到卧龙区，秦英林叔叔公司上市。看到这些成就，能成为您的孩子，倍感荣幸！

妈妈，您是我一生中最重要的人！您好比是我的呼吸、心脏，是您用无疆大爱，慈爱关怀，谆谆教导，拓宽我人生的格局和境界。在遇到您之前的26年中，我活得如行尸走肉，没有目标，没有梦想，直到您把我带到学习传统文化的道路上，与圣贤链接，与祖国同频，追随领袖，做新时代征程无畏的战士，才有了今天小有成就的我。

妈妈，我脑海中经常浮现出一幅画面：在2012年年初，息县举办传统文化论坛，吕明晰导演推荐我去做义工培训，我开车在息县街道上，当时看到的是交通紊乱，白色垃圾随风飘扬，行人走在快车道，任由你怎么鸣笛都无动于衷……论坛结束，回到南阳，您告诉我说单位派您到这个县来任职扶贫。我听后脑子一片空白，第一个站出来反对，因为我已看到过那里的民风和存在的问题，可您还是义无反顾地去赴任；更没有想到的是，您三次选择继续在这个省级贫困村扶贫！直到2019年年底我带着公司的副总，到弯柳树村参加了志愿者培训班，再看到弯柳树村今日的面貌，还有每天上百位来村学习的同仁们，才明白您当时的选择。您是真正领悟了圣贤的教诲，真正在最基层践行习总书记的治国理政思想，您是心怀天下苍生的。看到这些，我们做儿女的放心了，尽最大努力支持您。

疫情肆虐已一个多月，像这样无眠的夜晚，已经数不清了。说一千道一万，最担心的是您的身体！您在，家在，我们就在；如所有与您有缘的，同他(她)们的期盼一样，您一定要照顾好自己，特别是疫情大敌当前，您更应该保护好自己，您不再是您，您是党的、政府的、村民的、朋友们的、家人们的，更是我们这些儿女的！

常常想起和您在一起时的幸福时光，短暂的、开心的、幸福的、每天都有成长的！

妈妈，感恩您这么多年的栽培，您是我们的灯塔，是指引我们前进的引擎，我们爱您！疫情面前，千万保护好自己！

妈妈，照顾好自己。今生不够，来生我一定还要做您的孩子！

爱您的女儿艺霖

2020年2月20日凌晨3点40分

回复艺霖家书：

谢谢宝贝们！这些年时间总是紧迫，来不及给你们多说。但我知道，把你们交给圣贤、交给经典，我放心！父母的智慧、能量有限，有时甚至会错，可是中华古圣先贤洞彻宇宙、人生真相，经典中教给我们的智慧、仁爱、格局、境界无限，走上这条路是人生中最大的幸运！天天学习，天天成长，把学习当成和吃饭睡觉一样生活中的必需和自然，此生将走向无愧无悔、无怨无倦的光明大道，找到光芒万丈的自己，照亮、温暖身边的人，让人间因你的努力而更美丽！

回想八年前第一次见到你，那个开着沃尔沃豪车从北京跑到唐河县论坛做义工、走起路来鼻孔朝天、做起事来风风火火的丫头，餐桌上三句话没问完，竟然失声痛哭，谁知你小小年纪心中竟藏有那么深的痛！从那一刻起，我认了你这个女儿！带你学习《弟子规》《大学》《论语》等经典，看着你一天一天改变、成长，破涕为笑。最难忘你拿出自己的私房钱在南阳影剧院举办学习传统文化公益论坛，两场下来花出40万元，你眼睛都不眨，还说："妈妈，我终于把钱花在了正地方。我们继续办，钱花完了我还能赚回来！"何等豪迈万丈，人生找到了利他、利社会的方向，生命就变得每一天都绽放光芒。

生命像一支蜡烛，只有燃烧自己，照亮别人，才有价值。

孔子在《论语》中说："在邦无怨，在家无怨。"在这个伟大的时代，珍惜身边的一切，要学会全心全意为家人、为公婆、为父母、为丈夫、为儿女服务，全心全意为朋友、客户服务，最终全心全意为人民，能如此，此生不成功都难！

教育好孩子们，这是人生最大的财富，也是为国教子、报效祖国的机会。

　　祝你们都心怀天下，安住当下，敦伦尽分，圆满幸福！

爱你们的妈妈

2020年2月22日星期六夜

2020年2月23日　星期日

　　从今天开始，息县启动第三个防控期，2月23日到3月7日14天。乡里要求值夜班到9:00，我村实际值班到夜12:00，调整为：村值班早6:00到8:00，中午11:30到12:30，夜10:00到12:00。乡值班组7小时，村值班组6小时。

2020年2月24日　星期一

　　第三个14天之第二天，上岗48人。广场早例会，王玉平传达乡会议精神。

　　下午，万书记到村，指导疫情防控工作，查看了北防控卡口、新农村。万书记颠覆性改变对弯柳树的看法：过去认为弯柳树村有宋瑞书记坚守八年，她的人格魅力吸引全国各地的人到村学习，村班子党员不行。这次疫情防控期间，党员全部动起来了，说明过去涣散的党员也可以了！弯柳树村疫情防控组织得力，党群齐动员，号召其他村要向弯柳树村学习。

2020年2月25日　星期二

　　今天上午，弯柳树村扶贫企业息县弯柳树生态农业公司生产的"颂瑞香菇酱"，通过邮政快递发往武汉抗疫前线，支援国家医疗队河南援汉医护人员。上午邮政快递运货车到村，我和村干部一起装完车，刚回到办公室，董事长付金鹏打来电话，高兴地说："宋书记，告诉您感动人的事，发往武汉的货，邮政快递开始谈的运费是40元一箱，50箱要2000元。得知是弯柳树村扶贫企业捐赠给武汉抗疫前线的物资，运费全免了！原来爱心是会快速长大的！"息县弯柳树生态农业公司，2018年在村投资建厂，2019年3月份建成投产，生产的"颂瑞香菇酱"因不使用任何添加剂、防腐剂，天然、健康，受到消费者喜爱。

2020年2月26日 星期三

弯柳树一路走来，八年逆风飞扬，今天终于赢得了曾经质疑我们的领导的认可，我们要争气。

2020年2月27日 星期四

今天下雨，早例会从广场转移到弯柳树大讲堂一楼大厅，我和村主任汪学华总结昨天巡逻情况和发现的问题，强调注意事项。如少数包片巡逻队员不到位，村民有出来散步的，有从县城偷回村打农药的，今天细化、缩小各人包干片区，加大督查力度，责任清晰、共担！支书王守亮宣布了包干片区细化表，网格化定到人。

今天到岗46人，三支突击队员仍是全员到岗！让我非常感动。一个多月了，没有报酬，只有辛苦、责任，甚至危险。可是就是这些平时懒散自由的村民，在疫情防控期间，个个都像受过训练的战士，没有人迟到，没有人早退，没有人无故请假耽误过一天上岗！不管刮风、下雪、下雨，三十天如一日！这就是可爱的乡亲们，弯柳树村的村民！

写到此处我又禁不住泪流满面。此刻领会了艾青的诗："为什么我的眼里常含泪水？因为我对这土地爱得深沉！"这段时间我每天忙完，晚上静下心来写当天的工作记录和日志时，写着写着就忍不住泪流满面，最常写到的一句话就是"泪流满面"，我被乡亲们感动着，就是这些平凡的人、平凡的事，一个多月，30多天，风雪无阻，雷打不动！由一个一个的平凡，铸就了最终的不平凡。

因为突击队员们有一个坚定的信仰：坚决听党话，跟党走，保护全村人的生命健康，保卫弯柳树！正如共产党员们有着全心全意为人民服务、随时准备为党和人民牺牲一切的坚定理想和信念一样。人一旦找到信仰，就会用生命去捍卫她，就会找到生命的崇高感、价值感、庄严感，就会升起浩然正气，拥有宽广的胸怀、无穷的能量，去勇敢担当作为。

可敬的突击队员们，弯柳树有了你们，就有了脊梁，就有了灵魂！我们不仅能在八年的脱贫攻坚战中打赢一场场胜仗，更能在这次疫情防控中打赢艰难的阻击战！也定能在2020年全国脱贫攻坚收官之年，全面高质量打赢脱贫攻坚战！更能在乡村振兴中再立新功、再创奇迹！向你们致敬！

2020年2月28日 星期五

到岗47人。早例会我点名，三支突击队队员仍是全员上岗，很感动！有了这种精神，弯柳树村抗疫必胜，大发展必至！

加强走访探视独居老人、孤寡村民。

2020年2月29日 星期六

村成立合作社，走集体化、规模化、机械化之路，全体村民都是股东，地统一种植，产品统一销售，提高附加值，开辟新项目，打造弯柳树村统一品牌。

看望五保户、独居老人、未脱贫户，怕老人们生活用品有欠缺，带领村干部为25户村民送去鸡蛋、鲜豆腐、挂面。愿天下老人都健康长寿，幸福快乐！

到杜庄走访春耕麦田管理情况，所需化肥、农药都已经通过组长统计后由采购员买回来，都在按要求错时、分散进行春季麦田管理。

河南省2019年新派第一书记网络培训班学习今天结束，中央和省委有关精神、农村基层工作条例、河南产业扶贫情况、乡村振兴、财政涉农政策、红色党史和基层干部党员先进典型事迹教育七个专题学习内容，每个专题学习时间两天，从2月13日开班至今，通过十多天的系统学习，收获很大。感谢省委组织部和省驻村办领导的精心安排，感谢信阳市组长闫红山的督促提醒，感谢新老第一书记在网上学习，相互促进砥砺！

连着三天熬夜，到今天终于写出2000字的学习体会、收获和建议，夜里11:45把作业发给组长闫红山，终于赶在规定的29日最后一刻交上了作业！闫组长当即回复微信，让我感动："收到。疫情严峻，辛苦、压力大，确实不易。保重身体！"息县疫情形势严峻，县委书记受到省委约谈，启动第三个严管14天，我们在村里都快累晕了，但是省里的网络培训学习不能耽误，终于完成任务了，心中很欣慰！我是唯一一个四轮驻村的老驻村第一书记了，不能拖信阳第一书记组的后腿，要处处给新书记弟弟妹妹们做出好样子。

2020年3月1日　星期日

这几天，有不少突击队员写了入党申请书。这也符合全国的大趋势，昨天的《人民日报》第四版有一篇文章，各地党组织要做好在抗疫县发展党员工作，截止到前天28号，好多人都写了入党申请书，也有一部分人被火线发展入党。咱们村的突击队员，也有好多人交了入党申请书，大家也要积极向组织靠拢。我们马上向乡党委、组织部报告，火线发展党员，壮大我们的党员队伍。不管是抗洪抢险，还是一心防控救灾，所有关键时刻冲在前面的都是咱们共产党员，用咱们的血肉之躯保护着人民，保护着社会，所以说共产党员是这个时代、是中华民族历史上最优秀的炎黄子孙的代表，也是最无私、最优秀的人，把自己的生命付出给人民。

每天都有村民加入突击队，看着这支勇担风险、舍己为人的村民队伍不断壮大，我的心每天都在被感动着，温暖着，光明着，弯柳树村民的心也在一天天光明着，觉醒着，绽放着。正如王阳明先生当年说："圣人之道，吾性自足。""此心光明，亦复何言！"当所有人心中本来就有、天生具足的仁爱、智慧、勇敢、担当的"光明天性"，被唤醒而彰显出全心全意为人民服务的光芒时，光光互照、光光交汇，那定是一个大放光明的人生、大放光明的社会。人人利他，家家和睦，村村和谐，那将是多么宁静祥和喜悦的生活画卷！弯柳树村坚守八年，党建引领、文化扶心、道德育人，润物无声，净化心灵，我看到了弯柳树村民的成长，看到了中国农民的觉醒，看到了中国农村的希望！

乡村振兴的根本在于人心的振兴，而人心振兴只有依靠文化。文化自信必将带来人心觉醒，超越小我，唤醒心中大英雄，呈现大我的担当与付出。

当今天成为历史，我们的后代会自豪地说：2020年疫情肆虐，中国危矣，民族危矣，举国投入战斗，我的爷爷奶奶曾经参加过弯柳树村抗疫保卫战!

上午开完早例会，村民突击队等三支巡逻队出发到各自片区，我到村部准备文字材料，刚坐到办公桌前，刚才晨会上见过面的李红打来电话，我心中猛一紧张。李红是村民突击队员，性格大大咧咧，平时嘻嘻哈哈好开玩笑，但工作认真负责，胆大心细。她曾担任过村民歌舞团团长，把歌舞团20多号人领导得有声有色。2018年为了帮助儿子在村里开农家乐餐馆，她辞去团长当起了厨娘。

说起李红，她家的故事和转变，也是教科书一级的。2013年弯柳树村开启"道德讲堂"之前，李红和大多数村民一样是个"牌迷"，放下饭碗就找场子打麻将。她和被村民称为"赌博队长"的许兰珍一样，一天不打麻将就吃不好睡不好，被村民称为"赌博队副队长"。她天天忙着打麻将，顾不上照顾公婆和父母，也顾不上管儿子。就这样日子一过好多年，儿子长大、结婚、生子。让她没想到的是，她在牌桌上的范儿，儿子都跟她学会了。儿子外出打工后，在网上赌博，直到输了十多万元，被追债，四处流浪躲藏，丢掉了工作，媳妇离婚，把她气得差点没背过气去。

后来李红被先她一步觉醒的许兰珍拉进村道德讲堂听课，她才明白：老猫枕着房梁睡，都是一辈传一辈。有什么样的父母就会有什么样的儿女，有什么样的家风就会有什么样的日子。父母是原件，儿女是复印件，家庭就是个复印机。自己半辈子打麻将上瘾，没想到儿子比她还厉害，居然网上赌博到被追债，丢掉工作，妻离子散。

李红通过学习改变了，知道了人生不能浑浑噩噩地过，要有目标要奋斗，她勇敢地走上讲台，痛哭流涕讲出对父母、公婆和儿子的亏欠，下决心痛改前非、金盆洗手、改恶从善，立志人生的下半场换个活法，要勤劳致富，要孝敬、照顾好父母、公婆，要给儿女做个好榜样!

她改变了，加入了村义工团，积极参加弯柳树村从2014年开始的"孝亲敬老饺子宴"活动，每月农历初一、十五给全村65岁以上老人包饺子，全村100多位老人欢聚一堂，在村道德讲堂吃团圆饭。后来弯柳树村"孝亲敬老饺子宴"和谐一村的经验，由县委宣传部下发红头文件，首先在全县99个贫困村推广，继而在息县300多个村子推广，《人民日报》等媒体还做过专题报道。一碗小小的饺子凝聚了人心，唤醒了亲情，温暖了乡情，淳朴了民风。因为李红积极肯干、乐于付出，被村民推选为歌舞团的团长。她改变了，她的儿子也悄然改变，不赌不跑了，愿意在家了，真是原件一变好复印件跟着就变好，在她的动员下愿意在家开个家庭餐馆农家乐，好好自强自立，靠自己的双手创造下半生的幸福。

2016年3月6日，火箭军文工团军旅歌唱家金波，应我的诚恳邀请，来到弯柳树村，在田间地头，举办了助力脱贫攻坚的"金波乡村公益演唱会"。演唱会吸引到本村和附近的村民2000多人，金波的粉丝也从全国各地来到弯柳树村，把新农村的街道围得水泄不通。息县县长、县委副书记等领导也参加了这次中国文联艺术家助力脱贫攻坚的盛事。在这次演唱会上，金波演唱自己的那首成名曲《大妹子》，李红就是其中伴舞的"大妹子"之一。后来她的"大妹子餐馆"一开业就火了起来，大家都愿意到她家吃饭。

就是这样一个李红，杀伐决断很有魄力，遇到一般问题都能自己处理得很好，今天她急火火打电话，莫非遇到重大问题了？"宋书记，我是李红，我问个事儿。"电话里传来她严肃的声音，我的心不由又收紧了。我紧张地说："你说，李红！"李红接下来的话让我这些天来难得地笑了起来。她说："我就是问问您，我能不能入党？我也想写入党申请书，怕年龄大了不够格，人家笑话，所以就先偷偷问您。"我马上大声告诉她："能，能，你能！赶快写，想入党不分年龄大小，只看有没有一颗全心全意为人民服务的心！"

连日来不断收到村民突击队队员火线递交的入党申请书，雪片儿一样一份份飞来，让我和村干部始料不及。村民突击队队员在这次疫情防控每天巡逻中，感受到了村干部的辛苦和不易，感受到了党员的担当与奉献。

有的村民过去从来不关心政治，不关心村里的事情，即使享受到村里这些年的巨大变化，全村修了水泥路、柏油路、灌渠、文化广场、小学教学楼、两层楼的弯柳树大讲堂、三层楼的旅游服务中心、老子书院等等，也觉得是应该的。这次疫情防控，把大家动员起来齐参战，在艰苦的保卫弯柳树战役中，超越小我，大我觉醒，认识到加入中国共产党，变成此生一件重要的事。

看到村民们积极要求入党，我真是太高兴了！赶快与王委员和守亮支书商量，统计好人数报乡党委，给万磊书记汇报，给县委组织部汇报，争取多给弯柳树村几个指标，发展一直冲在前线的几个村民自救突击队员火线入党。

晚上7:30至10:00给弯柳树村文化自信与乡村振兴网络学习班学员授课，结合弯柳树村的实践简要讲了《大学》《了凡四训》、王阳明心学的学习、实践主线。

2020年3月2日 星期一

疫情防控不能松，脱贫攻坚不能等。

今天凤凰网记者依然给我打电话说："宋书记，我被弯柳树走文化扶心之路感动，正在整理专稿，昨天下午1:00多开始看你的朋友圈，感动得数次落泪，太好了！"

今晚有村网络学院教学课，邀请依然记者参加。今天看到朋友圈的留言，我被深深感动了，信阳市旅游局副局长滕小玉："宋书记，一直在看您的朋友圈，被您的驻村事迹感动，受您的感召我也决定去当驻村第一书记，到商城县深山区去驻村！"

2020年3月3日 星期二

今天值班巡逻上岗48人，虽然大家都很累了，但都对打赢这场持久战信心十足。中午接到县、乡疫情防控指挥部通知，可以复工复产了，紧张的疫情防控阻击战取得阶段性胜利，全村41个武汉返乡人员和全体村民均安然无恙！下午召开村两委会议，安排村环境治理和复工复产。

2020年3月4日 星期三

今日巡逻上岗50人，我心中很欣慰。息县自上月21日至今，已经连续12天新增病例零增长。

大战尚未结束，大考正在进行！外防输入，内防流动，任务仍然艰巨。

　　复工复产计划安排：村电商物流园二期工程建议尽快开工。

　　息县电视台采访复工复产，我为村里产品酵素大米、香菇酱代言。

2020年3月5日　星期四

　　今日上岗50人。早例会，对在村买房的外地人进行登记、排查、摸底。

　　办外出复工人员健康证，由村医（无资格）改为乡卫生院办。

2020年3月6日　星期五

　　有序春耕，复工复产。全村累计外出复工复产人数122人。

　　山东庆云县委书记王晓东电话：下周召开全县村支部书记、第一书记培训会议，邀请我去讲课。

　　与彭店乡联系，四个联建村，开始网上培训。

　　弯柳树网络学院及河南弯柳树商贸公司成立，除经销弯柳树生态有机农产品外，接洽经销弯柳树网络学院全国学员的生态有机产品。由驻村志愿者负责人尹子文牵头，村里产品创品牌，带领村集体经济发展起来，争取2020年年底全面脱贫之日，即是全面腾飞之日！村网络学院《文化自信与乡村振兴》内部教材审定付印。

　　北京郑昆大夫电话：村里香菇酱很好吃，可组织村民直播卖货。

2020年3月7日　星期六

　　早上，天地氤氲，被百鸟鸣唱的晨曲叫醒，推开门，水雾气涌入怀中。

　　隔窗看着鸟儿在小院飞翔，在柿子树上栖息，大的小的无数只。燕子在书房门头上筑巢，这个小院也是它们的家。

　　今晚月光如洗，洒满大地。晚上9：00多忙完，回住处的路上，月光下的麦田里返青的麦苗清晰可见。王玉平委员和王守亮支书、汪学华主任还在杜庄向村民组长杜若峰、杜明和村民了解情况，解决杜庄村民杜若录给省扶贫办打电话诉求的事。

　　好静谧的夜，整个村子都入睡了，只有我走在路上，惊醒了邻居的几只狗，警觉地吠了几声，我一进院，它们也不叫了。

回到我住的小院，不用开灯，月光下的花、树、晾衣架清晰可见，桂花树的片片叶子在月光下泛着微光。到厨房烧了一壶水，冲泡一把姜片和玫瑰花茶，茶香溢出，才感到口渴得像干旱的土地一样，一口气喝了三大杯。才想起下午2:00出门到村部，开了会就叫上村干部汪学华、陈社会、焦宏艳到汪庄组精神病人杨某的家，院里落叶堆积，卫生间又被他搞堵了，脏得不堪入目，安排村民打扫整理。又到脱贫户赵秀英家去看看，她的肾病综合征痊愈后，在村企业生态园打工，负责喂鸡，每月2000元工资，丈夫陈道喜也不喝酒打牌了，也到村里企业上班，一家人的收入增加不少，和和睦睦的。受疫情影响，村里企业还没有复产，造成两人到现在都没有上班。得给她家想想办法，今年再干点其他活，全家收入不能少。

接着是乡党委书记万磊到村研究上报灌渠、池塘清淤项目。

这一天事情都忙完，回到屋已是夜晚，时间过得真快，天天觉得不够用。

独坐在月下喝会儿茶，翻看日历才知今天是农历二月十四，明天就是二月十五，是我的生日，凌晨1:00前是我的生辰。突然很想念亲人、很想家！翻出已故去多年的妈妈的照片，满怀感恩对妈妈说声谢谢！

妈妈您辛苦了！感谢您给我生命，感谢您给我成长的一切优越的条件，让我上学、认字、考上大学、参加工作，感谢您和父亲给予我们兄弟姐妹的一切。可是没等我们回报养育之恩于万一，你们却都早早地走了。"树欲静而风不止，子欲养而亲不待！"今日今时，在疫情肆虐的情境下，我在小村小院，插草为香，邀月为奠，月下遥祭父母，深恩三生难报！

不孝女儿泣告：亲爱的爸妈，我不知道你们在哪里，不知道此刻你们是否正在看着我，这些天看着为了拯救新冠肺炎患者而牺牲在岗位上的医护人员、警察、基层干部，心中总是很痛！痛失至亲的椎心之痛我经历过，所以我看到他们离去，就会想到他们的亲人在今后的岁月里，会有多少刻骨铭心、念念滴血的思念，正如我对你们的思念！亲爱的爸妈，如果有来生，我一定还做你们的女儿，弥补上今生对你们亏欠的孝道和报答！

2020年3月9日　星期一

早例会改在大讲堂一楼大厅。传达县疫情防控指挥部昨晚发的通知。复工复产村民外出务工人员至今日累计151人。

2020年3月11日　星期三

初五回村，至今43天。今天收到单位机关党委书记张建国发来的文件和信息："你被省直工委表彰为'第六届省直道德模范'。"2020年1月17日下发的中共河南省委直属机关工委文件（豫直文〔2020〕6号），我和河南中医药大学教授、主任医师李发枝等14人被评为敬业奉献模范。

2018年我荣获全国脱贫攻坚贡献奖，10月17日在北京会议中心受到国家表彰和全国政协主席汪洋接见。在表彰大会的第二天，国家统计局党组书记、局长宁吉喆在国家统计局接见我，并在国家统计局大讲堂组织了"宋瑞先进事迹报告会"，向全国统计系统作了题为《扶贫先扶心　党建是根本》用时两个小时的报告。《中国信息报》对此报道："宁吉喆首先代表党组对宋瑞取得的成绩和荣誉表示热烈祝贺，对统计部门奋战在扶贫一线的干部职工表示亲切慰问。他指出，宋瑞同志六年如一日，坚守在脱贫攻坚第一线，始终坚持'党建是根本，建强基层战斗堡垒''扶心是前提，激发村民内生动力''产业是关键，夯实精准脱贫根基'，克服种种困难，带领弯柳树村人民走出一条脱贫致富之路，这种扎根基层、无私奉献、忠诚担当、克难攻坚的崇高品格和奋斗精神，值得广大统计干部学习。"

感谢各级组织给我的荣誉和鼓励、鞭策！每次得奖我都诚惶诚恐，生怕自己不配这个奖项，都让我更加戒慎恐惧，不敢有丝毫懈怠。

2020年3月12日　星期四

今天巡逻到岗48人。外出务工人员累计176人，村两委做好办理外出证等各项服务。组织植树节植树活动，房前屋后，各家自己栽种，树苗到临时村部自来水厂大院领。

2020年3月13日 星期五

今天收到曾在弯柳树村参加过中华青少年德孝感恩乡村夏令营的学生和家长的问候，还有2017年暑假期间到村做社会实践、写博士论文的郑州大学马克思主义学院的博士生代文慧的问候。心中特别高兴，感谢他们还都这样深刻地记得弯柳树村！弯柳树村八年来的脱贫、发展凝聚了太多人的关爱和支持，让我和乡亲们常常心存深深的感恩，所以我们提炼出弯柳树感恩词，表达对各级党委和政府、专家学者、企业家及社会各界爱心人士的感谢、感恩之情，张贴在村民家中，以供村民和到村参加夏令营的孩子们餐前读诵，生出对党、国家、父母、师长及万物的感恩心、恭敬心。

弯柳树村餐前感恩词：

感恩天地滋养万物，

感恩国家培养护佑。

感恩党的英明领导，

感恩父母养育之恩。

感恩老师谆谆教导，

感恩农夫辛勤劳作。

感恩大众信任支持，

感恩所有付出的人！

让我们快乐地生活在感恩的世界里！

2020年3月14日 星期六

今天下午应洛阳刘庆余老师之邀，为"易道论坛"空中课堂讲一节网课。结合弯柳树村八年巨变，阐明文化自信与乡村振兴、与民族复兴、与人人幸福等的切身关系。没想到大家反响热烈。

2020年3月15日 星期日

疫情防控转段，转为第三阶段，慢慢逐步放开。村疫情防控党员突击队、村民自救突击队、青年突击队，今天最后一天集中在广场开会签到。

明天转为：一、各组在各组自然村巡逻值班；二、息正路卡点值班排班，减少执勤人员。

召开疫情防控暨脱贫攻坚回头看工作推进会，学习总书记在决战决胜脱贫攻坚座谈会上的讲话、省电话会议精神。研究商定今年省派驻村第一书记项目资金50万元使用方向，村两委成员异口同声提议用于冯庄电灌站维修，通过！再通过"四议两公开"让村民评议。

2020年3月16日　星期一

今天给总队夏雨春总队长电话汇报：第一，弯柳树村抗疫获得阶段性胜利，全体村民安然无恙，请总队放心！第二，脱贫攻坚及复工复产工作有序进行，请党组放心！第三，《弯柳树村战疫记》将定稿，河南人民出版社拟出版。

2020年3月17日　星期二

国务院扶贫办发布微视频：《尽党员责任后，再回家做个好妈妈、好姥姥！》。

整理这些天的日记时，回看这些即时、纪实报道，更感受到一份巨大的鼓舞和无穷的力量。深深地感恩！也让我深深感受到在灾难面前，人间有大爱，中华儿女守望相助，共克时艰，炎黄子孙本是一体，手足相护。人同此心，心同此理，理同此道。终将实现道行天下，世界大同，人类幸福！

2020年3月18日　星期三

今天广场早例会与往日不同！这一个多月来每天的例会都是鼓劲动员、领任务，今天是惜别。随着全国疫情发展趋于稳定，息县也连续多日无新增病例，防控管理逐步降级，复工复产步伐加快。弯柳树村疫情防控村民自救突击队今天解散，大家合影留念，依依惜别。回想50多天来，每天三四十人上岗值班巡逻，为保护全村安全立下了汗马功劳，每个人都不会忘记，村民会铭记，子孙后代都会铭记！

中华民族每到危急时刻，总有那些担当大义的儿女舍生忘死，挺身而出，走向大道！正如电视剧《老子传奇》的主题歌《道在何方》所唱：

你问我道在何方？大道蕴含在自然之中。

笑看磨难，放下儿女情长，只为了文明与道德之光。天地有正气，道德广传扬。

多少英雄豪杰胸怀天下，为国为民勇于担当，可歌可泣感动天地。

啊，道在何方？道在身旁！

息县彭店乡四个村与弯柳树村开展德孝文化村联建工作，今天举行网上启动仪式。重点学习习近平总书记关于乡村振兴战略讲话：当前目标仍是脱贫攻坚，长期目标与短期目标相结合。乡村振兴，人才是关键。彭店乡党委副书记刘东源讲话：党建＋文化＋产业模式，决战决胜疫情防控阻击战、脱贫攻坚战，按弯柳树村指导开展联建工作。彭店乡四个村的村支书介绍各村情况，弯柳树村委会主任汪学华介绍弯柳树村的变化，我们怎么做的：一、抓党建，促脱贫，奔小康，文化扶心。二、吸引年轻人回村创业。三、吸引八个企业到村投资，带富村民。

2020年3月19日 星期四

"0！0！0！终于等到你！"

《人民日报》客户端今天上午可爱的标题！

全县解封！弯柳树村遍野的油菜花盛开了，春已至！

召开村党员干部全体会议，学习总书记政治局常委会讲话精神；学习息县县委《关于全县开展"争先进位谋出彩"的活动方案》。

2020年3月20日 星期五

冯庄电灌站清淤硬化项目开工，和王玉平委员一起协调与孙庙乡段庄村交界处渠埂上移树木事项。

按息县公安户籍人口信息入户核查核实。

协调我村扶贫产品香菇酱申请上国家和省扶贫消费网事宜。

村组织委员陈社会报来入党积极分子名单十二人，村党支部商讨后确定蔡志梅、骆同军两人。

2020年3月21日　星期六

不知不觉又是周六，53天连轴转，已经没有周五周六周日之分了。开完村支部会议，讨论入党积极分子上报路口乡党委，由于递交入党申请书的村民多达十二人，而每年每村只有一个发展指标，所以报谁讨论相当激烈，把能为弯柳树村脱贫攻坚和乡村振兴做贡献的中青年人选出来，培养好，重中之重！忙完看到家人群中孩子们的照片，突然感到很想家了。两个侄子都长高了，小外孙女安安小仙女也更漂亮了。转眼间冬天已过，春天已到，该回家换薄衣服了！终于等到疫情稳定，道路通畅。

2020年3月22日　星期日

村五类重点人员排查：一、独居老人户。二、大病户。三、重度残疾人户。四、诉求强烈户。五、居住条件差户。

判断是否有返贫风险。

村入党积极分子选拔——支部会议扩大会。

2020年3月23日　星期一

安排汪学华、陈社会带精神病患者杨某到县人民医院发热门诊做鉴定。给张主任汇报此事，张主任已安排县医院贾建院长给发热门诊交代过相关事宜。

2020年3月24日　星期二

召开弯柳树村近期工作部署会议。一、王守亮安排：春耕生产，环境绿化美化，清明节禁放鞭炮。二、汪学华安排：人居环境改善。三、租地情况：杜庄村民杜若峰反映他租的地有每亩每年80元、100元的，还有200至300元的，种地收入每年每亩1000元至1200元。四、村两委会讨论远古公司王春玲地租下调之事，由于受疫情影响，大家认为由每年800元/亩降至700元/亩比较合理。确定后由村干部给有关村民做工作。

2020年3月25日　星期三

河南弯柳树商贸公司成立，注册资金520万元，法人代表是村委会主任汪学华，以带动村集体经济发展。

正如《论语》中说："人能弘道，非道弘人。"弯柳树村八年坚持，已走出文化自信带动脱贫致富的"小村大道"，面对全国各地不断来村参观学习的势头，更需村干部提升理论水平、思想修养和办事能力。今天召开民主生活会，找差距、定目标、立规矩、提能力，要求村支书王守亮要自强自立，奋发向上，自觉担当；村干部每天集体读书学习总书记讲话半小时，要养一身浩然正气，村民自然能感受到，上所施下所效，全村干部群众心齐才能干成事。

2020年3月26日 星期四

村干部"百日读书"活动启动，从今天开始，每天早上8:00上班到村部后，集中读书15分钟，结合头天工作写出一句话心得体会。疫情结束，大干快上，脱贫攻坚战收官年，提高村党员干部素质和能力迫在眉睫。

2020年3月27日 星期五

陈新伟投诉冯庄组长陈新远，让他写出具体事情，依法公正办理。

杜庄村民杜海党养猪贷款之事，与乡路口乡信用社金主任联系，上报10万元。

2020年3月28日 星期六

今天，弯柳树村疫情防控阶段性总结表彰大会暨脱贫攻坚大决战动员会，在文化广场举行，为疫情防控中做出贡献的疫情防控村民自救突击队、党员突击队、青年突击队队员们颁发荣誉证书、奖牌、奖品。动员工作重心转段到打赢脱贫攻坚战，党员干部包干带动贫困户发展产业，增加收入。

正要宣布散会，没想到村民许兰珍突然喊道："别散，等等！"接着四个村民上来展开两面锦旗，大声说："我们村民要给宋书记颁奖！"我愣了一下，反应过来看到锦旗，不禁感动得泪目！第一面锦旗上书"党的好干部 群众的贴心人"，第二面锦旗上书"一身正气两袖清风勇担当 八年坚守呕心沥血创奇迹"，落款：弯柳树村党支部、村委会、全体村民。

2020年3月29日　星期日

今天是星期天，王阳明心学班网络课堂，200多人通过腾讯会议室线上听课，刘芳、谈义良、周俊生、我四人讲课，我讲的题目是《无怨无悔的坚守》。

2020年3月30日　星期一

省、市派驻村第一书记考核在即，准备述职报告。

2020年4月1日　星期三

中原地区倡导建立"中华母亲节"活动，弯柳树设立分会场。村里评出"十大好妈妈""十大孝子""孝心农业先进人物"等，届时参加颁奖活动。

2020年4月3日　星期五

和村两委一起晨读《文化自信与民族复兴》。村治安委员陈社会说："读不读不一样，感觉有劲了，心亮了。"村妇女主任焦宏艳说："读书才十天，感觉村班子心齐了，氛围好了，大家有说有笑地干，有劲儿了！"

2020年4月4日　星期六

昨天下午完成市考核组到村对第一书记2019年脱贫攻坚工作年度考核后，和路口乡驻村干部王玉平委员一起召开村两委干部会议，安排好各项工作及今天村里公祭英雄活动，乘便车离村回家。两个多月没有回家了，昨天夜里回到家，竟觉得有陌生感了。

疫情暴发以来一直在弯柳树村和乡亲们共同防控疫情，经历了无数惊心动魄的事件。终于回到家了！今天上午10:00前整理衣冠，恭敬肃立，站在阳台上，面向武汉，面南默哀，听着骤然响彻天空的防空警报声、车辆停下响起的大海涌浪一样的鸣笛声，瞬间泪流满面！想到牺牲在抗疫前线的医护人员、战士、党员干部，还有被病毒夺去生命的患者，心痛不已。英雄走好，逝者安息！

感恩伟大的中国共产党，当代炎黄子孙、中华儿女的优秀代表！和平年代疫情大灾从天而降，国难当头，党中央英明决策，举国而动，全民神速战疫。当我们安然击退疫情汹涌时，全球正受疫情暴发之大考验，200多个国家和地区，确诊病例突破百万。中土难生今已生，大道难闻今已闻。盛世难逢今已逢，真理难明今已明。此身不为人民用，何时为国捐此躯？向英雄学习致敬，做一个像他们那样的人，随时听从党的召唤，到祖国和人民最需要的地方！今天这警报声响起，让我永远铭记为国家、为民族献出生命的英雄，我们是炎黄子孙啊，你们是我们永远的骄傲和自豪，是我们永远的怀念！

2020年4月5日 星期日

弘扬中华母教精神，培养孝贤爱国之才。第五届中原倡导建立"中华母亲节"活动网络筹备会（二次），我是河南中华母亲节委员会主任，在即将召开的大会上，省公安厅老英雄王百姓和我受邀作报告。

2020年4月6日 星期一

县政协主席李卓领队，我们到中山铺参观旧房改造成民宿，感觉很好。与村干部商量：东陈庄空心村有25个破旧小院，我向乡、县领导汇报，申请不要推平复耕，保留下来改造成民宿，吸引城市人来消费，为村民和村集体创收。我直接找杜鹃部长、袁钢县长汇报。

2020年4月9日 星期四

明日市委宣传部召开全市扶贫扶志工作座谈会，县委宣传部柏方琴电话通知我准备五分钟典型发言材料，今天下午4:00前发去市部。

2020年4月10日 星期五

全市扶贫扶志工作座谈会在市委6号楼2号会议室召开，我作典型发言，题目是《德孝文化扶心志 党群齐心奔小康》。

市委宣传部部长曹新博讲话指出：今年是脱贫攻坚的收官年，要着重提志气、增底气、扬正气，抓好典型带动，总结好先进村经验。指示《弯柳树的故事》要抓紧时间修改剧本，向前推进，打造成精品。今年是我市脱贫质量巩固提升年、扶志年。如何做好"扶贫扶志"工作?

一、统一思想,首先认识到其重要意义。十九大坚持大扶贫,志智双扶,要以强烈的政治担当,抓好扶贫扶志。二、全面、高质量完成脱贫任务。守正创新,思想调整,方法创新,从传统文化教育入手,改变人心,凝聚力量。从四个方面抓好"扶贫扶志",治懒、治愚、拔掉穷根:一是提振一种精神,选出脱贫致富先进典型,用身边事教育身边人,把好人树起来。惩戒反面典型,让懒人、坏人无处躲,村里上红黑榜。二是建好一块阵地,新时代精神文明实践与扶贫扶志相结合,推广弯柳树村开讲堂唤醒人心、扶贫先扶心扶志经验,巩固党在农村的执政基础。三是要树立一方文明新风,建立"一约四会",落实情况督查机制,建立村级家风、家训展示馆、墙。四是要建强一支队伍,村干部队伍,党员队伍,县、乡、村三级文化文艺宣传队,农村科技骨干队伍。三、加强领导,切实抓好扶贫扶志工作。倒排工期,责任到人,打造示范点,奖励先进,责罚落后者。

河南电视台记者韩冠豫一行四人到村采访。

大别山干部学院领导林志成书记、孙伟副院长、杨老师到村考察,县委组织部部长杜鹃陪同,拟把弯柳树村选为大别山干部学院教学点。

2020年4月13日 星期一

接受《人民日报》海外版记者梁寒冰电话采访。

2020年4月14日 星期二

河南人民出版社正在紧锣密鼓出版我的特别驻村日记《弯柳树村战疫记》,今天本书编辑打来电话,告诉我社里负责同志看完初稿后的评价:"《弯柳树村战疫记》忠实记录了这段特殊的历史,一群基层党员干部浴血奋战,一场长达50多天不眠不休的舍命保卫战,一个脱贫村村民觉醒之战!一首新时代可歌可泣、荡气回肠的信仰之歌!基层干部在村里15万字的战疫日记,独一无二,急难险重中取得的成果,对党的事业有帮助、有价值!"

放下电话,我心中满是欣慰。50多天的疫情阻击战,每天巡逻值班、处理紧急情况，夜里记录当天发生的事情，常常到凌晨两三点才休息，如此舍命的辛苦没有白费。谢谢出版社的领导和同志们！

2020年4月17日 星期五

入户协调解决给脱贫户汪学海家装自来水事宜。协调解决14岁冯亚茹辍学问题。召开关于国家年度考核反馈问题入户排查工作会议。

2020年4月18日 星期六

刘子帅一行四人到村，他在村投资的项目增加土鸡饲养量。同意我推荐的贫困户赵秀英帮助养鸡，月工资2000元。

老子文化论坛组织村干部和志愿者、学生听课。

河北唐山王静母子到村做"文化自信"志愿者。

"学习强国"、《新闻联播》均报道：全球新冠肺炎疫情暴发，截至今日全球确诊212万例，其中美国确诊70万例。提醒村干部，我们要警惕起来！

2020年4月19日 星期日

冯庄脱贫户宋萍诉求：想开淘宝店，通过电商挣钱，村里能不能扶持？大力支持她，给她提供免费的场地。

2020年4月20日 星期一

弯柳树村传达学习乡会议精神会议：综合执法排查，严禁村民私自买卖耕地。疫情防控、复工复产同步进行。

信阳市脱贫攻坚督查巡查组今天入驻息县，为期十天。

2020年4月21日 星期二

县五中校长周成学等四人到村，疫情期间冯亚茹未上网课，视为辍学，作为问题已反馈到村。我到冯亚茹姑姑冯梅家见她，给她300元钱，认她作干女儿，思想工作已做通，同意开学即回到五中去报到，继续上学。这几天安排她跟随村网络学院学习书法，读经典，练健身操。

2020年4月22日 星期三

召开村干部及扶贫工作队会议，查漏补缺。没有新识别户，年人均纯收入6000元以下监测户增加，未走访的34户，今天已全部走完。

2020年4月23日 星期四

固定帮扶日帮扶责任人会议暨问题排查分析会，王玉平主持，我和支书分别布置具体工作，入户要求、纪律要求、请假制度等，农户明白卡更新、五美庭院建设、村民制作酵素检查督促等。

集中学习习近平总书记关于脱贫攻坚重要论述，做到五坚持、五防止。

北京古晓琴下午3:54用薛立峰号码打来电话告知：薛立峰昨晚突发脑梗昏迷，正在抢救，联系家人。我马上给古晓琴转过去3000元钱，紧接着打电话募捐善款，抢救薛立峰。薛曾在村做过义工，帮助过弯柳树村。

2020年4月24日 星期五

第五届中原倡导建立中华母亲节公益活动，我应邀讲网课《为国教子，为家传道》。

2020年4月25日 星期六

息县电视台到村拍摄村民田间劳动场面、跳广场舞场面，为信阳市茶叶节专题宣传片制作息县篇。

建档立卡贫困户已脱贫户冯建、刘梅二楼房间漏水，超出村解决范畴，报乡脱贫攻坚指挥部。

2020年4月26日 星期日

与县农业局黄树伟局长到省农业农村厅争取农业农村人居环境改善提升项目。

2020年4月28日 星期二

写总结材料，与总队人事处王珂副处长联系请教，按总队人事处要求写三个部分：一、思想政治。二、工作实绩。三、廉洁自律。

总队机关党办张燕杰电话：2019年扶贫成效写出详细总结。

市委宣传部陶兴莉通知：市委宣传部推选"2019年度河南好人"报我，需要我完善资料，并提供五张生活照。

省委组织部驻村办组织"网络营销培训课——品牌营销 打造网红爆品"，用抖音记录美好生活！这是个新领域，我要好好学习。

2020年4月29日 星期三

省委统战部副部长到村调研宗教场所转改，对弯柳树村开讲堂，以中华优秀传统文化培育核心价值观，统领、转化信教群众很赞赏，准备在全省推广。

2020年4月30日 星期四

东陈庄民宿改造项目，县里意见，拟先改造四到五个老旧院子，每个院子预算50到60万元，由县财政项目支持，以简中式为主。为此县政府牵头成立息县村投公司，陈冬任董事长。袁钢县长指示村投公司邀请信阳乡土设计建筑专家李开良设计并建造。

2020年5月7日 星期四

给县农办申请，灌渠修建项目村里上报836米，打机井4眼。针对在外打工的贫困户因企业倒闭返村的解决办法是安排在村企上班。

2020年5月8日 星期五

信阳市政法委书记孙同占带领市暗访组到村。暗访到杜庄组村民杜若录反映的没有安置房问题和低保被取消、要求享受低保问题。杜若录在县城开理发店，女儿上私立学校，不符合享受低保条件。他二弟杜若飞在福建开工厂，把村里的房给他了，他不住，无理要求政府给其建房，已引起杜庄村民共愤声讨！也让我们倍感委屈！

针对其反映的不实问题，上级已有处理结果，我和玉平沟通，把3月份、4月份对杜若录信访问题的调查与处理结果，一共六份材料，再次报县扶贫办，让姚金麟主任下午汇报会上报孙书记。

2020年5月9日　星期六

省扶贫办崔海成副处长通知：2019年省定点帮扶考核不再到村，而是改为村上报材料、照片、佐证材料自行报告评价。

召开村干部会议，支书传达乡会议精神。

2020年5月10日　星期日

县委组织部驻村办电话通知：息县报省扶贫办2019年度河南调查总队帮扶成效：好！评价体系：好，较好，一般，差。谢谢！

2020年5月11日　星期一

省扶贫办准备收集省直帮扶单位2019年考核佐证材料。分工：总队机关党办张燕杰负责汇报材料，村干部张荣华拍摄村照片，我查找历史资料。

县城投公司总经理付玉带领郑州美丽乡村设计团队到村察看地形及村貌，开始规划设计。

走访老党员陈文斌，他自己在家，儿子一家在明港上班。

准备迎检，村班子成员、驻村工作队分工、分头准备资料。

2020年5月12日　星期二

市委宣传部余金霞副部长带队来村调研文化扶心扶志情况，县委宣传部对弯柳树村民歌舞团的演出十分肯定，脱贫户讲自己的故事，励志，感染力非常强，有利于带动全县99个贫困村的更多村民主动自立脱贫。

今天最开心的事，是把贫困户汪建协调到在村投资的息县尚居家具公司上班，月薪3000元。汪建17年的抑郁症终于被我们用传统文化的方式治愈，加上村里八年来彭兰芳等几十位老年人慢性病自愈。

2020年5月13日　星期三

河南电视台、息县电视台到村采访政论片《雄关》观后感及我们在疫情中的做法感悟。

召开驻村志愿者座谈会，来自浙江的费丽平、江苏的费晓琴、延安的马丽、南阳的唐凡、唐山的唐静踊跃发言谈感受。唐静说：去年看到了《小村大道》，数度哽咽，被宋书记感动而来弯柳树村，书写自己的"小村大道"。

2020年5月14日　星期四

定点帮扶日，到汪建、李树凤、邢玉芳家走访。

驻村志愿者晚间茶话会，"宋书记邀你喝茶赏月"直播。

今天汪建到尚居家具公司上班了，这是我最开心的事。终于把汪建的事情安置好，我也可以放心了。

2020年5月15日　星期五

市委党校王开科副校长一行到村考察，感慨弯柳树村的巨变，把村选入市委党校教学点。先进典型点、传统文化点、红色文化点，全市19个现场教学点。王校长说：弯柳树这个教学点三者兼具。村子的改变让人感动、震撼，宋书记九个年头驻村，一个党员的初心理想和坚守精神，值得推广学习！

2020年5月16日　星期六

弯柳树村入户帮扶研判会。

组织志愿者听北京道德经艺术馆韩金英老师《道德经》直播课。

村民段新国反映，修渠挖土压了他的地，要求赔偿。安排王守亮支书、汪学华主任带人去测量，按国家规定的青苗赔偿标准补偿。与县农业局谢局长沟通，谢局长批评我们未给施工创造好环境，以后不再给弯柳树村项目。实际情况是：施工方未按事先与村两委、村民三方沟通好的方案施工，且扬言有后台，态度强悍蛮横，霸王施工，损害了村民的利益！

杜若录的问题得到妥善解决，他感谢村两委，非要让大家去他家吃顿饭。我安排买好礼物，让村主任、驻村乡干部去参加，否则他会觉得村干部不给他面子。汪学华主任反馈给我：杜若录说："今天宋书记要是来了，我一定当着她的面打我自己两耳光，我对不起宋书记和村两委。"我听了心里也很感动，人是可以教得好的！

支书王守亮妻子何丽找我，请求不让守亮干村书记了。第一太累，压力大。第二家里积蓄快花完了，村干部工资太低。第三儿子上高中、考大学都需要花钱。我很理解，但还是劝何丽让守亮再坚持干一段，我来想想办法！

2020年5月18日　星期一

准备材料：第一书记驻村史料征集，报省档案馆。

给乡党委书记汇报：东陈庄旧房改民宿项目争取，村整体环境、产业规划。

2020年5月19日　星期二

上午县农业农村局农经站阮新建站长到村，送来上报省农业厅典型经验材料《党建引领展风采　文化自信扶心志》。

2020年5月20日　星期三

和王玉平、尹子文一起到县税务局送锦旗致谢。县税务局服务企业，缓解疫情造成的损失，为村孝爱文化公司退税1.2万元。

志愿者唐凡等五人今日入驻彭店乡尹庄等四村。想到他们的担当和奉献，将和我一样长期驻村，心中为他们的担当感动。

中州古籍出版社刘春龙电话：已与省委组织部驻村办主任王刚对接好，全省新派驻村第一书记1.3万人，老书记6000人，共1.9万人，赠送《小村大道》1.9万册。该书是反映弯柳树村脱贫致富奔小康的长篇报告文学，去年底在郑州中原图书大厦举办了新书首发式，出版集团总裁王庆、息县人民政府袁钢县长、省委驻村办主任王刚等领导、媒体、作者和我参加。

2020年5月21日　星期四

我和村干部送彭店乡四村联建志愿者入村，举行入村仪式。

息县科技局万保华副局长到村帮助远古生态农业公司申报市重大专

项资金项目,信阳市局备案,向省科技厅上报申报材料。

2020年5月22日 星期五

县文联主席方翔卓一行到村,商量在脱贫攻坚中发挥文联作用,与弯柳树村结合,搞一些活动。

接到远古生态农业公司董事长单玉河去世消息,深感悲痛!单玉河与王春玲夫妇是第一个到村投资创办企业者,2016年3月6日,二人到弯柳树村听了一场传统文化课程,5月到村流转土地300亩,开始从事生态有机农业项目,带动村民共同致富。才刚刚四年,这个曾为军人的铁汉却因癌症离开人世,离开他热爱的事业。他才57岁啊!弯柳树村痛失一位产业发展带头人,我们痛失一位正直坦诚的好朋友!呜呼哀哉,沉痛悼念单总!

2020年5月23日 星期六

与路口乡驻村干部宣统委员王玉平、支书王守亮沟通,为单玉河开追悼会。

送村参展资料到省档案馆王处长处,《小村大道》书两本,"弯柳树三宝"一件,酵素大米一盒。后续工作由村干部张荣华负责。

给市科技局黄刚局长打电话,沟通汇报远古农业公司酵素生态农业申报科技项目,请予以支持。

今晚接受全国两会报道《总编有约——连线两会》全媒体访谈。省扶贫办主任史秉锐在北京会场,我在郑州《河南时报》直播间。

2020年5月25日 星期一

有幸受邀参加《总编有约——连线两会》有感:我代表驻村第一书记战友们接受史秉锐主任在北京两会现场的指示并汇报村里的脱贫战况,倍受感动与鼓舞。深深地感谢与感恩!

河南日报报业集团刘雅鸣总编辑采访我和正在北京参加两会的人大代表、河南省扶贫办主任史秉锐。史主任在北京为我们广大驻村第一书记加油鼓劲儿,为今年全面打赢脱贫攻坚战,全面决胜小康支招送宝,点赞鼓励，为贫困村的产品销售直播带货，倍受鼓舞，振奋人心！第一书记弟弟妹妹们，我们甩开膀子加油干，最后冲刺，全面胜利在眼前！贫困村的乡亲们，我们一起加油干，听党话，跟党走，幸福日子在后头！爱党爱国，奋斗圆梦，越干越有奔头！不白活一回，在这个伟大的新时代，让我们怀揣着党中央的关怀，紧跟着习总书记，为贫困地区人民幸福而努力奋斗，让生命在打赢脱贫攻坚战中大放异彩，此生不白活一回！

2020年5月28日 星期四

开始学习直播带货，销售村里香菇酱、大米产品。在时代最潮的地方，与大家一起努力！

2020年5月30日 星期六

召开弯柳树村乡村振兴项目对接会，县农业局、旅游局、科技局，路口乡万磊书记等领导，投资方代表李庆明，弯柳树村干部参加，商讨在村拟建村图书馆、中原银行自动取款机网点、第一书记博物馆，拟申报河南省乡村旅游示范村，设立河南乡村振兴职业培训学校等事宜。

第一书记博物馆把全省、全国的优秀第一书记事迹、实物展出来，尤其是已牺牲的第一书记，永久性纪念"扶贫精神"。

乡村旅游民宿项目，一年打基础，两年上台阶，三年大发展。

2020年5月31日 星期日

召开村科技富农兴企会议，商讨成立"星创空间"和信阳市酵素大米工程技术研究中心事宜。

村集体经济项目上报申报材料：一、乡村旅游特色村。二、村商贸公司网上经营特色香菇酱、酵素大米。三、安排村妇女就业的老粗布项目，村文化公司出资购买织布机和原料线，成立村"织女星纺织合作社"，贫困户家庭入社，只需投入劳动，织成床单后销售利润全归贫困户。

2020年6月1日 星期一

到村学校给孩子们过"六一"儿童节，送去《弟子规》等书籍，祝贺

"六一"，参加少先队新队员入队仪式。

给夏雨春总队长打电话汇报村电商物流园至今无法复工之事，已经向县委书记报告请求支持，也正在给乡党委万书记汇报沟通。

2020年6月2日 星期二

今天到彭店乡大郑庄村参加四个联建村调研会，乡党委书记刘波首先谈他的感受："志愿者到村十五天来，带来村子的变化，乡村看到了希望，群众得到了感动，村干部深受感染。这四个村短短十五天来就不一样了，一到村就感受到有正气了，群众变了，村干部变了，村部办公室变干净了。原来我每次强调让村里打扫卫生，可是来了一看，还是脏，现在干净了。王静写给联建村乡亲们的一封信，感动了我们：'每个人心中都住着一个圣贤，需要的就是把非圣贤的部分去掉。'村民说，你们志愿者的到来让我们看到了希望！"中华优秀传统文化的力量巨大，我们在村里把它变成生产力！

2020年6月3日 星期三

省委《党的生活》杂志社新媒体中心主任毛世勤一行到村调研，总结宣传驻村第一书记典型经验，推动脱贫攻坚与乡村振兴。

2020年6月4日 星期四

乡党委万书记到村安排黄强副省长弯柳树调研事宜，并提议让我不要在总队租住的农家院办公，要在村集体办公的地方。我的困惑是：这个小院门口挂的牌子就是"驻村第一书记办公室"，刚来驻村时没有村部，村干部、党员会议都是在小院召开。村部新楼没有盖好，现在办公的地方是文化广场后面仓库的两间小房间，村两委六人、扶贫工作队四人已经坐不下。我每天上班到临时村部签到后开会领任务，入户走访之后回到租住的小院前屋一间耳房写材料，做记录，也是原来的村党建工作室。2017年下半年前，党员会议、两委会经常都是在这儿开的。我感谢万书记的提醒，也请万书记再听到类似声音，给予澄清与说明。万书记走后，我心中一阵难过与委屈，来时没有村部，单位租的农家院本就是寝办合一，住在村里一两个月才回郑州一趟，舍了小家只为村子，竟还有负能量的人不干事儿专挑事儿。

2020年6月5日　星期五

息县税务局系统到村培训学习一天，收费标准每人每天200元，村民创收的培训项目。

县委宣传部余江到村看望春玲，带妻子金老师一起慰问春玲，让我感动落泪了。正是这些重情义的息县人，在支撑着弯柳树的探索之路，在以各种方式支持着王春玲们生态有机农业的探索。想到在村里做事的艰难，当着王玉平和余江夫妇，我竟忍不住多次落泪。

2020年6月6日　星期六

县委组织部张巍电话：省委组织部通知下周二、三、四省派驻村第一书记郑州培训，周一下午我试讲《扶心扶志，带领村民脱贫致富》。

河南电视台公共频道记者到村采访，制作脱贫攻坚专题片。

晚上与尹老师到远古农园看望王春玲及新来的农夫。

2020年6月7日　星期日

大别山干部学院息县教学基地明天迎检评估，我试讲题目是《文化自信与乡村振兴——弯柳树扶心扶智，脱贫致富之路》：一、抓党建，建强基层组织，强基固本；二、开讲堂，引领人心，培育核心价值观；三、树新风，吸引企业到村投资。

弯柳树村科技创新巩固脱贫成效、引领乡村振兴研讨会，我介绍九年脱贫路——文化自信与乡村振兴；汪学华介绍村生态农业发展情况；王春玲介绍远古生态农业现状及前景。王春玲儿子单聪龙的发言感人至深："第一次到弯柳树村，就想我们可以去做一个企业，百年企业。扎根农村，守住中国人餐桌安全的最后一道防线！看到年轻人不孕不育、国人癌症多发，就放弃了自家十几年的肉类批发生意，没有种过地的一家人，一头扎进土地，唤醒更多人。"万保华副局长介绍弯柳树通过传统文化教化人心，围绕修复土地种出安全粮食、蔬菜，产品价格上去了，大众相信弯柳树村人。信阳农林学院刘合满博士等专家进行专业指导。

2020年6月8日 星期一

大别山干部学院息县教学基地评估组评估工作会，县委组织部部长杜鹃主持。钱长鹏校长（县委党校）汇报息县教学基地筹备情况。我讲《文化自信与乡村振兴——弯柳树扶心扶智，脱贫致富之路》。县委书记、县长等领导参加。

2020年6月9日至10日 星期二至星期三

参加省第一书记培训会议。省扶贫开发办公室史秉锐主任通报河南省脱贫攻坚工作。特别提到驻村第一书记倾力而为，强化责任，提升责任意识，认清使命，强化担当，不为个人家庭困难困扰，为党分忧、为国为民服务，遇到批评、挫折、委屈、处理，心不动，经得起，各种表扬不飘，批评不气馁，放下身架，当好尖兵。平时看得出，危机豁得出，驻村就是豁得出去。河南省已有30多位驻村第一书记、驻村扶贫干部、基层干部牺牲在脱贫一线。

2020年6月11日 星期四

看视频《榜样4》，学习英雄张富清。张老说："这里艰苦，共产党员不来，哪个来啊？我死都不怕，还怕苦吗？我不怕苦。"我也不怕苦！学习李连成书记："当干部就是要能吃亏。吃个亏就干成一件事，吃个小亏，成个小事；吃个大亏，成个大事！"

2020年6月12日 星期五

乡居岁月餐馆（村民宿）与《红姐配餐》栏目王维红老师沟通，请教村民宿改造餐饮如何做。

2020年6月13日 星期六

感谢省委组织部、省驻村办领导周到细致的学习培训安排，让我们收获满满，干劲倍增！

"2020批省派驻村第一书记示范培训班"于6月9日至11日在河南省社会主义学院举办,河南省人民政府武国定副省长作了《珍惜机遇不辱使命 努力做一名优秀的驻村第一书记》辅导报告,省扶贫办史秉锐主任、省农业农村厅申延平厅长、省财政厅高战荣副厅长、省委组织部二处王军祥处长分别作了《全面打赢脱贫攻坚战》《河南乡村振兴战略》《涉农资金申请使用及管理》《农村基层党建工作》等专题辅导报告。

观看了《喜盈代村》《榜样4》。优秀乡党委书记赵化录,村支部书记马其祥,我和秦倩、夏峰三名省派驻村第一书记介绍了工作经验。我以《扶贫先扶心 党建是根本》为题介绍了弯柳树村九年来走出的"党建引领、文化扶心、道德育人、产业发展、脱贫致富、乡村振兴、人民幸福"之路,四名学员代表发言,谈了学习体会。省委组织部副部长参加、省驻村办主任王刚主持。

这次学习收获很大,开阔了视野,扩大了格局,增强了应对复杂问题的能力,更加深刻地领悟了习近平总书记和党中央、省委对脱贫攻坚收官之年的战略部署和更高要求,增强了收官之年、决胜之年,克服一切艰难险阻,全面打赢脱贫攻坚战的决心和信心。努力做让人民满意,让总书记放心的驻村第一书记!

2020年6月15日 星期一

到中州古籍出版社,与刘春龙老师商《小村大道》再版更换产业扶贫照片及修改少数文字内容。

2020年6月16日 星期二

到郑州市红专路"河南省第一书记扶贫产品展销厅",对接村产品销售上架,酵素大米、香菇酱。下午回村,约市科技局领导汇报远古生态农业公司上报的科技创新项目。

2020年6月17日 星期三

息县自然资源局到弯柳树现场办公,彭博副局长一行12人来村,研讨村宏盛达物流园、远古生态农业公司所需建设用地指标申请事宜。

2020年6月18日 星期四

市委宣传部刘平一行四人来村摄影。

村小学学生流往私立学校,大河文锦学校报名十多人,每人每学期5000元学费。尽管学费高,但村民手里有钱了,愿意花钱让孩子上好学校。与常青校长等四人共商留住学生对策,结论是只有提高教学质量。

彭店志愿者六人回村,召开驻村工作交流会议。

2020年6月19日 星期五

看着眼前美丽的弯柳树村,回想到来时的垃圾围村,满目疮痍,如今早变美景,感慨万千!稻苗刚刚种下田,嫩绿满眼,水田如镜,白鹭飞翔,丰收在望。"踏遍青山人未老,风景这边独好。"八年奋斗,贫困户都脱贫了,村民富了,村庄美了。来时租住的农家小院,我种下的红豆杉、迷迭香、桂花树,已经长大,而我,还在驻村。

脱贫攻坚,八年巨变,茵茵如画,生机盎然。我在村里等您来,听蛙鸣虫唱,看青荷红莲,感受"稻花香里说丰年,听取蛙声一片"……

2020年6月20日 星期六

省交通厅李卫东厅长带领厅全体班子成员到息县调研,第一站到弯柳树村调研"交通+扶贫"。信阳市政府尚市长、邵副市长等及县委、县政府领导陪同。我汇报村脱贫攻坚八年巨变,尤其是交通翻身仗。领导们都很感叹、很满意。

2020年6月21日 星期日

解决孙敏家危房旧房拒不拆、改问题,孙敏、王守亮、汪学华、焦宏艳参加,在村部召开的会议。息县县委林长副书记要求,旧危房要么拆,要么修葺。孙敏同意自己修,用树脂瓦,不能用石棉瓦。村两委意见:一、同意孙敏自修。二、自今日起15日内,如果没有修葺则拆掉危房,平整地面,保护砖材,孙敏家何时新盖,直接启用砖材等。孙敏同意。

省委组织部组织的大别山干部学院"周口市淮阳区脱贫攻坚干部能力提升示范培训班",160位村支书分四批到弯柳树村现场教学。今天第一批，村主任汪学华带领参观讲解。我讲课的题目是《文化自信与乡村振兴》。

2020年6月22日　星期一

大别山干部学院组织的第二批和第三批村支书培训班学员今天到村。县委党校钱长鹏校长到村了解大别山干部学院培训班情况。

县委组织部部长杜鹃到村，督促息正路两边民房改造提升。

协调李围孜、弯东、弯西村民与远古公司租地分歧。许某某骂王春玲，王在村部绝望大哭，安慰、协调。下班后和王玉平带礼物看望春玲。

刘子帅到村捐助贫困户十户，米、面、油、灵芝粉。

昨晚到汪建家入户走访，今天到段平、李光明、李志刚、百岁老人许氏几家，村支书王守亮、主任汪学华一起。

党员会议评选出优秀党员李晶、许正伟、胡磊三人，"七一"建党节时村党支部将进行表彰。今天给总队郭学来副总队长电话汇报。

2020年6月23日　星期二

迎接大别山干部学院第四批村支书学员到村。

应邀为河南邮政储蓄银行"四德教育"授课，网络直播形式。明晚7:00至9:00，余义朝老师对接。

因疫情停下的村民课堂学习恢复，经典是护身符，教学为先，把伦理道德教育融入全村。

2020年6月24日　星期三

确山县水利局主题党日活动，刘冬梅局长带队到村学习参观一天。大别山干部学院淮阳区干部班第四批学员到村现场教学。本村在京人员情况排查。

"庆七一，颂党恩，奔小康"——河南调查总队脱贫攻坚暨支部手拉手共建主题党日活动在临时村部会议室举办，郭学来副总队长、朱隽峰主任一行到村参加。郭总为村党员干部上党课，并开展了移风易俗倡议活动。

2020年6月25日　星期四

今年端午节仍在村里过，早早就收到市委组织部、县委组织部寄来的粽子和慰问信，组织的关怀让我倍感温暖与感动！今天和乡亲们一起吃粽子、炸菜角、煮鸡蛋，虽然有点儿想家，但能在节日里把河南调查总队党组的关怀送到那些患了癌症及其他大病的党员和贫困户家中，还是很开心！

昨天河南调查总队郭学来副总队长，带领办公室主任朱隽峰等一行七人到村，开展庆"七一"支部手拉手共建，给村里送来建强村基层组织的宝典书籍，看望慰问村70岁以上的老党员，走访贫困户。我和村支书王守亮、村委会主任汪学华今天继续走访和慰问，给老党员、贫困户乡亲送去夏凉被。

王守亮支书还是要辞职。今天与乡党委万书记沟通，推荐村主任汪学华接任支书。万书记有顾虑，怕汪学华不能胜任，我告诉万书记：2016年我们就开始培养汪学华，2017年被选为市人大代表。我坚定推荐汪学华，如果乡党委有更合适的人选，我服从组织安排。

2020年6月29日　星期一

到省扶贫办财务处报账，咨询村干部出差费用和第一书记带领村干部、党员外出考察学习费用报销事宜。

县委召开庆"七一"表彰大会，主会场在新党校报告厅，各乡镇设分会场。

下午省委省直工委驻太康县皇王村第一书记吕卫东，带领所驻乡18位村干部到弯柳树村参观学习，开展"2020年皇王村主题党日活动"。

2020年6月30日　星期二

协调解决王春玲远古生态农业园急需资金问题。

2020年7月1日　星期三

组织村党员干部看望老党员、生病的党员，打扫村内卫生，帮助老人户，作为当日主题活动，以此庆祝党的99岁华诞！

2020年7月2日　星期四

弯柳树村党支部荣获信阳市"全市先进基层党组织"荣誉称号。不负重托，再接再厉，坚守初心，担当使命，再立新功！

2020年7月3日　星期五

带领昨天到村的企业家朋友参观全村，及远古生态农业公司情况沟通。晚餐在远古农园地头田间吃生态粮蔬，大家很开心。

大喜讯！弯柳树村荣获中央农办、中宣部、司法部、民政部、农业农村部五部委奖——"2019年全国乡村治理示范村"。市农业局副局长到村颁奖牌！

弯柳树驻村第一书记半年考核群众评议会，党员代表10人，群众代表27人，合计37人参加。

2020年7月4日　星期六

《宋书记讲党课》今天讲《听党话，感党恩，跟党走》。

市委宣传部刘平带领市摄影家协会柴老师等一行到村补拍素材。《论语》百日成长学习班开班仪式筹备，5日上午举办开班仪式。"健康中国·我行动"——弯柳树村全民健康第三期培训班开班，特邀蒋艺老师到村讲道医养生。

2020年7月5日　星期日

《论语》百日成长学习班开班仪式，村民、村党员干部参加，市委宣传部余金霞副部长一行11人参加。

2020年7月6日　星期一

村全民健康学习班第三天，村民学的认真。

2020年7月8日至9日　星期三至星期四

大别山干部学院学员200人分两批到村学习，我讲授《文化自信与乡村振兴》。

2020年7月10日　星期五

回总队参加总队民主推荐大会，专门解决我的职级晋升问题。河南调查总队夏雨春总队长讲话说："此次是国家统计局单独为宋瑞同志解决职级问题。宋瑞单独使用此职数，宋瑞同志退休或调动后，职数收回。宋瑞同志长期驻村扶贫，战斗在脱贫攻坚战一线，思想上、行动上与党中央保持一致。哪有什么岁月静好，只是有人为我们负重前进！习总书记对好干部的要求：信念坚定、一心为民、清正廉洁，要以脱贫攻坚实绩考核干部，不仅仅是解决她一个人的事情，而是以她为代表的一个群体，在政治上关怀，组织上肯定，生活上帮助。"

感谢国家统计局党组和总队党组！组织对我在脱贫攻坚一线的长期坚守，给予如此高的肯定和关怀，让我深深感动，更鼓励我只管埋头耕耘，不问收获。把为老百姓服务的事做好，组织不会忘记，人民不会忘记。

2020年7月13日　星期一

拜访北京众世健康管理公司董事长蒋艺，对接弯柳树村打造"健康小镇"项目。国家发改委等多个部门联合下发关于印发《2020年文旅康养提升工程实施方案》的通知，八项要求中弯柳树村符合条件的有五项。

2020年7月15日　星期三

总队陈建设副总队长一行到村，对我晋升二级巡视员进行考核，同时指导推进脱贫攻坚工作，召开"河南调查总队对口帮扶弯柳树村脱贫攻坚推进会"，县、乡、村干部参加。

2020年7月16日　星期四

县委宣传部原副部长冯莉到村，指导弯柳树脱贫攻坚文艺作品创作，市作协拟创作电影剧本《我的蔬菜上市了》。

定点帮扶日，召开帮扶工作推进会议，之后入户走访。安排"星级文明户"认领创建活动，组长通知本小组村民开会，讲解、学习创建标准。

防溺水宣传安排。息正路两侧73处村民小菜园清理。

2020年7月17日　星期五

今天应邀到河南省统计局地方调查队赵翠青副处长任驻村第一书记的桐柏县毛集镇石河村，为贫困户培训班授课，讲《幸福、财富从哪儿来？》，贫困户100多人，李副县长、乡村干部等一起参加。

7月15日，河南调查总队陈建设副总队长带领人事处王珂副处长、侯悦同志一行到弯柳树村，进行考核和督导村脱贫攻坚工作。连日下雨，上午还在下大雨，下午下小雨，下午6:30左右工作结束，我和村干部带领大家到由过去的污水塘改造的桃花岛上看看，天空突然变得晴朗，太阳高照，蓝天白云，如凤凰于飞，大鹏展翅，形成如此美丽的图案。弯柳树村回归人心之美、人性之美，村庄也越来越美。连日阴雨，庄稼被淹，村里也出现内涝，气象部门预报16日息县还有雨，而16日村里没有下雨，大家好开心！

2020年7月20日　星期一

路口乡、彭店乡脱贫攻坚自查工作动员培训会，在弯柳树村召开，路口乡党委万磊书记、彭店乡党委刘波书记参加。驻村第一书记、帮扶责任人、驻村工作队中午在村就餐，下午互查。

2020年7月21日　星期二

市政协吴副主席带队到村开展活动，我讲课"传家训、立家规、扬家风"。

到白店乡淮河湾鸭蛋生产基地学习借鉴，促进汪磊、王金河等与王春玲酵素农园合作共赢，在弯柳树搭建共享共建生态农业，打造息县中国生态主食厨房先锋队。

市作协、田君二人到村采访，拟写弯柳树村变化电影剧本，冯莉陪同。

2020年7月23日　星期四

上午召开定点帮扶暨星级文明户创建认领会。

下午郑州爱心企业家刘子帅一行到弯柳树村，帮扶今年脱贫的贫困户汪建，为汪建家买来全自动洗衣机、电风扇等家用电器，还有鞋子和衣服、山药粉等。我们一起骑三轮车送到汪建家，交给他的父亲汪学海。汪学海去年脑梗住院，今年已恢复到能拄着拐杖缓慢行走。汪建在村尚居家具公司上班，每月3000元工资，还没有下班。弯柳树村今年全面脱贫，最后一个贫困户汪建也不出村成了产业工人。

感谢爱心企业家的大力支持，感谢党的好政策，让大家一起共享改革与发展的成果，小康路上一个不能少！

给县财政局陈静局长打电话，催促30万元人居环境改善资金，近期需到位。

2020年7月24日　星期五

今天喜事连连！

河南电视台记者一行到村采访，制作纪录片，省扶贫办安排的，息县只有弯柳树符合要求。

金财担保公司张浩等两人到村，为香菇酱企业担保贷款150万元，沈建军带领他们到企业考察。

上午，信阳市科技局黄刚局长带领信阳农林学院的农学博士、教授等一行到弯柳树村，调研指导脱贫攻坚与科技兴农、科技兴企工作。息县县委常委、组织部部长杜鹃，路口乡人民政府乡长张生勇陪同调研。黄局长、杜部长和农林学院教授为"弯柳树村科技特派员志愿服务团"揭牌。科技引领助推乡村产业发展，为乡村振兴插上文化自信与科技创新的双翼！

上海纽带云网络科技公司与河南弯柳树文化传播公司战略合作签约仪式，在弯柳树村大讲堂二楼报告厅举行。上海纽带云网络科技公司总裁曹清阳与弯柳树文化公司董事长尹子文签订了战略合作协议，我和村干部参加。7月25日至28日，为期四天的"弯柳树第一期电商直播及网红IP打造培训班"开班。

2020年7月27日　星期一

接机关党办总队张燕杰副主任电话，反馈说，省扶贫办2019年度考核，调查总队综合评价列为第一梯队！但仍存在需要整改的问题：一、种植结构单一；二、村集体经济薄弱；三、基础设施如路、渠、水利设施等需要完善。

2020年7月28日　星期二

带领远古生态公司王春玲到巩义市企业家活动现场融资，巩义市委组织部部长景雪萍帮忙牵线搭桥。

2020年7月29日　星期三

县纪委第四督查组在村查我招商外出的离村请假条。

完成"出彩息县人"发言稿《我所经历的脱贫攻坚故事》。

我晋升二级巡视公示中。感谢总队党组和全体同志！

2020年7月30日　星期四

晚上回到村里，村里停电了。连续一个月下雨，屋内异常潮湿，衣服、鞋子、凳子全发霉了，我被蚊子和发霉的衣物包围，脖子上的湿疹已十多天不消。村里停电，太热了，热得胸闷气短，皮肤奇痒难忍。给县城里一个朋友打电话求救，晚上10：00多接我到县城息州宾馆住一宿。这是我驻村以来第一次出村躲高温，谢谢县城的朋友们！

2020年7月31日　星期五

天终于晴了！村乡居岁月农家餐厅试营业，请路口乡、彭店乡领导和县里的朋友们过来感受一下，找问题，提意见，下周正式开业前改进。县电视台记者也来拍摄了民宿。感谢大家对弯柳树村发展民宿经济和乡村游项目的支持！

路口乡要求"遍访入户"，今天走访贫困户骆同军、杜彦海、李树凤。

唐山张总到村支持传统文化培训产业。

今日有感：连日下雨，衣物都霉变长绿毛了。上午和中午，杜继英、蔡志梅、汪勇帮忙晒被褥，清洗所有的过季衣服，下午4:00多把衣物收回，或移在廊下。明天县委全会我的发言稿也已完成。但脖子上的湿疹痒得都抓烂了，想哭的感觉都有了。下午5:00多填写完今日走访日志，累得昏昏沉沉，浑身酸痛，坐在院子里闭目休息一会儿，正好起风了。

不一会儿，汪学华主任进来了，说县委宣传部带领中央电视台的记者来了。我对汪主任说："还有我的任务吗？我实在太累了。"汪主任说："你先休息会儿，我去问问具体事。"看着汪主任离去的背影，我的眼泪一下子流了出来，他比我还大两岁啊！58岁的汪学华，自从2016年进入道德讲堂学习，从此一发不可收，放弃自己年收入十多万元的粮食收购生意，专心致志在讲堂听课、做义工，后被村民推举为义工团团长。2018年村委会换届，又被村民高票选为村主任！从此舍小家顾大家，勇担重担，一颗公心，敢于惩恶碰硬，善于扬善引领。尤其是2017年被选为信阳市人大代表后，参政议政，政治站位和格局提升，心胸不断扩大，主抓全村垃圾分类、村民教育、文化培训、产业发展等工作，都取得显著成效。村容村貌干净整洁，人心向善，文明村风逐渐养成，汪学华主任功不可没！弯柳树村这一届村两委班子齐心协力提升自己，服务村民，常常让我感动。"四铁"村级干部队伍就是这样炼成的！

2020年8月1日　星期六

中国共产党息县第十二届委员会第十二次全体会议暨县委工作会议召开，县长主持，县委书记讲话。各界代表发言，我应邀参加并作典型发言。

2020年8月2日　星期日

县科技局万保华副局长到村，针对酵素农业发展与村两委座谈。以远古生态公司为龙头，带动全村种植酵素农产品。调优结构，增加亩收益，带动"中国生态主食厨房"打造。王守亮、汪学华、王春玲、尹子文参加。

安徽阜阳党政考察团到村参观学习。

2020年8月3日　星期一

入户走访邢玉芳、彭德胜、彭德志三户，协商把他们的旧房改造成民宿。

2020年8月4日　星期二

早上处理付新国息正路边旧房漏雨翻盖事，已报乡里，等待乡召开规委会商定，劝新国不要着急。刚忙完吃过早饭，准备去村部前，听到支书王守亮带人进院叫我，我出来后一个人没看着。我打电话问守亮，守亮说："是县纪委第四督查组长到村要求见你，听到你在村，在院里说话，就直接走了。"

我到村部后，村干部和扶贫工作队员徐媛、罗萍正在讨论纪委督查：督查组到村后，徐媛、罗萍两队员去入户走访了，检查人员说："你们不能乱跑，我们来了，在村部找不到人，村干部都在大讲堂开会。"今天是县司法局在村举办的学习《民法典》讲座，查岗人员让村干部都回到村部，岂有此理！

想起纪委第四督查组7月24日晚10：20至10：36给我打了三次电话，因为我当晚10：00休息，手机调成了静音，第二天一早发现赶快打过去。对方说是到村检查，发现村部没有亮灯，所以给我打电话。我说："晚上10：00半了，我们驻村人员还必须在办公室？谁规定的？"我们已回到在村的住处了。上周三我到郑州汇报工作，督查组到村要看请假条。

今天查看到纪委文件，息县脱贫攻坚工作作风监督检查实施方案，对全县脱贫攻坚工作作风开展检查监督，主要内容：县派第一书记、驻村工作队五天四夜工作时间等，但省市派书记不在其内。督查是为了督促工作，这种形式主义，反而影响工作！立即给县纪委书记反映，请纪委工作人员改进。

参加村两委班子会议和村脱贫攻坚重点问题交办会暨近期重点工作推进会。

2020年8月5日 星期三

入户走访汪学海、彭忠贵、许光荣、许光和家。

村民骆建友回村租地两亩开展养羊项目，早已报乡、县，一直未批下来。与乡长张生勇、县畜牧局长余宏联系协调。

2020年8月6日 星期四

弯柳树村定点帮扶暨重点工作部署会，王守亮支书传达县安排驻村扶贫人员学习计划；星级文明户认领，已认领42户；遍访贫困户走访活动，每周四必须入户走访。

学习《关于开展驻村人员（责任组长）和帮扶责任人普遍培训工作的通知》，培训对象分三类：帮扶责任组长、责任人、第一书记。

接到省财政厅通知：全省财政系统第一书记培训班，请我和另外一位驻村书记秦倩讲课。

镇平县委宣传部副部长杨晓申一行四人到村学习。

2020年8月7日 星期五

向息县县政府申报的项目资金已批复，县财政局拨付30万元人居环境改善资金。今天村干部开会商讨使用方案，王守亮、汪学华参加，确定用于村旅游服务中心和乡居岁月民宿提升与增项。

2020年8月9日 星期日

村全民健康培训班拟于15日开班。

2020年8月10日 星期一

市委组织部领导一行到村考察，商讨全市村支部书记培训班在弯柳树村培训基地举办事宜。

周一工作例会暨学习传达乡会议精神。商讨确定党员发展对象，推荐优秀脱贫户骆同军、蔡志梅。

2020年8月11日　星期二

召开村两委会议，认领、研判省、市脱贫攻坚检查反馈共性问题。张荣华传达县委宣传部会议要求，落实省委宣传部"百城千乡万村"宣传活动，息县因弯柳树村扶心扶志带动乡村振兴突出而被选为宣传推广县。

2020年8月12日　星期三

县委党校科级干部培训班在村举行，我讲授《文化自信与乡村振兴》，并赠送《小村大道》一书。

《小康》杂志社记者到村采访。记者张天保说："一年多前来过弯柳树村，来一次弯柳树村，心能静下来一年。是生命找到方向，看到光明，有了力量的感觉！"

河南调查总队农业处李先锋处长到息县检查畜牧业，王家才、黄明两位副县长陪同，到村看望我。

2020年8月13日　星期四

大别山干部学院在做一期关于我的专题片《大别山精神代代传——宋瑞书记专访：一定要尽到党员的责任！》。孙伟副院长和陈老师九人团队负责选照片、文字材料，制作视频。

2020年8月17日　星期一

完成县委宣传部裴娅晖副部长安排的《新时代公民道德建设实施纲要》出台一周年宣传活动，分享弯柳树村当代公民思想道德建设的经验和做法。

2020年8月18日　星期二

脱贫攻坚普查：一户未通水（常年在外）。

村债务情况摸清，压缩开支，发展村集体经济。

全国第七次人口普查，村里任务安排。

尹子文汇报文化产业发展思考及考察情况。

市委组织部学习班19日到村，四辆大巴，200人，王玉平、汪学华、张荣华、尹子文四人负责讲解。大讲堂报告厅集中听我讲课。

正阳县熊寨镇王楼村第一书记刘闯一行四人，到村参观学习。

2020年8月19日　星期三

信阳市委组织部《党课开讲啦》村支书培训班，200人到村学习参观，村干部带领参观讲解后，到大讲堂二楼报告厅集中，我授课《文化自信与乡村振兴》，1.5小时。

2020年8月20日　星期四

定点帮扶日，走访邢玉芳、杜继英家。

志愿者座谈会，反馈存在的问题：一是负责人公私不分，志愿者是来为弯柳树村服务的；二是作为负责人固执己见，对志愿者不关心等。

驻村志愿者有从延安来村的马丽，从唐山来的王静，从江、浙两省来的两位费老师等，从全国19个省来驻村的30多人，管理存在问题在所难免。个人也好，团队也好，不怕有问题，就怕发现不了问题。发现问题，立即整改，团队和个人才能成长！抽出时间和大家深入谈谈。

2020年8月21日　星期五

驻村时间久了，就会发现许多风景，发生许多故事。先说空中飞的风景，再说地上爬的故事。

我从2012年入村，至今驻村八年，前几年不断搬家换住处。2016年夏天搬到现在租住的小院，稳定下来。2017年春天，燕子开始在院内墙上筑巢，一直陪伴我四年了，今年竟然筑了两个燕子窝。十几只燕子在院里学飞、长大，叽叽喳喳开心地在小院上空盘旋、列队，好像是表演给我看。每年看它们长大了列队飞翔表演，给我告别演出后飞走了，我就特别开心，天天做它们的铲屎官还是值的！

地上爬的厉害，我今天体会到了。今天全国十佳孝贤组委会党组书记冯振德一行到弯柳树村考察，我和村干部带领大家到弯柳树酵素水稻种植园、扶贫产业园、火龙果采摘园考察了解生产情况，晚上7:00多从火龙果园离开时突然感到脚踝疼痛，几分钟后竟不能走路了。我开玩笑说：

"怎么突然脚腿疼,难道是被火龙果咬了一口吗?"大家笑了起来。

晚上7:30坐下准备吃饭时,疼痛加剧,全身微微发麻,胸口闷,嗓子突然失声说不出话。我意识到可能是不知什么时候脚踝被毒虫子咬了,中毒症状不减轻就需要去医院了!大约20分钟后症状慢慢减轻,嗓子能出声了,但走路时疼痛难忍。仔细一看,原来就绿豆这么大的一个白泡,竟然毒性这么大!

这几年院子进过四次蛇,吓得我大惊失色,叫来邻居捉走,送到远远的池塘里放掉。虽受惊吓,但没受伤。每次院里进蛇后害得我看见绳子都会紧张好一阵子。可是今天根本没有看到,也没有感觉到是什么东西,却把我咬得出现中度中毒症状,差点去医院。脚此刻还疼得不能沾地,伤处已发紫,看来是看不见的才厉害、才伤人啊!小心,小心,夏季在村里处处需要小心谨慎,防蚊防蝇防蛇,防火防盗防小虫!记录一下警告自己。

2020年8月22日 星期六

这一段出现的事情太多,志愿者反映的负责人私心重影响工作的问题得重视起来。我和村干部对大家百分之百信任,没想到出这么多的问题,看来得重新审视。

为消除心中的烦闷和委屈,大声读一遍《道德经》,与老子给出的圣人境界相比,自己遇到的一切困难,又算得了什么呢?走出蜗居,院中飘来阵阵清香,洁白的栀子花正在盛开。这是我种下的栀子花,已超过我的身高了,密密层层开满了硕大洁白的花,清香宜人。心中一阵感动,所有不平与愤懑都随花香与经典之光烟消云散。有满院花香和清风为伴,夫复何求?

2020年8月23日 星期日

道中书院冯文举院长到村,到村小学和农家书屋看后,建议全村读经典,村干部带头,小学师生读,村民读,来参观学习者体验。进行书香村庄建设,书院可以支持。这个想法很好!

2020年8月24日　星期一

弯柳树村周一工作例会暨学习会，传达乡级会议精神。

王玉平传达：上周市脱贫攻坚督导组检查结果：一、弯柳树村台账、明白卡、三类户名单、"四议两公开"记录不规范，马上整改。二、针对危房改造，第一书记昼访夜谈，遍访贫困户本周完成。三、人居环境改善，县级排名6月份弯柳树村全县第1名，7月份全县第98名。四、脱贫攻坚检查没有捷径，工作扎实，基础资料也得做扎实，9月份重点工作还是脱贫攻坚。

志愿者王静汇报：彭店四村联建进展顺利。

全村贫困户培训计划：25日开始培训，贫困户124人分期分批。

王玉平讲政策，我讲文化扶心扶志，汪学华讲要求、怎么做。

2020年8月25日　星期二

发出邀请，请大家明天到村听孝道课。

各位领导、朋友和弯柳树村乡亲们：

大家好！

为进一步推进构建学习型弯柳树村，加强德孝文化学习，促进农村精神文明建设，特邀"感动中国"人物、"中国十大孝子"、被国家八部委评为"中国十大敬老孝亲之星"和"全国十佳孝贤"的黑龙江王凯老师，于明天上午8:00在弯柳树大讲堂二楼报告厅举办《孝的长征》专题讲座。特邀大家到村听课！

《兄弟两人用三轮车拉老母亲游遍中华》的主人翁王凯与其弟弟王锐，为了完成父亲的遗愿，满足晕车的母亲的旅游梦想，在14年前，军人出身的兄弟俩，当时年近六旬的王凯（空降兵）、王锐（炮兵），自制"感恩号"板车，徒步拉着时年74岁的母亲，先后两次从黑龙江兰西县家乡出发，历时近两年时间，行走共计3.7万里路，踏遍全国（包括香港、台湾）。一路走来非常辛苦，也非常传奇，他们的举动感动了大江南北沿途无数人，他们的旅程也被誉为"孝的长征"。先后有600多家媒体采访其感人事迹，并受邀到中央电视台三套、四套、七套、十套、十二套及《鲁豫有约》节目接受访谈。

明天让我们一起聆听王凯老师由孝心引发的传奇故事！争做孝亲敬老、爱党爱国、奋斗圆梦的新时代农村精神文明的建设者、践行者。

弯柳树村驻村第一书记 宋瑞

2020年8月26日　星期三

弯柳树村精神文明建设孝道文化专题报告会《孝的长征》，今天举行。弯柳树大讲堂二楼400多人的报告厅座无虚席，村民被王凯、王锐的孝心感动，大家时而落泪，时而欢声笑语。

感想：唐僧西去，取回了佛经；王凯拉车陪母亲两年走遍祖国，取回了"孝经"；我在弯柳树村，八年坚守，应该取回"忠经"。忠于党忠于人民，带领乡亲们高质量脱贫致富奔小康！

2020年8月27日　星期四

今天是周四定点帮扶日，王玉平带领村干部、帮扶工作队员，学习武国定副省长在全省脱贫攻坚问题整改会议上的讲话，一手抓疫情防控，一手抓脱贫攻坚。之后分组入户走访。

2020年8月28日　星期五

河南电视台到村拍摄《脱贫奔小康 幸福就要舞》。省委宣传部、省文联主办，指定要我主持。信阳市就选中了息县弯柳树一个村！

淮安市孙焕平一行到弯柳树村参观学习。

给总书记的一封信，历时三年写出，发给总队夏雨春总队长和省扶贫办原副主任吴树兰等修改。

2020年8月31日　星期一

为参加省委宣传部"听党话 感党恩 跟党走"宣讲团活动，准备讲稿。省里分给我的卫辉市、辉县市两地宣讲任务，9月上旬完成。

彭店四村联建工作剖析总结会，尹子文、唐凡、卢玉波、费小琴等参加。

2020年9月1日　星期二

今天入户走访邢东培夫妇、付新明、尹桂珍、常玉珍、彭兰芳、李梅、李中德、李娜、韩希运，整体满意。大家说：国家好，党好，村里变化这么大，能在村火龙果园上班挣钱，还让我们学健康，哪都好，都满意！

村两委会议：村部准备迁新楼，搬家时间9月13日。新村部办公室、便民服务大厅、荣誉室等合理规划，规范使用。

省扶贫办反馈2019年问题整改落实情况，9月30日前上报准备。

学习关于全市脱贫攻坚第十二次通报问题专题会议。玉平、守亮、焦宏艳、振友、徐媛、罗萍、王征参加。

到村全民健康学习培训班讲话。

组织"中国十大孝子"王凯老师到彭店联建村讲《孝的长征》，尹老师陪同。

2020年9月2日　星期三

金蝶云公司张海军帮扶贫困户名单，村干部第二次商讨后，由十三户减为九户，最终确定六户：79岁方世龙、70岁陈文珍、40岁王伟、78岁杨树松、47岁郑成荣，49岁李志刚(需轮椅1部)。

今天入户走访冯荣花、冯海银、郑成荣、杜若录、焦宏友、王树英、杨振英，整体满意。

2020年9月3日　星期四

参加省委宣传部"听党话　感党恩　跟党走"乡村宣讲活动。我在卫辉市太公镇郭坡新村、辉县市百泉镇五里沟村宣讲。

2020年9月4日　星期五

按总队人事处要求填写个人事项报告，给张建国书记汇报村购置办公桌等事。

2020年9月7日　星期一

充实完善《文化自信与乡村振兴》课件，为后天财政厅干部培训班授课做准备。

安排金蝶云张海军捐助村大病户六人共10000元现金、李志刚一部轮椅事宜。10000元现金转到汪学华微信上，公布于"脱贫攻坚群"中。张海军捐助薛立峰大病治疗款1万元，直接打入薛微信账号，资助其赴济南治疗。

夏总对我写给总书记的信的修改意见：一、我是谁，到村干了啥，自己的变化。二、弯柳树村是谁，八年巨变。三、村民的变化及对党的政策感谢之情。四、附弯村的做法。五、修改好后向县领导汇报。

2020年9月9日　星期三

省财政厅系统驻村干部能力提升研讨班，潘智仁主任邀请李昌平、吴树兰、秦倩、我为会议授课。我讲授《文化自信与乡村振兴》，两小时。

2020年9月10日　星期四

中州古籍出版社编辑宋庭亮安排：《弯柳树村战疫记》已修改两遍，宋书记对修改之处再把把关；插印的照片，加注上准确说明；寄弯柳树村修改把关后，一周后寄回出版社。

息县村投公司陈冬董事长准备下周到村找一家投资公司，整体规划打造弯柳树"德孝文化乡村游"村落。

2020年9月11日　星期五

按夏总意见修改给总书记的信。

今天读《论语》"子畏于匡"章，感动！

王阳明先生说："尧舜之上，善无尽。"当年孔子在匡地遇到难关，被当地人囚禁，颜回走散，后找到老师。孔子说："我以为你死了！"颜回回答："老师尚在世，我怎敢先死呢！"莫名地感动落泪。这是《论语》中最最感人的一段对话。短短两句话，患难之际，相惜之意，千古悠悠，历久弥新，令人神往！

2020年9月13日 星期日

新村部竣工！村部乔迁新址，汪学华主任主持搬家。王守亮支书去红旗渠干部学院培训学习一周。

为满足全国各地的人到村参观学习的需求，我们申请后，县委书记特批为弯柳树村新建办公楼一栋，占地2.6亩，上下两层，建筑面积近1000m²，投资240万元。终于结束了弯柳树村没有村部，没有固定办公地点，我驻村八年来搬了四次村部的历史！

2020年9月14日 星期一

大别山干部学院孙伟副院长一行到村，息县县委党校钱长鹏校长陪同，了解学员住宿条件等情况。

村干部周一例会，王玉平主持，安排本周重点工作，驻村工作队参加。

平桥区平昌关镇石桥村治安主任刘某军，第三次到村反映其村支书借移民侵占群众利益问题，请求帮忙。

2020年9月15日 星期二

入户走访，段国建家属生病了，找到我要挪门口的宣传牌子。我和汪学华主任一边安慰他劝他不要迷信，一边答应他给乡里、县里写申请，看是否能挪。

2020年9月16日 星期三

河南省委组织部组织的基层党组织书记在大别山干部学院的培训班，今天下午在弯柳树村教学点现场教学，200位党组织书记在大讲堂二楼报告厅，听我作《文化自信与乡村振兴》报告。习总书记说："文化兴国运兴，文化强民族强。没有高度的文化自信，没有文化的繁荣兴盛，就没有中华民族伟大复兴。"大家认真听讲，纷纷拍照、录像，对文化自信的共鸣与反响，让我十分感动！我们是炎黄子孙啊，在完成脱贫攻坚，实现全面小康的收官之年，在进入乡村振兴的转折点，在实现中华民族伟大复兴的新时代，文化自信就是生产力，文化改变人心，人心凝聚一处：听党话、感党恩、跟党走，团结就是力量。弯柳树村的文化自信与乡村振兴发展之路引起强烈共鸣。

我们如何报答如涌泉般的国恩！为了14亿儿女的幸福与和平，亲爱的祖国母亲，您忍辱负重，排除万难，埋头苦干。落后就要挨打，发展才是硬道理。您就这样守护着14亿中华儿女、炎黄子孙，在危急时刻，危难关头，给我们一个个定心丸、一次次强大的守护！做人最大的事情，就是爱国。没有国哪有家，没有国家强大，何有安家立身之处。尽职尽责做好本职工作，就是报国恩！

2020年9月17日　星期四

华夏保险公司中层干部培训班在村举办，我讲《文化自信与能力提升》。

夏雨春总队长一行到村，召开总队帮扶村"支部联建暨脱贫攻坚工作"和"扫黑除恶平安建设"推进会。

和夏总一起到村的总队两位处长说：一进村很震撼，眼前一亮，村容干净整洁，村民精神状态昂扬向上！

2020年9月18日　星期五

新村部大门两侧立柱加高。原设计太低，显得与主楼不协调，我要求施工方打掉，加高。他们欣然同意！

人居环境迎接市检查准备。

2020年9月22日　星期二

到尚居家具公司，了解贫困户就业情况。员工总人数36人，其中弯柳树村民23人（贫困户13人），汪建工资从8月份已涨到3300元，在此就业的村民最高工资7000多元/月。

入户走访村歌舞团成员赵久均大哥，他新创作了《乡村振兴，咱们走在前》。

河南电视台《战胜贫困》摄制组到村采访拍摄。

尹子文代表弯柳树村赴敦化市参加"2020弘扬中华优秀传统文化"

经验交流大会。汇报弯柳树村传统文化扶贫成效，未来发展方向。借助外部资源，培养内部人才，成为"文化自信与乡村振兴"全国学习平台。

2020年9月23日 星期三

村扶贫产品销售对接信阳职业技术学院，学院后勤部到村考察。

召开关于筹建村培训中心学员宿舍对接会议。

市人居环境现场会筹备，县委副书记带领有关职能部门领导到村调研脱贫攻坚和督查人居环境改善工作。

2020年9月24日 星期四

今天是周四定点帮扶日，我和扶贫工作队息县移动公司詹骏总经理一起，把金蝶云软件公司张海军先生捐赠的轮椅送到了已脱贫的贫困户李志刚家。李志刚在外打工时出事故重度残障，在脱贫攻坚中享受国家扶贫政策，其妻罗英梅自强自立，勤奋肯干，脱贫致富，住上新农村两层小楼房。李志刚坐上新轮椅，含混不清地说着"谢谢"，开心地笑了！

2020年9月25日 星期五

我租住的民房漏水，屋内发霉，做防水修补墙，王支书安排村民彭亮亮施工。

全市人居环境观摩总结会在弯柳树村召开，胡亚才副市长带队，市农业局丁立平局长，各县区主管副县（区）长等100多人参加。我汇报文化自信改变人心，路口乡党委书记万磊汇报人居环境治理。

2020年9月27日 星期日

一大早村民李红找我说，现在家庭餐馆生意不好，愿意回歌舞团。我立即到村部召开会议，大家通过并确定：从今晚上起李红参加排练，不能因私事耽误排练及演出。李红儿子段中华可到乡居岁月应聘厨师，拿一份固定工资，家庭收入有保障。让汪学华当场记录下来，以防反悔。李红同意了。

五峰山书院刘汉祺老师到村，对接书院在弯柳树村建立实习基地的事。

碰到一对来自郑州的退休高级知识分子夫妇无意中走进弯柳树，被热情好客、文明有礼貌的村民所感动，他们由衷地发出夸赞："村民的素养太高了！"真是金杯银杯不如陌生人的口碑！

感谢徒云公益组织今天到村看望、帮扶弯柳树村最后两个贫困户，今年他们在党和政府的产业帮扶和爱心企业的手拉手帮扶下已经脱贫，其中汪建的抑郁症已基本痊愈，在村企业尚居家具公司上班，月工资3300元。

弯柳树村入选2020年河南省乡村旅游特色村！息县唯一一个村！

2020年9月28日　星期一

今天是孔子诞辰2571周年纪念日，中华孝心示范村、全国乡村治理示范村、河南省乡村旅游特色村——弯柳树村在村文化旅游服务中心举行祭孔典礼。县、乡、村干部、党员代表、村民代表、村小学师生代表、驻村志愿者，还有从北京、郑州、锦州、商丘等地赶来的企业家，中联办宣文部原部长刘汉祺也慕名到村，共同参加祭孔典礼。村锣鼓队敲响了欢快的迎宾锣鼓，村歌舞团演出了《重回汉唐》，主祭者诵读了祭文，我和村干部讲了话。村里的祭孔活动，隆重热闹。学习儒家思想，见贤思齐！

2020年9月29日　星期二

全省"决胜全面小康　决战脱贫攻坚"百姓宣讲团遂平报告会，我讲《扶贫先扶心　党建是根本》，梁海磊讲《总书记话儿记心上　脱贫攻坚有力量》。

2020年10月2日　星期五

终于可以过个假期了！回到家，看着小外孙女安安幸福可爱，儿女衣食无忧，亲家嫂子勤劳能干！看着国泰民安、繁花似锦的郑州，想到国外不少人还在疫情下承受煎熬，想到历代先贤，想到先祖与父母，想到日夜操劳的习总书记，想到弯柳树乡亲们的改变与幸福，一大早竟感动得泪流满面。心中反复盘旋着一句话，告于古圣先贤和前辈英烈：这盛世如您所愿，我怎敢知而不行？面对脱贫攻坚硬仗，只有担当，责无旁贷！再苦再累，不能逃避，万死不辞！

2020年10月6日　星期二

参观河南格局商学院，争取弯柳树村开通课程直播，成为第一个乡村振兴分院，张钰青院长同意免费为弯柳树村大讲堂报告厅安装价值32万元的直播设备。张院长是我在北大国学班学习时的好姐妹，算是支持我的扶贫项目。谢谢院长好妹妹！

2020年10月7日　星期三

到河南省乡村规划设计研究院参加乡村振兴座谈会。河南省乡村规划设计研究院院长陈开碇、省农业农村厅原副厅长薛跃、河南农业大学原副校长、博导张全国等领导参加，张全国说：宋瑞书记八年驻村，是真正理解了习总书记脱贫攻坚、乡村振兴思想，扎实做出来了，很感动！商议帮助弯柳树村打造品牌，推动产业提升。

2020年10月9日　星期五

参加第七届中国嵩山国际孝文化节暨第十七届全国十佳孝贤颁奖大会，我被评为第十七届全国十佳孝贤楷模，接受表彰并作典型发言。

2020年10月11日　星期日

本届全国十佳孝贤，陕西爱心大姐邱华，今天与我一起到弯柳树村，村民敲锣打鼓迎我回村。陪她到夏庄镇找到了她资助了五年的三个孤儿。18岁的房银枝在山东打工，其妹14岁上初三，其弟10岁上六年级。多年前房父去世，房母患精神病，在信阳市精神病院。如今房银枝三人享受国家扶贫政策，一切都好。

2020年10月12日　星期一

弯柳树村打造生态有机农业和德孝文化培训品牌，争取上报国家"一村一品"项目。河南23个指标，弯柳树村积极争取。

总队人事处长王珂电话：我晋级二级巡视员，7月19日总队党组研究上报，国家统计局文件批注，已下发。

2020年10月13日　星期二

为信阳市委党校中青年干部及科级干部学习班授课《文化自信与乡村振兴》，讲述弯柳树村八年脱贫攻坚历程。王全峰副校长说："您三个小时的授课，学员反响很大。"学员们的反馈让我一次次感动！我们都是炎黄子孙，我们都是为民众服务的共产党人，内心觉醒，文化自信，听党话跟党走，党让干啥就干啥。我们何其有幸，生逢实现民族复兴的伟大时代，不空过、不错过！超越小我，唤醒心中大我，在全心全意服务人民中，像蜡烛一样燃烧自己，照亮世界。

2020年10月14日　星期三

南京师范大学郦波教授莅临息县，为信阳师范学院淮河校区开校、开学讲授第一课。袁钢县长电话说："郦波教授是研究王阳明心学的大家，弯柳树村也学习阳明心学，肯定有共同语言，明天早上你陪郦波老师吃早餐。"今天一早来到县城，和黄明副县长一起陪同。郦波老师儒雅博学，一见如故，相谈甚欢，不知不觉间已9：30。郦教授听了弯柳树村学习王阳明心学的情况，很感慨地说：你是在践行知行合一！中午抽空听完了郦波教授昨天的授课回放，更觉天高地阔，荡气回肠！感谢郦波老师，感谢袁县长、黄副县长和朋友们！与郦波老师相约再来息县，到村指导！

"人但有恒，事无不成。"万物生生不息，人当自强不息。

2020年10月15日　星期四

定点帮扶日，新任脱贫攻坚责任组长、路口乡党委副书记罗伟主持召开村例会，分配任务、强调重点后，帮扶工作队成员各自入户走访。

我走访骆建友，协调养羊用地申报等事宜，万书记将安排乡土地部门明后天到村实地查看。走访彭得志，协调小额贷款购买种子、生产资料等。走访骆同军，协调其在流转的136亩生态园中扩大养鸡场面积土地使用申报。

2020年10月16日 星期五

2020年下半年大众创业扶持项目开始申报：公司成立一年以上五年以下可申报2万、5万、10万、15万元四个标准。安排村里企业沈建军香菇酱厂、王春玲远古公司、尹子文文化公司对照，符合条件的申报。

乡党委通知：中办下周一到信阳调研习总书记视察信阳一周年"两个更好"落实情况。息县上报六个点，弯柳树村为其中之一，重点汇报党建引领脱贫攻坚、产业发展、村集体经济收益。

村两委干部会议：全国志愿者向弯柳树汇聚，在村两委领导下，形成弘扬传统文化的合力，带领村民实践学习，争做新时代"四铁"村干部、新时代奋斗的新村民。

豫剧《驻村第一书记》今晚在省人民会堂上演。市委宣传部曹部长交代《弯柳树的故事》争取11月向市委、省委汇报演出，之后进京。给袁钢县长汇报，袁县长表示同意并支持！

2020年10月17日 星期六

入户走访。

弯柳树村召开第七个全国扶贫日主题活动暨优秀脱贫户表彰大会。

信阳市摄影家协会30人到村拍摄。

召开弯柳树村产业振兴研讨会。

2020年10月18日 星期日

全国十佳孝贤组委会一行17人到村，授匾并召开传承孝道文化座谈会。

信阳农林学院博士服务团陈琼团长、冯世龙书记带领13位专家、教授到村，助力生态农业和特色农业产业发展。

2020年10月19日 星期一

商讨现代农业生态园项目申报，李庆明负责邀请中国农科院专家和设计人员，袁钢县长支持该项目，中午约见李庆明一行详谈。

《小村大道》电影剧本郑州研讨会筹备。

今天到村学习的新蔡人大农发委主任赵学风发布《弯柳树村的女人们·美篇》，这篇报道掀起了不小的热潮，一个个村民改变的故事感人至深，村里女人们不白活一回，活它个心想事成笑声脆！同样激励人心的还有荆山老师附上的小诗：弯柳树村的女人们，一个个都是女神！宋瑞书记扛大旗，七年改变一个村。我为宋书记放歌，我为弯柳树村的女人们抚琴！脱贫攻坚已到最后决战，你们为党为弯柳树村做出奉献。我为你们点赞，你们是中华民族复兴的功臣！

2020年10月20日　星期二

沟通上报农业部"一村一品"项目评选。

请尹子文拟电商培训方案，乡负责输送每村两人参加培训，支付产业培训补贴。

2020年10月21日　星期三

入户走访，得知清洁员彭兰芳分的路段远，需要打扫的院子太大太累，忙不过来，与丈夫陈道明吵架后，70多岁的老两口闹分居，彭兰芳准备回东陈庄老房子住。我笑着把她拦下劝好后，让邓学芳骑三轮车把她送回新家，让汪主任协调安慰老两口。

河南格局商学院弯柳树乡村振兴学院首场课程今天开课，国防大学金一南教授讲《为何跨过鸭绿江？》。

为减轻疫情给企业带来的损失和压力，和罗伟副书记、王守亮支书商量后，报万书记同意，把投入远古生态农业公司的省派驻村第一书记发展村集体经济项目资金134万元，由原来每年上交村集体10%，下调为5%。下午召开村干部、党员代表、村民代表会会议时通过。

2020年10月23日　星期五

今天下午下班时和村干部一起去走访看望弯柳树村103岁的许妈妈，送去郑州俏乐一族文化公司董事长刘子帅带来的礼物。百岁许妈妈行动自如，思路清晰，喜欢到村大讲堂听课。天天念叨着说现在国家太好了、党太好了，叮嘱年轻人要爱党爱国、要好好干！还给我们唱《东方红》《大海航行靠舵手》等歌曲！

今晚弯柳树村第四期文化自信与乡村振兴网络学习班开班，为期49天的本期学习班，今天晚上7:30至9:00在弯柳树大讲堂报告厅举行开班仪式。来自全国20多个省份的500多位学员报名参加本期网络学习。各省负责人将带领本省各组学员一起学习，每天晚上共同学习90分钟。学习党中央关于文化自信、乡村振兴指示精神，学习中华优秀传统文化与身心健康。山东、广东、海南、山西各学习小组负责人发言，大家表示愿为文化自信、乡村振兴、民族复兴勤奋学习，奋力奉献！

2020年10月25日　星期日

举办"弯柳树村九九重阳节孝善敬老饺子宴"活动，这是疫情后恢复的首场饺子宴。自2014年8月开始，村孝善敬老饺子宴除疫情期间外，从未停过。今天100多位老人欢聚一堂吃饺子，过重阳节，好不热闹。

"岁岁重阳。今又重阳，战地黄花分外香。"九九重阳，祝天下老人幸福安康！

2020年10月26日　星期一

按照县、乡疫情防控指挥部要求，排查从新疆喀什地区返村人员，自10月10日以来均在排查之列，中午12:00前上报乡疫情防控指挥部。因喀什检测出无症状感染者，列入一级风险防控区。

市委党校干部培训班学员到村现场教学。

2020年10月27日　星期二

河南人民出版社发来《弯柳树村战疫记》书稿第二校。我校对完，交张荣华选配照片做插图。

2020年10月29日　星期四

定点帮扶日，入户走访。

"中华文化，润泽心田"学习会在大讲堂二楼举行，村民、党员干部代表及华夏保险公司正在村举办培训班的90人，共200多人参加，弯柳树设直播点。

2020年10月30日　星期五

被村民强占的冯庄30亩村集体土地协调，村支书近日牵头与农户沟通确认收回村集体。

2020年11月1日　星期日

到县城拔罐，感冒稍微好些。

2020年11月2日　星期一

弯柳树村人口普查工作安排会。产业招工，我村有两个指标已经完成。整村推进人居环境，我村排在前列。脱贫攻坚任务边缘户、监测户共三户。

2020年11月3日　星期二

村大讲堂二楼报告厅视频课程，中国改革报社副社长、中央电视台特约评论员杨禹授课，题目是《带着决心与远见再出发——十九届五中全会精神解读》，县工商联组织30多位企业家、路口乡党委组织20多位乡干部参加。

2020年11月4日　星期三

省档案馆王处长电话沟通"全省第一书记事迹资料展"我和弯柳树村的事迹资料整理情况。

郑州黄金时代健身俱乐部给村捐赠的健身器材已到村，高炎董事长下午到村，明天举行一个捐赠仪式。

向市委宣传部曹部长汇报，《弯柳树的故事》导演曲良平在加拿大拍电视剧，本月18日回国即到弯柳树村，组织村民排练，给市委汇报演出。曹部长表示可随时对接演出时间。

2020年11月5日　星期四

召开村定点帮扶日暨重点工作推进会，王守亮支书传达乡紧急会议精神，国家脱贫攻坚评估在即，贫困户"两不愁三保障"政策落实到位，驻村工作纪律加强，10日接受县检查，14日省脱贫成效考核。昨天开始进入临战状态，在岗在位在状态，新老驻村书记均不得请假。

2020年11月6日 星期五

到省扶贫办给史秉锐主任、李红军处长汇报弯柳树整体高质量脱贫情况。

2020年11月11日 星期三

村大讲堂晚课，学习《道德经》："圣人无常心，以百姓心为心。"世上没有成功学，只有诚意学。对人对事真诚无欺，必能成功。所以坚持全心全意为人民服务，必能为国为民建功立业，成功自至！

2020年11月12日 星期四

定点帮扶日重点工作安排会议，路口乡党委罗伟副书记传达路口乡会议精神，入户走访，核查更新脱贫户明白卡。

市人大副主任杨明忠一行到村调研指导乡村振兴，县委副书记林长陪同，我和乡党委万书记汇报。

2020年11月14日 星期六

村歌舞团"文化下乡"，到小茴店镇杨楼村演出。县委宣传部建议找两个能唱戏的村民补充进弯柳树村歌舞团。

脱贫攻坚成效考核培训准备，三大类42个问题必知必会。

2020年11月15日 星期日

熟悉访谈提纲，等待首轮脱贫成效自查到路口乡时接受访谈考核。

2020年11月16日 星期一

2016年至2020年扶贫项目资料整理，按《村级资料清单》要求完善资料。

人居环境整治推进户容户貌、村环境提升改善。脱贫攻坚入户核查，按照问卷对脱贫户、边缘户入户核查,发现问题,整改提升。针对《全市脱贫攻坚第十三次推进会通报问题》进行整改,11月18日送乡扶贫办审核,发现错漏一项扣一分。

2020年11月17日　星期二

息县职高摄影班师生到村拍摄,冯伟副校长带队。

关于民宿经营问题,汪勇找我说准备退出"乡居岁月"经营,交还村文化公司尹子文。认为每年上缴村集体的费用过高,今年4万,明年5万,后年起6万,我让他们协商解决。

2020年11月18日　星期三

汪学华主任在信阳市参加为期四天的"全市乡村旅游扶贫培训班",今天回村后开始环境治理整村推进。组织公益岗位人员40多人,从息正路开始,全村再清理打扫一遍。

2020年11月19日　星期四

自查发现问题:缺失"2018年脱贫攻坚成效考核扶贫资金使用管理"档案资料,与王玉平商量找回或补上。我村23户建档立卡贫困户,表格、农户花名册、信息对照表,一一对应。

2020年11月20日　星期五

市扶贫办通知:国务院办公厅组织在全国宣传脱贫攻坚典型,弯柳树村是信阳市唯一一个入选的村。准备总结材料,22日报市扶贫办。

2020年11月21日　星期六

今天7:00村部集合,路口乡组织36人到村模拟入户调查。张生勇乡长要求村干部、帮扶责任人、村民组长,把存在的问题及时沟通好、化解好。

2020年11月22日　星期日

村迎检引导员汇总情况。许兰珍大姐说:现在国家对老百姓太好了,就像家长太溺爱一样,把有些不知足的老百姓惯坏了!引导员反映:弯西组李志友家里环境差,不满意,意见大。

远古农业公司以往每年上交村集体经济收益13.4万元,因疫情等原因下调至6.3万元,由汪学华牵头签协议,需由村民代表会通过,佐证材料已备齐。

县委组织部杜鹃部长到村,安排2015年脱贫的113户,教育扶贫未享受的,登记名单补上。

2020年11月23日 星期一

走访发现的问题,解决骆同华之妻反映偏房漏水、房子不够住问题。

郭荣昌到村推广竹炭有机肥,弯柳树村做试点,厂家免费提供1吨,村里选出10户试用。

与乡党委万书记商迎检准备工作。

2020年11月24日 星期二

郭荣昌捐款5000元,用于12月5日"世界土壤日"弯柳树村开展"修复净化土壤 发展生态农业"宣传组织活动。

2020年11月25日 星期三

2017年脱贫户跟踪访谈,冯庄陈春兵、宋萍夫妇,两人有稳定活干,自己创业。对多年来的帮扶感恩感谢。

县委林长副书记、县扶贫办姚金麟主任一行到村检查项目档案资料完善规范情况。

准备迎检工作,省考核组第三组已到息县。今天抽中项店镇、夏庄镇,明天抽非贫困村。

2020年11月26日 星期四

今天仍没有抽中路口乡,大家都松了一口气。我们开心地欢呼一下,就又马上投入紧张的战斗。虽然没有抽到我村,但针对迎检发现的问题,积极应对整改。一边解决历史遗留问题,一边投入到五美庭院创建工作。

目前村集体经济收入27.3万元。

2020年11月27日　星期五

市扶贫办吴副主任一行到村，张生勇乡长、我和汪学华陪同，介绍脱贫攻坚情况，文化扶心扶志效果。

2020年11月30日　星期一

到总队给夏雨春总队长汇报近期脱贫攻坚迎检工作及村级换届准备工作。

2020年12月1日　星期二

按照乡脱贫攻坚指挥部工作提示，继续核对贫困户信息，确保"系统（手机APP）、档卡、户资料"三个一致，贫困户安全住房、医疗、教育、安全饮水四个保障。

2020年12月2日　星期三

大战在即！准备迎接国检，12月5日开始。

2020年12月5日　星期六

今天是第七个世界土壤日。中国城镇化促进会城乡统筹委员会、北京绿十字会、河南省乡村规划设计研究院、河南科技报社联合主办的"保护土壤　修复耕地"第七个世界土壤日主题活动暨弯柳树村第二届孝心农业论坛，在弯柳树村再生资源分类中心举办。

2020年12月6日　星期日

这一战，我们坚守阵地，勇往直前。这一战，全面小康，我们奋斗不止。视人犹己，视国如家。虽苦犹乐，其乐无穷！大型脱贫攻坚专题片《大决战》重磅发布，记录河南脱贫攻坚进程，其中有不少我和弯柳树村的故事。

公民健康，村民健康。特邀针灸大夫到村义诊义治村民段平、赵久均等。我在村的住房内墙潮湿发霉，今年尤为严重，引发呼吸道感染两次了。今天把床、书柜、书搬出来晒晒，整修墙壁。

2020年12月7日　星期一

八里岔乡莲花村脱贫户徐长好到村求助，种植的100亩芡实丰收，希望帮其销售。

收集整理2016年至2020年自评总结资料。张荣华负责收集照片、视频、媒体报道等佐证材料，我负责文字材料总结。

2020年12月8日　星期二

路口乡党委书记万磊、乡长张生勇、县科技局副局长万保华到村，共商产业发展规划：借助弯柳树已有的基础，以弯柳树村为圆心，辐射周边村以及全乡，发展生态有机高效农业。依托村远古生态农业公司，申报"星创天地"项目和农业科技示范园项目，上报市科技局，黄刚局长十分支持弯柳树村项目。

2020年12月9日　星期三

"弯柳树中药材种植专家咨询调研论证会"在村部会议室召开，特邀安徽中药饮片公司董事长张东才、息县圣安医院副院长张静到村指导，准备在弯柳树村建立中医药养生基地、教育基地，把中草药种植引入村里。开花期美化环境，带动旅游；果实带给村民高收益。安徽亳州药材批发市场派技术员指导种植，并订单收购。

2020年12月10日　星期四

弯柳树村定点帮扶日及重点工作安排会议。迎接县级脱贫攻坚巡查组巡查。2010年至2016年，村民交纳养老保险金，交得多，账上少，全县都有这个问题。当时人工登记，有的没有登记上，有的交200元，登记100元。统计后上报乡、县待调查解决，给村民一个交代。

2020年12月11日　星期五

村口大牌子字迹已掉色，安排王守亮支书重新做。

信阳市税务局系统主题党员日活动在村举行,汪副局长带队。村干部带领参观后,我讲《文化自信与乡村振兴》专题党课。

市科技局项目考察组到村。

2020年12月12日　星期六

趁着周末应邀到泌阳县象河乡郭连沟村和五峰山书院调研,该村拟与弯柳树村联建德孝文化村。

2020年12月13日　星期日

弯柳树网络学院52天学习班今天结业,结业仪式上村干部、学员代表的发言,充满浩然正气,让我深受感动。学习经典,开启智慧,唤醒大我,把自己融入祖国和人民的需要中,奉献自己,利益社会。坚定文化自信,不仅可高质量实现乡村振兴,也定能实现幸福圆满人生!

2020年12月14日　星期一

省纪委领导邀我到纪委讲一场文化自信课程,高凌霞主任电话确定授课时间为12月22日(周二)。

县委宣传部赵国民副部长通知,本周四下午举行脱贫攻坚新闻发布会,县委领导点名让我参加。

2020年12月15日　星期二

大健康平台项目对接会在村部会议室召开,由北京大学大健康课题组彭博等发起的平台对接生产基地项目。来自北京的业务人员王秋云等,把弯柳树村"良心产品"零添加香菇酱、酵素大米等生态产品选入平台销售。

2020年12月16日　星期三

"格局屏天下·弯柳树村乡村振兴学院"正式开班。河南格局商学院张钰青院长、县统战部付明辉副部长、李煜理事长、路口乡政府张生勇乡长参加开班仪式。

息县县委、县政府组织驻村第一书记和村支书260多人，今天下午到村学习，我介绍弯柳树打赢脱贫攻坚战经验。

2020年12月17日 星期四

到信阳市百花之声会议中心参加信阳市"决战脱贫攻坚 决胜全面小康"系列新闻发布会之息县篇——息县脱贫攻坚新闻发布会。我、县扶贫办主任姚金麟、县卫健委主任杨文科、东岳镇党委书记夏明程、尚庄村村民代表王进明等六人发言。

2020年12月18日 星期五

省纪委舆情室金雷（息县人）给我打电话，他的一家亲戚因财产纠纷，母亲（76岁）状告儿子，法院已判，双方不服。想把他亲戚送弯柳树村找我化解。

2020年12月21日 星期一

国家统计局抗击新冠疫情先进事迹报告视频会，国家统计局副局长毛有丰主持，副局长鲜祖德讲话。河南分会场在总队二楼会议室，我被评为全国统计系统抗疫先进个人，立三等功。

河南调查总队总队长崔刚在谈话中要求我：第一，继续完成驻村各项任务；第二，总队讲堂任务加上，抽时间回总队给大家讲课，讲讲在村里的坚守，讲讲经典。

2020年12月22日 星期二

在总队和张燕杰一起填表，2021年脱贫攻坚先进人物国家表彰推荐材料，今天12:00前报送到省直工委，张明部长加章后，报送到省扶贫办社会处董久照。

2020年12月23日 星期三

河南广播电视台《创富路上》采访，我和王春玲到台里直播间接受采访，都伟老师负责对接。

2020年12月24日　星期四

在"河南儒学大讲堂"录制课程,我讲《孝道文化传承　乡村振兴的基石》。

2020年12月25日　星期五

应邀到河南省纪委"中原纪检监察论坛"授课,题目是《学习五中全会精神　巾帼建功新时代》,孙玉会副主任、高凌霞等领导参加。

下午县科技局副局长万保华、河南弯柳树农业科技有限公司董事长沈建军、弯柳树村副支书张荣华、河南弯柳树商贸有限公司运营总监邱钰涵等一行六人赴信阳农林学院食品学院开展校企合作并签订框架协议。目前已有12家企业入驻村里,为地方经济发展注入活力。此次合作,期望信阳农林学院食品学院能为企业产品研发提供技术支持,助力良心企业健康发展,在产品研发和发展规划等方面开展深入合作。

2020年12月26日　星期六

今天是毛主席诞辰纪念日,深切缅怀毛主席等老一辈无产阶级革命家!昨天在省纪委"中原纪检监察论坛"作《学习五中全会精神　巾帼建功新时代》报告,两个多小时的报告,大家静心聆听,心与心的互动、交融、共识,是对我的鼓励和鞭策。廉政文化建设、教育展厅,让我深受感动和震撼,做"忠诚坚定担当尽责遵纪守法清正廉洁"的党员、干部,为生命中遇到的每一个人服务,全心全意为人民服务,是此生矢志不渝的方向和目标。下课即向省纪委领导申请:我要带领弯柳树村党支部、村委会干部和村党员,到纪委廉政教育展馆和基地学习,培养"四铁"村级干部党员队伍,今年脱贫攻坚圆满收官,为明年启动的乡村振兴战略夯实基础。

2020年12月27日　星期日

"弯柳树就像一本书,今天的故事留给后人读。"正如作曲家卞留念老师作曲、曲波老师作词的歌曲《家住弯柳树》中所唱,弯柳树村乡亲们创造的奇迹多,感人的故事多!乡亲们每天早晚两次打扫卫生,村庄洁净优美。河南省乡村旅游特色村——美丽乡村弯柳树村干净整洁的村庄环境，来自乡亲们每天的悉心打扫、呵护，传统文化学习让大家拥有一颗干净整洁、祥和宁静、利他付出的心。还有村干部带领大家干的精神，尤其是村主任汪学华每天身体力行，带领大家一起干，从2016年到2020年，一干就是五年！五年如一日！

2020年12月28日　星期一

王守亮传达乡会议精神。上周县级脱贫攻坚检查考核，总体较好。

产业集聚区招工指标完成四个，有三户厕所改造没有动工。

今日降温下雪了，村干部和帮扶工作队员分头逐一走访看望独居老人。

准备村委会换届工作。

2020年12月29日　星期二

今日降雪、降温，组织村干部、扶贫工作队员分头走访，去看望独居、患病老人。

2020年12月30日　星期三

和张生勇乡长到市委拜访乔书记，汇报村产业发展和换届、班子建设情况及《弯柳树的故事》向市委汇报演出之事，乔书记大力支持，指示时间提前，尽快安排。

2020年12月31日　星期四

给袁钢县长、李学超部长电话汇报《弯柳树的故事》给市委汇报演出事宜。

定点帮扶日入户走访。重点看独居老人、脱贫老人的床铺、被子是否保暖，发现问题及时帮扶。信阳市第一作风督导组暗访、息县巡查组反馈问题整改，首先强调驻村工作队员纪律：必须严格落实每周五天四夜驻村工作制。元旦因疫情不放假，正常上班。

应邀和县委副书记、村主任等参加彭店乡迎新年活动——首届香菇宴，彭店乡党委书记刘波、林书记、我三人讲话。

今天中午我院里的水管全部冻裂，院里、厨房里都水漫金山，且结上薄冰了。从村部回到住处发现后,马上给支书王守亮打电话,通知村水管员陈新远来修。今冬特冷,我已被冻伤多次。

息县媒体报道:《息县:3000年的等待,只为你的到来》。脱贫攻坚胜利收官,息县变了!弯柳树变了!正是我今天的心情!

2021 年

2021年1月1日 星期五

新年好!

2020年脱贫攻坚战,疫情防控阻击战,我们面对脱贫攻坚决战决胜,我们面对抗击疫情惊涛骇浪,风雨同舟,奋斗不息,圆满收官。2021年乡村振兴,产业发展,文化自信,人民幸福,新征程,圆梦时,我们扬帆起航,信心百倍!

习总书记新年贺词中说:"2020年是极不平凡的一年。面对突如其来的新冠肺炎疫情,我们以人民至上、生命至上诠释了人间大爱,用众志成城、坚忍不拔书写了抗疫史诗。……全面建成小康社会取得伟大历史性成就,决战脱贫攻坚取得决定性胜利。……历经八年,现行标准下近1亿农村贫困人口全部脱贫,832个贫困县全部摘帽。……广大扶贫干部倾情投入的奉献……努力绘就乡村振兴的壮美画卷。"

打赢这两场战役,我都在村里一线。何其幸运,经受此磨砺和考验!惟愿山河锦绣,国泰民安!

2021年1月4日 星期一

密切关注各地疫情,尤其是中高风险地区欲返村人员,及时劝阻尽量不回来,若必须回来,要完善各项手续,由村第一时间上报乡、县。

走访统计村中家里有突发事件或有大病造成家庭困难的村民,名单确定后由王守亮报金蝶云公司张海军先生,企业继续帮扶。

2021年1月5日 星期二

密切关注各地疫情中高风险区。

河北石家庄、邢台等四地升为中风险地区,按县、乡疫情防控指挥部要求,登记从以上地区返回的村民。

2021年1月6日 星期三

省扶贫办"河南省全国脱贫攻坚总结表彰大会省管推荐对象"考察方案安排,今天上午赵建国主任一行三人到弯柳树村对我进行考核,我是被河南省委推荐参加全国脱贫攻坚总结表彰大会受表彰者之一。县委副书记林长、副县长黄明、县扶贫办主任姚金麟、路口乡党委书记万磊陪同，中午在村"乡居岁月"吃工作餐。

接总队人事处郭永浩通知：2020年年度考核、工作总结、任期总结鉴定表、办实事统计表，尽快报总队人事处。

安徽省阜阳市颍东区新乌江镇史镇长一行28人到村参观学习，村干部和驻村志愿者带领参观，我讲文化自信课。

中华优秀传统文化，经史子集，圣贤千经万论都是在教后世子孙学会一个字：赢。如何赢？经典中给出的方法和路径：无我，利他，服务大众，服务人民！

2021年1月7日　星期四

走访入户。定点帮扶日及重点工作安排会议，村民冬季保暖安全排查，住房安全保暖排查，棉被、大衣等防寒物资储备，开展消费扶贫活动等。加强疫情防控，疫情在全国各地零星出现，发现有从中高风险区回村人员，立即报告乡疫情防控指挥部，送到胡围孜村敬老院隔离点集中隔离。

这一天忙得来不及坐下喝口水，此刻终于忙完了。上午焦庄组79岁的马全珍大娘到村部找我，抹着眼泪来的，她的诉求不合理，但念她年迈，我自己给她200元帮她买装水管的辅料，她笑了，我也开心！

中午下班刚坐下喝杯茶，邻居杜大姐端来一碗她刚炸的萝卜丸子，热乎乎的，谢谢亲爱的乡亲们！今天太冷了，天黑得太快了，这一会儿就全黑了。

2021年1月8日　星期五

弯柳树村"建设美丽宜居新农村，推行污水处理新模式"研讨会在大讲堂一楼会议室召开。路口乡、彭店乡乡政府领导、农业农村服务中心主任、村干部，弯柳树村支书王守亮、主任汪学华及王春玲参加。

河南广播电视台都市频道都伟带领专家讲解离网式污水处理项目，都伟说：2017年来过弯柳树村，变化太大了，不得了！

2021年1月9日　星期六

接县扶贫办姚金麟主任通知：信阳市2020年度三项帮扶成效考核实地检查第四考核组11日（后天）到弯柳树村，游安光组长带队，考核组四人。和路口乡党委罗伟副书记、村干部等准备相关材料。

2021年1月10日　星期日

接到省扶贫办《关于规范完善定点扶贫考核佐证材料的紧急通知》，总队张燕杰、村委会张荣华共同准备，今晚10:00送到郑州长城饭店1401房间。

2021年1月11日　星期一

农行息县支行领导到村与村企业洽谈贷款支持，涉及远古生态农业公司、香菇酱厂、物流园发展建设。

疫情全国点状再起，驻彭店乡四村的志愿者撤回村。召开总结会议后，明天可以放假返乡（志愿者来自全国各地19个省份48位），以防他们家乡封城，或者信阳近期封城。

2021年1月12日　星期二

市考核组明天到村，准备明天考核资料，罗书记、守亮、荣华、我分工分头准备。

2021年1月13日　星期三

市委考核组到村对第一书记进行年度考核。乡村干部、党员代表、村民代表33人参加考评会议投票，10人谈话。

村疫情防控紧急会议，村干部、组长、村民代表27人参加，北京、河北、黑龙江、辽宁集中发现确诊病例，河南省正阳县、固始县发现无症状感染者，通知在外打工村民不要回村过年！

2021年1月14日　星期四

体检。

2021年1月18日 星期一

今天大河网报道《昔日脏乱差贫困村，如今孝心示范村》。

2021年1月19日 星期二

村党组织换届选举工作准备，乡党委提示：一、保证参会率，参加选举的党员人数保证占党员总数4/5以上。二、做好疫情防控工作。三、制作好会标，留存好影像资料，签到、投票过程全程录像。四、做好结果公示和材料归档工作。

2021年1月20日 星期三

2020年秋期"雨露计划"职业教育享受政策补助学生名单，与乡农信社账号信息核准，支书签字、村盖章报乡党政办公室。

息县人武部要求每村排查上报两名18至45岁男性常住人口名字，作为后期预备基干民兵。

2021年1月21日 星期四

村定点帮扶及重点工作推进会，乡党委罗伟副书记安排以村为单位开展大走访、大排查脱贫户活动。

协助脱贫户家庭卫生大扫除。

积极开展"话脱贫 感党恩"活动，到脱贫户家中走访，聊变化，表达对政府、对党的感恩之心。

我的领导河南调查总队崔刚总队长一行到村调研指导，组织部部长杜鹃陪同入村，县委书记、县长一同在县委座谈。

信阳红色教育培训专题调研息县座谈会，在县委会议中心召开，杜鹃部长主持。弯柳树村定位主线为传统文化教育、爱国主义教育，我讲《文化自信与乡村振兴》。驻村志愿者负责人尹老师列席并发言。

2021年1月22日 星期五

为后天村党支部换届选举做筹备工作。

河南广电喜买网携手第一书记向全省人民拜年活动，选我等六至十

位驻村第一书记,拍摄拜年短视频、所驻村及其产品推介,播期:2月4日
(小年)至3月3日(正月二十)。

　　排查子女不能回家过年的独居老人,帮办年货。

2021年1月24日　星期日

　　弯柳树村党支部换届选举大会在村二代讲堂召开,村支书王守亮主
持。全村党员44人,其中正式党员43人,预备党员1人。应到会正式党员38
人,实到会33人,符合法定人数。

　　王守亮代表上一届村支部作工作报告,许振友宣读选举办法。四个
候选人中村支书候选人王守亮全票当选村支书,副支书候选人汪学华两
次投票均差一票落选。

2021年1月25日　星期一

　　汪学华为村里付出这么多,有目共睹,每次村民投票都高票胜出,这
次却落选。我先与王守亮、汪学华、许振友分别谈话,鼓励守亮:连任村
支书要更加努力巩固脱贫攻坚成果;安慰学华:虽然落选但工作不能落
下,作为一个党员的担当和付出不能落下。

　　路口乡张生勇乡长、罗伟副书记分别到村,对汪学华这些年来为村
里的担当、付出加以肯定,分析昨日汪学华落选原因:一是汪学华敢于坚
持原则较真碰硬,如取消不符合条件者的低保,得罪了一些人;二是其儿
子有时说话做事欠妥等;三是上一任出事的村支书、村主任前些年发展
的党员都是他们的儿子、女婿、侄子等,平时在外打工,换届选举时回来
做点小动作。

2021年1月26日　星期二

　　郑州企业家刘子帅在村投资流转许庄组耕地136亩,自2017年10月至
2020年12月,已投资128万元,其中地租38.8万元、发给村民工资及购置
种子等生产资料89.2万元。因距郑州太远,管理成本大,不再干,30年租
期未到,许庄村民也不愿接过来种地,村两委协调转给王辉接着干,保证
村民收入不受影响。

2021年1月27日　星期三

河南广播电视台《2021春节大拜年》第一书记拜年《向往的生活》摄制组到村,录拍我向全省人民拜年的祝福语及视频。

2021年1月28日　星期四

村定点帮扶暨重点工作会议,罗伟副书记传达县、乡会议精神。近日入户走访排查出癌症患者杨树松等10位村民、脑梗瘫痪者薛立峰,共11位需帮扶救助者,由金蝶云公司张海军先生帮扶2万元。

2021年1月29日　星期五

到董店村讲解《孝经》,演示孝行。

2021年1月31日　星期日

上午到位于郭连沟村的五峰山书院指导成立党支部。

下午与支书王守亮深度沟通村支部换届后面临的矛盾和压力,及3月份村委会换届工作筹备。

2021年2月1日　星期一

召开村干部座谈会,统一思想,再分别谈话。王守亮人缘好,但怕得罪人,工作中的难事、得罪人的事等硬骨头基本都是汪学华啃下。汪学华因能力强、脾气拗、得罪人,投票时总差1票。村支部换届后人心不稳,汪学华递交辞职报告,要出去打工挣钱。王守亮怕汪学华不干了,村里工作量太大,他干不了。我要求王守亮:"支书要底数清,要担当,要公平,让班子中冲锋陷阵者得到鼓励,偷奸耍滑者受到约束与惩戒。带好班子,发挥党支部战斗堡垒作用。"

做汪学华思想工作,打消他辞职念头,继续担当、付出。我对汪学华说:"不以一时成败论英雄。一次选举的成败,不应该影响该做的事、该去的方向,老百姓的认可、村民的口碑才是论英雄的根本。人在做,天在看。一如既往地为村民服务,必有大成!不能辞职,我们一起加油!"汪学华答应再考虑考虑,我松了一口气。

在村里开展工作太难了,年轻人都到城市打工了,在家的没人愿意当村干部,工资太低,工作量和压力又大,尤其是弯柳树村,全国各地来学习参观的人又多。想到这么多年来总得鼓励着他们干,我也太难了!

信阳市政协副主席、市九三学社主委熊静香等领导到村慰问,送来5000元现金和米、面、油等慰问品,陪同领导们送到脱贫户家中。

回到村部办公室里,听到省扶贫办社会扶贫处李红军处长作词的《第一书记之歌》,听哭了,泪水模糊了双眼!感同身受,激励人心,谢谢李处长!省办的坚强后盾与知音,是给我们的最珍贵新年礼物,谢谢扶贫办的各位领导!脱贫攻坚圆满收官,乡村振兴战略大幕将启,亲爱的驻村第一书记战友们,新征程,再出征,我们一起加油!

2021年2月2日 星期二

召开弯柳树村农业科技创新创业园区谋划会,加快科技创新,推动乡村振兴。信阳农林学院刘合满博士、县科技局副局长万保华、种植大户和村干部22人参加。

晚上带领村干部学习王阳明《寄杨邃庵阁老书》,致权有道,不为己用,当为国用!

2021年2月3日 星期三

一年之计在于春,今日立春,牛年已到。弯柳树村乡村振兴牛年怎么干,问计、问策于乡亲们。大家信心十足,热情洋溢,甩开膀子加油干!

上午和村支书王守亮一起到县人民医院看望交通事故中受伤的村民,脱贫户段平左腿骨折,明天做手术,给他送来爱心企业家金蝶云张海军先生捐赠的救助款。一个多月前其妻常玉珍在一起交通事故中被撞,右臂骨折,还未痊愈。县医院人满为患,楼道里挤满了病床。回村路上,我和王支书商定:村民交通安全意识教育、健康教育课堂要坚持常态化开讲,引导村民防患于未然,防病于未病。

农历腊月十八至今天腊月二十二,正好五天。因修路不得已将母亲的坟茔从路边移至山上,今天第五天,愿母亲在故乡山水怀抱中安息。这里长眠着一位伟大的母亲,她教会子女读书明理,行善积德,吃亏吃苦,一辈子帮助别人。找到妈妈拍摄于1957年8月31日她23岁时的一张照片,深深的思念潮水般涌来。感恩亲爱的妈妈!让历史照进未来,让光明亘古如新。此生定不负您之厚望!

因母亲段心义(字玉钦)去世过早,一直找不到她的照片。在上高中时,表哥段雷如在长辈家偶尔看到这张1957年的照片,就想方设法要回来送给我,成为我珍藏的最珍贵的礼物!终生难忘雷如哥的用心和相知!母亲是心中温暖的灯塔,是生命之旅的航标,永远照耀着我们成长与前行的路。尽孝要趁早,父母走了,就再也找不到。祝天下父母亲都健康长寿,幸福吉祥!

2021年2月4日 星期四

乡党委副书记罗伟到村,召开村两委扩大会议:安排近日开展大走访、大排查、大扫除活动,开展"听党话,感党恩,跟党走"宣传活动,加强疫情防控力度,外地返乡人员要求核酸检测。

尹子文汇报村文化公司经营情况:2020年总收入53.40万元,总支出58.21万元。

2021年2月5日 星期五

爱心企业家张海军捐赠善款20000元,分送到11户大病户、老人户。

叮嘱返乡过年回村人员做核酸检测。村干部各负其责,盯到人,一个不能漏。

晚课学习,被于谦《咏煤炭》感动!"但愿苍生俱饱暖,不辞辛苦出山林。"过去被于谦《石灰吟》感动,上学时就写在课本扉页上:"千锤万凿出深山,烈火焚烧若等闲。粉身碎骨浑不怕,要留清白在人间。"

2021年2月6日 星期六

今天是农历腊月二十五,回郑州。上个月,单位组织体检,发现问题。预约7日到省人民医院做手术,这是我驻村八年来,过年回去最早的一次,但得先去医院。

2021年2月10日 星期三

今天是腊月二十九，明天就是除夕夜，和家人在一起的日子好幸福！

今晚通过好视通会议室举办2021年弯柳树村网络春节联欢晚会暨弯柳树网络学院第五期学习班结业典礼。村文化公司负责人尹子文主持，来自26个省份的459名学员参加，开心快乐喜庆！

2021年2月11日 星期四

下午4:37，接省扶贫办发来的紧急通知，全国脱贫攻坚先进个人、部分先进集体代表将于近期参加重要会议。根据省委办公厅要求，自今日起自测体温，早晚两次上报，上交彩色白底照片（电子版），初一中午12:00前交。

2021年2月18日 星期四

今天是正月初七，接省扶贫办通知：参加全国脱贫攻坚表彰大会，我作为河南推荐上台领奖人员的四分之一，确认2月18日之前的14天内未到过任何中高风险地区，确保2月23日北京大会报到前不到中高风险地区，今天夜里9:00前以短信方式回复。大会报道时需签署防疫保证书，如有瞒报，将追究相关人员和单位责任。

2021年2月21日 星期日

牛年寄语自己：做好孺子牛、拓荒牛、老黄牛，各项事业肯定都会牛！

今年春节让我最感动的三件事：

一是弯柳树网络学院同学们的一场别开生面的网络春节联欢晚会——弯柳树村网络学院第五期学习班结业典礼暨网络春节联欢会，来自26个省份的459名学员参加，大家谈学习体会、唱歌、跳舞、快板、小提琴演奏，丰富多彩的节目，唱颂伟大祖国、伟大的中国共产党。虽隔着屏幕，亦如在一起一样热闹非凡，原来不管相隔千山万水，心在一起人就在一起啊！大家在弯柳树村网络学院学习52天后，收获很大。走进传统文化，走进圣贤经典，回归中华文明怀抱，人心醒来，大我醒来，英雄归来，个个立志此生不再只为自己活！听党话、跟党走，在各自岗位上建功立业，全心全意服务大众，造福社会，在此伟大新时代，为中华民族伟大复兴尽一己之力，为儿孙做榜样，为家族树标杆。自古圣人之治，简且易哉，就是抑恶扬善，扶正祛邪，大道昌明，引民众明道、上道，皆知自致其良知良能，开发心中本自具足的无尽宝藏，此生取之不尽，用之不竭，此生此世，人皆可净化自心，利他利众，终能心想事成，何不快哉！所以《大学》开篇即道出三纲："大学之道，在明明德，在亲民，在止于至善。"人人心中有宝藏，只有通过全心全意为人民、为大众服务，尽职尽责，干净、忠诚、担当，才能超越小我、唤醒大我，百倍千倍地释放内在潜能，放大生命价值，达到至善圆满生命境界。如此，才不负时代造就，不负祖国护佑，不负天地覆载，不负此生！这就是弯柳树村民、全国网络班学员等，通过学习，心量变大，格局境界提升，走向"有德就有财"幸福之路的根本。

二是五岁的小外孙女安安，初三上午和我在一起，她听到电视中唱《没有共产党就没有新中国》，就问我："姥姥，这首歌你会唱吗？"我说会。她说："你教我唱这首歌吧！"我就教她唱，小家伙唱得铿锵有力，像模像样，越唱越起劲，带动全家唱起来，中午吃饭还在唱。她说："这歌好听，有力量！"孩子让我十分感动。回想起她两岁多那年看阅兵式，国歌声一响起，她就去找小国旗，小手举着国旗从客厅跑过，边跑边喊："祖国，我们爱你！"我当时泪如雨下。小小的人儿，心中种有爱国爱党的种子，这是她一生最大的事情，也是她健康茁壮成长的基础。

三是看到航拍除夕夜北京的夜景，被祖国母亲美丽璀璨的容颜深深感动，伟大的祖国，伟大的人民！经历疫情等各种考验，祖国新年岁月静好，人民欢度春节。这份深深的感动无以言表。

今年春节期间时间紧张异常，集中学习《大学》《孟子》《论语》《道德经》、"王阳明心学传习课堂"、《习近平用典》，为弯柳树村"文化自信与乡村振兴"的推广做好准备。正如河南广播电视台今年的春节特别栏目《超级向往》，把弯柳树村建设成大家超级向往的村庄！

2021年2月22日　星期一

今天上午到省委党校报到，风特别大，女婿送我，11:00多到党校，住18号楼。隔离时段，严禁出房间，盒饭送到门口。

上午先到总队给崔刚总队长汇报赴京受表彰一事，崔总祝贺并鼓励，叮嘱珍惜此次机会和荣誉，去人民大会堂领奖，受习总书记接见，要展示好河南调查总队人的形象和精神风貌。2月11日以来的体温自测表、14日内未去过中高风险区证明表由单位加盖公章。机关党办张建国书记、队办公室朱隽峰主任送行。感谢总队领导的关怀培养，感谢总队党组坚强后盾！军功章属于总队全体同志，我只是一个代表。

2021年2月23日　星期二

早上8:10，在住地楼前集中乘车到高铁站。我是4号车，一排四辆大巴送往郑州东站，一路前后左右有警车及警用摩托车开道及护卫，场面庄严、壮观，心中十分感动！我在4车厢9A，与王新奇书记的夫人周文超女士坐一起。王新奇书记是商水县供电公司驻刘大庄村第一书记，牺牲在村里工作岗位上。他驻村五年，情洒帮扶路，不改赤子心，终年52岁。我跟王夫人刚聊了几句，她的眼泪已止不住落下，我亦泪洒衣襟。向王新奇书记学习、致敬！向在脱贫攻坚战役中牺牲的驻村书记战友和扶贫干部们致敬！你们倒下了，还有我们！我们会接过旗帜继续战斗，直到乡村振兴新的战役彻底胜利！请放心吧，战友们！

2021年2月24日　星期三

集中在河南大厦馍馆待命，准备去人民大会堂彩排、走场。

2021年2月25日　星期四

在北京人民大会堂参加全国脱贫攻坚总结表彰大会，并作为河南四个领奖代表之一，走上主席台接受颁奖表彰，受到习近平总书记等党和国家领导人的亲切接见。

今天是我生命中最重要的一天！也是我内心十分激动，十分感动，无比自豪，无比震撼的一天；更是我要把一切清零，重新出发的一天！当站在总书记面前，被他心中装着人民的恢宏气度感染，被他仁爱、智慧、厚重的人格光辉照耀，心中不由暗下决心：此生要做一个像总书记一样把所有人民装在心里，当成亲人，全心全意为人民服务的人。

荣获全国脱贫攻坚先进个人称号，在北京人民大会堂参加全国脱贫攻坚总结表彰大会，和获奖者一起受到习总书记接见，并作为代表走上主席台接受颁奖，心中万分激动！我坐在一区一排二号，与主席台上的总书记正相对，只隔着一个走道。总书记讲话句句深入心扉，感人肺腑，催人奋进，我自始至终热泪盈眶地聆听着。

波澜壮阔的脱贫攻坚战历历在目，八年脱贫攻坚战役，有1800多位驻村第一书记和基层干部牺牲在乡村一线！有无数党员干部身先士卒，无私奉献。总书记把人民装在心中，共产党把人民装在心中！解决了中华民族几千年来的绝对贫困问题，对世界减贫贡献率达到70%，创造了人类历史上的奇迹！这份荣誉来自河南调查总队党组、派驻地各级党委、政府的坚强领导，来自全体同志的共同努力，来自社会各界的大力支持，来自弯柳树村乡亲们听党话、感党恩、跟党走的努力奋斗！感谢大家！我将牢记总书记讲话精神，发扬脱贫攻坚精神，扛起乡村振兴责任，和弯柳树村乡亲一起，踏上新征程，我们再出发！乡村振兴，我已上路，风雨无阻。

全国表彰大会一结束，回到宾馆，河南省委书记王国生主持召开全国脱贫攻坚总结表彰大会河南代表团座谈会，河南省扶贫办主任史秉锐、我和几位获奖代表发言。高大帅气的硬汉史秉锐主任发言中数度哽咽，八年脱贫攻坚战的惨烈、艰巨历历在目，人民的幸福我们扛在肩上，我们赢了！

晚上统一回到郑州，在河南饭店受到隆重迎接，接站的领导和礼仪姑娘们给我们每人送上鲜花和祝贺。返程路上看到朋友们收看中央电视台直播后发给我的祝贺信息，息县县长袁钢："一生荣幸，几代荣光！息县骄傲，河南自豪！"谢谢！

2021年2月26日 星期五

今天上午到总队机关给总队领导和党组汇报北京领奖过程及感悟，受到总队党组和全体同志热烈祝贺。

2021年2月27日 星期六

今日《总队要闻》：总队党组对全国脱贫攻坚先进个人宋瑞同志表示热烈祝贺，并提出殷切希望：

2月25日，全国脱贫攻坚总结表彰大会在北京人民大会堂隆重举行。总队机关党委办公室二级巡视员、驻总队定点扶贫村信阳市息县弯柳树村第一书记宋瑞同志参加大会，作为河南省委、省政府推荐的四位上台领奖代表之一，被授予"全国脱贫攻坚先进个人"荣誉称号。

2月25日，国家发展改革委副主任兼国家统计局局长、党组书记宁吉喆在京会见了统计系统受表彰的全国脱贫攻坚先进集体、先进个人。同日，河南省委书记王国生主持召开出席全国脱贫攻坚总结表彰大会代表座谈会，宋瑞同志作了发言。

2月26日上午，宋瑞同志回到总队机关，受到总队机关全体干部职工的热烈欢迎。总队党组成员、副总队长王传健受总队党组书记、总队长崔刚委托，代表总队党组对宋瑞同志表示热烈祝贺并提出殷切希望。

他指出，宋瑞同志长期扎根基层，四轮驻村，八年坚守，在脱贫攻坚工作中忠诚担当、攻坚克难、无私奉献，以实际行动诠释了共产党人的初心使命。要认真总结、深入发掘并大力宣传八年多来投身脱贫攻坚工作中的生动实践、感人故事和先进事迹，教育引导全省调查系统各级党组织和党员干部以先进典型为榜样，激励党员、干部、职工凝心聚力为推进统计现代化改革、奋力谱写河南调查高质量发展新篇章真抓实干、埋头苦干。要深入学习贯彻习近平总书记重要讲话精神，持续发扬脱贫攻坚工作中形成的好经验、好做法、好作风，以更加坚决的态度、更加有力的举措、更加奋发有为的精神状态，在巩固拓展脱贫成果、全面推进乡村振兴中再立新功。

宋瑞同志表示，"全国脱贫攻坚先进个人"这份荣誉不仅仅是个人的荣誉，更是集体的荣誉。这份荣誉是国家统计局党组和总队党组长期以来重视支持的结果，是总队机关党委办公室精心指导的结果，是总队机关全体干部职工共同付出的结果。下一步，将认真学习贯彻习近平总书记在全国脱贫攻坚总结表彰大会上的重要讲话精神，传承、弘扬伟大脱贫攻坚精神，全面落实乡村振兴部署要求，做人民群众的孺子牛，做乡村振兴的拓荒牛、老黄牛。

宋瑞同志和大家共同参加了总队机关"学党史，猜灯谜，闹元宵"活动。

这篇报道下面，总队同志们点赞："八年坚守，志如磐石！佩服，佩服！"

2021年2月28日　星期日

今天中午出发到北京参加中央电视台举办的"锦绣小康——'中国梦'系列歌曲音乐会"活动。

昨天收到内蒙古乌兰浩特市委组织部部长丁波的微信："宋书记：内蒙古乌兰浩特市委组织部部长丁波，祝贺您获奖！我们看到弯柳树村的变化和您的先进事迹后，已组织全市广大党员干部向您学习。在今后的学习和工作中望宋书记多给指导帮助！"

2021年3月1日　星期一

今天中央电视台1号演播厅，参加"锦绣小康——'中国梦'系列歌曲音乐会"活动，来自全国各地的全国脱贫攻坚先进个人代表、群众代表十人受邀，参加此次以讴歌赞美全面小康为主题的文艺活动，最难忘的环节是我们与歌星沙宝亮共唱《脱贫宣言》，自己走过的路、担过的责，如今都换成人民的幸福，心潮澎湃，泪流满面，能量满满。

昨夜北京一场瑞雪，首都在红梅花儿开中一派银装素裹，分外妖娆美丽。伟大的祖国，伟大的党，伟大的人民，伟大的脱贫攻坚精神！乘胜前进，再创辉煌，实现乡村振兴，实现中华民族伟大复兴，是我们必然的责任和担当。不忘初心，牢记使命，攻坚克难，勇往直前！

2021年3月2日　星期二

从北京回到村里，村干部告诉我，我的领奖大照片和报道我的文章，昨天上中共中央宣传部"学习强国"了：《全国脱贫攻坚先进个人宋瑞：让"小村大道"越走越宽阔》。这篇报道发出了我的获奖感言，乡亲们看了很激动。报道中说：

"能代表全国脱贫攻坚先进个人上台接受国家领导人颁奖，这是一份至高的荣誉。这份荣誉不仅仅属于我个人，也属于弯柳树村全体村民，属于所有关心、支持弯柳树村发展的各级领导和朋友们！"2021年2月25日，在刚刚结束的全国脱贫攻坚总结表彰大会上被表彰为全国脱贫攻坚先进个人的宋瑞激情满怀，"我有信心和乡亲们一起，把弯柳树村建设成乡村振兴的试点村，让'小村大道'越走越宽阔"！

这是继2018年被授予"全国脱贫攻坚奖贡献奖"之后，宋瑞获得的又一殊荣。

宋瑞当得起这份崇高的荣誉——自2012年至今，她四轮驻村，九年坚守，在脱贫攻坚一线，发挥驻村第一书记"尖兵"作用，走出一条"党建引领、文化扶心、道德育人、产业发展、脱贫致富、人民幸福"之路。

2021年3月3日　星期三

今天弯柳树村委会换届选举顺利进行，村民参政议政积极性高，会议室内外皆坐满了村民，三个流动票箱到田间地头，大家积极投出神圣一票，圆满高票选出新一届村委会主任及委员。

我心中深深地感动：昨天从北京返村，村委会主任汪学华到信阳东站接站，送上鲜花，我已很吃惊。今天选举结束，我上台给村民分享北京活动的见闻和感受，在一片热烈的掌声中，村支书王守亮抱着一束鲜花上台送给我！弯柳树村的汉子们，何时变得细致、时尚，欢迎我回村的仪式情调满满。我也信心满满，给村两委班子成员和扶贫工作队、党员、村民代表分享弯柳树村的荣誉和幸福！感谢亲爱的战友和乡亲们！乡村振兴新征程，我们凝心聚力，再创佳绩！

2021年3月8日　星期一

今天过一个特别的"三八"妇女节！带着村支书王守亮、村委会主任汪学华和扶持村民种植中草药的千草堂总经理张静、远古生态农业科技有限公司总经理王春玲、淮河湾农业公司董事长汪磊，到淮滨县中泥农业科技公司参观学习双孢菇种植项目。被中泥公司瓮少成董事长从上海返乡创业反哺家乡，带领父老乡亲致富的情怀和境界深深感动！乡村振兴需要更多这样在大城市事业有成，有远见有抱负的年轻人回归家乡，引领发展。弯柳树村将引进双孢菇项目，瓮总全方位给予技术指导和销售服务，带领乡亲们走向更加美好幸福的未来！瓮总为我们四位女士送上鲜花和蛋糕，我们过了一个意义非常的节日。

2021年3月9日　星期二

给县委书记、副书记、县政府袁钢县长汇报争取弯柳树村发展种植双孢菇项目，领导们都支持，安排我找分管农业的黄明副县长和农业农村局局长黄树伟对接，申请项目资金200万元建大棚。

河南电视台电视剧频道崔晓雨一行到村，拟拍电视剧。

2021年3月10日　星期三

弯柳树村学党史系列二：今天下午在村大讲堂报告厅，聆听《人民学习》北京直播课程，由延安儿女故事团团长胡木英、中国人民解放军装甲兵工程学院指挥管理系原主任卢继兵讲述"延安精神"和第十八军进藏和平解放西藏、建设西藏的"老西藏精神"。感人至深，催人泪下！弯柳树村党支部、村委会成员，党员代表、村民代表，驻村志愿者，来村学习的企业家近200人参加。学习结束后，驻村志愿者及村民分享体会。我也分享了学习收获：学党史，更加了解党的伟大，向前辈学习致敬，传承红色基因，坚定信心，听党话、跟党走，全心全意服务乡村振兴，为实现中华民族伟大复兴做出贡献！

2021年3月11日 星期四

弯柳树村发展碳氢生态农业座谈会，在大讲堂一楼会议室召开，县科技局、农科所专家、种粮大户及村干部参加。王根礼院长介绍碳氢核肥代替化肥、农药，发展生态农业的经验与前景。免费提供碳氢核肥，弯柳树村做试点村。

2021年3月12日 星期五

协调村民段平车祸赔偿问题，县医保局付超峰局长反馈：已报警，即由责任方赔偿，医保不再赔付。晚上到段平家走访，告知车主答应赔偿1.2万元，村里再帮其申请民政大病救助，段同意。

2021年3月15日 星期一

中华书局李猛编辑拟出版我的驻村日记，今日签署授权书。

2021年3月16日 星期二

淅川县委宣传部邵书燕部长带队到弯柳树村，参观学习"文化自信与乡村振兴"经验做法，准备请弯柳树村带动，在淅川县建设一个试点村。

2021年3月17日 星期三

蓝图在握，奋勇向前。今天晚上弯柳树村党员干部、村民代表齐聚弯柳树村大讲堂报告厅，通过《人民学习·格局屏天下》北京直播课程学习两会精神，听杨禹社长作《蓝图在握 征程奋勇——2021年全国两会精神解读》。

2021年3月18日 星期四

今天定点帮扶日，下起中雨，没法入户，我们帮扶责任人就开个座谈会，畅所欲言，谈谈自己对弯柳树村的感受。

帮扶工作队长王征："刚来时到冯庄，三次被围困在那了，村民要求当贫困户。这几年环境改变极大，人心改变极大。村民思想变化太大了，都争着干，精神面貌积极向上。拉着工作队不让走，让回家吃饭。扶贫先扶心，太对了！看着外地来参观的人络绎不绝，我感到很幸运，充满了满足感、幸福感，别人都羡慕我能在弯柳树村扶贫！"

队员何松远："2017年5月开始入村帮扶，至今搬了四个村部了！那时候从县城到村的路跟炮弹炸过一样，大坑套着小坑，跟进了战区一样，每月都得修车！"

队员罗平："贫困户邢玉华、凡明亮由过去的难缠，变得热情明理，一见面拉着让去他家里吃饭、吃甘蔗。"

看到在村一起奋战多年的战友们热火朝天地谈今昔对比，我心中特别欣慰！文化扶心、扶志、扶智，"修好心田，种好良田"，"文化自信与乡村振兴"的路走对了！雨停了，我们开心地分头去入户走访了。

2021年3月19日　星期五

村两委召开迎接内蒙古兴安盟领导干部来村培训班筹备会，12户农家客房接待食宿。学员级别较高，都是兴安盟下属各旗的县处级和乡科级领导干部。第一批学员39人，从包头坐飞机到北京，由北京转机到合肥，从合肥机场租大巴车到弯柳树村，从凌晨到夜里11:00多，路途十几个小时，客人长途跋涉到村，我们一定要接待好，搞好服务。

2021年3月22日　星期一

村脱贫攻坚及重点工作推进会。筹备迎接兴安盟干部培训班报到。

2021年3月23日　星期二

内蒙古兴安盟领导干部第一期"文化自信与乡村振兴"学习班今天开班。兴安盟盟委副书记、政法委书记马焕龙带队，兴安盟扶贫办主任王海英、各旗旗委旗政府领导等40多人参加。息县县委组织部部长杜鹃、政法委书记李建光、路口乡党委书记万磊参加开班仪式，杜鹃部长致欢迎辞，马焕龙书记讲话，我上第一课《文化自信与乡村振兴》。晚上举办欢迎晚会，由弯柳树村民歌舞团演出《婆婆也是妈》《精准扶贫真是好》《重回汉唐》等歌舞节目。

2021年3月24日 星期三

今天请来广东省知名企业家谢奕辉，为兴安盟领导干部学习班分享传统文化如何让自己从一个曾投机、赖账、不诚信的企业经营者，改邪归正，走上"有德就有财"的中国传统生财大道，扭转负债2000多万元的残局，成为如今资产几个亿的模范企业主。认识到优秀传统文化是中国人的命脉，把过去不要命的精神拿出来弘扬传统文化，开办道德讲堂，近十年支出8000多万元，请全国各地各界人士免费吃、住、学习。

村民许兰珍分享自己的改变《从赌博队长到义工团长》，她说：我70岁了，没有学习传统文化前，我就像喝醉了一样，整天迷迷糊糊，一生没醒过。如今醒了！

在村投资的企业老板沈建军分享他为什么到村投资，为什么把生产的香菇酱等产品注册商标为"颂瑞"，用宋瑞书记名字谐音，一是为了学习宋书记扎根基层带领村民脱贫致富坚韧不拔的精神，二是纪念宋书记给弯柳树带来的巨大变化，三是借助宋书记的影响力扩大企业产品的宣传力度。

接县委办通知：市党史办通知，中央文献研究室征集全国脱贫攻坚先进个人"脱贫攻坚口述史"，5月30日前上报，息县我是唯一入选者。

2021年3月25日 星期四

为期三天的内蒙古兴安盟领导干部第一期"文化自信与乡村振兴"学习班今天结束。学员的分享感人至深，行程往返近万里来到弯柳树，感受到文化的力量，人心向道，人心向党，道行天下，人民幸福。学习结束离村时，弯柳树村民挥泪告别，场面感人。民族兄弟，炎黄子孙，骨肉亲情。文化自信乡村振兴，我们一起努力！

定点帮扶日暨重点工作安排会议，罗伟副书记传达县、乡会议精神。

2021年3月26日 星期五

开讲啦！河南省妇联《党史中的巾帼力量》大宣讲启动暨首场报告会

在郑州举行，我是首场六位宣讲者之一，分享九年扎根基层脱贫攻坚，扛起乡村振兴重任的使命与担当。省妇联主席郜秀菊等领导和各界代表100多人参加。

2021年3月27日　星期六

弯柳树驻村志愿者每天晨读习总书记讲话、圣贤经典，来自19个省份的27位志愿者，带动村民书声琅琅，诵读经典。我常常被村中的书声和这样的场景感动。

2021年3月28日　星期日

"偷得浮生半日闲。"周日不能回家，在村里有这难得的片刻清静，今天终于可以给自己做一顿饭了。发现冬季购买的嵩山红薯还有一箱被遗忘在了厨房角落，心想怕是早坏掉了，打开一看，好好的在纸箱里。将红薯切开，竟然洁白鲜亮如初，让我不觉惊讶，村民存放的红薯随着气温上升早就长斑坏掉了，我这红薯还如当初一样！这是登封市一位优秀村支部书记冯振德老先生用自然农法种植的纯天然红薯。

冯振德书记是位颇具传奇色彩的人物，他在担任村支书时，深感农村孝道缺失的严重程度及后果。60岁退休后，和有识之士一起，发起寻找、评选"全国十佳孝贤楷模"，至今已坚持18年。为弘扬中华孝贤美德，73岁高龄的冯老不辞辛劳，寻访孝贤人物，引领社会风尚，足迹遍布全国各地。

这是冯老种植的生态有机产品，嵩山火山口的土壤所出之物，果然与众不同。是土壤的能量非同一般，还是孝文化的能量信息让红薯有如此的生命力和久存期？我从小最爱吃玉米糁煮红薯，我的老家南阳有句哄小孩子好好吃饭的民谚："糁子汤煮红薯，肚子吃得歪歪着。"儿时很多不好好吃饭的孩子就是在父母、爷爷奶奶的哼唱中吃饱、长大的，我就是其中之一。

上世纪60年代，那时候物资普遍匮乏，粮食产量低，玉米和红薯是山区人民的主粮。喜欢吃红薯和玉米的孩子更能开心快乐成长，我又是其中之一！直到今天，一看到红薯就想起玉米糁，就像一看到咖啡就想起伴侣一样，最佳配食，黄金搭档，缺一不可。赶快找出春节弟弟从老家带来的自家的玉米糁，听着韩金英老师讲《道德经》，置锅点火，看火苗欢快跳跃，锅中清水翻滚如泉涌珍珠般串串、片片水泡，将黄金沙粒样的玉米糁、汉白玉般的红薯块倒入锅中，只见金涌玉游，金黄与玉白相间，竟是一道如此美丽的风景！与春天田里正在开放的白色梨花儿、金色油菜花儿、粉红桃花儿、淡紫色小草花儿，遥相呼应。好一番美景、美食，人间至乐的享受！

　　40分钟后，熬出一锅嫩金软玉般的红薯玉米糁粥。金黄色的玉米糁，糯白香甜的红薯，清香甘甜的醇厚味道，入口便是乡愁，便是感动！似乎又看到父亲在灶下烧火，母亲在灶上忙碌，我们几个孩子在院中嬉戏的幸福画面。嵩山的红薯太好吃了，再加上仍是冯老种植、加工的嵩山的芥菜丝，今天中午我要暴饮暴食了！吃他个"三碗不过岗"！大自然的馈赠如此美妙，回归自然的农耕粮食蔬菜是这样子的美味！正如我撰写的弯柳树村乡居岁月民宿门前的一副对联："回归自然有真味，返本还原乐天年。"想念起家乡的绿水青山，白河的蜿蜒，伏牛山的巍峨。愿我在弯柳树村探索的"文化自信与乡村振兴"模式，尽早惠及家乡的父老乡亲，为家乡水更绿、山更青、人民更幸福，添一己微薄之力！

　　吃到冯老种植的红薯，感念冯老为弘扬孝道文化倾尽心力，鞠躬尽瘁所做的一切。冯老，谢谢您，您给我们做出了榜样！冯老在去冬严寒中，不顾高龄，在顶风冒雪，驱车万里访孝贤的途中病倒，至今未能抽身去看望他老人家，心中甚念，近期排除万难也要抽时间去拜访他老人家，向他学习致敬！中华孝道文化的力量无穷，润物无声，化育人心，引领民众，回归清澈良知，依道而行，走上有德就有财的德化人生、幸福大道。

2021年3月29日　星期一

　　今晚在河南广播电视台1500人演播厅，参加由河南省委宣传部主办的"2020年感动中原年度人物"发布会。我和省公安厅老英雄王百姓老师、南阳市山区教师时代楷模张玉滚老师三人作为祝福嘉宾，走上舞台送出祝福!

2021年3月30日　星期二

邀请大万总和小万总一起回到弯柳树村,动员他们到村投资,发展生态农业,助力乡村振兴。

2021年3月31日　星期三

应邀到安徽省阜阳市颍东区新乌江镇授课《文化自信与乡村振兴》。区委副书记王书记主持,颍东区部分、新乌江镇全体党员干部参加。

2021年4月1日　星期四

定点帮扶日及重点工作安排会议,罗伟副书记传达乡会议精神。

村党支部专题学习会,罗书记、我、陈社会、王支书参加,学习农民乱占耕地问题以案促改警示教育内容。

2021年4月2日　星期五

今天早上5:20至6:20弯柳树网络学院课程,我讲《大学》,全国各地的430多位学员通过好视通网上共同学习。正在山上组织清明节前防火工作的内蒙古乌兰浩特市的领导干部,在山上用手机听课的场面、在山上蹲在地上上早课的照片,让我十分感动,定不负大家对学习圣贤经典的渴望,下功夫学习经典,提升自己学养,传承圣学,利益大众。

2021年4月6日　星期二

《中国财经报》记者余波到村采访。

乡党委书记万磊通知:我被推荐为河南省优秀共产党员,写事迹简介、填表,张荣华负责,下午上报。

2021年4月7日　星期三

今天县委组织部组织全县驻村第一书记参加弯柳树村乡村振兴学院报告厅的视频课程学习,首先观看《中国共产党百年述职报告》短片,之后聆听国防大学金一南教授讲座《为什么是中国?》。

每次聆听历史上党的艰苦卓绝的战斗史、救国救民的拼命史，都忍不住泪流满面。祖国终将记住那些奉献于祖国的人，祖国终将选择那些奉献于祖国的人！

乡村需要我们，祖国需要我们。此生虽为弱女子，也要养一身顶天立地丈夫气、为国为民英雄气。也要做一个大丈夫、真英雄，为国为民献此生，才不负世间来一遭。这样的生命，才活得值！

2021年4月8日　星期四

《河南妇女生活》杂志社记者冯世军到村采访。

双孢菇项目200万元已争取到村。和王守亮支书商量经营人选：汪磊、小郑，考察他两个谁合适。

2021年4月9日　星期五

县农业局局长黄树伟叮嘱：双孢菇项目一定要选准人，选有情怀有担当的专业人士承包，是全县第一个，成功了是个引领，做砸了，对全县是个负面影响！

2021年4月10日　星期六

今天召开现代生态农业科技园区建设座谈会。

厂方捐赠2000亩地使用的碳氢核肥，代替化肥、农药，汪学华负责在村做试点。

给袁钢县长汇报：《弯柳树的故事》作为"2021年河南省文艺创作推荐选题"，对接县文联方翔卓主席负责上报。

2021年4月11日　星期日

兴安盟领导干部培训班第二期报到。中山大学姜来博士应邀到村授课。

2021年4月12日　星期一

内蒙古兴安盟第二期领导干部培训班今天开课，为期一周。他们往返行程万里，转机两次，再从合肥机场乘大巴到弯柳树村，已是夜里11点。远道而来的内蒙古领导干部，每期都让我和乡亲们感动！

上午我授课《文化自信与乡村振兴》，晚上回到郑州参加省里活动。

2021年4月13日　星期二

我作为英模人物代表，参加今年新郑黄帝故里全球华人华侨拜祖大典，今天彩排。

2021年4月14日　星期三

三月三，拜轩辕。今天"辛丑年黄帝故里拜祖大典"在新郑隆重举行，九项拜仪，隆重庄严，喜庆吉祥。盛世礼乐，礼乐方阵现场演奏，青年代表三献礼；敬献花篮，省委书记王国生等领导、各界英模人物代表和少年儿童敬献花篮及鲜花；净手上香，敬香九炷；行施拜礼，全体嘉宾向庄严的黄帝坐像三鞠躬；恭读拜文，第十二届全国政协副主席齐续春恭读《拜祖文》；高唱颂歌，现场合唱团引领全场嘉宾高唱《黄帝颂》；乐舞敬拜，舞蹈演员在黄帝像前敬拜乐舞；祈福中华，嘉宾代表以取自具茨山之圣火点燃火炬，祈福中华；天地人和，现场放飞红气球，祈福民族昌盛，国泰民安。

我作为献花代表，代表着在打赢脱贫攻坚战中英勇奋斗的千千万万驻村第一书记，继2019年作为祈福中华嘉宾后，再次走上庄严的拜礼台，在齐续春主席、王国生书记等敬献花篮后，我等十二位英模代表带领青少年献花，心中满满的感动和感恩！感谢中华古圣先贤，感谢伟大的中华先祖，感恩伟大的祖国伟大的党！我们是炎黄子孙，连根养根，方能根深叶茂。

2021年4月15日　星期四

全省"两优一先"评选表彰入选人员考核，我被拟选为河南省优秀共产党员，县委组织部到村考核，按要求乡村干部、村党员、村民代表50人参加，实际61人参加民主测评。

新华社记者刘金辉到村采访。

2021年4月16日　星期五

内蒙古兴安盟领导干部第二期弯柳树学习班结业仪式。学员分享中说得最多的是被唤醒，弯柳树村文化自信让人找到了方向，人人都能不白活一回！

2021年4月18日　星期日

省扶贫办拟在月底召开全省表彰大会，我被选为先进代表发言，写出1500字发言稿，明天9:00前提交。

2021年4月19日　星期一

村民家庭宾馆本周（12日至16日）收益领钱：刘平1600元，丁敏1440元，李红960元，杜继英1440元，李红1440元，刘玉霞1440元，赵忠珍2200元，马俊1440元，孙志芳1440元，赵均荣960元。

2021年4月20日　星期二

市委统战部马主任一行到村调研乡村振兴。西华县农业银行王行长带队到村学习。

2021年4月21日　星期三

学习传达全省巩固拓展脱贫攻坚成果同乡村振兴有效衔接工作会议精神，抓产业，村双孢菇项目抓紧推进。

市委、市政府要求每县推出三到五个优质农产品。弯柳树村弘扬传统文化多年，村民素质高，自觉听党话，息县科技局牵头流转土地200亩，打造信阳市特色产业龙头品牌示范园。

信阳学院褚金海书记和信阳海关刘强关长一行到村调研乡村振兴，县委书记陪同。

2021年4月22日　星期四

西华县农业银行系统员工到村学习。

上海中链万众区块链科技公司庄总一行到村，支持弯柳树村发展智慧农业,农产品生产可追溯。

2021年4月24日　星期六

应邀到叶县"弘扬传统文化,做好民集工作,助力乡村振兴"报告会授课,我讲《文化自信与乡村振兴》。县委统战部、县妇联主办。

2021年4月25日　星期日

县科技局万保华副局长到村调研农业科技产业园建设事宜。双孢菇种植项目用地手续申请上报县政府。

2021年4月27日　星期二

乡党委万磊书记通知:下午省委宣传部部长江凌到村,我汇报《文化自信与乡村振兴》。

看到村干部跳进池塘捞水草,想到"四铁"村干部是这样炼成的!当初垃圾围村时,汪学华带领村民跳入池塘捞垃圾;如今弯柳树村干净整洁,过去的池塘修建成了景点桃花岛,水草茂盛,汪学华跳到池塘里捞水草。汪学华从2016年至今,五年来都是这样子领着村民干事,自己冲在前面,干最脏最累的活,做表率,感动了村民,唤醒了大多数村民的心,换来弯柳树村的干净整洁。吸引企业来投资,村民在家门口成了产业工人,既能照顾父母儿女,又能不出村打工挣不低于城市的工资。弯柳树村从脏乱差变成美丽乡村,发生翻天覆地的变化,是因为有他们的无私奉献和付出。哪有无缘无故的岁月静好,都是背后有人为我们负重前行。感谢村干部和优秀党员、优秀村民们为弯柳树村发展做出贡献!

2021年4月28日　星期三

协调双孢菇项目用地90亩事宜,租金700元/亩,村合作社与村民签协议。

2021年4月29日　星期四

定点帮扶日入户走访发现问题:韩庄组杨树松80岁,胃癌;其妻74

岁，腰伤瘫痪不能自理，大小便没人帮忙，且儿女送饭不及时。解决办法：把其子女召集到村部，开他们的家庭会议，批评教育后，排出值班表，其子女轮流照顾老人。

2021年5月6日 星期四

第六届倡导建立"中华母亲节"活动，在郑州市樱桃沟举办。息县弯柳树村汪学华、方城县傅老庄村郑伦等十人荣获"第六届中原德孝模范"称号。我接受大会采访，讲孝道文化和家兴村。

2021年5月7日 星期五

"国无德不兴，人无德不立。"内蒙古乌兰浩特市爱国街道办事处掀起学习中华孝文化示范新村弯柳树热潮，来弯柳树村培训过的领导，把弯柳树"文化自信与乡村振兴"的经验带回去，使党史教育与优秀传统文化学习在爱国街道辖区开花结果。看到媒体的报道，心中十分欣慰。

2021年5月13日 星期四

定点帮扶日暨重点工作安排会议，许振友、翟俊等帮扶队员参加，王守亮到乡里开会。入户登记：监测户、重点户、大病户、受灾户。

中国碳氢核肥项目助推乡村振兴研讨会在弯柳树大讲堂召开。

今年3月份以来，我从《人民日报》、新华社、中央电视台等媒体的大量报道中了解到：碳氢农业碳中和技术对于解决当前农业农村面源污染，落实化肥、农药"双减"政策具有现实而迫切的意义。理清了碳氢农业碳中和项目是依照《"十二五"国家战略性新兴产业发展规划》编列的捕集二氧化碳，替代化肥、农药，确保粮食、食品安全，恢复生态环境友好，实现农业碳中和的新型清洁肥料项目。《碳氢核肥制备关键技术与产业化应用》已被评审为国家全产业化应用科技成果。于是先后三次邀请中国国际碳氢农业科学研究院院长王根礼到弯柳树村实地考察并开研讨会，共同打造弯柳树模式：用文化修好心田，用生态种好良田。

2021年5月17日　星期一

带领做生态有机农业的有识之士，到濮阳市范县、安阳市内黄县碳氢核肥试验田考察学习。范县农业农村局农业技术推广站站长朱保存带领我们实地考察白衣阁乡吴屯村碳氢核肥试验田，施用碳氢核肥的田穗大粒多、饱满无病，化肥田穗小粒少、有病株；汲庄村凌支书家用碳氢核肥的麦田长势旺盛，根系发达，村民用化肥的麦田色黄苗弱。

内黄县东庄乡张岳村村民董运林54岁，8亩地，种植大棚西红柿、香瓜、黄瓜，往年8亩地每年购买1.3万多元化肥、农药，今年使用碳氢核肥，至今只购买了2400元的碳氢核肥。董运林说：省钱、省时、省力，不用间苗、间果了，工作量减少了很多。黄瓜、西红柿、香瓜长势旺盛，每株结果量多，单果个大，色泽光润。我们摘下品尝，口感好，非常好吃！

2021年5月18日　星期二

昨天到范县、内黄县学习，找到了代替化肥、农药、除草剂，让农产品高产、优质、高效的生物肥，见证了"了不起的一件事"！中国人自主研发的碳氢核肥带来的震撼：一场淘汰化肥、农药、除草剂的农业革命正在悄然兴起。

2021年5月19日　星期三

召开中国碳氢农产品品尝交流暨弯柳树村试验区建设推进会。王守亮、汪学华等村干部，王春玲等农业公司12人参加，品尝我们从内黄县带回村的碳氢西红柿、黄瓜、香瓜，商量弯柳树村选出村民，农业合作社做试点，带领村民发展生态有机农业，守护国人餐桌安全。

晚课学党史，谋振兴。通过视频听了《中国改革报》副社长、新闻评论员杨禹的解读，深刻认识到：全面推进乡村振兴，要深刻理解农民，坚持农民主体地位，带着深情去理解、服务农民乡村振兴，是一项伟大的事业，艰苦的事业，值得为之奋斗的事业，必将赢得胜利的事业！

2021年5月20日　星期四

真正的知识分子都自知肩负使命，当黑暗中没有蜡烛时，我只有点燃自己。从脱贫攻坚到乡村振兴，我还在村里。整整九年了，只为点燃文化自信的燎原星火。

今天上午河南摄影家协会"我们的中国梦——河南文化进万家活动"走进息县弯柳树村，为村民拍全家福，村民开心参加！

2021年5月21日　星期五

远古生态农业公司申请新建"酵素农业工程技术研发中心和酵素工厂"，所需资金90万元，已报县政府，王家才副县长批给财政局，陈静批给经建股长陈志明。

村特色产业农业科技示范园已完成租地200亩，700元/亩。

县妇联主席吴咏一行到村给我送全国巾帼建功标兵证书及奖章。

平顶山市叶县县委宣传部孙部长带领洪庄杨镇等四个乡镇的党委书记及县妇联主席等七人到村参观学习。

2021年5月22日　星期六

安阳县原副县长刘付贵一行到村参观考察。

2021年5月25日　星期二

河南省政府武国定副省长到村考察并调研指导"巩固脱贫攻坚成果与乡村振兴有效衔接"工作，信阳市副市长胡亚才，息县县委书记、县长，路口乡党委书记等相关部门领导陪同调研。我和村两委干部向武省长一行汇报了弯柳树村的相关工作情况。

武省长一行先后参观了弯柳树大讲堂、村史馆、文化长廊、扶贫产品展示区，随后在二楼报告厅现场观看中央电视台弯柳树村新闻报道和纪录片。随后，武省长一行实地考察了村二代讲堂、旅游接待中心、德孝餐厅、乡居岁月民宿，与村民和驻村志愿者亲切交谈。

实地考察后，武省长召开现场座谈交流会。会上，武省长对弯柳树村工作开展给予充分肯定，对我扎根基层九年的精神，给予极大赞扬。武省长指出，弯柳树村在脱贫攻坚工作中通过夯实基层党建，立足中华优秀传统文化扶心扶志，成效显著。在乡村振兴工作中，弯柳树村应鼓足干劲，再立新功。并对弯柳树村乡村振兴工作中的做法提出五点建议：一是希望宋瑞书记能够继续坚守在弯柳树村，带领弯柳树村在乡村振兴中再建新功；二是因地制宜做好乡村发展规划，做好特色文章，努力打造美丽宜居乡村；三是把弯柳树村乡村振兴培训基地建好，更为广泛地推广弯柳树村的发展模式，要充分利用村内教育资源和文化特色，完善教学、食宿等培训基地基础设施，建立健全乡村振兴教学体系，争取打造河南省乡村振兴培训教育示范基地；四是要优化产业布局，积极开发受群众欢迎、适宜本地发展、市场前景好的农产品加工产业，延伸产业链条，提高产品附加值，推动农业特色产业上档升级；五是把配套产业做好，把带动民间旅游配套设施建好，为到村学习、培训的学员提供完备的食宿条件，可通过文化、旅游、研学带动，建立弯柳树村研学基地。

我最后发言表态：请省长放心，我永远听从组织召唤，服从组织安排。

2021年5月26日　星期三

回郑参加全省脱贫攻坚表彰大会，途中接到省扶贫办通知，要求我明天上台作典型发言。中午1:00多到郑州，直接到省扶贫办郭奎立主任办公室，郭主任亲自指导我修改发言稿。之后省办社会处、省委办公厅多次修改，下午5:00多终于定稿。

再到省人民会堂进行领奖及发言走场、彩排，7:00多结束，从接到通知到郭主任办公室试讲，反复练习到晚上9:00多。郭主任对我的试讲一直不满意，认为我没有节奏、没有力量。我这时才想起自己一整天没有吃饭了，早上早早出发开车回郑州，一到郑州就忙着赶任务，所以试讲中气不足，显得有气无力。我说："郭主任，我是一天没顾上吃饭了，饿得没气力，现在下课让我回宾馆吃顿饭，睡一觉，明天保证发言没问题。您放心！"

深深感谢郭主任亲自指导改稿、演练！

2021年5月27日　星期四

河南省脱贫攻坚总结表彰大会在郑州河南人民会堂隆重举行，大会深入学习贯彻习近平总书记视察河南重要讲话精神和全国脱贫攻坚总结表彰大会精神。上午9时，大会开始，全场起立，高唱国歌。王凯省长主持，穆为民秘书长宣读了《中共河南省委、河南省人民政府关于表彰河南省脱贫攻坚先进个人和先进集体的决定》，全省脱贫攻坚先进个人1110人、先进集体800个，王国生、王凯、刘伟等领导为获奖代表颁奖。王国生书记讲话，总结八年脱贫攻坚战成果、经验，指出乡村振兴要接续奋斗，再创佳绩。致敬河南82名牺牲在脱贫攻坚战一线的扶贫干部、第一书记，最年轻的只有32岁！

会上，我作为先进代表，和周口市税务局驻太康县前何村第一书记韩宇南、泌阳县扶贫办信息中心副主任王雪娴、长垣市驻光山县脱贫攻坚帮扶工作队队长宁俊博，分别作了典型发言。

会后郭奎立主任握着我的手说："你的典型发言感人至深，台下听者无不热泪盈眶，我也多次感动落泪！"

2021年5月28日 星期五

碳氢核肥替代化肥、农药项目沟通会，争取到厂方捐赠1000亩地一年两季用量的碳氢核肥，着手打造"中国碳氢农业碳中和项目弯柳树模式"示范区，请农业、科技部门进行全程监管。

2021年5月29日 星期六

生态振兴，实现农业碳中和，弯柳树村怎么做？第一，弯柳树群众基础好，被誉为新时代的"大寨"，易普及。第二，党支部领办合作社，作为壮大村集体经济、生态振兴的项目做。第三，企业拿出20万元的肥（1000亩地）免费在村做示范，共同打造"农业碳中和示范村"。

2021年5月30日 星期日

北京大学教育学院院长文东茅教授一行四人到村，调研文化振兴及对接帮扶计划。

巩义市企业家来保军一行四人到村参观学习，晚住村民宿。

2021年5月31日 星期一

到县妇幼保健院打新冠疫苗。

驻村志愿者孟庆莲老师查出肾炎,安排她尽早回辽宁朝阳老家治疗,晚上去看望她。

总队张燕杰主任通知:上报省脱贫攻坚宣讲团,明早9:00前上报我的个人先进材料。

2021年6月1日 星期二

与省直工委组织处王德群处长联系,上报个人先进事迹材料。

科技特色示范种植园汪庄两户不同意,安排村干部陈社会带人再去沟通。

"童心向党,快乐成长",弯柳树村小学庆"六一"活动在大讲堂二楼举行。我和村干部与孩子们共庆"六一"节。

与王家才副县长联系沟通《关于新建酵素农业工程技术研发中心和酵素工厂所需资金的请示》。王副县长批给财政局,财政局批给经建股,经建股直接给否定了。经与王县长商议,让财政局重新拿个意见,王副县长签给袁县长。

2021年6月2日 星期三

今早5:00多有人敲门,村民许光书、许光发因用水纠纷吵起来,找我评理。蓄水池塘,许光书承包养鱼,天旱时,许光发抽水浇地,许光书不允许。调解:按水利部门法规制度执行,池塘水首先用于抗旱排涝保庄稼,其次是养鱼,水深不低于1米(保鱼生活)前提下,首先保障村民抽水浇地。

志愿者团队管理沟通会,汪学华分管,尹子文直管,加强沟通,加强学习,提升整体素质。今天志愿者陈姝洁等两人到与弯柳树村签约联建德孝文化村的西华县杜岗村驻村,期限一年。

2021年6月3日 星期四

定点帮扶日暨重点工作会议,宣传秸秆禁烧、疫情防控和碳氢核肥替代化肥、农药。

下周胡亚才副市长到村调研，明天下班前文字材料需报县政府办。我负责出框架，荣华负责文字归纳。

息县特色产业科技创新示范园召开第四次推进会。

2021年6月4日　星期五

为胡市长调研准备材料，拟汇报打造"中国农业碳中和试点村"、创建"河南省乡村振兴培训教育基地"。

县政府办副主任杨加宇带领武汉建盟设计集团陈永明等到村，召开村规划设计座谈会。文化培训产业、特色旅游、生态农业、民宿等整体规划。

2021年6月7日　星期一

胡亚才副市长到村主持召开息县弯柳树村庄规划座谈会，县长袁钢、副县长黄明及有关局、委负责人参加。胡市长说："上个月武国定副省长到弯柳树村专程看望宋瑞同志，谋划乡村振兴，对市、县政府提出四项要求，嘱咐我们跟踪支持、帮助指导弯柳树村再上台阶，县长答应过武省长的，一定要办到！县直的单位支持，要说到做到，言而有信！"袁钢县长说："市长要求县、乡增强抓弯柳树村的主动性与自觉性，也是对县政府的要求。"肯定弯柳树村的全面均衡发展，在没有任何自然资源优势的前提下，能发展得这么好，对其他村都是一个示范样板。市、县要努力帮助弯柳树村在新历史时期跃上新台阶，迈出新步伐。

2021年6月8日　星期二

乡村建筑专家李开良到村，指导村庄规划及东陈庄20个老旧院子民宿改造。

《河南日报》农村版信阳记者站尹小剑站长到村，对接《河南日报》"乡村培训基地"建设项目，落实武国定副省长5月25日弯柳树调研指示，争取把弯柳树打造成河南省乡村振兴培训教育基地。

村两委会议商讨落实胡亚才副市长昨天到村调研指示精神，突出自己特色，依托文化培训产业、生态农业两个支柱，打造乡村游特色村。

村企业环境卫生提升推进会议，大家形成共识：厂区卫生保障好；门外三包，企业自己负责每天打扫；废料自己处理好；各企业自己设立保洁员；安全问题严格把控。

内乡县桃溪镇党委书记冯延华带领村支书到村参观学习。

2021年6月9日 星期三

黄明副县长带队到新县田铺大湾学习美丽乡村建设。

2021年6月10日至11日 星期四至星期五

按照省委组织部安排，赴兰考县河南焦裕禄干部学院讲课《文化自信与乡村振兴》。

2021年6月15日 星期二

汪学华带领县农业农村局专家在村看地，计划推广碳氢核肥，弯柳树村成立合作社，托管服务。

2021年6月17日 星期四

河南爱心企业支付碳氢核肥项目总部100万元代理费，支持弯柳树村2000亩农田免费试用三年，打造弯柳树化肥、农药双减模式，积累经验。

2021年6月18日 星期五

和村干部到汪庄组，当看到村民汪庭友试用的10亩碳氢核肥旱稻长势远远超过化肥田，我放心了。

今天《河南日报》03版长篇图文《宋瑞的小村大道》，报道了弯柳树村的蝶变。有了道德，村子兴旺；有了道德，国家富强。弯柳树小村走出一条大道：做有"孝、悌、忠、信、礼、义、廉、耻"八德之人，从恢复孝道开始——有孝就积德，有德就有财，有德就有福。德为福本，德为财根。中华优秀传统文化揭示的自然规律，造福子孙万代，其中蕴含的大智慧、大能量，我们虚心学透、悟透、会用，用在哪里都会发生焕然一新的改变，如春风化雨，滋润人心，和谐一方，富裕一方，造福一方！习总书记说："国无德不兴,人无德不立。"提升中华文化自信,增强做中国人的骨气和底气,深入学习党史、国史、民族史,学习经典,明智增能,更好地服务一方百姓。

2021年6月19日 星期六

应省财政厅培训中心之邀,上午到兰考县河南焦裕禄干部学院郑州财政干部培训班讲《文化自信与乡村振兴》,下午到河南电视台8号演播厅参加建党100周年纪念活动彩排。

2021年6月20日 星期日

庆祝建党百年节目录制,我、秦倩等108位驻村第一书记、基层扶贫干部参加,并与电视剧《焦裕禄》中焦书记的扮演者王洛勇共同演出。

2021年6月21日 星期一

召开弯柳树村信访稳定暨矛盾排查推进会,汪庄汪继军反映房子漏雨,排查清楚,按乡规定酌情解决。

2021年6月22日 星期二

县农业农村局领导娄源等到村了解碳氢核肥项目,助力打造"中国碳氢核肥碳中和项目弯柳树示范区"。

召开党员及村民代表会议,评选优秀党员、优秀网格员。

2021年6月23日 星期三

"庆七一 听党话 感党恩 跟党走"庆祝建党100周年联欢晚会,今晚在弯柳树大讲堂二楼报告厅举办,首先对弯柳树村优秀党员、优秀网格员进行表彰,之后村民歌舞团载歌载舞表演节目,分享变化,感党恩,话振兴。

2021年6月24日 星期四

中国碳氢核肥碳中和项目弯柳树示范区弯柳树模式主题报告会,村干部介绍弯柳树村情况,我作主题报告《文化扶心扶志 碳氢赋产赋能》,

范县农技站站长朱保存介绍范县四年来使用碳氢核肥经验与成效，王根礼院长作《肩负起中国碳中和使命 为党中央分忧》主旨报告，成立"中国碳氢核肥碳中和项目弯柳树示范区"。来自湖北、上海、辽宁等各地涉农企业、新农人60多人参加。

2021年6月25日 星期五

早上5:00从村出发，到市委院6号楼前统一乘大巴，7:30出发到郑州参加河南省"两优一先"表彰大会。

2021年6月26日 星期六

上午，河南省"两优一先"表彰大会在省人民会堂隆重举行，省委书记楼阳生讲话，省长王凯主持，省政协主席刘伟等领导出席。我荣获河南省优秀共产党员称号。

2021年6月27日 星期日

一代人有一代人的使命，一代人有一代人的担当。纵向叠加起来，便是一个国家的历史；横向交织起来，便是一个国家的国运。我的使命就是从脱贫攻坚到乡村振兴，坚守最前沿的农村，攻坚克难，砥砺前行，万死不辞。

2021年6月28日 星期一

我作为英模代表到北京参加庆祝建党100周年系列庆典活动。今晚，庆祝中国共产党成立100周年文艺演出《伟大征程》在北京鸟巢国家体育场盛大举行，璀璨盛典，震撼人心！7月1日晚8:00央视一套将播出。

终生难忘的时刻，能够作为河南脱贫攻坚先进模范代表参加这一盛会，倍感荣幸！感谢伟大的党，伟大的祖国，伟大的人民！当习近平总书记等党和国家领导人步入鸟巢体育场时，全场起立，响起了雷鸣般的掌声和欢呼声，场景震撼，激动人心，催人奋进！感动的眼泪一刻不止，感受着祖国的伟大、党的伟大，心中浮现出和弯柳树村乡亲们同吃同住同干的九年奋斗历程，感谢乡亲们九年多来的共同努力、艰苦奋斗与千磨万砺!

晚会从《启航》开篇，经《浴火前行》《风雨无阻》《激流勇进》《锦绣前程》四个篇章，再现我党为救国救民，带领中国人民站起来、富起来、强起来，浴血奋战，前赴后继的壮丽史诗。民族精神，红色基因，英雄气概，感人肺腑。最后一个篇章《领航》结束时，全场数万人起立，共唱《没有共产党就没有新中国》，震撼心灵，直击人心，壮我国威，壮我山河！壮哉吾国吾民吾党！

参加党的百年华诞庆典活动，心灵受到极大的震撼与洗礼，为中华文化自信，民族复兴，人民幸福，余生匍匐在地，鞠躬尽瘁，死而后已！乡村振兴，弯柳树村在行动。我们炎黄子孙中华儿女，万众一心，砥砺前行，再创佳绩，宋瑞加油，弯柳树加油！

2021年6月29日 星期二

庆祝建党百年系列活动，参观中国共产党党史展览馆。

站在一幅幅画面、一件件文物前，感受到的是镌刻着共产党人"不忘初心，牢记使命"的百年践行。百年历史，壮阔画卷，救国救民，为国为民，荡气回肠！深受教育，躬身践行。致敬伟大的党，伟大的祖国，伟大的人民！

2021年6月30日 星期三

说好的不哭呢？到北京这三天，眼睛已哭肿，28日晚鸟巢《伟大征程》庆典演出现场的感动，为伟大祖国而自豪。29日上午参观中国共产党党史展览馆，被先烈前辈共产党员抛头颅、洒热血的献身精神所感动、教育。

今晚在首都宾馆，做完核酸检测，等待任务，正好收看到河南卫视的《胸怀千秋伟业 恰是百年风华》建党百年文艺演出，又被红二十五军深深感动落泪，我要向他们学习，此生做一个顶天立地的共产党员，做一个堂堂正正、气贯山河的中国人！

今晨早餐时，与国家乡村振兴局夏局长、陈司长等领导们聊起乡村振兴，领导们殷殷嘱托：乡村振兴任务更艰巨，需要打持久战。又想到5月

25日武国定副省长到村，希望我继续留村坚守，扛起乡村振兴新使命，当时我还没有下定决心。已经驻村十年了，亏欠家人太多了，想着该回郑州弥补了。可是这次作为全国脱贫攻坚先进模范代表，进京参加百年党庆，深受教育，触及灵魂。乡村振兴，一线战场，一场更艰巨的新战役！

想想当年林县人民修红旗渠，十万人、十年青春，只做一件事。铁姑娘队长说："不修成红旗渠，我头发白了也不结婚！"焦裕禄书记临终前说："没把风沙治好，我对不起兰考人民啊！我死了把我埋在沙丘上，我要看着兰考人民把风沙治好！"

我是党员，脱贫攻坚凯旋而归。乡村振兴，战鼓催征，此时我想着回省城，怎对得起我这一身的勋章和荣誉，怎对得起组织和人民？乡村振兴，我需再出征！

2021年7月1日 星期四

今天，建党百年庆典，终生难忘的日子——北京天安门广场庆祝建党100周年！我心中装着满满的感恩、感动、对党百年华诞深深的祝福，带着弯柳树村党员、村民的期望，在天安门广场参加庆祝建党百年盛典观礼。当威武的歼-20机群从天安门广场上空飞过，现场十万人起立致敬，无不热泪盈眶，激动万分！现场聆听总书记重要讲话，心中的感动和自豪无以言表！今天，必将载入中国共产党发展史、中华民族发展史，也必将载入我个人的生命史册！作为现场参会代表，亲耳聆听习近平总书记重要讲话，亲眼目睹总书记挥手致意，倍受鼓舞，倍感骄傲！

回去之后，我们一定要深入学习、宣传、贯彻、落实总书记重要讲话精神，响应总书记伟大号召，在新的百年征途中，在巩固拓展脱贫攻坚成果、全面推进乡村振兴各项工作中，再接再厉，奋勇争先，再创新的辉煌！

我们齐心协力，继续拼搏奋斗，为弯柳树村的更大发展，为全村人民更加幸福，再加油！新的征程，新的使命，弯柳树村百尺竿头，更进一步，再创佳绩！

2021年7月2日 星期五

今天下午，国家统计局系统学习贯彻习近平总书记"七一"庆祝建党100周年讲话精神暨先进表彰大会，局长宁吉喆讲话，我在河南调查总队分会场作典型发言。

2021年7月5日 星期一

市委理论学习中心组（扩大）集体学习，市委书记王东伟主持，蔡松涛市长领学"七一"百年庆典总书记讲话。三位北京观礼代表发言，我作《坚守初心深践行 乡村振兴再出征》典型发言。王东伟书记最后总结：宋瑞等三位同志参加北京现场观礼，他们的亲身感受、感动、振奋，我听了也很振奋！这是一生最重要的时刻，习总书记讲话闪耀着马克思主义的光辉，自己要更加自觉坚持人民至上。

2021年7月6日 星期二

信阳市海关学习习总书记在庆祝中国共产党成立100周年大会上讲话精神专题辅导会议，我受邀分享在天安门广场参加建党百年庆典活动及现场聆听总书记讲话心得感悟。

2021年7月7日 星期三

组织召开息县特色产业科技示范园推进会并形成决议。

弯柳树乡村振兴规划讨论会，黄明副县长、建盟陈永明等参加。

郑州爱心企业家刘子帅到村捐赠，一起看望走访村民。给许正同双胞胎孙子捐赠奶粉两箱，给53岁姚泽友（心梗，第二次做支架）、李志芳老人捐赠山药粉、食用油、T恤衫等。

2021年7月8日 星期四

村定点帮扶暨重点工作推进会，县、乡要求贫困村驻村工作队五天四夜工作制不变；帮扶责任人每周一次入村入户；制定帮扶计划，更新帮扶措施；人居环境改善等。

上半年工作总结文字材料，今天下午完成。

2021年7月11日　星期日

今天弯柳树乡村公益夏令营北京大学教育学院实践基地举办结营总结会，七位在村参加暑期实践的北大学生最大的感受是：马克思主义与中华传统文化在这里的结合，走出了文化自信与乡村振兴之路。村里孩子、大人精神面貌都不一样，弯柳树村改变人心的做法，值得其他地方学习！

2021年7月13日　星期二

"中国碳氢农业碳中和项目弯柳树模式"今天正式在息县彭店乡落地示范，彭店乡党委、乡政府组织全乡14个村的村支书带领村干部、种植大户、村民代表100多人参加现场培训观摩活动。

我和村干部汪学华、张荣华到彭店乡试验田进行示范培训，田间地头现场培训结束后，彭店乡党委书记刘波立即组织召开有彭店乡党委、乡政府分管领导及14个行政村的村支书、弯柳树村干部参加的碳氢核肥生态农业座谈会。会后彭店乡14个村分别上报各村试验田亩数，弯柳树村干部汪学华、张荣华为大家分发免费试用的碳氢核肥。

2021年7月14日至17日　星期三至星期六

息县政府办副主任尹登基、县科研所所长黄淼带队到上海参加"共同富裕大会"，彭店乡乡长崔记伟、支书吴霞、我和弯柳树村干部汪学华、志愿者尹子文等七人参加，对接碳氢生态农产品在上海市场销售。

2021年7月18日　星期日

远古公司生态酵素水稻今年丰收在望，预计产量可达到30万斤，但无仓库储存，向张生勇乡长报告，急需帮助协调仓储！张乡长提供四处厂房，可以从中选择，明天上班去查看了解。

2021年7月21日　星期三

河南挺住！郑州挺住！河南近日连续极端暴雨，郑州尤为严重，已出现人员伤亡，地铁5号线灌水，郭家咀水库溃坝，黄河水倒灌淹城，地铁、公交、高铁、航班全部停运。打电话给家人，回复车被泡，人安好。

2021年7月22日　星期四

村定点帮扶日暨重点工作安排，做好三类人群走访：边缘户、不稳定户、突发困难户，具体情况了解清楚，原因说明。提醒村民预防小孩溺水。

2021年7月24日　星期六

生态农业示范田进行第三次碳氢核肥无人机喷施，涉及凡明亮140亩，王春玲、汪磊60多亩，汪学华50多亩，闫浩负责录制小视频发培训群。

2021年7月25日　星期日

路口乡农业碳中和碳氢核肥推广和乡村振兴试点村产业发展座谈会在村召开，我作了《传统文化扶心扶志、碳氢科学赋能赋产，努力建成中国碳氢农业碳中和弯柳树示范区》的主题报告。

弯柳树村在脱贫攻坚中，通过九年艰难探索，走出一条"党建引领、文化扶心、道德育人、产业发展、脱贫致富、乡村振兴、人民幸福"之路。在今年启动的乡村振兴新征程中，弯柳树村将一手抓"党建引领、文化扶心"的精神文明建设，一手抓"碳氢科学赋产赋能"的物质文明建设。此次弯柳树村与中国国际碳氢农业科学研究院合作，打造中国碳氢农业碳中和项目弯柳树村示范区，弯柳树村两委和广大村民有信心实现全村化肥、农药"双减"，把弯柳树村建成中国农业碳中和项目的示范区，为国家实现碳中和战略目标做贡献。

2021年7月27日　星期二

信阳市委常委、市军区政委崔玉明一行到村检查指导"一村一警一连"和平安建设工作。

2021年7月28日 星期三

省委宣传部精神文明创建处刘亚军处长到村调研省级文明村创建工作。

2021年7月29日 星期四

定点帮扶日入户走访,严格做好防洪防汛工作,排查三类户、住房薄弱户,做好防返贫监测帮扶排查。

帮扶工作队长轮换,县移动公司王征撤回,岳磊上任。

到市委组织部给孙巍峰部长汇报工作,请教村两委班子建设和产业振兴工作,张乡长一同汇报。

2021年7月30日 星期五

入户走访,给李光明80多岁的老母亲送来总队"微心愿"帮扶。

"星级文明户"建档管理。县委宣传部要求,每户建档案,符合十个方面:爱党爱国、遵纪守法、美丽庭院、孝善敬老、诚实守信、移风易俗、友好和谐、明理重教、勤俭持家、志愿服务。

2021年8月2日 星期一

王征离村告别,岳磊到村上班。

全国美丽休闲乡村申报,已上报县农业农村局。

2021年8月3日 星期二

疫情防控,推进新冠疫苗接种。疫情再次进入扩散期,郑州已查出33例确诊病例,乡会议要求:从郑州回来的不允许进村,本村人员不允许出村。发动群众,盯紧左邻右舍,发现有从外地回村者,立即上报村委会。

召开"关于2021年度河南省文明城市测评反馈问题整改"推进会,及时补上标牌、文化墙。

总队支援村防疫物资口罩5000只、小喇叭15个、消毒喷壶5个、电动喷雾器2个。

2021年8月5日 星期四

村洪涝灾害情况统计排查，明天上午10：00前报乡政府。

考上本科的本村学生，家庭困难的登记排查，由爱心企业给予每人4000元资助。

市委加强作风建设工作领导小组办公室督导组今天开始对全县工作作风、因灾排查、"三类户"识别工作进行督导。

帮扶：杨树松去世后，其妻卧病在床，不敢吃喝，没人照顾，怕上厕所。四个子女均在附近，把杨树松的子女四人召集到村部，让其子女定出照顾母亲的日程。

2021年8月6日 星期五

息县宏升粮食制品公司弯柳树基地二次洽谈会。

2021年8月7日 星期六

县委书记汪明君到村检查疫情防控、扶贫监测和乡村振兴工作。村在家的18周岁以上645人，已接种624人。

2021年8月8日 星期日

村干部会议商量速购口罩等防疫物资，紧急！许会计已预订5000只，排队！

2021年8月9日 星期一

报告乡卫生院：西陈庄李志良、李伟在南京做伤残鉴定(手在南京受伤)，8月3日从南京回村，已隔离在红旗队板房，今天请医生到村做核酸检测。

2021年8月10日 星期二

息县县城今天上午开始封城，主要街道已封控。

村成立疫情防控指挥部，入村路口全部封锁，主干道一处设卡点。

2021年8月11日　星期三

召开村疫情防控村民组长、党员突击队会议。

一、成立疫情防控领导小组：

组长：宋瑞

副组长：罗伟、王守亮

成员：汪学华、许振友、陈社会、焦宏艳、张荣华、岳磊

领导小组下设办公室，由许振友、岳磊、张荣华负责日常材料的收集报送。

二、党员疫情防控突击队(14人)：

宋瑞、罗伟、王守亮、汪学华、许振友、陈社会、焦宏艳、张荣华、岳磊、许正伟、李晶、汪继军、许建、谌守海。

三、村民疫情防控自救突击队(11人)：

骆同军、杜彦保、刘学松、赵海军、陈道喜、王秀月、骆建友、郭建国、韩国善、陈文好、杜继英。

村口卡点值班房安置，明天全村做核酸检测准备。

2021年8月12日　星期四

村全员核酸检测工作部署会议，王守亮传达乡会议精神，布置下午全村做核酸检测。

下午3:00开始，全员核酸检测，摸底排查登记人数945人，实际核酸检测人数893人。

2021年8月13日　星期五

下雨了。村第一轮核酸检测总结工作会，王支书和各组组长发言，总结人员登记缓慢和现场秩序乱问题。吸取教训，改善提升。

2021年8月14日　星期六

弯柳树村疫情防控工作推进会安排：对照户籍人口全员核酸检测。小喇叭宣传到户到人，一个不能漏。

农业局给我村项目支持，与村干部商量，为远古公司申报建粮仓项

目130万元。

2021年8月15日 星期日

疫情防控村口卡点值班，今天是我和汪继军、许正伟，我早上6:50到村口，汪继军已到。值班时间早7:00至晚9:00。

安排远古公司王春玲做项目预算，上报农业局。

2021年8月16日 星期一

疫情防控工作会，王支书传达乡会议精神，昨天商丘市确诊病例6例、疑似病例4例。全县第二轮全员核酸检测准备，并排查外地返乡学生。

接省教育厅通知，学生开学时间推迟到9月15日之后。

2021年8月17日 星期二

早上6:50沈建学到院里找我，反映他今年种植的长豆角因雨灾大幅减产。安慰他不要贪多样化，凝心聚力把香菇酱企业做好。

2021年8月18日 星期三

今天看了村民凡明亮200亩、村集体53亩、汪学华二人76亩碳氢核肥稻田，根系发达，植株茁壮，长势很好！

2021年8月19日 星期四

定点帮扶日走访，和汪学华、张荣华一起给各组老人送T恤衫、芝麻糊等。

2021年8月20日 星期五

村口防疫卡点值班。乡长张生勇到村检查防疫值班情况和龙头企业支持项目对接情况。

与县农业农村局黄树伟局长对接村前日上报的远古生态农业公司建1000平方米仓库，投资130万元项目之事，农业农村局根据相关政策，统筹支持龙头企业发展资金130万元，直接对远古，不需村乡按分红形式入股。

2021年8月22日 星期日

新到任县长管保臣首次到村调研乡村振兴、文化培训产业、村产业园，王家才、闫清勇副县长、黄树伟局长、姚金麟主任、万磊书记、张生勇乡长和村干部参加，我和王支书汇报。

2021年8月23日 星期一

准备迎接县纪委督导组"双清零"工作督导检查，村按要求准备好户籍人口和非本乡户籍常住人口两个台账，同步推进疫苗接种。

2021年8月24日 星期二

村疫苗接种工作推进会，全员接种。行动不便者，县里组织医生入村入户检查。

碳氢水稻销售对接，上海阮益红高于市场价0.1元收购。

2021年8月25日 星期三

封村第十六天，村口防疫卡口值班，第三轮值日守卡口。

村、组干部会议，王支书传达乡会议精神：继续疫苗接种排查。常住人口18岁以上疫苗接种率：全国95%，息县83%，我村76%。未接种者全部接种，家长不打疫苗，小孩不能上学。

2021年8月26日 星期四

下大暴雨，到独居老人户查看住房情况。均安然无恙，我心中踏实了。

2021年8月27日 星期五

疫苗接种"双清零"排查，除了汪红秀、熊新明、岳祖荣因尿毒症和癌症有医院证明不能打外，其余均已接种。

郑州赵总、周口西华县邵瑞刚等八人到村参观学习。

2021年8月29日 星期日

北京张继仁一行五人到村。

省农业农村厅社会事业促进处吴磊副处长电话说，第二批全国村级"文明乡风建设"典型案例已正式对外发布，弯柳树村是河南唯一入选村。要求聚焦移风易俗主题写出3000字总结，谈谈本村做法、成效，详细介绍本村富有特色的移风易俗经验做法，供各地学习。

2021年8月30日 星期一

入选全国村级"文明乡风建设"典型案例，按省农业农村厅要求修改上报材料，题目仍为初报时的《德孝文化扶心志，移风易俗树新风》。

县乡村振兴局通知：国家乡村振兴局综合司下发《关于征集巩固拓展脱贫攻坚成果和全面乡村振兴典型案例的函》，要求各地重点总结推荐今年以来学习贯彻习总书记关于巩固拓展脱贫攻坚成果和全面推进乡村振兴重要讲话和指示精神过程中的好经验、好做法。息县仅弯柳树一村入选，准备上报典型材料。

2012—2015年的驻村日记今天整理完毕，后面几年接着整理。

2021年8月31日 星期二

准备上报典型材料：我所经历的脱贫攻坚故事，文化自信与乡村振兴。

2021年9月1日 星期三

入户走访。邓学芳、丁晓丽两家鸡鸭散养，环境卫生差。要求其圈养。

疫情防控总队计划给村买1万只口罩，用我的公务卡支付，总队报账。村干部商量后向总队请示：口罩村里还有3000只。阴雨连绵，农户房屋潮湿，现在急需消毒艾条。机关党办同意。

新任县委宣传部部长贡少辉首次到村调研。

2021年9月2日 星期四

入户走访。骆同军昨天中午喝多了，耽误了喂鹅，他老婆吵了他一顿。我又吵了他一顿。他说：服！

省乡村振兴局在信阳督导因水灾致贫返贫及巩固脱贫攻坚成果工作。做好村受灾户排查工作，一户不能漏。

工作纪律和要求：第一书记、扶贫工作队员确保在村五天四夜工作纪律，第一书记工作日志检查。

2021年9月3日 星期五

弯柳树村被评为第二批全国村级"文明乡风建设"典型案例，进入公示期，保持村容村貌干净整洁，维护全村文明和谐村风。

2021年9月4日 星期六

村人居环境整治推进会。一、四美乡村五美庭院建设，加大检查督促，每一个认领文明户创建的户要多自查自纠。二、全县文明户（星级）观摩现场会近期将在弯柳树村召开，全村环境卫生再提升，公益岗位人员增加。

2021年9月7日 星期二

小茴店镇易老庄村种粮大户易振中等十人到村，参观学习化肥、农药"双减"和使用碳氢核肥情况，汪主任带领到碳氢水稻田参观。

2021年9月8日 星期三

王支书传达乡会议精神，空心村拆除复耕，土地平整，占补平衡。

2021年9月9日 星期四

定点帮扶日暨重点工作会议，11月份省乡村振兴局对巩固脱贫攻坚成果与乡村振兴有效衔接进行评估。

"河南调查总队定点帮扶弯柳树村工作座谈会"在村部召开，总队总统计师郑泽香到村调研指导，马建国部长、万磊书记陪同。

到西陈庄、东陈庄察看地形，为改造成民宿做准备。

2021年9月10日 星期五

学习2021年总队专题会议纪要：

一、总队在定点帮扶工作上需履行的责任、慰问次数、工作开展事项：一是总队主要领导是帮扶工作第一责任人，每年到村至少一次。二是其他班子成员累计到村调研不少于四次。二、驻村干部补贴的依据和标准、办理程序、审批流程。三、驻村期间差旅费审批、报销流程及时限。四、第一书记半年向党组汇报一次工作。

2021年9月11日　星期六

王支书带领洪湖强农草制品公司吴向东等到村洽谈稻草收购事宜。

陈社会要在沈建军香菇酱厂院内请客十桌，支书王守亮制止不了，来找我，我给沈建军打电话：食品企业安全、卫生是头等大事，杜绝闲杂人员入院。沈建军叫停。

2021年9月12日　星期日

县委书记汪明君、县长管保臣带领县四大班子领导到村，检查明天市委领导到村考察线路。汪书记要求我讲解两个要点：孝道文化改变人心，从乱到治；有德就有财，吸引企业到村投资，产业发展、收入增加。到产业园，由企业负责人讲解。

2021年9月14日　星期二

村干部、村民小组长会议，安排秸秆禁烧、妇女两癌筛查和县产业集聚区招工等工作。

发展生态农业，弯柳树碳氢农业合作社成立，召开村民入社动员会。

2021年9月15日　星期三

息县农村精神文明建设现场观摩会暨新时代文明实践所（站）建设工作推进会在弯柳树村举行。

2021年9月16日　星期四

定点帮扶日，入户走访李树凤、杜继英、许光荣三家，安好正常。

回总队汇报近期工作。

2021年9月18日 星期六

中央党校总督学乔清举教授、刘忱教授在河南讲学，原计划到弯柳树村见我，正好我回总队了，今天两位到调查总队采访文化自信与乡村振兴，在总队三楼会议室座谈，中午在省政府机关食堂一起吃工作餐。

2021年9月19日 星期日

给县委组织部部长弓建国、副部长陆万运汇报9月27日举办"弯柳树乡村振兴驻村第一书记交流会暨化肥、农药'双减''双禁'现场观摩会"活动，领导们同意，再报乡党委，党委书记也同意了。

2021年9月20日 星期一

给刘波书记电话安慰，放下眼前的委屈，一如既往，扎实做好手头工作，为党的基层事业做出榜样！

2021年9月21日 星期二

弯柳树碳氢水稻丰收，今天开机收割。恰逢中秋佳节，祝福家家幸福美满，祖国繁荣昌盛，天下大道昌明，风调雨顺，五谷丰登！

2021年9月22日 星期三

我给省委组织部驻村办主任王刚电话汇报27日第一书记弯柳树村交流会事宜，请领导到村指导。王主任说：好事！同意！到时派省驻村办张岩到村参加。就近请驻马店、南阳、周口、许昌的第一书记参加。

市作风督导组到村对驻村第一书记和工作队暗访查岗。

2021年9月23日 星期四

定点帮扶日暨重点工作会议，要求严格工作纪律，坚持离村请销假制度。督导组、暗访组检查第一书记和帮扶工作队员帮扶日志、在村生活痕迹、入户照片等。

今年息县脱贫户最低收入线：4240元/人/年，监测线：6372元/人/年，我村脱贫户收入皆高于监测线。新纳入监测户王伟1户6人，边缘户彭得志1户5人，易致贫户邢玉建1户1人。

2021年9月24日　星期五

筹备弯柳树乡村振兴暨化肥、农药"双减""双禁"观摩会。弯柳树村化肥、农药"双减""双禁"现场观摩交流会筹备近两个月来，已多次被乡、县某些领导以各种借口叫停。我一直没有放弃的原因是全国的驻村第一书记战友们从网上看到弯柳树村的做法，都想到村实地看效果。秋粮进入收割期，观摩会此时不组织，就要等到明年了！今天看到中央巡视组给河南反馈的整改问题之一：农业面源污染严重，化肥、农药"双减"落实不力！再次鼓足勇气，重启筹备。

2021年9月25日　星期六

昨夜半夜难眠，是干还是不干？是前进还是后退？每每做一件利益百姓、利益社会、利益国家人民的事，因超前于乡里或县有关部门个别领导的认知，或阻止、或叫停，驻村十年来遇到这样的情景太多。为自己省心、不得罪人考虑，应停下，乡里让干啥就干啥，不担风险、不得罪人，你好我好大家都好，都呵呵而过。若为党的基层事业、为群众的切身利益、为给辛苦的驻村第一书记弟兄们提供学习借鉴机会，避免走弯路，应该不计个人得失、荣辱、委屈，以及被误解、曲解的酸楚，为乡村振兴鼓起勇气，打起精神干！乡亲们还在等着把今年的生态水稻卖个好价钱，那就只有坚持干。今晨3:00多起床，问天问地问心，心中只有六个字：忠诚、干净、担当！这也是支撑我十年在村义无反顾坚守的六个字！

2021年9月26日　星期日

上午9时，中国共产党信阳市第六次代表大会在百花之声大剧院隆重开幕。大会的主题是高举习近平新时代中国特色社会主义思想伟大旗帜，牢记领袖嘱托，锚定"两个确保"，加快老区振兴，加速绿色崛起，为新时代实现"两个更好"、全面建设社会主义现代化信阳而努力奋斗。

晚上，村部举办乡村振兴第一书记交流会暨化肥、农药"双减"现场会欢迎晚会。

2021年9月27日 星期一

　　弯柳树乡村振兴驻村第一书记交流会暨化肥、农药"双减"现场观摩会今天圆满举办。来自全国6个省、15个省辖市、29个县、市、区的120多位省、市、县派驻村第一书记、村支部书记、农业专家、涉农企业家、种粮大户参加本次活动。碳氢农业专家王根礼、赵芳，虞城县政府经济作物开发办主任赵金玉，范县农业农村局农技推广站站长朱保存，为大家做了碳氢科学助推乡村振兴和共同富裕的专题报告。

　　我作《文化扶心　产业赋能　乡村振兴》主题报告，结合弯柳树村用文化修好心田，用生态种好良田，从软弱涣散的贫困村到走出一条"党建引领、文化扶心、道德育人、产业发展、脱贫致富、乡村振兴、人民幸福"的文化自信与乡村振兴之路的巨大变化。与会专家分别以《碳氢科学与生态发展》《依托碳氢科学助推乡村振兴与共同富裕》为题讲解了碳氢科学与生态发展、乡村振兴的关系。旨在进一步巩固脱贫攻坚成果，实现化肥、农药"双减"，进而实现农业碳中和，引领乡村生态发展，助力乡村振兴。

　　与会人员到弯柳树村扶贫产业园化肥、农药"双减"示范区进行了现场观摩和交流。品尝了从三省份带来的梨、香瓜、黄瓜等碳氢生态农业产品，被其产量高、口感好、价格低所吸引。

2021年9月28日　星期二

　　到彭店乡政府座谈，商讨提升三村措施。

　　作为英模代表受邀到黄河迎宾馆参加省政府迎国庆茶话会，省长王凯出席并讲话。我和王凯省长及外宾在一号桌。

2021年9月29日　星期三

　　南阳市社旗县委副书记李哲电话沟通，准备选派一个乡镇代表团来弯柳树村学习文化扶心、产业赋能、绿色发展、乡村振兴经验做法。

2021年10月1日　星期五

　　祝福祖国72岁华诞！祝祖国繁荣昌盛，家家幸福安康！打赢脱贫攻坚战，实现全面小康后的第一个国庆节，人民幸福，和乐吉祥，万众一心，众志成城！

2021年10月2日 星期六

到郑州航空港区考察经济作物种植情况。

村碳氢农业合作社寄大米样品到河南省农科院食品加工研究所进行检测。

2021年10月6日 星期三

关于支书王守亮辞职一事与县、乡领导沟通：支书王守亮因村干部工资低，家中经济负担重，辞职去武汉打工了，月工资8000多元，村支书工资只有2000元。王守亮2018年被我动员参选村支书时，他说："宋书记在弯柳树干了六年，作为党员我不干对不起您，我只能干三年，我儿子考大学时我还得出去挣钱。"这是我俩的三年之约，守亮去年至今已多次写辞职报告。我建议由选调生张荣华代支书开展工作。

2021年10月9日 星期六

弯柳树村传达乡会议精神，重点是排查三类户，对于村情、户情、政策，帮扶责任人要清楚。11月省抽查，12月国家检查。

村民组长会议，汪学华安排秸秆回收之事，明天有机器过来打捆。

城乡居民两险征收在全乡排名靠后，催各组村民及时上交医疗保险每人每年320元，养老保险每人每年200元。

碳氢核肥水稻产量统计：陈文浩17亩水稻，收成2万斤，增产2000斤。赵海军18亩水稻，收成21000斤，增产4000斤。汪学华2亩水稻，收成2600斤，增产200斤。凡明亮140亩水稻，还没统计出产量，长势好，增产会更多。

2021年10月10日 星期日

安排汪学华负责村民对接种麦、种荠菜事。

远古公司种植的美香粘水稻，产量可以，但品质、口感很差，怕影响弯柳树村酵素大米品牌，网上订单不敢卖。因是李林卖的稻种，王春玲希望李林能负责承担部分损失。

2021年10月11日　星期一

张荣华传达乡重点工作会议精神：一、脱贫攻坚：防返贫监测，应纳尽纳，不能有漏户。我村有三户三类户，应高度重视。二、土地复耕：我村1.4亩，本周应完成。三、人居环境：主次干道户容户貌维护。四、两险增收：完成比例为0，本周催收。五、信访工作：目前稳定，不可掉以轻心。六、秸秆禁烧：我村今年秸秆回收，村民参与性高，但还要注意。

李林和县农科所朱树贵所长到村协调解决美香粘稻种致王春玲损失事。

准备邀请虞城县政府经济作物技术推广中心赵金玉主任来村指导村民种植荠菜。赵主任免费供种子，收购荠菜，供三全、思念加工冷冻水饺之用。

2021年10月12日　星期二

选调生张荣华挂职锻炼期满进行考核，县委组织部、乡村干部、扶贫工作队、党员、村民组长共计17人投票。我第一个谈话：小张很优秀，政治思想、个人品德都非常好。建议及早提拔重用，如能继续在弯柳树村工作任支部书记更好。

安排明天荠菜种植现场指导活动，赵金玉主任晚上8:00到村。

2021年10月14日　星期四

入户走访，与罗萍一起。

弯柳树村重点帮扶工作会议，乡里反馈脱贫攻坚后人居环境和三类户排查与认定方面的问题：一、付新宽残疾人补贴半年未发。二、焦言中对四级残疾证不满意，怨气大。三、王中学因脑溢血住院，花费不明，需关注。四、李树凤、熊连福、杜若俊有贷款需求，未落实。五、方世龙三间瓦房不安全。六、陈金伟住房漏雨，有裂缝。

2021年10月15日　星期五

赴信阳平桥区为2021年驻村第一书记"起步开局促振兴"专题培训班授课。我以《不忘初心勇担当——文化自信与乡村振兴》为题，从文化扶心、产业赋能、绿色发展、乡村振兴方面,讲述我在弯柳树村带领村民脱贫致富的经验。

2021年10月17日至18日 星期日至星期一

全省驻村第一书记培训班和兰考县河南焦裕禄干部学院"全省党组织书记培训班"到弯柳树村现场教学,每天一批,在村大讲堂二楼报告厅上课,我讲《文化自信与乡村振兴》,汪学华主任带领参观村容村貌和产业园。

2021年10月19日 星期二

本周工作计划:一、三类户监测排查细致。二、台账软件资料安排。三、乡自查反馈问题整改。四、村做档案资料整理,一村一档,一户一档。五、信访稳定,继续留意。六、周四定点帮扶日常态化。

2021年10月21日 星期四

县人武部政委闫亮修一行到村召开全市"一村一警一连"现场会,"一村一警一连"融入乡村振兴和乡风文明建设。

入户走访马永红、梅玉萍、涂学英、许光合、赵九均、王海、骆同华七户。

省总队纪检组长吴小武一行到村召开河南调查总队巩固脱贫攻坚成果结对帮扶工作座谈会,要求:一、弯柳树村不断总结提炼出可复制、可推广的经验,供来学习的村学习借鉴。二、村民收入提升后,帮扶力度减弱了怎么办?产业引进要有新规划。三、乡村振兴,如果村里人住的很少了,房建得好,基础设施建得好,是否浪费?扩大农业规模经营,提升效益。四、所有资金支出严格按制度、按规矩、按"四议两公开"执行。公开是最好的方法。

召开村产业园环境提升专题会,尚居家具公司、香菇酱厂、惠民门窗厂、鸿盛达电商物流园和火龙果园负责人参加。要求各家负责安全生产及自己门前的卫生。

2021年10月22日　星期五

今天看到《河南日报》上的一篇文章《印象"弯柳树"》，汝州市庙湾村第一书记徐云峰带领村两委班子到弯柳树村对接荠菜种植项目，他写的这篇感悟，看哭了我。我们共同努力，不负重托，不辱使命，造福一方！

2021年10月23日　星期六

村人居环境整体维护提升。秋粮刚刚收割晾晒完毕，对村环境卫生造成了全面影响，准备秋收后大扫除。今天组织公益性岗位全体集合，分工分片，进行全村大清洁。汪学华领着干，乡亲们边干边说笑，让我很感动。

干活间歇给大家讲一小课——"多拿钱少干活与少拿钱多干活"的区别。利他宽心，行善积德，我们都向雷锋学习。

《印象"弯柳树"》上了学习强国！

2021年10月24日　星期日

到新蔡县考察可伸楼餐饮，计划引进，与村乡居岁月合作。

2021年10月25日　星期一

张生勇乡长到村察看民宿经营情况。

入户走访方守敏、刘玉霞、邓学芳三户。

县武装部到村，检查周四会议线路。

"一村一警一连"支部会议，筹备迎接28日全市现场观摩会，村干部各负其责。

村两委及扶贫工作队会议，我强调做好脱贫攻坚三类户动态管理，年度信息录入；生态农业发展规模扩大，亩产出效益提高，希望王春玲、汪学华带头争取明年春季80%农户实现化肥、农药"双减"。

河南电视台都市频道记者三人到村，为全省党代会期间专题节目做采访。

乡居岁月疫情后重新开张试营业。

2021年10月26日 星期二

脱贫户明白卡填写。

总队人事处梅博溢通知：领导干部个人事项报告会下午3:00开视频会议，要求我到信阳市队或息县县队参加。

乡居岁月民宿招商引资，新蔡可伸楼餐饮管理有限公司杨总等四人到村洽谈合作细节。

2021年10月28日 星期四

上午，为贯彻落实上级关于参与拓展脱贫攻坚成果同乡村振兴有效衔接通知精神，推动军分区"一村一警一连"暨衔接乡村振兴工作深入开展，河南省信阳军分区在村里组织召开了研学观摩会。与会人员先到编建"民兵连"企业息县尚居家具有限公司，详细了解乡村产业的效益和民兵作用的发挥情况；又在讲解员的解说中参观了村容村貌、老子书院、智能民宿和"一村一警一连"工作站，实地观摩了弯柳树村在乡村振兴、乡风文明建设、"一村一警一连"建设中所做的工作和取得的成果。

2021年10月29日 星期五

淅川县滔河乡政和新村与弯柳树村德孝文化村联建启动仪式。淅川县政协党组成员邹书燕等领导、乡政府乡长、主管副书记参加。我和汪学华带领弯柳树村民歌舞团、驻村志愿者，来到政和新村。弯柳树村志愿者将在这里服务一年。

2021年10月31日 星期日

入户走访汪学海、涂学英、陈文友三户，家庭情况均正常良好。

2021年11月2日 星期二

安排公益性岗位人员进行全村人居环境大提升，汪学华负责。

与管保臣县长电话沟通村项目桃花岛、村党群服务中心工程款未付问题，亟须解决。

与张生勇乡长沟通组织到杨店学习"稻鱼共养"项目。

向县委组织部马建国部长建议解决张荣华副科待遇,然后仍留村工作。

县科技局万保华副局长电话说,想在弯柳树召开一个品米大会,息县主打有20多个水稻品种,想选出4至5个优质品种,利用一村一品推出去。

2021年11月3日 星期三

省军区政委徐元鸿一行到村,进行"一村一警一连"工作调研指导。

解决汪庄15岁孩子辍学问题,协调去息县职业高中学一门手艺,与汪敏老师沟通好,让村干部汪学华通知家长明天带去。

2021年11月4日 星期四

乡会议精神,驻村工作队务必严格按照五天四夜工作制,严格履行请假手续,持续开展防返贫入户排查工作,及时更新帮扶措施,填写明白卡。15日左右,省督导组入县。脱贫户医保还有17户78人未交,今天入户催一下。

今日走访陈道荣、王忠学、韩新友家。

2021年11月6日 星期六

村召开巩固脱贫成果推进会,进一步发展特色种植业。

人没有精神的提升是不行的。弯柳树的发展表明,最核心的是人的变化,扶心扶志起的是打牢根基作用。

入户走访周中丽、陈文好、马永红、李志德、赵忠珍、冯保华、陈文友、冯布英八户。

2021年11月7日 星期日

入户走访:一、熊新明,六口人,本人胃癌,妻子尿毒症。两个孙子上学,儿子媳妇二人江苏打工,两个低保。二、王中学,71岁,脑出血,两口人。三、韩新友,58岁,妻子刘兰芳乳腺癌,医疗支出超3万元。

研判:50户重点户中发现排查出的3户,纳入三类户。原三类户4户14

人，拟增加3户10人，上报乡指挥部。

2021年11月8日　星期一

村巩固脱贫成果培训会：一、张荣华代支书走访发现明白卡张贴不规范问题。二、汪学华副支书强调重视人居环境、老人户、三类户问题。三、个别村干部对巩固脱贫成果政策不清、应知应会的不会，三类户情况说不清。18日开始脱贫后评估，在这十多天内，村容村貌、户容户貌必须全面提升。

王金利副县长带领党校学习班同学15人到村参观。

市委党校李锦熙等四位老师到村，调研乡村治理和乡村振兴课题。

全县脱贫攻坚巩固成果有效衔接乡村振兴第五次视频调度会议，各村责任组长、支部书记、第一书记参会。县脱贫攻坚督查组在路口乡逐村核查。

2021年11月9日　星期二

入户走访骆同华、杜若芳、杜彦群、许光荣、岳继英、尹桂明、周中丽七户。

市人居环境督查组到村检查。

2021年11月10日　星期三

村关于巩固脱贫攻坚成果评估工作推进会，要求明白卡填写认真仔细，帮扶责任人半天入村入户，半天工作接待。

2021年11月11日　星期四

组织公益性岗位人员开会，汪学华安排分工，我强调注意事项，并给大家鼓劲加油。

村定点帮扶重点工作会，张荣华传达昨晚乡会议要求，罗伟副书记布置入户排查后的评估要求，对于老人独居户、三类户，要入户入心，提高满意度。

入户走访骆同华、王月秀、熊新枝、李娜、李中兰、韩希运、冯保华、阚继芳。

"永远跟党走"——息县2021百姓宣讲直通车启动仪式，我讲《文化自信与乡村振兴》。

2021年11月12日　星期五

入户走访王天芳、汪学海、汪红秀、李树凤。

杨登芳老人93岁，昨日去世。今日和村干部汪学华、陈社会去冯庄吊唁，回想曾为她做的事，心中甚慰。

上海共同富裕会议对接销售产品需提供会议照片、产品照片。

村集体20亩地种植荠菜，今天播种，学华副支书负责。

县委宣传部马育琴通知上报"中国好人"，市委文明办通知报我，下周一上午把先进材料报县委宣传部。

2021年11月13日　星期六

入户，带公益性岗位的刘玉霞到汪学海家，整理床铺，清洗床单被罩，打扫厨房卫生。

村传达乡巩固脱贫攻坚成果重点工作安排会，张荣华传达乡会议精神。

调解许庄村民关于征用土地矛盾。

2021年11月14日　星期日

在村部门口召开村公益性岗位保洁员岗前会议，要求对排查出的40多个户容户貌差、卫生差的农户，公益性岗位保洁员分组包户帮其打扫。昨天我和刘玉霞打扫汪学海家，汪学华打扫熊新明家，已干净整齐。

乡派出所所长张继兵到村邀请我下周一下午为县公安局系统作一场《文化自信与乡村振兴》的报告。

2021年11月15日　星期一

今天早上6：00在村部集合，等待县里检查组抽村结果。一乡抽一个村，近7：00得知结果，路口乡抽中了胡围孜村，大家各自回去忙各自的事。我开始准备下午给县公安局授课之事。

2021年11月16日 星期二

帮扶责任人、乡村干部传达乡巩固拓展脱贫成果重点工作会议要求：一、全县巩固脱贫攻坚成果有效衔接乡村振兴工作检查组，昨天我乡抽查胡围孜村发现的问题，我村对照整改。二、今天开始全县大走访、大排查，政策宣传，老人户要有存款记录或子女打款记录，或签订赡养协议。

2021年11月17日 星期三

入户走访丁晓丽、袁九荣、李树凤、杜继英、陈新远、邓学芳。

村民课堂，中午爱心大锅面今天恢复，30多人参加学习和聚餐。

调解红旗组王学国、陈新华纠纷。

2021年11月18日 星期四

筹备生态农业论坛，已给市农业局丁立平局长汇报举办时间。

入户走访杜彦成、涂学丽、韩希运、李学芳、张国凤、岳红、韩新龙、张明、韩国提、王中英、韩新保、李明真、熊玉芳。

乡居岁月经营协商，经营团队每年向村集体上交6万元租金。

2021年11月19日 星期五

协商村生态大米销售事宜：村委会统一协调、统一包装设计。

2021年11月20日 星期六

入户走访邢东培、李忠德、陈新远。

县督导组到村。

2021年11月21日 星期日

村巩固拓展脱贫成果工作安排会。

村民组长及引导员会议安排：各组负责各组的环境卫生，再细查。老人户卫生，再查一遍。引导员要学习清楚，认真细致，卫生死角一个不留。

入户走访姬红新、冯继友、韩团结。

商讨村文化培训观光项目。

2021年11月22日　星期一

晨会，入户走访陈文磊、李光明、尹桂珍、许正同、陈金兰、管凤兰。打电话联系重点户邢玉建，他57岁得脑梗，在珠海打工、卖矿泉水瓶，每天几十元收入。我建议他在外不挣钱了就回村干，村企业每月工资3000元。

西陈庄村民闹事，不让修渠的工程车经过，怕压坏路。村干部去平息，告诉村民：不怕，压坏了我负责重修！

汤云龙民宿租赁费6万元，已打入乡三资账户弯柳树村户头下。加上村旅游文化接待中心20万元，已完成今年村集体收入任务。

2021年11月23日　星期二

村巩固脱贫攻坚成果，重点开展与乡村振兴有效衔接方面工作。

抓信访，掌握动态。每年此阶段都会激起村民诉求，要低保，要各种享受政策。

2021年11月26日　星期五

村部整理档案资料。省后评估检查组、产业检查组到村。抽中息县8个项目，包括弯柳树村的"旅游服务中心"项目。

2021年11月27日　星期六

村公益性岗位环境治理培训会，学华副支书安排分工，我和荣华支书按入户表(访谈表)培训、鼓励和动员。

入户走访杨正好、周泽凤。

驻马店平舆县政府办宋主任一行四人到村，送来生态农产品。

晚上6:00召开村民组长、引导员会议。

2021年11月28日　星期日

今早6:00，村民组长、引导员、村两委干部20多人到村部，集中吃早餐待岗。杜继英等凌晨4:00起床熬大米红豆粥,陈社会买油条。6:19,张荣华支书在群里通知,上午没抽到我村,大家解散,各自回去干活。

远古生态农业公司在园区池塘清淤之事,有村民电话质疑。协调村干部汪学华与王春玲对接,给大家解释清楚。

中午接乡里通知,今天下午不再抽村,请各村继续开展工作,查漏补缺,所有相关人员于明天早6:00前到村部集合。

2021年11月29日 星期一

早6:00,村干部和引导员20多人在村部集合。刚吃过早饭,接到通知,今天抽中的村有彭店乡彭店村、东岳镇小房庄村、孙庙乡月儿湾村、八里岔乡郑乡村、长陵乡杨围孜村。没有抽到弯柳树。大家欢呼雀跃,各自归位。

人居环境卫生一如既往,每天上岗打扫。

乡里通知,明天上午10:00在乡大会议室召开全市城乡人居环境综合治理第一次推进会视频会议。

2021年11月30日 星期二

上午召开弯柳树文化产业研学基地项目洽谈会议,世文教育集团刘文广和王朝庄教授一行到村,认为弯柳树村传统文化课程非常难得,全国以传统文化教育为特色的研学基地非常稀少,弯柳树村独树一帜。

《河南日报》记者刘晓波到村,采访巩固拓展脱贫攻坚成果方面的做法。

团县委要求明天开展为期七天的高素质农民培育工作,各村上报三名培训对象。

排查村板房、旱厕情况。

2021年12月1日 星期三

接到县、乡紧急通知,省纪委联合省乡村振兴局组成暗访组,对已评估县开展暗访工作,需要各村做好相关准备。

腾讯新闻转载大河网报道《弘扬脱贫攻坚精神 巩固拓展脱贫成果——弯柳树村的新探索》。

2021年12月5日 星期日

今天是第八个世界土壤日，弯柳树组织村民学习。健康土壤才能带来健康生活，净化、修复、保护土壤，刻不容缓。

2021年12月7日 星期二

新任路口乡党委书记杨栋，在张生勇乡长陪同下到村座谈，解决村班子配备问题。

全村开展环境卫生大治理。

许庄骆社会反映，村修污水处理站占用自己土地，村里没有人通知，款已打组地亩补贴卡上了，要求重新量地。

2021年12月8日 星期三

村民胡道银来电话，请求给李围孜村修一条路。

汪学华有担当，为老百姓办事。村民想让汪学华当支书，汪学华去年只差一票，没当选。20多人商量好了联名给乡里写了封信，交给我，让我给上面汇报。此举让我感动。

2021年12月9日 星期四

定点帮扶日暨重点工作部署会议：从上周起，全省农村人居环境治理开始，全面提升村容村貌、户容户貌和旱厕改造。入户时，各帮扶责任人需要宣传到各家各户。

安徽临泉县城建局领导一行，上周六到弯柳树参观后，准备下周带领全局干部到弯柳树村学习，并请我讲课。

盘点今年项目投资情况：上半年项目资金153万元，下半年项目投资181万元，包括西陈庄桥、王庄断头渠、冯庄化粪池、村小学水管网、水利灌溉管网设施等项目。

乡党委副书记到村，宣布村支书干部调整通知：副乡长刘冰清任弯柳树村支部书记，汪学华任副支书。

2021年12月10日 星期五

商讨罗山县何家冲学院经营方汤云龙想承包大讲堂培训业务。

村商贸公司拟把村产品酵素大米、碳氢大米、香菇酱、碳氢核肥等，做规范化上线销售。

新蔡县练村镇大庄村支书王乾坤一行到村，与弯柳树村支部进行联建，并聘我为大庄村荣誉第一书记和荣誉村民，送来证书和聘书。

省乡村振兴局电话通知：中央电视台选河南省内两位脱贫攻坚先进个人，且仍在驻村第一书记岗位上的做采访对象。河南省推荐我和韩宇南。

王守亮哥哥家的破房子和李新芳家的破房子终于被拆除了！今天汪学华带领村干部，终于做通了这两户的工作，拆除了全村的老大难破房。

2021年12月12日 星期日

今天清理息正路两边的杂草，继续推进美丽庭院创建行动。许会计介绍村财政状况，有钱了！我暂时不用为村里拉社会捐赠了。

2021年12月13日 星期一

召开弯柳树美丽庭院创建行动推进会。汪学华安排环境治理，今天继续在息正路清理路边杂草，给树刷白。公益岗46人上岗。

河南省高素质农民培训会议拟在村召开，计划周三下午报到，100人左右，会期十天。

市委组织部党建工作调研组到村，查看村大讲堂和产业园企业党建情况。县委办杨主任等到村查看人居环境大整治，重点督促息正路西侧乱搭乱建拆除情况。国道息正路在我村境内有3.5公里，任务较重。

2021年12月14日 星期二

路边破旧土坯房钉子户今天又拆除一处，在"郑家小院"旁。房主全家在县城居住多年，其大儿子在县城买房，对老母亲很孝顺。杜庄组村民杜彦龙反映，杜庄有两个断头路，共计120多米，为2017年留下的，诉求尽快修。

2021年12月15日　星期三

息正路两侧环境整治继续进行，公益性岗位人员分片包干，产业园租用大型机械清理建筑废料。汪学华、张荣华、许振友、陈社会分片带领，我给公益性岗位动员之后到各片查看。

通知全村村民接种新冠疫苗加强针。

2021年12月18日　星期六

今天是农历十一月十五，疫情缓解，村义工团和驻村志愿者组织包饺子，恢复村孝亲敬老饺子宴。

省道、国道沿线村庄环境整治，红旗队、韩庄、焦庄、弯东组、弯西组、李围孜路边的农户菜园、杂物、垃圾、篱笆、柴草等，需要清理。

2021年12月20日　星期一

环境治理最后冲刺。昨日上报乡党委，息正路两侧十家板房未拆，县里要求今天必须拆掉。

2021年12月21日　星期二

张生勇乡长到村，检查人居环境改善提升项目。村口两侧环境需要提升。

2021年12月22日　星期三

一早到县人民医院做核酸检测。上午11:00，我、王春玲、汪磊、张静一行四人离村到信阳，乘下午1:00的高铁赴京推销弯柳树产品。这次带了酵素大米、香菇酱、鸭蛋、小磨香油，有点多，累得双膝疼。晚上6:22到北京西站。

2021年12月23日　星期四

与北京台州商会谢会长对接年货采购弯柳树产品事宜，非常顺利。谢会长把我们的食宿都安排得非常好。

汪磊出去办事，带来了他北京的老朋友。一起吃饭时聊天，我们都崇拜毛主席，计划明天去毛主席纪念堂瞻仰，大家都赞同。

2021年12月24日　星期五

上午早早到医院做完核酸检测，我们几人一起到毛主席纪念堂，并敬献花篮，纪念毛主席诞辰128周年。

当看到躺在水晶棺中的主席，面色红润，宛若生前，泪水忍不住夺眶而出。记得2003年我大病初愈后的第一件事，就是来毛主席纪念堂瞻仰，一进门便泪流不止，心中一遍又一遍向主席追问：我到底该怎样为人民服务？我不想做表面上的事，我只想扎扎实实做些利国利民的事。回去后，我选择了下乡锻炼，2006年到南阳市卧龙区政府挂职副区长，带着山区农民种植有机粮食、山药、软籽石榴。如今我到弯柳树村驻村扶贫已经十年，天天和乡亲们一起摸爬滚打，把脏乱差的弯柳树变成了美丽乡村。曾经的省级贫困村，奋斗成全国的脱贫致富明星村。村民幸福了，"文化自信与乡村振兴"经验模式已辐射全国，带动着更多的村子走向幸福！

主席，在您128周年诞辰来临之际，我和弯柳树村人来瞻仰您，怀念您！向您报告，请您放心：弯柳树村人民有信心，定能在社会主义现代化强国建设过程中再创辉煌，率先成为文化自信与乡村振兴的幸福村！瞻仰完主席，我在留言簿上写下了如下肺腑之言：

> 敬爱的主席，感谢您把"为人民服务"这把金钥匙交到我们共产党员的手中、心中，让我们明白了生命的意义就是奉献，就是全心全意为老百姓办实事！如今，全民小康已经实现，盛世中国如您所愿。我们将永远不负您的期望，竭尽全力，忠诚、干净、担当，使道行天下，人民幸福，文明复兴。主席，我们永远怀念您！

河南息县弯柳树村驻村第一书记宋瑞　敬书

2021年12月25日　星期六

从北京返村，高铁经停郑州，很想下车回家看看。但是昨天下午信阳第一书记工作群发了紧急通知，要求今天上午返村，只好再次失信于家人和孩子。

2021年12月27日　星期一

乡党委秘书王驰安排村接待安置"三区计划"工作人员。南阳市城乡一体化示范区姜营街道办事处一行13人来村，学习"文化自信与乡村振兴"弯柳树经验。刘军、王银到村沟通文化培训产业事宜。

2021年12月28日　星期二

杜庄村民反映，断头路路边杂草和树木已清理过，说近期修还没来修。与县发改委项目负责方联系，说是这次以渠带路指标因设计的路面宽，节约出的数额不够修杜庄断头路，只够修王庄的。杜庄的明年修。

公益性岗位人员继续清理息正路焦庄段西侧杂草。赵忠珍终于同意任村妇联主任了，今天正式到村部上班。多亏汪学华三顾茅庐。本月16日下午面谈被拒绝，18日晚打电话一小时又被拒。19日早，赵忠珍丈夫在瘫痪九年后突然离世。前天我给支书刘冰清再次建议找赵忠珍担任该职。昨天上午，我们又到忠珍家做工作，她终于同意。回想上一任妇联主任焦宏艳也是四次动员，最后终于被感动，才当了一届村妇联主任。因弯柳树村工作量大，接待任务重，一村工作量超过其他五六个村之和。没有合适的人做村干部，年轻人要么外出打工，要么在村企业上班，收入都远远高于村干部。

2021年12月29日　星期三

全县环境治理观摩会今天正式开始。

2021年12月30日　星期四

回到总队汇报驻村帮扶年度工作。

2022 年

2022年1月4日 星期二

元旦后上班第一天，一起向未来！

召开2022年度弯柳树村"产业升级、品牌打造"座谈会，鼓励村里企业要勇于自我革命，优化重组相关产业。拟成立弯柳树集团公司，协调整合资源，合力打造"弯柳树""颂瑞"两大品牌，实现企业、村民、村集体共同发展，共同富裕。息县的刘军以及村里企业负责人和村干部参加。

2022年1月5日 星期三

沟通淅川县联建村情况。志愿者报告，按滔河乡政府要求从政和新村转到思源社区后，课堂人多，效果好。

关于成立弯柳树集团优化产业：有商标的出商标，有钱的出钱，村集体出场地入股，规范化共创共赢。

2022年1月6日 星期四

村重点帮扶工作会。支书安排：天气降温，重点走访老人户、重点户、监测户。

入户走访李围孜邢玉建，他刚从珠海回村，在南方打工收入还可以。

给徐鑫主任打电话，询问《关于拨付路口乡弯柳树村基础设施建设项目工程款的请示》是否已送到主管县长处签字。

电话联系推销村生态大米和香菇酱。计划明天回趟郑州，不料今天郑州疫情多点突发！

2022年1月7日 星期五

今天村疫情防控卡点设置，在新农村入口，租用村企业王辉的箱式房。郑州确诊42例，严控！

村民段新国诉酵素农业园修渠项目施工车轧其菜地，要求赔偿。

给刘冰清支书详细分析村情及村班子人员情况。

2022年1月8日 星期六

今日村口防疫卡点开始严格值守，党员、干部排班值日，疫情防控再响警报!

2022年1月9日 星期日

息正路两侧环境整治,县、乡要求再细致深入,乱搭乱建拆除干净,枯草、枯树清理到位。乡检查组到村检查旱厕改造情况。通知党员明天上午9:00召开党员大会。

2022年1月10日 星期一

上午召开弯柳树村党员大会,宣布路口乡党委对弯柳树党支部书记的任命通知:刘冰清任支书,汪学华任副支书。

在珠海打工的村民邢玉建到村诉求,想当五保户。不符合条件,安排他到村尚居家具公司上班,月薪3600元。他嫌工资低,不去。

2022年1月11日 星期二

长陵乡张士好到村,倾诉长陵淮安小学校运行情况。

1987年1月,张士好从部队转业退伍,看到家乡孩子上学难,于1989年创办起淮安学校。他用自己350元的退伍补贴,购买教科书免费发放给学生,并把给奶奶做棺材用的树木,做了课桌和板凳。后凭着军人的本色,他背着干粮四处借贷筹资建教学楼、办学。前后已投入400万元,学生200多人,现因相关条件达不到要求,要压缩、关闭,想请给予协调。我给教体局局长沟通,属于必关之列。

骆社会找我诉2019年建污水处理厂占他耕地赔偿事,已赔偿过,他还在闹。回复他开村民会商定。

为村合作社碳氢大米包装盒撰写文案,明天由汪学华安排发信阳印刷。

2022年1月12日 星期三

走访邢玉建,其女儿1991年出生,当时未办独生子女证,想补办。让岳磊登记,请帮扶工作队长到乡计生办帮忙咨询。

2022年1月13日　星期四

今天我值班守卡口，村民胡前进、郑辉、刘学言，早上7:00从杭州上城区自驾返村，持有双绿码和核酸检测报告，需向乡疫情防控指挥部报备。

调解许庄组土地补偿纠纷案，许庄组村民、我、刘支书、汪学华，法律顾问郑学亮、杨阳，以及乡司法所调解员，共35人参加。

许振友介绍情况：因2019年修污水处理厂占用土地，厂房以北2.3亩补偿给骆社会；厂房以南0.74亩，骆社会认为是他填的地，也应归他，但群众认为是集体的。今天开会就说这事儿。郑学亮和村干部、村民代表到现场看。因骆社会填的是公用排水沟，村民举手表决，28人认定是集体的。至此，2.1万元由全组165口人均分，人均127元，当场由组长骆同军发放。

2022年1月14日　星期五

定点帮扶自评报告定稿，交河南调查总队以文件形式上报省乡村振兴局。

弯柳树村坚持七年的酵素生态农业，迎来了大发展机遇，酵素大米郑州销售渠道顺畅，生态农业的春天来了！

2022年1月15日　星期六

组织公益性岗位人员深度清理新农村、文化广场北侧。上午上班，村部门前集合，我作动员讲话："本月20日全市开展环境卫生检查，县、乡对获一等奖的村发奖金30万元。我村已连续两次全乡第一，县评比第一名，已奖励了2万元，这次争冠军大有希望，我们要干就干到最好。我们一起加油！"

2022年1月16日　星期日

县纪委宣传部段亮带县电视台记者到村采访。为迎接十一届省纪委二次全会胜利召开，省纪委部署"我讲正风反腐事　我支正风反腐招"等活动，我和献血英雄李涛被选为讲述人。

息县五中副校长吴红到村，商议学习经典，开展幸福教育活动。

2022年1月17日　星期一

上午在村口疫情防控卡点值班。下午路口乡宣统办到村检查并录小视频，宣传疫情防控。

村合作社碳氢大米包装盒1000个寄到村，可迅速组织网上销售了。

乡居岁月承包者汤云龙到村捐赠轮椅1部，米、面、油各13份。村干部一起送到13个老人户家。

2022年1月18日　星期二

明天下午市委组织部委托县委组织部对三位省派第一书记进行考核，今天写总结。

县产业聚集区招工，本月份村里的三个指标未完成，去年12月的也未完成，已扣刘支书1000元工资。

约许正伟到村部，准备请他担任村干部。他在乡电管所退休，属于村党员中较年轻者；他1971年出生，身份证当年信息填写错误，大了5岁，女儿已出嫁，儿子为巩义武警，目前没有负担，正可为村担当。他没有直接答应，说回去与老婆商量后定。

县政协何枫副主席电话告知，村里企业可申报一个政协委员。

2022年1月19日　星期三

物色合适的村干部人选，与许庄组组长骆同军夫妇沟通，让骆同军进村部，与刘支书和汪学华一起干。骆同军同意。其妻杜继英不同意，认为村干部太忙了，又容易得罪人。我让他俩再商量商量，尽量能站出来为村里发展付出和担当，也是给儿孙做榜样、积德。

第一书记年终考核，县委组织部张巍、董凯来村考核，党员、村民代表36人参加。

村民反映需解决的问题，杜庄两处断头路，王庄水渠接口未通，需修。

2022年1月20日 星期四

村民陈文磊爱人到村找我，反映施工方未给他们结算给大讲堂贴地砖的工钱。让原村支书王守亮与施工方联系。

推荐县政协委员人选：王春玲、沈建军。

今天滕飞在北京发了我的第一条抖音作品，是我在村里工作的老照片，居然有100多个点赞和20多个评论！

2022年1月21日 星期五

新项目申请用地指标，报乡政府。沈建军招商引资2000万元，落户弯柳树村，拟建厂生产果酒、白酒、火龙果酒、碳氢粮食酒。沈建军写出申请报告，村盖章后报乡政府。

拟成立村产业振兴办公室。

2022年1月24日 星期一

刘支书传达乡会议精神，中央要求除中高风险地区外，疫情防控卡点全部撤除，疫情终于渐趋平稳。

2022年1月25日 星期二

在村落户企业家迎新春茶话会，王辉、胡辉、李亚楠、沈建军、汪磊、王春玲，村干部汪学华、许振友、徐中怀参加。总结，感谢，展望！

2022年1月26日 星期三

协调《信阳日报》社购买村酵素大米事宜，桂社长安排后勤科与王春玲对接。协调大别山干部学院采购鸭蛋、小磨香油事宜。慰问老党员梅占礼等。

2022年1月27日 星期四

信阳启动低温雨雪冰冻灾害应急响应！市气象局预报：26日到29日，我市出现暴雪天气。排查村老人户、独居户、大病户，重点关注。

晚上在朋友圈发了一条推广信息："碳氢大米、纯粮酿造白酒上线销售——弯柳树村生态产品家族添新丁！弯柳树生态产品系列：酵素大米、碳氢大米、酵素全麦面、香菇酱、弯柳树下·抱朴酒。新春佳节，温馨好礼，深情厚谊，生态健康，欢迎大家购买品尝。"

2022年1月28日　星期五

县文联2022年送文化下乡活动走进弯柳树村，在村部由县知名书法家写对联、送对联给村民。

协调息县百年老店"杠子馍"帮助弯柳树村酵素全麦面加工成馍，市场反应积极，今天品尝第一批杠子馍的都说很好吃，发了三条朋友圈，把王春玲电话附上，没想到找她买的人不少。

这馍头太好吃了！——第一批弯柳树"酵素全麦面馍头"，息县杠子馍传统老手艺蒸法，我也是今天第一次品尝。早上馏一锅馍头准备早餐，自己也没想到会被意外地惊喜到。刚掀开锅盖儿，麦香味儿、面香味儿就着热气扑鼻而来，闻香欣喜！久违了多少年的自然馍头香！迫不及待掰一块品尝，入口即是感动！既筋道有韧性、有嚼劲，又有入口即化之感，像小时候吃过的一种北京老面包，入口即化，回味无穷，几十年来一直念念不忘，却再也找不到。弯柳树酵素全麦面馍头，让人恍如回到儿时小院里妈妈做的一桌乡间美味前，恰似忙碌中蓦然回首望见的一缕乡愁！城里来村的朋友说："这么好吃的馍头，可是我们在城市吃不到啊，弯柳树在郑州开个店吧，让大家随时能吃上家乡美味。"真是个好想法，好东西，要分享！弯柳树村生态产品倍受大家喜爱，酵素大米、全麦面、抱朴酒、纯香油、香菇酱被消费者誉为"好米、好面、好酒、好油、好酱"五好产品。我们成了五好产品村！您的餐桌安全，我们来守护；您的餐桌幸福，我们一起努力！让弯柳树村成为您家生态厨房、健康生活的农产品种植基地吧！欢迎大家随时回村、回家。

2022年1月29日　星期六

今天是腊月二十七，弯柳树网络学院2022年春节联欢会今晚举办。好视通会议室内，有来自18个省份的200多人参加。两岁的娃娃，九十多岁的老人，背诗词、唱歌，我的小外孙女安安表演的节目是歌舞《小白兔》。隔空欢聚，喜庆吉祥！

在朋友圈推广村产品："弯柳树下·抱朴酒，纯粮酿造，口感绵醇，古朴拙然，回甘悠长。连我这个从不会喝白酒的人，也能小酌一两杯了——自己产的，咱村的，好喝！欢迎大家品尝，祝新春快乐，虎年吉祥，虎虎生威！"

2022年1月31日　星期一

今天是除夕，聆听总书记在2022年春节团拜会上的讲话有感："总书记话，真实真理。十年驻村，切身体会。真做实干，做到自得。如人饮水，冷暖自知。忘我利民，方成大我。如此幸福，世无能比。忠诚二字，通天彻地。众妙之门，在乎一心。全心全意，为民服务。德能勤绩，自然而生。能量蓄积，日常之间。日久天长，积沙成塔。德生福慧，此生无愧。虎虎生威，龙腾虎跃。幸逢盛世，正当其时。民族复兴，世界大同。千年梦圆，福泽万代。上下同心，攻坚克难。中华儿女，炎黄子孙。龙的传人，一飞冲天！"

2022年2月1日　星期二

大年初一，拜年啦！感谢大家过去一年的支持和帮助，祝新的一年福慧双增，心想事成！

2022年2月4日　星期五

春回大地，生命蓬勃。天行乾健，自强不息。人当奋力，效法天地。希圣希贤，不负盛世。

2022年2月13日　星期日

人居环境治理，组织公益岗位人员集中分片打扫。

2022年2月14日　星期一

乡人居环境督导组进村督查拍照，焦庄建筑垃圾处需整改。路口乡最美庭院评选活动动员部署会议，许振友参加。

2022年2月15日　星期二

县里把弯柳树作为创新奖争创村上报，每县只有两个村名额，弯柳树是其中之一。

晚上7:00多，五保户冯保华到我院找我，先是祝我元宵节快乐，然后说了很多感谢党和国家、感谢政府、感谢第一书记的话，我心中甚是欣慰。

今天是我在村过的第十个元宵节，孙志芳大姐、杜继英、汪学华送来青菜、白菜，还有做好的鱼、炒好的菜，让我非常感动。虽不能与家人团聚，却与村民大家庭度过了一个温暖的团圆节。我的家不止三口五口人，而是全村2370多口人的大家！

朋友圈再记录我今天的心情："今天是我在弯柳树村过的第十个元宵节，今年是我驻村的第十年。日月如梭，光阴似箭，转眼之间已十年。十年奋战，沧海桑田，不负时代，无憾人生。新的一年，新的征程，新的使命，乡村振兴，人民幸福，我们一起加油！祝元宵节快乐，幸福圆满！

"虽然与家人远隔近千里，不能团圆，但在村里和乡亲们一起过节，温暖满满，感动满满！我刚拧开煤气罐准备做饭，左邻杜继英夫妇就送来了他们炒好的菜，还有自己蒸的豆包；右舍孙志芳大姐从地里拔的青菜，把最好的放在我的门口，吆喝一声：'宋书记，我种这青菜都是用的土肥和酵素，好吃得很！我今天没顾上洗，你自己洗啊！'没过一会儿，汪学华支书左手拎着自己种的两棵白菜，右手端着一碗嫂子刚炖好的鱼汤，送到了我的小小厨房里。十年十个元宵节，年年感动，节节温暖！亲爱的弯柳树，亲爱的乡亲们，愿家家团圆，人人幸福！乡村振兴，让我们一起再创奇迹！亲爱的朋友们，亲爱的家人们，愿家和人乐，国富民强！民族复兴，让我们一起高歌同行！"

2022年2月16日　星期三

维护加强沿息正路环境卫生，准备迎接省和中央领导到息县考察。建设美丽乡村，乡村环境卫生治理提升，争创全市"一票进优"，弯柳树村在加油！

沈建军、李俊拟建果酒厂。项目规划书、投资意向书，已报乡党委秘书王驰。按杨栋书记要求一期投资2000万元，需十亩地。

调解汪磊与王春玲合作分歧与纠纷。

2022年2月17日 星期四

乡村振兴，基层干部是中流砥柱。昨夜乡村干部干到凌晨1:00多。村党支部副支书汪学华说："迎难而上，实干努力，大打翻身仗！让弯柳树的明天更美好。"

定点帮扶日，县移动公司新任经理高可带领工作队到村。

李围孜环境治理，许正梅家的砖垛，县委领导要求移到猪圈后面，许正梅不愿意移。商量后，村委会以2万元价格买下备用。

弯西组村民许正同诉求：欲给痴呆儿媳办低保，县民政局未通过。原因是许正同女儿在县城买了房，女儿户口和他在一起，想把女儿户口迁到其叔叔家去。请其到派出所咨询。

学习《国务院关于开展第三次全国土壤普查的通知》，一项重要的国情国力调查，健康土壤才能带来健康生活，才能保障全民健康。

2022年2月18日 星期五

村民凡中成电话诉求：常年在郑州打工，其妻李秀敏，52岁，在县城住，已做五次肿瘤手术。要当贫困户。给他讲解政策，申请社会救助。

2022年河南省"中央引导地方科技创新项目"，拟上报远古公司生态农业项目。

2022年2月19日 星期六

市乡村振兴局2021年帮扶单位考核评估组到村，我汇报2021年总队帮扶工作情况。

淅川县上集镇、滔河乡党员领导干部到弯柳树村参观学习。参观了新村部、村乡村振兴产业园、远古生态农业园、酵素农园、火龙果园、碳氢农业合作社等，最后在大讲堂听我作的《文化自信与乡村振兴》专题讲座。离开弯柳树时，大家购买了碳氢大米、香菇酱等产品，弯柳树碳氢农业合作社赠送与会村党支部书记每村十亩地用量的碳氢核肥。弯柳树"一村带百村",带领更多乡村走上化肥、农药"双减"之路,发展生态农业,为保障中国人餐桌安全共同努力!

2022年2月20日 星期日

建设美丽乡村,提升环境治理。今天在弯西组清理修剪竹子枝叶,进行环境专项整治。公益性岗位20人参与。

2022年2月22日 星期二

下午发朋友圈日记:"春暖花开,学习成长。我在学习用抖音,敬请亲们关注!因为心中有个小小愿望:总想把弯柳树村十年破茧化蝶的故事讲给您,十年风雨兼程,十年守望相助,十年砥砺前行,弯柳树村翻天覆地的变化,各界同仁感人至深的相助,党的好政策温暖人心的阳光普照!坚持'修好心田,种好良田'争分夺秒利益他人的村民和企业家,一群人、一个村,十年坚守,净化人心,修复耕地,为守护中国人餐桌安全不懈努力。敬请亲爱的朋友们关注支持,谢谢大家!"

2022年3月3日 星期四

今天是农历二月初一,孝亲敬老饺子宴在村二代讲堂举办。现场热闹非凡,一派喜庆,老人们开心快乐,一个个节目传达着孝亲敬老、爱党爱国、奋斗奉献的正能量!激扬起乡村振兴的原动力!

2022年3月4日 星期五

环境保护,人人参与。生态文明,我们行动。清洁乡村,美丽家园。共同努力,一起加油!今天是周五生态文明日,弯柳树村从2017年开始实施垃圾分类,维护清洁家园,共享绿色生活。

2022年3月5日 星期六

今天是全国学习雷锋日。带领村干部、村义工团学习《雷锋日记》:"人的生命是有限的,可是为人民服务是无限的,我要把有限的生命投入到无限的为人民服务中去。"学习雷锋好榜样,忠于人民忠于党。永做革命的螺丝钉,永做祖国的好儿女,永做人民的孺子牛。

和全国优秀党务工作者、十九大党代表薛荣书记一起,参加河南省儒学文化促进会活动。学习中华文化经典,人人争做君子圣贤。文化自信家业旺,精忠报国国运强。

2022年3月13日 星期日

"息县首届优质米品鉴大会"于3月11日在弯柳树大讲堂举办。河南省农科院水稻专家王生轩研究员、河南农业大学李俊周教授等六位专家学者,信阳市科技局许永副局长及息县工信局、科技局、农科所、农业农村局等领导,河南乔府金谷集团董事长、有23年经营优质大米从业经历的企业家刘畅,以及农业企业负责人、乡村干部、群众参加。共有九款参赛大米,经过专家、经销者、消费者严格品鉴,评出:一等奖,9号参赛米——弯柳树酵素大米;二等奖,8号和3号——长陵米、息县科技示范园李林种植的碳氢大米(并列);三等奖,7号——弯柳树碳氢大米。无记名打分,除了工作人员,评委们谁也不知道几号是什么米,全凭入口品尝后根据口感、香味、筋道程度打分。很庆幸我的打分,正好与终评结果一致。我对生态食材与一般食材的鉴别力越来越灵。不用化肥、农药的大米,口感好出一大截。

2022年3月14日 星期一

电影《从心开始》创作团队莅临弯柳树村勘景采风。弯柳树村民歌舞团13日晚演出精彩节目,欢迎苗炜基导演一行。

河南农业大学小麦专家郭天财教授、中原粮仓李杰董事长一行,在息县农业农村局局长黄树伟、路口乡张生勇乡长陪同下,来到弯柳树村指导小麦生产。郭教授一行实地察看了施用酵素肥、碳氢核肥田块的小麦长势,普遍优于化肥田。

2022年3月18日 星期五

"有灾必捐,宁愿饿死也不接受日企入资"的河南白象食品公司,被央视点名表扬。我们为民族企业白象点赞！2017年白象在助力脱贫攻坚战中，为弯柳树村民歌舞团捐赠价值100多万元的舞台车1辆、宇通中巴车1辆、灯光音响设备等。姚忠良董事长亲到弯柳树村举行捐赠活动，弯柳树村乡亲们感动至今。

2022年3月20日　星期日

按县、乡疫情防控指挥部要求，昨夜在村口设置疫情防控卡点。信阳市浉河区18日新冠肺炎确诊1例。疫情防控再次敲响警钟！

2022年3月21日　星期一

疫情防控不敢松懈，田间管理提上日程。化肥、农药"双减"，发展生态农业刻不容缓。弯柳树村多年用碳氢核肥代替化肥、农药，地力恢复，成本降低，产量增加，效益提升，已带动十多个县一万多亩试验田。

2022年3月31日　星期四

今天第二轮全员核酸检测。昨天夏庄镇从上海返乡的陈某核酸检测阳性，全县连夜加强疫情防控措施，今天是继27日第一轮全员核酸检测后的第二轮。昨天下午在村大讲堂前小广场，召开弯柳树村干部、党员、小组长紧急会议，布置巡逻、宣传、值班。昨晚村干部加班到凌晨2:00多，今早6:00上班，在文化广场搭建防雨棚、设置1米线格，做好准备工作。6:50医护人员到达现场，7:20开始核酸检测，始终秩序井然，今天在家在村参检人员705人。疫情防控再敲警钟，严防死守，确保全村安全。

2022年4月3日　星期日

疫情防控，村党员、干部、帮扶工作队、村民、志愿者齐上阵，不停巡逻宣传，聚成弯柳树村的正能量。值夜班，父子齐上阵，爷孙齐上阵！每天被他们深深感动！

2022年4月6日　星期三

能看到远方的，必能坚守当下。孔子曰："无欲速，无见小利。欲速则不达，见小利则大事不成。"驻村志愿者负责人尹老师与村干部理念不同，各自的局限性造成分歧加大，村两委会议决定，志愿者不再参与村产业项目。不管心中有多少不舍，可总是会有人走着走着就散了。

"我和1200人讲了我的项目，85人愿意合作，其中35人全力以赴，而其中只有11人陪我取得了成功！"今天看到比尔·盖茨的这段话，让我对一个月来深入了解志愿者负责人与村干部的矛盾不敢相信、不愿相信、痛彻肺腑的一个多月后，今天终于彻底明白，终于释然了！

2022年4月7日　星期四

太好了！弯柳树村这十年走的就是"文化自信与乡村振兴"之路。今天组织学习《关于推动文化产业赋能乡村振兴的意见》，国家乡村振兴局等五部委和国家开发银行联合下发的文件，村干部开心讨论："我们走在前列了，更有信心了！"

2022年4月12日　星期二

生态弯柳树，文化弯柳树，幸福弯柳树，美美的弯柳树！息县摄影家协会组织骑行弯柳树，拍摄的组照"弯柳树 春天里"，美不胜收。

2022年4月16日　星期六

今天三位宇航员完成太空任务，回到地球家园。英雄回家，祖国万岁！

弯柳树村生态产品入驻郑州中原图书大厦回声馆。品牌打造，产业升级。

2022年4月20日　星期三

今天到郑州与王晓丽副总对接推广村产品，并发布朋友圈日记：

"修好心田，种好良田。乡村振兴，你我同行。

"弯柳树村生态产品入驻郑州中原图书大厦回声馆，乡村振兴，文化助力。

"中原图书大厦文化助推乡村振兴，把文化送到田间地头，送进脱贫村的千家万户！共同推动文化自信与乡村振兴，助力弯柳树品牌打造，产业升级。

"中原图书大厦位于郑州市二七商圈核心区，精品图书荟萃，文化厚重，历史悠久，是大众品购好书，陶冶性情，开启智慧的首选之地。品读好书之余，可选生态产品。好书养心，好食材养身。身心健康，智慧圆满，从容平和，幸福吉祥！"

2022年4月25日 星期一

息县包信大饼摊主大姐"花样年华"喊话："宋瑞书记，我是你的粉丝，我做包信大饼20多年了，你啥时候过来，我给你做好吃的！"今天看到这条抖音，又收到从县城捎到村的包信大饼，被这份温暖和爱深深感动。弯柳树是我十年的家，息县是我十年的家，谢谢亲爱的家人们！

2022年4月29日 星期五

无处不在的感动！刚从村部下班回到住处，发现门口又放了一盆洗干净的小青菜。乡亲们就是这样表达他们的爱与关怀！谢谢亲爱的乡亲们！

2022年4月30日 星期六

信阳疫情因多区、多点发生，全市手机行程码带星号，驻村同志们"五一"节不离村。夏天来临，又到了孩子们玩水的季节。村中池塘多，村干部开会部署，提前做好防溺水宣传、防护工作。

2022年5月1日 星期日

劳动创造幸福，劳动开创未来。和村民一起锄地、拔草，在瓜地开心过"五一"。祝"五一"节快乐幸福！

2022年5月2日 星期一

组织村干部学习《人民日报》(海外版)文章《中国传统文化 势必造福人类》，弯柳树文化自信十年实践做出了验证。中国传统文化，让人明天道，知规律，懂敬畏，行大道，利天下，利自己。正如孟子所说，人人本具良知良能，自能养己之天地正气，开己之无限潜能，实现各自心想事成人生，共创和谐世界大同。世界各国，各美其美，美美与共，正是我们为之奋斗的共产主义社会！

2022年5月4日 星期三

因北京、郑州等地新冠肺炎确诊病例增加，明天信阳全市全员核酸检测，今天下午按照路口乡疫情防控会议部署，村干部在村文化广场布置检测现场，明天上午6:00开始全村全员做核酸检测。

2022年5月5日 星期四

弯柳树村全国"文明乡风建设"典型的文明程度处处体现出来。今天全村全员核酸检测，村文化广场地面划白线、用红漆标注2米隔离红点，待检测者间隔2米。由于村干部和驻村工作队、志愿者准备工作做得细致入微，医护人员技术娴熟，全村检测780多人，安静入场待检。从早上6:00到上午10:00，十四个村民小组错时进场，秩序井然。县、乡领导说：文化自信的弯柳树，村风文明的弯柳树，有一支"四铁"村级党员干部队伍的弯柳树，就是不一样！处处不一样！村干部说：乡村振兴，我们先行！

2022年5月8日 星期日

今天早上6:30有人重重敲我住处的门，开门一看，是72岁的杨新军大哥和赵忠英老两口，含泪站在门口。我赶紧把他们请到屋里，坐下细说。原来是昨天下午赵忠英大嫂与亲家母管凤兰吵架，十年前，杨大哥34岁的大儿子杨某因赌博输钱被妻子吵骂而抛下年幼的一双儿女上吊自杀，自此两亲家结怨，三代人反目成仇，昨天，十年的恩怨再次爆发。老两口哭着说："十年了，两家一直闹，宋书记您要是不管，我们就要去她家闹了，都不活了！"我劝俩人到7:30，让他们回家。通知村干部下午把两家人召集到村部会议室，化解两家十年的矛盾与恩怨。

下午3:40我到村部，他们两个家庭各三代人已经吵了40分钟了，两个村干部根本没有说话的机会。我听了一会儿，感叹地说："看着你们三代对骂成这样,杨某在天之灵能安吗?亲家,亲家,本该是最亲的人,却成了仇人,两个失去父亲的幼小孩童也在你们的相互仇恨中长大。大人们给孩子做的什么榜样?"十几个人瞬间安静下来,我让他们各自换位思考,反省自己。最后两家老人相拥痛哭,孩子与爷爷奶奶抱头痛哭,心结打开,十年怨恨,在良知觉醒中化开。看到此情此景,村干部也感动落泪。农村矛盾纠纷多,看似难以解开的结,只要运用传统文化,引导大家回到良知之上,都能大事化小,小事化了,实现和谐。

2022年5月13日 星期五

今天终于有了一间干净整齐的办公室了!去年县里、乡里领导在我办公室调侃说:"从住房和办公室看,宋书记是弯柳树村最后一个没脱贫的!大家都搬新房了,村部也搬新楼了,你却还在三面墙壁受潮发霉的老房子里。"昨天把发霉的墙壁铲掉一层,扣上了防潮的塑料扣板,干净利落了。今天坐在修整好的办公室里,感觉真好!弯柳树进入产业升级,品牌打造,首先把我的潮霉墙壁打造一下!

2022年5月14日 星期六

我小院里栀子花开了,好香好白。洁白芬芳的栀子花,每年从5月一直开到12月,下雪时还在开花。当雪压花枝时,常常让我感动得分不清哪是雪哪是花。满院的芬芳和花朵,装点了夏秋冬,装点了岁月,装点了心!

2022年5月19日 星期四

网络党课,鼓舞人心,联合共建,强基固本。为贯彻党中央、国务院关于疫情防控的决策部署,确保疫情防控期间党员组织生活"不断线",学习实践"不止步",应北京安博联合党支部及联合共建的102家基层党组织共同之邀,今天上午我为大家讲授《党建领航 文化自信 乡村振兴》。感谢北京安博律师事务所联合党支部王守亮书记!也感谢弯柳树村支部的王守亮!瞧这巧合!

2022年5月20日　星期五

参加息县豫道酸辣粉520宠粉节，与赵豪董事长和县领导互动，开启第一次抖音直播。

2022年5月21日　星期六

"修好心田，种好良田。生态弯柳树，守护大家餐桌安全。"弯柳树生态产品亮相我国第八个全民营养周活动。弯柳树生态产业办公室联合河南省新华书店、河南广播电视台生活事业部、郑州市营养协会、郑州市红十字健康关怀志愿服务中心等单位，联合主办"全民营养周"活动，旨在提高受众营养知晓率，将专业知识与扶贫生态产品相结合，实现从认知到餐桌的知行合一，为建设健康河南贡献一分力量。

2022年5月23日　星期一

今天早餐，佐以一曲《太极》古琴曲，实实的神仙生活。早上因赶时间，看到桌上的包菜，洗了试着生吃，没有馒头，只吃包菜。没想到味道还真不错！想到很多年前我因嫌吃饭耽误时间而不喜欢参加聚会，朋友开玩笑说："到你家时，你一人发一个包菜、一个馒头，啃着一吃就行了！"今天我一试才知包菜生吃挺好吃的！食物都有自己的本色原味，是我们附加的调料和烹饪手法太多，掩盖了它的本味。正如我给弯柳树村乡居岁月民宿题的门联："回归自然有真味，返本还原乐天年。"生活可以如此简单，原来是我们把生活搞得复杂化了。简单快乐幸福自然，省时省力省心环保，据说还养胃养颜！

2022年5月31日　星期二

今晚7:30至9:00弯柳树直播间，继续直播弯柳树村的故事。

2022年6月1日　星期三

在大讲堂二楼报告厅，参加村小学师生们的"欢乐童年 放飞梦想——庆祝六一儿童节文艺汇演"。节目丰富，时尚潮酷，有文化滋养的农村孩子不输城里孩子！

2022年6月2日　星期四

新华网河南频道报道《第一书记：弯柳树村的三变之路》，看后很感动。

2022年6月3日　星期五

端午节，民族记忆，家国情怀。今天和村里的老人和孩子们一起过节，婷婷奶奶包的粽子，杨大嫂炸的油条，杜姨炸的糖糕和菜角、煮的鸭蛋和蒜，汪支书带的西瓜，滕飞煮的绿豆汤，大家热热闹闹过个美食丰盛、情意满满的端午节。午后弯柳树村的天空碧蓝如洗，美不胜收。

2022年6月4日　星期六

鲁迅先生说：不读《道德经》一书，不知中国文化，不懂人生真谛。德国哲学家尼采说：《道德经》是一个永不枯竭的井泉，满载宝藏，放下汲桶，唾手可得。

今日文化自信践行，带领村干部学习《道德经》。学习《道德经》，品道家智慧，悟人生真谛，传中华文明。

2022年6月7日　星期二

高考季，祝莘莘学子旗开得胜！百川归海，皆成栋梁。报效祖国，服务人民。光耀家族，德泽民族！

2022年6月14日　星期二

习近平总书记强调："乡村建设是为农民而建，必须真正把好事办好、把实事办实。"

乡村建设建什么、怎么建、建成什么样，农民最有发言权。广大农村千差万别，乡村建设如何聚焦农民的急难愁盼，如何顺应乡村发展规律，如何调动农民积极性？各地积极探索新机制，精准发力，补上短板，打造宜居宜业的幸福家园，让乡亲们享受实实在在的实惠。

2022年6月17日　星期五

人生没有白走的路，就怕你不曾走过自己的路。人生没有白付出的辛苦，就怕你不曾付出。

2022年6月21日 星期二

初心，坚守的力量。

一天一天的努力和坚韧不拔的坚守，十年走来，皆化奇迹。过去的污水坑改造成今天的桃花岛，游客步道、小游园，美不胜收。

2022年6月23日 星期四

习总书记说：粮食也要打出品牌，这样价格好，效益好。耕地是粮食生产的命根子。

2022年6月24日 星期五

上午"碳氢生态农业技术交流会"在弯柳树直播间召开，河南省濮阳市范县农业农村局农业技术推广站站长朱保存，安徽省的荣总一行六人，信阳市浉河区浉河港信阳毛尖核心区茶场负责人刘丰、龙天茶业邹红强，息县科技局副局长万保华、农科所所长黄淼，息县金秋梨种植合作社理事长，以及弯柳树村干部、村民凡明亮等30多人参加。朱保存站长讲解使用碳氢核肥，发展生态农业，实现化肥、农药"双减"，降低成本，增产提质的做法和成效，种植大户分享了各自的收获。碳氢生态农产品，品质优口感好，深受消费者欢迎。坚持修好心田，种好良田；生态发展，守护餐桌安全。

下午大别山干部学院、市直工委支部联建培训班，在弯柳树大讲堂报告厅举办，我围绕"喜迎党的二十大 作风能力建设年"讲授《党建是最大的生产力》专题课。

2022年6月25日 星期六

周末读书。读懂《论语》，读懂圣贤的良苦用心。孔子体恤能量低的人（小人）与女子养护自己精气神、养一身浩然正气比较难，鼓励这两类人要认识到不足之处，克服更多的困难，养浩然之气、光明之心，使人生一世不至于空过。

2022年6月29日　星期三

和村民一起干活，说说笑笑很热闹。记者到村采风，他们笔下的我们的生活："美丽乡村清晨的美丽相遇，农家大嫂聚堆薅稻秧，一大早饭场闻笑声。""百善孝为先的村庄，处处都让人感受到的幸福。"

美丽弯柳树，生态弯柳树，文化弯柳树，幸福弯柳树！新时代植入中华优秀传统文化教育的一个生机勃勃的中国新农村！前景无量，魅力无限，人人心向往之！

2022年7月1日　星期五

庆"七一"，感党恩，永远跟党走。党叫干啥就干啥，扎根乡村，服务基层，做一个永不生锈的螺丝钉。我入选"喜迎二十大，寻找闪光的足迹——我身边的优秀共产党员"，市、县摄影家到村拍摄。

2022年7月2日　星期六

弯柳树村可爱的乡亲们！人有了精气神，干啥都有劲、有乐、有成。村干部一早带领村民分南、北、中三组，早上5:00开始打扫村里卫生及穿村而过的国道路段卫生。大家边干边唱边说笑，从2014年至今一直如此，从未间断。6月30日下午一场短时大风暴雨，国道两边树木刮倒很多，乡村干部带领村民已清理完毕，恢复干净整洁通畅。驻村十年里，我常常被村民和基层党员干部感动着。党员干部一心为民，人民一心跟党走，何事不成，何战不胜？我泱泱中华实现民族复兴、人民幸福，不惧道阻且长！只要万众一心听党话，跟党走，乡村振兴蓝图已展，民族复兴，指日可待！通过我们一代一代共产党人的努力，共产主义必将实现！

2022年7月4日　星期一

今天弯柳树碳氢合作社百亩生态西瓜园开园啦！因不用化肥、农药，回归儿时味道，一甜到底，瓜果批发市场经销商的大车、城里来的小车，络绎不绝，争抢着在地头购买。本村村民和附近村的村民，从我的抖音上看到消息，100斤100斤地买回家。出人意料地火爆，好产品自己会说话啊！弯柳树味道，久违的回归自然的味道，吃出欣喜和惊喜。

2022年7月5日 星期二

今天，河南调查总队党组成员、副总队长郭学来一行到村，调研定点帮创工作，深入开展"四送一助力"结对帮创活动。在弯柳树大讲堂会议室召开了"国家统计局河南调查总队、息县路口乡'四送一助力'结对帮创对接座谈会"。郭学来与息县、路口乡、弯柳树村三级有关负责人进行了座谈，听取了我和村支书汇报，并在前期签订的《国家统计局河南调查总队"四送一助力"结对帮创息县路口乡协议书》基础上，对结对帮创工作进行了深入交流，就下一步持续做好此项工作，把"送政策、送文化、送健康、送温暖"落到实处做出了具体的部署和要求。

2022年7月6日 星期三

牧原股份公司董事长秦英林在母校河南农大120周年校庆之际，捐款10亿元助推母校打造世界一流农业大学。我诚邀河南农业大学学子到弯柳树村创业，怀抱家国情怀、先进技术，投入乡村振兴，开发智慧农业。

2022年7月8日至11日 星期五至星期一

参加第二十八届中国兰州投资贸易洽谈会。"修好心田，种好良田，生态产品，守护餐桌安全"，弯柳树理念和产品叫响兰洽会。所有的努力，都是种下的种子，终会发芽、开花、结果。感谢滕飞，大包小包背着村里产品，千里迢迢陪我赴兰洽会推介。

今天洽谈圆满结束，此行收获满满。弯柳树生态农产品走进兰洽会，"甘味"好产品将走进弯柳树专柜及直播间，南货北货，流通起来才是好货。

2022年7月15日 星期五

今天，省政府政策研究室调研组来村调研并召开座谈会议。皇甫小雷主任带队，息县政府管保臣县长及部分县直部门、乡镇负责人参加。我汇报"文化自信与乡村振兴"十年实践成效。

《农民日报》报道《河南息县弯柳树村：德孝文化扶心志 移风易俗村貌新》。

2022年7月16日　星期六

今天本月全村第二次全员核酸检测。

2022年7月19日　星期二

今天息县生态农业发展互助会在弯柳树召开，息县包信、东岳、白土店等乡镇六家农业种植合作社负责人昨日到弯柳树村，共商生态碳氢农业发展。中午在弯柳树8号院吃工作餐。

2022年7月20日　星期三

总结提炼河南·弯柳树"文化自信与乡村振兴"之路：一、弯柳树产业理念：修好心田，种好良田；生态发展，守护大家餐桌安全。二、弯柳树发展哲学：道行天下，人民幸福；依道而行，天助人助。三、弯柳树行为准则：孝亲敬老，爱国爱党，诚信友善，利他积德，奋斗奉献。四、弯柳树修心方向：人人心中沉睡着一个大英雄，唤醒他！超越小我，实现大我。潜力无限，心力无穷。此生不为自己活，争分夺秒去利益他人。五、弯柳树奋斗目标：修己安人，以德生财，小村大道，共同富裕，共创文明和美幸福村。

息县发现1例核酸检测阳性者，今天本月全村第三次全员核酸检测。千人检测，井然有序。

2022年7月21日　星期四

上午，和汪学华、陈社会等村干部到李围孜召开村民小组会议，公投选出新组长。

"双碳"目标引领农业生产方式转变。村民总结今年小麦使用生物叶面喷施肥碳氢核肥，投入减少，亩产提高，品质提升，口感好。碳氢农业不仅实现化肥、农药"双减"，而且实现生态种植、农民土地收入增加，守护餐桌安全，最终实现农业碳中和。一举多得，利国利民，生态发展，绿色崛起。

2022年7月22日 星期五

老子书院后楼一楼地面塌陷，施工方及监理方到村查看后，承诺全部破开回填，保证质量。县政协主席李建光、路口乡党委书记杨栋到村，安排下周省政协主席等领导到村调研事项。

2022年7月23日 星期六

市政协副主席一行到村调研"两个更好""有事好商量"等基层民主协商工作。

华中科技大学的六位大学生到弯柳树开始进行社会实践活动。

2022年7月24日 星期日

息县县委办主任王伟一行到村调研"五星支部"创建情况。

2022年7月25日 星期一

上午邢然科技董事长吴伟松一行到村考察乡村振兴产业项目。晚上在直播间直播带领志愿者和粉丝学习《中庸》首章。

2022年7月27日 星期三

昨日凌晨暴雨大风，穿村公路C230国道弯柳树村北段水杉树被大风刮倒，横在路中间。一小伙子下夜班骑电动车回家撞上树，险成事故。他发现危险后，风雨中站在路边守候一个多小时，提醒来往车辆避开危险，并打电话给路口乡政府值班室。乡打电话通知弯柳树村干部，副支书汪学华带领村民找来电锯，凌晨2:00多锯掉倒树，解除险情。昨天寻找一天，终于找到这个做好事不留名的青年——路口乡岳庙村民岳旺龙。

昨晚听到村干部讲述此事，我马上与乡党委书记杨栋电话联系，表扬此善行义举。今天到岳庙村，表彰好青年。乡党委、乡政府颁发"路口正能量"荣誉证书，杨书记和我赠书《习近平与大学生朋友们》《习近平的七年知青岁月》《小村大道》及碳氢大米、香菇酱产品，鼓励、致敬正能量。

2022年7月28日　星期四

市委组织部副部长孙杰到村指导"五星支部"创建工作，省委很重视，要求从严从高。

下午回郑州，明天下午接受河南电视台《乡村振兴面对面》节目组直播采访。

2022年7月29日　星期五

上午发现健康码变黄码，因罗山县发现阳性增至2例，从信阳回郑州就变黄码。与电视台都伟导演沟通，他与台里保安处联系后被告知黄码人员不能入台。因此，下午直播采访推迟。

2022年7月30日　星期六

河南省文旅厅下文（〔2022〕11号）通知，组织参加长三角及全国部分省市最美公共文化空间大赛（河南赛区），弯柳树村符合条件，组织上报。

朋友圈发推广日记："弯柳树味道，吃一次就忘不掉。回归自然的味道，甘甜可口的味道，小时候的味道，那是我们寻觅了很久的记忆中的味道！馍有馍味，米有米香，蔬菜水果各有自己甘美醇厚味道。各种食材未被化肥、农药、除草剂污染和扭曲之前的味道。弯柳树味道的食物、瓜果、蔬菜，十年坚守修好心田，种好良田，生态产品，守护餐桌安全。"宋瑞·弯柳树"抖音将开启第二个阶段，优选生态好产品，助农增收致富。您是农民朋友，有生态有机的好产品，请联系我们；您是城市消费者，向往遇到品质和口感回归老味道的粮食、蔬菜、瓜果，请联系我们。乡村振兴，你我同行，大家共同参与，一起努力！"

2022年8月1日　星期一

上午回总队给崔刚总队长等领导汇报帮扶工作，到省乡村振兴局财务处报账。下午开车回村。

2022年8月2日　星期二

村直播间正式启动，路口乡财政拨付5万元专款，安排购置相关设备。

拟由千草堂张静牵头成立一个公司，专门负责抖音直播间。

去看村民骆建友家庭农场昨天出生的小羊羔，该农场目前养殖湖羊80多只，预计年底能繁殖到150只左右。特色养殖增收项目，带动村民收入稳步增长。

2022年8月3日 星期三

东岳镇秋月梨种植合作社于少普到村，送来样品梨，产品口感优于上年，产量高于上年。

息县赌博现象被省挂牌督办，上半年严厉打击赌博现象。早该把弯柳树村消除赌博经验在全县推广。

2022年8月4日 星期四

带领村干部到东岳镇验收"碳氢梨"。东岳镇党委书记李西伟及班子成员共议共商，由弯柳树村带动东岳生态农业发展。

弯柳树2022年"乡村音乐会 七夕嘉年华"于今晚7点7分7秒开播。直播地点位于弯柳树大讲堂门前广场。大讲堂夜间景观灯璀璨亮起，中国传统节日"七夕"，是夫妻恩爱节，家庭和睦幸福节。中国节日过起来，幸福生活嗨起来！

2022年8月5日 星期五

县委副书记张欣、组织部部长马建国到村，指导"五星支部"创建工作。

在今天召开的息县乡村振兴人居环境工作座谈会上，华少峰主任指出：按照市委提出的农村人居环境新理念，弯柳树村在全市垃圾分类工作中做得出色，已经走在了前面，有了一定的基础，息县应该借鉴、放大弯柳树经验，完善现在的方案。

2022年8月7日 星期日

修好心田，种好良田。弯柳树村十年坚守所做的，就是带领村民用中华优秀传统文化修好心田，用高温堆肥、植物酵素、微生物碳氢核肥代替化肥、农药，种好良田。打造出一个示范村，意在唤醒中国农村，用优秀传统文化唤醒人心、良知！

2022年8月8日　星期一

对接省供销社、省统计局、信阳市海关、市人大消费扶贫购买村产品事宜。

2022年8月9日　星期二

河南信息统计学院"青春筑梦　基层创业"项目组成员一行13人，由车东晓带队到村，开展为期三天活动，吃住在村。

2022年8月10日　星期三

河南信息统计学院刘录林书记、江丽娟处长一行四人到村，调研乡村振兴。

中原图书大厦王晓丽副总到村考察村企业产品，住大讲堂。

郑州市旅游协会副会长秦明浩一行到村考察乡村游线路。

2022年8月12日　星期五

今天是农历七月十五，村孝亲敬老饺子宴。南阳市房地产开发公司董事长徐继瑞到村捐赠大米110袋，送给老人和公益性岗位人员。

2022年8月14日　星期日

南阳市房地产开发公司拟投资弯柳树村，流转土地500亩发展生态有机农业。

2022年8月16日　星期二

今天下午在信阳市行政中心9号楼二楼政协会议室，市政协副主席周保林主持召开"信阳市知联会乡村振兴实践创新基地定点帮扶协调会"，围绕市委"1335"工作布局，以打造"信阳市党外知识分子乡村振兴实践创新基地"为目标，共商助力弯柳树村乡村振兴帮扶措施。条条措施振奋人心，听后心中充满力量和感动。感谢市政协周副主席、市委统战部江开勇副部长和市直局委对弯柳树村的大力支持！弯柳树村将不负众望，在乡村振兴新征程中扛旗领跑！

2022年8月17日　星期三

全市乡村旅游示范村申报村评估检查，市文旅局、乡村振兴局领导和专家到村。息县有弯柳树村等六个村入选。

2022年8月18日　星期四

感谢市政协副主席周保林一行、"网红县长"邱学明带领光山直播带货助农团队，莅临弯柳树直播间指导，并对路口乡、弯柳树村直播团队进行培训。息县县委书记汪明君、路口乡党委书记杨栋等领导，弯柳树直播间乡村两级直播人员和村干部、村企业负责人参加座谈。

汪明君书记就如何把握网络直播带货这个趋势，做好供产销及售后一系列工作，切实提高数据、销售额等问题，与参会人员深度交流讨论。光山县"网红县长"邱学明介绍电商特别是个人直播带货的经历，分析了短视频直播带货行业发展特点和发展趋势。针对直播电商"没方向、没经验、没流量、不涨粉、变现难"等痛点，邱县长进行了一场干货满满的分享，与会人员畅所欲言，就直播带货过程中遇到的问题、困难和经验，进行了热切交流。

疫情之下，直播成了拉动经济增长、重启和复苏经济的重要引擎，受到了各级党委、政府的高度重视和支持。利用互联网数字经济、电子商务新业态新模式发展，也为村集体增收带来前所未有的红利。此次座谈旨在为弯柳树村直播发展指点迷津，带来新思路，迎来新发展。弯柳树村将汲取他人有效经验，拓宽发展思路，找准直播定位，带动产业发展，助力乡村振兴。

昨天市里召开乡村振兴会议，要求乡、村两级干部都要直播带货，为村增收。县委书记汪明君、乡党委书记杨栋支持、鼓励弯柳树村做好直播，学会带货，打造弯柳树生态产品品牌，辐射带动路口乡和息县。

郑州赵丽霞老师到村考察，拟组织先锋学校家长、孩子走进弯柳树村，体验传统文化活动。

2022年8月19日　星期五

开展"幸福弯柳树　出彩路口乡"孝亲敬老活动，我和村干部汪学华、胡德伟一起到息县康乐养老院看望老人，送去200斤大米。南阳市房地产开发公司董事长徐继瑞，为弯柳树村老人捐赠五常大米1100斤，我们匀出200斤捐给康乐养老院，以感谢岳德珍院长对我村老人的关爱。

岳院长为村捐一大一小两个电锅，大锅便于为老人煮饺子，自此义工团人员不再受柴火的烟熏火烤，100多位老人吃的饺子再没有挤烂皮的了！

下午大别山干部学院周书记一行到村考察"支部联支部"共建工作。入户看望五位老党员，其中一位参加过解放战争，一位参加过抗美援朝。

2022年8月20日　星期六

全村全员核酸检测。

请教我老师：我在弯柳树村该去还是该留？若按使命担当，该留；若按艰难程度，该走！10日至昨天发生的一系列事情，让我伤心委屈，失望透顶！个别主要村干部私心泛起，纵容子女侵占村集体资产，还参与志愿者纠纷问题。老师说："别人错的，也是对！自己对的，也是错！再难，你都不能退缩。因为立一个榜样很难，没有榜样，大众没有一个可以看得见的文化自信的好样子，所以你还得坚持！"听了老师的话，心中豁然开朗，委屈消融。是啊，每件事都是来考验我的！想想村干部出现的问题，志愿者出现的问题，我的责任在哪？要全面了解他们的家庭背景、子女教育，全面认识衡量一个人，才能真正担当大任，把责任扛在肩上，装在心里。

2022年8月21日　星期日

看了一个《基于全域有机农业的乡村复兴模式》视频，提到在村里面要实现全域有机生产、生态乡村建设和人文社会回归，以县着眼、以村着手来三位一体同步落地。这个视频中的有识之士在做的，正是弯柳树村十年的坚守和正在做的事，以及未来乡村振兴的模板。把弯柳树村打造成未来可期的中华文化复兴、东方文明回归的文化自信与乡村振兴示范村，用中华优秀传统文化扶心扶智，全村无化肥、农药，用酵素及生态天然肥净化土壤。实现物质文明、精神文明、生态文明同步发展，为中国农业发展、乡村振兴做出样板，已经呼之欲出，因为弯柳树已有十年来打下的基础。弯柳树村从2014年开始化肥、农药"双减"，2017年开始实施垃圾分类，可成为河南省化肥、农药减量的典型村。争取给弯柳树村全村化肥、农药"双减"、生态农业发展予以政策和资金支持，从而带动、影响更多乡村走向生态发展、绿色崛起。

2022年8月22日 星期一

徐继瑞董事长一行三人到村，其中二人驻村参与弯柳树碳氢农业合作社水稻、小麦种植全过程，明年全村实现无化肥、农药种植。

县电视台周传杰一行三人到村，拍摄申报"全国乡村治理示范村"素材。

潢川县发现一例无症状感染者，今天起全县实行静态管理。全市公告，疫情警钟再响。

2022年8月23日 星期二

到远古公司酵素生态园，查看今年香稻丸老种子水稻长势。王春玲介绍说，杆高近1.6米，穗长，长势较旺，但已出现部分倒伏。

徐继瑞董事长拟投资在弯柳树建大米加工厂。

报名参加河南省首届"畅享豫品"直播创业大赛。

国家统计局河南调查总队给弯柳树村送来办公桌椅、书柜、电脑、打印机，今天由三辆物流车送到村。感谢总队党组，坚强后盾！

2022年8月24日 星期三

市政协召开会议，把弯柳树村作为化肥、农药"双减"示范村，予以支持。

2022年8月26日　星期五

杨栋书记到村召开专题会议，商议村建大米加工厂征地事项。

"全国乡村振兴示范县"上报创建材料，涉及四个村：中祖店、弯柳树、项店李楼、张庄。我直播介绍弯柳树村，十年坚持化肥、农药"双减"，坚定不移走生态绿色发展之路，成效卓著。村党支部带领村民"修好心田，种好良田。生态弯柳树，守护大家餐桌安全"，引起城市消费者广泛共鸣与支持。

2022年8月27日　星期六

安徽临泉县姜寨镇熊桥村李玉支书等二人到村，学习"文化自信与乡村振兴"经验做法。南阳淅川县九重镇邹庄村第一书记崔丽平带村干部小杨到村学习。今天下午4:00至6:00在弯柳树直播间，我继续和大家分享中华经典《了凡四训》。

2022年8月28日　星期日

路口乡财政支持弯柳树直播间购置设备，部分物品已到货并开始使用。

2022年9月1日　星期四

《河南日报》客户端邀我作为大V入驻顶端新闻，我为河南发声。"顶端三农人"60人的工作群中，有位"快乐大哥"写道："宋瑞·弯柳树：寻梦弯柳树，巾帼村中仙。十年如一瞬，人间亦桃源。"

2022年9月2日　星期五

与县司法局张涛局长沟通生态农业试点村建设。直播带货项目，息县以弯柳树村为核心，打造息县代表者。县长直播间杨昌兴，第一书记直播间宋瑞，分别打造个人IP。

县人居环境检查组到村，每月一检查。

2022年9月3日 星期六

村两委会议，刘冰清支书说有人反映村委有个别人搞小动作。我最后讲，多年来，乡里个别领导私下插手弯柳树村事务，造成村干部互生嫌隙，埋头干工作的受排挤，投机取巧的哗众取宠。村两委就这几个人，大家要齐心协力，要团结一致，有意见大家都提在桌面上，不要搞小动作，尤其不要搞拉帮结派的事。没有完美的个人，只有完美的团队。乡里总有人说弯柳树村干部不团结，几个人几条心。我们要争气，上级领导重视我村，我们要对得起大家，不辜负组织，要为子孙后代打个好基础，做个榜样。

息县生态循环农业发展研讨会暨生态农业科技特派员服务团第一次会议，在弯柳树村召开。

生态农业，不仅是农业，而是文化，是道法自然，是生活方式，是中华文明的回归。

2022年9月4日 星期日

许振友一早到办公室找我，说给汪继军报批特殊公益岗位一事。我给他分析："不与其他村干部商议，私自做主，越权越位，且之前你给他争报另一项利益，被村支书刘冰清及时发现制止。不过半月，你又把他上报优厚待遇的岗位。村民说他之所以是村里现在唯一敢骂村干部的人，就是因为有后台，就是你在支持他！是不是这回事，你自己思考。即使你不是这样想的，你私自违规支持他的结果就是这样的。"许振友说确实是他方法不对，报之前应该求求大家意见。我说："国有国法，党有党纪，村有村规。你是会计、文书，守好自己的本分，不要越位、越权，尤其是在事关村民利益的事上，比如低保、公益岗位。上有支书、副支书，多汇报，多商量。"

2022年9月5日 星期一

"抖音携手信阳八县两区公益助农 助力乡村振兴"直播培训班开班，我和产业办工作人员一同前往学习。

2022年9月6日 星期二

省政协组织的大别山革命老区振兴发展媒体采访团，走进信阳市息县，开展采访、调研活动。今天到村采访发展酵素农业的王春玲、驻村十年的宋瑞书记。

2022年9月7日 星期三

弯柳树申报市级乡村旅游示范村，已进入公示期。全市47个村，息县6个村入选，有弯柳树村、后楼村、中渡店村、黄围孜村、张庄村、庞湾村。

全市人居环境整治评选，弯柳树代表息县获先锋奖。信阳市委蔡松涛书记亲自给乡党委杨栋书记颁奖。县里奖励路口乡30万元。

2022年9月8日 星期四

信阳浉河区人大常委会主任陶中华，带领浉河区的市人大代表开展异地视察，到息县集中视察《乡村振兴促进法》贯彻执行情况，城乡人居环境综合整治和重点项目建设情况。在弯柳树村视察了全过程人民民主示范点、产业振兴生态农产品展、助农直播带货等。息县人大主任、路口乡党委书记杨栋陪同，我和副支书汪学华汇报了全村相关工作。

县人居环境集中整治专班办公室督查发现门前杂草和乱堆放问题，速整改。

2022年9月9日 星期五

今天回郑州。又是一个月未回家，下了高铁，出站突然又一次对繁华的都市生活感到陌生。孩子开车接到我，才从生疏感中出离，终于回家了！明天中秋节，放假回来，一家团圆。

今天从村出发去车站前，辽宁省丹东市宽甸县武装部王部长一行六人到村，慕名前来学习，想把家乡发展起来，也走上"文化自信与乡村振兴"之路。1800公里，23个小时，他们星夜兼程赶到息县，就为了在我离村回家前见我一面。近些年这样的场景很多，让我感动，同时更加自觉坚守好文化自信这块阵地！

2022年9月11日 星期日

《2022中秋奇妙游》再引全网关注,为陈雷导演和河南广播电视台如此完美地诠释传统文化和传统节日点赞!从河南春晚《唐宫夜宴》,到端午晚会《祈》的水中洛神飞天,到中秋晚会《2022中秋奇妙游》的嫦娥奔月,美轮美奂,美不胜收。历史河南,厚重河南,根脉河南,时代河南。中华文化自信,中华文明回归,民族复兴,我们来了!

2022年9月15日 星期四

上午省委宣传部马本胜处长带领西华县艾岗乡党委书记一行到村,参观学习"文化自信与乡村振兴五星支部"创建等工作。

下午市委副秘书长、市委政策研究中心主任黄东一行到村。县政协副主席范军带领息县政协委员到村。

2022年9月16日 星期五

息县知行旅行社有限责任公司一行人到村,对接村研学基地合作相关事宜,让其拿出方案,与刘冰清支书详细沟通,之后上村两委会讨论。

南阳艺林等人欲经销碳氢核肥,专程到村与合作社洽谈合作。

河南广播电视台乡村频道到村,拍摄"我为家乡特产代言"暨首届直播中原"我为家乡特产代言"全民带货文化节。

2022年9月17日 星期六

信阳市八县二区县长直播带货仪式今天启动,市委副书记孙巍峰在直播间督战。

2022年9月18日 星期日

上午酵素生态园直播收获水稻,晚上龙湖公园直播宣传美丽息县。

2022年9月19日 星期一

走访村民方守敏,今年52岁,常年慢性病。丈夫汪四新,收废品,收入较高,在新农村买的有房,仍诉求吃低保。

大讲堂电费由村开支，运营者因与村干部理念不合走了。

村两委会议。筹备丰收节相关事宜。商议桃花岛毁莲藕事件处理结果：王辉抽水抗旱，湖底干了，村民杨开田先下岛挖藕，引起众多村民抢挖，其中村干部一人，村干部家属一人。解决办法：租给许庄组村民，每年向组集体交一定租金，组员共享。

参与挖藕的村干部胡德伟做自我批评。我尤其对副支书提出批评：当干部就是要不怕吃亏，不怕吃苦，不怕付出。但他认为自己付出的多，近一年怨气冲天。我问他：你扪心自问，自己做得真的有那么好吗？组织上和村民对你的回馈还少吗？发展你为党员，选你为市人大代表，乡党委破格任命你为副主任，让你到北京参加4000位企业家论坛，政治待遇、社会荣誉，哪一个不是破格给你？正是因为你前几年的付出感动了大家。可人一旦有了私心，众人就不服。曾国藩说：三天不读圣贤书，便觉面目可憎。村民是孩子，村干部是家长，孩子没教育好，归根到底还是家长的责任。村干部真正全部都"四铁"了，素质、能力、作风、服务、诚心都很高了，村民还会不服、不感动吗？是村干部带头作用没起到，村民才不好。我和刘支书负首要责任，你副支书能辞其咎？家属管好了没有？自己干活同时也在抱怨，像猪八戒一样，成为团队中的负能量发射塔，造成一颗老鼠屎坏了一锅汤的结果。从今天此刻起，停止抱怨，立即行动，能干多少是多少！没有完美的个人，只有完美的团队。大家有分工，有合作，互帮互助，共建过硬团队。人人克除心中小我、私欲，真正唤醒大我，服务村民，你看别人服不服？从今天起，重新上阵！

驻马店市刘俊俊等三位企业家到村，洽谈组织学生和家长到村开展"德孝文化学习班"事宜。

中午在沈建军香菇酱厂吃饭，自己做的！我院里的青菜，杜姨家的莲藕，秦红霞做酱拌菜，余总炒的豆角、青菜是一绝！

2022年9月20日　星期二

今天上午，息县庆祝中国农民丰收节活动在濮公山公园广场举办，我和弯柳树直播团队在现场直播。弯柳树村"颂瑞香菇酱"荣获"息州十宝"美誉。

2022年9月21日　星期三

村部商讨村庆祝中国农民丰收节活动方案。

2022年9月22日　星期四

筹备明天村中国农民丰收节活动。探讨关于弯柳树直播间运营。

贾设副县长来电话说,光山县人大副主任张国民邀请我到帅洼村,给村干部和村民讲讲传统文化。该村基础条件好,村支书是省人大代表、全国劳模。

2022年9月23日　星期五

喜迎党的二十大,欢度农民丰收节。今天上午,弯柳树庆祝2022年中国农民丰收节活动暨电商产业直播带货仪式正式启动。副县长李红艳出席活动并讲话。活动在精彩的歌舞《开门红》表演中拉开帷幕。歌伴舞《祝福祖国》《欢聚一堂》《五星红旗》等节目依次登场,表现了弯柳树村村民对祖国的热爱,展现出群众脱贫致富后的满满幸福感。我向大家介绍了弯柳树村的发展变化、弯柳树酵素生态水稻产量数据,以及弯柳树村试种碳氢酵素水稻,投资带动全村发展生态农业的计划。

2022年9月24日　星期六

回总队汇报。到省乡村振兴局汇报。

2022年9月26日　星期一

弟媳薛盈盈被省肿瘤医院诊断为乳腺癌三期,弟弟坚持西医,我推荐中医,送弟媳到许昌中医疗治基地治疗。

2022年9月27日　星期二

今天去南阳路上顺道到南召给父亲上坟,纪念父亲去世十周年。下午5:00多和弟弟到山上,感叹十年前办完父亲的丧事,我就去了弯柳树村,没想到这一去就是十年!脱贫攻坚,任务繁重,又加上疫情,无法离村，十年来步履匆匆，回家看看的机会少之又少，今天终于趁回乡参加明日孔子诞辰纪念典礼活动之隙，归乡回家，与父亲坟前一叙！

2022年9月28日　星期三

应邀参加南阳"大成至圣先师孔子诞辰2573年祭孔典礼"。南岸明珠广场上空，湛蓝的天空上出现巨龙、飞凤形白云，白云中的彩虹，美不胜收。

为南阳师范学院举办的新型农民培训班授课，晚上回到村。

2022年9月29日　星期四

息县八里岔乡莲花村支书带领村两委干部党员十多人，在县政府办公室尹东副主任带领下到弯柳树村学习。

2022年10月1日　星期六

在中原图书大厦回声馆，和孩子们一起读中华经典，讲弯柳树故事，庆祝伟大祖国73岁华诞！祝祖国繁荣昌盛，人民幸福安康，孩子们健康成长！

2022年10月2日　星期日

到驻马店为薛立峰、刘俊俊等组织的传统文化假期家长学习班讲课《让孩子在智慧中成长》，小万讲《觉醒》。

2022年10月9日　星期日

河南省乡村振兴局郭奎立局长一行到弯柳树村，调研巩固脱贫攻坚成果及乡村振兴工作。河南调查总队崔刚总队长带领办公室主任孙晓亮、人事处处长叶辉敏、机关党办主任李照尚，在信阳市调查队队长马家宏等陪同下，到村调研指导巩固脱贫攻坚成果与乡村振兴工作。与县委书记汪明君、县长管保臣、县委组织部部长马建国、副县长杨昌兴等领导交流座谈"五星支部"创建、乡村振兴示范村打造，以及驻村第一书记轮换工作。

总队为村捐赠办公物资。在村文化广场举行的捐赠仪式上，乡亲们赠送两面锦旗，村干部把百名村民签字的《挽留申请报告》递交给总队领导,恳请我留下的呼声让我感动落泪,现场与会者无不动容,感谢亲爱的乡亲们!

十年前我来驻村时,我们素不相识,是一份责任和使命把我们连在了一起。十年间我们成了最亲的人,一起创造了无数奇迹。你们舍不得我离开,我也舍不得你们!感谢乡亲们的信任!感谢各级领导的支持和鼓励,乡村振兴,不负众望!

2022年10月10日 星期一

东岳镇小房庄村方振同、孙庙乡月儿湾村王鹏两位第一书记来访,学习弯柳树"文化自信与乡村振兴"模式。市旅游局副局长一行到村验收研学基地。淮滨县委组织部部长丁春雷带领县级领导干部和乡党委书记到村,参观人居环境治理、垃圾分类等。息县县委张欣副书记、路口乡党委杨栋书记陪同,我讲解介绍。

县委组织部考核上报"市优秀第一书记"评选。

2022年10月11日 星期二

到工业园区宏升公司对接"弯柳树味道"产品代加工事宜,常务副总杨军接洽。

到息县电商直播基地学习,姚自强会长介绍。

2022年10月12日 星期三

弯柳树村村民杨四新今年秋季种植20亩水稻,用化肥的亩产700多斤,用碳氢核肥的亩产突破1000斤。

村两委及驻村工作队会议。汪学华传达昨晚乡会议精神,巩固脱贫成果,创建五星支部,禁烧秸秆,恢复村干部请假制度等。加压奋进,切实负起责任。

刘冰清安排近期重点工作:一、信访稳定工作:郑州买房村民信访。二、安全生产工作:冯庄危险路段防范。三、疫情防控:县外、市外回村的及时报备、排查,劝在外村民近期不回村,需回村提前三天报备村委会。四、秸秆禁烧:今年信阳市被省通报,分管市长被约谈,因着火点最多。

五、脱贫攻坚后评估工作。

桂诗远主任(市人大农业委)一行到村,调研全过程基层民主。县委组织部马建国部长、陈学江部长陪同。

2022年10月13日 星期四

全员核酸检测。早晨6:30开始,在村文化广场。息县白土店乡发现阳性确诊病例4例,全县警戒。

乡党建办张荣华主任到村,统计2019年至今省部级以上获奖情况,全乡只有弯柳树村1个村、宋瑞1个人有此类奖。

顶端新闻联系开始给稿费,办理手续滕飞负责。

息品味姚自强董事长给村香菇酱企业捐赠1辆三轮车,今天下午送到。

市委副书记孙巍峰到息县,今晚7:00到息县宾馆汇报村产业发展及项目申报。

孙书记嘱咐:村集体经济发展重中之重,一定要把村土地、资源等理清,通过土地流转到村集体手中,引进大公司规模经营,如中原粮仓托管模式,村民干活领工资,参与分红。

2022年10月14日 星期五

参加信阳市绿色食品协会生态农业座谈会。潘道荣主持,李红艳副县长、余金霞主任等参加。潘道荣介绍了乡村振兴信阳模式:"政府主导,国有控股,民营参与。"我介绍了弯柳树生态农业发展。

2022年10月15日 星期六

在弯柳树村种植甜糯玉米计划:村合作社少量种植,沈建军负责在新疆大面积种植,用弯柳树品牌影响力,村里加工销售。

今天下午5:00我在息县融媒体中心进行抖音直播。

村民王树珍大姐到办反映丈夫工伤事。王树珍,61岁,焦庄组人。丈夫陈富友55岁,在尚居家具公司上班,7月28日轧断手指入院,8月14日出院(厂方在医院改为11日出院)。最初索赔15万元,后降为6.3万元,保险3

万元，厂方付10个月工资3.3万元。厂方只答应赔付4.8万元，让村干部再次协调。回复她：周一刘支书从乡里返村上班后，我们去见胡辉董事长协调解决，调解不好，仍走法律程序。看着王树珍大姐满意地离开，我心甚欣慰。

2022年10月16日　星期日

热烈祝贺党的二十大召开！心情激动、振奋，带领河南弯柳树村乡亲们奋斗圆梦，"党建领航，文化扶心，道德育人，志智双扶，产业发展，乡村振兴，人民幸福"之路，乡村振兴创佳绩立新功！

二十大报告，振奋人心，催人奋进！新时代，新征程，新蓝图，新目标。撸起袖子加油干，风雨无阻向前行！

2022年10月17日　星期一

秸秆禁烧乡督导组李光华到村，村干部已分片下组下田宣传。

农业局黄树伟局长电话：碳氢核肥今年列入统一采购单，支持村里几万元肥。提供技术参数。谢宾宾联系。

李林、朱树贵反映村科技示范园事。今年种水稻，汪学华、蔡文举表现不好，不按要求利用，由朱所长负责换成村民种。息正路86亩地。汪学华不同意换人，这一季必须自己种，明年不让科技局种了，自己一家种。

认真学习，深刻领悟。与时代同频，与祖国同频，与民族复兴伟业同频，前景无量！

全国扶贫日活动，我在息县融媒体中心与杨昌兴副县长一起直播，中间与网络草根达人鹿邑三宝连线。

2022年10月18日　星期二

秸秆禁烧宣传检查。冯庄组昨晚发现一火点，今天上午又一火点。村干部、乡党委杨书记、张乡长、派出所均到，带走陈文宣、冯新二人。

信阳市农业农村局环境科考察村酵素农业与碳氢农业，促进垃圾分类和生态农业发展。

中建六局为村做的乡村振兴、美丽乡村规划方案初稿送达，总体思路很好。《弯柳树村概念规划方案》运用3P项目,与政府合作共建,企业出资,政府出政策。

南阳悠然瑜伽、国学团队到村,王海棣、黄玉儿、小雷、小米四人学习文化自信与生态农业、健康养生产品。

晚上参加在阳明书院举办的颂钵养生疗愈项目体验。张乐、玉儿讲音乐疗愈项目知识。他们16日上午到村,明天上午离村。

2022年10月19日　星期三

原计划与潘道荣总去范县考察了解碳氢核肥使用效果,因疫情推迟。张乐一行四人早上6:00出发去杭州。黄玉儿、王海棣一行四人上午购买完酵素大米、香菇酱,回南阳。

2022年10月20日　星期四

省乡村振兴局组织上报"三农人物",每市两个三农人物,一个特别致敬人物。乡党委李海峰副书记通知报我。

今天材料上报乡,乡报省局。

2022年10月21日　星期五

全员核酸检测,7:00开始。科技局副局长万保华到村。

香菇酱企业争取到国家高新技术企业奖金30万元。远古生态农业公司的酵素大米争取"中央引导地方科技创新专项资金"40万元,已到县。已给陈静局长打招呼,下午万局长去财政局对接。成立息县生态循环农业产业发展协会。

温州市龙湾区委宣传部、区文明实践中心主办"龙湾有礼'一周一课'"网课,我应邀讲《新时代文化自信与乡村振兴》,河南省"2022省派第一书记群"中的第一书记战友们一同收看。

姚自强到村商议抖音运营事:弯柳树品牌效应已达成,宋书记应站在全县全局角度开启"弯柳树乡村振兴时代"。融媒体中心由县长直播转变为县长、第一书记直播。明天到潢川学习"县长直播带货"后,给管县长汇报。

驻村十年，又是一个周期。感谢亲爱的乡亲们一次又一次的挽留，每一次驻村第一书记的轮换期，都让我感动落泪！你们的信任、期望、爱和陪伴，是我十年坚守的力量源泉，十年的同心协力，艰苦奋斗，使弯柳树村发生了翻天覆地的变化。我们把党和国家的好政策在弯柳树村变成村民的幸福生活，变成生机勃勃的产业发展。感谢村两委和帮扶工作队并肩奋战了十年的战友们，感谢一起奋斗了十年的乡亲们！二十大给我们指明了方向，永远听党话、感党恩、跟党走。

2022年10月22日　星期六

　　收看学习二十大闭幕式。二十大报告指出，开辟马克思主义中国化时代化新境界，必须坚持人民至上，必须坚持自信自立，必须坚持守正创新，必须坚持问题导向，必须坚持系统观念，必须坚持胸怀天下。

　　中国式现代化，物质文明、精神文明相结合，从五千年传统文化中汲取营养。新时代、新征程团结奋斗的动员令！中心任务是全面建设社会主义现代化强国，实现中华民族伟大复兴。我们是强国一代，复兴一代！中华优秀传统文化中人与自然如何和谐的理念、方法，激起民族复兴的磅礴伟力！

　　与宏升公司潘道荣总沟通。息县杨军负责宏升种植区：一、弯柳树免费给宏升提供100亩碳氢核肥，试用。二、宏升免费给村提供弱筋小麦种子800斤，试种。三、同样的种子、肥，技术对比。四、村派技术人员全程指导服务。

　　直播，新农村，刘玉霞、孙志芳家。

2022年10月23日　星期日

　　冯庄灌渠旁村集体土地收回，做村民思想工作，逐户算账。会计许振友负责，汪学华等配合好。

2022年10月24日　星期一

　　全员核酸检测。

　　开启电商助农直播，帮助村里香菇酱企业销售产品。丽姐、滕飞参加。

姚自强总从潢川回来，到村介绍潢川经验：十四位副县长、副处级干部全部参与，每周两场县长直播。第一书记直播间后续加上。成立"县直播基地专班"，余华县长亲自抓，一周内去了十次，基地投资2000多万元。潢川举全县之力，把直播基地作为带动全县经济的引擎，带动产业。

2022年10月25日　星期二

村箱笼式体育场动工，感谢周保林副主席争取的项目。平场地，乡投入14万元左右，1400平方米，20厘米厚。与部队负责人（驻地）商定军用电缆区域，可以施工。与刘冰清商文化长廊移至北面，拟置停车场门两侧，一侧四幅。

志同道合的人，终会走到一起。去年与杨晔董事长一起在郑州、北京受表彰。河南昌佳农业发展公司董事长杨晔和淮滨县三空桥乡肖营村支书郑海金，今天到村共商试用微生物碳氢核肥，发展生态农业大计，将二十大报告中指出的绿色、生态、低碳发展落到实处。河南昌佳农业发展公司自种3000亩，辐射带动1万亩，我们先试用10亩，收钱1300元，汪学华负责。送他们我购买的香菇酱2提。

宏升公司潘兹亮到村，宏升免费送我村麦种1000斤。

2022年10月26日　星期三

走访彭得志、刘玉霞、孙志芳，没问题，一切正常。

县视频会议，要求明天起驻村人员必须严格履行五天四夜工作制。今晚9:13县委组织部陆万运副部长带队到村查岗，我们均在岗。后评估期间必保五天四夜工作制。

学习新时代习近平外交思想，为中华民族谋复兴，为世界谋大同，大国大党的担当，感人至深！

2022年10月27日　星期四

定点帮扶日工作会。走访付学得。王定芳80多岁，送她一个拐杖。看望李中得。后评估脱贫户收入算账。

县农业局"基层农技推广补贴项目"，5万元购生态肥——王锦章副局长、谢宾宾到村。

　　沈建军汇报，前日去关店与张大炮达成以下一致意见：近日大炮到村，香菇酱企业加入企业联盟，作为优质企业入盟。与沈去广东省中山市学习达成共识，共同推动产品升级。

　　投资意向跟踪：栗玉友，关店人，2006年到上海发展。抖音上留言，想到弯柳树村投资建生态庄园类主题公园，用于休闲、度假、采摘、露营等。

2022年10月28日　星期五

　　县政府安排统计上报壮大培育市场经济主体摸底调查：正在经营的养殖户、秸秆收储点、副食店等，经营主带身份证到乡市场监管所办理营业执照。明天检查组入息县，明早公益岗位分片打扫息正路和村内卫生。

2022年10月29日　星期六

　　提醒落实返村人员在家五天居家隔离，且每天做核酸。

　　学习二十大报告。"两个结合"：马克思主义基本原理与中国具体实际相结合，与中华优秀传统文化相结合。从弘扬传统文化中去找我们的精气神。

　　"寻找安详"小课堂第五期结业。网络学习时间为下午3:00至7:00。宁夏文联郭文斌主席、内蒙古国资委马焕龙副主任、我、河北省邢台市校长马永红，分别讲授带领一方学习中华优秀传统文化带来的改变。郭文斌主席作总结。

　　息县高中校长陈茂宽到村一起听课，沈建军、秦红霞夫妇及朋友李健峰一起听课，晚上一起在乡居岁月吃饭。

2022年10月30日　星期日

　　纪念王阳明先生诞辰550周年，带领村干部网络学习文化自信自强。

　　县长直播间张大炮回乡助农直播带货。下午5:00开始，弯柳树香菇酱第7号拍品，点拍4000多单。因抖音商城要求新店只限1000单成交，息品味网店、弯柳树网店均是新、小店，限单。杨昌兴副县长、我、赵豪、张大炮及其团队同播,效果很好! 姚自强总负责,对接联络服务周到,非常感谢! 晚上8:00多下播,大家在前进饭店就餐。聊得多了,才慢慢发现张宏伟(大炮)是一个有爱心、有格局、有担当的正能量网红代表,才起了请他到弯柳树村指导直播间建设助农带货之意,当场邀请张总明天到弯柳树村。张总当即答应,明天上午10点到弯柳树,并邀我明天中午参加他为家人及亲戚朋友安排的家宴(经贸大厦)。回报家乡,感恩时代,助力乡村振兴,我们共同携手开展今后的一些工作。同频的人,相谈甚欢,报效三农,相见恨晚。

安排村干部准备明天迎接工作。

2022年10月31日 星期一

今天上午,爱心公益助农团队、网红达人张大炮、关店乡胡庄村驻村第一书记项其银和村干部、息县网红达人等来到弯柳树村,参观了新农村、大讲堂、二代讲堂、老子书院、阳明书院、乡居岁月民宿、村部、桃花岛等地。我在大讲堂一楼会议室主持召开了"抖音网络达人助力乡村振兴交流座谈会"。弯柳树村、胡庄村的村干部,息县企业家与张大炮就产业提升、品牌打造、助力乡村振兴,进行了深入交流,并达成合作共建共创意向。村里第一家电商公司——河南省大别山壹玖肆柒电商产业有限公司成立。

南阳渠洋、刘俊峰来村,带来家乡的羊肉馅、饺子皮、菜等。晚上在我的小院包了一场家乡南召饺子,和村干部一起吃,心中十分感动,突发思乡之情,泪不自禁。

2022年11月1日 星期二

直播,早上7:30至8:30上班前一小时,晚上7:30至8:30下班后一小时,在"弯柳树直播间"。

村体育场建设今天开始铺灌水泥。

2022年11月2日 星期三

"邮储银行普惠金融助力乡村振兴对接会"在村部会议室召开,副县长李红艳、邮储银行行长王经纬、路口乡党委副书记李海峰等领导，以及弯柳树村企业负责人、合作社理事长、种植大户、村民参加。送金融下村，支持乡村产业振兴。

2022年11月3日 星期四

公益助农，直播带货——美丽贤惠的胡庄村网络达人牛夫人走进弯柳树直播间，助力弯柳树农产品销售。我们也向牛夫人学习直播带货，助销村里产品。公益助农，虽很累很辛苦，但能帮到在村的企业和乡亲们，很开心。

2022年11月7日 星期一

罗红莲书记介绍李永好(光山巴迪生物公司)到村，沟通生物有机菌肥，可解决化肥污染问题，改善土壤。想在弯柳树村做试点，若见效可通过农业局向全县推介。

2022年11月8日 星期二

市委党校中青年干部培训班学员到村参观学习。

驻村工作忙忙碌碌，每天都是帮助乡亲们解决问题、办理事情，抓住机会到县里争取项目和支持。就这样忙着、累着，幸福着乡亲们的幸福，不知不觉，似是转眼之间，已过去十年。我在弯柳树村驻村已十年，时间过得真快啊！弯柳树村从十年前一个脏乱差的省级贫困村，化茧成蝶，华丽转身成为"全国乡村治理示范村""全国乡风文明典型村""河南省乡村旅游特色村""河南省3A级旅游村""信阳市美丽乡村"等。感悟：只要坚守初心，坚定前行，众志成城，全村一心，必能心想事成！

今赴中山，下午3:26由明港东站出发，前往中山站。

2022年11月9日 星期三

张宏伟董事长安排李小胖、钟总昨天到高铁站接站，上午9:00多到横栏镇戈雅照明灯具公司，张宏伟总及戈雅团队先带领我们到柳树制作现场，柳树框架已初具形态。张总要求三天完工，调集所有技术工人，集中突击赶制"弯柳树",争取在我们离开前,也就是三天后的第三期抖音学员培训班结业日(11月11日晚)亮灯,举行亮灯仪式。

大炮的家国情怀、故乡情怀,对弯柳树的重视程度,让我非常感动!但心中还是隐约担心,三天时间能竣工吗?心里捏着一把汗,没敢吱声,因为这棵树挺大,工艺相当复杂!

之后大炮带领我们和与会学员参观了戈雅产品展区及厂区,非常漂亮,各种景观灯汇聚一处,栩栩如生。"十二生肖""大丰收"组灯,各种人物造型、动物造型的灯,琳琅满目,丰富多彩。白天是精致的雕塑,晚上是亮化的景观,对于很多村庄的文化广场美化、亮化是很好的选择。

之后,开始"抖音第三期培训班"学习:定位,定天下,定未来,树立人设。拍小视频要有系统性,形散神不散。

2022年11月10日 星期四

中山戈雅学习抖音直播带货。参观戈雅景观灯具生产车间及展厅。与上海品膳房董事长阿牛(牛洪水)、上海防滑设备企业王永生,沟通回乡投资支持乡村振兴事宜。均答应待"弯柳树"亮灯时回息县。

2022年11月11日至12日 星期五至星期六

抖音学习课堂"双十一"学习直播带货:村里产品香菇酱、豆腐乳;息品味产品芡实、蜂蜜;戈雅的小蓝人便携灯,69元/只。

大炮牺牲自己企业"双十一"的直播带货,用我的号"宋瑞·弯柳树"直播,我主播,他做助播。直播期间与新县第一书记郭能虎、信阳毛尖刘文新连线,让我学到很多,粉丝涨到13万!感谢大炮兄弟的鼎力支持!

2022年11月13日 星期日

从中山市到潮州市黄河实业公司,考察竹子建材改造农村老旧破房的试点。下午看了国学幼儿园、竹博园。晚上潮州市委副书记王文森专程到宝树园陪同吃饭,并沟通联合建"文化自信与乡村振兴"试点村、生态低碳试点村事宜。

弯柳树村被评为河南省乡村旅游特色村,广东戈雅光电公司董事长张宏伟(600万粉丝的网红张大炮)为家乡捐制6米高的亮化景观树——"弯柳树",于11月11日完工,当晚7:00在戈雅农庄举行亮灯仪式。基座已发往息县,整树近日会很快发回弯柳树。弯柳树村乡村旅游大幕将启,必将精彩纷呈,敬请期待。感谢张宏伟董事长爱心捐赠,感谢网络达人张大炮的流量赋能,助力乡村振兴!

2022年11月14日　星期一

看竹子建造的小学、初中、游园、礼堂,振奋人心!

我国竹子面积大,每年有1亿多亩长至八至十年的竹子腐烂掉,产生的二氧化碳与其一生释放的氧气抵消。谢总团队解决了竹子做建筑材料的三大难题:防腐,防潮,防虫!

与谢总沟通合作思路:在弯柳树建一个四合院样板房,占地4亩,20个标间,纯竹房子。建25亩(文化广场东)游园,可做接待、茶室、游览、研学。竹屋造价是亭子1000元/平方米,别墅2000元/平方米,移动房车3000元/平方米。

2022年11月15日　星期二

宝树园李伟带领我们参观乡村振兴"四小园"试点:潮安区沙溪镇仁里村"人大民主主题公园"。

晚上参观贾里村免费幼儿园,以及附近几个村迎新年接神祭祖先活动筹备现场。彩灯已搭在每个村的文化广场、祖先祠堂,在潮汕地区,传统文化传承从未断,这里过年过节,允许放鞭炮!

2022年11月16日　星期三

返回息县。从潮汕到广州南到信阳东,一天的奔波!

2022年11月21日　星期一

村两委及驻村工作队会议。刘冰清支书安排近日重点工作:一、疫情防控。从外地回来的村民越来越多,昨夜还有人从郑州、福州高风险区返村,全村已有十人,高度重视,管控到位,村干部包组(陈社会、胡德伟三个组，其他人两个组），每天到分包组入户巡察、排查。二、养老保险、社会医疗保险两险征收进度加快。汪学华包片在乡通报后，已完成。其他村干部抓紧催交。三、小额信贷。乡里给我村分九个指标任务，每个村干部包一个指标，这是硬性任务。四、后评估迎检，引导员培训。

汪学华：我们不能掉以轻心，村干部业务要熟悉，对网格员、组长、各项工作熟悉。监测户8户，30人：彭得志5人，王伟6人，王张1人，熊新明6人，邢玉建2人，陈道荣2人，韩新友2人，王海军6人。

我报告中山之行达成项目：一、戈雅捐赠的灯景"弯柳树""大丰收"明日将到村，准备好接应工作。二、选址：文化广场在备选的四个场景中，最合适。大家发表意见，都同意。

信阳市冷总等到村。鱼付农场武森阳：生态西红柿自种20亩，带动农户50户。希望扩大面积，带动辐射弯柳树村。大炮哥回弯柳树村能否到鱼付农场？

2022年11月22日　星期二

戈雅张大炮捐赠的"弯柳树"灯景及"大丰收"灯景，由大货车从中山运到村。树太大，需要很多人卸车，村干部组织村民一起干，大家很开心！

2022年11月23日　星期三

求带货的公司不断来村，如何合作带货？信阳烽火广告公司黄涛：宋瑞的号孵化村里号，带动村里产业，带产品。

关于账号运营与直播：每周固定时间直播（往传统文化标签上走）。不发与身份人设无关的内容。同框者要区分。村里注册一个号，带货，带村。亲民形象放大。

2022年11月24日　星期四

市政协、市知联会乡村振兴调研弯柳树座谈会在村部召开。周保林副主席强调今年要解决的几个事：一、通组公路项目720万元，今年300万元，交通局负责。一事一议，路基村民自己搞。项目资金已分配完，系从厅长基金中调出的720万元。二、残联：残疾人救助。三、民政局负责建日间照料中心。四、教体局：招标器材落地。五、农业局23万元：给钱，不要给肥。六、环保：村报700万元，省要求5000万以上，周边三至四个村污水处理问题，村需求变成项目化。三年把巩固脱贫攻坚成果任务完成，三年后乡村振兴。今年六件事完成，明年攻坚。"3A级旅游村"已完成！明年文艺组到村商讨文化振兴。群艺馆雕塑家到村。

我发言感谢市政协、市知联会、市直各部门的支持。

杨栋书记：有市政协的支持与助力，我们按规划落实，力争幸福弯柳树更幸福，出彩路口乡更出彩，美好息县更美好！

"乡村振兴，你我同行——息县工商联助力乡村振兴座谈会"在村大讲堂一楼会议室召开。捐赠村里修停车场及桃花岛亮化。县工商联于金歌主席，赵豪、郑刚、王春玲、姚自强等参加，与炮哥互动起来，家乡企业家主动积极参与进来。凡捐赠助力乡村振兴的企业，弯柳树村的感恩回馈是给荣誉村民称号。

2022年11月25日　星期五

到尹湾村公益助农直播现场，与牛夫人等汇合，帮助卖萝卜。

2022年11月26日　星期六

到曹黄林镇回龙寺村首恒农业夏玉良农业园，有60亩水果萝卜，需要帮助销售。

2022年11月27日　星期日

"弯柳树"彩灯底座施工，信阳烽火广告公司黄涛、息县夏秋波负责。

2022年11月28日　星期一

全员核酸检测，在村文化广场。

在上海创业的关店人阿牛、滑不倒捐赠30万斤尹湾萝卜，路口乡通知各村到乡去领。

2022年11月30日　星期三

与潮州中建公司董事长谢奕辉电话沟通在村建竹建筑四合院之事。

管保臣县长安排12月3日酸辣粉小镇开工仪式，约几个网络达人去直播宣传一下。

"五星支部"创建：支部过硬，产业兴旺，生态宜居，平安法治，文明幸福"五星"。

2022年12月1日　星期四

下午回郑州。到总队汇报，到省乡村振兴局汇报。

自10月4日国庆节后回村至今，又是两个月没回家了！因新冠疫情反复，时而郑州封控，时而息县封控，只能视频沟通，家人都安好，村民都安好！非常时期，安好是福！

2022年12月2日　星期五

上午到省乡村振兴局社会处，给梁增辉处长、崔海成副处长汇报四季度工作。下午到总队，给崔刚总队长、郭学来副总及党办李照尚主任汇报2022年帮扶工作自评报告。晚上坐姚世栋车回息县，参加明天上午酸辣粉小镇开工仪式。

2022年12月3日　星期六

政府办卢峰主任通知：上午酸辣粉小镇开工仪式因疫情防控原因取消，推迟到下周。

到村产业园协调上海品膳房定制香菇酱新年伴手礼事宜。

2022年12月7日　星期三

上周回了一趟郑州，2日回村后被要求居家隔离七天。今天弯柳树东陈庄的刘玉霞大姐来敲门，给我送来一筐她种的青菜、蒜苗。大姐说："刚知道你回趟家回来就在院里隔离了，我给你送点菜，还有我养的鸡刚下的蛋。"说罢放下菜筐，从棉袄兜里开始掏鸡蛋。掏出两个，又掏出两个，又两个，两个衣兜里竟掏出九个鸡蛋。我说："谢谢大姐，我留下两个，其余的拿回家你自己吃！"她说："我那儿多呢，吃不完！这是今天下的，最新鲜的给你吃。你在村十来年，弯柳树没照顾好你！把村里建得这么漂亮，远近的人都来参观游玩，今天这大柳树灯安装好了，更漂亮了！"大姐在门外，我在门里，我俩隔门对话，让我十分感动！晚餐拿大姐给的鸡蛋打了两个荷包蛋，果然新鲜的鸡蛋包得圆圆鼓鼓的，没有一点散白儿。谢谢霞姐，谢谢敬爱的乡亲们！

2022年12月8日　星期四

广东戈雅光电公司董事长张宏伟(张大炮)捐赠的六米高的亮化景观灯"弯柳树""大丰收""金色麦田"等，今天全部安装完毕，试亮灯。大讲堂门前广场、村文化广场、桃花岛主干道，弯柳树村之夜，灯光璀璨，美轮美奂！村民和从县城及附近乡镇来的游人观赏灯景，有的拍照，有的直播，热闹非凡。感谢张大炮及所有捐赠支持弯柳树的爱心企业家！

2022年12月10日　星期六

今天一早，乡派出所王健所长、陈指导员到村，昨晚文化广场有三池灯不亮了，村民报警。在县城居住的村民孙某昨天强行挖村集体地，被汪学华副支书制止，她不听，继续挖，结果把前天亮灯时刚埋下的电线挖断。处理结果是由孙赔偿，买新电线埋下。

2022年12月11日　星期日

上午"弯柳树首届乡村电商节暨公益助农点亮乡村亮灯仪式"活动筹备会，姚自强、郑刚、刘正勇、滕飞、姚世栋，村干部刘冰清、汪学华参加。分工：姚世栋负责起草方案，我修改，滕飞、郑刚负责食宿、交通，汪学华、汪继德负责防疫，我负责邀请管县长等领导，姚自强、支书刘冰清总协调。时间：14日下午举行电商节开幕式，张大炮在弯柳树直播间直播，晚上举行亮灯仪式。

2022年12月12日　星期一

乡党委副书记李海峰到村，商定邀请县领导及统战部、工商联、商务局、农业局等参会领导。

2022年12月13日　星期二

下午7:00多，张大炮一行到村，还有来自全国各地的爱心企业家和大炮的粉丝。张大炮是发着高烧回来的，让我很感动！

2022年12月14日　星期三

上午会务组人员细分工，按方案落实。

信阳鸡公山酒业朱耀辉到村并捐了3万元，苏航传媒苏辉捐5000元。这3.5万元除用于这两日食宿接待费用外，其他捐款全部打入路口乡财政所三资账号，作为弯柳树村集体收入。

荣誉新世界副总刘正勇组织荣誉夜市30家摊位，到弯柳树村参加电商节中的美食街活动。

"弯柳树首届乡村电商节暨公益助农点亮乡村亮灯仪式"今天在弯柳树村大讲堂和文化广场举行。管保臣县长宣布电商节开幕，李副县长讲话，张大炮发着高烧作典型发言。下午5:00至6:00弯柳树直播间，张大炮等网红达人直播带货，销售香菇酱等息县农特产品42万多元。6:30彩灯齐亮。

12月14日点亮弯柳树！活动圆满，深深感恩！感恩各级党委、政府领导和爱心企业家及爱心人士，对弯柳树村乡村振兴、产业发展的大力支持！感谢之情无以言表，在此宋瑞深鞠一躬，表达谢忱！

给县委书记汪明君电话汇报今天活动效果，以及张大炮对家乡的关爱支持，汪书记明天接见大炮。

2022年12月15日　星期四

昨晚接县委办通知，今天上午9:00汪书记在县委二楼会议室会见张大炮。县委宣传部部长贡少辉、工商联主席于金歌、我、张大炮，还有拟到村投资的李明、渠洋参加。

会后，我和贡部长陪同张大炮到豫道公司参观酸辣粉生产线。

2022年12月16日　星期五

深圳文具生产厂家董事长赵总到村，为村小学捐赠书包100个、文具100套。

和张大炮一起到关店乡胡庄村，与村干部及驻村第一书记项其银，共商胡庄村与弯柳树村联合共建共发展事宜。

2022年12月17日　星期六

昨天在胡庄村和村干部、张大炮在淮河大堤外看小麦，受了风寒，昨夜浑身疼痛，测了体温36度，未发烧。今天准备课件，明天到光山县委党校授课，苏良博校长相约多次，均因疫情推迟。

2022年12月18日　星期日

在光山县委党校"2022年信阳市乡村振兴人才能力提升培训班"上，我讲《文化自信与乡村振兴——弯柳树村脱贫致富与乡村振兴之路》。三分之二的学员都在发烧，苏校长让我戴着口罩讲课。平生第一次戴着口罩讲课，才知很累，因气息不顺畅。

2022年12月19日　星期一

村干部一大半都发烧了。刘支书严重，已回信阳居家治疗；副支书汪学华、会计许振友、妇女主任王敏都在发烧。

昨天风太大，麦穗灯全刮倒了，今天汪学华带病领着村民收起来存放。

2022年12月20日　星期二

嗓子发炎，浑身难受。一天未吃饭，下午5:00多忙完，吃一小块凉苹果，不料食道和胃被伤到，像刀割一样疼痛。才知古医书上说的"生气""寒凉"如两把刀伤人，是真实不虚的。

许光耀孙女发烧40多度，紧急送医院。

2022年12月21日　星期三

上海世卿防滑企业董事长、关店人王永生(抖音名：滑不倒)安排三位员工到村，给文化广场等处做防滑处理。感谢爱心企业捐赠安全！感谢王总关爱家乡！

2022年12月22日　星期四

县政府通知：《关于对全县驻村第一书记驻村工作日志调阅情况的通报》已印发，要求大家认真记录，将不时抽查。

村干部、驻村帮扶工作队员全部发烧病倒。我没发烧，但头晕、乏力、咽疼，迷迷糊糊。

滕飞发来信息："今日冬至，一起吃饺子。"我答："谢了，我出不了门了。"

2022年12月23日　星期五

市政协周保林副主席电话：他亲自到省交通厅汇报弯柳树村道路提升项目，感动厅领导，协调厅长基金690万元。杜庄、冯庄、汪庄协调村民，组织土方、路基施工。

2022年12月26日　星期一

弯柳树修路项目款第一期390万元已拨付到息县交通局，厅长基金不需要县财政配套。村里抓紧组织村民通过"一事一议"修出路基，争取年前动工修路。

2022年12月27日　星期二

妹妹一家全阳了，都在发烧。他们远在开封，从村里给妹妹快递一条厚围巾以表慰问。

2022年12月28日　星期三

统计党员、正常退休村干部、因公去世村干部及其家属信息，因病致贫群众信息，支书签字上报。

2022年12月29日　星期四

"雨露计划"申报开始，采集村符合条件的学生信息。市"十佳最美民宿"评选开始申报，弯柳树今年获评"河南省3A级旅游村"，符合标准，准备申报材料。

2022年12月31日　星期六

辞旧迎新，感恩感谢！

2022年，是我驻村整十年的一年，是弯柳树村文化自信、产业升级、品牌打造、创新发展的一年。村支部荣获河南省首批"五星支部"。弯柳树被评为"3A级旅游村""息县电商村"，人居环境提升荣获全市先锋奖。开启了抖音直播间，粉丝达到13万人。修好心田，种好良田，酵素、碳氢生态有机农业再上台阶。村干部付出奉献，村民团结一心加油干。河南省第一书记轮换，我第五次选择留下，继续驻村，乡亲们的认可和褒奖是对我最大的鼓励和支持！感谢各级领导、各界朋友、爱心企业家和爱心人士的支持助力，感谢弯柳树乡亲的共同奋斗！

2023年，新年新征程，开局新气象，乡村振兴，我们信心满满，定能所愿皆成！

后 记

是那个简陋的小屋,贮存着你到来时的梦想;
是那棵弯弯的柳树,见证着你平日里的几多繁忙;
你手捧着阳光走来,把村子里的树梢房舍照亮。
莺飞鱼跃,善舞歌扬,
你和乡亲们一起耕耘在希望的田野上。
……

这是几年前息县第九小学张玉龙校长专门写给我的歌。如今再听这首歌,恍然若梦,一梦12年,且梦想成真。当年选择驻村时,只打算驻1年,最长3年,没想到一驻就是12年。驻村第一书记5轮轮换,我都在乡亲们的挽留下,选择继续扎根基层。今年10月底我就到了退休年龄,我的驻村生涯即将画上完整句号,这次不会再给村民挽留的机会,弯柳树村的美好未来会有更多英才接续绘就。

回想这12年的驻村生活,艰难困苦,酸甜苦辣,磨砺锤炼,一一尝过;眉开眼笑,振奋喜悦,更是难忘。

幸好,有这部日记。

2013年底在山东济南,我作了《我能为人民做些什么?》的演讲,分享了在弯柳树村弘扬中华优秀传统文化的心得体会与实际成效。当时,我处于边干边实践的阶段,分享的题目也带有思考性。很多听众给予了积极反馈,来自北京的李猛编辑就坐在会场。会后交流,他跟我分享听课感受,并主动向我约稿。那时我正忙于村里的事,虽然找到了治村的方向,但远没有做出让自己满意的成绩,离出书的要求实在太远,于是委婉拒绝了。

2021年3月，当李猛编辑再次提出约稿建议，我实在不能再辜负，于是准备整理2012—2022年的驻村日记。在结束一天工作的深夜，回看这些原始记录，一点点地翻动，我一遍遍地流眼泪，内心感慨万千。

　　2023年7月11日下午，在我租住的小院办公室里，终于签下了这份让李猛编辑等了整整10年的图书出版合同。随后，我把两箱28册的日记全部翻出来，随便抽出一本，选出一天的记录，都能讲上一大串故事。

　　2024年5月23日应邀前往中华书局，坐在中华书局一楼的伯鸿书店，尹涛总编辑眼含热泪叮嘱我："出版驻村日记非你所需，而是国家所需、时代所需。"这个重庆汉子的家国情怀与担当，让我感受到他和百年老字号中华书局一样的英雄气概。"七一"前夕，尹涛总编辑带领欧阳红编审等12位同仁深入弯柳树村，与村党员共庆"七一"，体验乡村生活，感受弯柳树村的巨变。

　　一部书稿，12年驻村，11年约稿，10年记录，虽经曲折，终不负你我。

　　回望弯柳树村的12年，从脱贫攻坚到乡村振兴，从乱到治，从穷到富，发生了翻天覆地的变化，乡亲们幸福了，我好开心幸福！

　　时光如白驹过隙，12年转瞬即逝，12年驻村，锤炼了党性，磨砺了灵魂，纯粹了心灵，增益了自己所不能。来到弯柳树村的人民中，我就像一滴水回到了大海，就像一棵树找到了根。感悟到习近平总书记"要为人民做实事"的坚定初心和信念，和党的"全心全意为人民服务"宗旨，都是要奉献自己，造福人民，最终绽放自己内心的光明，实现无悔的人生。

　　日记出版之际，感谢国家统计局和河南调查总队领导和全体同志，是总队党组的信任和重托，让我12年不敢懈怠，不辱使命。感谢河南省委组织部驻村办，省乡村振兴局，信阳市、息县、路口乡各级党委政府的支持，让我在弯柳树村从脱贫攻坚到乡村振兴，各项工作任务如期圆满完成。感谢爱心企业、爱心人士和社会各界的大力支持和助力。感谢弯柳树村党员干部、驻村工作队、驻村企业和全村乡亲们，我们一起创造了一个又一个奇迹。感谢我的父亲宋家俊，让我从小学开始就养成了记日记的好习惯。感谢驻村志愿者尹子文、王志杰。感谢在村创业的滕飞等年轻人，协助我把前5年十几册日记一字一句录入电脑，转换成电子文档。感谢中华书局尹涛总编辑、李猛编辑和所有参与日记出版工作的同志们!

今天,弯柳树村为期一周的"2024中华青少年德孝感恩乡村夏令营"结营,一大早来自光山县13岁的罗子豪对我说:"宋奶奶,我给您写了一首《念奴娇·颂宋瑞》,读给您听:小村十二年,初心未曾改。曾经人贫村破,穷山恶水。如今安居乐业,绿水青山。十二年如一日,汗水积攒成碧,行动铸就德孝。 百姓谁不拥戴?依然清风徐来,如沐朝阳。路漫漫其修远兮,爱民常驻心里。小院春夏秋冬,弯柳变化尽在眼中,任它东南西北风。谁道坚守易,初心千金重,不负此生!"听完,我的眼眶湿润了。

我问子豪:"你小小年纪竟有此境界,是什么引发了你的灵感?"他说:"这几天在弯柳树村学习,有感而发!"让我很感动,小小少年能有此感悟与见解,真乃我中华好少年!少年强则国强,少年智则国智。我好欣慰,泱泱中华,后继有人!中华民族实现伟大复兴路上,必能前赴后继,无往而不胜!

2024年8月4日

图书在版编目(CIP)数据

宋瑞驻村日记:2012-2022 /宋瑞著. —北京:中华书局,
2024.10
ISBN 978-7-101-16633-0

Ⅰ.宋… Ⅱ.宋… Ⅲ.日记-作品集-中国-当代
Ⅳ.I267.5

中国国家版本馆 CIP 数据核字(2024)第 100556 号

书 名	宋瑞驻村日记(2012-2022)
著 者	宋 瑞
策划编辑	李 猛
责任编辑	欧阳红 李若彬
特约编辑	张荣国
封面设计	严永亮
责任印制	陈丽娜
字体支持	仓耳屏显字库
出版发行	中华书局
	(北京市丰台区太平桥西里 38 号　100073)
	http://www.zhbc.com.cn
	E-mail:zhbc@zhbc.com.cn
印 刷	三河市中晟雅豪印务有限公司
版 次	2024 年 10 月第 1 版
	2024 年 10 月第 1 次印刷
规 格	开本/920×1250 毫米　1/32
	印张 20¾　字数 550 千字
印 数	1-20000 册
国际书号	ISBN 978-7-101-16633-0
定 价	98.00 元